Andreas Brandhorst

Die Tiefe der Zeit

PIPER

Zu diesem Buch

Evolution – nur der Stärkere überlebt. Als die Menschen ins All aufbrechen, treffen sie auf einen Gegner, der sie beinahe vernichtet. Dieser Konflikt hinterlässt ein tief verwurzeltes Trauma. Wo die Menschen in der Milchstraße auf intelligentes Leben stoßen, sorgen sie von nun an mit Manipulationen und militärischem Eingreifen dafür, dass sich keine neuen Rivalen entwickeln können. Doch dann treffen sie auf die Crul, einen erbarmungslosen Gegner, der all ihre Befürchtungen wahr werden lässt. Denn die Crul reisen seit Jahrtausenden durch das All und verfolgen eine ganz besondere Mission. Es liegt ausgerechnet an Jarl, einem abtrünnigen Soldaten, einen Weg zu finden, gegen die Crul zu bestehen. Dazu muss er das Unmögliche schaffen: den legendären Heimatplaneten der Menschheit wiederfinden.

Andreas Brandhorst, geboren 1956 im norddeutschen Sielhorst, schrieb mit seinen futuristischen Thrillern und Science-Fiction-Romanen wie »Das Schiff« und »Omni« zahlreiche Bestseller. Spektakuläre Zukunftsvisionen sind sein Markenzeichen. Der SPIEGEL-Bestseller »Das Erwachen« widmet sich dem Thema Künstliche Intelligenz, sein Wissenschaftsthriller »Ewiges Leben« zeigt Chancen und Gefahren der Gentechnik auf. Die zuletzt erschienenen Science-Fiction-Romane »Das Netz der Sterne« sowie »Mars Discovery« führen den Leser in die unbekannten Weiten des Universums.

Andreas Brandhorst

DIE TIEFE DER ZEIT

Roman

PIPER

Entdecke die Welt der Piper Science Fiction:
Piper Science-Fiction.de

Von Andreas Brandhorst liegen im Piper Verlag vor:
Das Schiff
Die Kantaki-Saga (Serie)
Omni
Das Arkonadia-Rätsel
Das Erwachen
Die Tiefe der Zeit
Ewiges Leben
Seelenfänger
Eklipse
Das Flüstern
Das Netz der Sterne
Die Eskalation
Mars Discovery
Sleepless (eBook-Serie)

Unser Versprechen für mehr Nachhaltigkeit
• Klimaneutrales Produkt
• FSC®-zertifiziertes Papier
• Hergestellt in Europa

FSC www.fsc.org MIX Papier aus verantwortungsvollen Quellen FSC® C083411

Ungekürzte Taschenbuchausgabe
ISBN 978-3-492-28248-2
Juni 2021

Umschlaggestaltung: Guter Punkt, München
Umschlagabbildung: Arndt Drechsler
Satz: Fotosatz Amann GmbH & Co. KG
Druck und Bindung: CPI books GmbH, Leck
Printed in the EU

Vereint sind wir stark, geteilt sind wir schwach,
und die Schwachen sterben.

Der Pakt

Inhaltsverzeichnis

Prolog

Die Nacht wurde kälter, der Junge rückte etwas näher ans Feuer. Flammen züngelten, Schatten kamen und gingen. Am dunklen Himmel leuchteten zahllose Sterne.

»Es sieht friedlich aus, nicht wahr?«, fragte die Gestalt auf der anderen Seite des Lagerfeuers. Diesmal war es ein Greis, sein Gesicht schmal und voller Falten, die Augen groß und tief in den Höhlen. Das flackernde Licht verlieh seinen Zügen manchmal etwas Fratzenhaftes.

»So viele Sterne«, sagte der Junge leise. »So viele Welten.« Er wusste längst, dass jeder Stern eine Sonne war und jede Sonne von Planeten umkreist wurde.

»So viele Gefahren«, ertönte wieder die Stimme des Alten. »Weißt du, was ein Dschungel ist?«

»Die Lehrer haben davon erzählt und uns Bilder gezeigt.« Auf Grotenthal gab es keine Dschungel, nur Wälder mit elektrischen Bäumen, die bei einem Gewitter wie Kerzen leuchteten.

»Ein Dschungel ist wild und voller Geschöpfe, die andere Geschöpfe fressen«, sprach der Greis. »Die Schwachen sterben, und manchmal erwischt es auch die Starken, wenn sie nicht aufpassen. Die Sterne dort oben sind wie ein solcher Dschungel.«

»Warum?«, fragte der Junge. Es war eine seiner Lieblingsfragen.

»So will es das Universum. Es will, dass nur der Starke überlebt. Deshalb müssen wir stark sein. Bist du stark, Junge?«

»Ich weiß nicht.«

»Möchtest du stark sein?«

Der Knabe blickte in die Flammen. Das Feuer hatte eine eigene Stimme, es knisterte leise. »Ich denke schon.«

Der Greis nickte. »Du wirst wachsen und stark werden. Und vielleicht ...«

»Ja?«

»Vielleicht«, sagte der Alte, »findest du die Erde.«

»Was ist die Erde?«

»Ein Planet.«

»Es gibt viele Planeten dort draußen. So viele, dass man sie nicht zählen kann.«

»Aber es gibt nur eine Erde.« Der Greis seufzte schwer. »Von dort stammen wir. Unsere Vorfahren, meine ich.«

Das klang seltsam, fand der Junge. »Wir alle kommen von nur einem Planeten?«

»Es ist lange, lange her«, sagte der Alte. »Damals gab es nicht so viele Menschen wie heute. Sie hatten alle auf einem Planeten Platz. Irgendwann verließen sie die Welt, die sie geboren hatte. Ein Paradies soll sie gewesen sein, und es heißt, dass die Menschen aus ihrem Paradies verstoßen wurden.«

»Ein Paradies? Und wer hat die Menschen daraus verstoßen? Der Feind?«

»Könnte sein«, antwortete der Greis ausweichend. »Die anderen Erzähler wissen vielleicht mehr. Irgendwann geriet die Erde in Vergessenheit. Heute ist sie nicht mehr als eine Legende, an die sich nur noch wenige erinnern.«

Legenden waren Geschichten, und der Junge mochte Geschichten. Manchmal, wenn sie interessant genug waren, nahmen sie seine Gedanken gefangen und trugen sie fort.

»Erzähl mir mehr von der Erde«, forderte er den Alten auf.

Wir töten keine Kinder

Prizilla 1

Der Wind wirbelte Staub auf, kalt und tot. Im kraftlosen Schein einer blassen Sonne ragten Ruinen wie bleiche Knochen aus der Ebene.

»Wie lange ist es her?«, fragte Prizilla. Der Atemfilter dämpfte ihre Stimme ein wenig.

»Was glauben Sie?« Ewora, eine der Großen Mütter, die man auch »die Große Ewora« nannte, trug nicht wie sonst ein buntes Amtsgewand, sondern einen kobaltblauen Schutzanzug. Ihr Leib war kostbar – in den vergangenen vierhundert Jahren hatte er mehr als siebzigtausendmal Leben geschaffen. Keine der anderen Großen Mütter konnte von sich behaupten, mehr Kinder zu haben als Ewora.

Die junge Prizilla, kaum fünfzig Jahre alt, ging in die Hocke, berührte den Staub mit bloßen Händen und fühlte seine trockene Kälte. Sie schloss kurz die Augen und lauschte dem Flüstern ihrer Adapter. Konstantin, dachte sie plötzlich und fragte sich, woher der Name kam und was er bedeutete.

»Drei Tage, nicht mehr«, sagte sie und richtete sich wieder auf. Mehrere Waffenplattformen summten über sie hinweg, gelenkt von wachsamen Soldaten. Weiter hinten ragte das Landeschiff wie ein kleiner grauer Berg auf. Licht viel aus Hangars und geöffneten Schleusen in die beginnende Dämmerung. »Es sieht alt aus, aber so fühlt es sich nicht an.«

»Welche Waffe wurde eingesetzt?«

Gibt es Überlebende?, wollte Prizilla fragen, hielt die Worte jedoch zurück. »Kalter Brand.«

Ewora nickte. »Ja.« Die mehr als vierhundert Jahre alte Mutter hob die Arme und sprach wie zu einer großen Menge.

»Der Feind hat erneut zugeschlagen. Vergessen wir nie die Gefahr. Nie!«

»Nie«, wiederholte Prizilla automatisch und beobachtete mit der Zoomlinse in ihrem linken Auge die Soldaten zwischen den Ruinen.

»Nie«, sagte auch die dritte Frau, Nadala, dreißig Jahre älter als Prizilla und Taktikerin von Ewora der Großen. Seit kurzer Zeit leitete sie die Abteilung Acht, die Informationen über den Feind sammelte. »Wenn der Angriff erst drei Tage zurückliegt ... Wo ist der Feind?«

»Sollte das nicht Ihre Abteilung wissen?«, fragte Ewora mit sanfter Kritik. »Vielleicht befindet er sich noch in der Nähe. Vielleicht versteckt er sich irgendwo. Suchen Sie ihn!«

»Gehört und verstanden.« Nadala aktivierte ihren Kommunikator und benutzte die Kampfsprache, um knappe, präzise Anweisungen zu erteilen.

Prizilla fühlte den Blick der Mutter.

»Sie möchten wissen, ob es Überlebende gibt«, sagte Ewora. »Ja. Sieben.« Sie zögerte kurz. »Sieben Kinder.«

Zwei Stunden später befanden sie sich wieder an Bord von Eworas Flaggschiff, der *Speerspitze*, die den Planeten Nimmwa wie ein neuer Mond in einer Höhe von zehntausend Kilometern umkreiste. Prizilla, Nadala und mehrere Berater und Adjutanten hatten sich im Meditationszimmer der Großen Mutter eingefunden, die wieder ein buntes Gewand trug. Prizilla beobachtete Ewora: Sie stand vor dem Wandschirm, der nicht nur den Planeten und die Schiffe der Eskorte zeigte, sondern auch die Transitstation mehrere Hundert Millionen Kilometer oberhalb der Ekliptik. Die entsprechenden Bilder waren fast zwanzig Minuten alt – so lange dauerte die Signalübertragung.

»Ein Zufall?«, fragte Ewora. »Bei meiner Rundreise durch die Peripherie war ein Besuch von Nimmwa nicht vorgesehen. Der Flug hierher ...« Sie bewegte die linke Hand, eine knappe Geste. »Ich habe aus dem Stegreif entschieden. Eine

Kolonie, die ich noch nicht kannte. Eine Welt, besiedelt von einem kleinen Kolonieschiff, ausgesandt vor ...« Sie zögerte.

»Vor neunundsiebzig Jahren«, sagte Prizilla.

»Ja.« Ein kurzes Lächeln huschte über das schwammig wirkende Gesicht. »Dreißig Jahre vor Ihrer Geburt.«

»Ich glaube nicht an solche Zufälle«, warf Coridian ein. Er saß bei den anderen Beratern, groß und kräftig, mit dreihundert Jahren an der Grenze des männlichen Greisenalters. Coridian war einst einfacher Soldat gewesen, und die vier Silben seines Namens – sehr außergewöhnlich für einen Soldaten – deuteten auf viele Beförderungen hin. Seit Jahrzehnten zählte er zu den klugen Stimmen, denen die Große Ewora Gehör schenkte. »Informationen sind geflossen.«

»Woher?«, fragte die Taktikerin Nadala mit leisem Spott. »Und wohin?«

Coridian ging nicht darauf ein, weder auf den Spott noch auf die Fragen an sich. »Drei Tage!« Er gab den Worten mehr Nachdruck. »Wir sind seit einem Jahr unterwegs. Drei Tage sind nichts. Der Angriff hätte auch uns treffen können. Die Crul müssen gewusst haben, dass wir hierher unterwegs waren. Sie hatten es auf die Große Ewora abgesehen.«

Die Crul ... Das unterschied Coridian von vielen anderen, erinnerte sich Prizilla. Er nannte den Feind beim Namen.

Ewora wandte den Kopf. »Prizilla?«

»Wie kann der Feind davon gewusst haben, wenn Sie selbst bis vor wenigen Tagen nichts davon wussten?«, erwiderte sie. »Es *muss* Zufall gewesen sein, ein gefährlicher Zufall. Der Angriff galt nicht uns, sondern unserer Kolonie auf Nimmwa.«

»Ja.« Ewora seufzte. »Hiermit stelle ich die obligatorische Frage: Haben wir einen Hinweis auf die Hauptstreitmacht des Feindes? Könnte dieser Angriff Teil der entscheidenden Inkursion sein?«

Schweigen breitete sich im Meditationszimmer der Mutter aus. Die ersten Nachrichten von einer Hauptstreitmacht des Feindes hatten den Pakt der Menschenwelten vor vier

Jahrhunderten erreicht, kurz nach Eworas Geburt. Seitdem waren die Angriffe häufiger geworden, doch wenn es die legendäre Hauptstreitmacht tatsächlich gab, so schien sie noch unterwegs zu sein, irgendwo zwischen den Sternen.

»Nein«, antwortete Prizilla. »Wir haben Daten gefunden, automatische Aufzeichnungen von Sensoren, sowohl in den Trümmern der beiden Koloniestädte als auch bei den Resten von Satelliten. Es gibt keine Hinweise auf die Hauptstreitmacht.«

Ewora nickte knapp. »Gut.«

»Aber es gibt etwas, das diesen Angriff von den anderen unterscheidet«, fuhr Prizilla fort. »Nicht nur der Feind war hier. Die Ortungsdaten deuten außerdem auf die Präsenz eines fremden Schiffes hin. Dies ist seine energetische Signatur.« Ihr Kommunikationsadapter sendete die Informationen – sie erschienen in einem Fenster des großen Wandschirms.

»Was bedeutet das?«, fragte Nadala. Eine subtile Schärfe lag in ihrer Stimme. Vielleicht ärgerte es sie, dass sie als Taktikerin nicht vorab in Kenntnis gesetzt worden war.

»Ein neuer Feind?«, brummte Coridian.

»Wir wissen es nicht«, sagte Prizilla vorsichtig. »Vielleicht handelt es sich um einen neuen Schiffstyp des Feindes.«

Ewora sah sie an. »Ging der Angriff von diesem neuen Schiff aus?«

»Einen solchen Schluss lassen die Sensordaten nicht zu«, antwortete Prizilla.

»Aber die Daten sind nicht vollständig?«

»So ist es.«

Ewora kehrte zum Tisch zurück. »Was die Überlebenden betrifft ...«

»Sie müssen getötet werden«, sagte die Taktikerin Nadala.

Bei den Beratern breitete sich Unruhe aus. Prizilla hob die Brauen. »Es sind Kinder.«

»Es sind mutterlose, vom Feind berührte Kinder«, betonte Nadala.

»Wir wissen nicht, ob der Feind sie berührt hat.«

»Jedes Risiko muss vermieden werden.« In Nadalas Augen blitzte es. »Gerade Sie als Strategin sollten das wissen.«

»Wir töten keine Kinder«, sagte Prizilla geduldig. »Kinder sind unsere Zukunft.«

»Alle anderen sind tot oder verschwunden! Warum hat der Feind ausgerechnet diese sieben Kinder am Leben gelassen?«

»Wir töten keine Kinder«, wiederholte Prizilla.

Ewora die Große hob die Hände und wandte sich an ihre Berater. »Bitte gehen Sie! Und Sie ebenfalls, Nadala. Ich möchte allein mit Prizilla reden.«

Coridian und die anderen erhoben sich wortlos und verließen den Raum. Nadala öffnete den Mund, schloss ihn wieder und ging ebenfalls.

Prizilla saß an ihrem Platz und wartete stumm.

»Nadala ist manchmal ... sehr strikt«, sagte Ewora schließlich. »Aber sie will das Richtige. Es ist wichtig, dass Sie das nie vergessen. Nadala ist eine ausgezeichnete Taktikerin. Doch um den richtigen Weg in die Zukunft zu finden, brauchen wir mehr Strategie als Taktik.«

Prizilla wartete noch immer. Der Wandschirm hinter der Großen Mutter zeigte einen von Nimmwa zurückkehrenden Orbiter, und sie beobachtete, wie er von einem Eskortenschiff aufgenommen wurde.

Ewora bemerkte ihren Blick. »Die Kinder«, erklärte sie. »Natürlich töten wir sie nicht. Sie sind wenige Monate alt. Ich habe Anweisung erteilt, sie der Obhut einer Ziehmutter zu übergeben, bis ihre Gene in ein oder zwei Jahren entscheiden, was aus ihnen werden soll. Was meinen Sie, Prizilla? Warum haben diese sieben Kinder den Angriff des Feindes überlebt?«

»Zu wenige Daten«, sagte Prizilla vorsichtig.

»Sie wissen es nicht.«

»Nein.«

»Was sagt die Intuition der Strategin?«

Prizilla lauschte ihrer unentwegt raunenden inneren Stimme. Doch die blieb wortlos, ohne klare Botschaft. »Wir töten keine Kinder.«

»Natürlich nicht. Wir sind Mütter. Wie viele Kinder haben Sie, Prizilla?« In ihr buntes Amtsgewand gehüllt stand Ewora vor dem Tisch, das schwammige, von Falten durchzogene Gesicht sanft, der Blick nachdenklich.

»Nicht annähernd so viele wie Sie«, erwiderte Prizilla. »Nur dreihundertneun. Meine Eizellen wachsen langsamer, und nicht alle eignen sich für die Befruchtung. Außerdem gingen zweiunddreißig von ihnen durch einen Unfall im Lebensturm von Amliss verloren.« Etwas leiser fügte sie hinzu: »Ich bedauere sehr, dass ich nicht mehr Kinder habe.«

»Das ist der Preis, den Sie für Ihre strategischen Einsichten bezahlen. Jeder von uns bezahlt einen Preis. Bei Nadala ist er höher als bei anderen. Sie hatte nur drei Kinder – drei! – und verlor sie bei einem Angriff des Feindes auf Anbar, vor dreizehn Jahren.«

»Oh. Ich wusste nicht ...«

»Ich sage es Ihnen im Vertrauen, Prizilla. Es bleibt unter uns, wie auch alles andere.«

»Gehört und verstanden.«

»Ich sage Ihnen noch etwas anderes im Vertrauen.« Ewora holte tief Luft. »Mir bleiben nur noch zwei Jahre, vielleicht weniger. Die physische Degeneration hat bereits begonnen und lässt sich nicht aufhalten. Das ist mein Preis, den ich für die vielen Kinder zahlen muss.«

Prizilla sah sie erschrocken an. »Unsere Mediker ...«, begann sie. »Es muss doch möglich sein ...«

»Nein. Die besten Mediker haben bereits alles versucht. Ich werde sterben, in spätestens zwei Jahren. Andere Mütter werden sechs- oder siebenhundert Jahre alt, aber ich muss mich mit etwas mehr als vier Jahrhunderten begnügen.« Ewora richtete einen strengen Blick auf Prizilla. »Dies bleibt unter uns.«

»Ja, natürlich. Ich ... habe gehört und verstanden.« Prizillas

Gedanken wirbelten durcheinander wie welkes Laub im Herbstwind.

»Ich möchte, dass Sie meine Nachfolgerin werden.«

»*Was*?«, entfuhr es Prizilla.

Ewora setzte sich und legte die Hände auf den Tisch. Hinter ihr, graubraun und wolkenverhangen, drehte sich Nimmwa auf dem Wandschirm.

»Ich bin nur eine einfache Mutter«, sagte Prizilla leise. »Ich …«

»Sie sind die beste Strategin, die ich kenne«, sagte Ewora. »Sie haben Weitblick, Maß und die überaus kostbare Fähigkeit, zur richtigen Zeit die richtigen Entscheidungen zu treffen. Beides brauchen wir für die Zukunft. Ich habe das Recht, meine Nachfolgerin selbst zu bestimmen. Das Gremium der Großen Mütter muss meine Wahl akzeptieren, ob es ihm passt oder nicht.« Ein Schatten schien auf Ewora zu fallen. Plötzlich wirkte sie sehr müde. Die Falten in ihrem Gesicht schienen tiefer und länger zu werden.

Ewora, in der Blüte ihrer Jahre und doch dem Tod geweiht, atmete durch und bewegte die Hand. Das Gesteninterface reagierte, und die Darstellung der dreihundert Millionen Kilometer entfernten Transitstation über der Ekliptik des Sonnensystems schwoll an. Einzelheiten wurden erkennbar: der Trichter des Fulkrums, das der *Speerspitze* und ihrer Eskorte einen Sprung über fast siebzig Lichtjahre ermöglicht hatte, und darunter, dem System mit Nimmwa um dreihunderttausend Kilometer näher, die Anomalie – sie ermöglichte es dem Fulkrum, einen Tunnel durch Raum und Zeit zu schaffen.

Ewora hob die rechte Hand ein wenig, und grafische Einblendungen erschienen.

»Die Transitstation ist gesichert, das Tor geschlossen, aber die Anomalie bleibt aktiv. Ich vermute, dass der Feind von dort kam, nicht durch das Fulkrum, sondern über eine der Zeitstraßen der Anomalie. Ein sehr gewagtes Unterfangen, denn die Straßen sind alles andere als stabil, sie unterliegen energetischen Schwankungen.«

Prizilla erkannte sofort die Bedeutung hinter Eworas Worten. »Der Feind kam aus der Vergangenheit?«

»Die Zeitstraßen führen nur in eine Richtung: in die relative Zukunft ihrer Benutzer. Monate und Jahre oder auch Jahrhunderte, Jahrtausende. Der Angriff hier, an diesem Ort, an unserer Peripherie, kam jedoch aus der Vergangenheit.«

Prizilla versuchte zu verarbeiten, was Ewora die Große ihr da eröffnete, doch die Strategin in ihr zog bereits erste Schlussfolgerungen. »Sie denken an Planung über Raum und Zeit hinweg.«

»Wir haben gelernt zu überleben«, sagte Ewora langsam und mit rauer Stimme. »Wir haben gelernt, nicht zu vergessen. Nie. *Nie.* Aber der Mensch gewöhnt sich an alles. Auch an Gefahr und Bedrohung. Dass wir bisher überlebt haben, bedeutet nicht, dass wir immer überleben werden. Wir müssen wachsam bleiben, ständig auf der Hut, immerzu bereit. So will es das Gesetz der Evolution. Wenn man die Milchstraße beobachtet, des Nachts an einem klaren Himmel oder von der Beobachtungsplattform eines Raumschiffs aus, sieht alles nach einem ruhigen, friedlichen Sternenmeer aus. In Wirklichkeit findet darin seit Jahrmilliarden ein wilder Überlebenskampf statt, in dem sich nur der Starke durchsetzt. Wir dürfen nicht schwach werden. Nicht einen Tag, nicht eine Stunde. Das haben wir damals gelernt, als wir am Rand der Auslöschung standen. Von den Generationen vor uns haben wir nicht nur den Feind geerbt, sondern auch den festen Willen, stark zu sein. Wir dürfen nicht schwach werden.«

»Niemals«, sagte Prizilla.

»Evolution«, wiederholte Ewora. »Nur die Starken überleben, im Kleinen wie im Großen, auf einem Planeten und in der Galaxis. Das Universum ist unerbittlich. Es bestraft die Schwachen mit dem Tod.« Bei diesen Worten verzog sie das Gesicht. »Ich bin mir sicher, dass der Feind einen Plan verfolgt, der Jahrhunderte oder vielleicht sogar Jahrtausende überspannt. Der Angriff auf Nimmwa, über eine Zeitstraße aus der Vergangenheit, ist Teil dieses Plans. Ihre Aufgabe wird es sein, diesen Plan aufzudecken, ihn zu verstehen und alle notwendigen Gegenmaßnahmen zu ergreifen. Das Schicksal der Menschheit könnte davon abhängen.«

Es waren schwere Worte, und das Gewicht, das plötzlich auf Prizillas Schultern lag, schien noch schwerer zu sein, so schwer, dass sie leise ächzte.

»Sie sind am besten geeignet, den Plan zu erkennen«, schloss Ewora. »Es ist eine große Verantwortung, aber ich weiß, dass Sie ihr gerecht werden können, denn Sie sind stark.«

Wir lassen niemanden im Stich

2 Sechs Jahre später

Jarl

Aus der Hand des Knaben rann Blut, gelb wie Schwefel – Soldatenblut. Jarl hatte nie Soldat werden wollen, aber in diesem Moment wünschte er sich Geschick und Kraft eines Kriegers.

Er lag zwischen den Steinen des Übungsplatzes, schmeckte Staub und Niederlage. Direkt über ihm gleißte Grotenthals Sonne am Himmel, er blinzelte in ihrem Schein.

»Steh auf!«, rief der Lehrer. »Du lebst noch. Kämpfe!«

Dies ist dumm, dachte Jarl.

Ruk stand vor ihm: mit acht Jahren zwei Jahre älter, einen Kopf größer und in den Schultern fast doppelt so breit. Jarl blickte zu ihm hoch. Wie sollte man einen solchen Gegner besiegen, jemanden, der viel stärker war?

Ein Summen lag in der Luft. Es stammte nicht von Insekten, sondern von den elektrischen Bäumen am Rand des Übungsplatzes. Vielleicht fühlten sie ein heranziehendes Unwetter, obwohl noch keine Wolke am Himmel zu sehen war.

»Du sollst aufstehen!«, rief der Lehrer. Er hieß Dotas, ein erfahrener Offizier, der sich die zweite Silbe seines Namens vor vielen Jahren verdient hatte. Angeblich durfte er damit rechnen, bald eine dritte zu erhalten: eine Beförderung in den Kommandostab, vielleicht zum militärischen Kommandeur von Grotenthal.

Jarl stand auf und ballte die rechte Hand zur Faust. Er ballte sie nicht, um damit zuzuschlagen, sondern damit man das gelbe Blut nicht sah.

Die anderen Kinder, nicht eins von ihnen mutterlos wie er, standen am Rand des Platzes und beobachteten das Geschehen. Ihre Gesichter blieben, mit einer Ausnahme, maskenhaft starr. Sie hatten gelernt, ihre Gedanken und Gefühle zu verbergen, während sie bei anderen nach Schwächen Ausschau hielten, um als Sieger aus den Duellen hervorzugehen. Nur Sotias Augen blieben nicht distanziert und berechnend; Mitgefühl zeigte sich in ihnen.

»Der Kampf ist noch nicht entschieden!«, verkündete Dotas. »Noch hast du eine Chance, Jarl!«

»Schwächling«, brummte Ruk leise.

Jarl sprach seinen Gedanken laut aus. »Das ist dumm.«

»Dumm?«, wiederholte der Lehrer und griff nach seinem Strafstab. »Du nennst das hier *dumm*?«

»Warum kämpfen wir gegeneinander?« Jarl wusste, dass er die Worte besser für sich behalten hätte, aber sie drängten aus ihm hinaus. »Warum verletzen wir uns gegenseitig? Wir sind keine Feinde. Dies ist sinnlos.«

»*Sinnlos*?«, donnerte Dotas. »Zeig ihm, wie ›sinnlos‹ dies ist, Ruk!«

Der größere Junge trat einen Schritt näher. Jarl blieb reglos stehen. Er erinnerte sich an die Lektionen, er wusste, wie man sich schützte und wie man angriff, aber seine Arme blieben schlaff, die Hände unten. Es ist dumm, dachte er erneut. Ich möchte woanders sein.

Ruk schmetterte ihm die Faust an den Kopf, gegen die linke Schläfe. Das Gleißen der Sonne verschwand, Nacht legte sich über Jarl, viel zu schnell, viel zu früh.

Schmerz zerriss die Dunkelheit und brachte Licht zurück. Erneut lag er auf dem Boden, das Gesicht nass von gelbem Blut – beim Fallen war er mit dem Kopf gegen einen scharfkantigen Stein gestoßen. Ruk stand dort, mit einem spöttischen Grinsen im Gesicht.

»Ach, du wirst nie Soldat«, sagte er. »Du bist zu schwach.«

Der Junge, der Sieger, ging, und jemand anders kam, eine noch größere Gestalt, mit einem dritten Bein, in dem zahlreiche biomechanische Adapter steckten. Jarl hatte erst zwei Adapter, seit einigen Monaten, und möglicherweise waren sie beschädigt worden, denn seine Sinne spielten verrückt. Sie präsentierten ihm das Summen der elektrischen Bäume als lautes Tosen, wie von einem nahen Wasserfall, und verwandelten das Gesicht des Lehrers in die Fratze eines dämonischen Wesens, wie man es vielleicht auf einer Gespensterwelt erwarten durfte.

»*Du* bist dumm«, sagte Dotas. »Der Schwache leidet, der Schwache stirbt. Der Starke triumphiert und überlebt. Du bist sechs Jahre alt. Es ist höchste Zeit, dass du das verstehst.«

Mit einem Schnauben wandte sich der Lehrer ab und ging. Jarl blieb zwischen den Steinen liegen, mit Blut auf Stirn und Wangen. Er wagte nicht aufzustehen, aus Furcht, dass die Beine unter ihm versagten und seine Schwäche noch deutlicher machten.

Etwas später, als die heiße Sonne das Blut in seinem Gesicht zu einer Kruste getrocknet hatte, berührte ihn etwas Kühles und Feuchtes an Stirn und Schläfe. Wassertropfen trafen seine Lippen, und er öffnete instinktiv den Mund.

»Es war nicht fair.« Sotia, das zusammengebundene Haar schwarz wie die Nacht, gab ihm zu trinken. »Ich meine, gegen Ruk konntest du gar nicht gewinnen, weil er viel stärker ist. Und ... wir lassen niemanden im Stich. Wir lassen niemanden zurück.« Die Worte stammten nicht von ihr, sondern von den Lehrern. »Niemand bleibt einfach im Staub liegen, von den anderen vergessen.«

»Danke«, wollte Jarl antworten, aber es wurde nur ein Krächzen daraus.

»Komm.« Sotia half ihm auf die Beine. »Komm, ich bringe dich zum Lazarett.«

3

Jarls Bett befand sich direkt am Fenster, und als er nach draußen blickte, sah er einen Schwarm Inniwori, die hoch genug flogen, um von den Verteidigungssensoren des Lagers nicht als Bedrohung eingestuft zu werden. Sie kamen aus dem Tiefland im Süden und wollten vermutlich zu ihren Siedlungen im nördlichen Bergland zurückkehren. Für einen Moment stellte sich Jarl vor, mit ihnen zu fliegen und die Welt mit ihren Augen zu sehen: tief unten ausgebreitet, die Berge und Täler klein, die Ebenen ein Fleckenmuster aus violetten Elektrowäldern, weißem Kalkstein und ockerbraunem Blutdorn.

Durch die offene Tür erreichten ihn die Stimmen der Mediker aus dem Nebenzimmer.

»Er erholt sich schnell«, sagte jemand. »Die Nanobots in seinem Blut beschleunigen die Heilung.«

»Seine Adapter wurden beschädigt«, fügte jemand anders hinzu und bestätigte Jarls Befürchtung. »Einen müssen wir vielleicht neu im Rückenmark implantieren.«

»Warten wir ein oder zwei Tage. Vielleicht kümmern sich die Nanobots auch darum.«

Die Stimmen verwendeten eine langsame Sprache – L_{17} oder L_{18}, nahm Jarl an, eine der wissenschaftlichen Sprachen voller Fachausdrücke, die er nicht kannte –, und er lauschte vor allem dem Klang, nicht unbedingt den Worten. Nach einer Weile schloss er die Augen und entspannte sich. Im Lazarett fühlte er sich gut aufgehoben. Zwar gab es auch hier Schmerz und Schwäche, aber mit Aussicht auf Heilung und Erholung.

Schließlich hörte er Schritte, und als er die Lider hob, stand Zejala neben seinem Bett. Die Erste Medikerin des Lazaretts war so dürr, als würde sie nur aus Haut und Knochen bestehen, und wenn sie sich bewegte, knackte und knisterte es leise. Mehr als achthundert Jahre sollte sie alt sein, mit so vielen Verdiensten, dass ihr vollständiger Name angeblich zwölf Silben hatte. Ihre großen Augen – grün wie Smaragd von zahlreichen medizinischen Mikroimplantaten – wirkten jung und sehr lebendig.

Zejala lächelte, als sie sich über Jarl beugte und ihm eine ledrige Hand mit sieben dünnen Fingern auf die Wange legte. »Wie geht es uns?«, fragte sie freundlich. Stets sprach sie von *wir*, als nähme sie an allem selbst Anteil.

»Besser«, antwortete Jarl. Es hörte sich an wie »Grl«.

»Der Stimmapparat gehorcht dir noch nicht«, sagte Zejala. »Das ist Teil einer Störung deiner motorischen Funktionen.« Sie zog die Hand zurück, lächelte und benutzte die L_1-Allgemeinsprache. »Du hast einen sehr heftigen Schlag abbekommen. Ruk hätte auch weniger fest zuschlagen können, um den Sieg davonzutragen. Aber wir bringen dich wieder auf die Beine, keine Sorge.«

Jemand erschien in der Tür, ein Mann mit drei Beinen, gekleidet in eine schlichte graue Uniform.

»Wie geht es ihm?« Dotas verzichtete auf die Kampfsprache und benutzte ebenfalls L_1. Die erste Allgemeinsprache veränderte den Klang seiner Stimme.

»Er lebt noch, und er wird weiterleben«, antwortete Zejala.

»Gut«, brummte Dotas. Es klang nicht sehr erfreut, fand Jarl. »Gut. Was ist mit morgen? Kann er an dem Marsch teilnehmen?«

»Ich denke schon. Allerdings sollten Sie ein wenig Rücksicht auf ihn nehmen.«

Dotas kam näher. Schweiß glänzte auf seinem kahlen Schädel. Draußen war es noch immer heiß.

»Was ist nur los mit ihm?«, fragte er. »Er hat die Gene eines Soldaten, sein Blut ist der Beweis, aber er bleibt schwach.«

»Es steckt Kraft in ihm«, erwiderte Zejala.

»Diese Kraft sollte bald erwachen«, brummte Dotas. »Wenn nicht ... Vielleicht gehört er nicht zu uns. Morgen, Jarl, hast du gehört? Morgen kannst du mir etwas von der Kraft zeigen, die angeblich in dir steckt.«

Ich bin krank, wollte Jarl erwidern. Ich bin verletzt. Doch mehr als ein leises Krächzen brachte er nicht hervor. Am liebsten hätte er sich die Bettdecke über den Kopf gezogen.

Dotas nickte ihm einen wortlosen Gruß zu und verließ das Genesungszimmer.

»Er ist ein guter Soldat«, sagte Zejala. Ihre Fingerkuppen strichen Jarl über Stirn und Kinn. »Er hat an vielen Kämpfen gegen den Feind teilgenommen. Aber manchmal ...« Die Hand mit den sieben Fingern wich zurück. »Erhol dich gut, Jarl! Sammle Kraft! Wir helfen dir. Wir geben dir etwas, das die Schwäche aus dir vertreibt, damit du morgen stark bist.«

Jarl war müde. Er wollte schlafen, lange schlafen, und als anderer Mensch erwachen.

»Brauchst du etwas, Junge? Hast du einen Wunsch?«

Er wünschte sich viele Dinge, vor allem ein anderes Leben. Aber in diesem Augenblick dachte er an seinen Talisman, den einzigen Beweis, dass er nicht mutterlos war, wie die anderen behaupteten. Jedes Kind bekam bei der Geburt einen Talisman, auch er hatte einen bekommen, obwohl er nicht wusste, wer seine Mutter war.

»Ich möchte meinen Talisman«, wollte er sagen, doch sein Mund machte »Krlkgrt« daraus.

4

Am Abend, es war bereits dunkel geworden, kam Sotia, wie Ruk zwei Jahre älter als Jarl, aber klein und drahtig. Sie trug weder Uniform noch Kampfanzug, sondern einen gelben Overall, geschmückt mit bunten Bildern von Planeten, Sonnen und galaktischen Feuerrädern. Vor Jarls Bett drehte sie sich um die eigene Achse.

»Gefällt es dir? Sag, dass es dir gefällt!«

»Es ist hübsch«, erwiderte Jarl, der wieder sprechen konnte. Seine Zunge war noch immer schwer und taub, aber sie gehorchte ihm wieder.

»Ich habe die Bilder selbst gestickt«, sagte Sotia stolz. Ihr schwarzes Haar war noch immer zusammengesteckt und wirkte wie eine dunkle Wolke, die sich auf ihrem Kopf niedergelassen hatte. »Mit Mikrohologrammen, die selbst hier funktionieren, trotz der Inhibition.« Sie drehte sich erneut, um es zu zeigen, und die Planeten und Sterne umkreisten einander.

»Vielleicht …« Sotia blieb stehen und hob die Arme. »Vielleicht werde ich einmal Pilotin eines Kundschafters. Dann kann ich dies alles mit eigenen Augen sehen.«

Jarl lächelte unwillkürlich. Es verging kaum ein Tag, an dem Sotia nicht etwas anderes werden wollte, aber alle glaubten, dass sie eines Tages eine Mutter sein würde, vielleicht sogar eine Große Mutter. Deshalb begegneten ihr die anderen mit Respekt, selbst Ruk.

Sie kam näher. »Wie geht es dir?«

Es erstaunte Jarl, wie sehr er sich freute, sie zu sehen. »Gut. Es geht mir gut.«

Sotia musterte ihn skeptisch im Licht der Lampe, das von der Seite auf ihn fiel. »Dein Gesicht sieht schrecklich aus.«

»Danke!«

Das Mädchen, das vielleicht einmal eine Mutter sein würde, gluckste leise. »So habe ich das nicht gemeint. Ich meine …«

»Ich weiß.«

Sotia kam noch etwas näher. Als sie direkt neben dem Bett stand, nahm Jarl ihren Geruch wahr. Er erinnerte ihn an Aromazucker – ab und zu bekam er etwas von den freundlichen Köchen – und an den Duft von Stachelblumen, die manchmal, nach einem schweren Gewitter, zwischen den Elektrobäumen wuchsen. Doch bei ihr gab es keine Stacheln.

»Ruk wird nicht aufhören, Jarl. Er wird die nächste Gelegenheit nutzen, dich erneut zu schlagen, noch fester und noch gemeiner. Er ist stark, und du gibst ihm das Gefühl, noch stärker zu sein.«

»Ja«, räumte Jarl niedergeschlagen ein.

»Irgendwann bleibt es vielleicht nicht bei einem zerschundenen Gesicht, Jarl. Irgendwann verletzt er dich vielleicht so schwer, dass man dir hier auf Grotenthal nicht helfen kann. Die Inhibitoren sind noch immer aktiv. Nicht nur die Technik der Inniwori ist davon betroffen, auch unsere. Wenn dir die Mediker nicht mehr helfen können ...«

»Die Schwachen sterben«, sagte Jarl.

»Ich möchte, dass du lebst«, erwiderte Sotia. »Du musst es lernen. Du musst lernen, dich zu wehren.«

»Ruk ist viel stärker als ich.«

»Kraft ist nicht alles«, sagte Sotia. »Du bist der beste Schütze von uns. Nicht, weil du die besten Augen hast, sondern weil du es am besten kannst.«

Atmung, dachte Jarl. Das Gefühl, mit der Waffe eins zu werden. Man verwandle ihren Lauf in einen Finger, der auf das Ziel deutet. Das Schießen war leicht, erst recht, wenn das Ziel nicht aus lebendem Fleisch bestand.

»Vergiss nicht, was Lehrer Torold sagt«, fügte Sotia hinzu. »Es ist nicht immer die Kraft des Körpers, die den Ausschlag gibt. Es kommt nicht nur auf die Muskeln an, auch auf den Kopf. Die Kraft des Geistes kann die des Körpers besiegen, wenn man sie richtig einsetzt. Du musst schlau sein.«

»Lehrer Torold hatte dreihundert Jahre Zeit, die Macht des Geistes zu erlernen«, gab Jarl zu bedenken. »Ich bin erst sechs.«

»Lern schnell«, riet ihm Sotia. »Ruk wird dich weiterhin drangsalieren. Kommst du morgen mit?«

»Ja.«

Etwas in diesem Wort verriet ihn.

»Du würdest lieber hierbleiben, nicht wahr? Hier im Lazarett, im Bett.«

»Oder in der Baracke. Oder in der Bibliothek.«

»Jarl ...«, sagte Sotia. Es klang traurig. »Du musst dich zusammenreißen. Du musst wachsen. Was soll sonst aus dir werden?«

»Kein Soldat.« Plötzlich hatte Jarl Tränen in den Augen. So erging es ihm manchmal bei Sotia. Ihre Stimme und ihr Blick erreichten etwas in ihm, das sich in einer dunklen Ecke versteckte und verzweifelt nach einem Ausweg suchte. »Ich möchte weg von hier.« Er hasste den weinerlichen Klang seiner Stimme. »Ich möchte jemand anders sein.«

»Wie könntest du jemand anders sein? Du bist Jarl. Wir sind Soldaten, unsere Mütter haben uns dazu gemacht. Wir müssen unseren Weg gehen. Wie alle anderen.«

»Dies ist nicht mein Weg!«

»Es gibt keinen anderen für dich, Jarl. Du wirst nicht immer sechs Jahre alt sein. Du wirst wachsen und stärker werden, und wenn du klug bist, wenn du lernst und aufpasst, kannst du Ruk eines Tages besiegen.«

Jarl wischte die Tränen fort.

»Morgen soll es ein Unwetter geben«, fügte Sotia hinzu. »Die Bäume fühlen es bereits und summen. Der Marsch könnte sehr anstrengend werden, sogar gefährlich. Ruh dich gut aus!«

Sie beugte sich vor und berührte ihn an der Wange wie zuvor Medikerin Zejala, aber diese Berührung fühlte sich anders an. Sie hinterließ ein sonderbares Prickeln auf der Haut und half ihm dabei, Tränen und Verzweiflung zu vergessen.

»Oh, und bevor ich es vergesse.« Sotia lächelte. »Ich habe dir etwas mitgebracht.« Sie holte einen kleinen Gegenstand hervor, eine halb transparente Kugel mit einem Durchmesser von zweieinhalb Zentimetern.

»Mein Talisman!«

»Ich dachte mir, dass du ihn vielleicht vermisst.« Sotia gab ihm die kleine Kugel. »Bis morgen!« Sie huschte davon.

Jedes Kind bekam einen Talisman von seiner Mutter, so wollte es die Tradition. Meistens waren es kleine Figuren mit symbolischer Bedeutung, die vielleicht Hinweise darauf boten, was aus dem Jungen oder dem Mädchen einmal werden sollte – wer wusste besser als die Mutter, welche Straße des Lebens die Gene vorsahen? In vielen Fällen enthielten die Talismane auch aufgezeichnete Botschaften, einige wenige Worte, die die Mutter an ihren Sohn oder die Tochter richtete – gute Wünsche und der eine oder andere Rat. Manchmal war der Talisman sogar noch mehr, eine Geste der Liebe.

Jarls Talisman bewies nicht nur, dass er tatsächlich eine Mutter hatte – er enthielt Geschichten.

Oder vielleicht waren es Träume, die ihm Geschichten erzählten, denn er begegnete den Erzählern immer nur, wenn er tief und fest schlief. Nicht ein einziges Mal in seinem sechs Jahre jungen Leben hatte er die Stimmen im wachen Zustand gehört.

Später am Abend, nachdem er nahrhaften Brei gegessen und eine halbe Stunde in der stählernen Umarmung von Zejalas Heilkapsel verbracht hatte, kroch er wieder unter die dünne Bettdecke, lauschte einige Minuten lang dem Summen der elektrischen Bäume am Rand des Lagers, schaltete dann die Lampe aus und holte die kleine Kugel hervor. Zuerst blieb sie dunkel, aber als er sie mehrmals gedreht hatte, erschien in ihrem Innern ein winziges Licht, wie der eingefangene Funke eines Feuers.

Jarl schloss die Hand um die Kugel und das kleine Licht darin – die Hand, aus der am Nachmittag gelbes Soldatenblut getropft war –, senkte dann die Lider und wünschte sich den Schlaf herbei.

M wie Mutation

5 Prizilla

Dies war Memoria, siebte der zweiundneunzig Kernwelten und vielleicht die wichtigste, denn hier ruhte das Gedächtnis des Pakts. Hier lebte die Vergangenheit – oder Teile von ihr – und flüsterte in den Sälen der Erinnerung. Hier schlief das Orakel, dessen Stimme seit Dutzenden von Generationen niemand mehr gehört hatte. Hier waren die Großen Mütter beigesetzt, als letzte von ihnen Ewora vor vier Jahren. Und hier sprach die Gemeinsame Stimme des Pakts: der Kongress, der alle fünf Jahre tagte, um wichtige Entscheidungen zu treffen und den Weg in die Zukunft zu wählen. Als Eworas Strategin hatte Prizilla Memoria mehrmals besucht und auch vor dem Kongress gesprochen, aber diesmal kam sie nicht als Beraterin, sondern als Nachfolgerin Eworas der Großen. Nicht alle Kongressmitglieder würden sie mit Wohlwollen empfangen, denn mit ihren gut fünfzig Jahren war sie jung, und außerdem konnte sie nur wenige Hundert Kinder vorweisen. Als Prizilla den Orbiter verließ und ihren Fuß auf den Boden von Memoria setzte, fragte sie sich kurz, ob jemand im Kongress eine Abstimmung verlangen würde. Es hätte Eworas Willen widersprochen, aber das Gesetz sah eine solche Möglichkeit vor.

Die Eskorte schwärmte aus: zwölf bewaffnete Soldaten in leichten Körperpanzern. Sie bildeten einen Kordon, mit Prizilla und ihrem Adjutanten Coridian in der Mitte.

»Dort kommt Nadala«, sagte Coridian. Er benutzte einen Akustikschild, damit nur Prizilla ihn hörte. »Ihre Einstellung hat sich in den vergangenen Monaten nicht geändert.«

»Noch immer Neid?«, erwiderte Prizilla und schritt erst

durch weiches Gras und dann über schneeweißen Kies. Direkt vor ihnen ragte einer der Lebenstürme auf. Glas und Kristall glitzerten im Schein der fast im Zenit stehenden weißgelben Sonne. Vertikale Gärten durchzogen den Turm wie mit grünen Adern.

»Ich glaube nicht, dass sie neidisch ist«, brummte Coridian. Er zögerte nicht, ihr zu widersprechen, wenn er das für erforderlich hielt. Es war eine seiner Eigenschaften, die Prizilla besonders schätzte, denn sie fühlte sich von zu vielen Personen umgeben, die allem zustimmten, was sie sagte. Coridian nannte die Dinge beim Namen, selbst den Feind. »Sie ist vor allem enttäuscht. Weil sie fest damit gerechnet hat, dass Ewora die Große sie zu ihrer Nachfolgerin bestimmen würde.«

Prizilla beobachtete Nadala mit der Zoomlinse im linken Auge und sah ein weißes, maskenhaft starres Gesicht.

»Sie wird ebenfalls vor dem Kongress sprechen«, sagte Coridian. »Nicht als Taktikerin, sondern als Oberhaupt der Abteilung Acht.«

»Hat sie vor, einen Wahlantrag zu stellen?« Das passierte ihr manchmal bei Coridian. Sie sprach ihre Gedanken aus, ohne die Worte vorher zu prüfen.

»Ich weiß es nicht«, antwortete ihr Adjutant. »Es wäre eine offene Konfrontation, und dazu ist sie vielleicht noch nicht bereit.«

Ein Windstoß erfasste Nadalas rotes Haar, und für einen Moment sah es aus wie die flackernde Flamme eines Feuers. Der Sicherheitskordon öffnete sich vor ihr und der Fürsorgerin aus dem Lebensturm.

Nadala neigte kurz den Kopf. »Strategin ...«

Prizillas offizieller Titel lautete »Suprema«, aber Nadala verwendete noch immer den alten. Als Taktikerin und Leiterin der Abteilung Acht konnte sie sich solche Freiheiten erlauben.

»Freut mich, Sie wiederzusehen, Nadala«, sagte Prizilla freundlich. »Allerdings erstaunt es mich ein wenig, Sie hier beim Lebensturm anzutreffen. Ich hatte Sie beim Kongress erwartet.«

Im starren weißen Gesicht veränderte sich etwas; ein Schatten schien darüber hinwegzuziehen.

»Es zeichnet sich ein weiteres Problem ab«, erwiderte Nadala. »Sie sollten davon erfahren, bevor der Kongress beginnt.«

Der vollständige Name der Fürsorgerin hatte einundzwanzig verdienstvolle Silben, aber alle nannten sie »Megra«, was in ihrer Sprache, einem L_{32}-Dialekt, »liebevolle Mutter« bedeutete. Sie war sechshunderteinunddreißig Jahre alt und einen ganzen Kopf kleiner als Prizilla, wirkte wie geschrumpft in einer Hülle aus lehmbrauner, faltiger Haut. Ihren Bewegungen fehlte die agile Mühelosigkeit der Jugend, doch in den Augen lag ein wacher Glanz, und die Stimme klang fest.

»Für wie alt halten Sie die Kinder, Suprema?«, fragte Megra, als sie, Prizilla und Nadala im vierundfünfzigsten Stock des Lebensturms vor einem breiten Fenster standen. Dahinter sah man Jungen und Mädchen, die einem holografischen Lehrer durch einen der vertikalen Gärten folgten, vorbei an Kristallblumen von Anbar, Prismabüschen von Gallimon und Moosbäumen von Donntwar.

»Drei oder vier Jahre«, antwortete Prizilla und überlegte für einen Moment, ob sich auch Kinder von ihr in diesem Lebensturm befanden.

»Und hier, auf der anderen Seite ...« Megra drehte sich um und ging mit langsamen Schritten zum Fenster auf der gegenüberliegenden Seite. Es gewährte Einblick in einen Hort mit schlafenden Kleinkindern, die in gepolsterten Sensormulden lagen und im Schlaf Stimmen empfingen, die ihnen Wissen vermittelten.

»Acht, neun Monate, nehme ich an«, sagte Prizilla.

»Sie irren sich.« Megra winkte mit einer schmalen, faltigen Hand. »Diese Kinder hier sind sechs Wochen alt und die anderen dort im Garten sieben Monate. Sie sind das Ergebnis unseres neuen Programms. Nadala hat bereits empfohlen, es auf alle Welten mit Lebenstürmen und Geburtsstätten auszuweiten.«

»Mit Ihrer Erlaubnis, Strategin«, warf Nadala ein.

»Bitte erklären Sie mir die Hintergründe.«

Megra öffnete den Mund, aber Nadala kam ihr zuvor. »Wir brauchen mehr Menschen, und wir brauchen sie schneller. Der Kampf gegen den Feind kostet uns Soldaten. Und wir benötigen mehr Menschen für unsere Kolonieschiffe. Wir können uns die Jahre der Kindheit nicht mehr leisten. Die Neugeborenen müssen so schnell wie möglich die erste Reife erreichen.«

Megra winkte erneut. »Kommen Sie. Sprechen wir in meinem Meditationszimmer darüber.« Mit einem schiefen Lächeln fügte sie hinzu: »Meine Beine tragen mich nicht mehr gern.«

6

»Die Abteilung Acht hat das neue Programm kurz nach Eworas Tod initiiert«, sagte Nadala ohne Einleitung, als sie in weichen Sesseln saßen, vor einer breiten, nach Norden gerichteten Fensterfront. In dunstiger Ferne zeigten sich blaugrau die Umrisse der Kathedrale, wie die Konturen eines mehrere Kilometer weit aufragenden Berges. Dort würden sich die Mitglieder des Kongresses versammeln, um an einem der Vergangenheit gewidmeten Ort über die Zukunft zu beraten.

»Wieso erfahre ich erst jetzt davon?«, fragte Prizilla mit einer Andeutung von Schärfe.

»Weil die Testphase vorüber ist und das Programm jetzt strategische Bedeutung erlangt«, antwortete Nadala unbeeindruckt. »Unsere Kinder müssen noch schneller als bisher erwachsen werden, wenn wir überleben wollen. Wir können uns keine unproduktive Kindheit leisten.«

Der neben Prizilla sitzende Coridian brummte leise, verzichtete ansonsten aber auf einen Kommentar. Einige Meter hinter ihm standen zwei Soldaten der Eskorte an der Tür Wache.

»Es ist der M-Faktor«, sagte Megra. Die alte Fürsorgerin hatte sich einer Medo-Liege anvertraut, die ihren Körper entlastete. An der einen Seite war der lindgrüne Kittel nach oben gerutscht und zeigte eine leere, schlaffe Fertilitätsblase, die seit vielen Jahren keine Eizellen mehr enthalten hatte. »Er wird immer stärker. Er wird so stark, dass er sich unserer Kontrolle zu entziehen beginnt.«

»Bitte erklären Sie mir das.« Prizilla mochte derartige Überraschungen nicht, was Nadala inzwischen hätte wissen sollen. Sie erwartete Berichte, Meldungen mit ausreichend Details, damit sie sich vorbereiten konnte.

Megra holte tief Luft und begann damit, Einzelheiten zu nennen. Sie benutzte die allgemeine wissenschaftliche Sprache L_{31} und die medizinischen Fachtermini von L_{17} und L_{18}. Prizilla folgte den Ausführungen mithilfe ihrer linguistischen Adapter, doch nach wenigen Minuten verlor sie die Geduld.

»Eine Zusammenfassung«, sagte sie. »Der Kern dieser Angelegenheit. Was bedeutet dies alles?«

Nadala kam Megra erneut zuvor. »Es bedeutet, dass unsere Fruchtbarkeit abnimmt«, antwortete sie. »Und auch unsere Lebenserwartung. Der M-Faktor, den wir über all die Jahrtausende hinweg kontrollierten, entzieht sich nun unserer Kontrolle.«

»Verwenden Sie mehr von unseren wissenschaftlichen Ressourcen, um das Problem zu lösen«, sagte Prizilla.

Die alte Megra seufzte. »Unser Blut bestimmt, wer und was wir sind. So ist es seit Anbeginn der Zeit – oder seit Anbeginn *unserer* Zeit. Wir kennen unseren genetischen Code, wir sind mit seinen Stimmen vertraut, die für jeden Einzelnen von uns das Lied des Lebens singen. Aber in diesem Chor gibt es einen Missklang, es hat ihn immer gegeben, seit Atalea der Größten, deren Name vierundsechzig Silben hatte. Früher war er leise, dieser kleine falsche Ton, aber in den letzten Generationen ist er lauter geworden, und jetzt droht er alles andere zu übertönen. Sie selbst, Suprema, sind ein Beispiel für die neue Entwicklung. Wenn Sie gestatten ... Wie viele Kinder haben Sie?«

Prizilla zögerte, denn plötzlich ging es um sehr persönliche Dinge.

»Dreihundertsechsundsechzig«, sagte sie schließlich.

»Sie sind jung.« Megra sprach langsam, in der Stimme eine Heiserkeit, die in Prizilla den Wunsch weckte, sich zu räuspern. »Sie sind nicht einmal sechzig Jahre alt. Dies müsste die fruchtbarste Phase Ihres Lebens sein. Wie ist es um Ihre Eizellen bestellt? Wie schnell wachsen sie, und eignen sie sich alle für die Menschwerdung?«

Es wurde sogar noch persönlicher. Prizilla schwankte innerlich zwischen Verlegenheit und Empörung.

Megra schien das zu spüren. »Können wir ganz offen sprechen?«

»Natürlich«, sagte Nadala. Ein Lächeln kroch hinter der starren Maske hervor und erschien kurz auf den Lippen.

Dies gefällt ihr, dachte Prizilla. Es konnte nicht nur Neid sein, nicht nur Enttäuschung. Schadenfreude? Vielleicht.

Prizilla beantwortete Megras Frage mit einem Nicken.

»Ihr Körper braucht einunddreißig Tage, um eine Eizelle zu produzieren«, erklärte die alte Fürsorgerin. »Vor vier Jahren, als Ewora die Große starb, waren es noch neunundzwanzig Tage. Ich kenne die Ergebnisse Ihrer letzten Untersuchungen ...«

»Woher?«, brummte Coridian.

»Ich habe sie ihr zur Verfügung gestellt«, sagte Nadala. Es klang wie: Mischen Sie sich nicht in Dinge ein, die Sie nichts angehen! »Als Vorbereitung für dieses Treffen.«

»Die Fruchtbarkeit Ihres Körpers lässt nach«, fuhr Megra fort. »Die Abstände von Eizelle zu Eizelle wachsen, wahrscheinlich auf einige Monate, wenn Sie hundert Jahre alt sind. Mit hundertzwanzig oder hundertdreißig könnten Sie sogar ganz unfruchtbar sein. So wie Nadala hier, die nur drei Kinder hatte und sie auf Anbar verlor, als dort der Feind angriff.«

Einige Sekunden lang herrschte Stille. Prizilla glaubte, in der Ferne die Stimmen von Kindern zu hören, aber vielleicht spielten ihre Sinne ihr einen Streich.

»Bei den zukünftigen Müttern, die jetzt zehn oder fünfzehn Jahre alt sind, ist die Fruchtbarkeit noch geringer, und sie wird sich über einen noch kürzeren Zeitraum erstrecken«, sagte Megra. Sie benutzte noch immer die langsame medizinische Sprache L_{17}. »Es läuft darauf hinaus, dass der Pakt immer weniger Kinder bekommen wird. Weniger Wissenschaftler, weniger Techniker, weniger Architekten der Zukunft. Und vor allem: weniger Soldaten und Kolonisten. Wir haben den Zenit erreicht, Suprema. Seit vier Jahren, seit Eworas Tod, wird der Pakt schwächer.«

Die Strategin in Prizilla begann zu rechnen.

»Unsere Lebenserwartung verringert sich«, betonte Megra. Eine faltige Hand kam nach oben, wie auf der Suche nach etwas, und sank dann wieder in den Schoß. »Wie Sie wissen, wurden Frauen einst tausend Jahre alt. Und das, obwohl ihre Körper mit der ständigen Produktion von Eizellen schwere Arbeit leisteten. Ewora die Große starb mit vierhundertdreizehn Jahren, dahingerafft von einer physischen Degeneration, gegen die wir nichts unternehmen konnten.«

Megra sprach jetzt schneller.

»Mit mehr als siebenhundert Lebensjahren darf keins der Mädchen rechnen, die in diesem Turm und den anderen heranwachsen. Bei den Männern sieht es noch schlechter aus. Früher erreichten sie fünfhundert, manchmal sogar sechshundert Jahre, aber inzwischen sind dreieinhalb Jahrhunderte die Obergrenze. Nehmen Sie Coridian.« Die faltige Hand bewegte sich wieder und zeigte kurz auf ihn. »Mit seinen etwas mehr als dreihundert Jahren steht er dicht vor dem männlichen Greisenalter.«

»Und dafür ist allein der M-Faktor verantwortlich?«, fragte

Prizilla. »Es gibt keine andere Erklärung? Vielleicht ein besonders perfider Angriff des Feindes? Eine Art ... genetische Zeitbombe?«

»Ausgeschlossen«, sagte Nadala sofort. »Davon hätte die Abteilung Acht längst erfahren. Es gibt keine Hinweise darauf, dass der Feind hinter dem M-Faktor steckt.«

Coridian wiederholte sein wortloses Brummen.

»Haben Sie andere Informationen?«, fuhr Nadala ihn scharf an.

»Ich bin Soldat«, erklang Coridians tiefe Stimme. »Ich bin als Soldat geboren und werde als Soldat sterben. Ich habe bei den Neun Sonnen gekämpft, bei der letzten großen Inkursion der Crul.« Einmal mehr nannte er den Feind beim Namen. »Ich habe das Gemetzel von Karlinton gesehen und es zusammen mit nur vier anderen Soldaten überlebt – vier von fünfhundert, Ehrenwerte. Ich gehörte zur Dritten Kompanie, der es im Eis von Talon gelang, die Crul am Vorstoß nach Nebbek zu hindern. Ich war auf Currucca, wo meine Gruppe beinahe einen lebenden Crul gefasst hätte, den ersten des ganzen Krieges. Ich gehörte zu den Soldaten der *Lanze*, die den Feind bis zur Gespensterwelt Quim verfolgte, und dort habe ich fast ein ganzes Jahr lang dem Wahnsinn widerstanden. Ich habe auch auf Anbar gekämpft, wo Ihre Kinder starben. Hundert Schlachten, tausend Gefechte – ich war dabei. Ich habe gehört, gesehen und verstanden, und deshalb weiß ich: Es gibt nichts, wozu die Crul nicht fähig sind. Vielleicht haben sie irgendwo einen Nanoschwarm abgesetzt, etwas, das unser Blut vergiftet.«

»Nein«, erwiderte Nadala kategorisch.

»Ich bin geneigt, Nadala zuzustimmen«, sagte Megra. »Ich glaube nicht, dass der Feind etwas mit dem M-Faktor zu tun hat.«

»Mutationen?« Prizilla benutzte weiterhin die Allgemeinsprache L_1. »Veränderungen in unserer genetischen Struktur, die wir nicht kontrollieren können? Wie ist das möglich? Unser Genom ist etwas, das wir genau kennen. Wir haben es immer wieder verändert und angepasst, um möglichst viele Welten zu besiedeln. Wir verstehen den Code, der unser Blut bestimmt. Wie kann es in ihm etwas geben, das sich gegen uns wendet?«

»Unsere Spezialisten arbeiten daran«, antwortete Nadala erneut anstelle der alten Fürsorgerin. »Vielleicht finden sie irgendwann eine Lösung des Problems. Bis dahin brauchen wir das neue Entwicklungsprogramm der Abteilung Acht. Ich werde es morgen dem Kongress vorstellen.«

Prizilla stand auf. »Ich möchte einen detaillierten Bericht von Ihnen. Noch heute.«

Nadala erhob sich ebenfalls, aber etwas langsamer. Ihr feuerrotes Haar wogte. »Sie werden ihn bekommen, Strategin.«

7

In einer Höhe von achthundert Metern und damit noch immer im unteren Drittel der Kathedrale saß Prizilla auf der großen Terrasse ihres Gästequartiers und beobachtete, wie die Nacht den Tag verdrängte. Die Dunkelheit bildete erst einen Streifen am Horizont, wurde dann zu einer Mauer und schließlich zu einer Flutwelle, die lautlos übers Land rollte, an den Lebenstürmen hochschwappte, die sich mit tausend und mehr Lichtern gegen sie wehrten, und dann auch die Kathedrale erreichte. Der Strom der Finsternis umarmte das gewaltige Bauwerk, kletterte an zehntausend Jahre alten Mauern empor, sprang von Terrasse zu Terrasse. Prizilla wartete, das summende Vibromesser in der rechten Hand. Der richtige Zeitpunkt, darauf kam es immer an; man musste den richtigen Zeitpunkt wählen.

Hinter ihr öffnete sich die Tür, und etwas Licht vom Salon fiel auf die Terrasse.

»Suprema?«, fragte Coridian behutsam. Er hatte das Messer gesehen. »Prizilla?«

»Keine Sorge«, sagte Prizilla und hielt das summende Vibromesser an die linke Hand. Eine dunkle Linie bildete sich in der Mitte.

Coridian schloss die Tür und kam näher.

Prizilla schaltete das Vibromesser aus und betrachtete die Wunde. Blut rann aus dem kleinen Schnitt, violett wie Amethyst.

»Das Blut einer Mutter.« Coridian setzte sich. »Das Blut einer Suprema.«

Prizilla atmete tief. »Ich werde nicht mehr lange Mutter sein. Und wer weiß, wie viel Zeit mir als Suprema bleibt.« Sie blickte in die Nacht, ohne die Zoomlinse im linken Auge zu benutzen. Die Lebenstürme leuchteten wie Fanale, doch abseits von ihnen verdichtete sich die Finsternis. »Wie viele Kongressmitglieder denken ähnlich wie Nadala?«

Ein leichter Wind nahm die Frage und trug sie fort. Prizilla betrachtete erneut die Hand. Die kleine Wunde hatte sich bereits wieder geschlossen – Nanobots reparierten den von der Vibroklinge angerichteten Schaden. Sie legte das silberne Messer auf den Tisch aus schneeweißem Granit.

»Unser Blut macht uns zu dem, was wir sind«, sagte Prizilla nachdenklich. »Aber was, wenn uns das Blut verrät? Wenn ein Feind darin lauert, ein innerer Feind, mächtiger vielleicht als der, der uns seit Jahrtausenden von außen bedroht?«

»Wir haben dem äußeren Feind standgehalten«, erklang Coridians tiefe Stimme. »Ebenso wenig werden wir uns von dem inneren besiegen lassen.«

Prizilla deutete zu den Lebenstürmen. »Nadalas Initiative nimmt uns die Kindheit. Sie nimmt uns einen wichtigen Teil unseres Lebens.«

Coridian ließ wieder ein Brummen vernehmen. »Vielleicht ist das der Preis, den wir für unser Überleben bezahlen müssen.«

»Könnte es sein ...« Prizilla zögerte. Der Gedanke war heiß, er glühte in ihrem Geist, er schien einen Teil davon zu verbrennen. »Könnte es sein, dass der Preis für das Überleben zu hoch wird?«

Coridian, ein Mann wie ein Fels, bewegte sich neben ihr, und plötzlich fühlte sie seine Hand auf der Schulter, leicht wie ein welkes Blatt. »Zweifle nicht! Lass dich von Nadala nicht schwächen!«

Das geschah manchmal, wenn sie allein waren, in besonderen Momenten. Dann wurde aus dem distanzierten Sie ein nahes Du, wie zwischen zwei alten Freunden.

»Glaubst du, dass sie Zweifel in mir säen, dass sie mich schwächen will? Ist das ihre Absicht?«

»Es ist die Taktik der Taktikerin«, entgegnete Coridian. Die Hand blieb noch einige Sekunden länger auf Prizillas Schulter, bevor sie zurückwich. »Sie hätte dir vor Wochen oder Tagen einen Bericht übermitteln können. Stattdessen hat sie bis heute damit gewartet, bis einen Tag vor dem Kongress. Sie will dich verunsichern. Aber du bist stark. Du bist stärker als sie. Du wirst dich durchsetzen.«

»Bist du da so sicher, Coridian?«, fragte Prizilla leise.

»Ja.«

Eine Zeit lang sprach niemand. Sie teilten ihr Schweigen und kamen sich in der Stille vielleicht noch etwas näher.

Prizilla blickte zum dunklen Nachthimmel empor, der fast leer blieb. Es zeigten sich nur die Lichter der Orbitalstationen und im Süden die gelbbraune Scheibe eines kleinen Monds, aber es erschienen keine Sterne, nicht ein einziger. Das lag an der Absorptionssphäre, die das ganze Sonnensystem umgab und hundert Millionen Jahre alt war: eine gewaltige Schale, die das Licht der Sonne empfangen und in nutzbare Energie verwandelt hatte, nicht für Menschen, sondern für ein Volk, zu dessen Erben die Menschen geworden waren.

»Warum sind sie verschwunden, was meinst du, Coridian?«, fragte Prizilla, den Blick noch immer in den Himmel gerichtet, wie auf der Suche nach den Sternen.

»Die X?«

»Ist es nicht seltsam, dass wir sie immer noch so nennen? Nach all den Jahrtausenden? Hätte nicht längst jemandem ein besserer Name einfallen müssen?«

»Ein Provisorium, das zu einem Namen geworden ist«, sagte der alte Soldat. »Manche Dinge schlagen schnell Wurzeln, und dann ist es schwer, sie zu entfernen.«

»Du meinst, man gewöhnt sich an gewisse Dinge.«

»Ja.«

»Sie setzen sich fest, sie schlagen Wurzeln, wie du es nennst, und schließlich halten wir die Provisorien für etwas, das schon immer da war und immer da sein wird.«

»Wir gewöhnen uns daran«, sagte Coridian.

»Und wenn wir uns an etwas gewöhnt haben, stellen wir es nicht mehr infrage. So wie den Krieg gegen den Feind. Hast du jemals daran gedacht, wie viele Ressourcen ein Ende des Krieges freisetzen würde?«

Coridian überlegte einige Sekunden, bevor er antwortete: »Ich habe oft daran gedacht, welches Leben die Soldaten gelebt hätten, die bei den Kämpfen gegen die Crul gestorben sind.«

»Die Crul«, wiederholte Prizilla langsam. »Ich habe die Archive konsultiert. Es ist ein Wort aus einer der toten Sprachen und bedeutet ›grausam‹. Sind die Crul grausam, Coridian?«

Diesmal antwortete er sofort. »Sie kämpfen. Sie zerstören und töten. Sie sind unerbittlich, auch sich selbst gegenüber – wenn sie in eine ausweglose Situation geraten, desintegrieren sie sich, damit niemand von ihnen in Gefangenschaft gerät, damit wir nichts über sie erfahren. Aber sie quälen niemanden, also sind sie nicht grausam.«

»Und doch hat man sie so genannt, damals, als alles begann«, sagte Prizilla. »Eine tote Sprache ... Wie kann eine Sprache sterben, Coridian, und was stirbt mit ihr, welche Ideen und Konzepte?«

»Du stellst seltsame Fragen.«

»Warum sind die Fragen seltsam?«, erwiderte sie. »Warum stellt sie heute niemand mehr?«

Als Coridian schwieg, deutete Prizilla nach oben. »Warum sind die X vor hundert Millionen Jahren verschwunden?«

»Wir wissen es nicht.«

»Was glaubst du?«, beharrte Prizilla. »Wie lautet deine Theorie?«

»Vielleicht verschwanden sie, weil sie schwach waren.«

Prizilla schüttelte den Kopf. »Sie waren stark, viel stärker als wir. Sie bauten die Absorptionssphären, groß wie Sonnensysteme; unsere Ingenieure wären zu nichts Vergleichbarem fähig. Sie bauten die Fulkren, Brücken über die Abgründe von Lichtjahren. Wir haben gelernt, etwa ein Prozent der Sphären-Anlagen zu verstehen und zu nutzen, nur ein Prozent, mehr nicht, und die Portale der Fulkren erlauben es uns, Kolonieschiffe und Soldaten selbst zu den fernsten Welten zu schicken – ohne sie hätten wir den Krieg längst verloren. Und doch verschwanden die X. In der Blüte ihrer Zivilisation verschwanden sie einfach, noch dazu innerhalb sehr kurzer Zeit. Was geschah mit ihnen, Coridian?«

»Vielleicht trafen sie auf jemanden, der stärker war als sie.«

»Es gab keine Bedrohung von außen, soweit wir wissen«, sagte Prizilla.

»Glaubst du, sie könnten einem inneren Feind erlegen sein, ihrer Version eines M-Faktors?«, fragte Coridian.

»Was auch immer damals geschehen ist: Es zeigt uns, dass nichts auf Dauer Bestand hat.«

»Du bist ... beunruhigt«, sagte Coridian sanft.

»Ich habe mir Nadalas Bericht genau angesehen. Er passt zu den letzten Entwicklungsmustern, die sich bei meinen strategischen Berechnungen ergaben.« Prizilla betrachtete erneut ihre linke Hand. Nichts deutete mehr auf den Schnitt hin, aber sie glaubte, erneut das aus der kleinen Wunde quellende Blut zu sehen. Coridian irrte sich. Es war nicht in erster Linie das Blut einer Mutter und der Suprema, sondern das Blut der Strategin. Ihre Gedanken galten der Zukunft – oder den möglichen Zukünften –, so verlangte es das violette Blut. Die Mutter stand an zweiter Stelle, und die Suprema war vielleicht gar nicht vorgesehen.

»Der Pakt steuert auf eine schwere Krise zu«, sagte sie. »Ewora die Große hat das gewusst. Deshalb hat sie dich zu ihrer Nachfolgerin ernannt. Weil sie dich für fähig hielt, einen Ausweg zu finden.«

»Ihre Entscheidung könnte die Krise noch verschärft haben«, befürchtete Prizilla. »Nadala ist gegen mich, das gibt sie offen genug zu verstehen. Und zweifellos würde sie zahlreiche Unterstützer im Kongress finden.«

»Wenn sie es darauf ankommen ließe«, warf Coridian ein. »Auf eine offene Konfrontation. Ich glaube nicht, dass sie dazu schon bereit ist.«

»Das Gesetz erlaubt ihr einen Wahlantrag. Sie könnte ihn morgen stellen.«

»Es gibt keine Garantie für sie, die Wahl zur Suprema zu gewinnen. Eine Niederlage bei der Abstimmung würde bedeuten, dass sie den nächsten Antrag erst in dreißig Jahren stellen kann. Ich vermute, dass sich Nadala gedulden wird. Sie verfolgt einen längerfristigen Plan.«

»Zusammen mit der Abteilung Acht.«

»Die Abteilung weitet ihren Einfluss aus, schon seit einer ganzen Weile«, sagte Coridian, und Prizilla hörte eine leise Warnung in seinem Tonfall. »Sie tat es bereits zu Eworas Amtszeit.«

»Ich besuche sie morgen, vor der Versammlung.« Prizilla wandte den Kopf und sah den alten Soldaten an. Die Dunkelheit der Nacht umgab sein Gesicht. In den Augen lag ein kleines Glitzern von den Lichtern der Lebenstürme. »Ich besuche das Mausoleum. Und ich habe vor, mit dem Orakel zu sprechen.«

Coridian wölbte die Brauen. »Es schweigt seit vielen Generationen. Niemand hat die Stimme des Orakels gehört seit ...«

»Seit Asrine der Weisen vor fast fünftausend Jahren.«

»Das Orakel schläft. Vielleicht ist es tot – wie die Mütter im Mausoleum.«

»Wir werden sehen. Ich bin zum ersten Mal auf Memoria. Es ist mein erster Versuch.«

Drei oder vier Minuten lang teilten sie ein weiteres Schweigen. Dann fühlte Prizilla, wie Coridian ihre Hand ergriff, kurz zudrückte und sie wieder losließ. »Hab Vertrauen zu dir selbst! Zweifel kann Gift sein. Was wir brauchen, ist Entschlossenheit.«

»Zweifel schützt vor Selbstüberschätzung. Er schärft den Blick.«

»Du bist stark. Nutze deine Kraft!« Förmlich fügte Coridian hinzu: »Wenn Sie gestatten, ziehe ich mich jetzt zurück.«

Prizilla nickte. Sie hörte seine Schritte auf der Terrasse und wie sich die Tür öffnete.

»Coridian?«

Er blieb in der offenen Tür stehen. »Ja?«

»Finde mehr heraus! Über Nadalas Pläne und die Abteilung Acht.«

Coridian neigte den Kopf. »Gehört und verstanden.«

Die letzten Menschen

Jarl 8

Schließlich kam der Schlaf und mit ihm ein Traum.

Diesmal saßen sie nicht am Lagerfeuer und blickten in Flammen, die Holz fraßen und die Finsternis der Nacht auf Distanz hielten. Sie schritten durch ein stilles Felsental, einer dunklen Öffnung in der Flanke des Berges entgegen, der weiter vorn das Tal begrenzte und so weit aufragte, dass sein Gipfel in den Wolken verschwand. Nicht der Greis begleitete ihn, sondern eine Frau, die einen lehmbraunen Mantel trug, so lang, dass der Saum gelegentlich über den Boden strich. Schlangenbilder schmückten ihre Wangen und schienen lebendig zu werden, wenn sie lächelte.

»Bist du meine Mutter?«, fragte Jarl hoffnungsvoll.

»Nein«, antwortete sie sanft. »Nein, das bin ich nicht. Aber ich kenne sie, ich bin ihr einmal begegnet, vor vielen Jahren.«

»Ich würde sie gern kennenlernen.«

Die Frau – Jarl glaubte sich an ihren Namen zu erinnern: Jamelinda – legte ihm die Hand auf die Schulter. »Vielleicht bekommst du irgendwann einmal Gelegenheit dazu.«

»Wie sieht sie aus? Wo ist sie?«

Die Hand wich von der Schulter und berührte ihn am Mund. »Nicht jetzt, Jarl. Nicht hier. An diesem Ort erwartet dich eine andere Geschichte.«

Sie blieb stehen, neben einem Felsen, der fast wie ein Mann mit erhobener Hand aussah, wie ein Wächter, der Wanderer anhielt, bevor sie in den dunklen Höhlenzugang traten. Jarl betrachtete ihn, und für einen Moment schien der Fels lebendig zu werden. Es war ein Moment seltsamer Intensität, wie er sie manchmal erlebte, wenn seine beiden

Adapter die Sinne stimulierten und ihm Dinge zeigten, die Augen und Ohren sonst verborgen blieben. Er hörte die flüsternde Stimme des Windes, er fühlte Staub auf den Lippen, und er schien jedes einzelne Sandkorn auf dem Boden zu sehen, klar abgegrenzt von den anderen.

Die Schlangen auf Jamelindas Wangen bewegten sich, als sie sagte: »Du hast mich nach dem Krieg gefragt. Du hast mich gefragt, wie alles begann, wie wir zu dem wurden, was wir heute sind.«

Habe ich das?, dachte Jarl. Er konnte sich nicht daran erinnern, solche Fragen an Jamelinda gerichtet zu haben.

»Es ist eine traurige Geschichte«, sagte die Frau in dem langen Mantel. »Bist du bereit dafür?«

Jarl nickte, und der nächste Schritt brachte ihn zum Höhleneingang – ein Schritt über mehr als zwanzig Meter. Jamelinda trat vor ihm in die Dunkelheit.

»Komm, Junge. Ich zeige dir, wie es begann.«

Ihre Stimme klang anders bei diesen Worten, düsterer, vielleicht wie ein Teil der Dunkelheit, die im Berg auf Jarl wartete. Er schauderte plötzlich. »Ist dies eine Gespensterwelt?«

Davon hatte er gehört, nicht nur aus den Gesprächen von Dotas, Torold und den anderen Lehrern. Auch die Unterweiser in der Bibliothek der kleinen Garnison erwähnten sie gelegentlich: Welten, die es besser zu meiden galt, Planeten, deren Kriegswunden nicht heilten, bewohnt von Geistern, von ungreifbaren, körperlosen Geschöpfen, vielleicht den Seelen der Toten. Kreaturen, deren eitrige Gedanken sich einen Weg in das Bewusstsein jener wanden, die es auf solche Welten verschlug, die nach und nach Besitz von ihnen ergriffen, bis schließlich nur noch Fäulnis von ihnen übrig blieb. Ruk sprach gern darüber, abends, wenn Sotia, Jarl, Thaim, Reyda und die anderen Kinder im Gemeinschaftsraum saßen. Er beschrieb die Gespenster in allen Einzelheiten, er zählte ihre Schrecken detailliert auf, bis die Gesichter seiner Zuhörer blass waren, und dann beschrieb er mit ebenso viel Fantasie, wie er sie im Kampf besiegte. Ruk war eben Ruk.

Jamelindas Stimme kam aus der Dunkelheit vor Jarl. »Nein. Obwohl dieser Planet guten Grund hätte, eine Gespensterwelt zu sein. Komm jetzt!«

Lag Ungeduld in den letzten Worten? Jarl gehorchte, wie er es gewohnt war.

Vielleicht funktionierten seine beiden Adapter an diesem besonderen Ort besser, oder es gehörte zum Traum: Nach wenigen Metern durch einen schmalen Durchlass verwandelte sich die Finsternis in graues Zwielicht, das die Konturen der Umgebung preisgab. Eine Treppe führte in die Tiefe, ihre Stufen in den Fels gehauen.

»Die Treppe ist später hinzugefügt worden«, sagte Jamelinda, die bereits einige Stufen hinter sich gebracht hatte. »Sie ist nicht so alt wie der Rest. Damals, vor den Angriffen, die zu tektonischen Verwerfungen führten, gab es andere Zugänge. Komm, und hab keine Angst, Jarl.«

Zuerst blieb es kühl, doch als sie tiefer kamen, fühlte Jarl einen warmen Luftstrom.

»Diese Welt ist nicht völlig tot«, sagte Jamelinda, als sähe sie die Frage in seinem Gesicht. »Es brennt noch immer in ihr, tief, tief unten.«

Warum drückte sie es auf diese Weise aus?, fragte sich Jarl. Er war ein Kind, ja, aber längst groß genug, um vom glutflüssigen Innern der Planeten zu wissen. Nur ganz alte Welten, meistens Irrläufer zwischen den Sternen, hatten ihr Feuer verloren. Alle anderen brannten mit einem Herz aus flüssigem Metall.

Die Treppe endete an einem zerschmetterten Schott. Die Tür, fast einen Meter dick, war wie von der Faust eines Titanen zertrümmert. Bruchstücke lagen verstreut.

»Achte darauf, wohin du den Fuß setzt«, mahnte Jamelinda. »Die kleinen Trümmerstücke können messerscharf sein.«

Jarl fand den Hinweis seltsam, denn immerhin: Dies war eine Erzählung innerhalb eines Traums, der ihn mit dem Talisman verband. Und in einem Traum konnte man sich nicht verletzen, oder?

Weiter vorn lagen Knochen zwischen den Resten des Schotts. Jarl sah sie noch immer im grauen Zwielicht, ohne Farben, umgeben von einem fahlen Leuchten. Es waren nicht die Knochen eines Menschen, das erkannte er auf den ersten Blick. Mehrere runde Platten lagen zwischen den Trümmern, etwa zwei Zentimeter dick und mit einem Durchmesser, der ungefähr der halben Länge eines Soldatenarms entsprach. Manche Knochen waren krumm und höckrig, andere gerade und glatt. Jarl betrachtete die Gebeine und versuchte sich vorzustellen, wie das Geschöpf ausgesehen haben mochte. Ihm fielen Ähnlichkeiten mit den Panzerkäfern auf, die bei den Sümpfen von Telurien lebten, weit in Grotenthals Süden.

Jamelinda deutete auf die Knochen. »Einer der Gromka, die damals die letzte Zuflucht fanden. Soll ich dir zeigen, wie er lebend ausgesehen hat?«

Jarl nickte. Sofort fügten sich die Knochen zusammen, Fleisch wuchs zwischen ihnen, Organe, Muskeln und Haut bildeten sich, eine dunkelgrüne Haut, die aus fingernagelgroßen Hornplatten bestand. Die Knochenscheiben formten den Hauptteil einer natürlichen Panzerung, die Seiten, Rücken, Bauch und Kopf eines Wesens schützte, das fast den gesamten Gang hinter dem zerstörten Schott ausfüllte. Violette Augen glänzten zwischen grauen Hautfalten. Mit einer Mischung aus Knurren und Schnaufen holte das Geschöpf Luft, setzte ein Sprungbein nach vorn und streckte Jarl eine Greifklaue entgegen.

Jarl wich zurück, stieß mit dem Fuß gegen ein Trümmerteil, verlor das Gleichgewicht und hielt sich an einer zerrissenen Strebe fest. Ein schmerzhaftes Stechen veranlasste ihn, die Hand zurückzuziehen. Blut quoll aus einer kleinen Wunde. Gelbes Blut. Es erinnerte ihn auch hier daran, dass der Körper von ihm verlangte, Soldat zu sein.

Der Gromka knurrte noch einmal und verharrte, die Greifklaue dicht vor Jarls Gesicht. Der Glanz seiner violetten Augen trübte sich, Hornplatten lösten sich mit leisem Knistern aus der Haut, Fleisch schrumpfte. Innerhalb weniger Sekunden verwandelte sich das große Geschöpf in einen vertrockneten, mumifizierten Kadaver, von dem nach einigen weiteren Sekunden nur Knochen übrig blieben.

Jamelinda führte Jarl daran vorbei durch den Gang, dessen Wände lange, tiefe Kratzspuren aufwiesen. Nach etwa hundert Metern schritten sie durch einen hohen Torbogen und fanden sich am oberen Ende eines Schachts wieder, der etwa zweihundert Meter durchmaß und so tief war, dass Jarl sein Ende nicht sehen konnte. Ein Weg – ein schmaler Steg – führte an den Wänden entlang in einer langen Spirale nach unten, vorbei an Hunderten, Tausenden von Nischen.

»Hier starben sie«, sagte Jamelinda ernst. »Sie hatten gehofft, hier sicher und den Gromka entkommen zu sein, aber sie irrten sich. Einer von ihnen machte einen Fehler, einer von ihnen war nicht wachsam genug, und so fand der Feind die letzte Zuflucht.«

Ein Feind, dachte Jarl. Ein anderer Feind. Wer auch immer vor ihm geflohen war, hatte hier sein Ende gefunden.

Sie schritten über den Weg, der zwei Personen nebeneinander – zwei *Menschen* – gerade genug Platz bot. Jarl blickte nicht in die dunkle Tiefe direkt neben ihnen, sondern in die Nischen, an denen sie vorbeikamen. Knochen ruhten in ihnen, umgeben von Stoffresten und korrodierten Behältern, deren Zweck sich nicht mehr erahnen ließ.

»Menschen«, sagte Jarl nach den ersten beiden Grabnischen. »Hier sind Menschen gestorben.«

»Fünfzigtausend«, erwiderte Jamelinda. »Dies waren einmal Hibernationskammern, keine Grabnischen. Sie legten sich hier schlafen, ohne jemals wieder zu erwachen. Soll ich dir zeigen, wie sie aussahen?«

Diesmal wartete die Frau mit den Schlangenbildern auf den Wangen keine Antwort ab. Sie hob die Hand, und das genügte – aus den Knochen in den Nischen wurden Männer, Frauen und Kinder. Manche starrten nur stumm und blickten sich erstaunt um, als wären sie für einige Sekunden tatsächlich ins Leben zurückgekehrt. Andere setzten sich auf und sprachen, ohne dass Jarl ein Wort verstand. Manche Kinder riefen oder schrien.

Die Proportionen verwunderten ihn. Bei den meisten dieser Menschen erschienen ihm Arme und Beine zu kurz, und es waren immer zwei. Die Hände hatten fünf Finger, nie mehr oder weniger. An Kopf und Hals ließen sich keine Anzeichen von Adaptern entdecken, nicht einmal bei den Augen – kein einziger dieser Menschen verfügte über Mikrolinsen oder Nanoimplantate. Es gab über zweihundert Menschenarten, jede von ihnen ihrem Lebensraum angepasst. Beim Unterricht hatte Jarl bereits alle offiziellen Arten kennengelernt, doch diese Menschen konnte er keiner von ihnen zuordnen.

»Unsere Geschichte begann mit einer Katastrophe«, sagte Jamelinda. »Du bist alt genug, das zu wissen. Bestimmt haben dir die Lehrer davon erzählt.«

Jarl nickte und beobachtete ein Mädchen mit silbernem Haar. Sie war etwa so alt wie er und versuchte, aus der Grabnische zu klettern, aber etwas hielt sie zurück, eine unsichtbare Barriere. Sie trommelte mit den kleinen Fäusten dagegen und schrie, doch ihre Schreie wurden leiser. Das Haar verlor den Glanz, die Haut wurde schrumpelig wie bei einer vertrocknenden Frucht, der Mund schnappte ein letztes Mal nach Luft ... Dann lag sie still, und ihr Leib zerfiel zu Staub. Übrig blieben nur die Knochen.

»Fünfzigtausend«, wiederholte Jamelinda. »Die letzten Menschen. Sie stammten noch von der Erde, deshalb kannst du sie keiner der heutigen Arten zuordnen.«

Von der Erde, dachte Jarl.

»Ursprüngliche Menschen«, sagte Jamelinda. »So sahen wir einst aus. Seltsam, nicht wahr?«

Sie lächelte, aber es war ein sonderbares Lächeln; es schien den Schlangen auf ihren Wangen scharf blickende Augen und spitze Giftzähne zu geben.

Jarl blieb stehen. Warme Luft kam aus den Tiefen des Trichters, erwärmt von der inneren Hitze des Planeten, doch er fröstelte plötzlich.

»Ich habe genug gesehen«, sagte er. »Ich möchte zurück nach oben.«

»Das Wichtigste hast du noch nicht gesehen, Junge: den Schrein. Komm, wir machen einen langen Schritt.«

Mit kalter Hand ergriff sie seinen Arm, und der nächste Schritt brachte sie nicht eine Stufe tiefer, sondern viele, Tausende. Jarl blinzelte und fand sich am Ende der Treppe wieder. Die Reste von Maschinen umgaben ihn, von Apparaten, deren Aufgabe es vielleicht gewesen war, die Hibernanten in den Nischen am Leben zu erhalten. Einige von ihnen waren zertrümmert wie das Schott weit oben; andere schienen intakt unter einer dicken Staubschicht.

Jamelinda deutete nach rechts. »Der Schacht ist noch nicht zu Ende, siehst du? Dort geht es weiter in die Tiefe. Wir haben erst fünf Prozent seiner Gesamtlänge hinter uns gebracht.«

Jarls Unbehagen wuchs. »Müssen wir noch weiter nach unten?«

Jamelinda ging nicht auf die Frage ein. »Der Schacht reicht noch viele Kilometer weiter in die Tiefe, bis zu den Zapfern. Weißt du, was Zapfer sind, Junge?«

Jarl schüttelte den Kopf.

»Das sind besondere Maschinen, die aus der Hitze im Kern eines Planeten nutzbare Energie gewinnen. Die Fünfzigtausend flohen nicht nur hierher, um zu schlafen, in der Hoffnung auf ein besseres, sicheres Leben in der Zukunft. Sie beauftragten ihre Maschinen, diese Welt in ein Raumschiff umzuwandeln.«

»Eine ganze Welt?«, staunte Jarl. Ein Teil des Unbehagens wich von ihm.

»Ja, eine ganze Welt. Sie wollten auf eine lange Reise gehen, vielleicht bis zum Ende der Milchstraße oder gar zu einer anderen Galaxie.«

»Aber …« Jarl war erst sechs, doch über gewisse Dinge

wusste er Bescheid. »Gab es damals ein Fulkrum, das Platz genug bot für einen *Planeten*?«

Jamelinda richtete einen anerkennenden Blick auf ihn. »Gut überlegt, Jarl. Nein, es gab kein Fulkrum, das den Transit eines ganzen Planeten gestattet hätte. Die damaligen Menschen wollten die Welt ihrer Zuflucht langsam beschleunigen, über Jahrhunderte und Jahrtausende hinweg. Ihr Plan sah eine Reise vor, die Äonen dauern sollte.«

»Aber dazu kam es nicht.« Jarl dachte an das Mädchen, das er gesehen hatte, das schreiende Mädchen.

»Nein. Die Gromka legten die Anlagen still.« Jamelinda deutete nach links. »Das dort ist der Schrein.«

Der schwarze Block stand an der Wand, neben der letzten Grabnische: etwa vier Meter lang und anderthalb Meter hoch. Jarl kletterte auf ein Trümmerstück, um einen Blick ins Innere des Behälters zu werfen. Im grauen Zwielicht sah er Schriftzeichen, die er nicht zu deuten wusste.

»Der Schrein ist leer«, sagte er. »Es liegt niemand darin.«

Jamelinda erschien neben ihm. »Hier lag Atalea, deren vollständiger Name vierundsechzig Silben hatte – es gab nie einen längeren Namen.«

»Die größte Ehre?«

»Die größte Ehre, Junge. Ohne Atalea würde niemand von uns existieren. Ich nicht, du nicht und alle anderen auch nicht. Ohne sie gäbe es keine Menschen mehr. Sie war die erste Große Mutter. Aus ihren Eizellen ging die neue Menschheit hervor.«

Jarl betrachtete die Schriftzeichen. Welche Geschichte erzählten sie?

»Wie sah sie aus?«, fragte er. »Kannst du mir zeigen, wie sie aussah?«

Im Schrein leuchtete es auf. Mehrere kleine Lichter trafen sich, und aus ihnen wuchs eine ätherische Gestalt, eine Frau mit langen Armen und Beinen, auf den ersten Blick als M_1 zu erkennen, die erste der mehr als zweihundert menschlichen Arten. Zuerst war sie nackt, die Haut weiß wie Schnee. Eine

Sekunde später, als sie ein langes Bein hob und aus dem schwarzen Behälter kletterte, trug sie ein buntes Gewand, einen Instrumentengürtel über den Hüften und einen Rucksack mit Haftriemen an den Schultern. Die Augen nahmen einen großen Teil ihres Gesichts ein und spiegelten flackerndes Licht wider, vielleicht den Schein von Flammen, als sie zu einem kleinen Schweber eilte, der sie nach oben durch den Schacht trug. Jarl sah ihr nach, bis das graue Zwielicht zurückkehrte.

»Atalea entkam«, sagte Jamelinda. »Allein ihr gelang die Flucht. Unser aller Ursprung geht auf sie zurück. Sie war die fruchtbarste aller Großen Mütter, ihr Körper produzierte jede Stunde eine Eizelle. Wir sind ihre Kinder und Kindeskinder.« Sie wandte sich vom Schrein ab. »Komm, Junge. Jetzt können wir nach oben zurück.«

Jarl dachte an den beschwerlichen Aufstieg über die endlose Treppe, doch es genügte ein Schritt, einer der »langen« Schritte, wie Jamelinda sie nannte. Er brachte sie ins stille Felsental.

Jarl spürte, dass die Geschichte zu Ende ging.

»Hast du verstanden, was ich dir mit alldem sagen möchte?«, fragte Jamelinda. Wieder bewegten sich die Schlangen auf ihren Wangen; sie schienen den Kopf zu heben und zu zischen.

»Ich glaube schon.« Jarl war nicht ganz sicher. Eine sonderbare Müdigkeit erfasste ihn. Konnte man im Traum müde sein vom Traum?

»Die frühen Menschen haben einen Fehler gemacht, der fast das Ende unserer Spezies bedeutet hätte.« Der schmale Himmelsausschnitt über dem Felsental verdunkelte sich, während Jamelinda sprach, und in ihren Worten grollte der Donner eines Gewitters. Es prasselte, wie von Regentropfen an einem Fenster. »Sie haben die Gromka unterschätzt und es ihnen gestattet, ihre Technik so weit zu entwickeln, bis sie zu einer Gefahr wurden. Was hätte geschehen müssen, Jarl? Sag es mir!«

Er kannte die Antwort. Die Lehrer sprachen oft darüber.

»Die Gromka hätten bekämpft werden müssen, als man sie noch bekämpfen konnte«, sagte er. »Dann wären sie nicht in der Lage gewesen, diese Zuflucht anzugreifen und die letzten Menschen zu töten.«

Mit dem Auge der Erinnerung sah Jarl noch einmal das schreiende Mädchen.

»Seit Tausenden von Jahren schicken wir Kolonieschiffe aus, um das menschliche Leben zu möglichst vielen Welten zu tragen«, erklärte Jamelinda, aber ihre Stimme klang anders, wie von einer anderen Person. »Wenn unsere Kundschafter und Späher auf fremdes intelligentes Leben stoßen, setzen wir Inhibitoren ein, um zu verhindern, dass es sich zu gefährlichen Feinden entwickeln kann. Oder wir schicken unsere Soldaten, damit sie zerstören, was uns zerstören könnte. Wir müssen dominieren, um zu überleben. Das Schwache stirbt, das Starke überlebt. Es gilt, stark zu sein. Wie lautet unser Grundsatz, Jarl?«

»Nie wieder.«

»Ganz recht. Nie wieder. Wir leben, weil Atalea die Größte stark war.«

Jamelindas Stimme wurde leiser, und ihre Gestalt verlor an Substanz, ebenso wie die Wände des Felsentals. Das Grollen blieb, das Prasseln wurde lauter – es stammte tatsächlich von Regentropfen an einem Fenster.

Die Lider des Jungen im Bett blieben gesenkt, die Hand um die kleine Kugel des Talismans geschlossen. Im Halbschlaf fragte er sich: Was war mit der Erde, von der die Fünfzigtausend stammten? Gab es dort noch Menschen?

Der Junge erwachte, als letzte Regentropfen fielen und ein mattes Glühen am Horizont den neuen Tag ankündigte. Er zog die Hand mit dem Talisman unter der Decke hervor und stellte fest, dass sich die Wunde wieder geöffnet hatte – gelbes Blut machte die kleine Kugel schlüpfrig. Er erinnerte sich an die zerrissene Strebe mit der scharfen Kante, an den stechenden Schmerz in der Hand. Aber es war ein Traum gewesen, und in einem Traum konnte man sich nicht verletzen, oder?

Die Worte, die Jarl gehört hatte, und all die anderen früheren Geschichten waren wie Samenkörner, die in den fruchtbaren Boden seines Bewusstseins fielen. Manche von ihnen keimten dort, und aus ihnen entstanden die zarten Pflänzchen neuer Gedanken.

Die Bilder der Träume verblassten später und verloren ihre Details, doch die sprechenden, erklärenden Stimmen blieben oft klar. Manchmal verglich Jarl sie miteinander, und dabei fielen ihm Unterschiede auf, seltsame Widersprüche, die sich nur damit erklären ließen, dass manche Stimmen ... logen.

Das Gewicht von Vergangenheit und Zukunft

9 Prizilla

Prizilla brach nicht am Morgen auf, sondern noch in der Nacht. Begleitet von zwei stummen Soldaten ihrer Eskorte verließ sie die Kathedrale, wanderte unter einem Himmel ohne Sterne über den leeren Platz und erreichte den Eingang des Mausoleums zehn Minuten später. Neben der gewaltigen, mehrere Kilometer weit aufragenden Kathedrale wirkte dieses Nebengebäude winzig und unwichtig: ein granitgrauer Turm, nicht einmal hundert Meter hoch, daneben eine halb so hohe Kuppel, dunkel wie Obsidian. Prizilla wusste von ihren Datenadaptern, dass der erste Eindruck täuschte. Das kleine, unscheinbare Mausoleum übertraf an Größe sogar die Kathedrale. Was sich vom Platz aus beobachten ließ, war wie die Spitze eines Eisbergs – der größte Teil befand sich unter der Oberfläche, den Blicken verborgen.

Vor dem Eingang blieb Prizilla stehen. Leichter Wind wehte und brachte Kühle aus dem Norden von Memoria. Sie öffnete ihren Schutzmantel, schloss die Augen und dachte an ihre Heimat Amliss im Perseusarm der Milchstraße, Tausende von Lichtjahren entfernt: eine kalte Welt, größtenteils bedeckt von Schnee und Gletschern, ein ehemaliger Außenposten der Zhaut, die den Streitkräften des Pakts zwei Generationen lang standgehalten hatten, dreihundert Jahre. Auf vielen M_1-Welten war es für Prizilla zu warm; dort trug sie kleine Klimatisatoren oder einen schützenden, kühlenden Mantel. Für wenige Sekunden stellte sich Prizilla eine Welt vor, in der man einfach nur den kühlen Wind genießen konnte, unbelastet vom Schicksal des Pakts und seiner Menschen.

Die beiden Soldaten, in Körperpanzer gehüllt, warteten schweigend.

Prizilla öffnete die Augen und betrat das Mausoleum.

Ein Kustode sprang ihr aus dem Halbdunkel entgegen, ein kleiner nachtaktiver Araknoide.

»Zu Diensten«, meldete das menschliche Gesicht des Spinnenwesens. »Zu Diensten.«

»Ich möchte zu Ewora der Großen«, sagte Prizilla in der Allgemeinsprache.

»Sofort, sofort«, zirpte der Kustode, Angehöriger einer der wenigen hybriden Spezies im Pakt. »Bitte folgen Sie mir, jetzt, jetzt.«

Er holte etwas unter den Tüchern hervor, die den größten Teil seines Körpers bedeckten. Ein Schlüsselbund mit Dutzenden von Schlüsseln klirrte.

Prizilla folgte dem Spinnenmenschen durch einen schmalen Flur und anschließend eine lange Treppe hinab. Hinter ihr stapften die beiden Soldaten, wachsam, geduldig und still. Mehrmals schloss der Kustode mit seinen Schlüsseln Türen auf – ein altes Ritual, wie Prizilla von ihren Datenadaptern erfahren hatte. Schließlich erreichte sie den ersten Saal, die erste Grabstätte. Mahnlichter schwebten unter der hohen Decke und leuchteten etwas heller, als eine Hand des Kustoden Kontrollen berührte.

Prizilla betrachtete die Sarkophage auf den Podesten.

»Bitte lassen Sie mich allein«, sagte sie.

»Das ist ungewöhnlich«, kommentierte der Kustode. Seine menschlichen Augen sahen sie an. »Sehr ungewöhnlich.«

Prizilla richtete einen strengen Blick auf ihn. Eine seltsame Ruhelosigkeit hatte sie erfasst, ein Gefühl knapp werdender Zeit. »Ich möchte allein sein. Das gilt auch für Sie«, fügte sie, an die beiden Soldaten gerichtet, hinzu.

Der Araknoide zirpte und sprang fort.

»Gehört und verstanden«, sagten die Soldaten und gingen. Hinter ihnen schloss sich die schwere Tür.

Prizilla hörte das Flüstern ihrer Adapter, die Daten von den nahen Informationssystemen empfingen und den Weg zu Eworas letzter Ruhestätte wiesen. Ein Mahnlicht schwebte von der gewölbten Decke herab und wurde zu einem Orientierungslicht wenige Meter über ihr.

Sie ging über die Steinplatten am Ende der nächsten Treppe, begleitet von dem Licht, vorbei an den Stufen, die zu den einzelnen Podesten emporführten. Wie viele waren es in diesem Saal? Siebenundachtzig, wisperten die Datenadapter. Siebenundachtzig Mütter ruhten hier, sechsundachtzig bis vor vier Jahren – dann war die Große Ewora hinzugekommen. Die anderen Säle des Mausoleums enthielten weitere Gräber, noch einmal dreihunderteinundneunzig. Aber es waren nicht alle Großen Mütter und Suprema des Pakts. Achtundzwanzig fehlten, unter ihnen Atalea die Größte. Für sie gab es hier keine Grabstätten.

Prizillas Blick strich über die Sarkophage, jeder von ihnen grau, jeder mit der gleichen mahnenden Inschrift, der Maxime des Pakts: *Vereint sind wir stark, geteilt sind wir schwach, und die Schwachen sterben.*

»Wie ist es euch ergangen?«, fragte sie leise in der Stille, die Jahrtausende wog. »Wie habt ihr gelebt?«

In Gedanken fügte sie eine dritte Frage hinzu: Wie schwer ist das Gewicht der Verantwortung für euch gewesen?

Sie erreichte das Podest mit Eworas Sarkophag, stieg langsam die Stufen hoch und legte beide Hände auf den grauen Block.

Die Stille um sie herum wurde dichter und tiefer. Prizilla hörte ihren Atem wie einen nahen Wind.

»Ich habe den Abakus befragt.« Ihre Stimme war rau; sie räusperte sich. »Ich habe die aktuelle Situation berechnet, mit den neuen Daten, die ich – viel zu spät! – von Nadala erhalten habe. Das Ergebnis ist ... beunruhigend.«

Sie hatte mit niemandem darüber gesprochen, nicht einmal mit Coridian. Das auf ihren Schultern lastende Gewicht schien sich plötzlich zu verdoppeln. Es war das Gewicht von Vergangenheit und Zukunft.

»Der Pakt steuert auf die größte Krise seit seiner Existenz zu«, fuhr Prizilla leise fort. »Es ist wichtiger als jemals zuvor, die richtigen Entscheidungen zu treffen. Aber was sind die richtigen Entscheidungen?«

Du bist die Strategin, schien es aus dem Halbdunkel zu flüstern. Entwickle eine Strategie. Berechne nicht nur Vergangenheit und Gegenwart, sondern auch die Zukunft, wie es dein Blut verlangt.

»Mein Blut macht mich zur Strategin, nicht unbedingt zur Suprema.«

Die richtigen Entscheidungen machen dich zur Suprema, antwortete die Düsternis hinter Eworas Sarkophag. Hab Vertrauen zu dir selbst.

Die Stille ist zu leer für mich, dachte Prizilla. Ich fülle sie mit Stimmen. Wer Stimmen hört, die es gar nicht gibt, ist verrückt. Bin ich verrückt?

Ewora, die seit vier Jahren tote Ewora, antwortete nicht. Diesmal blieb die Stille still.

Prizilla nahm die Hände vom grauen Block, in dem ihre Vorgängerin ruhte, die mit vierhundertsieben Jahren zu früh und zu jung gestorben war. Sie wich einen Schritt zurück und begriff plötzlich, dass sie nicht an diesen Ort gekommen war, um Eworas Stimme zu hören. In Wirklichkeit ging es ihr um eine andere Stimme, um eine, die seit Asrine der Weisen vor fünftausend Jahren niemand mehr gehört hatte.

Sie drehte sich um, schritt die Stufen hinunter und machte sich auf den Weg zum Orakel.

10

Unter den Muttersälen des Mausoleums erstreckten sich die alten Bunkeranlagen der Tammritt – dort hatten sie sich verschanzt, als die Soldaten des Pakts auf Memoria gelandet waren. Eine der Höhlen, erfuhr Prizilla von ihren Datenadaptern, enthielt als Trophäe die Gebeine der letzten Verteidiger.

Sie empfing weitere Informationen, als sie den Weg in die

Tiefen des Mausoleums fortsetzte, begleitet vom Orientierungslicht. Während sie eine lange Treppe nach der anderen hinter sich brachte, erfuhr sie von den Archiven unter den ehemaligen Bunkern der Tammritt, von Datenbanken, mit Speichermodulen gefüllten Lagern und analogen Datenträgern, jeder einzelne von ihnen durch eine wenige Moleküle dicke Schutzschicht vor Zerfall geschützt. Der Name des Planeten – Memoria – hatte sich zuerst auf diese Archive bezogen und erst später auf die Grabstätten der Großen Mütter.

Prizilla schritt durch den ersten Raum der Archive, vorbei an versiegelten Behältern aus Neutro und Synth, vorbei an Regalen und Gerüsten mit Datenträgern aus vergangenen Epochen, und fragte sich: Warum lagern unsere Daten hier im Mausoleum? Haben wir sie zu Grabe getragen, so wie die Großen Mütter? Sind sie ebenso tot?

Plötzlich erschien der kleine Araknoide neben ihr.

»Ich helfe gern, helfe gern«, zirpte er. »Was bringt Sie hierher? Wie kann ich zu Diensten sein?«

»Ich habe Sie nicht gehört oder gesehen«, erwiderte Prizilla überrascht. Sie blickte in die Richtung, aus der sie kam. Die oberen Bereiche der letzten Treppe verloren sich in Dunkelheit. »Es ist ein weiter Weg von den Grabsälen hierher.«

»Es gibt Transportröhren«, erklärte der Kustode. Seine menschlichen Augen blickten zu ihr hoch. »Wie kann ich helfen?«

Über das zerebrale Interface richtete Prizilla eine Anfrage an ihre Datenadapter, und tatsächlich: Da war sie, die Information über die Transportröhren. Aber wieso bekam sie diesen Hinweis erst jetzt?

»Ich möchte zum Orakel«, sagte sie und ging weiter, vorbei an Behältern, die das Wissen der Vergangenheit enthielten.

»Oh«, entgegnete der Kustode. »Oh.« Er hüpfte neben ihr. »Aber, aber, seit Asrine der Weisen ...«

»Ich weiß. Das Orakel schweigt seit fünftausend Jahren, aber ich möchte trotzdem zu ihm, und zwar auf dem kürzesten Weg.«

»Ich verstehe.« Der kleine Spinnenmensch straffte die Gestalt und schien Haltung annehmen zu wollen. »Gehört und verstanden. Hier entlang.«

Der Kustode sprang davon, und Prizilla folgte ihm mit langen Schritten, durch schmalere Gänge und dunkle Flure, nur vom Orientierungslicht erhellt. Sie beauftragte ihre Datenadapter, aktualisierte Informationen aus den Datenbanken des Mausoleums abzurufen, und daraufhin sah sie vor dem inneren Auge eine schematische Darstellung des Tunnel- und Höhlensystems unter den Grabsälen – es erstreckte sich bis in eine Tiefe von sieben Kilometern. Der Weg, den sie in die unteren Bereiche nahmen, führte nach dieser Karte durch massives Felsgestein und undurchdringliches Neutro.

»Diese Route ist nicht in den Karten enthalten«, sagte Prizilla, als sie eine schmale Tür erreichten.

Der Kustode holte seinen klirrenden Schlüsselbund hervor, schob einen Schlüssel in das mechanische Schloss und drehte ihn. Es knirschte und klickte.

»Nur selten benutzt«, zirpte der Spinnenmann. »Sehr selten.«

Er zog die Tür auf, und im schwachen Schein des Orientierungslichts erschien eine alte Transportkasel mit verblassten Farben und Korrosionsspuren am oberen Rand. Der Kustode öffnete ihre Klappe.

»Kürzester Weg«, sagte er.

Prizilla zögerte einen Moment, dann vertraute sie sich der Kapsel an. Der Araknoide verzog das menschliche Gesicht, als er sich neben sie zwängte und die Kontrollen betätigte. Die Klappe schloss sich, es klapperte und rasselte, und die Transportkapsel glitt nach unten.

Prizilla prüfte noch einmal das Bild vor ihrem inneren Auge – die alte Transportröhre, durch die sie unterwegs waren, fehlte ebenfalls in der Übersicht.

»Wann hat der letzte Datenabgleich mit den Archiven stattgefunden?«, fragte sie, weil eine entsprechende Anfrage über ihre Adapter ohne Antwort blieb.

»Datenabgleich?«, wiederholte der Spinnenmann und streckte drei dünne Beine. Knochen knackten; ledrige Haut knisterte. »Ich bin Kustode. Ich hüte und bewahre, das sind meine Pflichten.«

»Sie wissen es nicht?«

Er hob ein Bein zu einer kurzen Geste. »Dies ist mein Reich.« Stolz lag in seiner Stimme. »Unser Reich. Das Reich der Kustoden, der Hüter und Bewahrer. Hier kennen wir uns aus.«

Prizilla dachte über die Worte nach, während die Transportkapsel ihre Reise in die Tiefen von Memoria fortsetzte. Es kamen nur wenige Personen hierher, *sehr selten*, hatte der Araknoide betont. Und: Dies war sein, ihr Reich, in dem sie hüteten und bewahrten. Hüteten und bewahrten sie so gut, dass jenseits der Grenzen ihrer Zuständigkeit zumindest teilweise in Vergessenheit geraten war, was »das Reich der Kustoden« enthielt? Sie musterte den kleinen Spinnenmann, dessen menschliche Augen ihren Blick mieden. Dies war seine Welt, und vielleicht glaubte er, dass sie ihm *gehörte*, allein ihm und seinen Kollegen. Hatten die Kustoden Informationen über die kleinen Nebentunnel und alten Transportröhren mit Absicht zurückgehalten? Prizilla schöpfte Hoffnung. Vielleicht hatte das Orakel seit Asrine der Weisen vor fast fünftausend Jahren geschwiegen, weil niemand gekommen war, um mit ihm zu sprechen.

Die Transportkapsel hielt an, der Kustode öffnete die Klappe und schlüpfte hinaus. Das Orientierungslicht schwebte in einen Gang mit Wänden aus dunklem Felsgestein, durch das sich glitzernde Mineralienadern zogen. Nach etwa zehn Metern endete der Gang an einer Tür aus fleckigem Synth.

Der Schlüsselbund des Kustoden klirrte erneut. Er probierte einen Schlüssel aus, dann den nächsten. »Ich bedauere«, quiekte er. »Ich bedauere sehr. Vielleicht habe ich nicht den richtigen Schlüssel. Dies ist der älteste Teil des Mausoleums. Nie kommt jemand hierher.«

Prizilla holte tief Luft. »Wenn Sie nicht den richtigen

Schlüssel haben, lasse ich Sie versetzen. Ich bin die Suprema ...«

»Suprema?«, zirpte der Kustode überrascht. Sein Schlüsselbund klirrte lauter, als er ihn hin und her drehte.

Er hat gar nicht gewusst, wer ich bin, fuhr es Prizilla durch den Sinn. Er hat mich für eine gewöhnliche Besucherin gehalten.

Der kleine Spinnenmann fand den richtigen Schlüssel, es klickte und klackte im Schloss, und die alte Tür schwang mit einem dumpfen Knarren auf. Das Orientierungslicht flog durch die Öffnung, und in seinem Schein zeigten sich Säulen und Fliesen, auf denen Staub eine graue Patina gebildet hatte. Auf der anderen Seite befand sich der Haupteingang des Raums, ein geschlossenes Portal, groß wie zwei M_1-Menschen.

Der Staub geriet in Bewegung, als sich Prizilla durch die kleine Tür bückte und den Raum betrat.

»Wie lange ist niemand hier gewesen?«, fragte sie und ging mit vorsichtigen Schritten zu dem dunklen Block, der sich in der Mitte des runden Raums erhob und wie ein senkrecht stehender Sarkophag aussah.

»Lange«, antwortete der Kustode. »Lange, lange.«

»Dies ist das Orakel?« Prizilla deutete auf den Block. Er wies Symbole auf, die sie nicht zu deuten vermochte, vielleicht Zeichen einer Sprache, die nicht zu den offiziellen L-Varianten gehörte.

»Zugang Eins«, zirpte der kleine Spinnenmann. Er war in einigem Abstand stehen geblieben und kam nicht näher. »Primär. Priorität. So habe ich es gelernt, von meinem Vorgänger, der es von seinen Vorgängern lernte.«

Prizilla staunte erneut. »Mündliche Überlieferung?«

»Hören und verstehen«, erwiderte der Kustode. »Wie überall.«

Hier muss einiges geändert werden, dachte Prizilla und nahm sich vor, entsprechende Anweisungen zu erteilen. Hatten sich Ewora und die anderen Großen Mütter nie für Memorias Archive und das alte Orakel interessiert? Oder gab es in diesem Zusammenhang Dinge, von denen sie nichts wusste? Ihre Adapter hätten Zugriff auf alle Datenbanken gestatten sollen. War es möglich – war es auch nur *denkbar* –, dass man ihr, der Nachfolgerin von Ewora der Großen, Wissen vorenthielt? Die Abteilung Acht und Nadala fielen ihr ein.

Das Orientierungslicht flackerte.

»Wie spricht man mit dem Orakel?«, fragte sie. »Wie bringt man es dazu, Fragen zu beantworten?«

Der Kustode schwieg.

Prizilla drehte sich zu ihm um. »Nun?«

»Großes Bedauern«, quiekte der Araknoide. Sein menschliches Gesicht wirkte verkniffen. »Ich weiß es nicht.«

Prizilla deutete auf die Zeichen. »Kennen Sie die Bedeutung dieser Symbole?«

»Ich bedauere noch mehr.« Der Kustode schüttelte den Kopf. Seine acht krummen Spinnenbeine knarrten.

Ärger stieg in Prizilla auf. Sie öffnete den Mund mit der Absicht, den Kustoden fortzuschicken, doch die Intuition der Strategin entschied sich anders und ließ sie sagen: »Bleiben Sie hier. Beobachten Sie alles. Hören Sie gut zu.«

»Ja?«, zirpte der Araknoide.

»Ja.« Vielleicht brauche ich einen Zeugen, dachte sie, dann trat sie näher an den Block und aktivierte ihr zerebrales Interface. Ihre Adapter begannen Sondierungssignale und Codesequenzen zu senden.

»Dies ist eine Maschine«, sagte sie und ging langsam um den Block herum. Ihre Fingerkuppen strichen über die Symbole und hinterließen Spuren im Staub. »Vielleicht eine Art Terminal«, sie verwendete ein L_2-Wort, »das Zugriff auf die alten Datenbestände erlaubt.«

»Nein«, widersprach der Kustode.

Prizilla richtete einen fragenden Blick auf ihn.

»Ich habe gehört …«, begann der Araknoide und streckte mehrere Beine. »Ich habe gehört, dass Geister im Orakel gefangen sind.«

»Geister?«

»Wie auf einer Gespensterwelt.« Der Kustode sprach nun schneller. »Das ist vielleicht der Grund, warum in all den Jahren niemand hergekommen ist. Vielleicht haben die anderen Suprema entschieden, die Geister ruhen zu lassen.«

»Wie bitte?«

»Hier sind Geister gefangen.« Der Kustode zitterte. »Asrine die Weise soll sie hier eingeschlossen haben, damit sie schweigen und niemanden verwirren. Darum ist seit vielen, vielen Jahren niemand hier gewesen.«

Prizilla richtete eine Anfrage an ihre Datenadapter: Gibt es irgendwelche mit dem Orakel von Memoria verknüpften Warnungen?

Die Antwort erhielt sie eine halbe Sekunde später. Sie lautete: keine.

»Wie aktiviert man das Orakel?«, fragte sie den Kustoden und deutete auf den Block. »Wie schaltet man diese Maschine ein?«

Der Araknoide schob zwei Beine in den offenen Zugang des Raums, als wollte er die Flucht ergreifen. »Ich möchte ...«

»Nein, Sie bleiben hier. Was wissen Sie über diese Maschine?«

»Nichts, nichts, ich weiß nichts«, versicherte der Araknoide hastig. »Kein guter Ort, dieser. Wir sollten ihn verlassen.«

Es klirrte leise, und der Kustode erstarrte.

»Geben Sie mir Ihre Schlüssel«, sagte Prizilla.

»Was?«, quiekte der Spinnenmann.

»Sie haben mich gehört und verstanden.«

»Aber es sind *meine* Schlüssel«, jammerte der Araknoide. »Es sind die Schlüssel eines Kustoden!«

»Geben Sie sie mir!« Prizilla streckte die Hand aus. »Her damit!«

Der kleine Hybride gab ihr den Schlüsselbund, an dem nicht nur einfache Schlüssel hingen, für mechanische Schlösser bestimmt, sondern auch kleine und große Codierer, manche aus glänzendem Metall, andere aus Neutro oder Synth.

»Welcher Schlüssel ist für das Orakel bestimmt?«

»Ich weiß es nicht, ich weiß es nicht!«, quiekte der Kustode und versuchte, in den offenen Zugang zurückzuweichen.

»Bleiben Sie hier!« Prizilla ging um den Block des Orakels herum, strich erneut über die Symbole und suchte nach einer Öffnung, nach einem Datenanschluss.

»Bedauern, großes Bedauern, Höchstehrenwerte«, zirpte der Kustode. »Ich weiß es wirklich nicht. Bitte, darf ich jetzt gehen?«

»Nein.« Mit ihren Datenadaptern schickte Prizilla eine Anfrage an das Informationszentrum von Memoria und an ihr Schiff im Orbit, die *Speerspitze*, bis vor vier Jahren Eworas Flaggschiff.

»Was ist, was ist?«, fragte der Araknoide besorgt, als Prizilla wie erstarrt dastand.

»Warten Sie«, lautete ihre knappe Antwort. Sie empfing Daten von ihrem Schiff, einige historische Informationen, die sie bereits kannte. Von Memorias Archiven hingegen erhielt sie keine weiteren Hinweise. Die Strategin in ihr schöpfte Verdacht. Eine selektive Beschränkung des planetaren Datenflusses, vermutlich allein für sie bestimmt. Jemand wollte nicht, dass sie mehr über das Orakel erfuhr, das seit fünftausend Jahren schwieg.

Prizilla stand noch immer reglos. Die Abteilung Acht?, dachte sie. Nadala? Gab es eine andere Antwort auf die Frage, wer dahinterstecken konnte? Aber warum? Welche Absicht verbarg sich darin?

Ihre Finger setzten die Suche fort und ertasteten etwas, eine kleine Öffnung zwischen zwei Symbolen, die eine vage Ähnlichkeit mit Aktivierungszeichen aufwiesen. Sie suchte am Schlüsselbund nach einem passenden Codierer und fand einen kurzen, dünnen Stift, der die richtige Größe zu haben schien. Der Kustode wimmerte, als sie den Stift vom klirrenden Schlüsselbund löste und in die Aussparung zwischen den beiden Symbolen steckte.

Eins der Symbole ganz oben am Block leuchtete kurz auf. Sonst geschah nichts.

Prizilla sandte eine neue Anweisung über ihr zerebrales Interface und setzte sich abermals mit der *Speerspitze* in Verbindung. Ich brauche Codes, sprachen ihre Gedanken. Aktivierungscodes für Datenartefakte, wie sie früher üblich waren.

Ihre Adapter empfingen Signale und leiteten sie an den Codierer weiter.

Prizilla wartete.

Der Kustode duckte sich, als erwartete er einen Schlag.

Daten flossen und strömten, als die Intelligenzsubstrate der *Speerspitze* Aktivierungscodes improvisierten, einen nach dem anderen, Zehntausende in jeder verstreichenden Sekunde. Das Symbol oben am Block leuchtete erneut auf, ebenso andere. Ein tiefes, dumpfes Summen vertrieb die Stille aus dem runden Raum, der Kustode quiekte, und Prizilla hörte Stimmen, nicht mit den Ohren, sondern mit ihren Datenadaptern.

Plötzlich wurde ihr klar: Es wohnten tatsächlich Geister darin, und sie bohrten Krallen in Prizillas Verstand.

11

Der Kustode schrie, und vielleicht waren es seine Schreie, die Prizilla vor dem Tod bewahrten, denn sie gaben ihr ein Stück Realität, an dem sie sich festhalten konnte, als sie in einem Ozean aus Bildern und fremden Erinnerungen zu ertrinken drohte. Vor fünftausend und mehr Jahren gedachte Gedanken bildeten Strudel, die an Prizillas Selbst saugten und es in einen tiefen Mahlstrom zu ziehen drohten. Sie widersetzte sich, klammerte sich an die leiser werdenden Schreie des Araknoiden und begriff in diesen kritischen Momenten, als sie an einem geistigen Abgrund balancierte, was es mit dem Orakel auf sich hatte. Es war das Herz der Archive von Memoria, ein Datenspeicher ganz besonderer Art: Er enthielt die Geister der Großen Mütter, die nicht in den Grabsälen des Mausoleums bestattet waren, unter ihnen sogar Reste des

Bewusstseins von Atalea, der die Menschheit das Überleben verdankte. Sie und siebenundzwanzig andere Mütter und Suprema hatten sich dem Tod zu widersetzen versucht und ihr Selbst in einen der alten Maschinenintellekte übertragen – aus denen später die LIS hervorgegangen waren, die »Lernenden Intelligenzsubstrate« –, in der Hoffnung, auf diese Weise Unsterblichkeit zu erlangen. Stattdessen hatten sie Wahnsinn gefunden, langsame, quälende Auflösung, zerrissene Gedanken und Erinnerungen, zerpflückte Gefühle, Absichten, Pläne, Hoffnungen und Träume. Fragmente, die wie in einem wilden Wind tanzten, umgeben und durchsetzt vom fremdartigen Denken des Maschinenintellekts, der fünf Jahrtausende geschlafen hatte und sich nun in reaktivierten Elaboratoren ausbreitete, wie ein Sturm hinter dem Wind.

Ein Anschlag auf ihr Leben, begriff Prizilla. Nicht mit Blastern oder Variatoren, nicht mit einer gut platzierten Minibombe, nicht mit toxischen Nanobots. Nein, es sollte die Vergangenheit sein, die Prizilla umbrachte, die junge, unerfahrene Suprema, von Ewora der Großen zu ihrer Nachfolgerin ernannt, obwohl es kompetentere Kandidatinnen gegeben hatte. Die Vergangenheit und eine Mischung aus Neugier und Unwissen. Wie dumm von ihr, den alten Intellekt zu wecken. Wie dumm von ihr zu versuchen, Atalea die Größte um Rat zu fragen, sie und die anderen Mütter, die auf Unsterblichkeit in einer denkenden Maschine gehofft hatten. Wie dumm von ihr, die Warnungen nicht zur Kenntnis zu nehmen.

Dort waren sie, die Warnungen: in einer der Datenbanken von Memoria, im Log die Anfrage der Suprema verzeichnet. Prizillas Datenadapter empfingen die Hinweise, sie vernahm das Flüstern der Informationen, während sie gleichzeitig hörte, wie aus den Schreien des Kustoden ein leises Wimmern wurde: *Das Orakel ist deaktiviert und muss deaktiviert bleiben, weil ...*

Weil es gefährlich war. Weil es nicht wie vorgesehen funktioniert hatte. Weil der Maschinenintellekt, der in ihm wohnte, unberechenbar war. Weil im Orakel, als weiser Ratgeber für alle zukünftigen Mütter und Suprema gedacht, Auflösung und Wahnsinn herrschten.

Prizilla taumelte noch immer am Abgrund, dicht vor den Strudeln wirrer fremder Gedanken. Man würde den Zwischenfall natürlich untersuchen und feststellen, dass sie auf die warnenden Daten zugegriffen hatte – der automatische Eintrag im Log bewies es. Niemand würde erfahren, dass ihre vorherigen Datenanfragen ohne Ergebnis geblieben waren.

Einen Schritt zurück, dachte sie. Ein Schritt genügte, um den Strudeln die saugende Kraft zu nehmen, um den eigenen Schwerpunkt zugunsten des Lebens zu verändern. Die Krallen, die sich in den Verstand gebohrt hatten, waren die Auswirkungen eines aktiv gewordenen Interfacesystems, das ihr Bewusstsein sondierte und seine Assimilation vorbereitete, seine Aufnahme in die »Unsterblichkeitssphäre« des Maschinenintellekts.

Einen Schritt zurück und die Verbindungen unterbrechen, dachte Prizilla. Die scharfen, spitzen Krallen aus ihrem Bewusstsein drücken, eine nach der anderen. Ein Schritt zurück, nur einen.

Sie hob den linken Fuß. Das gelang ihr, sie konnte ihn einige Zentimeter weit heben, doch sie schaffte es nicht, ihn weiter hinten wieder auf den Boden zu setzen. Der eine notwendige Schritt ließ sich nicht beenden.

Die Krallen bewegten sich, sie bohrten sich noch tiefer, und der von den Strudeln ausgehende Sog wurde stärker. Der linke Fuß befand sich noch immer einige Zentimeter über dem Boden, und auf einem Bein allein fiel ihr die Balance schwer. Sie schwankte ...

Prizilla öffnete ihr zerebrales Interface, obwohl sie wusste, dass sie sich damit noch angreifbarer machte, und schickte den Substraten der *Speerspitze* im hohen Orbit von Memoria eine Dringlichkeitsnachricht: *Meine Datenadapter sofort stilllegen. Notabschaltung!*

Die Krallen bohrten sich tiefer, eine von ihnen so tief, dass Prizilla plötzlich nichts mehr sah. Das Heulen des Sturms hinter dem Wind, in dem die Gedankenfetzen von achtundzwanzig Großen Müttern tanzten, schwoll an, übertönte das Wimmern des Kustoden und schickte sich an, sie in den Abgrund zu stoßen.

Und dann herrschte plötzlich Stille.

Prizilla taumelte. Noch immer auf einem Bein stehend, verlor sie das Gleichgewicht und kippte nach vorn. Doch sie fiel nicht in einen tiefen Abgrund, sondern stieß gegen den dunklen Block des Orakels, an dem noch immer Symbole leuchteten. Ihre Knie zitterten und gaben nach, sie sank zu Boden und schloss die Augen, um Kraft zu schöpfen ...

Als sie die Lider wieder hob, eine Stunde später, leuchteten auf dem Orakel keine Lichter mehr. Dunkel ragte es in einem dunklen Raum auf, umgeben von Säulen. Prizilla stand auf und wankte zum Kustoden, der reglos vor dem offenen Zugang lag. Die Augen des kleinen Spinnenmannes waren geschlossen, aber ein dünnes Bein zitterte – er lebte noch.

Etwas sicherer auf den Beinen kehrte sie zum Orakel zurück, fand den Codierer und zog ihn aus der Öffnung. Nichts geschah. Es blieb still.

Vorsichtig reaktivierte sie einen ihrer Datenadapter, und als keine Krallen erschienen, stellte sie eine Verbindung zur Verwaltung des Mausoleums her. »Hier spricht die Suprema«, sagte sie laut. »Ich möchte abgeholt werden. Und ich brauche einen Mediker, der einen Araknoiden behandeln kann.«

Sie wartete neben dem reglosen Kustoden, mit dem Beginn einer Idee im Kopf, und dachte: Wir haben nicht nur einen äußeren Feind, sondern auch einen inneren.

Kongress

Prizilla 12

»Die Abteilung Acht steckt dahinter. Nadala.« Coridian sprach ruhig, und wieder verglich ihn Prizilla mit einem Fels in der Brandung eines stürmischen Meeres. Er trug die graue Uniform eines Kommandeurs, mit holografischen Dekorationen auf beiden Brustseiten.

»Wir haben keine Beweise.« Prizilla streifte das bunte, weite Suprema-Gewand über. Sie befanden sich im Vorbereitungszimmer tief im Innern der Kathedrale. Der Kongress tagte bereits seit zwei Stunden. Bestimmt vermissten die Delegierten ihre Suprema. In den Nachrichtennetzen fehlte jeder Hinweis auf den Zwischenfall im Mausoleum; vielleicht ging Nadala davon aus, dass ihr Plan erfolgreich gewesen war.

Coridian half Prizilla dabei, eine schwere Halskette aus Batanbar-Kristallen und Diamanten von Jylely anzulegen. Sie fühlte die geschliffenen Edelsteine angenehm kühl auf der Haut.

»Wer käme sonst infrage?«, brummte er.

»Niemand. Trotzdem, wir haben keine Beweise.«

»Ein Mordanschlag auf die Suprema!« Coridian hielt inne, mit beiden Händen auf ihren Schultern. »Das ist ... unerhört! Geht es Ihnen gut?« Und etwas leiser, sanfter: »Geht es dir gut, Prizilla?«

Sie drehte sich um, hob die Hände zu seinem Gesicht und legte sie ihm auf die Wangen. Die Haut war rau, der Blick besorgt.

»Nein«, antwortete Prizilla. »Nein, es geht mir nicht gut. Ich wäre fast gestorben. Oder wahnsinnig geworden. Aber hier stehe ich und lebe, und wenn ich mich nicht sehr irre, wird das für Nadala eine böse Überraschung sein. Es ist ein Moment, den es zu nutzen gilt. Ausruhen kann ich später.«

»Wir könnten gegen sie vorgehen«, sagte Coridian ernst. »Jetzt sofort.«

Prizilla ließ die Hände sinken und schüttelte den Kopf. »Wir wissen nicht, wie groß die Unterstützung ist, auf die Nadala zurückgreifen kann. Die Abteilung Acht ist sehr einflussreich.«

»Dreizehn Schiffe der Fünften Flotte befinden sich im System. Sie stehen unter dem Kommando von Admiral Tanosan, den ich gut kenne. Wir könnten ...«

»Nein«, unterbrach Prizilla. »Ich möchte die Streitkräfte aus dieser Sache heraushalten. Sie sollen auf den Feind konzentriert bleiben. Auf den äußeren Feind.«

»Lass dir dies von einem Soldaten sagen, der mehr als zweieinhalb Jahrhunderte Kampferfahrung hat: Wenn man sofort drastische Maßnahmen ergreift, erspart man sich Probleme in der Zukunft. Was hast du vor?«

Offenbar bemerkte Coridian eine Veränderung in Prizillas Gesicht, denn er wich einen Schritt zurück und sagte: »Ich bitte um Entschuldigung, Suprema. Darf ich mich nach Ihren Plänen erkundigen?«

Prizilla rückte die Halskette zurecht und überprüfte ihr Erscheinungsbild in einem großen Holospiegel. Das bunte Amtsgewand fiel mit den richtigen Falten, die silbernen Nadeln steckten an den richtigen Stellen im schwarzen Haar, mehrere Zehntausend Nanobots zeichneten die Symbole der Macht auf Wangen und Stirn. Das Gesicht war noch etwas blasser als sonst, die Augen vielleicht ein wenig trüber, aber ansonsten sah man ihr nicht an, dass sie am Rand des Wahnsinns gestanden hatte.

»Stellen Sie Nachforschungen an, Coridian«, sagte sie mit sanfter Förmlichkeit. Die Zeit für das Du war vorbei. »Nutzen Sie Ihre Ressourcen, Ihre Verbindungen bei den Streitkräften und in den Abteilungen. Finden Sie mehr über Nadala und ihre Freunde von der Achten heraus. Stellen Sie fest, welche Ziele sie verfolgen. Ich muss mehr wissen, um eine Strategie zu entwickeln.«

Coridian nickte. »Gehört und verstanden.«

Prizilla ging zur Tür. »Was auch immer Nadalas Pläne für das Hier und Heute sind, ich werde sie vereiteln. Jetzt.«

13

Zehn Soldaten eskortierten Prizilla in den Versammlungssaal, der so hoch war, dass sich unter seiner Decke Wolken bilden konnten. Ein breiter Weg führte vom großen Hauptportal zum Gravitationslift, einem Kraftfeld, so silbern wie die Nadeln in Prizillas dunklem Haar. Rechts und links ragten die Emporen auf, gesäumt von Orientierungslichtern so bunt wie das Amtsgewand der Suprema. Die in den dunklen Emporen sitzenden Delegierten blieben anonyme Schatten und Schemen, bis einer von ihnen das Wort ergriff – dann gab helles Licht dem Sprecher ein Gesicht.

Auf dem Weg zum G-Lift empfingen Prizillas Datenadapter aktualisierte Informationen. Mehr als sechstausend Delegierte hatten sich an diesem Ort versammelt, jeder begleitet von bis zu zwanzig Assistenten und Adjutanten. Nur wenige Delegierte repräsentierten einen einzelnen Planeten; die meisten vertraten die Interessen ganzer Sonnensysteme oder von Clustern, die zahlreiche Sonnensysteme mit ihren bewohnten Planeten und Monden zusammenfassten. Hinzu kamen zweieinhalbtausend Abgeordnete mit festem Sitz im Kongress, entsandt von mehr oder weniger einflussreichen Gruppen in den menschlichen Gesellschaften, an erster Stelle natürlich die Streitkräfte, dann: Wissenschaftler, Techniker, die Extremangepassten, die selbst jene Welten für die Menschheit beanspruchten, die sich nicht für gewöhnliches menschliches Leben eigneten; die Konstrukteure und Baumeister, die neue AMAs entwickelten oder programmierten, autonome Maschinen, die weitere Kolonien für Menschen vorbereiteten; die Mediker, die über das menschliche Leben wachten; und die Armierer, die neue Waffen schufen, damit die Menschheit stark und unbesiegbar blieb. Nicht im Kongress vertreten waren die Hedonier, obwohl sie etwa vierzig Prozent der Gesamtbevölkerung ausmachten: Menschen, die keinen direkten Beitrag für die Stärke des Pakts leisteten und einfach nur ihr Leben lebten. Wer nicht mithalf, den Pakt zu verteidigen oder das Überleben des Menschen mit der Besiedelung neuer Welten zu sichern, hatte kein Recht auf eine Stimme im Kongress.

Jemand stand oben auf der Rednersäule, umgeben von Lichtern. Schwebende Hologramme zeigten die Person, deren Stimme, von Akustikfeldern verstärkt, durch den immensen Saal hallte. Prizilla sah sie mit der Zoomlinse in ihrem linken Auge: eine Frau, dreißig Jahre älter als sie, fast neunzig, das feuerrote Haar zu einem Kranz angeordnet wie eine Krone, das Gesicht weiß, die Augen braun.

Ein Raunen ging durch den Saal, kam wie das Rauschen des Winds in hohen Baumwipfeln von den Emporen. Die Sprecherin auf der Rednersäule unterbrach sich, als sie sah, wer dort unten über den Weg schritt.

Prizilla erreichte den Gravitationslift. Das Kraftfeld, silbern wie ihre Haarnadeln, erfasste sie und trug sie nach oben, dicht neben der Säule, deren Farbe sie an den kobaltblauen Schutzanzug erinnerte, den Ewora die Große vor sechs Jahren auf Nimmwa getragen hatte. Oben, Hunderte von Metern über dem Weg und auf einer Höhe mit den größten Emporen für die wichtigsten Delegierten, bot die Rednersäule etwa fünfzehn Quadratmeter Platz. Eine Brüstung gab es nicht.

Der G-Lift setzte Prizilla auf der Säule ab.

Nadala trug ein schlichtes Gewand – mit nur drei Kindern zählte sie nicht zu den Großen Müttern –, und ihr fehlten die Symbole der Macht auf Wangen und Stirn. Ihr Gesicht verriet nichts, als sie sagte: »Sie haben sich verspätet, Suprema.«

»Ich wurde aufgehalten«, erwiderte Prizilla freundlich. »Bitte lassen Sie sich nicht stören. Sprechen Sie weiter.«

»Ich habe gesagt, was ich sagen wollte. Wir alle haben auf Sie gewartet.«

Nadala wich zurück, bis an den Rand, ohne sich vom Kraftfeld des Gravitationslifts erfassen zu lassen. Prizilla trat in die Mitte der Rednerfläche und musterte die Leiterin der Abteilung Acht. Inzwischen war sie sich sicher, dass es nicht Nadalas Absicht gewesen war, einen Wahlantrag zu stellen. Sie hatte vermutlich damit gerechnet, dass zu Beginn des Kongresses, vielleicht noch während ihrer Rede, der Tod der Suprema verkündet wurde. Bestimmt waren sie und ihre Abteilung darauf vorbereitet, Effizienz und Kompetenz zu beweisen, indem sie die Hintergründe des tragischen und überaus bedauerlichen Todes der Suprema schnell aufklärten, was die Delegierten veranlasst hätte, sie zur Nachfolgerin zu bestimmen, wenn nicht dauerhaft beziehungsweise bis zum Wahlantrag eines Konkurrenten, so doch bis zum nächsten Kongress in fünf Jahren. Zeit genug für Nadala, ihre Macht zu konsolidieren.

Diesen Plan hatte Prizilla mit ihrem Erscheinen durchkreuzt.

Sie hob die Arme. »Vereint sind wir stark, geteilt sind wir schwach, und die Schwachen sterben.« So begann sie ihre Ansprache, mit der Maxime des Pakts, wie es der Suprema gebührte. »Ich komme zu spät, weil ich mit dem Orakel gesprochen habe.«

Erneut ging ein Raunen durch den riesigen Saal, lauter als zuvor – der Wind in den Baumwipfeln schien diesmal ein Sturm zu sein.

»Unmöglich!«, entfuhr es Nadala.

Prizilla hätte sie gern gefragt: Woher hast du gewusst, dass ich nicht nur die im Mausoleum bestatteten Mütter besuchen würde, sondern auch das Orakel tief unter ihnen, Grab der achtundzwanzig Fehlenden? Sind meine Absichten so leicht zu durchschauen? Oder bin ich irgendwie beeinflusst worden? Prizilla beschloss, sich später eingehender mit dieser Möglichkeit zu befassen – die Strategin durfte sich nicht von der Taktikerin manipulieren lassen.

»Ich habe einen Zeugen, einen Kustoden des Mausoleums«, verkündete Prizilla. »Ich bin bei Atalea und den siebenundzwanzig anderen Müttern und Suprema gewesen, bei ihren Erinnerungen, ihren Geistern. Ich habe mit ihnen gesprochen.«

»Unmöglich«, wiederholte Nadala, aber diesmal sprach sie es so leise, dass die Akustikfelder nicht reagierten; ihre Stimme blieb auf die Rednerfläche beschränkt, erreichte nicht die Delegierten in den Emporen.

»Das Orakel«, betonte Prizilla, »hat mir geantwortet.«

»Fünftausend Jahre«, rauschte es durch den Kongress. »Fünftausend Jahre ...«

»Beim letzten Kongress sprach hier Ewora die Große zu Ihnen«, wandte sich Prizilla an die Delegierten und drehte sich langsam im Kreis, während sie die Worte formulierte. »Sie starb im Alter von vierhundertdreizehn, viel zu früh. Sie fiel einem inneren Feind zum Opfer, der gefährlicher sein könnte als der äußere, gegen den wir seit vielen Generationen kämpfen.«

Ihr Blick streifte Nadala, und vielleicht veränderte sich der Glanz in den braunen Augen der Taktikerin ein wenig.

Über das zerebrale Interface schickte Prizilla ihren Datenadaptern einen Befehl, und nur einen Moment später erhielten die Delegierten einen detaillierten Bericht über den M-Faktor. Unruhe breitete sich aus. Innerhalb weniger Sekunden erhielt sie Hunderte von Anfragen.

»Dies ist die Situation.« Ein weiteres Signal ihrer Adapter bewirkte, dass die große holografische Darstellung der Milchstraße unter der hohen Decke des Kongresses tiefer sank und noch größer wurde, bis sie von einer Seite des Saales zur anderen reichte, bis die Spitzen der galaktischen Spiralarme über die Emporen strichen. Große Teile der Galaxis leuchteten in verschiedenen Blautönen, je nach Dauer und Dichte der Besiedelung durch menschliche Kolonisten. Gelbe Bereiche wanden sich wie Schlangen vor allem durch den Perseusarm mit Prizillas Heimat Amliss und durch die Orion- und Sagittariussektoren. Zu diesen galaktischen Regionen bestanden keine Fulkrum-Verbindungen. Hunderte von lichtschnellen Kolonieschiffen waren durch die endlosen Weiten des interstellaren Raums dorthin unterwegs, doch es würde Jahrhunderte oder Jahrtausende dauern, bis sie ihr Ziel erreichten. Hier und dort im Sternenmeer der Milchstraße blinkten grüne, türkisfarbene und goldene Markierungen: Sonnensysteme, in denen Erkundungsschiffe der Streitkräfte auf intelligente Spezies unterschiedlicher Entwicklungskategorien gestoßen waren; sie erforderten Beobachtung oder präventive Maßnahmen. Rote Gefahrensymbole wiesen auf Kontakte mit dem Feind hin – sie waren über die ganze Milchstraße verteilt.

»Dies ist die Situation«, wiederholte Prizilla und deutete auf das sich langsam drehende Feuerrad der Galaxis. »Wir sind stark.«

»Wir sind stark«, wiederholten Tausende von Delegierten.

»Und wir müssen stark bleiben«, fuhr Prizilla fort. »Wir werden weitere Kolonieschiffe entsenden, in die Bereiche der Galaxis, in denen es noch viele unbekannte, unerforschte Sonnensysteme gibt. Wir werden den Menschen überallhin bringen, nach intelligenten Spezies suchen, die zu einer Gefahr für uns werden könnten, und die Bedrohung eliminieren. Es wird sich nicht wiederholen, was einst geschah. Wir dürfen nicht schwach werden.«

»Niemals!«, intonierten die Delegierten.

Ein weiteres Signal ließ Linien im großen Galaxis-Hologramm entstehen, das sich zwischen den Wänden des Kongresssaals erstreckte. »In den vergangenen Jahren haben wir alle Angriffe des Feindes abgewehrt, jeden einzelnen. Nur eine unserer Welten ging verloren: Nimmwa, im Lerper-System.« Bei diesen Worten kratzte etwas an ihren Gedanken, und für einen Moment hatte sie das Gefühl, etwas Wichtiges übersehen zu haben. »Unsere Streitkräfte fanden zwei geheime Basen des Feindes, versteckt auf Quecha, dem siebten Mond des warmen Gasriesen Issarrak im Jefil-System, und auf Rel beim Staubschlund Kurandar. Beide Stützpunkte wurden vernichtet.«

»Das Jefil-System befindet sich unweit des Kernbereichs«, erklang die Stimme eines Delegierten. Es musste jemand sein, der viele Welten oder Sonnensysteme im Kongress vertrat, denn nur solche Delegierte genossen das Privileg, die Suprema bei einem Vortrag unterbrechen zu dürfen. »Der geheime Stützpunkt diente vermutlich der Vorbereitung eines Angriffs auf die Kernwelten, unter ihnen Memoria.«

»Und wo ist die Hauptstreitmacht des Feindes?«, rief jemand anders. »Wo ist sie?«

So lautete die obligatorische Frage, die immer wieder gestellt wurde.

»Wir wissen es nicht«, antwortete Prizilla. »Wir wissen es noch immer nicht, nach all den Jahrtausenden.«

»Sie ist unterwegs«, sagte Nadala. Diesmal sprach sie laut genug für die Akustikfelder. »Irgendwo zwischen den Sternen, vielleicht in einem der Sektoren, die wir nicht mit den Fulkren erreichen können. Die Hauptstreitmacht des Feindes ist unterwegs, und irgendwann wird sie angreifen.«

»Kundschafter und Entdecker sind im Einsatz«, erklärte Prizilla, den Blick auf die Taktikerin gerichtet. »Wir werden weitere Fulkren finden und in Betrieb nehmen. Und wir werden auch die Hauptstreitmacht lokalisieren, bevor sie zuschlagen kann.« Sie holte tief Luft. »Damit betraue ich Sie, ehrenwerte Nadala. Sie und Ihre Abteilung Acht erhalten hiermit den Auftrag, die Hauptstreitmacht des Feindes zu lokalisieren.«

Ein kurzes Funkeln erschien in Nadalas Augen und verschwand sofort wieder. Sie neigte den Kopf.

»Ewora, die zu früh verstarb, ernannte mich zu ihrer Nachfolgerin«, fuhr Prizilla fort. Ihr Kommunikationsadapter empfing eine Dringlichkeitsnachricht, aber sie achtete nicht darauf, denn sie richtete wichtige Worte an die Delegierten. Worte, die vielleicht darüber entschieden, ob jemand einen Wahlantrag stellte. »Obwohl ich noch nicht einmal sechzig Jahre alt bin. Obwohl es mir an Erfahrung mangelte. Obwohl ich nur dreihundertsechsundsechzig Kinder habe.«

Nadala beobachtete sie aufmerksam.

Das Dringlichkeitssignal wiederholte sich. Prizilla stellte fest, dass es von Coridian stammte. Hatte er etwas herausgefunden?

Sie breitete die Arme aus. »Zum ersten Mal steht hier eine Suprema, die auch Strategin ist, und als Strategin *habe* ich Erfahrung. In meinen Adern fließt – Sie wissen es alle – violettes Blut. Ewora die Große kannte meine Fähigkeiten, als sie mich zu ihrer Nachfolgerin bestimmte. Meine strategischen Planungen waren es, die es erlaubten, die geheimen Stützpunkte des Feindes auf Rel und auf Quecha zu entdecken. Wir vermuten, dass es weitere Basen gibt, und wir werden auch sie finden und zerstören. Wir werden stark sein!«

»Stark!«, antworteten ihr die Delegierten. Nadala beobachtete Prizilla noch immer, mit einem forschenden, sezierenden Blick.

»Woher kommt der Feind?«, fragte Prizilla mit lauter Stimme. »Wo stecken seine Wurzeln? Wo befinden sich seine Heimatwelten? Wo baut er seine Schiffe und Waffen für die Angriffe auf uns? Bisher ist es niemandem gelungen, Antworten auf diese Fragen zu finden. Wenn wir die Wurzeln des Feindes kennen, können wir sie ausreißen und verbrennen.«

»Verbrennen!«

»Es geht nicht nur darum, den Feind von unseren Kernwelten fernzuhalten. Es geht nicht nur darum, auch alle anderen Welten – jene am Rand ebenso wie unsere neuen Kolonien – vor Angriffen zu schützen. Es geht darum, den Feind endgültig zu schlagen, für immer. Es geht um den endgültigen Sieg.«

»Sieg!«

»Wir müssen den Feind besiegen, um die Ressourcen des

Pakts frei zu haben für den Kampf gegen den M-Faktor, gegen den inneren Widersacher. Ich bin beim Orakel tief unter dem Mausoleum gewesen. Es hat gesprochen, nach einem fünf Jahrtausende langen Schweigen. Es hat zu mir gesprochen und meine Fragen beantwortet.« Das war nicht ganz gelogen, rechtfertigte sich Prizilla vor ihrem Gewissen. Das Orakel hatte tatsächlich gesprochen, in gewisser Weise. Und es hatte Fragen beantwortet, das fühlte sie. Allerdings wusste sie noch nicht genau, wie die Fragen lauteten, und die Antworten verbargen sich tief in ihr, in dem Teil ihres Bewusstseins, der direkten Kontakt mit dem Wahnsinn der achtundzwanzig zerrissenen Seelen gehabt hatte. »Ich bin Strategin und Suprema. Ich werde den richtigen Weg für uns finden. In meiner Amtszeit – das verspreche ich hier, an diesem Ort – werden wir den Feind endgültig bezwingen.«

Sie versprach enorm viel, und für ein oder zwei Sekunden staunte sie über die eigene Dreistigkeit. Doch dann spürte sie eine Mischung aus Zuversicht und Gewissheit, nicht weit von den Antworten auf die Fragen entfernt, die sie erst noch formulieren musste.

Applaus brandete durch den Saal. Die Delegierten standen in ihren Emporen und riefen: »Langes Leben für die Suprema!«

Ein permanentes, unangenehmes Pfeifen in den Ohren erinnerte Prizilla an das Dringlichkeitssignal. Es ließ sich nicht deaktivieren.

Prizilla hob die Arme, und der Applaus verebbte. »Mögen die Beratungen des Kongresses beginnen.« Leiser, ohne die Akustikfelder und an Nadala gerichtet, fügte sie hinzu: »Sie kennen Ihre Aufgabe.«

Sie ging zur anderen Seite der Rednerfläche und ließ sich dort vom Kraftfeld des Gravitationslifts erfassen. Auf dem Weg nach unten rief sie die Dringlichkeitsnachricht ab. Sie stammte tatsächlich von Coridian und lautete:

»Das Fulkrum ist aktiv geworden, außerhalb der von uns kontrollierten Phase. Eine Zeitstraße hat sich geöffnet. Wir haben Erkunder hineingeschickt, und sie haben ein Schiff gefunden, offenbar im Zeitstrom verankert. Die energetische Signatur gleicht den Daten des fremden Schiffs bei Nimmwa im Lerper-System vor sechs Jahren.«

Zwischen Leben und Tod

14 Jarl

Am Morgen zogen bleigraue Wolken über das Lager, und dicht unter ihnen flogen zwei Inniwori-Schwärme von Süden nach Norden. Jarl beobachtete sie, während Dotas zu den Rekruten sprach, und überlegte, wie sich der Wind anfühlte, wenn er über ausgebreitete Flügel strich.

»Nicht alle von euch scheinen wach zu sein«, sagte Dotas. »Einer schläft noch und träumt.«

Jarl hörte, wie einige der Kinder lachten. Jemand stieß ihn an. »Er meint dich.«

»Was?«

»Einen schönen guten Morgen wünsche ich!«, donnerte Dotas. Seine dunklen Adapter-Augen sahen ihn an. »Bist du bei uns, Jarl? Oder möchte der junge Herr noch etwas länger schlafen?«

Mehr Kinder lachten, und auch etwas lauter. Dotas benutzte die kurze, knappe Kampfsprache, und Jarl fiel es schwer, sie zu verstehen, die knurrenden Silben zu Worten zusammenzufassen, die einen Sinn ergaben. Vielleicht schlief er tatsächlich noch. Vielleicht steckte ein Teil von ihm in dem Traum fest.

Die einige Meter entfernt stehende Sotia hob die Hand und sagte: »Es geht ihm nicht gut. Er sollte hierbleiben.«

Auch sie sprach L_9, aber bei ihr klangen die Worte glatter und weicher.

»Oh, unser Jarl hat eine Fürsprecherin gefunden, wie?«, erwiderte Dotas spöttisch und stemmte die Arme in die Hüften.

Sotia, wie Ruk acht Jahre alt, ließ sich davon nicht beeindrucken. Jarl bewunderte ihr Selbstbewusstsein. »Er ist verletzt und sollte Gelegenheit haben, noch etwas länger auszuruhen.«

»Ich glaube, die Mediker können seinen Zustand besser beurteilen als du«, erwiderte Dotas. »Zejala hat ihn für einsatzfähig erklärt.« Er hob eine Hand. »Genug davon. Hier ist die Gruppeneinteilung für den Marsch.«

Jarl beobachtete einen dritten Schwarm, der sich aus Südwesten näherte und tiefer flog als die anderen beiden, so tief, dass mehrere Kampfdrohnen, von den Sicherheitssensoren alarmiert, aufstiegen. Für einige wenige Sekunden war ihr Summen lauter als das dumpfe Brummen der Elektrobäume am Rand des Lagers. Als sich die Drohnen näherten, schlugen die Inniwori mit den Flügeln und stiegen höher. Ein Druck wie von Watte legte sich auf Jarls Ohren – Ultraschall, der den Inniwori die Orientierung raubte. Die Schwarmmitglieder lösten ihre Formation auf und stoben auseinander.

»Träumst du schon wieder?«, rief Dotas.

Jarl senkte den Blick und stellte fest, dass die Rekruten Vierergruppen gebildet hatten, insgesamt zwölf. Bis auf eine bestanden alle aus vier Kindern. Bei der letzten fehlte jemand, und dort stand Ruk und schnitt eine Grimasse.

Sotia hob erneut die Hand. »Ruk und Jarl sollten nicht zu derselben Gruppe gehören, Lehrer.«

»Sollten sie das nicht?«

»Nein, Lehrer.«

»Und warum nicht, wenn ich fragen darf?« Dotas näherte sich langsam und hob dabei das Bein mit den biomechanischen Adaptern.

Jarl sah erneut zum Himmel und beobachtete, wie ein Inniwori auf der Flucht vor den Drohnen nach Nordosten flog, getrennt von allen anderen, einsam und allein. Er schien kleiner zu sein als seine Artgenossen und verschwand in einer vom Wind getriebenen grauen Wolke.

»Es könnte erneut zu einem Konflikt zwischen Ruk und Jarl kommen.« Dotas blieb vor Sotia stehen, und sie musste den Kopf heben, um ihm in die Augen zu blicken. »Konflikte zwischen Soldaten müssen vermieden werden. Sie beeinträchtigen ihre Kampfkraft.«

»Du hast heute einen besonders klugen Tag, wie?«, knurrte Dotas.

Die anderen Kinder, keins von ihnen jünger als sechs Jahre und das älteste neun, hörten und sahen. Konflikte mochten die Kampfmoral beeinträchtigen, aber sie waren interessant, vor allem zwischen Schülern und Lehrern. Außerdem konnte es immer nützlich sein, über Schwächen und Stärken der anderen Bescheid zu wissen.

»Bitte weisen Sie Jarl meiner Gruppe zu«, sagte Sotia.

»Die Einteilung ist bereits erfolgt«, brummte Dotas. »Stellst du meine Entscheidung infrage?«

»Sie ist nicht klug.«

Dotas holte tief Luft. »Was erlaubst du dir? Vielleicht wirst du irgendwann eine Mutter, ich weiß es nicht, aber noch ist dein Blut gelb wie das der anderen. Hier und heute bist du Soldatin. Und noch nicht einmal das. Du musst diese Prüfung bestehen, um vom Rekruten zum Soldaten aufzusteigen.«

Der Lehrer drehte sich um. »Das gilt für euch alle. Dies ist ein entscheidender Tag, die letzte Prüfung. Wer sie besteht, darf von morgen an das Abzeichen des Soldaten tragen.«

Er stapfte wieder los, schneller als zuvor, ging mit allen drei Beinen zum nächsten Startkreis, dessen Bodenmarkierungen ein warnendes Rot zeigten. Für das aufmerksame Auge wies ein leichtes Flirren in der Luft auf eine aktive energetische Maske hin. Vor dem silbernen Kontrollstab blieb Dotas stehen.

»Zwei Ziele gibt es für euch«, verkündete er laut. »Zwei Gegner, die es auszuschalten gilt.«

Er betätigte die Kontrollen, und das Maskenfeld verschwand. Die beiden Ziele wurden sichtbar: zwei krötenartige Geschöpfe, die hauptsächlich aus spitzen Zähnen und langen Krallen zu bestehen schienen. Einige Kinder wichen zurück. Jarl starrte und fühlte sich an den Gromka aus seinem Traum erinnert.

»Zwei Zyla von Tammroth im fernen Dramar-System«, erklärte Dotas. »Sehr gefährliche und hartnäckige Kämpfer. Sie haben unseren Streitkräften über viele Jahre hinweg Widerstand geleistet, bis es uns schließlich gelang, sie zu besiegen. Eure Aufgabe besteht darin, diese beiden Zyla zu finden und unschädlich zu machen. Wenn ihr sie in die Enge treibt, werden sie schließlich eine Selbstzerstörungsvorrichtung aktivieren, um sich der Gefangennahme zu entziehen. Eine besondere Auszeichnung erhält die Gruppe, der es gelingt, einen der beiden Zyla unbeschadet zu überwältigen.«

Dotas berührte den silbernen Kontrollstab. Die beiden biomechanischen Klone – zur einen Hälfte in Zuchtbehältern gewachsenes Zylafleisch, zur anderen militärische Drohnentechnik – aktivierten trägheitsneutrale Gravitationskatapulte und rasten fort. Innerhalb von nur zwei oder drei Sekunden verschwanden sie über die Berge im Nordosten.

»Aufbruch in einer halben Stunde!«, rief Dotas. »Holt eure Sachen!«

Als Jarl den anderen Rekruten zur Ausrüstungsbaracke folgte, näherte sich Ruk.

»Ich bin Gruppenführer«, sagte er in der Kampfsprache. »Du wirst alle meine Anweisungen sofort ausführen, hast du verstanden?«

Jarl nickte niedergeschlagen.

Ruk ergriff ihn an der Schulter und drückte so fest zu, dass es schmerzte.

»Du wirst dich heute anstrengen«, zischte der größere Junge. »Du wirst dein Bestes geben, denn ich habe vor, einen der beiden Zyla lebend zu fangen und die Auszeichnung zu erhalten. Hast du verstanden, Schwächling?«

Jarl nickte erneut und begriff, dass ihm ein besonders unangenehmer Tag bevorstand.

15

Die anderen Gruppen hatten sie bereits vor zwei Stunden aus den Augen verloren, kurz nach Ruks Entscheidung, einen besonders steilen und beschwerlichen Weg in die Berge zu nehmen, weil es angeblich eine Abkürzung war. Mit jeder verstreichenden Minute schien es heißer zu werden. Die grauen Wolken schwanden im Schein von zwei Sonnen, die eine groß und rot wie Rubin, die andere ein ganzes Stück kleiner und opalblau. Dampf stieg zwischen den Felsen auf, als der in der vergangenen Nacht gefallene Regen verdunstete. Jarl versuchte, so schnell und flink zu klettern wie Ruk, der die Spitze übernommen hatte, Thaim und Reyda hinter ihm, aber in Jarls Beinen steckte einfach zu wenig Kraft. Immer wieder fiel er zurück und musste verschnaufen, und als das zum vierten Mal geschah, wurde Ruk wütend.

»Du hältst uns auf, Schwächling! Du bist keine Hilfe, sondern Ballast!«

»Eine kleine Pause kann nicht schaden.« Reyda ließ sich im Schatten eines Felsvorsprungs nieder und begann sofort damit, ihre Ausrüstung zu überprüfen. Mit der Gründlichkeit einer Veteranin kontrollierte sie Ladung und Funktion ihrer insgesamt fünf Waffen: zwei Blaster in Gürtelhalftern rechts und links an den Hüften, ein Nadler, zwei Vibromesser in Wadenscheiden und ein Variator mit autonomen Projektilen.

»Du bist ein wandelndes Arsenal, Reyda«, sagte Ruk anerkennend und setzte sich.

Reyda, ihr bläuliches Haar so kurz, dass man die Kopfhaut sehen konnte, klopfte auf die Blaster. »Manöverladung.« Die Hände tasteten nach Nadler und Variator. »Manövermunition. Einfache Technik. Keine Inhibition.«

So sprach sie oft, mit knappen Worten, die keine vollständigen Sätze bildeten. Mit Waffentechnik kannte sie sich bestens aus – die Lehrer lobten sie oft dafür. Wenn man ihr eine Werkzeugkiste gegeben hätte, wäre sie vielleicht sogar imstande gewesen, einen kleinen Destruktor zu bauen, die beste und wirkungsvollste aller Waffen.

Reyda war sieben, nur ein Jahr älter als Jarl. Sie teilte Sotias Selbstbewusstsein, die Gewissheit, dass die Zukunft etwas Wichtiges und Wertvolles für sie bereithielt. Wenn sie Soldatin blieb, wurde bestimmt eine hohe Offizierin aus ihr, die mehr erwarten durfte als nur den Befehl über eine planetare Garnison oder einen ganzen befriedeten Planeten.

Der neun Jahre alte Thaim war noch größer und doppelt so breit wie der kräftig gebaute Ruk. Wenn er weiter so schnell wuchs, machten die kommenden Jahre vielleicht einen Riesen aus ihm, einen Koloss, der im Nahkampf keinen Gegner zu fürchten brauchte. Jarl vermutete, dass M_{50}-Menschen zu seinen Vorfahren gehörten, vielleicht Bewohner von Chrypta oder Poseide. Thaim sprach fast nie und schien die Ruhe selbst zu sein. Mit dem Rücken an einen Felsen gelehnt saß er da, ganz entspannt, die Augen geschlossen. Ein Infanterist, dachte Jarl. Der beste, den es gibt. Jemand, der jeden Befehl ausführte, ohne sich nach dem Sinn zu fragen. Und jemand, der nie mehr sein würde als immer nur ein einfacher Infanterist, weil er sich einfach nicht genug Gedanken machte. Jarl wusste nicht, ob er ihn beneiden oder bedauern sollte.

»Was ist mit dir, Thaim?«, fragte Ruk. »Alles in Ordnung?«

Der große, breite Thaim brummte und klopfte auf die Taschen seines Einsatzanzugs. Seine Augen blieben geschlossen. Er saß genau an der Grenze von Licht und Schatten, die eine Körperhälfte dem Schein der beiden Sonnen ausgesetzt. Die Hitze schien ihm nichts auszumachen.

»Haben wir einen Plan?«, fragte Jarl.

»Natürlich haben wir einen Plan, Schwächling«, knurrte Ruk. Er öffnete eine seiner Ausrüstungstaschen, holte zwei Mikrodrohnen hervor, beide kaum größer als ein Fingernagel, und ließ sie aufsteigen. »Dies sind unsere Augen und Ohren am Himmel. Sie werden die beiden Zyla finden.«

»Das ist Mogeln«, sagte Reyda. Es war der erste vollständige Satz, den Jarl an diesem Morgen von ihr gehört hatte.

»Ach«, erwiderte Ruk. »In Krieg und Kampf gibt es keine

Regeln. Nur der Sieg zählt. Außerdem: Die beiden Helfer sind der Ausgleich für den Schwächling in meiner Gruppe.«

»Solche Drohnen gehören nicht zu den genehmigten Werkzeugen«, kommentierte Jarl.

»Und wenn schon, Dummkopf. Ich will gewinnen. Du wirst mich doch nicht verraten, oder?«, fragte Ruk spöttisch.

Jarl senkte den Kopf und seufzte. Schweiß tropfte ihm von der Stirn. »Nein.«

»Reyda? Thaim?«

Reyda hantierte mit ihren Waffen und zuckte die Schultern. Thaim brummte nicht einmal. Er schien zu schlafen.

Ruk verband das Kontrollmodul für die beiden Mikrodrohnen mit dem Sensorband am linken Handgelenk. »Wenn die Ziele gefunden sind, wirst du sie erledigen, Jarl. Aus sicherer Entfernung.« Er grinste. »Das ist der Plan.«

»Was?«

»Du hast gehört und verstanden, Jarl. Du bist der beste Schütze. Du wirst die Zyla mit deinem Scharfschützengewehr erledigen, wenn die Drohnen sie für uns lokalisiert haben.«

»Nein«, sagte Jarl.

Ruks Augen wurden groß. Er beugte sich vor. »Wie bitte?«

»Nein«, wiederholte Jarl.

Ruk starrte ihn an. »Wo ist dein Gewehr? Du hast es im Rucksack, nicht wahr?«

»Nein.«

»Dreimal nein«, staunte Reyda. Sie hatte einen ihrer beiden Blaster halb auseinandergenommen, hielt die Einzelteile aber in reglosen Händen und beobachtete das Geschehen.

Ruk packte Jarl am Kragen seines Einsatzanzugs. »Du hast dein verdammtes Gewehr nicht mitgenommen?«

»Nein.«

»Vier«, zählte Reyda.

»Es gehört zu deiner Ausrüstung! Dotas hat uns angewiesen, unsere Ausrüstung mitzunehmen.«

Jarl schwieg.

Ruk stieß ihn beiseite, langte nach Jarls Rucksack und riss ihn auf. Er holte Gegenstände hervor und warf sie achtlos in die Gegend. »Du hast dein Gewehr tatsächlich nicht mitgenommen!«

»Nein.«

»Fünf«, sagte Reyda.

»Warum nicht?«

»Ich hab's vergessen.« Jarl wünschte sich an einen anderen Ort. Und vielleicht auch in eine andere Zeit. Eine Zeitstraße, dachte er. Es musste nicht einmal eine Straße sein, ein kleiner Weg genügte, ein schmaler Pfad, der einem Sechsjährigen gerade genug Platz bot und ihn in einen anderen Kosmos brachte. Jarl hatte noch nie ein Fulkrum aus der Nähe gesehen, ebenso wenig eine der Anomalien, aus der die Fulkren ihre Energie bezogen, um Raumschiffe, Menschen und Material innerhalb weniger Stunden viele Lichtjahre weit zu werfen. Die Zeitstraßen in solchen Anomalien kannte er nur aus den Datenblättern des Unterrichts, aber sie erschienen ihm verlockend, erlaubten sie es doch, mit einem Sprung in die Zukunft alles hinter sich zu lassen. Einen solchen Pfad wünschte er sich nun, nahe genug, um ihn mit zwei oder drei Schritten zu erreichen, bevor Ruk Gelegenheit bekam, ihn festzuhalten.

»Du hast es *vergessen*, du elender Idiot?« Ruk schüttelte Jarl so heftig, dass ihm die Zähne klapperten. Er schlug mit der flachen Hand zu, und Jarls Wange brannte. Dann kramte er erneut in Jarls Rucksack, warf Ersatzkleidung, das Paket eines komprimierten Zelts, Nahrungskonzentrate und zwei Wasserflaschen fort. »Was ist das?« Er betrachtete eine halb transparente kleine Kugel, die das Licht der beiden Sonnen einfing und schimmerte.

Jarl erschrak. »Das ist mein Talisman! Gib ihn mir!« Er wollte danach greifen, aber Ruk stieß ihn zurück.

»Du bist niemand, und ein Niemand verdient keinen Talisman.«

»Gib ihn mir!«

Reyda saß still da und beobachtete alles mit großer Aufmerksamkeit. Thaim hatte die Augen geöffnet.

Ruk richtete sich auf und hob die Hand zum Wurf.

»Nein!«, rief Jarl.

»Sechs«, sagte Reyda.

Jarl sprang, aber er sprang zu spät, vielleicht wegen der Müdigkeit, die in seinen Beinen steckte, oder halb gelähmt vor Entsetzen. Seine Hände ergriffen nur leere Luft, denn der Talisman flog bereits, vorbei an den Felsen, die ihnen Schatten spendeten.

»*Nein*!«

»Sieben«, sagte Reyda. »Genug.«

Die Hand, die den Talisman geworfen hatte, wollte Jarl ergreifen, aber er wich ihr aus, war plötzlich flink und schnell. Er rannte übers Geröll, blinzelte im hellen, heißen Licht und bemerkte ein kurzes Aufblitzen weiter unten am Hang. Er lief weiter, rutschte, verlor den Halt, kam wieder auf die Beine, sah erneut ein kurzes Glänzen etwas weiter unten ...

Der Boden gab unter ihm nach, und er lief nicht mehr, er fiel, vorbei an grauweißen Felsvorsprüngen und ockerbraunen Blutdornbüschen, die sich mit ihren knorrigen Wurzeln in Spalten festklammerten. Seltsam deutlich sah er das Nest eines Stachlers, darin drei Jungvögel, die ihre Schnäbel öffneten, als erhofften sie sich Futter von ihm.

Jarl schlug auf. Berg und Hang, das Tiefland mit der Garnison, ein Fleck in der Ferne – das alles verschwand, von Dunkelheit verschlungen. Er rutschte erneut und prallte gegen etwas, spürte einen dumpfen Schmerz in Beinen und Bauch, blieb schließlich liegen und fühlte gar nichts mehr, nicht einmal den eigenen Atem.

Vielleicht bin ich tot, dachte er hoffnungsvoll, dann verließ ihn auch dieser Gedanke.

16

Jarl erwachte in Dunkelheit – ein lautes Summen wie von einem nahen Insektenschwarm hatte ihn geweckt. Ein tief in ihm verwurzelter Instinkt sorgte dafür, dass er reglos liegen blieb und zuerst nur die Augen öffnete, was ihm vermutlich das Leben rettete. So bekam er nur einen leichten elektrischen Schlag, der den Körper lähmte, nicht aber Kopf und Hirn. Er blinzelte, atmete mühsam und stellte fest, dass er nicht in einer tiefen Felsspalte lag, die das Licht der beiden Sonnen von ihm fernhielt, sondern unter einem offenen Nachthimmel, an dem zahlreiche Sterne leuchteten. Die Orbitalstation war ein besonders heller Stern, sogar eine kleine Scheibe, wenn man genau hinsah, und sie glitt erstaunlich schnell übers Firmament. Jarls Blick folgte ihr, bis sie hinter einer der Säulen verschwand, die ihn umgaben und von denen das Summen ausging.

Zwei Erkenntnisse präsentierten sich ihm fast gleichzeitig, die erste verblüffend, die zweite alarmierend. Er war stundenlang bewusstlos gewesen, ohne dass ihn jemand gefunden hatte. Und er lag in einem Wald aus Elektrobäumen, die während des Unwetters in der Nacht zuvor reichlich Elektrizität aufgenommen hatten. Die nächste Entladung, verursacht von einer falschen Bewegung, konnte stark genug sein, ihn zu töten.

Durst brannte in seiner Kehle. Mund und Hals fühlten sich an wie ausgedörrt. Nur drei Meter entfernt tanzte das Sternenlicht auf einer Regenwasserpfütze. Jarl atmete vorsichtig, aber tief durch und begann damit, Zentimeter um Zentimeter zur Pfütze zu kriechen.

Er war erst zehn Zentimeter weit gekommen, als ein Zucken des linken Beins einen neuen elektrischen Schlag auslöste. Ein Blitz flackerte und zerriss die Dunkelheit, schuf Muster aus grellem Licht und tiefen schwarzen Schatten. Mit stechendem Schmerz in Brust und Beinen, vielleicht von gebrochenen Rippen und zerschmetterten Kniescheiben, blieb Jarl liegen und glaubte, den verlockenden Duft von Wasser wahrzunehmen, obwohl er Wasser nie zuvor gerochen hatte. Ein bunter Schleier legte sich ihm vor die Augen, und für einen Moment sah er Gesichter: das des Alten auf der anderen Seite des Lagerfeuers, von tiefen Falten durchzogen, und das einer Frau mit Schlangenbildern auf den Wangen. Ein drittes Gesicht erschien, als die ersten beiden in der Dunkelheit verschwanden, das eines schreienden, sterbenden Mädchens. Warum dürfen nicht auch die Schwachen leben?, dachte er. Warum müssen sie sterben?

Umgeben vom Summen der Elektrobäume schloss Jarl die Augen. Er wollte verschnaufen, nur einige Sekunden, neue Kraft sammeln, um dann erneut zu versuchen, das Wasser zu erreichen. Doch als er die Lider wieder hob, strich das erste Licht eines neuen Tages über den Himmel. Dort oben bewegte sich etwas, nicht die Orbitalstation, die er in der Nacht gesehen hatte, sondern ein näheres Objekt, vielleicht ein Gleiter oder Schweber oder eine Drohne, auf der Suche nach ihm. Doch wenn es eine Drohne war, so bemerkte sie ihn nicht, denn sie setzte ihren Flug fort und verschwand hinter den Wipfeln der nächsten Elektrobäume.

Ihre Augen müssen mich doch sehen, dachte Jarl. Warum sehen mich ihre Augen nicht?

Ein anderer Gedanke gab die Antwort. Weil du in einem Elektrowald liegst. Die große elektrische Ladung der Bäume um dich herum verhindert die Ortung durch Sensoren.

Die große rote Sonne stieg auf, gefolgt von der kleinen blauen. Ihr gemeinsames Licht verwandelte die Kühle der Nacht in sengende Hitze.

Der Tod wäre ein Ausweg, überlegte Jarl, als er wieder kroch, von Schmerzen und Durst geplagt. Ein Zentimeter nach dem anderen, manchmal nur Millimeter, wenn das nahe Summen bedrohlich laut wurde. Der Gedanke erschien leicht, einfach, problemlos: zu sterben, das eigene Leben zu beenden, alles hinter sich zu lassen. Ein Übungsblaster genügte. Oder besser noch der auf Projektile eingestellte Variator, den Reyda mitgenommen hatte. Man zielte auf den eigenen Kopf, auf eine nicht gepanzerte Stelle, und drückte ab.

Aber mit dem Tod ließ man tatsächlich alles hinter sich zurück, auch sich selbst. Man konnte danach nicht erleichtert aufatmen, froh darüber, den Dingen entkommen zu sein, die einem das Leben so schwer gemacht hatten. Man würde nie erfahren, ob man die richtige Entscheidung getroffen hatte. Man würde nie Gelegenheit erhalten, ein anderes Leben auszuprobieren.

Jarl hielt erschöpft inne, die Finger der rechten Hand halb in den weichen Boden gekrallt. Wirre Gedanken zogen ihm durch den Kopf, und einer von ihnen lautete: Was geschah, wenn man auf einer Gespensterwelt starb? Konnte man dann als Geist oder Dämon ins Leben zurückkehren?

Die Erde, sagte der alte Mann hinter dem Lagerfeuer, sein faltiges Gesicht von den Flammen verzerrt. Ein Paradies. Eine Welt des Friedens. Auf der Erde muss niemand Soldat sein, der keiner sein will.

»Wo?«, krächzte Jarl, und sofort wurde das Summen der Elektrobäume lauter. »Wo ist sie? Wie kann ich sie erreichen?« Vielleicht lag es am Fieber, das ihn frösteln und gleichzeitig brennen ließ, aber plötzlich war die Erde wichtiger als der Durst.

Man hat sie vergessen, sagte der Greis. Schon vor vielen Tausend Jahren. Die meisten Menschen haben nie von ihr gehört. Und wer ihren Namen kennt, hält sie für eine Legende. Aber sie existiert. Es gibt sie wirklich.

»Wie kann ich sie finden?«

Wer etwas finden will, muss mit der Suche beginnen.

»Wie soll ich mit der Suche nach der Erde beginnen, wenn ich hier liege und sterbe?«

Willst du sterben, bevor du die Erde gesehen hast?, fragte der Alte hinter dem Feuer.

Das mit dem Sterben war gar nicht so leicht, fand Jarl und zog sich einige Zentimeter weiter, während über ihm Elektrizität knisterte. Selbst wenn man sich für den Tod entschieden hatte – der Körper entwickelte einen eigenen Willen und klammerte sich am Leben fest. Warum musste alles ein Kampf sein?, fragte sich Jarl mit einer Mischung aus Zorn und Verzweiflung. Selbst ganz zum Schluss musste man kämpfen und sich selbst besiegen, um Frieden zu finden.

Wahren Frieden gibt es nur auf der Erde, sagte der Alte. Seine tief in den Höhlen liegenden Augen blickten ins Feuer. Du wärst auf ihr sicher. Niemand könnte dir befehlen, Soldat zu sein.

»Und wenn es doch jemand versuchen würde?«

Du müsstest nicht gehorchen, antwortete der Greis. Auf der Erde gibt es etwas, das dich schützen kann. Die größte aller Waffen, den Friedensbringer.

Wieder ein Zentimeter und noch einer. Jarl schloss die Augen und öffnete sie sofort wieder, aus Angst, dass sie zu lange geschlossen blieben. Er hätte den Überlebenswillen des Körpers besiegen können, er brauchte nur die Hand zu heben oder den Arm zu strecken. Eine heftige elektrische Entladung, ein Blitz aus dem Geäst des nächsten Baums, und Durst und Schmerzen wären zu Ende.

Noch zwei Meter bis zur Pfütze. Oder sogar zweieinhalb. Hätte die Entfernung nicht geringer sein müssen? Jarl starrte und begriff plötzlich, dass das Wasser in der Hitze verdunstete – die Pfütze schrumpfte.

Dicht neben Jarls rechter Hand bildete sich ein kleines Loch im Boden. Eine Schnauze kam zum Vorschein, dann der längliche, von graubraunen Schuppen bedeckte Kopf eines Steinbeißers. Das Geschöpf richtete seine Augenknoten auf die Hand, schnüffelte erneut und biss in den Daumen. Jarl fühlte es kaum – die Schmerzen in Brust und Beinen waren viel stärker. Er beobachtete, wie der Steinbeißer über die Wunde leckte und vom gelben Blut kostete, doch offenbar schmeckte es ihm nicht, denn er verschwand wieder in seinem Loch.

Der Körper, der unbedingt leben wollte, kroch weiter. Die Wange schabte über den Boden, es knackte und stach in der Brust, das Atmen fiel noch schwerer, und einmal drohte ein Hustenfall, den Jarl jedoch überwand, indem er die Luft anhielt, bis ihm fast die Sinne schwanden. Die Erde, dachte er. Konnte es sich lohnen, für die Suche nach der Erde am Leben zu bleiben?

Dort war die Pfütze, ihr Rand. Die rechte Hand mit dem blutigen Daumen erreichte ihn. Ihre Finger fanden einen aus dem Boden ragenden Stein, schlossen sich darum und zogen, tasteten dann weiter nach vorn. Sie entdeckten Reste von Feuchtigkeit, aber kein Wasser.

Jarl hob vorsichtig den Kopf.

Die Pfütze war ausgetrocknet.

Die Zunge schien auf doppelte Größe anzuschwellen, und er musste den Mund öffnen, damit sie genug Platz bekam. Ein Laut entrang sich seiner Kehle, ein Krächzen oder vielleicht ein bitteres Lachen.

Er hob die rechte Hand wie zu einem letzten Gruß.

Es flackerte, es krachte, ein Blitz traf Jarl.

Ein fremdes Schiff

17 Prizilla

Das Transitschiff gehörte zu den schnellsten seiner Art, ein Pfeil, der durchs All raste, schlank und glatt, das Heck umringt von den Zylindern der Gravitationsmotoren. Es stieg aus der Ebene der Ekliptik des Zedra-Systems mit seinen vier Planeten, unter ihnen Memoria – die äußeren Welten existierten nicht mehr; wahrscheinlich hatten die X das planetare Material für den Bau der Absorptionssphäre verwendet. Nach der Beschleunigung auf fast die Hälfte der Lichtgeschwindigkeit, einhundertfünfzigtausend Kilometer in der Sekunde, würde der Navigator mit einer Schubumkehr das Bremsmanöver einleiten. Das Fulkrum des Zedra-Systems befand sich außerhalb der Absorptionssphäre und war weiter entfernt als bei anderen Sonnensystemen, einen halben Lichttag, was bedeutete, dass der Flug zwei ganze Tage dauerte. Prizilla wollte diese Zeit neuen Berechnungen widmen.

Die ersten drei Stunden des Fluges verbrachte sie damit, ihren Abakus zusammenzusetzen, ein dreidimensionales Mosaik aus LIS, Datenspeichern und fingernagelgroßen Elaboratoren. Die einzelnen Teile, insgesamt mehr als viertausend, wiesen unterschiedliche Farbtöne und winzige Konvergenzsymbole auf, die Form und Größe veränderten, je nach Plausibilität bestimmter Annahmen und Hypothesen – der Komplexität aller möglichen Kombinationen waren praktisch keine Grenzen gesetzt. Prizilla ordnete die wichtigsten Komponenten des Abakus so an, wie es der aktuellen Situation des Pakts entsprach, fügte weitere Teile an den Stellen hinzu, die ihre strategische Intuition für geeignet hielt, aktivierte dann das Präsentationshologramm und begann anschließend mit den eigentlichen Berechnungen, umgeben von den geometrischen Mustern gegenwärtiger und zukünftiger Entwicklungstendenzen.

Sie erweiterte den Abakus mit den Mosaiksteinen des M-Faktors und beobachtete, wie sich die Muster veränderten. Prizilla betrachtete sie eine Zeit lang und versuchte zu verstehen, welche Folgen sich daraus für die Welten des Pakts und ihre Bewohner ergeben konnten. Nach einer Weile nahm sie weitere Mosaiksteine, programmierte sie mit Informationen über das Orakel sowie Nadalas mögliche Absichten. Als der Abakus diese neuen Komponenten aufnahm, gingen wellenförmige Bewegungen durch das Präsentationsholo. Neue geometrische Muster bildeten sich, mit Verknüpfungen zwischen ihnen.

Hinter ihr erklang ein Signal von der Tür des Meditationszimmers. Ihre Datenadapter empfingen eine Identifizierung – Coridian stand im Korridor. Eine Anweisung über das zerebrale Interface öffnete die Tür.

»Ein weiterer Angriff hat stattgefunden«, sagte Coridian. Er deutete auf Hologramm und Abakus. »Aber wenn Sie nicht gestört werden möchten ...«

»Wo?« Prizilla gestikulierte vage und fühlte ein leichtes Brennen an der Seite. Eine ihrer beiden Fertilitätsblasen nahm eine neue Eizelle auf. »Setz dich!«

Coridian sank in einen Sessel neben dem Hologramm. »Die Meldung kam mit den Nachrichtensonden, die das Zedra-Fulkrum während der letzten kontrollierten Phase erreichten. Golca, Rureri und Kuv im Seris-System. Ein besiedelter Planet und zwei bewohnte Monde eines Gasriesen.«

Prizillas Adapter riefen die Daten aus dem Kommunikationssubstrat des Transitschiffes. »Auf der anderen Seite des Kernbereichs, von hier aus gesehen. Fast zehntausend Lichtjahre entfernt.«

»Der Angriff liegt zwei Monate zurück«, sagte Coridian und betrachtete die geometrischen Muster. »Die Verzögerungen bei der Nachrichtenübermittlung haben dazu geführt, dass wir erst jetzt davon erfuhren.«

Prizilla deutete auf mehrere Teile des komplexen Abakus-Mosaiks. »Das ist ein Punkt, der mich besorgt, seit ich als Strategin in die Dienste der Großen Ewora getreten bin. Wenn wir Pech haben, wenn sich die Umstände gegen uns wenden, erfahren wir von der Hauptstreitmacht des Feindes vielleicht erst, wenn sie bereits im Kern ist. Die aktiven und passiven Phasen der Fulkren, ihre manchmal große Entfernung zu den nächsten Sonnensystemen, die Weiterleitung von Meldungen zwischen den Kommunikationsstationen ... Die Verzögerungen könnten fatal sein. Wenn wir Nachrichten in Echtzeit übermitteln könnten ... Die X waren dazu imstande, Coridian.«

»Unsere Wissenschaftler arbeiten daran.«

»Seit vielen Hundert Jahren. Ich habe beschlossen, mehr Ressourcen des Pakts für die Erforschung der X-Artefakte einzusetzen.« Prizilla zeigte auf eine andere Stelle des Abakus. »Das neue Berechnungsmodell enthält bereits eine entsprechende Komponente.«

»Hat sich dadurch etwas geändert?«

»Noch nicht.« Prizilla fügte dem Abakus die Daten vom letzten bekannten Angriff des Feindes im fernen Seris-System hinzu. »Der Planet ging verloren ...«

»Bedauerlicherweise. Kalter Brand. Wir haben noch immer kein Mittel dagegen.«

»... aber der Feind konnte abgewehrt werden, bevor er Gelegenheit bekam, auch unsere Siedlungen und Stützpunkte auf den beiden Monden Rureri und Kuv zu vernichten.«

»Ja, dort halten sich die Verluste an Menschen und Material in Grenzen.«

Kalter Brand, dachte Prizilla. Eine Erinnerung erwachte in ihr.

»Vor sechs Jahren ...« Sie fügte dem Mosaik zwei weitere Komponenten hinzu und beobachtete, wie sich Muster, Symbole und Farben veränderten. »Im Lerper-System ... Der Angriff auf Nimmwa, nur drei Tage vor unserem Eintreffen ...«

»Ich erinnere mich«, sagte Coridian.

»Der Feind setzte ebenfalls den Kalten Brand ein.« Prizilla drehte sich und betrachtete dabei die geometrischen Figuren des Präsentationshologramms. »Es ist alles genau untersucht worden, nicht wahr?«

»Wie immer.«

»Und doch werde ich das Gefühl nicht los, etwas übersehen zu haben. Hier und hier.« Prizillas Hand strich durch mehrere Dreiecke, violett wie ihr Blut. Einige von ihnen berührten sich an den Spitzen. »Unwägbarkeiten. Undefiniertes.«

»Was könnten wir übersehen haben?«

Prizilla seufzte leise. »Ich weiß es nicht. Es könnte sehr wichtig sein oder auch nicht, Coridian. Unsere Spezialisten sollen sich noch einmal auf Nimmwa umsehen. Und hier ...« Rote Linien bildeten sich im Holo, ausgehend von der Komponente mit den Daten vom Angriff im Seris-System auf der anderen Seite des Kernbereichs. »Das sind die Konsequenzen von Golca, Rureri und Kuv. Siehst du?«

Der alte Soldat beugte sich vor. »Weitere Angriffe?«

»Mit einer Wahrscheinlichkeit von siebenundachtzig Prozent.« Die lernenden Intelligenzsubstrate des Abakus erweiterten das Hologramm mit einer nautischen Karte der betreffenden galaktischen Sektoren. »Der Feind könnte es auf die neuen Fulkren von Kalelopé und Honnta abgesehen haben.«

»Ich werde Nachrichtensonden aussenden und die Streitkräfte alarmieren. Suprema ... Prizilla ...«

»Ja?« Sie wandte den Kopf und musterte ihn.

»Beim Angriff auf das Seris-System hat der Feind Schiffe mit veränderten energetischen Signaturen eingesetzt. Dies ist eine klassifizierte Information, die im allgemeinen Datenpaket fehlt. Die Crul könnten einen wichtigen technologischen Vorsprung errungen haben. Es gibt Anzeichen dafür, dass die Angreifer mit Superlichtschiffen gekommen sind.«

Einige Sekunden lang saß Prizilla völlig reglos. »Überlichtschnelle Schiffe? Übernommene Technik der X?«

Coridian hob und senkte die Schultern.

»Wenn das stimmt ...« Prizilla sprach nicht weiter.

»Die Folgen könnten katastrophal sein«, sagte Coridian.

»Der Feind wäre in der Lage, überall zuzuschlagen. Er könnte unseren Streitkräften in den Rücken fallen. Nichts hielte ihn davon ab, die Kernwelten anzugreifen.«

»Die Admiralität sollte davon erfahren«, sagte Coridian mit seiner tiefen Stimme. »Admiral Tanoson und die anderen müssen Bescheid wissen. Es gilt, so schnell wie möglich Gegenmaßnahmen zu ergreifen.«

»Unsere Strategie muss angepasst werden«, erwiderte Prizilla, ihr Blick auf den Abakus gerichtet. Es gab noch viele Lücken in ihm.

»Prizilla ...«, sagte Coridian behutsam. »Du solltest nicht hier sein. Du wirst auf Memoria gebraucht. Die Situation erfordert wichtige Entscheidungen.«

»Weiß Nadala von dieser Sache?«

»Noch nicht. Aber sie wird davon erfahren, bald. Solche Informationen lassen sich nicht vor der Abteilung Acht verbergen.«

»Gib ihr Bescheid, Coridian! Jetzt sofort. Sie soll es von uns erfahren, ganz offiziell. Bitte sie im Namen der Suprema um Zusammenarbeit.«

Coridian nickte. »Gehört und Verstanden. Soll ich den Navigator anweisen, nach Memoria zurückzukehren?«

Prizilla betrachtete erneut die Farben und Formen des Präsentationsholos.

»Ich möchte dir etwas zeigen, Coridian.« Sie nahm einen kleinen Datenspeicher. »Dies hier enthält alle Informationen, die wir bisher über die offene Zeitstraße und das darin verankerte Schiff haben. Wenn ich das Datenmodul dem Abakus hinzufüge, geschieht Folgendes.«

Die Komponenten neben dem neuen Modul veränderten ihre Symbole und Farben. Wellenförmige Bewegungen breiteten sich aus, erfassten das ganze dreidimensionale Mosaik des Abakus und gingen ins Präsentationsholo über, dessen geometrische Figuren sich voneinander lösten. Oktaeder rotierten langsam. Pyramiden richteten ihre Spitzen nach außen. Kreiszylinder kippten. Verknotete Tori entknoteten sich und wurden zu langen Schlangen.

»Was bedeutet das?«, fragte Coridian.

»Ich habe dreißig Jahre lang gelernt, mit dem Abakus umzugehen«, antwortete Prizilla und beobachtete, wie die wellenförmigen Bewegungen verebbten, als das Mosaik zu einer neuen Anordnung fand. »Man braucht strategisches Blut, um ihn zu verstehen, alle seine subtilen Details, und um ihn zu verwenden, um zu planen und zu entscheiden. Man lernt, die einzelnen Muster zu deuten und sie miteinander in Beziehung zu setzen und zu erkennen, wohin bestimmte Entwicklungen führen, welche Gegenmaßnahmen erforderlich sind, wenn sich unliebsame Tendenzen abzeichnen. Dies hier ist etwas völlig Neues. Soweit ich weiß, hat es keine Strategin vor mir mit so etwas zu tun bekommen. Sieh genau hin, Coridian! Was erkennst du?«

Der alte Soldat beugte sich noch etwas weiter vor. »Die Symbole der einzelnen Komponenten verändern sich ständig, aber die Farben und Anordnungen bleiben gleich.«

»Bei jeder einzelnen Komponente von insgesamt mehr als viertausend sind zweihundertzwölf Konvergenzsymbole möglich«, sagte Prizilla. »Wie viele Kombinationen ergeben sich daraus, selbst wenn Farben und Formen unverändert bleiben?«

Coridian überlegte. »Unendlich viele.«

»Fast unendlich viele.« Prizilla deutete ins Hologramm und dann auf die Anordnungen der Mosaiksteine. »Dies ist ein Nullmuster. Meine Vorgängerin hat mir davon erzählt, und vor mehr als siebenhundert Jahren gab es theoretische Untersuchungen, die eine solche Möglichkeit andeuteten.«

»Was ist ein Nullmuster?«

»Es zeigt an, dass alles in der Schwebe ist.« Prizilla fragte sich, wie sie es jemandem erklären sollte, der sich nicht mit dem Abakus auskannte. »Stell dir einen hohen Berg vor, Coridian, die Felshänge voller Geröll. Stell dir vor, wie sich ganz oben ein Stein löst und ins Rutschen gerät. Was geschieht?«

»Es kommt darauf an, wie schnell der Stein rutscht, wie schwer er ist und mit welcher Wucht er gegen andere Steine stößt. Das Ergebnis könnte eine Lawine sein.«

»Eine Lawine, die alles zerschmettert und unter sich begräbt, was sich in ihrem Weg befindet«, sagte Prizilla. »Hier haben wir den Stein.« Sie zeigte auf das Datenmodul mit den Informationen über die offene Zeitstraße. »Er balanciert auf der Kante. Die geringste Berührung oder ein kleiner Windstoß könnten genügen, und er fällt, und eine mögliche Folge wäre tatsächlich eine verheerende Lawine, die alles zerstört.«

»Uns? Den Pakt?«

»Ja. Plötzlich ist alles möglich, und zwar innerhalb kurzer Zeit, innerhalb von Jahren oder höchstens Jahrzehnten. Der Krieg gegen den alten Feind könnte mit einem glorreichen Sieg oder einer verheerenden Niederlage enden, die auch das Ende der Menschheit bedeuten würde. Eine offene Zeitstraße, das fremde Schiff darin ... Seine Präsenz hat die Situation verändert. Es ist der Stein ganz oben am Hang, Coridian. Und wir sind zu ihm unterwegs. Wir schicken uns an, ihn zu berühren.«

18

Das Fulkrum des Zedra-Systems – außerhalb der hundert Millionen Jahre alten Absorptionssphäre gelegen, die das ganze Sonnensystem mit einer gewaltigen, das Licht des Zentralgestirns Zedra absorbierenden Schale umgab – bestand aus siebzehn Fokussierdornen, jeweils achthundert Kilometer lang und an ihrer dicksten Stelle, am Ende, mit einem Durchmesser von achtzig Kilometern. Wie bei den anderen großen Fulkren verliefen die Dorne nicht parallel zueinander, sondern zeigten mit ihren Spitzen auf einen gemeinsamen Mittelpunkt, auf den Transitring mit Beschleuniger und Katapult für das Senden und die Dezeleratoren für den Empfang. Das Zedra-Fulkrum war so groß, dass Transporter und Kriegsschiffe der Streitkräfte nicht in einzelne Transitmodule zerlegt werden mussten – der Ring vor den Spitzen der siebzehn Fokussierdornen konnte Schiffe bis zur Größenklasse Drei aufnehmen, bis zu einer Länge von zwei Kilometern und einem maximalen Durchmesser von sechshundert Metern. Die X-Spezialisten des Pakts vermuteten, dass das Zedra-Fulkrum einst für den Transit über intergalaktische Entfernungen bestimmt gewesen war. Vielleicht gab es Gegenstationen in den Magellanschen Wolken oder anderen Satellitengalaxien der Milchstraße oder in Andromeda oder noch weiter entfernten Sterneninseln. Sibiliana die Große, vor tausend Jahren Suprema des Pakts, hatte die Suche nach den Gegenstationen aller mutmaßlichen intergalaktischen Fulkren einstellen lassen, aus gutem Grund: Der Pakt brauchte keine zusätzlichen Feinde in anderen Galaxien. Prizilla zweifelte nicht an der Weisheit dieser Entscheidung; es lag ihr fern, Sibilianas Anweisung aufzuheben und neue Untersuchungen anzuordnen.

Der Ring im Zentrum der siebzehn Fokussierdorne war nicht das Ziel des pfeilförmigen Transitschiffs. Langsamer geworden glitt es an ihnen vorbei, und eins der großen Holos im Navigationsraum zeigte ein Flackern im Ring, als ein kleines Schiff erschien, nicht größer als hundert Meter. Die automatischen ID-Kennungen identifizierten es als einen Schnellen Kurier der Abteilung Acht.

»Nadala bekommt Besuch«, brummte Coridian. »Ich sage es noch einmal, Suprema: Sie sollten nicht hier sein. Dies könnte gefährlich werden, und Ihr Leben ist wichtig. Der Pakt braucht Sie.«

»Ich habe Ihnen den Abakus gezeigt«, erwiderte Prizilla. »Sie haben die Muster gesehen. *Dies* ist wichtig.«

Die Hände des spindeldürren Navigators ruhten in den Steuerungsmulden. Gehirn und Bewusstsein waren über zahlreiche am haarlosen Schädel klebende Sensoren und externe Adapter mit den LIS des Transitschiffs verbunden. Er lag nicht in einem Nährbad, und es gab keine permanenten Kontakte mit den Kontrollsystemen, was bedeutete: Dies war kein spezialisierter, sondern ein allgemeiner Navigator, der auch andere Schiffe durch interplanetare Räume und Fulkren steuern konnte. Er gab nicht zu erkennen, ob er die beiden anderen Personen im Navigationsraum sah und hörte.

Das Schiff näherte sich der Forschungsstation einige Hunderttausend Kilometer »über« dem Fulkrum, in Bezug auf die Ekliptikebene des Sonnensystems im Innern der dunklen Absorptionssphäre, einem lang gestreckten Zylinder mit zahlreichen Sensorkuppeln. Ein anderthalb Kilometer langes Wachschiff, das zum Sicherheitsgeschwader des Fulkrums gehörte, hatte in der Nähe der Forschungsstation Stellung bezogen. Mit ihrem Kommunikationsadapter schickte ihm Prizilla ein Identifizierungssignal.

Sie blickte aus einem der Sichtfenster, aber die Anomalie mit der geöffneten Zeitstraße in ihrem Innern war mit bloßem Auge nicht zu erkennen. In den Holos erschien sie als grafische Darstellung, die Prizilla ein wenig an das Präsentationshologramm ihres Abakus erinnerte: Formen und Muster wie geometrische Figuren, ineinander verschlungen, manchmal wie von einer unsichtbaren Hand zusammengepresst oder verdreht. Eine weiße Linie in dem Knäuel aus gebogenen und gekrümmten Raum-Zeit-Vektoren symbolisierte die offene Zeitstraße.

»Früher hat es sie nicht gegeben«, sagte Prizilla nachdenklich. »Ich meine, als die X ihre Fulkren bauten, vor hundert Millionen Jahren.«

»Die Anomalien sind ein Zeichen von Instabilität.« Coridian beobachtete die Holodarstellungen. »Je instabiler ein Fulkrum, desto größer die Anomalie und desto höher die Wahrscheinlichkeit von Zeitstraßen.«

»Die Angreifer von Nimmwa«, murmelte Prizilla und drehte den Gedanken hin und her. »Vor sechs Jahren. Es hieß, der Feind sei nicht aus dem interstellaren Raum gekommen, nicht mit gewöhnlichen Lichtschiffen, sondern über eine Zeitstraße. Stell dir vor, Coridian ...« Sie ging wieder zum Du über; die Präsenz des Navigators spielte keine Rolle. »Stell dir vor, wir könnten die Zeitströme kontrollieren. Vielleicht ...« Die Idee stieg in ihr auf und entfaltete sich mit der Pracht einer exotischen Blume. »Vielleicht wären wir imstande, den Krieg zu beenden, bevor er richtig begonnen hat.«

»Ein militärischer Schlag in der Vergangenheit?«, entgegnete Coridian. »Eine Manipulation der Zeit?«

»Stell dir vor, wie viele Leben wir retten könnten, wie viel Leid uns allen erspart bliebe.«

»Wenn so etwas möglich wäre ...« Coridians Blick ging ins Leere, und eine Veränderung in seinem rauen, vom harten Soldatenleben gezeichneten Gesicht bereitete Prizilla Unbehagen. »Wenn Zeitstraßen nicht nur Reisen in die Zukunft erlauben, sondern auch in die Vergangenheit, und wenn die Crul bei Nimmwa wirklich über eine solche Zeitstraße gekommen sind ...«

Coridians Blick kehrte ins Hier und Jetzt zurück und richtete sich auf die Suprema.

»Wie können wir dann sicher sein, dass nicht bereits eine Manipulation der Zeit erfolgt ist? Dass wir und die Welt, in der wir leben, nicht das Ergebnis eines Zeitangriffs der Crul sind?«

Konstantin, dachte Prizilla.

19

»Wir benötigen siebzig Prozent unserer lokalen Energiereserven, um die Zeitstraße offen zu halten«, sagte Kalep, der Leitende Ingenieur der Forschungsstation. Wie der Navigator des Transitschiffes gehörte er zu den extremangepassten Menschen, M_{EA3} oder M_{EA4}, vermutete Prizilla: klein, nicht einmal halb so groß wie sie, und dürr, kaum mehr als Haut und Knochen. Er steckte in einem zweieinhalb Meter großen

Multifunktionsbot, den er über seine äußeren Adapter steuerte. Die Augen hatte er irgendwann entfernen lassen und durch Sensoren und Linsen ersetzt, mit denen er mehr und besser sah. Der mit zahlreichen Werkzeugen ausgestattete Bot aus Neutro, Synth und flexiblem Metall war sein eigentlicher Körper, der ihm auch als Panzerung oder Überlebenskokon im All dienen konnte. »Das ist eine hohe Belastung«, betonte er.

Kaleps Servomotoren summten rhythmisch, als sie durch den Korridor schritten, begleitet von kleineren halb autonomen Bots, die wie Insekten aus Metall über Boden und Wände krochen.

»Wie lange können Sie die Zeitstraße stabil halten?«

»Nicht mehr lange«, antwortete Kalep sofort. »Die Instabilitätsphasen folgen in kürzeren Abständen und werden länger.«

Ein Schott öffnete sich vor ihnen. Der Raum dahinter befand sich direkt am Verbindungsstutzen, der zur Anomalie führte: ein Tunnel, der nach wenigen Metern in nebligem Grau verschwand. Ab und zu gab das Grau Konturen preis, von Bots, die neue energetische Brücken schufen und alte stabilisierten. Als sie sich näherten, wurde das Grau im Stutzen etwas heller, wie von Sonnenschein darüber durchdrungen, und in mittlerer Entfernung bemerkte Prizilla die Umrisse eines Objekts.

»Das fremde Schiff?«, fragte sie und verharrte zusammen mit Coridian vor den Konsolen und Statushologrammen, die Auskunft über den Zustand der Anomalie und der offenen Zeitstraße in ihr gaben. »Und wie groß ist die Entfernung? Das Schiff scheint recht nahe zu sein.«

»Die Entfernung beträgt zwei Relativkilometer«, erwiderte Kalep. Er benutzte die Allgemeinsprache L_2 und nannte einige technische Fachbegriffe. »Und ja, bei dem Objekt, dessen Umrisse Sie sehen, handelt es sich um das nicht identifizierte Schiff.«

Prizilla trat zum Barrierefeld des Verbindungsstutzens. Auf

der rechten Seite, hinter den Konsolen und Holos, bereiteten sich vier Soldaten – spezialisierte Erkunder – auf einen weiteren Einsatz in der offenen Zeitstraße vor. Einer der extremangepassten Techniker, ebenso klein und dürr wie Kalep, wollte sie offenbar begleiten, denn er veränderte die Konfiguration seines Bots und fügte den Werkzeugen Waffen hinzu.

Wieder erschienen vage Umrisse im langsam wogenden Grau. »Wie sieht das Objekt aus?«, fragte Prizilla. »Wie groß ist es?«

Der Leitende Ingenieur Kalep schickte ein Signal, und eins der Hologramme zeigte eine Halbkugel, die auf einem Kranz aus waagerecht angeordneten Zylindern ruhte. Ein Geflecht aus unterschiedlich dicken Linien ging von den Zylindern aus, wie Wurzeln, die im Nebel der Zeitstraße nach fruchtbarem Boden suchten.

Prizilla deutete darauf. »Das sind die Verankerungen, nehme ich an.«

»Ja«, bestätigte Kalep. »Das fremde Schiff durchmisst vierhundert Meter. Die ersten Erkunder hatten es fast erreicht, als sie auf eine Gravitationsbarriere stießen. Bevor sie umkehren mussten, konnten sie nur feststellen, dass das Schiff beschädigt ist.«

»Befindet es sich deshalb hier?«, ertönte Coridians tiefe Stimme. »Weil es beschädigt ist? War es ein Zufall, der es in unsere Zeit gebracht hat, ausgerechnet hierher, in eine Zeitstraße des Zedra-Fulkrums?«

Prizilla dachte an ihren Abakus. Konnte ein Zufall so viel bewirken? Einen kausalen Stillstand? Eine Alles-ist-möglich-Situation? Ein fremdes, beschädigtes Schiff, das vor sechs Jahren bei Nimmwa gewesen war, als dort der Feind angegriffen hatte?

»Das wissen wir nicht«, antwortete Kalep. Sein Multibot, groß und breit, stand noch immer völlig still. »Vielleicht erhalten wir Antworten auf diese Fragen, wenn es der zweiten Erkundungsgruppe gelingt, die Gravitationsbarriere zu durchdringen und in das Schiff vorzustoßen.«

Prizilla blickte nach rechts, zu den vier Soldaten und dem extremangepassten Techniker, die sich auf den Einsatz vorbereiteten. Zu ihrer Ausrüstung gehörte ein kleiner Gravitationsmotor, der vermutlich eine Lücke in der Barriere schaffen sollte.

»Ich brauche einen Schutzanzug«, sagte sie.

»Nein!«, entfuhr es Coridian.

Der große Multibot des Leitenden Ingenieurs drehte sich ein wenig. Kaleps Augensensoren richteten sich auf Prizilla.

»Suprema?« Es klang überrascht.

»Einen Schutzanzug, schnell. Bevor die Zeit zu knapp wird.« Die Entscheidung, von der strategischen Intuition getroffen, fühlte sich richtig an. Sie musste sich das Schiff im Zeitstrom ansehen.

»Es ist viel zu gefährlich«, wandte Coridian ein. Sein raues Gesicht wirkte alarmiert. Er richtete einen fast flehentlichen Blick auf die Suprema.

Die vier Erkunder und der extremangepasste Techniker, der seinen Bot mit Waffen ausgestattet hatte, zögerten direkt neben dem Barrierefeld, das den Verbindungsstutzen vom Kontrollraum trennte. Sie waren bereit.

»Sie haben mich gehört, Ingenieur«, wandte sich Prizilla an Kalep. Ihr Kommunikationsadapter stellte fest, dass er ein Signal sendete.

»Suprema«, begann Coridian. Und etwas leiser: »Prizilla …«

»Ich muss selbst einen Eindruck gewinnen«, sagte sie. »Einen direkten, unmittelbaren Eindruck.«

Coridian straffte die Schultern. »Wir brauchen einen zweiten Schutzanzug«, ertönte sein Bass. »Ich begleite die Suprema in die Zeitstraße.«

»Sie bleiben hier«, widersprach Prizilla. Hinter ihnen öffnete sich das Schott, und ein kleiner Bot kam mit einem Schutzanzug herein. Prizilla legte ihr buntes Gewand ab, nahm die dunkelblaue Schutzkleidung und streifte sie über. Das Materialgedächtnis formte einen Helm, der sich ihr über den Kopf stülpte.

Sie hob die Hand, nun von dünnem blauem Neutro überzogen, und berührte Coridian an der Wange. »Ich brauche Sie hier, für den Fall, dass etwas schiefgeht.«

»Suprema ...«

Prizilla drehte sich um, und einige schnelle Schritte trugen sie zum Barrierefeld. Sie winkte den Erkundern zu. »Gehen wir.«

Vor ihr bildete sich eine Strukturlücke im energetischen Vorhang. Sie trat hindurch, in den Verbindungsstutzen und auf die Zeitstraße. Ein seltsames Prickeln erfasste sie und gleichzeitig ein subtiles Zerren aus mehreren Richtungen, wie von unsichtbaren kleinen Händen, die an ihr zupften und zogen.

Prizillas Kommunikationsadapter wurde aktiv. »Wir empfangen Ihre Telemetrie, Suprema«, sagte der Leitende Ingenieur. »Können Sie mich hören?«

»Klar und deutlich«, sagte Prizilla in ihrem Helm und beobachtete, wie zwei der vier Erkunder durch den Nebel marschierten. Als sie fast in den grauen Schwaden verschwunden waren, folgten ihnen die beiden anderen Soldaten. Der Techniker im bewaffneten Multibot blieb neben Prizilla.

»Wir gehen los und bleiben in Sichtkontakt.« Prizilla setzte sich in Bewegung, bevor die Gestalten vor ihr im Nebel verschwanden. Von dem zwei Relativkilometer entfernten Schiff war nichts zu erkennen, nicht einmal ein vager Umriss. Selbst die Zoomlinse im linken Auge zeigte ihr nichts.

Links von ihr summten die Servomotoren des Technikers, der noch einmal Waffen und Werkzeuge seines Multibots überprüfte.

»Meine Adapter zeigen weder eine Atmosphäre noch ein anderes Übertragungsmedium an.« Erneut sprach Prizilla die Worte, anstatt sie direkt über ihr zerebrales Interface zu senden. »Und doch höre ich die Motoren des Technikers. Welche Erklärung gibt es dafür?«

Einige Sekunden verstrichen, ohne dass sie Antwort bekam. »Kalep?«

Prizilla blieb stehen, und der Multibot mit dem kleinen Techniker verharrte ebenfalls. Das Summen der Servomotoren hörte auf; Stille herrschte.

Weiter vorn verwandelten sich die beiden Erkunder in Silhouetten, bevor der Nebel sie ganz verschluckte.

»Prizilla?« Die Stimme kam aus weiter Ferne, halb zerrissen von kratzenden Geräuschen.

Sie drehte sich um. Von der Forschungsstation, die kaum mehr als dreißig oder vierzig Meter entfernt sein konnte, war nichts mehr zu sehen. »Coridian?«

»... Instabilität der Zeitstraße ... kehr sofort zurück ...«

Das Kratzen wurde lauter. Prizilla wechselte die Frequenz ihres Kommunikationsadapters, doch es nützte nichts.

Unter ihr gab etwas nach.

Instinktiv trat sie zur Seite und beobachtete, wie sich der Boden, Teil des Verbindungsstutzens, hinter und unter ihr aufzulösen begann.

»Die Zeitstraße kollabiert!«, rief der Techniker, um ein lauter werdendes Rauschen zu übertönen.

Es gab keinen Weg zurück, nur den nach vorn, zum zwei Kilometer entfernten fremden Schiff im Zeitstrom. Prizilla und der bewaffnete Multibot neben ihr liefen los.

Ein Freund

Jarl 20

Kühles Wasser berührte die Lippen, und Jarl trank, Schluck für mühsamen Schluck. Er hörte ein Zirpen, das ihm vage vertraut erschien, und nahm einen strengen Geruch wahr, den er nicht einzuordnen wusste.

Er wollte schneller trinken, sein Körper gierte nach Wasser, doch der Hals war angeschwollen – das Schlucken bereitete ihm große Mühe.

»Verbrannt.« Eine seltsame Stimme erklang, ein trillerndes Schrillen. Konnte eine solche Stimme einem Menschen gehören? Jarl versuchte, sich an den Unterricht zu erinnern, an Spezies und Sprachen. Die gewöhnlichen Sprachen und Dialekte, Lingua Eins bis Neunundneunzig, klangen nicht so schrill. Vielleicht stammte das Wort, das er gerade gehört hatte, aus der Subkategorie der Extremangepassten, L_{EA1} bis L_{EA10}. Doch die EA lebten in den dichten Atmosphären von Gasriesen oder auf und in Gesteinswelten, die für andere Menschen tödlich gewesen wären. Auf Grotenthal gab es keine von ihnen.

»Verbrannt, ja! Schmerzen? Vorsicht?«

Der strenge Geruch, begriff Jarl, ging von ihm selbst aus. So roch verbranntes menschliches Fleisch.

Er öffnete die Augen und sah einen Inniwori, der sich mit zusammengefalteten Flügeln über ihn beugte, die Facettenaugen zwei dunkle Halbkugeln rechts und links am spitzen Kopf. Ein Saugrüssel baumelte dicht über Jarls Gesicht, die Sensorknospen darin offen. Eine feingliedrige Hand mit sechs dünnen, zerbrechlich wirkenden Fingern hob einen Becher und setzte ihn behutsam an Jarls Lippen.

»Trinken?«, trillerte der Inniwori. »Trinken! Dies Hilfe. Nötig, Hilfe, dringend.«

Jarl trank und bemerkte dabei ein Netz aus dünnen grauen Fäden zwischen den Elektrobäumen. Kleine Blitze tanzten an ihnen entlang.

»Netze, Schutz«, pfiff der Inniwori. »Du hier, ohne Schutz. Dumm.«

Jarl trank noch etwas mehr und wollte »Danke« sagen, verlor aber vorher das Bewusstsein.

Wie schwer es sein konnte, zwischen Traum und Wirklichkeit zu unterscheiden, zwischen Schlafen und Wachen. Mal waren Jarls Augen geöffnet, mal geschlossen, aber immer sah er Bilder. Zarte Inniwori-Arme trugen ihn unter dem schützenden Entladungsnetz aus dem Elektrowald und in eine tiefe Schlucht, wie von der Axt eines Titanen in den Rücken des Bergs geschlagen. Im Schatten von Felsüberhängen plätscherte das Wasser eines Bachs, und dort machten die Geflügelten – die »Flatterlinge«, wie die erwachsenen Soldaten der Garnison sie nannten – eine erste Rast. Vorsichtige, sanfte Hände strichen ihm kühlende Salbe auf heiße, brennende Wunden und legten Schienen aus Holz, Neutro oder flexiblem Metall an, wo Knochen gebrochen waren. Fremde Gesichter erschienen vor ihm, mit großen Facettenaugen und Saugrüsseln. Fremde Stimmen erklangen, manchmal so schrill, dass Jarl nicht mehr hörte als ein Pfeifen.

»Besser?«, fragte eins der Gesichter, eine der Stimmen. »Besser?« Jarl glaubte, den Inniwori wiederzuerkennen, der ihm zu trinken gegeben und ihn dumm genannt hatte.

Ja, es ging ihm besser, er starb nicht mehr. Aber vielleicht war das alles nur ein Trick, mit dem ihn der eigene Kopf zu täuschen versuchte. Die älteren Soldaten, die Veteranen unter den Erwachsenen, hatten davon erzählt: von Koma und Wahn bei sehr schweren Verletzungen, eine Art Schutzmechanismus, der das Sterben erleichterte. Jarl wollte den Alten auf der anderen Seite des Lagerfeuers danach fragen oder die Frau mit den Schlangenbildern auf den Wangen, aber wenn er sie sah, ließ ihn die Hoffnung auf neue Geschichten alles andere vergessen.

Geweckt vom Schaukeln, als ihn die Inniwori über eine schwankende Brücke trugen, sah Jarl einen blassen Mond am Himmel und überlegte, ob es schon wieder Nacht sein konnte. Wie viel Zeit war seit seinem Sturz über den Felshang vergangen? Und wohin brachten ihn die Geflügelten? Wozu brauchten sie überhaupt Brücken, wo sie doch fliegen konnten?

»Weil die Inniwori eine Spezies mit drei Entwicklungsstufen sind«, antwortete Lehrer Torold. Er stand auf dem Podium des Dozenten, direkt neben einem Hologramm, das zahlreiche Symbole der Unterweisungssprache L_6 enthielt. Der weiße Haarkranz und sein blasses Gesicht ließen ihn älter wirken als dreihundert Jahre. »Sie werden im Wasser geboren, sie verbringen ihre Jugend auf dem Land, und die Reife gibt ihnen Flügel.«

Torold, der gern über die Kraft des Geistes sprach, hatte einmal von einem Baum erzählt, der im Wald stürzte, vielleicht weil er alt war und dem Wind nicht mehr standhalten konnte. Jarl erinnerte sich an die Frage des Lehrers: »Wenn der Baum stürzt und niemand da ist, der ihn stürzen sieht oder hört – kracht es?«

»Was ist das für eine dumme Frage?«, hatte Ruk gerufen, der mit Lehrer Torolds Unterricht nicht viel anfangen konnte. »Natürlich kracht es. Ein Baum kann nicht lautlos umfallen.«

»Beweis es mir!«

»Was?«

»Beweis mir, dass es kracht, wenn der Baum umfällt!«

Die kluge Sotia fragte: »Sind es die Augen und Ohren, die das Gesehene und Gehörte real werden lassen?«

»Wie bei der Quantenresonanz!«, rief ein anderer Schüler in der wissenschaftlichen Sprache L_{31}.

Wie seltsam die Welt der Quanten war und die der Fäden unter ihnen, ein Mikrokosmos, in dem winzige Schwingungen über Wirklichkeit und Illusion entschieden. Die Wissenschaftler von M_{60} bis M_{70} beschäftigten sich seit vielen Jahrhunderten und Jahrtausenden damit, und sie verstanden genug, um Fulkren und manchmal sogar Zeitstraßen zu benutzen, aber die Gründe, die Ursachen, blieben jenseits der Schwingungen, die das Sein bestimmten, verborgen. Vielleicht gab es auch bei Leben und Tod »Quantenresonanzen«, dachte Jarl, als ihn die Inniwori durchs Gebirge trugen, durch Tag und Nacht, durch Hitze und Kälte. Und ebenso bei Wirklichkeit und Illusion. Vielleicht gab es keine klaren Unterschiede, nur einen Nebel des Möglichen, in dem das Auge des Beobachters, das Erleben, den Ausschlag gab. Vielleicht konnte sich jeder seine eigene Wirklichkeit schaffen.

Ein interessanter Gedanke, fand Jarl. Er versuchte ihn festzuhalten, um später genauer darüber nachzudenken, doch der Gedanke verlor sich im Fieberglühen wie alle anderen.

»Trinken«, trillerte der Inniwori. »Trinken.«

Jarl griff nach dem Becher, mit einer Hand, die nicht mehr schwarz und wie verkohlt war. Er trank, beobachtet von zwei Geflügelten. Der eine war jung, der Saugrüssel glatt, die großen Facettenaugen glänzten, die gefalteten Schwingen waren ohne einen Flecken. Der andere schien ein ganzes Stück älter, denn es gab zahlreiche trübe Stellen auf Augen und Flügeln.

»Not braucht Hilfe«, sagte der zweite, der ältere Inniwori. »Wir helfen, aber ich bin nicht glücklich, nicht glücklich.« Die Flügel knisterten bei diesen Worten.

Er benutzte einen Linguator, stellte Jarl fest und betrachtete die Stecknadel an dem schalartigen Stoffstreifen, den sich der ältere Inniwori um den Hals geschlungen hatte.

»Danke«, brachte Jarl hervor. »Danke!«

Der ältere Geflügelte pfiff etwas, das der Linguator nicht übersetzte, wandte sich ab und ging. Der jüngere Inniwori beugte sich vor und berührte Jarl an der Stirn. »Heiß.« Er benutzte ebenfalls einen Linguator und war so nahe, dass

Jarl das Garnisonszeichen auf der schwarzen Nadel erkennen konnte. »Aber nicht mehr zu heiß. Wir sind rechtzeitig gekommen. Ich bin Hihuahé. Und du, Mensch? Wie lautet dein Name?«

»Ich heiße Jarl.«

»Fast tot warst du, Jarl. Ich habe dich ins Leben zurückgeholt.« Der junge Inniwori breitete seine durchsichtigen Flügel aus und faltete sie wieder zusammen. »Können wir Freunde sein?«

Freunde, dachte Jarl später, als er erneut getrunken hatte, diesmal kein Wasser, sondern eine milchige, süßliche Brühe. Seine Erinnerungen reichten bis zum Beginn des zweiten Lebensjahrs zurück, zu den Anfängen der Ersten Reife, die ihn wegen seines gelben Bluts von der Krippe zur Garnison gebracht hatte, zu Lehrern, Waffen und Disziplin. Nie in seiner bisherigen Zeit als Schüler und Rekrut hatte er einen »Freund« gehabt. Das Wort klang seltsam, unvertraut, und er wusste nicht genau, mit welcher Bedeutung er es füllen sollte. Es wies auf Nähe hin, auf die Bereitschaft, Geheimnisse zu teilen und vielleicht sogar Schwächen zu offenbaren. Unter Soldaten gab es Kameradschaft, aber auch Konkurrenz und Rivalität, und deshalb achteten alle Rekruten darauf, ihre Schwächen zu verbergen. Jarls Status als Mutterloser hatte ihn oft zur Zielscheibe von Spott gemacht – kein anderer Rekrut, von Sotia vielleicht abgesehen, wäre auf den Gedanken gekommen, ihm *Freundschaft* anzubieten. Der erste Freund seines Lebens ... ein Nichtmensch, ein Inniwori, ein »Flatterling«?

Als sich Jarl so weit erholt hatte, dass er aufstehen und aus eigener Kraft gehen konnte, führte Hihuahé ihn herum. Sie befanden sich in einer Stadt, deren Namen aus fünfzehn verschiedenen Pfeiftönen bestand. Wenn jeder Ton einer Silbe entsprach, so musste es eine sehr wichtige Stadt sein, dachte Jarl. Einzelne Kugeln oder Ansammlungen von ihnen bildeten die Häuser, ausgestattet mit Ruhe- und Schlafgerüsten und bunten Stoffbahnen, in die sich die Inniwori wickelten, wenn sie ungestört sein wollten. Die Wohnkugeln, untereinander durch schmale Stege und Brücken verbunden, bestanden aus demselben grauen Material wie die Entladungsnetze, vielleicht Neutro oder Synth, und wenn sie nicht zwischen Felsen eingeklemmt waren, die ihnen sicheren Halt gewährten, baumelten sie an Seilen und Tauen im Wind, der gelegentlich durch die tiefen Schluchten wehte. Weiter oben befindliche Planen, grauweiß wie die Felsen oder ockerbraun wie der Blutdorn, gaukelten Augen am Himmel leere Felslandschaften vor. Projektoren – gespeist von Energiepaketen, die in Elektrowäldern aufgeladen wurden – sorgten für ein unverdächtiges Infrarotprofil. Ihre Leistungsfähigkeit war begrenzt, damit sie von der Inhibition unbetroffen blieben, aber sie schützten die Stadt vor Ortung durch Drohnensensoren.

Zur Stadt gehörten nicht nur die Wohnkugeln der Inniwori, ihre »Nester«, sondern auch zahlreiche Höhlen. Eine davon diente als Lager für Beutegut. Dort sah Jarl Blaster, für Menschen bestimmte Körperpanzer, Helme, Kommunikatoren, mehrere für Kurierdienste bestimmte Schweber, Nahrungskonzentrate, kleine AMAs – autonome Maschinen, die bestimmte Grundsubstanzen zerlegen und aus den Molekülketten gewünschte Gegenstände herstellen konnten, zum Beispiel Ersatzteile für Waffen und Ausrüstung –, zwei Variatoren und sogar einen Destruktor, der wegen der Inhibition auf Grotenthal allerdings nicht funktionieren konnte.

Die Gegenstände, Dutzende an der Zahl, lagen auf türkisfarbenen Tüchern und waren nicht nach Funktion sortiert, sondern nach Größe.

»Das stammt von unseren Soldaten.« Jarl zog den einzigen möglichen Schluss. »Ihr gehört zu den Rebellen. Wir kämpfen gegen euch.«

»Nicht jetzt«, erwiderte Hihuahé. »Nicht hier. Nicht du. Jarl ist ein Kind, ja? Zu jung für den Kampf, ja?«

Noch ein oder zwei Jahre, dachte Jarl, den Blick auf die von den Inniwori erbeuteten Waffen und Ausrüstungsgegenstände gerichtet. Ruk und Sotia, zwei Jahre älter als er, hatten bereits an Befriedungseinsätzen teilgenommen, wenn auch nicht direkt an Kämpfen. Aber es war nur eine Frage der Zeit, für sie alle.

»Ja«, antwortete Jarl. Hihuahés Linguator schien defekt oder falsch eingestellt zu sein. Er gab den Worten eine sonderbare Betonung.

»Rebellen?«, wiederholte Hihuahé. »Mein Vater und die anderen kämpfen für Freiheit.«

Jarl betrachtete die Waffen und Ausrüstungsgegenstände. Was war mit den Soldaten geschehen, denen sie gehört hatten?

Dann drehte er den Kopf und richtete einen verblüfften Blick auf den Inniwori, der kein Kind mehr war, aber auch kein reifer Erwachsener, denn offenbar konnte er noch nicht richtig fliegen, zumindest keine langen Strecken. »Dein Vater?«

»Er ist nicht glücklich, nicht glücklich«, sagte Hihuahé. »Er meint, du gehörst nicht hierher. Doch Not braucht Hilfe, und du warst in Not, ja?«

»Du kennst deinen *Vater*?«, fragte Jarl.

»Er und meine Mutter, sie haben uns vor Jahren, als ich gerade erst aus dem Wasser gekrochen bin, hierhergebracht«, erwiderte Hihuahé. »Eine gute Zuflucht, alle sind dankbar dafür. Es gibt auch einen Teich für die nächste Generation. Ich zeige ihn dir, später, ja?«

Jarl versuchte zu verstehen, was er gerade gehört hatte. Der Inniwori, der zu seinem Retter geworden war, der junge Hihuahé – er lebte bei *Mutter und Vater*.

Hihuahés Saugrüssel schwang zur Seite, und er pfiff etwas, das der Linguator mit »Oh« übersetzte. Eine kleine, schmale Hand griff unter eine der grünen Stoffbahnen, die er sich hier und dort um den zarten Leib geschlungen hatte, und holte etwas hervor.

»Mein Talisman!«, entfuhr es Jarl.

»Deins?«, fragte Hihuahé. »Gehört dir?«

»Ja!« Jarl wollte die kleine Kugel ergreifen, aber die Hand des Inniwori befand sich plötzlich ein ganzes Stück weiter oben, außer Reichweite.

»Hübsch!«, trillerte Hihuahé. »Hübsche Lichter. Tanzen alten Tanz.«

»Was?«

»Hübsches Ding ist alt, sehr alt. Fühlst du, ja?«

Nein, Jarl fühlte es nicht, als Hihuahé die Hand sinken ließ und er die kleine Kugel zu fassen bekam. Er fühlte nichts anderes als tiefe Erleichterung. Ein winziges funkelndes Licht begrüßte ihn, und ein wortloses Flüstern in der Ferne versprach weitere Geschichten.

»Ich Freund?«, fragte Hihuahé.

»Ja«, sagte Jarl. »Ja, du bist mein Freund.«

Die Flügel des Inniwori knisterten. »Komm, Freund. Ich zeige dir den Teich der nächsten Generation.«

21

Die eine Hälfte des Teichs lag für alle Zeiten im Schatten einer Höhle, die andere erstreckte sich draußen zwischen Felsen, die mehrere Wohnkugeln trugen, und einige gut platzierte Spiegel lenkten Sonnenschein zum Wasser. Kleine Geschöpfe schwammen dort, kaum zwanzig Zentimeter lang, mit durchsichtigen Flossen, aus denen sich später vielleicht einmal Flügel entwickeln würden, und mit langen Sinnesfäden, die bunte Schleier bildeten. Silberne Augen blickten in die Welt jenseits des Wassers.

»Neue Generation«, erklärte Hihuahé mit unüberhörbarem Stolz. »Mehr Brüder und Schwestern, mehr Stadtbewohner.«

Jarl nahm auf einem flachen Stein Platz und fragte sich, wie es sein mochte, die ersten Jahre im Wasser zu verbringen, dann einige weitere auf dem Land und den Rest des Lebens in der Luft. Er dachte auch daran, dass es für diese Wesen keine Einsamkeit gab, denn sie wurden in eine große

Gemeinschaft aus Vätern, Müttern und Geschwistern geboren.

Hihuahé setzte sich neben ihn, breitete kurz die Flügel aus, wie um sich zu strecken, und faltete sie dann wieder. »Es dir besser geht, ja? Salbe hat geholfen, ja?«

»Ja, das hat sie bestimmt«, sagte Jarl. »Aber ich denke, den größten Teil der Arbeit haben die Nanobots in meinem Blut erledigt.«

»Bots?«

»Kleine Maschinen«, erklärte Jarl. »Mein Blut ist voller kleiner Maschinen, die mich reparieren können.«

»Bald du wirst zurückkehren, ja?«, fragte Hihuahé.

Jarl betrachtete seine Hände, die fast keine dunklen Stellen mehr aufwiesen. Wie viel Zeit war vergangen? Er wusste es nicht genau. Zeit genug für die Nanobots, die Brandwunden fast vollständig zu heilen.

»Bald, ja«, bestätigte er und wusste nicht, ob er sich darüber freuen sollte.

In der folgenden Nacht fand Jarl keine Ruhe. Er wollte schlafen, in der Hoffnung, dass ihm der wiedergefundene Talisman neue Geschichten erzählte, die ihm halfen, den Gedanken an Väter und Mütter zu entkommen. Er fragte sich, was geschehen würde, wenn er zur Garnison zurückkehrte. Das gelbe Blut machte ihn zum Soldaten, diesem Schicksal konnte er nicht entrinnen. Es bedeutete, dass seine Ausbildung weitergehen würde, und wenn er auf Grotenthal blieb, stand ihm früher oder später ein Kampfeinsatz gegen die Rebellen bevor, die noch immer Widerstand leisteten, obwohl ihre Welt schon vor vielen Jahren befriedet worden war. Es *konnte* bedeuten, dass er irgendwann gegen Hihuahé oder gegen dessen Eltern und Geschwister kämpfen musste.

Schließlich kroch Jarl aus dem Schlafgerüst und verließ die kleine Wohnkugel, die man ihm zur Verfügung gestellt hatte. Er trat vorsichtig durch die Dunkelheit, balancierte auf Brücken und Stegen und kletterte zwischen den Felsen, bis er schließlich die Höhlen erreichte. Nirgends begegnete er einem Inniwori, und es stellte sich ihm auch kein Wächter entgegen, als er die Höhle mit dem Beutegut betrat. Seine beiden Adapter versagten ihm noch immer den Dienst, doch das von weit oben herabfilternde Sternenlicht genügte, um die Waffen und Ausrüstungsgegenstände als Schatten in der Finsternis zu erkennen.

Mitten in der Höhle, umgeben von Dunkelheit und Stille, blieb Jarl stehen und fragte sich, warum er hergekommen war. Er bückte sich, griff nach einem Gegenstand, hielt ihn dicht vor die Augen und sah die Anzeigen eines Kommunikators. Versuchsweise schaltete er das Gerät ein, und auf dem kleinen Indikatorschirm erschien ein Bereitschaftssymbol.

Jarl zögerte.

Sollte er sich mit der Garnison in Verbindung setzen? Einige wenige Worte hätten genügt, und sofort wäre ein Rettungstrupp aufgebrochen. Eine Rückkehr in das Leben, das er mit dem Sturz den Felshang hinab verlassen hatte, wäre innerhalb weniger Stunden möglich gewesen. Aber wollte er zurückkehren?

Jarl hielt den aktivierten Kommunikator nachdenklich in den Händen und rang mit sich selbst. Eine Minute verging, vielleicht auch zwei oder drei. Dann schaltete er das Gerät aus, legte es auf den Boden und verließ die Höhle.

Draußen erschien plötzlich ein Inniwori vor ihm und leuchtete mit einer Lampe. Jarl hob geblendet die Hand.

Eine Stimme trillerte, ein Linguator übersetzte. »Was hast du hier zu suchen, Mensch?«

Jarl hob die Hand und schirmte das Licht der Lampe ab. Er glaubte, den Inniwori zu erkennen, den er beim ersten Erwachen neben Hihuahé gesehen hatte. Der *Vater*.

»Es tut mir leid«, sagte er schnell. »Ich konnte nicht schlafen.«

»Du bist in der Höhle gewesen. Bei den Dingen, die von euch Menschen stammen.«

Jarl konnte es nicht leugnen. »Ich habe nichts gestohlen!«, versicherte er.

Der große Inniwori kam näher und ragte vor ihm auf. »Ich bin nicht glücklich, nicht glücklich. Du gehörst nicht hierher. Du bist nur noch ein bisschen krank, ein bisschen verletzt. Keine Not mehr, keine Hilfe nötig. Morgen wirst du gehen. Morgen wirst du gehen. Verstanden?«

»Ja«, sagte Jarl. Die Entscheidung wurde ihm abgenommen. »Ich habe gehört und verstanden.«

Als er wieder im Gerüst der kleinen Wohnkugel lag, in weiche Stoffbahnen gehüllt, schlief er schon nach kurzer Zeit ein.

Doch er schlief nicht lange.

Soldaten – Menschen – griffen an, noch bevor der Morgen dämmerte.

Eine wichtige Mission

22 Prizilla

Prizilla, vierhundertneunundsiebzigste Suprema des Pakts, schwebte in grauem Nichts und fragte sich, ob sie noch lebte oder bereits tot war. Sie erinnerte sich daran, dass der Boden des Verbindungsstutzens Risse bekommen hatte, dass er, obwohl erst wenige Tage alt, von hohem Alter spröde geworden war. Seitdem schwebte sie im Grau der kollabierenden oder bereits kollabierten Zeitstraße und überlegte – soweit sie einen klaren Gedanken fassen konnte –, was mit ihr geschah, wo und *wann* sie sich befand. Stürzte sie durch die Zeit, so schnell, dass die Epochen und Äonen um sie herum keine Form annehmen konnten?

Sie war sich ziemlich sicher, dass sie noch lebte, denn wie konnte man tot sein und sich Fragen stellen, die das Leben betrafen? Aber es schien eine seltsame Art von Leben zu sein, denn manchmal, wenn sie ihre Hände hob und sie betrachtete, wurden sie halb durchsichtig. Dann konnte sie, durch das blaue Material des Schutzanzugs und die weiße Haut, Adern und Knochen sehen. Was geschah mit ihren Sinnen? Ihre Adapter funktionierten nicht mehr richtig. Was war mit ihren Augen und Ohren? Mit Nase, Mund und dem Gefühl in den Fingern? Konnte sie ihren Sinneseindrücken trauen? Gab es *dort draußen* außerhalb ihres Körpers noch etwas, das sich, irgendwie, wahrnehmen ließ?

Sie bewegte Arm und Beine in dem Versuch, sich fortzubewegen, in dem Grau zu schwimmen, das ihr manchmal dicht wie eine Flüssigkeit erschien. Doch als sie die Sinnlosigkeit solcher Bemühungen einsah, verharrte sie erneut in Reglosigkeit. Es gab keine Richtungen, in die sie sich bewegen konnte, und keine Bezugspunkte, an denen sich Bewegungen messen ließen.

Eine Zeit lang schlief sie, oder vielleicht kapitulierten ihre Sinne einfach. Als sie die Augen wieder öffnete, empfing sie eine Warnung vom Schutzanzug. *Energiereserven: 1. Warnung*, flüsterte ihr zerebrales Interface. *Sauerstoff: 1. Warnung. Recyclingfunktionen: 1. Warnung.*

War es kalt in der kollabierten Zeitstraße? Oder heiß? Wenn die Energiereserven des Schutzanzugs zur Neige gingen, würde sie entweder erfrieren oder verbrennen. Wenn sie nicht vorher erstickte.

Der Kommunikationsadapter fiel ihr ein. Kann mich jemand hören?, fragte sie. Als das Interface in ihrem Kopf nicht reagierte, sprach sie die Worte: »Kann mich jemand hören?«

Die Antwort bestand aus einer Statusmeldung. *Signalstärke unzureichend. Überlagerung durch Störfaktor.*

Störfaktor? Gab es etwas in der Nähe, das sendete und die Signale des Kommunikationsadapters überlagerte?

Für einige wenige Sekunden lichtete sich der uniforme graue Dunst, und Prizilla glaubte, einen Ozean zu sehen, in der Farbe von Schiefer, die Oberfläche glatt wie Glas. Etwas schwamm in dem endlosen Meer, eine Halbkugel, die wie Perlmutt glänzte und auf einem Kranz aus Zylindern ruhte. Einige dieser Zylinder wiesen Dellen und Risse auf, und in der rechten Hälfte der Halbkugel klaffte ein Loch. Das beschädigte fremde Schiff.

Sie reaktivierte ihre Adapter, doch die Flut aus einander widersprechenden Daten verwirrte sie, und außerdem benötigten sie wertvolle Energie – ein gedanklicher Befehl schaltete sie wieder aus.

Neue Nebelschwaden zogen über den stillen, unbewegten Ozean und legten sich wie ein Schleier vor das Schiff. In dem großen Loch auf der rechten Seite veränderte sich etwas, doch der wieder dichter werdende Dunst verbarg Einzelheiten.

Prizilla justierte ihren Kommunikationsadapter auf maximale Sendeleistung. »Wenn mich jemand empfängt und versteht: Ich brauche Hilfe. Meine Energie- und Sauerstoffreserven sind auf ein kritisches Niveau gesunken.«

Gestalten schritten über das Meer, dunkle Silhouetten im grauen Nebel. Sie schwebten nicht, sie gingen, mit langen, mehrgelenkigen Beinen. Keine Menschen. Lebende Geschöpfe? Oder Maschinen?

Prizillas Füße berührten etwas, und einen Moment später fühlte sie Gewicht – offenbar wurde sie von einem Schwerefeld erfasst. Das Gewicht nahm zu, eine schwere Last schien sich auf sie herabzusenken und übte immer mehr Druck aus. Als ihre Knie nachgaben, traf sie etwas von der Seite, mit solcher Wucht, dass sie durch den Dunst geschleudert wurde.

Warnung, empfing sie von ihrem zerebralen Interface. *Integrität des Schutzanzugs beeinträchtigt. Sauerstoff: 2. Warnung.*

»Wenn mich jemand hört ...«, brachte Prizilla hervor. »Ich brauche dringend Hilfe.«

Ein dumpfes Zischen verriet entweichende Atemluft.

Sauerstoff: 3. Warnung ...

Sie lag auf etwas, vom Gewicht festgehalten, das ihr ein Gravitationsfeld gab. Mit plötzlicher Klarheit sah sie das spinnennetzartige Muster aus Rissen, das sich in ihrem Helmvisier ausbreitete. Das Materialgedächtnis des Schutzanzugs – die Programmierung von Struktur und Form auf molekularer Basis – versuchte zwar, das Visier zu stabilisieren, doch das Zischen wurde lauter. Ein kleiner Sturm zerriss die transparente Fläche vor ihren Augen, als die Luft im Innern des Schutzanzugs entwich. Prizilla schnappte nach Luft, aber es war keine Luft mehr da.

Die Gestalten, die sie zuvor gesehen hatte, Lebewesen oder Maschinen, erschienen plötzlich direkt vor ihr, streckten Gliedmaßen oder vielleicht Werkzeuge aus.

Die Luft war nicht nur aus dem Schutzanzug geströmt, sondern verließ auch die Lunge. Prizilla hatte das Gefühl, leer zu werden, sich von innen nach außen zu stülpen. Dann wurde ihr schwarz vor Augen.

23

Prizilla erwachte in einem Gewirr aus mechanischen Armen. Einige von ihnen streckten sich ihr entgegen und lösten Fetzen des Schutzanzugs von ihrem Leib. Etwas berührte sie und strich über die Fertilitätsblasen an den Leisten, in einer von ihnen eine wertvolle Eizelle. Sie wollte die Hand bewegen und fortstoßen, was sie berührte, aber die Finger trafen auf einen Widerstand, der umso stärker wurde, je mehr Druck sie ausübte. Ein Fesselfeld? Oder eine besondere Art von Lähmung?

… *wichtig* …, flüsterte ihr Kommunikationsadapter.

Es gelang Prizilla, die Augen zu öffnen. Sie hing in etwas, mit geneigtem Kopf, sodass sie an ihrem Körper herabblickte. Der Schutzanzug war zerrissen. Violettes Blut drang aus zahlreichen kleinen Wunden. Einige von ihnen schlossen sich bereits, weil die Nanobots aktiv geworden waren. Bei anderen krabbelten kleine, käferartige Geschöpfe oder Apparate über die Haut, stachen mit winzigen Nadeln und ließen kleine, heiße Lichter aufblitzen. Fremde Bots? Die sich anschickten, sie bei lebendigem Leibe zu sezieren?

Sie fühlte das Stechen und die Hitze. Keine Lähmung, dachte sie. Etwas hält mich fest.

Prizilla konzentrierte sich. Sie verbannte die in ihr aufflackernde Furcht und versuchte, vollständige Kontrolle über Sehnen und Muskeln zu erringen. Sie schickte einen Instruktionsgedanken an ihr zerebrales Interface, um Adapterhilfe bei der Überbrückung eventuell unterbrochener Nervenverbindungen zu bekommen, und erhielt die Meldung: *Fehlfunktion bei den Adaptern. Neuronale Beeinträchtigung durch Überlastung. Die Nanobots sind dabei, den Schaden zu reparieren.*

Prizilla bewegte sich langsam, ganz langsam, obwohl alles in ihr danach drängte, sich so schnell wie möglich aus der Umarmung der vielen mechanischen Arme zu befreien. Der Widerstand, den sie zuvor gefühlt hatte, machte sich nur bei schnellen Bewegungen bemerkbar. Millimeter um Millimeter kroch sie fort von den dunklen Armen, die in tiefen, dichten Schatten verschwanden.

Was ist mit meinem Kommunikationsadapter?, fragte sie. Ich habe etwas gehört, eine Stimme, ein Wort ...

Wieder spürte sie etwas an den Leisten. Eins der kleinen Geschöpfe, die aussahen wie Käfer, schwarz auf weißer Haut, machte sich daran, die Fertilitätsblase mit der Eizelle zu öffnen.

Nein!

Der Mutterinstinkt schrie dieses Wort, und der Mund öffnete sich, um es den mechanischen Armen zuzurufen und in die Dunkelheit jenseits davon.

Prizillas Zoomlinse funktionierte, holte den schwarzen Käfer heran und zeigte ihr, wie er die Blase mit Nadeln und Pinzetten öffnete, wie er durch einen Spalt kroch, aus dem Fruchtwasser tropfte. Wieder meldete sich der Mutterinstinkt und zappelte im Käfig aus Disziplin, den Prizillas Vernunft um ihn herum konstruiert hatte. Langsam, langsam, nicht zu schnell, damit das Fesselfeld inaktiv blieb. Wenn die Eizelle, die kostbare Eizelle, der Preis für ihre Freiheit war, musste sie ihn zahlen.

Adapterfunktionen werden überprüft, meldete sich das Interface in Prizillas Kopf. *Adapterfunktionen sind gestört*.

Wieder empfing Prizilla ein Flüstern aus der Ferne, noch undeutlicher als zuvor. Vielleicht war es das Wort, das sie schon einmal gehört hatte. *Wichtig*.

Aus dem schmalen Spalt in der Fertilitätsblase wurde ein langer und breiter. Die Blase öffnete sich, Prizilla konnte es nicht verhindern, und der Rest des Fruchtwassers strömte heraus, zusammen mit dem schwarzen Käfer, dem fremden Bot, und der Eizelle. Ein verlorenes Leben, ein verlorenes Kind.

Vernunft und Disziplin verbannten die Trauer. Sie konzentrierte sich auf Fersen und Handballen und schob sich erneut einen oder zwei Millimeter fort von den mechanischen Armen, die weiterhin damit beschäftigt waren, Teile des zerfetzten Schutzanzugs zu entfernen. Einer der Arme neigte sich zu ihrem Gesicht, und eine aus mehreren Greifelementen bestehende Zange zog Reste des Schutzhelms von Kinn und Hals.

Was war geschehen? Prizilla erinnerte sich an die plötzliche Instabilität der Zeitstraße, daran, wie sich der Boden des Verbindungsstutzens aufgelöst hatte. Sie war gelaufen und schien in die Gravitationsbarriere geraten zu sein ...

Vorsichtig drehte sie den Kopf erst nach links und dann nach rechts. Wo waren die vier Soldaten, die Erkunder mit ihrem Gravitationsmotor? Und wo befanden sich der extrem angepasste Techniker und sein Bot, den er mit Waffen ausgestattet hatte?

In der Düsternis hinter ihr erstreckten sich wabenartige Strukturen, durchzogen von Gängen und Tunneln. Die meisten Waben, die Prizilla erkennen konnte, waren leer, doch in einigen von ihnen zeigten sich die Umrisse von Gestalten. Keine von ihnen regte sich; alle lagen still und unbewegt.

Ein Knirschen ging durch die dunklen Wände, die Prizilla umgaben, fast wie das Ächzen eines lebenden Wesens. Ein mechanischer Arm zog ihr ein Stück des zerrissenen Schutzanzugs vom Unterleib, zwischen den beiden Fertilitätsblasen. Ein anderer machte sich daran, das linke Bein freizulegen.

... *Mission* ..., hörte sie von ihrem Kommunikationsadapter.

Prizilla kroch weiter, Millimeter um Millimeter. Wie reagierten die aus den Wänden ragenden Arme darauf? Wurden sie länger? Was mochte geschehen, wenn sie eine kritische Distanz erreichte? Würden die Zangen sie dann festhalten?

Ein weiterer Instruktionsgedanke für das zerebrale Interface leitete etwas mehr von der verbliebenen Restenergie in den Kommunikationsadapter. Prizilla wagte es nicht, laut zu sprechen. Wenn mich jemand hört ..., sendete sie. Ich brauche Hilfe!

Sie spürte, wie ihr kalte Luft erst über das linke Bein strich und dann auch über das rechte, als sie dort ebenfalls die Reste des Schutzanzugs verlor. Kälte! Luft! Sie atmete ohne den Helm, die Luft in dieser Umgebung schien also den richtigen Druck und genug Sauerstoff zu haben. Aber die Temperatur fiel, sie begann zu frieren. Oder war es von Anfang an kalt gewesen?

Zwei der mechanischen Arme konnten sie nicht mehr erreichen, und Prizilla stellte fest, dass sie nicht länger wurden. Einige Sekunden lang tasteten sie umher, wichen dann zu den dunklen Wänden zurück und verharrten dort.

Aus Millimetern wurden Zentimeter. Zeit verging, vielleicht eine halbe Stunde. Oder auch eine ganze oder zwei. Es fiel Prizilla schwer, eine Vorstellung von der verstreichenden Zeit zu gewinnen, denn immer wieder trübte eine Phase der Benommenheit ihre Sinne. Existierte das Fesselfeld noch?, fragte sie sich, als sie, irgendwann, fast zwei Meter zurückgelegt hatte und nur noch von den drei längsten mechanischen Armen erreicht wurde. Der letzte schwarze Käfer verließ sie, mit etwas, das er aus einer Wunde gezogen hatte, einem Splitter von ... was?

Adapterfunktionen werden wiederhergestellt, meldete das zerebrale Interface. *Energiereserven: gering.*

Eine kurze Messung mit den Sensoren, die wie eine Erweiterung ihrer Sinne funktionierten, verbrauchte nicht viel Energie. Die dunkle, düstere Umgebung verwandelte sich in ein Durcheinander aus Farben, die Auskunft gaben über Temperaturunterschiede und Energiegefälle. Nichts deutete auf die Existenz eines Fesselfelds hin.

Sie blieb reglos liegen, sammelte Kraft und spürte dabei, wie die Kälte in ihren ungeschützten Leib kroch, wie sie sich mit tausend winzigen Nadeln in Fleisch und Knochen bohrte. Wenn sie noch länger wartete, riskierte sie eine Kältestarre, und dann war auf die Muskeln kein Verlass mehr.

Prizilla sammelte Kraft, atmete tief durch ... und stieß sich mit Händen und Füßen ab. Die Spitze einer Zange kratzte übers linke Knie, als die drei mechanischen Arme zurückblieben. Ein weiterer halber Meter, dann ein ganzer. Sie drehte sich vom Rücken auf den Bauch, krabbelte wie zuvor die schwarzen Käfer auf ihrer Haut, sprang nach zwei oder drei Metern auf, ohne dass ein Fesselfeld sie festzuhalten versuchte, und lief.

24

Aber sie lief nicht weit, nur einige Meter, und anschließend musste sie klettern, vorbei an den wabenartigen Strukturen, die sie zuvor bemerkt hatte. Die Gestalten darin blieben undeutlich, halb in der Dunkelheit verborgen. Arme und Beine ließen sich erkennen, in manchen Fällen mehr, als selbst Menschen der M_{EA} hatten, oder schlangenartige Gebilde, bei denen es sich vielleicht um Tentakel handelte. Es blieb Prizilla kaum Zeit, auf Einzelheiten zu achten, denn ihr ging es vor allem darum, den mechanischen Armen und schwarzen Bot-Käfern zu entkommen.

Die Gänge und Tunnel verliefen nicht gerade, sondern in weiten Bögen und verschlungenen Bahnen, die Prizilla an Blutgefäße oder Kapillarsysteme erinnerten. Nirgends waren die Wände glatt, und der Boden wies Vorsprünge auf, Kanten, wo ein Mensch sie nicht erwartete, runde Höcker und die Andeutung von Stufen. Prizilla wusste nicht, ob sie tiefer ins Innere des fremden Schiffs vorstieß oder sich seiner Peripherie näherte. Sie ging davon aus, dass sie sich an Bord jenes Schiffes befand, das in der kollabierten Zeitstraße verankert gewesen war. Um es zu verlassen, gab es zwei Möglichkeiten: Entweder fand sie den Kontrollraum, wo es ihr gelingen musste, das Schiff zu steuern und es zu einem Ort zu bringen, wo man ihr helfen konnte, oder sie entdeckte einen Hangar mit Rettungskapseln beziehungsweise Landeschiffen. Die Frage, wie sie fremde Kontrollsysteme verstehen und bedienen sollte, konnte warten. Zuerst musste sie etwas finden, das über Kontrollsysteme verfügte.

Auf den Multifunktionsbot mit dem extremangepassten Techniker stieß sie in einem kleinen Raum, einer Verbindungsstelle mehrerer Tunnel – einer führte schräg nach unten, zwei weitere recht steil nach oben, und der vierte schien eine Fortsetzung des Tunnels zu sein, aus dem Prizilla kam. Neben einer schief aus dem Boden ragenden Säule, über die zwei Lichter glitten, immer eins nach oben und das andere nach unten, lagen die Reste des Bots, wie von etwas zerdrückt, mit dem M_{EA}-Menschen in seinem Innern. Ein wirres Knäuel war von ihm übrig geblieben, ein blutiger Klumpen aus zerquetschtem Fleisch und zermalmten Knochen.

Prizilla blickte über die Reste von Techniker und Bot hinweg, beobachtete die dunklen Tunnelzugänge, kaum vom Schein der beiden wandernden Lichter erreicht, und dachte: Energiereserven?

Kritisches Niveau, antwortete das zerebrale Interface.

Sollte sie noch einmal die Sensoren verwenden, um zu versuchen, einen Weg zur Peripherie des Schiffes zu finden?

... *Mission* ..., empfing ihr Kommunikationsadapter. ... *wichtig* ...

Versuchte einer der vier Soldaten, einer der Erkunder, sich mit ihr in Verbindung zu setzen? Prizilla sendete ihr Identifizierungssignal, erhielt aber keine Antwort.

Sie wandte sich von dem Haufen aus Metall, Neutro und organischer Masse ab, der einmal Bot und Mensch gewesen war, und kletterte in den Tunnel, den sie für eine Fortsetzung des bisherigen Weges hielt. Die Vorsprünge und Streben, an denen ihre Hände Halt fanden, erwiesen sich als so kalt, dass die Haut daran festzukleben drohte. Die von Amliss stammende Prizilla war an tiefe Temperaturen gewöhnt, aber inzwischen lagen sie weit unter dem Gefrierpunkt von Wasser und stellten selbst für sie eine Gefahr dar, wenn sie ihnen ungeschützt ausgesetzt blieb. Sie musste in Bewegung bleiben, durfte nicht stehen bleiben.

Nach wenigen Metern wichen die Wände zurück, und in der Mitte des Tunnels erhoben sich weitere Säulen mit jeweils zwei Lichtern, die auf gegenüberliegenden Seiten nach unten und nach oben glitten. In ihrem matten Schein zeigten sich noch mehr Waben, die meisten von ihnen leer und offen, andere gefüllt mit Lebewesen, die Prizilla nie zuvor gesehen hatte: keine Menschen, auch nicht die extremsten der Extremangepassten, sondern Geschöpfe, bei denen sie nicht einmal erkennen konnte, wo sich Kopf oder Füße befanden. In einigen Fällen identifizierte sie Schwingen, Fühler und hauchdünne Membranen, die an Insektenflügel erinnerten, vielleicht auch Augen, umgeben von grauen Hautwülsten. Nicht eine der Spezies erschien ihr vertraut.

Zwischen den Säulen angelangt drehte sich Prizilla langsam und versuchte zu verstehen. Keins der Geschöpfe in den Waben, offenbar tot und konserviert, glich einem anderen. Es waren ausnahmslos Unikate. Prizilla hielt sie nicht für die Erbauer oder Passagiere des Schiffs. Welche Möglichkeiten blieben? Proben? War dieses fremde Schiff in Zeit und Raum unterwegs gewesen, um auf fernen Welten Lebensproben zu sammeln? Für wen? In wessen Auftrag? Und wieso war es beim Fulkrum des Zedra-Systems in einer Zeitstraße verankert gewesen?

Prizillas Zähne klapperten, als sie an den Säulen vorbeiwankte und sich vorstellte, in einer der Waben zu liegen, ein Exponat unter vielen. Gab es noch etwas, das an Bord dieses Schiffes lebte und aktiv war, abgesehen von den mechanischen Armen und den schwarzen Bots? Wer oder was hatte sie an Bord geholt? Und warum? Um ihr zu helfen? Oder um sie den anderen konservierten Lebensformen hinzuzufügen?

Und was hatte es mit der Stimme auf sich, die sie manchmal über den Kommunikationsadapter hörte, mit der *wichtigen Mission*?

Prizilla kletterte durch die nächsten Tunnel und Räume, wehrte sich mit Bewegung gegen die Kälte. In einem Durchlass, so schmal, dass sie selbst mit gekrümmten Schultern gegen die Wände rechts und links stieß, fand sie mehrere große Stofffetzen, die offenbar von einem Schutzanzug stammten. Prizilla verknotete sie und schlang sie sich um den Leib. An einigen Stellen schien das Materialgedächtnis noch zu funktionieren, denn der Stoff schmiegte sich ihr an die Haut und haftete fest. Als Schutz gegen die Kälte taugte das Provisorium nicht viel, aber wenig war besser als gar nichts.

Schwaches Licht fiel durch einen Riss in der Decke.

Die Fetzen stammten von einem Schutzanzug des Pakts und hatten genau unter dem Riss gelegen. Prizilla suchte nach etwas, an dem sie sich abstützen konnte, fand ein Stück weiter vorn einen aus der Wand ragenden Bolzen oder Dorn, setzte den Fuß darauf, langte nach oben und bekam den Rand des Risses zu fassen.

Sie zog sich hoch, ihre Beine baumelten in kalter Leere, und dann befand sie sich in dem Riss, der durch den dunklen Leib des fremden Schiffs nach oben führte. Sie kletterte, eine Hand nach der anderen, ein Fuß nach dem anderen, langsam, um das Risiko zu minimieren, sich zu verletzen – der Leistungsfähigkeit der Nanobots waren Grenzen gesetzt, und sie hatten bereits viel an und in ihr reparieren müssen.

Offenbar befand sich Prizilla nun im beschädigten Bereich des fremden Schiffes, was ihr einen Hinweis gab: Wenn sie der Spur der Zerstörung folgte, musste sie früher oder später zur Außenhülle gelangen. Woraus sich ein weiteres Problem ergab. Der Gedanke war ihr kaum durch den Kopf gegangen, als sie ein leises Zischen hörte, das seinen Ursprung irgendwo über ihr hatte – es klang nach entweichender Luft.

In geringer werdender Schwerkraft, die das Klettern erleichterte, hangelte sie sich an Trümmern und geborstenen Aggregaten vorbei, die manchmal aussahen wie Organe, aus einem Material, das kein Metall zu sein schien, aber auch kein Neutro oder Synth.

Einige Meter weiter oben fand Prizilla den ersten Toten, einen der vier Erkunder. Von seinem Schutzanzug war nicht viel übrig. Vielleicht hatten schwarze Bot-Käfer ihn aufgeschnitten, um an den Körper darin zu gelangen, und anschließend waren einige der Fetzen durch den tiefen Riss gerutscht – Prizilla trug sie nun an ihrem Leib. Beine und

Arme des Soldaten waren mehrmals gebrochen, der Rumpf verdreht, doch der Kopf wirkte seltsam intakt, und er steckte noch immer in einem Helm. Prizilla bückte sich, löste das Visier, klappte es nach oben und betrachtete ein mumifiziertes Gesicht.

Wie lange dauerte es, bis das Gesicht eines Menschen mumifizierte? Einige Tage oder Wochen genügten nicht. Monate oder Jahre mussten verstreichen, bevor es so grau, faltig und trocken wurde. Das fremde Schiff war im Zeitstrom unterwegs gewesen und vielleicht wieder unterwegs. Etwas – ein Angriff? – hatte es beschädigt. Möglicherweise gab es temporale Fluktuationen an Bord, Bereiche des Schiffs, in denen die Zeit unterschiedlich schnell verging. Für den tot vor Prizilla liegenden Soldaten mussten viele Jahre vergangen sein.

Ein finsterer Gedanke stieg in Prizilla auf und ließ sie für einen Moment erstarren. Mit jeder Sekunde, die sie hier erlebte, entfernte sie sich vielleicht um Jahre oder Jahrzehnte von dem ihr vertrauten Universum.

Sie zwängte sich behutsam durch die Lücke zwischen zwei in der Mitte geknickten zylinderförmigen Konstruktionen, hörte erneut das Zischen – war es etwas lauter geworden? – und auch den eigenen Herzschlag, ein lautes Pochen in den Ohren. Die geringere Schwerkraft half ihr, durch einen schmalen Schacht zu kriechen, der so wenig Platz bot, dass sie mehrmals darin stecken zu bleiben drohte. Nach einigen Minuten erreichte sie einen Raum, der auf den ersten Blick unversehrt wirkte. In der Mitte erhob sich eine Säule mit den auf- und abwärts wandernden Lichtern, die Prizilla bereits kannte. Weiter hinten und an den Seiten ließen sich deutlich Geräteblöcke und Aggregate ausmachen, aus der Dunkelheit geholt nicht allein vom Schein der Säulenlichter, sondern vor allem von dem Glühen, das die transparente Decke durchdrang.

Prizilla legte den Kopf in den Nacken und beobachtete, wie ein Strudel in Sicht geriet, ein langer, endlos langer Tunnel, gesäumt von bunten Streifen, die sich manchmal wie lange Schlangen wanden. Von links kommend, vielleicht durch eine langsame Rotation des Schiffs, strich ihr Licht über ein Kuppeldach mit zahlreichen dünnen Rissen. Mehrere der kleinen schwarzen Bot-Käfer waren damit beschäftigt, kleine Lecks abzudichten, und offenbar hatten sie Erfolg damit, denn das Zischen der entweichenden Luft schien leiser zu werden. Oder vielleicht verlor es sich für Prizillas Ohren in einem Brummen so tief, dass es mehr eine Vibration war als ein Geräusch.

Die Farbschlangen verschwanden nach rechts, und aus ihrem hellen Licht wurde wieder ein diffuses Glühen. Die Schatten kehrten aus ihren Verstecken zurück, krochen über Boden und Wände, über Objekte, die wie rechteckige Konsolen aussahen, wie Fremdkörper zwischen den übrigen Installationen. Als die Dunkelheit fast die zentrale Säule mit den kleinen Lichtern erreicht hatte, dem Sieg nahe, musste sie wieder zurückweichen, weil sich oben, jenseits der transparenten Decke, erneut die Farbschlangen zeigten. Diesmal kamen sie noch näher, und Prizillas Blick boten sich Einzelheiten dar: ein buntes Wogen, zum Greifen nahe, mit Strudeln und Wirbeln, tief in ihnen die Öffnungen von Nebentunneln. An einigen Stellen wuchsen blumenartige Gebilde aus den Farbbändern, wie Orchideen aus silbernen und goldenen Kristallen, ihre Größe unmöglich abzuschätzen.

Das Schiff schien durch den Tunnel zu fallen, dessen Wände aus bunten Schlangen bestanden. Ein Fulkrum-Transit war dies gewiss nicht, so viel stand fest. Fiel das Schiff durch die Zeit?

Die schwarzen mechanischen Käfer krabbelten und reparierten, deutlich zu erkennen, wenn das Licht heller wurde, Schemen und Silhouetten, wenn das schwache Glühen den Schein der Farbbänder ablöste.

Prizilla wandte sich um, ging und schwebte – sie schätzte die Schwerkraft an diesem Ort auf nur noch etwa dreißig Prozent der G-Norm, an die ihr Körper gewöhnt war – zu den

Konsolen, die sie zuvor bemerkt hatte. Sie schienen ziemlich alt, wiesen Schriftzeichen und Markierungen auf, von denen Prizilla einige zu erkennen glaubte. Ihre Finger strichen über kaltes Neutro. Menschliche Lingua-Symbole an Bord eines fremden Zeitschiffes? Welche Erklärung konnte es dafür geben?

Das Licht der bunten Farbschlangen an den Wänden des Tunnels, der vermutlich zur kollabierten Zeitstraße gehörte, breitete sich wieder aus. Hinter den Konsolen gaben die zurückweichenden Schatten drei am Boden liegende Gestalten preis.

Prizilla trat näher und blickte auf drei tote Erkunder hinab, ebenfalls mumifiziert. Zwei von ihnen waren halb zermalmt, wie von etwas gepackt, zusammengedrückt und wieder losgelassen – ihre zerfetzten Schutzanzüge wirkten an vielen Stellen wie verbrannt. Der dritte Tote aber lag unverletzt und mit offenbar intaktem Anzug hinter der mittleren Konsole, den rechten Arm ausgestreckt, die Hand dicht vor einer geöffneten Klappe.

Prizilla wollte sich sofort daranmachen, den Schutzanzug zu öffnen und ihn der mumifizierten Leiche abzunehmen, um ihn selbst zu benutzen. Ihre Hände berührten bereits die Schulter des Soldaten, doch plötzlich zögerte sie, den Blick auf die Hand gerichtet. In dem Fach hinter der geöffneten Klappe steckte eine Energiepatrone, wie sie zur normalen Ausrüstung eines Schutzanzugs gehörte. Der Soldat schien sie vor seinem Tod mit einer Signalbrücke der Konsole verbunden zu haben, und dann war er diszipliniert gestorben, wie es das gelbe Blut in seinen Adern verlangte, mit der Hand vor der Klappe, wie ein letztes Zeichen.

Die Säume des Schutzanzugs gaben nach, als Prizilla die Siegel öffnete. Der Mann im Innern war im Tod geschrumpft und von der Kälte steif. Dennoch dauerte es nicht lange, den erschlafften Stoff von Armen und Beinen zu ziehen, und einige Minuten später trug Prizilla einen Einsatzanzug, der ihr etwas zu groß war und es auch blieb, weil die automatische Anpassung mangels Energie nicht funktionierte, ebenso wenig wie die Temperaturregelung. Doch der Stoff allein machte die Kälte etwas weniger kalt, wie Prizilla dankbar zur Kenntnis nahm, als sie den Toten behutsam zur Seite schob, neben ihm in die Hocke ging und in das offene Fach blickte, über das sich Schatten gelegt hatten. Sie musste warten, bis das Licht des Zeittunnels zurückkehrte, spähte erneut in die Öffnung und stellte fest, dass die Energiepatrone mit den technischen Systemen der Konsole verbunden war. Die der Öffnung zugewandte Seite der Patrone wies einen Kratzer auf. Der war nicht zufällig entstanden, wie Prizilla herausfand, als sie sich vorbeugte und genauer hinsah. Der Soldat hatte vor seinem Tod ein L_9-Symbol in die Patrone gekratzt: ein Bereitschaftszeichen in der Kampfsprache der Streitkräfte.

Bereitschaft. Bedeutete das, die Patrone enthielt noch Energie?

Es gab zwei Möglichkeiten, überlegte Prizilla und versuchte, allein mit der kühlen Vernunft der Suprema zu denken und den Überlebensinstinkt in den Hintergrund zu drängen. Entweder sie nahm die Patrone und verwendete die darin enthaltene Energie, um mithilfe ihrer Adapter zu versuchen, das fremde Schiff und die Zeitstraße zu verlassen. Oder sie ließ die Energiepatrone an Ort und Stelle und aktivierte sie in der Konsole. Das schien die Absicht des Toten gewesen zu sein, wenn sie seine letzte Geste richtig deutete.

Die dumpfe Vibration, die Prizilla bis an diesen Ort begleitet hatte, wurde stärker. Der Boden unter ihr erzitterte, und sie hatte das Gefühl, erst leichter und dann schwerer zu werden.

Der Kommunikationsadapter übertrug ein Knistern und darin verborgen das Wort *wichtig*. Prizilla betrachtete die Mumie des Soldaten, dessen Schutzanzug sie trug. Hatte er Zeit genug gehabt, die Konsole – ganz offensichtlich ein Fremdkörper, der nicht zur ursprünglichen Installation gehörte, noch dazu mit Schriftzeichen versehen, die vage vertraut wirkten – genau zu untersuchen? Hatte er herausgefunden, welchem Zweck sie diente?

Prizilla wusste nicht, ob sie unter den gegebenen Umständen ihrem strategischen Instinkt trauen durfte, aber irgendwo an Bord des fremden Schiffs gab es etwas, das allem Anschein nach eine wichtige Mitteilung für sie hatte, und vielleicht ließ sich ein Kontakt herstellen, wenn die Reaktivierung einiger Bordsysteme gelang.

Sie wich zurück und übermittelte ihrem zerebralen Interface eine Instruktion – es sollte den Kommunikationsadapter anweisen, der Energiepatrone in der geöffneten Konsole ein Aktivierungssignal zu senden.

Die Schatten schrumpften, als wieder das bunte Licht der Farbschlangen an den Tunnelwänden durch die transparente Decke fiel. Einige der schwarzen Käfer krabbelten noch immer über das kleiner gewordene Netzmuster aus winzigen Rissen; die anderen waren verschwunden. Prizilla senkte den Blick, auf der Suche nach ihnen, und sah mehrere kleine Bots in den leeren Augenhöhlen der toten Soldaten.

Ein Summen erreichte sie durch die dünne, kalte Luft. Mehrere Funken tanzten über der Energiepatrone, und ein dünner Rauchfaden stieg auf, aber die Anzeigen der Konsole erwachten zum Leben. Die Anfänge eines Hologramms entstanden, ein farbloses Projektionsfeld, das an der Seite der Konsole herabkroch, über den Boden glitt und dicht neben den mumifizierten Erkundern innehielt. Dort wuchs es in die Breite und in die Höhe, bekam blasse Farben und Konturen, die Umrisse einer Gestalt, während sich bei der Energiepatrone im Innern der Konsole der Funkentanz fortsetzte, begleitet von einem Knistern. Die Gestalt erhielt ein Gesicht, und Prizilla stellte verblüfft fest, dass es ihr eigenes war.

Ihr holografisches Ebenbild sagte: »Endlich! Ich habe eine wichtige Mission für dich. Die Zukunft des Pakts und das Überleben der Menschheit hängen davon ab.«

Es gibt kein Paradies

25 Jarl

Jarl, vom einen Augenblick auf den anderen aus dem Schlaf gerissen, saß kerzengerade im Gerüst der kleinen Wohnkugel, die ihm die Inniwori zur Verfügung gestellt hatten. Ein Heulen durchschnitt die Stille der Nacht, gefolgt von zahlreichen pfeifenden Stimmen. Erste Explosionen donnerten. Jarl blickte durch eine Sichtöffnung. Blaster fauchten, ihre Strahlen gleißten in der Dunkelheit. Das Licht von Suchscheinwerfern strich über die Felswände der Schlucht, fand zerrissene Planen und geplatzte Wohnkugeln.

Jarl hörte und sah – und er verstand. Soldaten griffen an. Menschen.

Er schloss die Augen, um das Flackern der Flammen nicht zu sehen, und er presste die Hände auf die Ohren, um die Schreie der Verletzten und Sterbenden nicht zu hören. Nichts sehen und nichts hören. Lehrer Torold fiel ihm ein. Wenn der Beobachter mit dem Beobachten entschied, ob etwas geschah oder nicht ... konnte er dann Einfluss darauf nehmen, was draußen passierte, indem er sich weigerte, es zur Kenntnis zu nehmen? Konnte er das, was geschah – Tod und Zerstörung –, ungeschehen machen, indem er es nicht sah und nicht hörte?

Jarl versuchte es, er wollte daran glauben, er nahm seine ganze Willenskraft zusammen. Aber plötzlich packten ihn Hände an den Schultern, menschliche Hände. Sie zogen ihn aus dem Gerüst, in dem er geschlafen hatte, und schüttelten ihn.

»Eine ganze Woche lang mussten wir dich suchen!«, ertönte eine Stimme, die er kannte. »Jeden Tag und jede Nacht. Und wo finden wir dich? Bei den verdammten Rebellen!«

Die Hände an seinen Schultern verschwanden nicht. Jarl öffnete die Augen und sah Ruk, das Gesicht schmutzig, die Augen zornig. Zwei weitere Soldaten kamen durch den Eingang, in Kampfanzügen und mit Datenvisieren.

»Eine ganze verdammte Woche, Schwächling!« Ruks Hände drückten so fest zu, dass Jarl das Knacken von Knochen hörte. Vor allem aber hörte er die Schreie der sterbenden Inniwori.

Als ihn Ruk und die anderen nach draußen schleiften, zu einem der Schweber, die am Boden der Schlucht warteten, breitete sich Stille aus. Es gab keine Explosionen mehr, Blaster und Nadler schwiegen, niemand schrie. Hier und dort leckten Feuerzungen durch die Nacht, und in ihrem Licht sah Jarl die Toten: Facettenaugen von Nadlergeschossen zerrissen, Flügel von Blastern verbrannt. Mehrere Soldaten standen beim Teich, und einer von ihnen goss milchige Flüssigkeit ins Wasser.

»Was macht er da?«, brachte Jarl hervor, obwohl er es wusste.

»Gift«, antwortete Ruk. »Die verdammte Rebellenbrut wird vernichtet, bevor sie heranwachsen und zu den Waffen greifen kann.«

Neben der offenen Luke des Schwebers lag ein toter Inniwori, eine feingliedrige Hand zum Teich ausgestreckt. Die Reste von gelben Stoffbahnen klebten an der halb verkohlten Leiche.

Jarl bewegte sich. Er begann zu zappeln, und die Hände, die ihn gehalten hatten, ließen von ihm ab. Neben dem Toten blieb er stehen.

»Jemand, den du kennst?«, fragte Ruk spöttisch.

»Ein Freund.« Jarl drehte sich um, trat zu Ruk und rammte ihm die Faust mitten ins Gesicht.

Sanfte Hände berührten ihn, oder vielleicht waren sie nur vorsichtig. Sirenen heulten irgendwo in der Ferne.

»Was ist mit ihm?«, fragte jemand.

Jarl versuchte die Augen zu öffnen und sah Schemen. Einer

von ihnen hatte eine gewisse Ähnlichkeit mit Dotas, ein anderer mit der Medikerin Zejala. Ihre Hände waren es, die ihn berührt hatten, am Kopf, der aus den engen Wänden der Heilkapsel ragte.

»Er braucht neue Nanobots.« Die Antwort kam ebenfalls aus der Ferne, wie das Sirenengeheul, obwohl Zejala direkt neben ihm stand. »Seine Adapter müssen repariert werden – vielleicht hört und sieht er uns gar nicht. Hörst du uns, Jarl? Siehst du uns?«

»Krkgh«, antwortete Jarl.

»Wird er überleben?«, fragte Dotas.

»Ruk hätte ihn fast umgebracht.«

»Ruk ist Soldat«, sagte Dotas. »Ein Soldat setzt sich zur Wehr, wenn er angegriffen wird.«

»Soldaten bringen sich nicht gegenseitig um«, erwiderte Zejala streng. Erneut fühlte Jarl ihre Hände, fast wie ein sanftes Streicheln. »Er hat zahlreiche neue Knochenbrüche. Und da sind noch einige nicht ganz so neue, die schlecht verheilt sind. Hinzu kommen Prellungen und Verbrennungen, verursacht offenbar von elektrischen Entladungen. Haben Sie ihn in einen Elektrowald geschickt?«

»Er war bei den Flatterlingen. Sie scheinen ihn gefunden zu haben.«

»Die Brandwunden sind behandelt worden.«

Dotas brummte etwas, das Jarl nicht verstand. Er wollte mehr sehen und hören, doch Augen und Ohren gehorchten ihm nicht.

»Ohne die Inniwori hätte Jarl vielleicht nicht überlebt«, fügte Zejala hinzu.

Es zischte in der Kapsel. Die Schmerzen wichen, Mattigkeit breitete sich aus.

»Sie greifen uns an«, schien Dotas zu sagen. »Eine gute Gelegenheit, ihnen eine Lektion zu erteilen.«

Einer der Schemen beugte sich vor, vielleicht die Medikerin. »Jarl? Du hast etwas bekommen, das dich schlafen lässt.«

Die Schemen glitten davon, Jarl schlief.

26

Jarl träumte nicht, und er hörte auch keine Geschichten, während er schlief. Als er erwachte, tief in der Nacht, in der dunkelsten Stunde, heulten keine Sirenen mehr, aber er hörte Stimmen außerhalb des Gebäudes, so dumpf und leise, dass sie ohne Worte blieben.

Ein Schatten bewegte sich.

»Er hat dich übel zugerichtet.«

»Sotia?« Jarl vernahm die eigene Stimme, er konnte wieder sprechen.

»Wie fühlst du dich?« Ihre Hand berührte ihn, noch sanfter und vorsichtiger als die von Zejala.

»Besser.« Das stimmte nur zum Teil. Dem Körper ging es besser, er erholte sich schnell, was vielleicht an neuen Nanobots in seinem gelben Soldatenblut lag. Doch es waren nicht nur Knochen gebrochen, sondern noch etwas anderes, tief in ihm, etwas, das die Nanobots nicht erreichen und heilen konnten.

»Es war dumm von dir, Ruk anzugreifen.«

Jarl ächzte.

»Seine Nase hat geblutet«, berichtete Sotia. »Er ist durchgedreht. Die anderen mussten ihn festhalten, sonst hätte er dich getötet.«

»Mein Freund ...«

Sotia beugte sich vor. »Was?«

Jarls Lippen zitterten, aber er brachte keinen Ton mehr hervor.

Sotias Fingerkuppen wanderten über seine Wange. »Es war dumm von dir, Ruk zu schlagen, aber auch mutig. Irgendwo dort draußen hast du in der vergangenen Woche Mut gefunden, Jarl, aber leider noch immer keine Vernunft.« Es klang anerkennend und traurig zugleich.

Ich habe einen Freund gefunden und verloren, dachte Jarl.

Sotia kam noch etwas näher, so nahe, dass ihr Gesicht Konturen gewann und er ihren Atem auf der Wange spürte, wie einen leichten Wind. Sie wiederholte Worte, die sie schon einmal an ihn gerichtet hatte. »Ich möchte, dass du lebst, Jarl.

Du musst das Überleben lernen, und zwar schnell. Ich helfe dir, wenn ich kann.«

Eine Stimme kam aus dem Dunkeln.

»Sotia, bist du das?«

Der Schatten neben Jarl wich zurück und stand auf. »Ich wollte nach ihm sehen. Ich wollte ...«

»Ja, ich weiß. Schon gut.« Zejala betrat das Zimmer und brachte ein kleines Licht – es begleitete sie, schwebte direkt neben ihr. »Geh jetzt!«

Sotia ging.

Zejala schickte ihr Licht zu Jarl. Es leuchtete direkt über ihm; vielleicht wollte sie sein Gesicht sehen.

»Was ist in den Bergen geschehen?«, fragte sie leise. »Was hat die Inniwori so sehr in Aufruhr versetzt?«

Als Jarl antworten wollte, sagte die Medikerin: »Schon gut. Dazu haben wir später noch Zeit. Wenn du wieder zu Kräften gekommen bist.«

Sie ließ ihn allein in der Dunkelheit.

Drei Tage später konnte Jarl die Heilkapsel mit zusammengewachsenen Knochen verlassen. Er saß draußen auf der Bank, blinzelte im Schein der beiden Sonnen und beobachtete die Rekruten auf dem Übungsplatz, wie sie gegeneinander kämpften und das Töten lernten. In den Pausen kamen Thaim, Reyda und all die anderen nacheinander zu ihm, gratulierten ihm zu seiner Genesung und sprachen das eine oder andere Wort der Anerkennung. Schließlich trat auch Ruk auf ihn zu, groß und breit, voller Staub vom Übungsplatz.

»Ach«, sagte er. »Unserem kleinen Schwächling geht es besser.« Er wandte den Kopf, und nachdem er festgestellt hatte, dass keine Erwachsenen in der Nähe waren, fügte er hinzu: »Beim nächsten Mal brech ich dir *alle* Knochen.«

»Es wird kein nächstes Mal geben«, hörte sich Jarl antworten.

»Ach?«

»Beim nächsten Mal bringe ich dich um.«

Ruk starrte ihn ungläubig an. »Du? Mich?« Er lachte laut.

Jarl blickte an ihm vorbei.

»Suchst du jemanden? Vielleicht deine Flatterling-Freunde?«

Jarl schwieg.

»Wir haben sie alle getötet.« Ruk grinste. »Die meisten in der ersten Nacht, den Rest am Tag darauf. Sie haben angegriffen, Dutzende, Hunderte von ihnen, obwohl sie wussten, dass sie gegen unsere Schirmfelder nichts ausrichten konnten, nicht einmal mit den erbeuteten Waffen. Sie griffen an, und wir haben sie einen nach dem anderen abgeschossen. Ihre Leichen lagen überall zwischen dem Blutdorn-Gestrüpp dort draußen. Sie waren ebenso dumm wie du, mit dem einen Unterschied, dass sie tot sind und du noch lebst.«

Ihr habt ihre Kinder vergiftet, dachte Jarl.

»Hat der Schwächling nichts dazu zu sagen?«, spottete Ruk. »Fällt ihm nichts ein?« Er lachte noch einmal, drehte sich um und stapfte davon.

Jarl blieb auf der Bank sitzen. Über ihm zogen die beiden Sonnen ihre Bahnen an einem wolkenlosen Himmel. Sie ließen die Schatten wandern, und einer dieser Schatten erreichte schließlich die Sitzbank, brachte Kühle.

Nach ein oder zwei Stunden kam Sotia und setzte sich neben ihn. Sie trug einen Kampfanzug, und Staub klebte in ihrem schweißfeuchten Gesicht.

»Sie sind alle tot, nicht wahr?«

»Hat er dir davon erzählt? Ruk? Hätte ich mir denken können!«

»Warum?«

Sotia ergriff Jarls Hand. »Sie haben angegriffen, obwohl sie nicht die geringste Chance hatten. Als *wollten* sie sterben.«

»Ruk und die anderen, die mich fanden ... Sie haben den Teich mit ihren Kindern vergiftet.«

Sotia sah ihn wortlos an. Verstand sie ihn, oder verstand sie ihn nicht? Jarl suchte in ihren Augen nach einem Hinweis.

»Das muss aufhören«, sagte er.
»Was muss aufhören?«
»Das Kämpfen und Töten. Das Sterben.«
»Es hört auf, wenn der letzte Angreifer aufgibt«, erwiderte Sotia.
Ein oder zwei Minuten schwiegen sie und beobachteten die Übungskämpfe der Rekruten.
»Die Erde«, sagte Jarl plötzlich. »Hast du von der Erde gehört?«
»Von der Erde? Was meinst du?«
»Sie soll ein Paradies sein«, erklärte Jarl. »Eine Welt des Friedens.«
»Du meinst einen Planeten, der Erde heißt? So wie …« Sotia bückte sich, nahm eine Handvoll Erde und ließ sie durch die Finger rieseln.
»Angeblich stammen wir von dort. Wir Menschen. Die Erde soll unsere Ursprungswelt sein.«
»Wer behauptet das?«
Jarl zögerte. Sollte er auf die Geschichten hinweisen, die ihm der Talisman erzählte? Sollte er Sotia in sein Geheimnis einweihen?
»Ich habe davon gehört«, sagte er. »Wo, weiß ich nicht mehr. Die Erde, unsere Ursprungswelt. Eine vergessene Welt.«
Sotia hielt noch immer seine Hand. Sie schwitzte weniger als noch vor wenigen Minuten, aber ihr Geruch war sehr deutlich, eine Mischung aus Schmutz, Schweiß und etwas anderem, das ihn diesmal nicht an Aromazucker oder Stachelblumen erinnerte. Es war ein angenehmer, verlockender Geruch, vielleicht der Geruch des Lebens.
»Wie hätten wir unsere Ursprungswelt vergessen können, Jarl?«
Eine interessante Frage, fand er. Hatte er sie jemals einem der Geschichtenerzähler gestellt, dem Alten am Lagerfeuer oder Jamelinda, der Frau mit den Schlangen auf den Wangen?
»Ich weiß nicht. Aber wenn es sie gibt, die Erde …«

»Ja?«

»Stell es dir vor: ein Paradies, in dem man in Frieden leben kann ...«

»Der Feind würde uns auch dort nicht in Ruhe lassen, Jarl.«

»Aber vielleicht ...«

»Schluss mit dem Faulenzen!«, rief Dotas vom Übungsplatz her. »Du hast dein Pensum noch nicht erfüllt, Sotia! Ruk fordert dich zum Duell.«

Sotia rollte mit den Augen, ließ Jarls Hand los und stand auf.

»Ruk!«, zischte Jarl. »Pass gut auf dich auf, Sotia. Er ist groß, stark und gemein.«

»Oh, er wird es nicht wagen, mir etwas anzutun, immerhin könnte ich eines Tages Mutter sein. Er will nur ein wenig angeben.«

Jarl spürte einen wichtigen Moment schwinden. »Die Erde ...«, begann er erneut, doch die übrigen Worte verbargen sich in einem Nebel der Ungewissheit.

»Es gibt kein Paradies, Jarl, nicht für uns. Wir sind Soldaten.«

Sotia drehte sich um und lief zum Übungsplatz zurück.

Die Tiefe der Zeit

27 Prizilla

Wie ist das möglich?, dachte Prizilla. Wie kommt ein Hologramm von mir an Bord dieses fremden Schiffs?

»Der Lenker hat uns hierher gebracht«, sprach das Hologramm. Die Stimme klang ein wenig verzerrt. »Er ist tot, aber seine Erinnerungen leben und haben das Schiff gesteuert. Er …« Das Hologramm flackerte. »Ich stelle fest: Die letzten Energiereserven schwinden. Ich stelle fest: Fatale Instabilität des Schiffes imminent. Ich stelle fest: Es bleibt keine Zeit für detaillierte Erklärungen.«

Das Schiff kippte. Oder vielleicht war es ein sich verlagerndes Schwerefeld, das diesen Eindruck erweckte. Prizilla schwankte und hielt sich an einem dunklen Wandvorsprung fest.

Die drei Toten gerieten in Bewegung, als wäre das Leben plötzlich in sie zurückgekehrt. Die entkleidete Mumie rollte zur Seite, und die beiden anderen rutschten an der Konsole vorbei. Oben, jenseits der transparenten Decke, wanden sich die bunten Schlangen der Zeitstraße.

»Kannst du mich verstehen?«, stieß Prizilla hervor. »Kannst du Fragen beantworten?«

»Dies ist ein interaktives, halb autonomes Hologramm«, antwortete die holografische Prizilla. »Ich erkenne einen Notfall und stelle fest: Situation kritisch. Mission hat absolute Priorität. Wir sind auf Nimmwa gewesen. Sieben …«

Das Flackern wiederholte sich, und diesmal zerriss es die Holo-Prizilla. Für zwei oder drei Sekunden schwebte der Kopf neben dem Hals, der Rumpf war gespalten, und Arme und Beine hingen und standen allein.

»... Kinder. Wir haben dafür gesorgt, dass sie überleben. Der Feind wollte, dass auch sie sterben, aber wir haben sie ihm entzogen. Er wollte sie töten, weil er die Kausalität kennt. Weil er weiß, was geschehen wird.«

»Was wird geschehen?«

Die holografische Prizilla wuchs wieder zusammen. Der Kopf kehrte zum Hals zurück, Arme und Beine verbanden sich wieder mit dem Rumpf. Ein Gewand wurde erkennbar, vielleicht ein buntes Amtsgewand, aber während Prizilla noch versuchte, Muster zu erkennen und einen Hinweis darauf zu finden, wann und unter welchen Umständen die Aufzeichnung angefertigt worden war, verwandelte sich das Gewand in einen Einsatzanzug, vielleicht sogar in einen Kampfanzug.

»Die Kinder sind vorbereitet«, fuhr die Holo-Prizilla fort. Wieder flackerte das Hologramm, und aus den Tiefen des Schiffs kam ein dumpfes Knirschen. Auf der Konsole leuchteten rote Indikatoren. »Sie werden den Weg zur Erde suchen, zur einen großen Waffe, die den Krieg beenden kann. Aber sie schaffen es nicht allein. Sie brauchen Hilfe. Das ist deine Mission: Hilf den überlebenden Kindern, die vergessene Erde zu finden! Hilf ihnen, die Waffe einsatzbereit zu machen! Hilf ihnen, den Krieg zu beenden!«

»Ich verstehe nicht ...«

Das Knirschen wurde lauter, das Schiff ächzte und zitterte. Seine Rotation veränderte sich – die Farbschlangen der Zeitstraße strichen schneller an der transparenten Decke vorbei, in der sich neue Risse bildeten.

»Der Feind wird mit allen ihm zur Verfügung stehenden Mitteln versuchen, die Mission zu vereiteln«, sagte die holografische Prizilla. »Er hat Kundschafter in die Zeitstraßen der Fulkren geschickt. Er sucht mich, er sucht nach mir, nachdem er mich bereits einmal gefunden und beschädigt hat. Er ist uns auf der Spur und ...«

Der größte Teil des Hologramms verschwand. Nur der Kopf blieb übrig, und Prizilla beobachtete, wie sich der Mund – ihr

Mund – bewegte, ohne dass sie etwas hörte. Der Kommunikationsadapter übermittelte nur ein leises Rauschen.

Dann erklang die Stimme wieder.

»... zur Erde, um den Krieg zu beenden. Die Waffe ... hüte dich vor Konstantin ...«

Die nächsten Worte verloren sich in einem Donnern. Etwas packte Prizilla, hob sie über den Boden und schmetterte sie einen Sekundenbruchteil später auf ihn hinab. Der Aufprall war so hart, dass sie für einen Moment die Orientierung verlor.

»Ich stelle fest: Der Feind ist da«, sagte das Hologramm. Es sprach schneller, aber Prizilla verstand nicht alles. »... Erde ... Waffe ... Krieg beenden ... sieben Überlebende ... die Mission ... Rettungskapsel ... Schiff verlassen ...«

Funken sprühten aus dem offenen Konsolenfach. Eine kleine Flamme leckte in blassem Blau.

Das Hologramm verschwand, diesmal restlos. Nichts blieb von ihm zurück.

Prizilla wartete und hielt sich mit beiden Händen an dem Wandvorsprung fest, während sich das Schiff um sie herum schüttelte.

Ein Licht erschien vor ihr, klein wie einer der Funken, die zuvor bei der Energiepatrone getanzt hatten. Es bewegte sich, es glitt an der Stelle vorbei, an der das Hologramm erschienen war, kehrte zurück und schien wie Prizilla zu warten. Ein Orientierungslicht?

Die Vibration des Bodens unter den Füßen der Suprema ließ nach. Das Donnern fand ein abruptes Ende, und es folgte eine laute Stille, wie ein unangenehmer Druck auf den Ohren. Prizilla hob den Blick zur transparenten Decke und beobachtete, wie erneut die bunten Bänder am Rand der Zeitstraße in Sicht gerieten. Sie wanden sich wie lebende Geschöpfe, wobei kleine Lücken zwischen ihnen entstanden, und aus einer dieser Lücken schob sich etwas hervor, ein dunkler Punkt, der schnell größer wurde: ein silbernes Oval, umgeben von zwei Ringen, der eine vertikal, der andere horizontal. Sie drehten sich langsam um das Oval, und Prizilla wusste, dass sie ein Kraftfeld erzeugten. Ein Kampfschiff des Feindes. Kein besonders großes, vermutlich nur Kategorie Eins, aber mit schweren Waffen, unter anderem mit AM-Torpedos, die selbst einem Großkreuzer wie der *Speerspitze* gefährlich werden konnten.

Mehrere helle Punkte lösten sich von dem silbernen Oval und strebten dem fremden Schiff entgegen, das wieder zu zittern und zu ächzen begann. Antimaterie-Torpedos, dachte Prizilla. Wie viel Zeit blieb ihr? Einige Minuten, mehr wohl kaum. Es kam auf die Entfernung an, und die ließ sich nicht abschätzen.

Das Hologramm hatte eine Rettungskapsel erwähnt, und wenn das Licht tatsächlich der Orientierung diente, wenn es ihr den Weg zeigen sollte ... Prizilla ließ den Wandvorsprung los und trat auf das Licht zu. Es reagierte sofort und flog durch die Lücke zwischen zwei Objekten, die wie unter einer schweren Last krumm gewordene Stützelemente aussahen. Prizilla folgte dem Licht, vorbei an weiteren Installationen, die wie die Konsole fremd wirkten an diesem besonderen Ort, wie später hinzugefügt. Von wem?

Das Licht geleitete sie durch einen halb zerstörten Korridor, und wieder musste sie klettern, über auseinandergebrochene Geräteblöcke und geborstene Aggregate. Scharfe Kanten rissen den Schutzanzug auf, den sie einem Toten abgenommen hatte. Die Erde, dachte sie, als das Licht sie durch einen finsteren Raum führte, mit einer runden Schachtöffnung im Boden, durch die etwas wärmere und feuchtere Luft aufstieg. Dunst hing über dem Schacht wie der Beginn einer Wolke.

Welch ein seltsamer Name für einen Planeten. Erde. Wie Erde, aus der etwas wuchs. Prizilla hatte keinen Zugriff mehr auf die Bibliotheken ihrer Adapter, aber sie glaubte sich an einen alten Mythos zu erinnern, bei dem es um die Ursprünge der Menschheit ging.

Das Licht wurde schneller, und wenn es einmal verharrte,

wirkte es ungeduldig, stieg auf, sank, strahlte heller, verblasste dann wieder und blinkte.

Prizilla hastete weiter, durch einen schmalen Tunnel mit löchrigen Wänden, wie von Krallen aufgerissen. Jenseits dieser Wände glitten Antimaterie-Torpedos des Feindes durch das bunte Wogen der Zeitstraße. Zeit ... Wie viel Zeit war bereits vergangen? Minuten? Wie viel Zeit blieb ihr noch? Sekunden?

Voraus verwandelte sich schwarze Finsternis in ein etwas helleres Grau. In der geringen Schwerkraft sprang Prizilla über ein letztes Trümmerstück hinweg, das wie der abgebrochene Zahn eines Riesen im Gang lag, und anschließend war der Weg frei. Sie lief, stieß sich ab und flog durch den Korridor, dem noch etwas schneller gewordenen Licht hinterher. Ein kurzer Tunnel erwartete sie – offenbar von beiden Seiten verschließbar; jeweils sieben Schottsegmente wölbten sich wie Blütenblätter nach außen – und dahinter ein Raum mit einem etwa vier Meter großen Objekt auf einem Gerüst. Das Licht, das hier die Dunkelheit vertrieb, stammte aus dem Innern dieses Objekts und fiel durch eine offene Luke. Eine Rettungskapsel?

Das kleine Schimmern, dem Prizilla gefolgt war, schwebte bis zur Luke, blinkte dort noch einmal und verschwand. Prizilla verstand die Botschaft.

Sie brachte die letzten Meter hinter sich, sprang, bekam den Rand der Luke zu fassen und zog sich an Bord. Helleres Licht, warme Luft und eine tiefe, grollende Stimme, die sie nicht verstand, nahmen sie in Empfang. Die Stimme kam von allen Seiten und schien mehrere Worte zu wiederholen. Das Licht bildete Muster an Wänden und Decke: türkisfarbene Kreise, darin gelbe und himmelblaue Dreiecke, die sich in Abständen von wenigen Sekunden neu anordneten und dabei kleiner wurden. Ein Countdown?

Die Luke schloss sich. Das Objekt – hoffentlich eine Rettungskapsel – summte und pfiff. Prizilla wankte an schiefen Wänden vorbei und fand etwas, das vielleicht die Pilotenkanzel war. Säulen und Stangen mit wandernden Lichtern reichten dort vom Boden bis zur Decke, und zwischen ihnen erstreckten sich unterschiedlich große Mulden – die größte von ihnen bot gerade genug Platz für einen Menschen. Prizilla ließ sich darin nieder, und kaum lag sie, als Fäden aus den cremefarbenen Seiten der Mulde wuchsen und ein filigranes Gespinst bildeten, das auf sie herabsank.

Von den vielen Dreiecken aus Licht blieb eins übrig, klein wie die Hand eines Kindes. Es leuchtete erst silbergrau, dann weiß – und verschwand.

Etwas versuchte, Prizilla aus der Mulde zu zerren und gegen die Wand zu schmettern, aber nur für einen Sekundenbruchteil. Fast sofort verschwanden die gewaltigen Andruckkräfte, eliminiert von einem schützenden Kraftfeld, das eine lokale Neutralisierung des Trägheitsmoments bewirkte. Es blieb ein vages Gefühl von Bewegung, während Prizilla in der warmen Mulde lag, gehüllt in ein weißgraues Gespinst, wie ein Fisch im Netz.

Die Lichter an den Säulen und Stangen bewegten sich schneller auf und ab, das Summen und Brummen wurde lauter, und die Wände schienen ihre Konsistenz zu verlieren. Sie verwandelten sich in Fenster und Projektionsflächen, die Ausblick in die Zeitstraße gewährten, in den endlos langen Tunnel mit den bunten Schlangen und den silbernen und goldenen Kristallorchideen bei den Öffnungen von Nebentunneln. Eingeblendete Datenkolonnen erschienen, mit Zeichen und Symbolen, die Prizilla nicht zu deuten wusste, begleitet von weißen und grauen Dreiecken, zu unterschiedlichen Mustern angeordnet.

Ein kurzes Zittern, eine Vibration wie ein sanftes Streicheln, und die Farbschlangen kamen näher, schwollen an und wanden sich langsamer. Ziel der Rettungskapsel war einer der Nebentunnel, eine kleine dunkle Öffnung im bunten Wogen, direkt unter einer silbernen Blume.

Prizilla blickte zur anderen Seite der Pilotenkanzel und sah das Schiff das Feindes, groß und nah, das von den beiden rotierenden Ringen umgebene silberne Oval nicht mehr glatt, sondern wie von Dornen besetzt – Kampfmodus. Sie beobachtete, wie sich ein kleineres Objekt vom Oval löste, von rotem Glühen getragen das Schirmfeld der beiden Ringe durchdrang und direkt auf die Rettungskapsel zuhielt. Ein Schneller Verfolger.

Neue Dreiecke erschienen an den zu Fenstern gewordenen Wänden der Kapsel, in verschiedenen Blau- und Gelbtönen. Sie drehten sich und blinkten, wurden kleiner ... Ein neuer Countdown? Prizilla wollte sich aufrichten, aber das Gespinst hielt sie noch immer fest. Sie beobachtete, wie die Distanz zum Schnellen Verfolger schrumpfte, wie Einzelheiten vor dem roten Triebwerksglühen erkennbar wurden: ein Keil, silbern wie das Oval, aus dem er stammte, von dunklen Linien durchzogen, als bestünde er aus einzelnen Segmenten, die zu beliebigen Konfigurationen zusammengesetzt werden konnten. Etwas gleißte, heller als das Licht der bunten Schlangen – eine kleine Sonne raste der Rettungskapsel entgegen.

Die klein gewordenen Dreiecke an den Fensterwänden verschwanden, und Prizilla hatte plötzlich das Gefühl zu fallen. Eine Orchidee erschien, zum Greifen nah, eine Blume von ätherischer Schönheit, wie aus vergoldeten Kristallen erschaffen. Die Kapsel stürzte daran vorbei, so nahe, dass die Kante eines zarten, fragilen Blütenblatts brach, und erreichte den kleinen Tunnel, dessen Zugang sich dann aber wie ein Maul öffnete.

Das Gleißen strahlte durch die Fensterwände, so hell, dass die eingeblendeten Datenkolonnen verschwanden.

Das Summen der Bordsysteme schwoll zu einem Kreischen an – die Rettungskapsel schrie.

Prizilla konnte plötzlich nicht mehr atmen ...

28

... Prizilla schnappte nach Luft. Vielleicht atmete sie, ganz sicher war sie sich nicht, denn ihr Körper fühlte sich seltsam an, wie schon einmal an diesem besonderen Ort, der kein *Wo* betraf, eher ein *Wann*. Was fingen ihre an einen dreidimensionalen Raum gewöhnten Sinne mit einem solchen Ort an? Sie zeigten ihr etwas Vertrautes, obwohl der Verstand wusste, dass es *hier* nichts Vertrautes geben konnte.

Grauer Dunst zog über einen endlosen Ozean in der Farbe von Schiefer, seine Oberfläche, wie schon einmal, glatt wie Glas. Sie schwamm in diesem Meer, und ihre Bewegungen verursachten kleine Wellen, die sich um sie herum ausbreiteten. Prizilla fragte sich, ob es Wellen der Zeit waren und ob man in diesem Meer der Zeit ertrinken konnte. Was würde geschehen, wenn sie Armen und Beinen befahl, in Reglosigkeit zu verharren? Was würde *mit ihr* geschehen, wenn sie im schiefergrauen Wasser, das kein Wasser war, versank, wenn sie in der Tiefe dem immer stärker werdenden Atemreflex erlag und den Mund öffnete? Konnte man an Zeit ertrinken?

Ich verliere den Verstand, dachte sie. Ohne meine Adapter ist dies zu viel für mich. Sensorische Überlastung. Sinne und Hirn werden nicht damit fertig.

Der Überlebensinstinkt verlangte, dass Arme und Beine in Bewegung blieben, und Prizilla hörte ein leises Plätschern, gedämpft vom grauen Dunst. Manchmal rauschte es über ihr, wie von einem Wind, der jenseits der Dunstschwaden über diese besondere Welt strich.

Hört mich jemand?, rief sie in die Stille. *Kann mir jemand helfen?*

Sie rief mit dem Mund, so laut sie konnte, doch wenn ihre Stimme erklang, so reagierten die Ohren nicht darauf. Nach einer Weile merkte Prizilla, wie sich das Wasser veränderte. Oder vielleicht lag es daran, dass sich ihre Augen allmählich an die neuen Eindrücke gewöhnten und ihr mehr von der wahren Natur des Ozeans zeigten, in dem sie schwamm. Wenn sie ganz genau hinsah, wenn sie sich konzentrierte und alles andere beiseiteschob, verwandelte sich das Wasser in ein Glitzern, bunt wie die Farbschlangen der Zeitstraße, in ein Schimmern, das von Myriaden winziger Körner auszugehen schien, die alle in unterschiedlichen Farbtönen leuchteten. Prizilla stellte sich vor, welchen Anblick ein solches Meer des Nachts bieten würde, und ein seltenes Lächeln umspielte ihre Lippen. Sie wünschte sich eine kleine Insel, um an ihrem Ufer zu sitzen und über den Ozean zu blicken, der gar nicht schiefergrau war, wie sie zuerst geglaubt hatte; er bestand aus den Sekunden von Vergangenheit, Gegenwart und Zukunft, und jede einzelne dieser Sekunden hatte eine andere Farbe. Prizilla stellte sich vor, mit ihrem Abakus am Ufer der imaginären kleinen Insel zu sitzen und die Zukunft zu berechnen.

Für einen Moment in diesem Ozean der Zeit – für einen Moment, den sie dehnen und fast beliebig lang machen konnte – saß sie tatsächlich an einem Ufer, den kleinen schiefergrauen Wellen so nahe, dass sie ihre nackten Zehen berührten, und in ihren Händen der vertraute Abakus, das dreidimensionale Mosaik aus lernenden Intelligenzsubstraten, Datenspeichern und fingernagelgroßen Elaboratoren. Das Mosaik schien noch etwas größer und komplexer zu sein, schien aus mehr Teilen zu bestehen als den üblichen gut viertausend. Vielleicht waren es doppelt so viele, für noch genauere Berechnungen.

Wenn Prizilla *hier* atmete – sie war noch immer nicht ganz sicher –, so stockte ihr plötzlich der Atem, denn sie begriff, welche Chance sich ihr bot. Sie beobachtete das Glitzern und Schimmern im Grau des Ozeans, jeder Tropfen in ihm eine Sekunde und jede Sekunde ein kleines Licht. Auch aus dem grauen Dunst, der träge über den Ozean strich, kam ein Blitzen und Funkeln der Zeit – und nicht nur *einer* Zeit. Darin lag das Geheimnis des Ozeans, das die Strategin in Prizilla erkannt hatte: Er enthielt nicht nur eine Zeit, sondern viele, alle Zeiten, die es gab, und damit auch alle mit ihr verbundenen Welten. Die einzelnen Lichter, für unwissende Augen im Schiefergrau des Meeres verborgen, stellten die Sekunden aller möglichen Vergangenheiten, Gegenwarten und Zukünfte dar. Ein wahrhaft endloser Ozean erstreckte sich vor ihr, ein gewaltiges Meer der Möglichkeiten, mit allen existierenden und denkbaren Universen, unten ihnen eins, in dem der Pakt den Krieg gegen den Feind gewonnen hatte, und ein anderes, in dem die Crul siegreich aus dem jahrtausendealten Konflikt hervorgegangen waren. Dazwischen existierten mehr große und kleine Varianten, als man zählen konnte, und jenseits davon weitere, in denen die Menschheit einen ganz anderen Entwicklungsweg eingeschlagen hatte.

Die verblüffte, staunende Prizilla schloss die Augen und gab sich ganz dem Empfinden der Strategin hin. Sie versuchte, mit den inneren Augen zu sehen, mit denen der Intuition, und als ihr das gelang, teilte sich der Ozean der Zeit und zeigte ihr Parallelwelten, in endlosen Ketten aneinandergereiht: Kugeln, silbern und golden wie die Orchideen am Rand der Zeitstraße, manchmal so nahe, dass sie sich fast – *fast* – berührten, jede Kugel ein Universum mit seiner eigenen Zeit und seiner eigenen Geschichte.

Prizillas Hände strichen über den Abakus und begannen damit, die einzelnen Elemente neu anzuordnen. Wenn der Abakus tatsächlich existiert hätte, nicht nur in ihrer Vorstellung, wäre sie imstande gewesen, die perfekte Strategie zu berechnen, den perfekten Plan. Sie hätte den Weg zur perfekten Zukunft erkannt, mit allen seinen Etappen und Zwischenstationen. *Hier* gab es alle Informationen, die sie benötigte, und noch mehr, viel mehr.

Sie schickte ihrem zerebralen Interface einen Instruktionsgedanken – eine automatische Reaktion auf die Notwendigkeit, Daten mithilfe ihrer Adapter zu speichern. Aber das Interface reagierte nicht, es bestätigte nicht einmal mit einem kurzen mentalen Signal den Empfang der Instruktion. Ihr organisches Gedächtnis war unzuverlässig, und darin ließen sich nur grobe Eindrücke speichern. Wie konnte sie Daten des Ozeans der Zeit – und des Multiversums darin – ohne funktionierende Adapter in sich aufnehmen?

Vielleicht ...

Zurück ins Wasser, dachte Prizilla.

Der Boden unter ihr, Sand und kleine Steine, verschwand. Als sie die Augen öffnete, schwamm sie wieder, in einem grauen Meer, das zu glitzern begann, wenn sie richtig hinsah.

Prizilla traf eine Entscheidung.

Dies war kein Wasser, in dem man ertrinken konnte. Sie lag noch immer in der Mulde an Bord der Rettungskapsel, auch wenn sie die Kapsel weder sah noch fühlte. Was sie zu sehen und zu fühlen glaubte, waren Illusionen, geschaffen von einem mit fremdartigen Sinneseindrücken konfrontierten und überforderten Hirn.

Sie hörte auf zu schwimmen, drückte die Arme an die Seiten und streckte die Beine. Sofort sank sie, hielt die Augen offen und beobachtete, wie die Wasseroberfläche über ihr zurückblieb. Das Grau um sie herum wich erstem Funkeln, und als es hell genug geworden war, als Prizilla die vielen kleinen Lichtpunkte erkannte, jeder von ihnen in einer anderen Farbe, öffnete sie den Mund und atmete ein.

Wasser strömte ihr in die Lunge, oder vielleicht war es Sand, warmer, feinkörniger Sand, jedes Korn eine winzige Welt innerhalb einer Sekunde. Prizillas Überlebensinstinkt wollte sie zwingen, den Mund zu schließen und an die Oberfläche zurückzukehren, wenn sie dazu noch imstande war. Aber das bewusste Selbst setzte sich darüber hinweg und saugte noch mehr Wasser – oder Sand – in die Lunge.

Sie glaubte zu platzen, es brannte in ihrer Brust, ein heißes Feuer ... und dann atmete sie ruhig und gleichmäßig, der Kopf klar, die Brust von Druck und Feuer befreit, der Überlebensinstinkt stumm.

Prizilla sank oder fiel nicht mehr. Sie schwebte, umgeben vom Leuchten des Multiversums, einem Licht, das aus Zeit und Raum kam und ihr Welten zeigte, die existierten, existieren konnten und vielleicht einmal existieren würden. Sie wusste um die Kluft der Entfernungen, um die gewaltigen Abgründe zwischen den Sternen, überbrückbar nur mithilfe der von den X vor hundert Millionen Jahren geschaffenen Fulkren. Selbst das Licht brauchte Jahrhunderte, Jahrtausende und Jahrmillionen für die Reisen durchs All. Doch Prizillas Blick war schneller. Sie sah Sonnensysteme und ihre Planeten, kalte und warme Gasriesen, Mittelpunkt eigener Systeme aus einer Vielzahl von großen und kleinen Monden, und Gesteinswelten in der Größe von Memoria oder Amliss, mit Kontinenten und Meeren unter ihren Wolken. Sie sah riesige Raumschiffe, die überraschend schnell durch die interstellare Leere glitten, in Raumfalten und nicht linearer Zeit, gesteuert manchmal, aber nicht immer, von Menschen, die besondere Fähigkeiten benötigten, um in die Dienste der Schiffseigner treten zu können, insektoider Geschöpfe namens Kantaki. Auch Prizillas Ohren waren schneller als das Licht. Sie hörten mehr Stimmen, als es Sterne in der Milchstraße gab, und jede einzelne dieser Stimmen erzählte ihr eine individuelle Lebensgeschichte. Sie hörte Namen wie Valdorian und Diamant oder Esebian. Stimmen und Namen in einem anderen Universum, in dem die Menschen anders aussahen und unsterblich werden konnten und in dem ein »Kosmotop« genanntes Schiff, noch viel größer als die Riesen der Kantaki, aus dem intergalaktischen Raum kam und einzelne Welten und ganze Sonnensysteme in sich aufzunehmen begann. Sie erfuhr von der Kompetenz, einem Zusammenschluss zahlreicher hoch entwickelter Zivilisationen in der Milchstraße, von den Hohen Welten und Tausend Tiefen, vom Endurium, einem Reich der Menschen, das ebenfalls gegen einen alten Feind kämpfte. An einem anderen Ort im Multiversum gab es Omni, einen Zusammenschluss von uralten Superzivilisationen, mit so fortschrittlicher Technik, dass sie weniger hoch entwickelten Völkern, unter ihnen die Menschheit, wie Magie erschien.

Eine Flut aus Bildern, ein Orkan aus erzählenden, berichtenden und beschreibenden Stimmen ... Für einige wenige Sekunden glaubte Prizilla, jedes einzelne Bild zu betrachten und jede einzelne Stimme zu verstehen, aber das war eine

Illusion. Es musste eine Illusion sein, denn ein nicht von internen oder externen Adaptern unterstütztes Gehirn konnte unmöglich eine so immense Datenmenge aufnehmen und verarbeiten. Bei all den Bildern und Stimmen musste es etwas geben, das ihr Hinweise auf die eigene Zeit und das eigene Universum gab, das ihr Entwicklungstendenzen aufzeigte, aus denen sie mit dem Abakus die richtigen Entscheidungen berechnen konnte. Die illusionären Sekunden verstrichen, aus den Stimmen wurde ein schnell lauter werdendes Kreischen, das alle Worte zerriss. Die Bilder begannen zu zerfließen, als wären sie aus Öl, und es entstanden die ersten bunten Bänder einer Zeitstraße.

Mit beiden Händen, die über Lichtjahre hinweg greifen konnten, langte Prizilla nach einem Bild, das ihr vertraut erschien, denn darin sah sie sich selbst. Doch es war keine zukünftige Prizilla, die sie fragen konnte, was geschehen würde und wie sie entscheiden musste, sondern eine, die in einer Mulde lag, bedeckt von einem Gespinst aus dünnen grauen Fäden. Die Prizilla in dem Bild, das sie ganz nahe herangeholt hatte, öffnete gerade den Mund ...

Prizilla öffnete den Mund, und buntes Licht strömte aus ihr, gesellte sich den Farben hinzu, die durch die Fensterwände in die Pilotenkanzel der Rettungskapsel leuchteten. Das Kreischen der vielen Stimmen, die sie eben noch gehört hatte, kam von den Bordsystemen der Kapsel, die aus dem Dezelerator des Fulkrums gekommen war und auseinanderzubrechen drohte.

Etwas gleißte heiß und hell, heller als tausend Sonnen. Prizilla befürchtete, dass in der jähen Hitze ihre Augen verbrannt waren, auch die Zoomlinse, doch dann konnte sie wieder sehen und stellte fest: Die Farben waren verschwunden, auch das bunte Glitzern, das aus ihrem Mund gekommen war.

Ich habe aus dem Ozean der Zeit getrunken, dachte Prizilla.

Die Fensterwände wurden schwarz. Datenkolonnen aus

fremden Zeichen und Symbolen wanderten vertikal und horizontal durch Projektionsbereiche. Dreiecke in verschiedenen Blau- und Gelbtönen rotierten und schrumpften. Das Kreischen schien leiser zu werden, oder vielleicht hatte es die Grenze zum Ultraschall erreicht und überschritten. Ein seltsames Geräusch folgte, wie von einem elastischen Band, des jemand in die Länge zog, bis es schließlich riss. Sterne erschienen im Schwarz jenseits der Fensterwände, neben ihnen kleine Markierungen, vielleicht ID-Kennungen. Sie bewegten sich, glitten nach links, als die Kapsel rotierte ...

Plötzlich stand das All in Flammen.

So sah es aus: Hunderte von Feuern glühten orangerot. In ihrem Schein zeichnete sich ein gewaltiges Gebilde ab, eine dunkle, Licht und Strahlung absorbierende Konstruktion, deren Größe nicht in Kilometern gemessen wurde, sondern in Lichtstunden. Prizilla begriff, was sie sah: nukleares Feuer, das sich durch die riesige Absorptionssphäre fraß, darin das Zedra-System mit dem Planeten Memoria, siebte von zweiundneunzig Kernwelten des Pakts. Weitere Feuerblumen erblühten im All, lautlos, kommentiert von eingeblendeten fremden Symbolen: Raumschiffe, zerstört von Antimaterie-Torpedos und Quantenkanonen, die atomare Bindungskräfte neutralisierten. Der Feind griff an, und er kam nicht mit einigen wenigen Schiffen. Die Rotation der Kapsel brachte seine Flotte in Sicht, bestehend aus mehr als tausend Kampfschiffen, von der kleinen Kategorie Eins bis zu den Zerstörern und Schlachtschiffen der Kategorie Sieben.

Prizilla starrte. Dies war nicht irgendeine Flotte des Feindes, sondern die legendäre, seit vielen Jahrhunderten gefürchtete Hauptstreitmacht.

Und sie griff das Herz des Pakts an.

Der Feind ist da

29 Prizilla

Irgendwie befreite sich Prizilla aus dem Gespinst. Mit aller Kraft, die noch in ihr steckte, zog und zerrte sie an den grauen Fäden, bis eine Lücke entstand, groß genug, um hindurchzuschlüpfen. Wenige Sekunden später stand sie in dem Raum, den sie für die Pilotenkanzel der Rettungskapsel hielt, umgeben von Wänden wie Fenster, die mit sich ständig verändernten Symbolen bedeckt waren. Die Dreiecke, hauptsächlich in Blautönen, kannte Prizilla bereits. Sie schienen die Zeit zu messen, bis bestimmte Ereignisse eintrafen – je kleiner sie wurden, desto näher das Ereignis. Inzwischen zeigten die Projektionsbereiche nicht nur große und kleine Dreiecke, die sich drehten und dabei ihre Größe veränderten, sondern auch viele andere Zeichen, Kreise und krumme Linien, die sich teilten und sich anderen Linien hinzugesellten. Hinzu kamen die vertikalen und horizontalen Datenkolonnen, die vielleicht Auskunft über den Status der Kapsel gaben. Mit all diesen Hinweisen hätte Prizilla vermutlich selbst mit funktionierenden Adaptern nichts anfangen können.

Die Sprache der Geschehnisse im All hingegen war klar und deutlich. Zoomeffekte holten Schiffe der Angreifer und Verteidiger heran, zeigten die Zerstörer des Feindes, lange, pockennarbige Zylinder, mit Dutzenden von Waffenkuppeln, Grav-Katapulten für Antimaterie-Torpedos und stachelförmigen Fokussierern von Quantenkanonen. Durch Flugkorridore in der gewaltigen Absorptionssphäre, die das Zedra-System umgab, kamen die Verteidiger, Dutzende von Raumschiffen aller Größen und Klassen, unter ihnen vielleicht auch die *Speerspitze*, das Flaggschiff der Suprema.

Die Rettungskapsel drehte sich weiter, und das Fulkrum geriet in Sicht, umgeben von zahlreichen Symbolen, unter ihnen auch einige blaue Dreiecke innerhalb von gelben Quadraten. Prizilla sah die jeweils achthundert Kilometer langen Fokussierdornen, nicht mehr siebzehn, wie es eigentlich der Fall sein sollte, sondern nur noch fünfzehn – die Reste der anderen beiden bildeten eine ausgedehnte Trümmerwolke dicht »über« dem Fulkrum. Ein Schneller Kreuzer des Pakts schien mitten im Transfer vom Angriff des Feindes auf das Fulkrum überrascht worden zu sein, denn seine beiden Triebwerkskeile steckten halb zermalmt im kollabierten Ring des Dezelerators, aus dem die Kapsel vor wenigen Minuten gekommen war.

Prizilla beobachtete einen Lichtpunkt, der sich dem feststeckenden beschädigten Schiff näherte, es erreichte und in einen roten Feuerball verwandelte. Die Glut dehnte sich aus und verlor dabei an Leuchtkraft, zerstörte aber auch das Katapult und den Beschleuniger des Fulkrums. Damit war das Zedra-System isoliert und abgeschnitten, sah man von dem kleinen Fulkrum in der Umlaufbahn von Verque ab, des vierten, äußersten Planeten, im Innern der brennenden Absorptionssphäre. Doch das kleine Fulkrum eignete sich nur für Personen oder Orbiter, nicht für den Transit von Kampfschiffen.

Die Verteidiger von Zedra waren auf sich allein gestellt.

Die Symbole unter dem großen Fulkrum mit den Trümmerwolken aus zwei zerstörten Fokussierdornen und mindestens einem vernichteten Schnellen Kreuzer des Pakts veränderten sich. Ein Dreieck erschien unter einer lang gestreckten Spindel – ein Schiff des Feindes, Kategorie Zwei, umgeben vom vagen Glühen eines Phasenschilds. Die Spindel wurde größer, kam vielleicht näher, und das pulsierende Dreieck unter ihr schrumpfte.

Prizilla sah sich um und suchte nach einer Möglichkeit, die Kapsel zu steuern oder ihr Anweisungen zu übermitteln. Ihr zerebrales Interface meldete nach wie vor Bereitschaft, aber die Adapter, unter ihnen das Kommunikationsmodul, funktionierten nicht, weil die Nanozellen in der Haut keine Energie mehr enthielten. Sie brauchte einen Induktor, um sie neu aufzuladen, und hier gab es keinen.

Sie ging an den Wänden entlang, auf der Suche nach manuellen Kontrollen. Ihre Finger strichen über ein Material, das zumindest den Eindruck von Transparenz erweckte, und manchmal reagierten Symbole darauf. Ein Rechteck folgte dem Zeigefinger einige Zentimeter weit, bis es an eine unsichtbare Grenze stieß, und es ließ sich drehen, was die Rotation der Kapsel zu beeinflussen schien. Prizilla versuchte zu lernen, so schnell wie möglich, innerhalb weniger Sekunden, denn das Spindelschiff des Feindes kam immer näher. Es eröffnete nicht das Feuer – in der schützenden Blase seines Phasenschilds bildete sich eine Strukturlücke.

Beute, dachte Prizilla erschrocken. Eine Trophäe. Mit ihr an Bord.

Sie stellte sich vor, lebend in die Hände des Feindes zu fallen, wenn er überhaupt Hände hatte. Nichts konnte schlimmer sein. Erneut blickte sie sich um, diesmal auf der Suche nach einer Möglichkeit, sich schnell das Leben zu nehmen, auf eine Weise, die es dem Feind nicht erlaubte, ihren Adaptern oder dem toten Hirn nützliche Informationen zu entnehmen. Ein Sprung nach draußen ins All? Oder ins Triebwerk?

Prizilla drehte sich um die eigene Achse, schneller als vorher. Wie war sie in die Pilotenkanzel gelangt? Sie erinnerte sich nicht mehr. Um ins All zu springen, um im kalten Vakuum zu sterben oder im Feuer des Triebwerks zu verbrennen, musste sie diesen Raum verlassen, doch sie entdeckte keinen Zugang, kein Schott, das sich öffnen ließ. Eine andere Möglichkeit fiel ihr ein: Anlauf nehmen, einige Meter sollten genügen, und mit dem Kopf voran gegen die Wand springen.

Unsinn, dachte sie. Dabei hätte sie sich vielleicht das Genick gebrochen, aber das Gehirn und die Adapter darin wären intakt geblieben. Die Nanobots in Blut und Organen?

Konnte sie die Nanobots anweisen, genau das Gegenteil von dem zu tun, wofür sie bestimmt waren, Zellen und Gewebe zu zerstören, anstatt zu reparieren?

Das grelle Licht eines Blitzes gleißte durch die Fensterwände, hell genug, um die zahlreich gewordenen blauen Dreiecke und die Datenkolonnen zu überstrahlen. Etwas traf die Kapsel, ein Schlag wie von einer kosmischen Faust, und plötzlich war eine Wand da, direkt vor Prizilla, eine durchsichtige Wand, hinter der sich eine neue Wolke aus glühenden Trümmern bildete – sie stammten vom Schiff des Feindes, der Spindel, Kategorie Zwei.

Der Aufprall setzte der Helligkeit ein jähes Ende. Knochen brachen. Violettes Blut spritzte. Gedanken splitterten.

30

Prizilla hatte den ranzigen Geschmack von Blut mit toten Nanobots im Mund, und als sie die schweren Lider hob, fiel ihr Blick auf violettes Blut, das ihr aus Nase und Ohren geströmt war. Das zerebrale Interface funktionierte nach wie vor, ein kleines Wunder, und meldete ihr zahlreiche physische Schäden und Beeinträchtigungen. Mehrere Organe funktionierten nur noch eingeschränkt oder gar nicht, was erklärte, warum ihr das Atmen schwerfiel – die rasselnden, schnaufenden Geräusche stammten von ihr selbst –, und mehrere Knochen in ihrem Leib waren gebrochen.

Vorsichtig drehte sie den Kopf, was nicht ganz leicht war, denn sie lag auf der Seite. Die Pilotenkanzel schien intakt, soweit sie das beurteilen konnte, aber die Wände hatten die Transparenz von Fenstern verloren, und es gab nur noch einen Darstellungsbereich mit einigen bunten Quadraten, gebogenen Linien und Kreisen und einem Datenfeld mit wandernden Statusmeldungen.

Sie hörte ein Rauschen und Stampfen, was aber vielleicht an den Ohren lag – das linke war halb abgerissen. Dann krachte es, und sie fühlte, wie die Luft in Bewegung geriet, ihr über die Wangen strich. Prizilla drehte den Kopf noch etwas weiter und sah ein Loch in der Wand. Rauch quoll daraus hervor, tastete mit Ranken über Boden und Decke. In den dunklen Schwaden zeichneten sich die Umrisse einer Gestalt ab. Das Stampfen, das sie zuvor vernommen hatte – es stammte von schweren Schritten.

Hilflos lag sie da, der Kopf in einer Lache aus ihrem eigenen violetten Strategenblut, ihre Knochen gebrochen, und beobachtete, wie die Silhouette – die erste von mehreren – näher kam.

Die Gestalt ging neben ihr in die Hocke, und trotz allem, trotz ihrer Hilflosigkeit, war Prizilla fasziniert und neugierig, denn sie rechnete halb damit, gleich das Gesicht eines Feindes zu sehen.

Stattdessen sah sie hinter dem Helmvisier die Augen eines Menschen, eines Soldaten, und die Nanozellen in ihrer Haut empfingen plötzlich Energie von einem Induktor, der zur Ausstattung eines Kampfanzugs gehörte.

Der Kommunikationsadapter empfing Signale und verwandelte sie in leise Worte: »Können Sie mich verstehen?«

Prizilla wollte antworten, ihre geplatzten Lippen bewegten sich, aber kein Wort verließ den Mund, nur ein Krächzen, mehr nicht.

Der Mann, der Soldat, ergriff sie vorsichtig an den Schultern und drehte sie. Schmerz entflammte in Prizilla, sie schnitt eine Grimasse.

Die Nanozellen erhielten mehr Energie vom Induktor des Soldaten. Die noch funktionstüchtigen Adapter erwachten aus ihrem Schlaf. Einer von ihnen empfing Telemetrie, darunter ein für die Datensynchronisation bestimmtes Zeitsignal.

Es stimmte nicht mit der Zeit überein, an die sich Prizilla zu erinnern glaubte. Das Signal gab ein Datum an, das für sie einunddreißig Jahre in der Zukunft lag.

Der Wahrheitknüpfer

Einunddreißig Jahre später 31

Jarl

Eine rote Sonne schob sich hinter dem Gasriesen Bandar hervor, der den Himmel beherrschte, umkreist von zweiundsiebzig Monden, die meisten von ihnen so klein, dass sie von Risz aus, dem planetengroßen dreizehnten Mond, kaum zu sehen waren. Die übrigen präsentierten sich als unterschiedlich große Scheiben vor Bandars gewaltiger Kugel, einige dunkel, im Schatten des Gasriesen, die anderen ockerfarben, saphirblau oder grün wie Jade.

Soldat Jarl, siebenunddreißig Jahre alt, blieb auf der Treppe stehen, blickte über die Stadt am Hang weiter unten und übers silberne Gezeitenmeer zwischen den Bergen, deren Gipfel zu Inseln geworden waren. Das Wasser stieg noch etwas höher als während der vergangenen Tage. Es kletterte über die unteren Anlegestellen und Molen, erreichte die Öffnungen der Tunnel und Überlaufkanäle, strömte von dort aus in Becken und Höhlen und trieb auf dem Weg dorthin Turbinen an. Weiter oben, in den nie vom Flutwasser berührten Hangbereichen, drängten sich die pastellfarbenen Gebäude der Aleolt wie kleine Schachteln aneinander.

»Nicht stehen bleiben, Jarl!« Die Stimme des Truppführers Iring kam aus dem Kommunikationsadapter und war deutlich zu hören, trotz des lauten Gezwitschers der Aleolt. »Weiter, weiter!«

Vier Soldaten der Streitkräfte, gekleidet in die Gewänder von Botschaftern des Friedens, stiegen im heller werdenden Schein der roten Sonne eine Treppe hoch, die sich zwischen den Häusern am Hang emporwand. Kleine Aleolt umringten sie und zwitscherten neugierig und aufgeregt. Ihre Stimmen erinnerten Jarl an die Inniwori von Grotenthal. Dies ist eine Welt der Wahrheit, dachte Jarl. Und wir sind die Lüge.

»Wir haben noch immer null, null«, meldete Kuro. Er benutzte die Kampfsprache L_9 – kein Aleolt konnte etwas mit den knappen Worten anfangen. Null bedeutete: kein Feind in Sicht, keiner der Argwöhner oder Ablehner, die den Besuchern aus den Tiefen des Alls skeptisch oder ablehnend gegenüberstanden. Kuro benutzte einen speziellen Scanner mit Zugriff auf die Datenströme des Bionetzes der Aleolt.

»Wir sind fast da.« Iring ging ganz oben, an der Spitze der kleinen Gruppe, gefolgt von Kuro und Aschta, die den Saboteur in einer der Taschen ihres Botschaftergewands trug, eine auf sie programmierte Kapsel, die auf Kontakt mit dem Wahrheitsgewebe des Knüpfers und auf den Aktivierungscode wartete; den Aschta mit ihrem Kommunikationsadapter senden würde, wenn es so weit war. Jarl – sein Name hatte noch immer nur eine Silbe, nach siebenunddreißig Jahren, und damit nahm er von den vieren den niedrigsten Rang ein – bildete den Abschluss und sicherte nach hinten. »Noch vierhundert Meter.«

Ein Aleolt näherte sich, kleiner als die anderen, ein graziles Geschöpf mit blauer Schuppenhaut und großen Augen, die die Hälfte des Gesichts einnahmen und silbern glänzten wie das Gezeitenmeer. Ein dünner Nasenrüssel richtete sich auf Jarl, der Mund öffnete sich, und ein helles Zwitschern erklang. Der mit dem Kommunikationsadapter verbundene Linguator übersetzte.

»Sterne und Planeten!«, rief ihm der kleine Aleolt zu. »Rätsel und Wunder. Lass mich staunen, Besucher! Erzähl mir wahre Geschichten!«

Der Aleolt, das Kind, ergriff Jarls Hand.

»Noch immer null, null«, sagte Kuro in L_9. »Der Weg ist frei.«

Jarl blickte auf das Kind hinab und dachte daran, was geschehen würde, wenn Aschta den Saboteur – angeblich ein Geschenk der Freundschaft und des Friedens – im Bionetz von Risz aktivierte. Die Kultur der Aleolt basierte auf unumstößlichen, über jeden Zweifel erhabenen Wahrheiten. Wenn diese Wahrheiten zu Lügen oder wenn sie auch nur in Zweifel gezogen wurden, war ein kultureller Kollaps unausweichlich. Hinzu kam der Zerfall des Bionetzes, das alle Aleolt, selbst die Argwöhner und Ablehner, miteinander verband. Die Ureinwohner von Risz bildeten abseits ihrer Individualität eine Gemeinschaft, einen Schwarm mit eigener, kollektiver Intelligenz, mit den Wahrheitknüpfern als Knotenpunkte.

»Jarl?«, fragte Iring. Er blieb an einer Abzweigung stehen, zwischen zwei Gebäuden fast so gelb wie Soldatenblut, umringt von Aleolt, deren silberne Augen neugierig zu ihm aufblickten. Einige ältere und größere unter ihnen hielten Symbole der Harmonie in den Händen, gläserne Kugeln, Wahrheitskapseln nachempfunden, oder Stangen aus geflochtenem, gehärtetem Moos, Sinnbilder für die Verbundenheit mit der Welt und für das Gewebe des Wahrheitknüpfers.

»Kein Kontakt mit den Einheimischen, Jarl«, mahnte Iring.

Jarl ließ die Hand des Aleolt-Kindes los, das enttäuscht zu ihm aufsah.

Gefahrenklasse Drei, so lautete die Einstufung durch die Kulturbeobachter der Streitkräfte. Nach ihrer Einschätzung würden die Aleolt innerhalb der nächsten hundert Jahre ins All vorstoßen und nach weiteren zwei- bis dreihundert Jahren erste Raumschiffe in den interstellaren Raum schicken. Bei Klasse Drei war noch kein militärisches Eingreifen nötig, um dieses Volk daran zu hindern, zu Konkurrenten und Rivalen der Menschen heranzuwachsen – es genügte eine präventive Intervention.

»Träum nicht, Jarl«, sagte Aschta. Ihr Gesicht war weiß wie Schnee, die Augen klein und dunkel, mit Mikrolinsen ausgestattet. Sie blinzelte nicht, obwohl sie kein Visier trug, das vor dem schnell heller werdenden Licht schützte.

Jarl merkte, dass die drei anderen Soldaten seines Trupps bereits weitergegangen waren – er hatte dem enttäuschten

Kind nachgesehen. Rasch stieg er die nächsten Stufen empor, vorbei an erwachsenen Aleolt, die ihn mit respektvollen Gesten grüßten, und fühlte dabei, wie sich ein seltsames Gewicht auf ihn herabsenkte, schwer genug, um ihm die Schultern zu krümmen. Es war das Gewicht von hoffnungsloser Bitterkeit. Manchmal kehrte es zu ihm zurück, selbst nach all den Jahren.

»Wir haben eins«, meldete Kuro. Er drehte sich und vergrößerte damit den Erfassungsbereich des Scanners. »Wiederhole: Code eins, eins.«

Iring blieb nicht stehen und wandte sich an der nächsten Abzweigung nach links. Eine Gruppe von Aleolt-Frauen schuf eine Gasse für ihn und die drei anderen vermeintlichen Botschafter. »Entfernung?«

»Sechshundert Meter. Bleibt konstant.«

Wie dumm, dachte Jarl. Die Argwöhner und Ablehner schickten Argwohn und Ablehnung ins Bionetz, für alle deutlich erkennbar. Auch sie hielten sich, immer und überall, an das Gebot der Wahrheit. Das machte es leicht, sie zu erkennen und zu lokalisieren. Bis auf die Fanatiker, die so weit gingen, sich mit Lüge zu tarnen. Aber es gab nur wenige von ihnen, nicht mehr als eine Handvoll auf Risz, und in den anderen Inselstädten fanden Ablenkungsmanöver statt.

»Wie viele?«, fragte Iring.

»Sieben«, antwortete Kuro sofort. »Sie kommen näher, aber langsam.«

»Wann sind sie hier?«

»In etwa zwanzig Minuten.«

Sie sprachen leise und schnell, mit Stimmen, die sich im Zwitschern der Aleolt verloren, und mit Worten, die von den Einheimischen nicht verstanden wurden, selbst wenn diese sie gehört hätten.

»Ist etwas über Protestaktionen bekannt?«, fragte Aschta. Der hinter ihr gehende Jarl beobachtete, wie sie unter dem Botschaftergewand nach ihren Waffen tastete.

»Nein, nichts«, erwiderte Iring. »Wir haben volle Freigabe.

Unser Besuch ist genehmigt und willkommen. Noch hundert Meter bis zum Ziel.«

Mehr Aleolt säumten den Weg, viele von ihnen in schimmernde Zeremonienumhänge gehüllt. Jarl wusste: Die meisten von ihnen setzten große Hoffnungen in den Besuch. Sie glaubten, dass die Besucher aus dem All ihrer Welt und ihrem Volk zu einer neuen Blüte verhelfen würden, zu großen technologischen Fortschritten. Sie erhofften sich Zugang zu der Gemeinschaft aus gleichberechtigten Völkern, die es angeblich dort draußen zwischen den Sternen gab. Niemand, nicht einmal die Argwöhner, ahnte, dass sie stattdessen der Niedergang erwartete, vielleicht sogar eine Katastrophe, die das Ende ihrer Zivilisation bedeutete.

Jarl blickte erneut übers Gezeitenmeer, silbern dort, wo es noch im Schatten des Gasriesen am Himmel lag, und karmesinrot, wo es den Schein der Sonne empfing. Sein Blick ging zu den anderen Inselstädten, zu den großen und kleinen Häusergruppen an den Hügelhängen. Er dachte an die maritimen Siedlungen im Wasser, in denen die Aleolt einen Großteil von Kindheit und Jugend verbrachten, bevor sie das Meer verließen und sich für den Rest ihres Lebens an Land aufhielten. Er versuchte sich die kleinen Geschöpfe mit der blauen Schuppenhaut und den silbernen Augen als Gegner der Menschen vorzustellen, als Feinde, die eines Tages den Pakt bedrohen könnten. Es gelang ihm nicht.

»Hast du gehört, Jarl?«, tönte Irings Stimme aus dem Kommunikationsadapter. »Jarl?«

»Was?«

»Er träumt schon wieder«, sagte Aschta mit unüberhörbarem Spott.

»Sicherung nach hinten, Bericht«, verlangte Iring.

Jarl empfing Daten von seinen Adaptern und kontrollierte die Anzeigen des Scanners. »Alles sicher. Keine erkennbare Gefahr.«

»Die Frage ist, ob er eine erkennbare Gefahr erkennen würde«, murmelte Aschta.

»Keine Kommentare«, sagte Iring. »Konzentriert bleiben!«

Jarl richtete den Blick nach oben, auf den Gasriesen Bandar, aktivierte seine Zoomlinse und fand nach kurzer Suche drei dunkle Objekte, eins etwas größer als die beiden anderen: das Erkundungsschiff *Ewora*, begleitet von zwei Leichten Interventionskreuzern. Dies ist immer noch besser als Bomben und Infanterie, dachte er.

Das Haus des Wahrheitknüpfers überragte die anderen Gebäude in der Nähe, ein Würfel blau wie die Schuppenhaut der Aleolt, an einer besonders steilen Stelle des Hangs im Felsgestein verankert. Die Aleolt auf dem kleinen Platz vor dem Haus wichen rechts und links zurück, und eine Bedienstete eilte den vier Soldaten entgegen, eine Mutter mit einem Kind in einem Haltetuch mitten auf der Brust. Jarl starrte darauf und fragte sich, wie es sein mochte, bei der Mutter aufzuwachsen, aus deren Eizelle man entsprang.

»Ich grüße die Botschafter des Friedens und der Freundschaft«, zwitscherte die Mutter. Ihre silbernen Augen waren noch etwas größer als die der anderen Aleolt. »Ich bringe Sie zum Knüpfer.«

»Es ist uns eine Ehre«, erwiderte Iring.

Eine weitere Lüge, dachte Jarl. Eine von vielen.

Sie traten in den Schatten des Gebäudes und durch die Tür.

Der Wahrheitknüpfer namens Yone war der älteste Aleolt, dem sie bisher begegnet waren. Die mit den biometrischen Daten der Einheimischen programmierten Adapter gaben sein Alter mit neunzig Normjahren an – jung für einen Menschen, aber uralt für einen Aleolt. Kaum jemand von ihnen erreichte das hundertste Lebensjahr, doch wenn sie starben, lebte etwas von ihnen weiter, im »Wahrheitsgewebe« ihrer Welt, wie sie es nannten, im Bionetz, einem schleimpilzartigen Geflecht, das ganz Risz umspannte und sich auch im Grund des Gezeitenmeeres fortsetzte.

Yone saß auf einem wackligen Stuhl, vor etwas, das wie ein von der Decke herabhängender Teppich aussah, bestehend aus dünnen weißen Fäden, in denen Hunderte, wenn nicht Tausende von Wahrheitskapseln steckten. Verbunden war der Teppich – das Gewebe – mit einem breiten graubraunen Stumpf, der aussah wie der Rest eines gefällten Baums. Jarls Adapter bestätigten seine Vermutung: Es handelte sich um eine organische Masse, um einen Zugangspunkt des globalen Bionetzes.

Yone wollte aufstehen, aber Iring sagte: »Bitte bleiben Sie sitzen, Knüpfer.« Er hob die Hand zum Gruß. »Wir kommen in Frieden und Freundschaft.«

Der alte Knüpfer wiederholte die Geste. »In Frieden und Freundschaft empfange ich Sie.«

»Wir haben noch immer eins, eins«, meldete Kuro in L_9. »Entfernung fünfhundert Meter und wird geringer. Voraussichtlicher Kontakt in fünfzehn Minuten.«

»Aschta, sei bereit«, sagte Iring über den Kommunikationsadapter, während er mit dem Linguator respektvolle Worte an den alten Knüpfer richtete, wie es die Zeremonie verlangte. »Jarl, du hältst uns den Rücken frei.«

»Gehört und verstanden.« Jarl drehte sich um, dankbar dafür, dass er nicht Zeuge werden musste, wie der Niedergang der Aleolt begann.

32

An der Tür blieb er noch einmal stehen, blickte zurück und beobachtete, wie Aschta den Saboteur hervorholte. Die kleine Kapsel sah ähnlich aus wie die vielen anderen Kapseln im geknüpften Gewebe, doch diese enthielt keine Wahrheit, sondern einen fatalen Code für das Bionetz.

Jarl trat nach draußen, blieb im Schatten stehen und versuchte, sich auf die Daten seiner Adapter und die Anzeigen des Scanners zu konzentrieren. Einige Meter weiter vorn warteten Dutzende von Aleolt auf das Ende der Zeremonie beim Wahrheitknüpfer. Die meisten schwiegen. Einige wenige zwitscherten so leise, dass der Linguator die Worte nicht übersetzte.

Der Scanner zeigte sieben Argwöhner und Ablehner weiter unten am Hang, irgendwo in dem Labyrinth aus Rampen, Treppen, schmalen Gassen und winzigen Durchgängen, zu klein für Menschen. Selbst wenn sie jetzt sprangen und liefen, so schnell sie konnten, sie würden zu spät kommen. Der Untergang ihrer Welt wurde *jetzt* besiegelt, in diesem Moment.

Ein Kind löste sich aus der Menge. Jarls Augen erkannten es nicht wieder, wohl aber die Identifikatoren seiner Adapter – es war das Kind, das zuvor seine Hand ergriffen hatte.

»Sterne und Planeten, oh!«, zwitscherte das Kind. »Oh! Ich möchte gern mehr darüber erfahren. Bitte, Besucher, erzähl mir wahre Geschichten über ferne Welten!«

Jarl fühlte seine Hand von Fingern mit Zwischenhäuten ergriffen. Die Finger zogen, und er gab ihnen nach, ließ sich von dem Kind zu einer kleinen Treppe neben dem Haus des Wahrheitknüpfers führen. Die Treppe führte zu einer Plattform, nicht größer als fünf oder sechs Quadratmeter; von dort aus hatte man einen ungehinderten Blick über das Gezeitenmeer, aus dem die Gipfel anderer Berge ragten. Oben wölbte sich Bandar, eine gewaltige gestreifte Himmelskugel, Zentrum eines eigenen orbitalen Systems aus zweiundsiebzig Monden und einem inneren Ring, der sich als blasses, dünnes Band abzeichnete. Die noch immer aktive Zoomlinse zeigte ihm die *Ewora* und ihre beiden Begleiter. Er deaktivierte die Linse, und die drei Schiffe der Streitkräfte des Pakts schienen zu verschwinden.

Das Aleolt-Kind knickte die Beine, nahm die Ruhehaltung ein und blickte mit seinen großen silbernen Augen zu ihm auf. »Eine Geschichte von den Sternen, bitte.«

Jarl sah zum Würfelhaus des Wahrheitknüpfers zurück. Spielte es eine Rolle, ob er vor der Tür des Hauses Wache hielt oder hier, auf einer kleinen Aussichtsplattform? Er überprüfte noch einmal die Anzeigen des Scanners und stellte fest, dass die Entfernung zu den sieben Argwöhnern und Ablehnern nur noch dreihundert Meter betrug, aber konstant blieb. Vielleicht beabsichtigten sie gar nicht, den Besuch der Außenweltler beim Knüpfer zu stören.

Jarl blickte auf das Kind hinab und fragte sich, welche Zukunft es erwartete.

»Wie heißt du?«, fragte er, und der Linguator übersetzte.

Die Antwort bestand aus einem Zwitschern und Trillern in verschiedenen Tonhöhen. Der Linguator machte daraus: »Der kleine Fragensteller und Quälgeist mit der unstillbaren Neugier und der Sehnsucht nach den Sternen.«

»Das ist ein ziemlich langer Name«, sagte Jarl. »Wie wäre es, wenn ich dich einfach ... Neugier nenne?«

»Ja, ja«, stimmte das Aleolt-Kind sofort zu. »Eine Geschichte von den Sternen?«

Jarl überlegte und fühlte sich dabei erneut von Bitterkeit erfasst. Sollte er von seiner Kindheit auf Grotenthal erzählen, von den Einsätzen auf Welten, deren Bewohner die aus dem All kommenden Menschen fälschlicherweise für Freunde gehalten hatten? Sollte er von Bomben und den nuklearen Bränden von Planetenfressern berichten, die ganze Welten zerstört hatten?

Sein Mund öffnete sich, und heraus kam: »Hast du jemals von einem Planeten namens Erde gehört?« Er wusste, wie dumm die Frage war, aber er stellte sie trotzdem diesem neugierigen Kind, das von den Sternen träumte und unmöglich etwas von der Erde gehört haben konnte.

Der Linguator übersetzte.

»Erde? Wie ...«

»Ja.« Jarl deutete auf den Boden neben der Plattform. »Wie die Erde, aus der alles wächst. Vielleicht hat man jene Welt deshalb so genannt.«

»Nicht alles wächst aus der Erde«, erwiderte der kleine Aleolt namens Neugier nachdenklich. »Wir wachsen im Wasser. Wir werden im Meer geboren.«

»Wir Menschen stammen von der Erde. So heißt es in den Geschichten, die mir mein Talisman erzählt, meine eigene kleine Wahrheitskapsel.«

»Darf ich sie sehen?«

Die Stimmen von Iring, Kuro und Aschta flüsterten aus dem Kommunikationsadapter. Jarl hörte sie leise, wie ein Hintergrundgeräusch. Der Knüpfer Yone hatte gerade das »Geschenk des Friedens und der Freundschaft«, den Saboteur, von Aschta entgegengenommen und fügte die kleine Kapsel mit dem fatalen Code seinem Gewebe und damit dem Bionetz von Risz hinzu.

Jarl holte seinen Talisman hervor, die halb transparente kleine Kugel mit einem Durchmesser von zweieinhalb Zentimetern.

»Darf ich, darf ich?«, fragte Neugier und streckte eine kleine Hand mit Schwimmhäuten zwischen den dünnen Fingern nach oben.

Jarl legte den Talisman in die Hand des Aleolt-Kinds.

»Die Kugel enthält Geschichten, viele Geschichten«, sagte er. »Und in den meisten davon geht es um die Erde.«

Neugier drehte den Talisman und betrachtete das winzige Licht darin, das wie der Funke eines Feuers wirkte. Nach einigen Sekunden hob er die Kugel und hielt sie an eine Ohröffnung.

»Ich höre nichts«, zwitscherte er enttäuscht. »Nichts, nichts.«

»Die Geschichtenerzähler in meinem Talisman sprechen mit einer Stimme, die nur ich höre«, erklärte Jarl. »Und ich höre sie nur im Traum. Wenn ich schlafe.«

»Darf ich es ausprobieren?«, fragte Neugier. »Darf ich mit deiner Wahrheitskapsel schlafen und mir im Traum von ihr Geschichten erzählen lassen?«

Jarl nahm die kleine Kugel aus der Hand des Aleolt, beobachtete ihr Licht, das kurz zu flackern schien, und steckte sie ein.

»Nein, das geht leider nicht«, sagte er. »Die Geschichten des Talismans sind allein für mich bestimmt.«

Der Scanner zeigte die sieben Argwöhner und Ablehner noch immer in einer Entfernung von dreihundert Metern. Es flüsterten keine Stimmen mehr aus dem Kommunikationsadapter – vermutlich sprach der alte Wahrheitknüpfer, und Iring, Kuro und Aschta hörten ihm zu.

»Schade«, zwitscherte das Aleolt-Kind. Es gab die Ruheposition auf, streckte die Beine und erhob sich. »Schade!«

Der Kommunikationsadapter übermittelte ein schrilles Warnsignal. Jarls Soldatenreflexe reagierten sofort – er wirbelte herum, die rechte Hand bei der Waffe unter dem Botschaftergewand.

Die Aleolt auf dem kleinen Platz vor dem Würfelhaus des Knüpfers waren zurückgewichen. Kuro stand vor dem Eingang, in der Hand einen halb erhobenen Blaster, im blutigen Hals der stählerne Bolzen einer elektromagnetischen Armbrust. Mehrere Aleolt – ihre Licht ablenkenden Umhänge verwandelten sie in vage Schemen, selbst für Jarls Zoomlinse schwer zu erkennen – liefen über den Platz. Einer von ihnen legte mit einer kleinen EM-Armbrust an und schoss erneut. Ein weiterer Bolzen traf Kuro mitten in der Stirn. Er sank auf die Knie, schon mehr tot als lebendig, kippte zur Seite und blieb reglos liegen.

Jarl lief und schoss mit einem kleinen Variator auf Ziele, die ihm seine Datenadapter mit blinkenden Markierungen zeigten, ins Blickfeld eingeblendet. Zwei Silhouetten fielen, ein Bolzen raste dicht an seinem Kopf vorbei und bohrte sich in eine nahe Hauswand.

Aleolt schrien, liefen und flohen. Schemen sprangen. Jarl schoss und traf eine Frau, die in einer Wandnische auf der anderen Seite des Platzes Zuflucht gesucht hatte. Etwas bohrte sich ihm in die Schulter, ein stechender Schmerz durchzuckte ihn.

Jarl erreichte das Würfelhaus des Knüpfers und duckte sich durch den Eingang.

»Du verdammter verträumter Narr!«, empfing ihn Aschtas Stimme. Es war dunkel; er konnte kaum etwas sehen, nicht einmal mit den Sensoren.

»Warum hast du uns nicht gewarnt?«, fauchte Aschta aufgebracht. »Warum hast du uns nicht gewarnt?«

»Ich sehe dich nicht. Wo bist du?« Jarl stieß gegen etwas und hätte fast das Gleichgewicht verloren. Ein toter Aleolt lag vor ihm, gehüllt in einen Umhang, der ihn mit der Finsternis verschmelzen ließ.

»Elektromagnetische Störungen. Sie haben unsere Adapter getäuscht. Das war eine Falle.«

Jarl stieß ein Fenster auf, hörte zwitschernde Rufe und beobachtete, wie Aschta ihr Vibromesser aus einem blutigen Aleolt-Auge zog. Der alte Wahrheitknüpfer kauerte zitternd neben seinem Gewebe, in dem nun auch die Kapsel steckte, die Aschta mitgebracht hatte, der Saboteur mit dem Schadcode für das Bionetz der Aleolt. Er hatte beide Hände zum Mund erhoben und wimmerte. Neben ihm lag Iring, der Kopf von zwei großen Bolzen zertrümmert.

Jarl fühlte, wie ihm Blut aus der Schulterwunde über den Arm strömte.

Auch Aschta war verletzt. Sie saß auf dem Boden, schnitt eine Grimasse und drückte die freie Hand auf den Unterleib. »Erschieß ihn! Erschieß den verdammten Mistkerl!«

Yone schien sie zu verstehen, denn er wich zurück und wimmerte etwas lauter.

Jarl richtete seinen Variator auf ihn, direkt auf das Gesicht, ließ ihn dann aber wieder sinken.

»Was ist?«, fragte Aschta zornig. »Was ist los?«

Jarl brachte keinen Ton hervor.

Aschta stand auf, trotz ihrer Schmerzen, wankte näher und riss ihm die Waffe aus der Hand. Sie zielte auf den alten Wahrheitknüpfer und schoss, nicht einmal, sondern dreimal schnell hintereinander. Winzige explosive Nadeln hinterließen einen zerfetzten Körper.

»Das wird dich teuer zu stehen kommen.« Sie trat an Jarl vorbei, mit seiner Waffe in der Hand. An der Tür blieb sie stehen. »Du wirst es bitter bereuen.«

Jarl bereute sein ganzes Leben.

Memoria darf nicht fallen

Prizilla 33

Prizilla lebte noch, aber sie atmete nicht mehr. Sie lag in einem Heilbad, dessen regenerative Flüssigkeit den ganzen Körper bedeckte, auch den Kopf – ihre Nanobots nahmen den benötigten Sauerstoff über die Haut auf.

»Hören Sie mich?«

Sie öffnete die Augen und sah eine schemenhafte Gestalt, mehr nicht. Die Zoomlinse in ihrem linken Auge funktionierte nicht. Die meisten ihrer Adapter meldeten Funktionsstörungen ans zerebrale Interface. Den Kommunikationsadapter hatten die Nanobots inzwischen repariert, und mit ihm empfing Prizilla Telemetriedaten des Schnellen Kuriers *Etas*. Das Datum stimmte noch immer nicht; für sie lag es einunddreißig Jahre in der Zukunft.

»Was ist geschehen?«, fragte Prizilla mithilfe des Kommunikationsadapters. Sie wollte sich bewegen, doch ihr Körper blieb reglos. Das Heilbad hatte ihr die motorische Kontrolle genommen.

»Sie hören mich also«, erwiderte die Silhouette. »Und Sie verstehen mich. Sie sind aus der kollabierten Zeitstraße beim Fulkrum gekommen, an Bord eines fremden Schiffs. Identifizieren Sie sich!«

Mit einem Instruktionsgedanken aktivierte Prizilla den Identer des Kommunikationsadapters und sendete den darin enthaltenen individuellen Identifizierungscode. »Ich bin Suprema Prizilla.«

»Nein«, sagte der Schemen am Rand des Heilbads. Er schien eine Uniform zu tragen oder einen leichten Kampfanzug.

Prizilla vermutete einen Übermittlungsfehler.

»Ich bin …«

»Sie sind nicht die Suprema«, sagte die Gestalt. »Nadala hat vor einunddreißig Jahren die Nachfolge der verschwundenen Prizilla angetreten. Wenn Sie wirklich die Prizilla sind, die damals verschwand … Erklären Sie mir die Umstände Ihres Verschwindens, und berichten Sie von den Ereignissen, die Sie an Bord des kleinen fremden Schiffes und hierher zurückgebracht haben!«

Der Schemen benutzte die Allgemeinsprache L_1, stellte Prizilla fest, sprach jedoch in der Art und Weise eines Soldaten.

In der Kampfsprache L_9 schilderte Prizilla, was in der Zeitstraße des Zedra-Fulkrums geschehen war, wobei sie die Begegnung mit der holografischen Prizilla und die Mission, mit der sie beauftragt worden war, unerwähnt ließ. Während sie sprach, versuchte sie, mehr Telemetriedaten zu empfangen und herauszufinden, was während der einunddreißig vergangenen Jahre geschehen war. Die Schiffe des Feindes, die sie gesehen hatte – handelte es sich tatsächlich um die Hauptstreitmacht? Und wurden auch die anderen Kernwelten angegriffen? Wie stand es um die Verteidigung des Pakts?

»Ich werde Ihre Angaben weiterleiten, sobald wir die Absorptionssphäre passiert haben«, sagte die Silhouette am Rand des Heilbads. Diesmal benutzte sie ebenfalls die knappen, präzisen Worte von L_9. »Derzeit sind wir auf Schleichfahrt.« Die Gestalt wollte sich vom Bad abwenden.

»Ist es die Hauptstreitmacht?«, fragte Prizilla schnell. »Und die anderen Kernwelten? Greift der Feind auch dort an?«

Der Schemen zögerte. »Wir sind isoliert. Das Fulkrum ist zerstört. Wir erhalten keine Nachrichten mehr.« Er entfernte sich einen Schritt und wurde noch undeutlicher.

»Verque«, sagte Prizilla. Sie wollte den Kopf heben, sich aufsetzen, doch der Körper reagierte nicht. Reglos schwamm er im Regenerationsöl. »Das kleine Fulkrum in der Umlaufbahn des vierten Planeten.«

»Wir nutzen es für die Evakuierung.«

»Das Fulkrum von Verque gestattet das Versenden und den Empfang von Nachrichtenkapseln. Unterbrechen Sie die Evakuierung für das Senden von Dringlichkeitsmeldungen und den Empfang von Berichten! Wie viele von unseren Schiffen befinden sich im Innern der Absorptionssphäre und bei Memoria? Ich muss so schnell wie möglich mit den Kommandeuren sprechen. Und ich brauche einen Abakus ...«

»Ich werde Ihr Anliegen weiterleiten und Suprema Nadala informieren«, sagte die Silhouette.

»Halt, warten Sie!« Prizillas Gedanken rasten. Sie versuchte sich zu beruhigen. »Bitte geben Sie mir mehr Telemetrie, damit ich verfolgen kann, wie sich die Situation entwickelt. Verbinden Sie mich mit den Sensoren Ihres Schiffs. Ich muss wissen, was geschieht.«

»Ich werde darüber nachdenken«, entgegnete die Gestalt beim Heilbad und ging.

34

Prizilla verbrachte Zeit in der Dunkelheit sensorischer Deprivation – ihre Sinne empfingen keine Informationen mehr, die das Gehirn verarbeiten konnte. Wie viel Zeit verging, wusste sie nicht. Schließlich wich die Finsternis dem Gesicht eines Soldaten, der ein halb durchsichtiges Datenvisier trug.

»Ich bin Rodale, Kommandant des Schnellen Kuriers *Etas*«, stellte sich der Mann vor. »Ich grüße Sie, Ehrenwerte Prizilla.«

»Sie haben meine Identität bestätigt.« Die Arme eines Medobots hoben sie aus dem Heilbad. Ein Assistenzbot nahm sie auf, eine Art Ektoskelett, das ihren noch immer schwachen Körper stützen sollte. Mehrere Gliedmaßen aus Synth und Neutro besprühten ihren nackten Leib mit einem dünnen, die Temperatur regulierenden Film. Die leeren, schlaffen Fertilitätsblasen an den Leisten erhielten eine doppelte Schicht. Datenbrücken verbanden sich mit den Adaptern, und ein kurzes Stechen im Nacken wies darauf hin, dass ein Kontakt mit dem zerebralen Interface hergestellt wurde. Wenige Sekunden später fühlte Prizilla den Assistenzbot wie eine Erweiterung ihres Körpers.

Kommandant Rodale wartete, während Prizilla versuchsweise Arme und Beine des Bots bewegte.

»Sind Sie so weit?«, fragte er schließlich.

»Ja.«

Sie verließen die kleine Medostation der *Etas* und suchten den Navigationsraum auf. Zwei weitere Soldaten erwarteten sie dort, jünger als Rodale und mit Namen, die nicht aus drei verdienstvollen Silben bestanden, sondern nur aus einer: Esch und Terr. Sie begrüßten Prizilla in der Kampfsprache L_9 und fügten den knappen Worten Gesten des Respekts hinzu.

Holos leuchteten an den Wänden oder schwebten langsam durch den runden Navigationsraum, gefüllt mit Bildern und Daten. Eins von ihnen zeigte die Absorptionssphäre wie eine dunkle Stadt mit Türmen, Gebäudekomplexen und Straßenschluchten. Kleine Lichter glühten in Spalten und Rissen, dehnten sich aus und wurden zu nuklearen Bränden.

»Außen oder innen?«, fragte Prizilla. Sie wies den Assistenzbot an, in der Mitte des Navigationsraums stehen zu bleiben.

»Innenansicht«, erwiderte Esch.

»Wir haben einen Flugtunnel passiert.« Rodale sank in den Sessel des Kommandanten. Sensorcluster legten sich um seine Hände.

Prizilla versuchte die Daten der Holos zu verstehen. Ihre Adapter funktionierten noch immer nicht oder waren blockiert; sie nahm die Informationen visuell auf, allein mit den Augen.

»Ist der Feind bereits im Innern des Zedra-Systems?« Eingeblendete Flugvektoren zeigten an, dass die *Etas* Kurs auf Verque nahm, den vierten Planeten mit dem kleinen Fulkrum in seiner Umlaufbahn.

»Einzelne Schiffe«, antwortete Terr, der die taktischen Kontrollen bediente. »Kategorie Fünf und Sechs.«

In einem Holo blinkten Markierungen.

»Das genügt«, sagte Rodale.

Die blinkenden Markierungen verschwanden.

»Wie steht es um die Absorptionssphäre?«, fragte Prizilla schnell. »Wie viele Verteidiger haben wir im Zedra-System?«

»Teile der Vierten und Fünften Flotte sind im System und ...«, begann der junge Esch.

»Genug«, unterbrach ihn Rodales scharfe Stimme.

»Sie ist die Ehrenwerte Prizilla«, wandte Terr ein.

Servomotoren surrten, als der Assistenzbot mit Prizilla zum Sessel des Kommandanten trat. »Übergeben Sie mir die Schiffshoheit!«

Rodale, der noch immer sein Datenvisier trug, sah erstaunt zu ihr hoch. »Nein. Das Kommando bleibt bei mir. Wir haben unsere Anweisungen.«

Prizilla verstand. »Von Nadala, nehme ich an.«

»Ja.«

»Es müssen sofort wichtige Entscheidungen getroffen werden«, sagte Prizilla. »Memoria darf nicht fallen.«

»Suprema Nadala kümmert sich um alles.«

»Während sie auf dem Weg nach Verque ist, um sich evakuieren zu lassen?«, fragte Prizilla spitz.

»Sie wird dort mit uns zusammentreffen.«

Prizilla betrachtete die Holos mit den vielen leuchtenden Symbolen. Für einen Moment glaubte sie, Dreiecke zu sehen, die rotierten und dabei Größe und Farbe veränderten. Ohne ihre Adapter konnte sie mit den zahlreichen Anzeigen wenig bis gar nichts anfangen.

Die Strategin in ihr verlangte nach Werkzeugen.

»Haben Sie LIS an Bord, genug Substrate für einen einfachen Abakus?« Prizilla nannte auch einige der anderen Komponenten, die sie brauchte.

»Warten Sie bis Verque«, erwiderte Rodale. »Warten Sie, bis wir Suprema Nadala begegnen.«

Prizilla betrachtete die Darstellung des Zedra-Systems im Navigationsholo. »Wann erreichen wir den vierten Planeten?«

»In einem Tag.« Der Kommandant bewegte die Hände in den Sensorclustern. »Schleichfahrt beenden, volle Energie in die Gravitationsmotoren!«

35

Ein Tag genügte Prizilla, sich weitgehend von ihren Verletzungen zu erholen, doch ihre Adapter blieben blockiert, bis auf den für die Kommunikation – vielleicht war der Assistenzbot mit einem Inhibitor ausgestattet. Sie blieb auf die visuelle Erfassung von Informationen beschränkt, als sie im Navigationsraum des Schnellen Kuriers *Etas* inmitten der Holos stand und beobachtete, was im Zedra-System geschah. Immer mehr nukleare Brände entstanden in der gewaltigen Absorptionssphäre, die das Sonnensystem seit hundert Millionen Jahren umgab. Trümmer, groß wie Asteroiden und Planetoiden, lösten sich und begannen mit einem langen Fall ins innere System. In Zehntausenden von Jahren würden sie auf die vier nach dem Bau der Sphäre übrig gebliebenen Welten stürzen, unter ihnen Verque und Memoria, und sie zerstören. Falls die Planeten dann noch existierten.

Die Brände schufen Breschen, große Öffnungen, durch die immer mehr Schiffe des Feindes ins Zedra-System gelangten. Prizilla betrachtete ihre Symbole in den taktischen Anzeigen, kleine Zeichen, die Auskunft gaben über Kategorie, Feuerkraft und aktuellen Status. Die Verteidiger von der Vierten und Fünften Flotte der Streitkräfte stellten sich ihnen tapfer entgegen, aber sie waren den Angreifern zahlenmäßig weit unterlegen. Immer wieder blinkten Verteidigungssymbole in einem warnenden Gelb und verschwanden.

»Der Feind hat leichtes Spiel mit uns«, sagte Prizilla, als für den Schnellen Kurier die Gegenschubphase begann. »Wir sind schwach, und die Schwachen sterben.«

Die drei Soldaten im Navigationsraum wechselten Blicke.

»Es gab keine Vorwarnung«, erwiderte Rodale. Er saß erneut – oder noch immer – im Kommandosessel, die Hände in Sensorclustern, die ihn mit den Systemen und Daten des Schiffes verbanden. »Wir wurden überrascht. Dies ist der Kern des Pakts. Niemand hat hier mit einem Angriff gerechnet. Es heißt ...« Er wandte kurz den Kopf und sah Prizilla an, richtete den Blick dann wieder auf die Statusanzeigen des zentralen Holos. »Es heißt, *Sie* hätten den Feind hierher gebracht.«

»Was?«, entfuhr es Prizilla verblüfft.

»Die Ständige Versammlung des Kongresses wird evakuiert. In ihrer letzten Verlautbarung, im Orbit von Verque herausgegeben, ist die Rede von einem Zusammenhang zwischen Ihrem Erscheinen und dem des Feindes beim Zedra-System.«

Nadala, dachte Prizilla. Sie steckt dahinter. Sie bereitet etwas vor.

»Das ist Unsinn.«

Rodale antwortete nicht, beobachtete die Anzeigen und empfing mit seinen Adaptern Daten, die Prizilla vorenthalten blieben. Ab und zu bewegten sich seine Hände in den Sensorclustern. Die beiden anderen Soldaten, von Holos umgeben, kontrollierten Schub und Kommunikation.

»Ich möchte diesen Assistenzbot verlassen«, sagte Prizilla, als sie keine Antwort erhielt. »Ich möchte meine Bewegungsfreiheit zurück.«

»Sie sind noch nicht ganz geheilt.«

»Noch nicht ganz, aber fast. Habe ich den Status eines Gefangenen?«

Rodales Hände bewegten sich erneut in den Sensoren. Die Servomotoren des Assistenzbots summten, als er alle Verbindungen löste und den Menschen in seinem Innern aus der stützenden Umarmung entließ. Prizillas Beine gaben unter ihr nach, aber nur ein bisschen. Sie richtete sich auf.

»Ich benötige Kleidung«, sagte sie und dachte an die bevorstehende Begegnung mit Nadala. »Wann erreichen wir Verque?«

Einige der taktischen Anzeigen verschwanden, und ein Planet erschien, von einem dicken Eispanzer bedeckt, in seiner Umlaufbahn ein kleines Fulkrum, nur für den Transfer von Personen oder höchstens Orbitern geeignet.

»In zwei Stunden«, sagte Rodale.

Ein Warnsignal erklang, ein helles, lang gezogenes *Ping!*, das wie ein Messer durch alle anderen Geräusch im Navigationsraum schnitt.

»Schiffe des Feindes im Anflug«, meldete der junge Esch. »Viermal Kategorie Zwei, dreimal Fünf, zweimal Sieben und ...« Er zögerte kurz. »Und zweimal Neun.«

Rodale blieb ruhig. »Der Feind weiß von dem kleinen Fulkrum und will es zerstören.«

Prizilla trat vor. »Wie viele Verteidiger haben wir bei Verque?«

»Nicht genug«, antwortete der dritte Soldat namens Terr. »Nicht annähernd genug gegen zweimal Kategorie Neun.«

»Wann erreicht der Feind den vierten Planeten?«

»Eine halbe Stunde nach uns.«

Eine halbe Stunde, dachte Prizilla. Eine halbe Stunde könnte über mein Leben entscheiden – und vielleicht über die Zukunft des Pakts.

36

Zehntausend Kilometer unter der *Etas* schoben sich die kilometerdicken Gletscher von Verque über verborgenes Felsgestein. Kalte Winde pfiffen dort über Schnee und Eis. Über der Atmosphäre, im stillen Vakuum des Alls, ging es turbulent zu. Hunderte von Schiffen umkreisten den vierten Planeten des Zedra-Systems in verschiedenen Umlaufbahnen, die meisten von ihnen in der Nähe des kleinen Fulkrums, das aus nur sechs Fokussierdornen bestand, keiner von ihnen länger als siebenhundert Meter. Der Transitring in ihrem

Fokus durchmaß nicht einmal zwanzig Meter, gerade genug für einen kleinen Orbiter. Für den Transfer anderer Schiffe oder ihrer Komponenten bot er nicht genug Platz.

Die *Etas* flog durch einen Prioritätskorridor, vorbei an klobigen interplanetaren Transportern, die Personen und Material von den inneren Welten, hauptsächlich von Memoria, nach Verque gebracht hatten. Orbiter und Kapseln schwirrten wie aufgeregte Insekten zwischen ihnen, gesteuert von Substrat-Navigatoren – ein menschlicher Pilot hätte in dem Durcheinander aus Schiffen, Satelliten und Vektoren schnell den Überblick verloren.

Rodales Hände bewegten sich in den Sensorclustern. Sein Datenvisier war dunkler geworden, ließ die Augen dahinter nur mehr erahnen.

»Wachschiffe«, sagte er in L_9. »Kontakt.«

»Wachschiffe öffnen Kordon«, erwiderte der junge Esch in der Kampfsprache. »Wir haben Anflugerlaubnis.«

»Zeit minus neunundzwanzig Komma drei drei«, sagte Terr. Damit war der Rahmen gesetzt: Es blieben nicht einmal mehr dreißig Minuten, bis der Kampfverband des Feindes auf Gefechtsreichweite heran war.

Das Brummen der Gravitationsmotoren veränderte sich.

»Stationär«, sagte Esch. »Stationär im Kordon. Die Suprema kommt zu uns.«

»Ungewöhnlich«, kommentierte Terr. Er saß im Innern eines Holos.

Rodales Hände stoppten den Schnellen Kurier *Etas* bei den Wachschiffen der Streitkräfte. »Bestätigung für stationär. Wir warten.«

Prizilla beobachtete, wie es im Transitring des kleinen Fulkrums aufblitzte, als Katapult und Beschleuniger aktiv wurden. Ihre Adapter waren noch immer blockiert – wenn es einen Inhibitor gab, musste er sich an oder in ihr befinden. Was die Informationsübermittlung betraf, blieb sie auf visuelle Wahrnehmung beschränkt, und das bedeutete: Sie sah nur die Spitze des Eisbergs oder noch weniger.

»Wie viele Menschen warten auf die Evakuierung?«, fragte sie leise.

Rodale hörte sie. »Mehr als sechzigtausend.«

»In weniger als einer halben Stunde können nicht annähernd so viele transferiert werden.«

»Nein.«

»Es muss sofort die Anweisung an alle Wartenden ergehen, Verque zu verlassen.«

Rodale drehte den Kopf. »Wohin sollen sie sich zurückziehen? Der Feind ist überall.«

»Kapsel im Anflug«, meldete Esch. »Ein Passagier. Suprema-Signal.«

»Hangar öffnen!«, befahl Rodale.

Nadala kommt persönlich, dachte Prizilla. Warum? Um sich davon zu überzeugen, dass ich es wirklich bin?

»Hangar offen. Kapsel kommt an Bord. Atmosphärenschild aktiv.«

»Bereitschaft!« Kommandant Rodale zog die Hände aus den Sensorclustern und stand auf. Esch und Terr erhoben sich ebenfalls.

Prizilla blieb sitzen. Sie drehte nur den Sessel und blickte zum Eingang.

Es dauerte nicht lange, bis sich das Schott öffnete. Eine hochgewachsene Frau betrat den Navigationsraum der *Etas*, mit feuerrotem Haar und gehüllt in das weite, bunte Gewand der Suprema.

Nadala nickte den drei Soldaten kurz zu, ging mit einigen langen Schritten zu Prizilla und blieb dicht vor ihr stehen.

»Einunddreißig Jahre«, sagte sie.

»Für mich nicht.« Prizilla stand auf. »Sie tragen mein Gewand.«

»Es gehört mir, seit Sie uns verlassen haben. Der Kongress hat mich gewählt.« Nadala hielt einen kleinen Scanner in der Hand und richtete ihn auf Prizilla. »Sie sind es tatsächlich.«

»Ich bin als Suprema in eine Zeitstraße geraten und als

Suprema zurückgekehrt«, sagte Prizilla mit fester Stimme. »Ich bin nach wie vor Oberhaupt des Pakts. Hiermit befehle ich Ihnen ...«

»Sie haben nichts mehr zu befehlen«, unterbrach Nadala sie scharf.

Prizilla atmete tief durch. »Ich fordere Sie auf, den Orbitern und Schiffen in der Umlaufbahn von Verque die Anweisung zum sofortigen Rückzug zu übermitteln. Der Feind wird bald hier sein.«

»In dreiundzwanzig Komma eins sieben Minuten«, warf Kommandant Rodale ein. Esch und Terr saßen reglos in ihren Holos.

»Der Feind ist hier, weil Sie ihn hergebracht haben«, sagte Nadala.

»Unsinn!«

»Oh, ich behaupte nicht, dass Absicht dahintersteckt. Sie haben ihn unwissentlich hergebracht, ihm während Ihres Aufenthalts in der Zeitstraße den Weg hierher gewiesen, in den Kern des Pakts. Vor einunddreißig Jahren waren Sie jung und unerfahren, und Sie sind es nach wie vor. Ich bin immer der Meinung gewesen, dass Sie keine geeignete Suprema sind. Ewora die Große beging einen Fehler, als sie ausgerechnet Sie zu ihrer Nachfolgerin ernannt hat.«

»Ihre dummen Worte kosten wertvolle Zeit«, sagte Prizilla. »Geben Sie den Rückzugsbefehl!«

Hinter Nadala blitzte es erneut im Transitring des kleinen Fulkrums.

»Alle wichtigen Personen werden evakuiert ...«

»Sie natürlich auch.«

»Ja«, bestätigte Nadala. »Ich bin die Suprema. Ich muss überleben, damit der Pakt überlebt. Was Sie betrifft ... Mit Ihrer Rückkehr kam der Feind zum Zedra-System. Vertreiben *Sie* ihn!«

»Noch mehr Unsinn!«

»Sie sind Strategin. Entwickeln Sie eine Strategie für die Verteidigung von Memoria. Das ist Ihre Mission, Ihr Auftrag.

Verteidigen Sie die Welt des Kongresses! Memoria darf nicht fallen. Kommandant …«

Rodale nahm Haltung an.

»Bringen Sie Strategin Prizilla nach Memoria, so schnell wie möglich!«

»Gehört und verstanden.«

»Helfen Sie ihr bei der Verteidigung von Memoria.«

Es war ein Todesurteil. Das wussten Rodale und die beiden anderen Soldaten, aber sie nahmen es hin; so wollte es das gelbe Blut in ihren Adern.

Nadala schritt zum offenen Schott. »Ich wünsche Ihnen Glück und Erfolg«, sagte sie kühl, verließ den Navigationsraum und kurz darauf das kleine Schiff.

Strafgericht

Jarl 37

Jarl saß auf dem schwarzen Stuhl der Anklage, der sich langsam unter ihm drehte. Es gab keine Fesseln an Armen und Beinen – das alte Ritual genügte, ihn auf dem Stuhl festzuhalten. Vor den Wänden mit den Fensterholos, die Ausblick gewährten auf den Gasriesen Bandar und seine Monde, unter ihnen Risz, Heimatwelt der Aleolt, saßen Richter, Ankläger und Verteidiger. Es handelte sich um Offiziere der Mission auf Risz und des Erkundungsschiffes *Ewora*, darunter auch die Kommandantin Leandra, deren vollständiger Name sieben verdienstvolle Silben hatte, eine sehr schlanke und sehr streng wirkende Frau, zweihundertvier Jahre alt und Mutter von mehr als hundert Kindern. Ihr schwarzes Haar lag glatt am Kopf, als wäre es nass, und die großen dunkelgrünen Augen musterten Jarl ohne erkennbare Emotion.

Ein alter Soldat mit einem weißen Narbengeflecht im Gesicht verlas die Anklage. Jarl hörte gar nicht hin. Er starrte geradeaus, und die Rotation des schwarzen Stuhls ließ seinen Blick über die Gesichter des Gerichts und die Holos streichen. Eins zeigte die beiden Leichten Interventionskreuzer, die Eskorte des Erkundungsschiffs, ein anderes Risz, eine Welt mit Inselstädten und einem ausgedehnten Gezeitenozean. Während der Ankläger den Tod von Truppführer Iring und Soldat Kuro beschrieb, dachte Jarl an das Aleolt-Kind, das ihn um eine Geschichte über Sterne und ferne Welten gebeten hatte. Es waren keine Bomben gefallen, das Kind lebte, aber es würde in einer völlig anderen Welt aufwachsen, ohne das vom Bionetz geschaffene Gemeinschaftsbewusstsein. Jarl bedauerte, ihm nicht seinen Talisman überlassen zu haben, denn er brauchte ihn nicht mehr. Er würde nie wieder Gelegenheit erhalten, im Traum den Stimmen der Erzähler zu lauschen, die ihn seit seiner Kindheit Nacht für Nacht begleitet hatten.

Das Ritual bot ihm einen Ausweg aus dem Dilemma seines siebenunddreißig Jahre kurzen Lebens. Die Verhandlung konnte nur mit einer Verurteilung enden, daran gab es nicht den geringsten Zweifel. Wenn der Richter feststellte, dass er seine Pflicht vernachlässigt hatte und deshalb die Verantwortung trug für den Tod von Iring und Kuro, *musste* er ihn verurteilen. Aber für welche Strafe er sich auch entschied, das Ritual bot dem Verurteilten eine Alternative: die Ehrenklinge.

Das gelbe Blut verlangte von einem Soldaten, dass er nie aufgab, dass er gegen den Feind kämpfte, bis er im Kampf getötet wurde. Sich selbst das Leben zu nehmen, gehörte nicht zu den Blutsfreiheiten. Aber wenn ein Soldat von einem Gericht der Streitkräfte verurteilt wurde und wenn das Vergehen ernst genug war ... dann bekam er die Wahl, eine Möglichkeit, die Schuld sofort zu tilgen, seinen Namen reinzuwaschen von jedem Makel. Er konnte sich, bei deaktivierten Nanobots, ein Vibromesser ins Herz stoßen.

Jarl hatte sich für diesen Weg entschieden, noch bevor er an Bord der *Ewora* gebracht worden war. Um Ehre ging es ihm nicht, auch nicht um Sühne. Er wollte vielmehr einem Leben entkommen, von dem er glaubte, dass es nie seins gewesen war. In seinen Adern floss das falsche Blut, das hatte er schon als Kind gefühlt. Der Tod bot ihm vielleicht Gelegenheit, endlich Frieden zu finden.

»Haben Sie gehört, Soldat Jarl?«, fragte einer der Richter.

Jarl schwieg. Die Drehung des schwarzen Stuhls brachte erneut Risz in Sicht. Nein, dachte er, es sind keine Bomben gefallen. Aber wir haben trotzdem eine Welt zerstört.

»Möchten Sie etwas zu der Anklage sagen?«

Jarl schwieg immer noch und schloss die Augen. Für einen Moment sah er einen der Erzähler seines Talismans, den alten Mann am Lagerfeuer, den Greis, der im Schein flackernder Flammen von einer Welt namens Erde erzählte. Am Himmel leuchteten die Sterne, über die das Aleolt-Kind gern Geschichten gehört hätte.

Jarl öffnete die Augen. »Ich habe nichts zu sagen.«

Daraufhin ergriff sein Verteidiger das Wort, eine Frau, jünger als er, nicht älter als zwanzig Jahre, das weiße Gesicht völlig glatt, ohne auch nur die Andeutung einer Falte. Sie trug eine schlichte Uniform, und Jarl fragte sich kurz, ob sie jemals ein Schlachtfeld gesehen hatte. Sie sprach von einer besonderen Situation, obwohl sie unmöglich wissen konnte, wie die Situation beim Wahrheitknüpfer gewesen war. Sie wies darauf hin, dass es nie, unter gar keinen Umständen, Absicht des Angeklagten gewesen sei, jemanden im Stich zu lassen und Anweisungen zuwiderzuhandeln.

»Er hat sich ablenken lassen«, sagte der Ankläger scharf. »Er ist schwach geworden. Wir dürfen nicht schwach werden.«

»Niemals«, intonierte das Gericht.

Die Verteidigerin sprach weiter. Jarl hörte nicht mehr ihre Worte, sondern nur noch das Heben und Fallen ihrer Stimme. Er wünschte sich ein Ende und überlegte, ob der Tod Erleichterung brachte. Konnte man erleichtert sein, wenn nichts mehr existierte, das dachte und fühlte? Er bedauerte nur, dass er nie die Erde sehen würde, den Planeten des Friedens. *Du wärst auf ihr sicher,* hatte ihm der alte Erzähler versprochen, der Greis. *Dort könnte dir niemand befehlen, Soldat zu sein.*

»Warum?«, fragte Leandra, Kommandantin der *Ewora*. »Warum haben Sie den Rest Ihrer Truppe im Stich gelassen? Sie wussten um die Wichtigkeit der Mission. Warum haben Sie nicht Wache gehalten und stattdessen mit einem Kind der Aleolt gesprochen?«

»Es wollte Geschichten hören«, sagte Jarl. »Geschichten von den Sternen.«

»Wie bitte?«, fragte der Ankläger, als wäre er nicht sicher, den Angeklagten richtig verstanden zu haben.

Es spielt keine Rolle, dachte Jarl.

»Schon gut«, murmelte er.

»Ein letztes Wort«, sagte einer der Richter, während sich der schwarze Stuhl weiterdrehte und Jarl Gesichter, den Gasriesen und seine Monde zeigte. Ferne Sterne leuchteten. Jarl fragte sich, ob einer von ihnen die Sonne war, um die die Erde kreiste. »Ein letztes Wort des Angeklagten, bevor wir das Urteil fällen.«

»Es tut mir leid«, sagte Jarl leise. Er meinte nicht die Ereignisse auf Risz, sondern sein ganzes Leben.

Der schwarze Stuhl hielt an. Direkt vor Jarl sprachen die drei Richter mit einer Stimme: »Der Angeklagte wird für schuldig befunden.«

Jetzt, dachte er.

»Ich bitte um die Ehrenklinge«, sagte Jarl.

Kommandantin Leandra erhob sich und richtete einen Blick kalt wie Eis auf ihn. Unter dem Gewand zeichneten sich die Fertilitätsblasen an ihren Leisten ab; der Größe nach waren sie gefüllt. Jarl fragte sich kurz, welche Kinder darin heranwuchsen. Würde gelbes Blut in ihren Adern fließen, so wie in seinen?

Wir haben keine Wahl, dachte er. Von Geburt an ist unser Weg vorherbestimmt.

»Nein«, sagte Leandra.

Jarl glaubte zu fühlen, wie sich unter ihm eine Leere bildete, in die er zu stürzen drohte. »Ich habe ein Recht auf die Klinge.«

»Das *alte* Ritual gibt Ihnen ein Recht darauf«, entgegnete Leandra. »Wir haben es geändert.«

»Aber ...«

»Der Feind greift die Kernwelten an«, verkündete die Kommandantin der *Ewora*. »Seine Hauptstreitmacht ist im Zedra-System – Memoria droht zu fallen. Auch Irskel, Umtah, Kinira und das Sieben-Sonnen-System mit Tarakleon, Oraya und Smaragd melden Angriffe. Nach all den Jahren – nach all den Jahrhunderten und Jahrtausenden – hat die entscheidende

Phase des Krieges begonnen. Wir brauchen jeden Soldaten für die Verteidigung der Menschheit, auch Sie. Deshalb verweigern wir Ihnen die Klinge. Sie werden abkommandiert zur Strafkompanie Radwor. Der Transfer erfolgt sofort.«

Jarl blieb wie betäubt sitzen. Erst als zwei Soldaten kamen, ihn an den Armen ergriffen und zum Ausgang führten, wurde ihm klar, dass er die schlimmste aller denkbaren Strafen erhalten hatte: Er musste am Leben bleiben.

38

Das Fulkrum befand sich fünf Lichtminuten über dem Achas-System mit dem Gasriesen Bandar: neun unterschiedlich lange Fokussierdorne, der größte von ihnen hundertdreiundzwanzig Kilometer lang. Ihre Spitzen wiesen auf einen Transitring, der kleiner war, als man bei einem solchen Fulkrum erwartet hätte. Er durchmaß nur etwas mehr als zweihundert Meter – das Erkundungsschiff *Ewora* und die beiden Leichten Interventionskreuzer der Eskorte hatten für den Transfer zum Achas-System in ihre Basiskomponenten zerlegt werden müssen.

Für Menschen und Material bot der Ring genug Platz. Zwei Soldaten und ein mit Werkzeugen und Waffen ausgestatteter Bot der Fulkrum-Verwaltung führten Jarl, der in der schlichten dunkelgrünen Uniform eines Sträflings gekleidet war, zum Katapult, einem dicken, sehr massiv wirkenden Zylinder, der nur zum Teil aus alten Aggregaten der X bestand – die Techniker und Ingenieure des Pakts hatten ihm im Verlauf der vergangenen Jahrhunderte zahlreiche neue Installationen hinzugefügt. Das Katapult endete beim Beschleuniger direkt am Transitring, einem Gravitationsmotor aus mehreren Spulen und Spindeln, der Transitkapseln in Richtung Ringmitte schoss und sie dabei auf das Mindestmaß von zwei Prozent der Lichtgeschwindigkeit beschleunigte.

Jarl streifte die grüne Uniform ab, legte sie ins hermetische Fach der Personenkapsel und kletterte nackt ins Transportabteil, dessen silberner Glanz ihn an das Gezeitenmeer von Risz erinnerte. Die beiden Soldaten schlossen die Luke ohne einen letzten Gruß. Kompensationsmasse strömte aus Öffnungen, drang ihm in Nase und Ohren. Er atmete nicht mehr – die Nanobots entnahmen dem Gel genügend Sauerstoff. Gewöhnliche Passagiere bekamen eine komfortablere Behandlung und wurden in einen Gravitationskokon gehüllt, der sie vor den enormen Beschleunigungskräften schützte. Jarl hingegen, der verurteilte Soldat, verdiente keinen derartigen Aufwand.

»Bereitschaft«, sendete er mit seinem Kommunikationsadapter.

»Katapult und Beschleuniger werden geladen.«

Jarl fühlte ein Prickeln, und die Adapter vermittelten ihm ein Bild. Für einige wenige Sekunden sah er sich selbst im Innern der Kapsel, die wie ein Projektil im Waffenlauf des Katapults steckte. Die alten Anlagen der X, von Menschen untersucht, verstanden und erweitert, zapften das nahe Raum-Zeit-Gefüge an, die Anomalie in der interdimensionalen Struktur, und schufen einen Tunnel durchs zarte Gewebe des Raums. Die Kapsel erzitterte ...

Etwas packte Jarl und drückte zu. Für einen winzigen Moment hoffte er, dass mit Kapsel oder Katapult etwas nicht stimmte, dass die Beschleunigung ihn zerquetschte und davor bewahrte, sein Leben als Soldat fortsetzen zu müssen. Doch dann durchdrang das Gleißen des Beschleunigers den Nebel seiner Benommenheit, und die Adapter zeigten ihm einen Strudel aus Sternen und Galaxien und darin winzige Objekte, wie Fragmente eines Funkens: Dutzende von Kapseln, die den Transitring des Fulkrums passiert hatten, in einigen von ihnen Offiziere, Techniker oder Administratoren, in anderen Fracht und, am wichtigsten, Datenpakete, die Auskunft gaben über den aktuellen Status des Achas-Systems.

Der Druck ließ nach. Ihm folgte ein Gefühl des Fallens und des Zerrens aus verschiedenen Richtungen, als könnte sich die Kapsel nicht entscheiden, wohin die Reise gehen sollte. Jarls Adapter, für den militärischen Einsatz bestimmt, konnten mit den empfangenen Daten nichts anfangen und schalteten sich in den Bereitschaftsmodus.

Und dann kehrte der Druck zurück, als ihm etwas, das sich ihm auf Beine und Lenden legte, wenige subjektive Sekunden später einen Keil in die Brust trieb, direkt neben dem Herzen, und die Augen zerquetschte. Instinktiv wollte Jarl die Arme heben, um sich zu schützen, aber er konnte sie nicht bewegen, tonnenschwer lagen sie rechts und links neben ihm.

Jarl wusste, was geschah, obwohl er es nie zuvor auf diese Weise gespürt hatte: Ein Dezelerator nahm die Kapsel nach dem Fulkrum-Transit auf und absorbierte das Bewegungsmoment, das ihr Katapult und Beschleuniger gegeben hatten. Er hörte Geräusche, ein Donnern und Grollen, halb darin verborgen ein Quietschen wie von Metall, das zu hohen Belastungen ausgesetzt war und zu zerreißen drohte. Pumpen begannen damit, die Kompensationsmasse abzusaugen, und ziemlich abrupt folgte eine Stille, in der das Zischen seines Atems wie die Stimme eines nahen Orkans klang.

Die Luke der Kapsel klappte auf. Kühle Luft strömte herein.

»Aufstehen!«, rief jemand. »Raus aus der Kapsel!«

Der Soldat in ihm gehorchte. Arme und Beine bewegten sich, noch bevor Jarl einen klaren Gedanken fassen konnte, und einen Moment später stand er nackt neben der silbernen Kapsel, die in einem Fanggerüst steckte. Kondensfeuchtigkeit hatte sich an ihr gebildet; an einigen Stellen stieg Dampf auf.

»Wo ist Ihre Uniform, Sträfling Jarl?« Die scharfe Stimme ertönte hinter dem Licht, das von einer Seite des Empfangsraums ausging. »Wollen Sie nackt in den Kampf ziehen?«

Jarl öffnete das hermetische Fach, griff nach der grünen Uniform und zog sie an. Danach wandte er sich dem Licht zu und nahm Haltung an.

»Sträfling Jarl meldet sich zur Stelle!«, sagte er förmlich.

Eine große, kräftig gebaute Gestalt trat ihm entgegen, in die dunkelgraue Uniform eines Kompanieführers gekleidet. Das Gesicht war noch nicht zu erkennen.

»Ach«, sagte der Mann und blieb stehen. »Ach, wen haben wir denn da?«

Die Stimme ... Unwillkommene Erinnerungen an die Kindheit erwachten in ihm, an einen Planeten namens Grotenthal.

»Ist das nicht unser Schwächling?« Der Mann kam noch etwas näher, nahe genug, dass Jarl das Gesicht nun erkennen konnte. »So sieht man sich wieder.«

»Ruk«, ächzte Jarl.

Wir fliehen nicht

Prizilla 39

Ein Großteil des Schnellen Kuriers *Etas* befand sich im Ruhemodus, als er durch das vom Krieg heimgesuchte Zedra-System fiel, dem Planeten Memoria entgegen. Nach der kurzen Beschleunigungsphase noch in der Gravitationssenke von Verque waren drei lange Tage für den Flug im Schleichfahrtmodus vorgesehen – Zeit genug für den Feind, die vom nuklearen Brand geschaffenen großen Lücken in der Absorptionssphäre zu durchdringen und tief ins Innere des Sonnensystems vorzustoßen.

»Wie ist mein Status?«, fragte Prizilla nach einigen Stunden des Nachdenkens. Inzwischen ging es ihr besser; die Nanobots hatten fast alle physischen Schäden repariert. Mit der Psyche sah es anders aus. Sie musste sich nicht nur damit abfinden, ihre Macht als Suprema verloren zu haben, sondern auch damit, einunddreißig Jahre in die Zukunft gereist zu sein. Oft dachte sie an die Begegnung mit sich selbst, mit der holografischen Prizilla, und an den Auftrag, den sie von ihr erhalten hatte.

Kommandant Rodale saß vor den zentralen Anzeigen des Navigationsraums, die Hände in den Sensorclustern. Die beiden anderen Besatzungsmitglieder, Terr und Esch, kletterten durch die Wartungsschächte des Schiffs und überprüften die passiven Systeme: Waffen, Antrieb, Lebenserhaltung. Prizilla war mit Rodale allein und begriff, dass sie sofort handeln musste – eine bessere Gelegenheit ergab sich vielleicht nicht.

»Ihr Status ist unbekannt, Ehrenwerte.« Rodale wandte nicht den Kopf, sah sie nicht an. Seine Aufmerksamkeit galt weiterhin den Anzeigen.

»Sie sprechen mich mit meinem Ehrentitel an.«

»Sie sind Prizilla«, sagte Rodale. »Das wurde bestätigt.«

»Aber ich bin nicht mehr die Suprema.«

»Nein.«

»Wer bin ich dann? *Was* bin ich dann?«, fragte Prizilla.

Rodale schwieg.

»Bin ich eine Gefangene?«

»Nein.«

Prizilla atmete tief durch, schickte ihrem zerebralen Interface einen Instruktionsgedanken und bereitete den Kommunikationsadapter vor. »Ich habe einen Auftrag erhalten. Ich soll Memoria verteidigen.«

Diesmal reagierte Rodale; er bewegte den Kopf und sah zu ihr hoch.

»Mit der *Etas*«, fuhr sie fort. »Allein mit diesem Schiff. Gegen die Hauptstreitmacht des Feindes. Gegen mehr als tausend Kampfschiffe, von der kleinen Kategorie Eins bis zu den Zerstörern und Schlachtschiffen der Kategorie Neun. Es ist absurd, nicht wahr?«

»Ja«, gestand Rodale nach kurzem Zögern. Die Augen ließen sich hinter dem Datenvisier kaum erkennen, aber das Gesicht blieb ausdruckslos.

»Wir werden sterben, wenn kein Wunder geschieht«, sagte sie.

»Wunder geschehen selten.«

»Suprema Nadala hat uns zum Tod verurteilt.«

Rodale öffnete den Mund und schloss ihn wieder. Im Holo vor ihm veränderten sich einige Anzeigen, als die *Etas* in einem Abstand von nur einigen Zehntausend Kilometern an einer Asteroidengruppe vorbeiraste. Kleinere Brocken, mit einem Durchmesser von wenigen Metern, wurden von den Gravitationsschilden weit vor dem Bug des Schnellen Kuriers beiseitegeschoben oder verglühten in den Schirmfeldern.

Prizilla ging zwei Schritte und nahm dort Platz, wo normalerweise Terr saß. Der Datenspeicher ihres Kommunikationsadapters enthielt bereits die Autorisierungs- und Aktivierungscodes – ein kurzes Signal, als Vorbereitung für ein längeres.

»Seit wann sind Sie Kommandant dieses Schiffes, Rodale?«

»Seit siebzehn Jahren.«

»Und ich nehme an, Sie haben sich nie etwas zuschulden kommen lassen. Sie sind immer ein treuer Diener des Pakts und der Streitkräfte gewesen.«

»Natürlich.« Er meinte es so. *Natürlich*. Es lag in seinem gelben Blut.

»Sehen Sie das?« Prizilla hatte den Nagel ihres rechten Zeigefingers zugespitzt und bohrte ihn nun in den linken Handballen. Einige Tropfen violettes Blut quollen aus der winzigen Wunde. »Dies ist das Blut einer Strategin, Kommandant. Mit einem Abakus kann ich unsere gegenwärtige Situation berechnen und vielleicht einen Ausweg finden, eine Möglichkeit, Memoria zu retten.«

Rodale sah das Blut und nickte. »Was benötigen Sie?«

»Geben Sie mir die Schiffshoheit!«

»Sie bleibt bei mir, beim Kommandanten.«

Das hatte Prizilla nicht anders erwartet. »Geben Sie mir Kontrolle über die Systeme! Damit ich feststellen kann, ob sich die für einen Abakus benötigten Komponenten an Bord befinden.«

Rodale überlegte erneut und bewegte dann die Hände in den Sensorclustern.

Prizilla empfing Daten über den aktuellen Status des Schnellen Kuriers, über Struktur, Ausstattung und Leistungsfähigkeit des Gravitationsmotors. Zu den Informationen gehörte auch das Konstruktionsdatum. Die *Etas* war siebenunddreißig Jahre alt, und das bedeutete, dass ihre LIS, ihre lernenden Intelligenzsubstrate, mit der Codebasis aus Prizillas Zeit ausgestattet waren.

Ein Gedanke für das zerebrale Interface wies den Kommunikationsadapter an, das Autorisierungssignal und die Aktivierungscodes zu senden. In dem Holo vor Prizilla veränderten sich die Anzeigen.

»Was machen Sie da?«, fragte Rodale. Erneut bewegten sich seine Hände in den Sensorclustern, und die von Prizillas passiven Adaptern empfangenen Statusmeldungen wiesen darauf hin, dass er ihren Zugriff auf die Bordsysteme beschränken wollte. Aber es war bereits zu spät.

Prizilla aktivierte das Kommunikationssystem der *Etas* und sendete mit voller Signalstärke eine Nachricht mit persönlichem Dringlichkeitscode. Sie lautete:

Ich bin Prizilla, nach einunddreißig Jahren aus einer Zeitstraße der Zedra-Anomalie zurückgekehrt. Ich brauche deine Hilfe, Coridian.

40 »Sie haben uns kompromittiert«, stellte Rodale fest. Terr und der junge Esch saßen an ihren Plätzen. Leuchtende Holos schwebten durch den Navigationsraum des Schnellen Kuriers. Der Gravitationsmotor brummte laut – das Schiff hatte die Schleichfahrt aufgegeben.

»Wir sind entdeckt.« Terr steckte in einer Wolke aus Symbolen, Kursvektoren und Datenkolonnen, die aus einem Abstand von zwei oder drei Metern betrachtet wie silberne Säulen aussahen. »Sieben Schiffe des Feindes nähern sich, Kategorie Zwei und Vier. Kontakt in ... acht Stunden und elf Minuten.«

»Wir müssen ausweichen.« Rodales Hände riefen Diagramme ins zentrale Holo, und eine schematische Darstellung des Zedra-Systems erschien. »Aufstieg über die Ekliptik und anschließend ein Sturz in die solare Gravitationssenke. Mit etwas Glück können wir die Verfolger in den Strahlenstürmen der Sonne abschütteln und ...«

»Nein«, sagte Prizilla. »Wir bleiben auf Kurs.« Sie verfügte nicht über die Schiffshoheit, das hatte Rodale mit der Priorität des Kommandanten verhindert, aber ihre alten Suprema-Codes kontrollierten den Gravitationsmotor und das Kommunikationssystem der *Etas*, was ihren Zwecken vorerst genügte.

»Einen Gefechtskontakt mit den sieben Schiffen des Feindes können wir unmöglich überstehen«, gab Rodale zu bedenken.

Prizilla stand auf. »Uns bleiben noch acht Stunden. Das sollte Zeit genug sein.«

»Wofür?«

Prizilla ging zum Schott.

»Was haben Sie vor, Ehrenwerte?«

»Ich baue mir einen einfachen Abakus«, antwortete sie, bevor sie den Navigationsraum verließ.

Rodale und die beiden anderen Soldaten würden versuchen, wieder vollständige Kontrolle über die *Etas* zu erlangen, und vielleicht schafften sie das sogar, aber nicht sofort. Prizilla wollte die Wartezeit besser nutzen, als einfach nur im Navigationsraum zu sitzen und in den Statusanzeigen zu beobachten, wie die Schiffe des Feindes näher kamen.

Als sie durch einen Schacht ins Gehirn der *Etas* kletterte, in die Stapelstruktur aus LIS und Energiefluss-Regulatoren, fiel ihr ein, dass Rodale auf die Idee kommen könnte, das lokale Gravitationsfeld in ihrem Bereich zu manipulieren, um sie auf diese Weise außer Gefecht zu setzen. Allerdings wäre das ein Angriff auf ihre physische Integrität gewesen, und Rodale hatte ihr violettes Blut gesehen. Sie bezweifelte, dass seine Loyalität ihrem hohen Rang gegenüber solche Maßnahmen zuließ.

In der primären LIS-Kammer angelangt, öffnete sie die Fächer mit den Reservesubstraten. Sie nahm sie alle, insgesamt einhundertdrei, suchte anschließend den kleinen Versorgungsraum auf und wählte dort geeignete Datenspeicher und kleine Elaboratoren. Mit diesen Komponenten – nicht annähernd genug für einen Abakus, der sich mit dem vergleichen ließ, der ihr als Strategin des Pakts zur Verfügung gestanden hatte – setzte sie sich in die Ecke der LIS-Kammer.

Den einfachen Abakus zu bauen, erforderte mehr Zeit als erwartet, denn ihre Gedanken schweiften immer wieder ab. Hatte Coridian ihre Nachricht empfangen? Wie war es ihm in den vergangenen einunddreißig Jahren ergangen? Lebte er überhaupt noch? Und wenn er noch lebte – befand er sich, nach einunddreißig Jahren, noch immer im Zedra-System?

Und dann ihre neue Mission, der neue Auftrag, den sie sich selbst gegeben hatte. Die Waffe auf der Erde, die größte und mächtigste aller Waffen. Eine Waffe, um den Krieg zu beenden. Eine Waffe für den Frieden. Und sieben Kinder, die für ihren Einsatz vorbereitet worden waren. Von wem? Von ihr selbst? Von einer anderen, zukünftigen, alternativen Prizilla? Sie hatte mehr Fragen als Antworten und hoffte, dass ihr der Abakus half, sich in dem Durcheinander aus Möglichkeiten zurechtzufinden.

Nach einer Stunde bemerkte Prizilla eine Veränderung im Datennetz der *Etas* – Rodale, Terr und Esch versuchten offenbar, die vollständige Kontrolle über das Schiff zurückzuerlangen, auch über die wenigen Systeme, die für ihre Signale empfänglich blieben. Mit der vollen Leistungsfähigkeit der Adapter wäre es ihr möglich gewesen, diesen Versuchen zuvorzukommen und sie zu vereiteln, aber der Inhibitor blockierte sie noch immer. Als sie den Navigationsraum verließ, hatte sie eine schwierige Entscheidung treffen müssen: Sollte sie die kleine Medostation aufsuchen und dort einen medizinischen oder chirurgischen Bot anweisen, den Inhibitor zu finden und zu entfernen? Oder war es besser, zuerst einen Abakus zu konstruieren und zu versuchen, mit ihm einen Überblick über die Situation zu bekommen?

Während ihre Gedanken rotierten und sprangen, setzte Prizilla die Substrate zusammen und verband sie nacheinander mit Datenspeichern und Elaboratoren. Zu den Ausrüstungsgegenständen, die im Versorgungsraum lagerten, gehörten auch Energiezellen und allgemeine Programmiermodule. Eine Zeit lang arbeitete sie auf zwei Ebenen: Ihre Finger setzten die Konstruktion des Abakus fort, und ihre Instruktionsgedanken riefen Daten aus den Speichern der passiven Adapter. Mit dem Kommunikationsadapter übertrug sie die Datenpakete in die Programmiermodule aus dem Versorgungsraum, von wo aus sie in die einzelnen Substrate weitergeleitet werden konnten. Zusammen ergaben sie ein Basisprogramm mit grundsätzlichen Funktionen.

Ihre Finger waren nicht so flink wie früher, das sah sie deutlich. Vielleicht, dachte sie, stand sie noch immer unter Schock. Es war ein unangenehmer Gedanke, konnte er doch bedeuten, dass es ihrem Blick für die Realität an der erforderlichen Klarheit mangelte.

Nach zwei Stunden empfing Prizillas Kommunikationsadapter ein von den Systemen der *Etas* weitergeleitetes externes Signal. Es enthielt eine Mitteilung, verschlüsselt mit einem Code, der im Speicher des Kommunikationadapters abgelegt war. Entschlüsselt lautete sie: *Ich bin unterwegs*. Mehr nicht. Ein Name war nicht nötig.

Prizilla lächelte, aber nur kurz, nicht länger als eine Sekunde.

Nach fünf Stunden konnten Magen und Blase nicht länger ignoriert werden. Sie suchte den Recycler auf und erleichterte sich. Die Ergebnisse der automatischen Urinanalyse bestätigten, dass alle organischen Schäden repariert waren – in physischer Hinsicht gab es keine Beanstandungen. Was den Zustand der Psyche betraf, konnte der Urin keine Auskunft geben. Vom Syntho ließ sie sich eine schnelle Mahlzeit zusammenstellen, mit allen Nähr- und Mineralstoffen, die Körper und Geist benötigten.

Als sie anschließend in die LIS-Kammer zurückkehrte, um die Arbeit an ihrem Abakus fortzusetzen, traf sie dort Kommandant Rodale an. Er hatte sein Visier hochgeklappt, und zum ersten Mal sah Prizilla seine wässrigen grauen Augen. Er war älter, als sie zunächst angenommen hatte, mindestens zweihundert Jahre. In seinem Blick lagen Erfahrung und eine gewisse Strenge.

»Wir müssen einige Dinge klären, Ehrenwerte«, sagte er.

»Wo ist der Inhibitor?«, fragte Prizilla sofort. »Ich brauche alle Funktionen meiner Adapter.«

Rodale ging nicht auf die Frage ein. »Wem haben Sie eine

Nachricht geschickt, und wer hat Ihnen geantwortet, Ehrenwerte?«

Prizilla musterte den Kommandanten der *Etas*, und was sie zu erkennen glaubte, gefiel ihr. Dies war ein Mann, für den die Pflicht Pakt und Streitkräften gegenüber an erster Stelle kam. Doch hinter dem Gebot des gelben Blutes gab es einen Menschen mit Gefühlen, mit Stolz und dem Wunsch nach Anerkennung. Stattdessen hatte er von Nadala ein Todesurteil erhalten.

Dieser Mann, ein verdienstvoller Soldat, hatte Offenheit verdient.

»Ich habe meinen Berater Coridian um Hilfe gebeten«, sagte Prizilla. »Er ist hierher unterwegs.«

»Coridian?«, wiederholte Rodale. »Meinen Sie General Coridian?«

Prizilla hob die Brauen. »Die Streitkräfte haben ihn zum General ernannt?«

»Nicht die Streitkräfte«, erwiderte Rodale. »Suprema Nadala hat ihm kurz nach ihrer Wahl den Oberbefehl über den Flottenverband von Memoria gegeben. Seinem Kommando unterliegen die Schiffe der Vierten und Fünften Flotte im Zedra-System.«

Prizilla glaubte zu verstehen. »Bis vor kurzer Zeit ein ruhiger, bedeutungsloser Posten. Wer konnte damit rechnen, dass die Hauptstreitmacht des Feindes ausgerechnet hier angreift, mitten im Kern des Pakts? Nadala wollte dafür sorgen, dass Coridian sie nicht behindern kann.«

»Sie unterstellen der Suprema persönliche Motive bei ihren Entscheidungen«, sagte Rodale vorwurfsvoll.

Prizilla musterte ihn erneut. Für diesen Mann, mit gelbem Blut geboren, war es geradezu unvorstellbar, dass eine Suprema nicht vor allem und in erster Linie an das Wohl des Pakts dachte.

»Zu meiner Zeit ...« Prizilla unterbrach sich. Die Worte klangen seltsam. Für sie selbst waren nur wenige Tage vergangen, für Rodale und alle anderen aber einunddreißig

Jahre. »Zu meiner Zeit fühlte sich Nadala zurückgesetzt und von der Großen Ewora übergangen, die mich zu ihrer Nachfolgerin ernannte. Sie versuchte sogar, mich umzubringen.«

Ungläubige Verblüffung huschte über Rodales Gesicht.

»Sie haben richtig gehört«, versicherte ihm Prizilla. Sie betrachtete kurz die Muster ihres Abakus und dachte an das Mausoleum auf Memoria. Und an die Archive, die eine ganz neue Bedeutung für sie bekamen. Vielleicht enthielten sie Hinweise darauf, was aus den sieben überlebenden Kindern von Nimmwa geworden war und wo sich ein Planet namens Erde befand.

»Als ich zum Orakel unterwegs war, vor der Zusammenkunft des Kongresses, fand ein Anschlag auf mein Leben statt. Im Mausoleum. Bei den Gräbern der Großen Mütter.«

»Sie sind beim Orakel gewesen?«

»Ja. Ich habe mit ihm gesprochen, als erste Suprema seit Asrine der Weisen vor fast fünftausend Jahren. Es hat meine Fragen beantwortet. Ich kenne den richtigen Weg.« Das stimmte nicht, aber es kürzte einen langen Weg ab. Manchmal war eine kleine Lüge weniger kompliziert als die Wahrheit. »Es passt Nadala ganz und gar nicht, dass ich aus der Zeitstraße zurückgekehrt bin. Sie fürchtet, dass ich ihre Stelle einnehmen, ihr die Macht nehmen könnte. Deshalb hat sie mir den Auftrag erteilt, Memoria zu verteidigen, was ihr angesichts einer so großen Übermacht des Feindes unmöglich erscheint. Sie sieht eine Rivalin in mir und will meinen Tod. Ich bedauere sehr, dass Sie und ebenso Terr und Esch davon betroffen sind. Als treue Soldaten haben Sie dies nicht verdient.«

Rodale dachte einige Sekunden lang darüber nach. »Was zeigt der Abakus?«, fragte er dann.

Nicht viel, dachte Prizilla. Er war zu klein und enthielt zu wenige Daten. Die meisten Konvergenzsymbole blieben neutral, womit sie kaum etwas anfangen konnte. Dennoch wiesen die geometrischen Muster des Präsentationshologramms auf große Veränderungen hin.

Prizilla deutete darauf. »Er zeigt, dass viel geschehen wird.« Das stimmte. »Und er zeigt mir den Weg, den es einzuschlagen gilt.« Das stimmte nicht, doch ihr ging es vor allem darum, Zuversicht zu säen.

»Für die erfolgreiche Verteidigung von Memoria?«

Ein Ja wäre eine glatte Lüge gewesen, und ein Nein hätte die Saat der Zuversicht verdorren lassen, bevor sie Gelegenheit zu zartem Wachstum bekam.

»Vielleicht«, sagte Prizilla. »Aber ich brauche Ihre Unterstützung. Ihre volle Unterstützung.«

Rodale nahm Haltung an. »Ich stehe unter Ihrem Befehl, Ehrenwerte. Hiermit übergebe ich Ihnen die Schiffshoheit.«

Prizilla nickte zufrieden. »Der Abakus muss mit dem Datennetz der *Etas* und ihren LIS verbunden werden«, sagte sie und benutzte die knappen Worte von L_9. »Aber zuvor müssen wir noch etwas erledigen.«

Rodale neigte kurz den Kopf. »Gehört und verstanden«, sagte er förmlich.

»Der Inhibitor. Schalten Sie ihn aus! Ich brauche das volle Funktionspotenzial meiner Adapter.«

»Er wurde Ihnen implantiert, während Sie im Heilbad lagen.«

»Auf Nadalas Anweisung hin, nehme ich an.«

»Ja.«

»Hat sie so schnell von mir erfahren?« Prizilla dachte an Entfernung und Zeit für die Nachrichtenübermittlung. Es schien nicht zusammenzupassen.

»Es ist eine fünfzehn Jahre alte Order«, erklärte Rodale. »Alle Personen, die aus einer Zeitstraße der Zedra-Anomalie kommen, sollen Inhibitoren bekommen.«

Dieser Hinweis brachte Prizilla auf einen anderen Gedanken. Wie gut war die Strategin in Nadalas Diensten? Gehörte dies alles zu einem großen, über Jahre hinweg entwickelten Plan?

»Zur Medostation.« Sie ging zum Schott, das sich sofort vor ihr öffnete. »Holen Sie den Inhibitor aus mir heraus!«

41

Dutzende von roten und gelben Warnsymbolen leuchteten in den Holos des Navigationsraums. Die Soldaten saßen an ihren Plätzen, bereit für den Einsatz, mit Datenvisieren vor den Augen. Rodales Hände steckten wieder in den Sensorclustern des Kommandanten, die aussahen wie silberne Handschuhe.

»Noch eine Stunde bis zum Kontakt«, meldete der junge Esch.

»Unsere Beschleunigungsphase dauert an«, fügte Terr hinzu, obwohl ein solcher Hinweis nicht nötig gewesen wäre. »Wir haben eine unübersehbare energetische Signatur.«

»Wir sind wie ein Leuchtfeuer.« Rodales Finger bewegten sich inmitten der Sensoren, und das Holo vor ihm holte den Feind heran: sieben Kampfschiffe, Kategorie Zwei und Vier. Nicht übermäßig groß, aber für einen kleinen Schnellen Kurier zweifellos groß genug.

»Coridian soll wissen, wo wir sind«, murmelte Prizilla. Sie saß hinter den Soldaten und betrachtete den kleinen Inhibitor, den sie im Nacken getragen hatte, verbunden mit dem Zentralnervensystem, nicht weit von den Basiselementen des zerebralen Interfaces. Die Implantation eines solchen Inhibitors war einfacher als das Entfernen aller Adapter – eine schnelle Maßnahme, während die betreffende Person im Heilbad lag und sich vom Schock eines Zeitstraßentransfers erholte. Nadala hatte damals – vor ein paar subjektiven Tagen – gewusst, wohin die Suprema verschwunden war, und vermutlich hatte sie auch den Grund für ihr Verschwinden erfahren: ein fremdes Schiff in der Zeitstraße, ein Schiff, das bei Nimmwa gewesen war. Neutralisierung der Adapter, nicht der Person, dachte Prizilla. Es wäre zu viel verlangt vom gelben Soldatenblut, eine zurückkehrende Suprema, ehemals Oberhaupt des Pakts und der Streitkräfte, zu eliminieren. Außerdem war Nadala bestimmt neugierig darauf gewesen, was Prizilla während ihres Aufenthaltes in der Zeitstraße entdeckt und herausgefunden hatte.

Sie betrachtete die Muster ihres Abakus, den sie aus der LIS-Kammer mitgenommen hatte. Er war absurd klein und lächerlich einfach strukturiert, und doch schien das Präsentationshologramm einen winzigen Hinweis zu enthalten. Oder vielleicht waren es Prizillas Erwartungen und Vermutungen, die vage Umrisse einer Antwort ins Abakus-Holo zeichneten.

Nadala war ihr nicht gegenübergetreten, um sie zu verhöhnen oder ihren persönlichen Sieg zu genießen. Das wäre nicht klug gewesen angesichts der mit ihrer Begegnung verbundenen Gefahren, und Nadala mochte alles sein, nur nicht dumm.

Ein Instruktionsgedanke wies Prizillas zerebrales Interface an, alle Adapter einer Funktionskontrolle zu unterziehen, was einige Sekunden dauerte. Das Ergebnis lautete: Es hatte ein externer Datenzugriff stattgefunden, während die Adapter vom Inhibitor blockiert gewesen waren. Das versteckte sich also hinter der Anweisung, alle aus der Zeitstraße kommenden Personen mit Inhibitoren auszustatten: exklusiver Zugriff auf die Adapterdaten, ohne dass sie jemand anders zugänglich wurden.

Nadala war an Bord der *Etas* gekommen, um die von Prizillas Adaptern gesammelten Daten aus der Zeitstraße in Empfang zu nehmen und sie anschließend aus den Adaptern zu löschen. Für Prizilla bedeutete das, dass sie hinsichtlich ihrer Erlebnisse in der Zeitstraße auf ihr Gedächtnis beschränkt bleib. Es gab keine Aufzeichnungen und damit auch keine Beweise dafür, dass sie wirklich gesehen und gehört hatte, was sie gesehen und gehört zu haben glaubte.

Prizilla fügte ihrem kleinen Abakus diese Information hinzu und suchte nach einer Veränderung in den Mustern, nach einem Anzeichen dafür, welche Auswirkungen sich aus Nadalas Wissen für die aktuelle Situation und zukünftige Entwicklungen ergeben konnten.

»Anomalie in null null vier«, sagte Terr und richtete den Ortungsfokus neu aus.

»Ich sehe nichts«, erwiderte Rodale in der Kampfsprache.

In dem Holo vor Terr erschienen neue Anzeigen. »Es sah nach einer Triebwerkssignatur aus. Modifizierter Gravitationsmotor, Variante G Einunddreißig oder Zweiunddreißig.«

Die wieder voll funktionstüchtigen Adapter gaben Prizilla einen stark erweiterten Wahrnehmungshorizont. Sie sah und hörte auch mit den Augen und Ohren des Schiffes, mit seinen Sensoren und Ortungsinstrumenten; sie fühlte die *Etas* fast wie eine Erweiterung ihres Körpers. Coridian kam ihr zu Hilfe, so viel stand fest. Doch er konnte ihr nur helfen, wenn sie entweder den Feind besiegten, der sich ihnen schnell näherte, oder ihm entkamen. Prizilla erinnerte sich an die Berichte, die sie beim Kongress auf Memoria entgegengenommen hatte. Die Armierer der Streitkräfte hatten an neuen Projekten gearbeitet, mit dem Ziel, neue, wirkungsvollere Waffen zu entwickeln.

»Gravitationsmotor deaktivieren!«, sagte sie. »Schirmfelder auf Navigationsminimum! In Warteposition gehen!«

Die Soldaten zögerten nicht. Sie hatten Prizilla die Schiffshoheit übergeben und sie als Befehlshaberin anerkannt. Welche Anweisungen auch von ihr kamen, sie würden sie ausführen.

Das dumpfe Brummen des Gravitationsmotors verklang, und das Statusholo zeigte, wie die schützende energetische Blase, die das kleine Schiff umgab, kleiner wurde, bis sie aussah wie eine dünne gelbe Haut, die den Schnellen Kurier umgab.

»Warteposition bestätigt«, sagte Rodale.

Prizilla blickte mit den Sensoren der *Etas* ins All. Wo bist du, Coridian?, dachte sie. Die sieben Schiffe des Feindes waren so deutlich zu erkennen wie helle Flammen in dunkler Nacht, fast nahe genug, dass man sich an ihnen verbrennen konnte. Ihre energetischen Signaturen – Form und Struktur der Flammen – veränderten sich, was auf eine Rekonfiguration der Schiffe für den bevorstehenden Gefechtskontakt hindeutete. Jenseits davon gab es andere Flammen, klein und fern, von weiteren Schiffen des Feindes und von Verteidigern. Manchmal wuchs eins dieser Lichter, dehnte sich aus und strahlte heller, um dann zu verlöschen – ein vernichtetes Schiff. Die Absorptionssphäre, die hundert Millionen Jahre überstanden hatte, trug ein Muster aus feurigen Flecken, manche von ihnen hunderttausend Kilometer groß. Nukleare Brände fraßen sich durch die gewaltige Konstruktion der X.

»Wenn wir ein Ausweichmanöver fliegen wollen, bleibt uns nicht mehr viel Zeit«, sagte Rodale nach einigen Minuten.

»Senden Sie ein Positionssignal im Code der Streitkräfte«, erwiderte Prizilla. »Wir halten den gegenwärtigen Kurs. Gravitationsmotor bleibt aus. Schirmfelder weiterhin beim Navigationsminimum. Bereitschaft für Deaktivierung.«

»Bereitschaft für Deaktivierung«, bestätigte der junge Esch, ohne die Anweisung infrage zu stellen.

Wieder verstrichen einige Minuten. Die Flammen der sieben feindlichen Schiffe wurden größer und heißer. Prizilla beobachtete sie und glaubte, ihre Hitze zu spüren.

»Anomalie in null null neun«, sagte Terr plötzlich.

Prizilla sah es mit den Augen der Sensoren: ein Flackern des Sternenlichts, wo nichts flackern durfte, weil es keine Atmosphäre gab, die das Licht verzerrte. Etwas schob sich aus dem schwarzen Nichts hervor, ein Schemen mit den Konturen einer geballten Faust.

Das Kommunikationssystem der *Etas* empfing Daten, und gleichzeitig erhielt Prizilla eine persönliche Botschaft. Sie lautete: *Komm an Bord!*

»Uns werden Koordinaten übermittelt«, meldete Terr.

»Ich kann mit der energetischen Signatur nichts anfangen.« Die Finger des jungen Esch tanzten durch die Symbole im Holo, das ihn umgab. »Sie lässt sich keinem bekannten Schiffstyp der Streitkräfte zuordnen.«

Ein Prototyp?, dachte Prizilla. »Die neuen Koordinaten der Navigation übergeben! Zielanflug, sofort!«

»Koordinaten werden übermittelt«, bestätigte Rodale. »Sofortiger Zielanflug!«

»Unidentifiziertes Schiff schleust Objekte aus«, sagte Terr. »Dicht neben unserer Flugbahn. Es sind ... Plasmabomben.«

Rodale saß völlig reglos. »Schlage Ausweichmanöver vor.«

»Abgelehnt«, erwiderte Prizilla. »Anflug mit den übermittelten Koordinaten fortsetzen!« Was hast du vor, Coridian?

»Unbekanntes Kraftfeld direkt voraus«, meldete Terr. »Störungen in unserem Schirm.«

Prizilla entschied sofort. »Schirm aus!«

»Dann sind wir ungeschützt«, gab Rodale zu bedenken, wie es unter diesen Umständen seine Pflicht war. »Eine einzige Plasmabombe könnte uns zerstören.«

»Coridian wird uns schützen.«

Rodale bewegte die Finger in den Sensorclustern. »Schirm deaktiviert.«

Schwindel erfasste Prizilla – sie hatte plötzlich das Gefühl, aus ihrem Sessel zu rutschen. Es lag an den widersprüchlichen Daten, die ihre Adapter empfingen. Sie reduzierte ihre Empfindlichkeit, wodurch ihr Wahrnehmungsbereich schrumpfte.

Die Holos vor ihr und den Soldaten zeigten Dutzende von Warnsymbolen.

»Energetische Aktivität bei den Plasmabomben«, sagte der junge Esch in der Kampfsprache. Diesmal registrierten Prizillas aufmerksame Ohren einen Hauch von Anspannung in seiner Stimme. »Zündungssequenz wurde eingeleitet.«

Die Entfernung betrug nur einige Hundert Kilometer, teilten die Adapterdaten Prizilla mit. Und die *Etas* wurde nicht mehr von einem Schirmfeld geschützt.

Das zentrale Holo zeigte noch immer den Schemen in der Form einer großen geballten Faust. Sie schien sich ein wenig zu öffnen, und ein Licht erschien, ein rechteckiges Licht.

»Hangar voraus«, sagte Terr.

»Zielanflug Hangar«, erwiderte Prizilla. Mit ihrem Kommunikationsadapter sendete sie: *Coridian, bist du das?*

Ja, hörte sie seine Stimme. *Es bleibt nicht viel Zeit. Beeil dich!*

Der Gravitationsmotor brummte, und die *Etas* sprang nach vorn, dem Licht entgegen, das aus der rechteckigen Hangaröffnung fiel. Wenige Sekunden später durchstieß der Schnelle Kurier den dünnen Vorhang eines Atmosphärenschilds. Ein Gravitationskissen empfing das kleine Schiff und hielt es fest.

»Systeme in Bereitschaft«, meldete Rodale. »Zündung der Plasmabomben erfolgt ... jetzt.«

Draußen im All gleißten plötzlich mehrere Sonnen und vereinten ihr grelles Licht. Ein Ball aus zig Millionen Grad heißem Plasma entstand, dehnte sich aus ...

Und wich jäher Dunkelheit.

Der Strom von Daten, die Prizilla mit ihren Adaptern empfing, versiegte. In den Holos verschwanden die Warnsymbole, und stattdessen erschienen neutrale Statusanzeigen.

»Wir befinden uns an Bord eines Schiffs«, meldete der junge Esch, obwohl dieser Hinweis nicht nötig gewesen wäre. »Die energetischen Signaturen sind sehr ungewöhnlich.«

»Kein Schiff des Feindes«, fügte Terr hinzu. »Es gehört zu unseren Streitkräften.«

Prizilla stand auf. Sie hatte sich einen Prototypen gewünscht und einen bekommen.

»Kommunikationssysteme öffnen!« Sie hielt es für besser, dies offiziell zu machen. »General Coridian, danke für Ihre Hilfe! Ich komme zu Ihnen. Wir müssen die Lage besprechen.«

»Willkommen an Bord der *Klinge*, Suprema Prizilla!«, erklang die vertraute Stimme des alten Soldaten. »Ich erwarte Sie im Konferenzraum.«

42

Einunddreißig Jahre waren vergangen, aber Coridian schien um mindestens ein halbes Jahrhundert gealtert zu sein. Damals hatte er die Grenze des Greisenalters erreicht, mittlerweile war sie überschritten. Er hatte an Gewicht verloren, die Schultern wirkten schmaler, das faltige Gesicht hohlwangiger, und die Augen schienen sich ein wenig getrübt zu haben. Er trug die Uniform eines Generals, doch irgendwie passte sie nicht zu ihm, fand Prizilla.

Mit geradem Rücken saß er da, in der Art des Soldaten, die Hände flach auf den Tisch gelegt. Prizilla beugte sich vor, legte ihre Hände auf die seinen und spürte die Wärme in ihnen. Nach einigen Sekunden wich sie zurück.

»Du bist es wirklich«, sagte er schließlich. Sie waren allein im schlichten Konferenzraum, und Prizillas Adapter teilten ihr mit, dass es keine aktive Kommunikationsverbindung gab. Was hier besprochen wurde, blieb unter ihnen.

»Hast du daran gezweifelt?«, erwiderte sie.

»Ja. Ich gestehe, dass es das Gift des Zweifels in mir gab. Ich habe befürchtet, es könnte eine Falle von Nadala sein.«

Ein dünnes Lächeln erschien auf Prizillas Lippen. »Sie hat dich befördert, alter Freund.«

Coridian verzog das Gesicht. »Sie hat mich in eine Position manövriert, in der ich ihr nicht schaden kann.«

»Sind wir hier sicher? Was hat es mit diesem Schiff auf sich?«

»Es ist ein Experimentalschiff«, antwortete der alte Soldat. »Ausgestattet mit einem Tarnschirm, an dem unsere Armierer seit vielen Jahren arbeiten und der auf den energetischen Masken basiert, die bei den Streitkräften verwendet werden. Er funktioniert alles andere als perfekt und verschlingt viel Energie, aber ich hoffe, dass er in diesem besonderen Fall seinen Zweck erfüllt.«

»Ich verstehe«, sagte Prizilla langsam, ohne den Blick von Coridian zu wenden. »Und die Plasmabomben haben die Vernichtung des Schnellen Kuriers vorgetäuscht.«

»Das ist der Plan, ja. Wir steigen derzeit aus der Ebene der

Ekliptik auf, mit minimaler Beschleunigung, damit unsere energetische Signatur so klein wie möglich bleibt. Vielleicht fällt der Feind auf unseren Trick herein. Wenn nicht, wenn er zu suchen beginnt, müssen wir so still und leise wie möglich sein.« Coridian zögerte. »Ich habe all die Jahre gehofft, du würdest zurückkehren, um deinen Platz einzunehmen und Nadala daran zu hindern, die falschen Entscheidungen zu treffen.«

»Dazu hat mir Nadala keine Gelegenheit gegeben. Ich wurde von ihr angewiesen, Memoria zu verteidigen.«

»Mit den wenigen Schiffen der Vierten und Fünften Flotte? Gegen die Hauptstreitmacht der Crul?« Coridian nannte den Feind noch immer beim Namen. »Und ohne die Möglichkeit, Verstärkung zu rufen?«

»Von deinen Flottenverbänden war bei Nadalas Auftrag nicht die Rede«, erwiderte Prizilla, »nur von der *Etas.*«

»Das wäre dein Todesurteil.«

»Ja. Aber mit deiner Hilfe werde ich überleben. Wir beide werden überleben.«

Coridian neigte kurz den Kopf.

»Nadala hat behauptet, du hättest die Crul hierher geholt.«

»Das ist Unsinn.«

»Wie hast du die vergangenen einunddreißig Jahre verbracht?«, fragte Coridian. »Ich nehme an, für dich verging wesentlich weniger Zeit – du hast dich überhaupt nicht verändert. Was ist in der Zeitstraße geschehen?«

Prizilla begann von ihren Erlebnissen zu berichten, und während sie erzählte, veränderten sich ihre Erinnerungen und wurden mehr und mehr zu etwas Irrealem. Alle betreffenden Daten waren aus ihren Adaptern gelöscht, und ohne diese Bestätigung erschien ihr plötzlich alles wie ein Traum. Auch darauf wies sie den alten Soldaten hin – unter ihnen beiden kam nichts anderes infrage als die volle Wahrheit.

Einige Sekunden lang musterten sie sich gegenseitig.

»Uns geht dieselbe Frage durch den Kopf, richtig?«, sagte Prizilla.

Coridian sprach sie aus. »Bist du sicher, das alles wirklich erlebt zu haben?« Er stellte noch eine zweite Frage: »Oder könnten es Erinnerungen sein, die Nadala dir eingepflanzt hat?«

»Warum sollte sie so etwas tun? Sie hat das Zedra-System zusammen mit anderen Evakuierten durch das kleine Fulkrum bei Verque verlassen. Ich bin hier, ohne eine Möglichkeit, der Hauptstreitmacht des Feindes zu entkommen, zum Tod verurteilt, wie du gesagt hast.«

Coridian nickte nachdenklich. »Du hast einen Abakus mitgebracht. Was zeigt er an?«

»Nicht viel. Ich benötige weitere Komponenten, so viele wie möglich.«

»Du bekommst, was du brauchst.«

Wieder erschien ein kurzes Lächeln auf Prizillas Lippen. »Gib mir ein Fulkrum, alter Freund.«

Coridian wölbte seine weißen Brauen. »Vielleicht könnte ich dir tatsächlich eins geben. Vor sieben Jahren haben die Erkunder in der Absorptionssphäre ein halb fertiggestelltes stationäres Fulkrum entdeckt. Seitdem arbeiten Techniker und Ingenieure daran, es zu vervollständigen. Ein Test vor einem Jahr ist fehlgeschlagen. Die transferierten Testobjekte verloren ihre strukturelle Integrität.«

»Klingt nicht sehr verlockend«, kommentierte Prizilla.

»Ich schlage vor, wir verlassen das Zedra-System im Schutz unseres Tarnschirms und beginnen mit einem Dilatationsflug knapp unter der Lichtgeschwindigkeit. Die Triebwerke der *Klinge* sind leistungsfähig genug.«

»Wie weit?«, fragte Prizilla. »Und wie lange?«

»Das nächste voll funktionsfähige Fulkrum ist drei Lichtjahre entfernt. Durch die Zeitdehnung würde der Flug für uns nur wenige Wochen dauern, aber ...«

»Aber für die Welten des Pakts würden drei volle Jahre vergehen«, sagte Prizilla. »Zeit genug für den Feind, weitere Welten anzugreifen.«

»Zeit genug für eine Niederlage unserer Streitkräfte«, fügte Coridian düster hinzu.

»Niemals«, sagte Prizilla sofort. »Niemals.« Sie stand auf. »Wir verlassen das Zedra-System nicht, Coridian. Wir fliegen nach Memoria.«

Der alte Soldat starrte sie an. »Dort werden die Crul zuschlagen, mit all ihren Schiffen.«

»Wir müssen schneller sein als sie. Die Archive, Coridian. Ich brauche Informationen über einen Planeten namens Erde. Und über die sieben Kinder, die auf Nimmwa den Angriff des Feindes überlebt haben.«

Staub und Sturm

Jarl 43

Es war dunkel im großen Besprechungsraum des Transporters, der in weniger als einer Stunde geopfert werden sollte, und die Kälte des Weltalls fraß sich immer tiefer ins Schiff.

Vorn auf dem Podium stand ein großer, kräftiger Mann in der Uniform eines Kompanieführers. Er war noch größer und kräftiger geworden als damals, und sein Name hatte eine zweite Silbe bekommen – er hieß nicht mehr Ruk, sondern Ruko.

»Dies ist eine von hundert Einsatzgruppen«, wandte sich Ruko an die Versammelten. »Wie viele seid ihr?«

»Fünfzig!«, riefen die Soldaten, unter ihnen Jarl. Er stand ganz hinten, in der letzten Reihe, und fragte sich kurz, welche Vergehen die anderen Sträflinge hierher gebracht hatten.

»Wenn ihr auf Onnizza landet, werdet ihr nur noch zwanzig sein«, fuhr Ruko fort. Hoch aufgerichtet stand er da, die Fäuste in die Hüften gestemmt. »Wir rechnen mit einer Verlustquote von sechzig Prozent.«

Die Fünfzig schwiegen. Ruko ließ den Blick über sie schweifen.

»Aber ihr seid nur Sträflinge, und deshalb spielen solche Verluste kaum eine Rolle«, sagte Ruko laut, während die Temperatur beständig sank. Der Transporter gehörte zu einer Gruppe von hundert Schiffen, die mit minimaler energetischer Signatur dem Planeten Onnizza entgegenfielen. Fast alle Systeme waren deaktiviert. »Für euch ist dies eine Chance. Kämpft gegen den Feind auf Onnizza! Vernichtet ihn! Zeigt euren Mut, zeigt eure Tüchtigkeit! Seid ihr bereit?«

»Ja!«, riefen die Soldaten. Jarl rief nicht. Er stand stumm

und dachte: Vielleicht habe ich Glück. Vielleicht sterbe ich, wenn die Kapseln von den Transportern gelöst werden und durch die orbitalen Linien des Feindes fallen.

»Der Feind hat sich auf Onnizza festgesetzt«, sagte Ruko. Ein kleines Licht schwebte über ihm, sodass ihn alle sahen; der Rest des Besprechungsraums blieb dunkel. Es erschienen keine Holodiagramme, die Details des Einsatzes zeigten und die derzeitige Situation erklärten – die Soldaten würden während des Falls aktualisierte Informationen erhalten. »Der Planet dient ihm als Navigationsbake für seine Superlichtschiffe.«

Ein mehrstimmiges Flüstern ging durch den Raum. »Superlicht, Superlicht ...«

»Ja, er ist schnell geworden, der Feind.« Ruko sprach lauter. »So schnell, dass er unsere zentrale Abwehr durchbrochen hat und die Kernwelten angreift. Seine Navigationsbake im Hohen Norden auf Onnizza weist ihm den Weg. Wenn wir sie vernichten, fällt es ihm schwerer, weitere Schiffe ins Herz des Pakts zu schicken. Ist es wert, dafür in den Kampf zu ziehen?«

»Ja!«, riefen die Soldaten. Jarl schwieg erneut. Der Sträfling an seiner Seite warf ihm einen kurzen Blick zu.

»Ist es wert, dafür zu sterben?«

»Ja!«, riefen die Soldaten.

»Ja«, flüsterte Jarl. Gab es etwas Ehrenvolleres, als im Kampf gegen den Feind zu sterben? Dies war der Ausweg, den er sich gewünscht hatte. Der Tod, die Leere, das Nichts. Keine quälenden Gedanken mehr. Ein Ende des Zwangs, zu zerstören und zu töten. Frieden, endgültig und für immer.

Doch unter der Hoffnung, all dem zu entkommen, was ihn seit seiner Geburt belastete, der Stimme des gelben Blutes, lauerten Unbehagen und Zweifel. Er dachte an die anderen Stimmen, die er im Schlaf hörte, in seinen Träumen, an die Erde, von der sie erzählten, und von der Waffe, die dort auf ihn wartete, die größte aller Waffen, dazu bestimmt, den Krieg für immer zu beenden. Das war seine Aufgabe, seine Mission. Und wenn er starb, konnte er sie nicht erfüllen.

»Habt einen festen Willen, Soldaten!«, donnerte Ruko. »Seid stark, immer! Werdet nicht schwach!«

»Niemals!«, lautete die vielstimmige Antwort, laut genug, die Wände erzittern zu lassen. Oder vielleicht ging die Vibration auf einen Strahlengürtel zurück, den der blind und wie tot fallende Transporter durchquerte.

»Noch ein Hinweis, Soldaten. Hütet euch vor den Staubwürmern im Mittleren und Hohen Norden von Onnizza. Sie sehen harmlos aus, aber wenn ihr ihnen Gelegenheit gebt, beißen sie sich selbst durch die Panzerung eurer Kampfanzüge und bohren sich anschließend in eure Körper. Die Datenpakete, die eure Adapter erhalten, geben euch Auskunft über sie. Sie weisen auch darauf hin, dass die Nanobots kaum etwas gegen die Würmer ausrichten können. Sie tarnen sich gut, die kleinen Biester. Weder die Bots noch das Immunsystem erkennen sie als körperfremde Eindringlinge.« Ruko legte eine kurze Pause ein, und sein Blick strich noch einmal über die Soldaten. »Nehmt jetzt eure Plätze ein. In die Kapseln mit euch!«

Die Männer – es befand sich nicht eine Frau unter ihnen, denn zukünftige Mütter waren viel zu wertvoll, um ihr Leben bei einem so riskanten Einsatz zu gefährden – drehten sich um und stapften zum Ausgang. Die Kälte hatte sich Jarl in Fleisch und Knochen gefressen, machte den Körper träge und die Gliedmaßen schwer. Als Letzter wankte er hinter den anderen Soldaten zum Ausgang, doch als er den Besprechungsraum verlassen wollte, hörte er plötzlich Rukos Stimme. »Sie bleiben hier, Sträfling Jarl!«

Er blieb stehen, die Beine taub.

Der Mann vor ihm, ein Veteran mit krummen Schultern, über zweihundert Jahre alt, trat in den dunklen Korridor und folgte den anderen Männern. Ihre Schritte entfernten sich.

Ruko kam näher und blieb dicht vor Jarl stehen.

»Dies ist meine Truppe«, knurrte Ruko. »Ich verlange, dass alle Stärke zeigen, sogar Schwächlinge wie du. Auch von dir erwarte ich, dass du deine Pflicht erfüllst.«

»Was ist meine Pflicht?«, fragte Jarl und dachte: Wie seltsam. Von wem kommen diese Worte? Von mir?

»Das fragst du?«, donnerte Ruko. »Hast du es in den vergangenen einunddreißig Jahren nicht gelernt?«

Jarl schwieg.

»Ich will nicht, dass du diese Mission ruinierst, so wie du eine andere Mission ruiniert hast«, zischte Ruko. Der alte Zorn brannte in seinen Augen, vielleicht noch heißer als damals vor drei Jahrzehnten auf Grotenthal. »Ich will nicht, dass Soldaten – auch wenn sie Sträflinge sind wie du – durch deine Schuld sterben.«

»Warum bist du hier?«, fragte Jarl. »Warum hat man dich hierher abkommandiert? Ist das ein Posten, den du durch Verdienste erhalten hast?«

Ruko starrte ihn verblüfft an. »Was?«, fragte er. »*Was?*«

Jarl genoss den kleinen Triumph.

Plötzlich war die Faust da und traf ihn am Kopf, dicht über dem linken Auge. Die Braue platzte, stechender Schmerz begleitete Jarl auf dem Weg nach unten, zum Boden. Einige Tropfen gelbes Soldatenblut rannen aus der Wunde, bevor die Nanomaschinen damit begannen, den angerichteten Schaden zu beheben.

»Du bist nichts und niemand!«, brüllte Ruko.

»Ich bin Jarl.« Er bewegte kalte Arme und Beine, stand langsam auf.

»Deine eine Silbe spielt hier keine Rolle. Hier hilft dir niemand. Erinnerst du dich an deine alte Freundin, die dem Schwächling Jarl damals geholfen hat, dem Rekruten, der Freundschaft mit Eingeborenen geschlossen hat? Erinnerst du dich an Sotia?«

Jarl blinzelte und glaubte, eine sanfte Hand zu fühlen, die ihn berührte.

»Ja«, sagte er. »Ja, ich erinnere mich.«

Ruko beugte sich näher, so nahe, dass Jarl seinen ranzigen Atem roch.

»Sie befindet sich auf Onnizza«, fauchte er. »Es gibt einen

Lebensturm auf dem Planeten. Sotia ist eine von drei Müttern, die dort über tausend Kinder wachen.«

Jarl sah sie wie damals: klein und drahtig, das Haar pechschwarz und zusammengebunden, der gelbe Overall mit Bildern von Planeten, Sonnen und Galaxien geschmückt.

»Und weißt du was, Jarl?« Ruko wich zurück. »Du wirst sie retten. Das ist der Auftrag, den ich dir hiermit gebe. Du wirst Sotia retten. Kehr nicht ohne sie zurück. Und jetzt ...« Er deutete zum Ausgang. »Hinaus mit Ihnen, Sträfling Jarl! In Ihre Kapsel!«

44

Der lange Zylinder des Transporters, eins von hundert Schiffen, bestand zur Hälfte aus einem Hochleistungstriebwerk, das bis auf neunundneunzig Prozent der Lichtgeschwindigkeit beschleunigen konnte, und zur anderen Hälfte aus zwei Dutzend zu einem Bündel am Heck zusammengefassten Gravitationsmotoren. Den Rest beanspruchte ein Gravitationskatapult für die insgesamt fünfzig Kapseln, die der Transporter wie Samenschoten an seiner Außenhülle trug. Eine dieser Kapseln hatte Jarl aufgenommen. Er steckte im Ruhekokon eines Absorbers, der ihn vor den hohen G-Kräften des Katapultstarts und bei Eintritt in Onnizzas Atmosphäre schützen sollte. Die Lebenserhaltungssysteme der Kapsel beschränkten sich auf ein Minimum und boten allein Notfunktionen für den Fall, dass die Systeme des Kampfanzugs während des Fluges zum Einsatzort versagten. Einen Schutzschirm gab es nicht, abgesehen von einem Deflektorfeld, das Kollisionen mit kleinen Objekten verhindern sollte.

»Noch fünf Minuten bis zum Start der Kapseln«, tönte eine Substrat-Stimme aus dem Kommunikationssystem.

Sechzig Prozent Verluste, bis wir Onnizza erreichen, dachte Jarl. Und dann erneut: Vielleicht habe ich Glück, und meine Kapsel gehört zu denen, die vom Feind vernichtet werden, bevor sie auf dem Planeten landen können. Ein zweiter Gedanke folgte, stärker als die Sehnsucht nach dem Ende. *Ich muss Sotia retten.*

Jarl wusste, was Ruko mit seinem Auftrag bezweckte: Er wollte ihn in den Tod schicken. Wie sollte er allein Sotia aus dem Lebensturm retten, der zweifellos zu den primären Angriffszielen des Feindes gehört hatte? Existierte er überhaupt noch? Die anderen Soldaten, in Gruppen eingeteilt, waren angewiesen, die Navigationsbake im Hohen Norden von Onnizza zu vernichten. Niemand von ihnen würde ihm, Jarl, helfen. Ganz allein musste er den Lebensturm im Mittleren Norden finden, am Rand der weiten Staubebenen. Ganz allein musste er Sotia lokalisieren und anschließend mit ihr zu den Basisschiffen der Streitkräfte zurückkehren, die Lichtstunden entfernt am Rand des Tallbart-Systems warteten. Wie sollte das alles möglich sein, ohne Hilfe, ohne logistische Unterstützung? Die schlichte Antwort auf diese Frage lautete: Es war nicht möglich, und das hatte Ruk – Ruko – bei der Erteilung dieses persönlichen Auftrags gewusst. Ganz abgesehen davon, was einst zwischen ihnen beiden gewesen war: Er wollte, dass Jarl starb, am besten sofort, damit er die Einsätze auf Onnizza nicht störte oder gar ruinierte. Vielleicht sah Ruko durch den »Schwächling« Jarl seine Möglichkeiten auf Beförderung oder Rehabilitierung gefährdet – es gab bestimmt einen guten Grund, warum er das Kommando ausgerechnet über eine Sträflingskompanie führte.

Überraschend starker Trotz regte sich in Jarl, ein Trotz, der von ihm verlangte, am Leben zu bleiben, weil Ruko ihn tot sehen wollte. Sotia, deren sanfte Hand ihm damals Trost gespendet, deren warme Präsenz ihm Ruhe geschenkt hatte ... Er stellte sich vor, wie Sotia, zur Mutter geworden, im Lebensturm von Onnizza ausharrte, wie sie vom Feind bedrängt die Kinder schützte.

Entschlossenheit stieg in ihm auf, vielleicht auch stimuliert von den Nanobots und Adaptern, die ihn auf den Kampf vorbereiteten. Was auch immer ihn auf Onnizza erwartete, wenn er zu den Überlebenden von Anflug und Landung zählte, würde er versuchen, die Mission zu erfüllen, die ihm Ruko in der Überzeugung gegeben hatte, dass er versagen und sterben würde.

Die passiven Sensoren zeigten Jarl den Planeten als gelbe Scheibe, fast so gelb wie das Soldatenblut in seinen Adern. Einzelne Schiffe und Raumstationen des Feindes glühten wie kleine Lichter in schwarzer Nacht. Statusdiagramme fügten den Daten der passiven Sensoren Basisinformationen über den Status der Kapsel, Entfernung zum Ziel und Position der anderen Transporter hinzu.

»Noch eine Minute«, erinnerten die Substrate der Kapsel.

Mehr Lichter erschienen in der Nacht des Weltalls, einige Zehntausend Kilometer über Nord- und Südpol des Planeten. Raumschiffe des Feindes. Solange die Kapselsensoren im passiven Modus arbeiteten, ließen sie sich nicht eindeutig identifizieren, aber Jarl vermutete, dass es sich um Superlichtschiffe handelte, die die Navigationsbake von Onnizza zur Orientierung benutzten. So nahe beim Planeten, dachte er. Nur ein oder zwei Zehntellichtsekunden. Kam es dadurch nicht zu Schockwellen, die auf Onnizza Erdbeben verursachen oder das Klima verändern konnten?

»Dreißig Sekunden ...«

Jarl traf letzte Vorbereitungen. Er entspannte sich im Kokon des Absorbers und vergewisserte sich, dass Arme und Beine die richtige Position einnahmen und die Stütze den Kopf von hinten wie mit einer Hand umfasste. Knochenbrüche in den Gliedmaßen waren eine kurzfristige Behinderung – die Nanobots würden für eine schnelle Regeneration sorgen, solange sie auf die Energiezellen des Kampfanzugs zugreifen konnten. Ein Genickbruch hingegen konnte fatal sein, denn die Nanobots brauchten mindestens eine halbe Stunde, um die volle Funktion der Nervenverbindungen wiederherzustellen.

»Zehn, neun ...«

Der Absorber nahm Energie auf, wodurch die Kapsel eine

energetische Signatur bekam und für den Feind sichtbar zu werden begann.

»Fünf, vier …«

Jarl schaltete seinen Kampfanzug auf volle Autonomie. Die Nanobots in seinem Blut schickten den Adaptern ein Bestätigungssignal – sie waren bereit, alle physischen Schäden so schnell wie möglich zu reparieren.

» … eins. *Start.*«

Das All wurde hell, als die Sensoren in den aktiven Modus umschalteten. Überall leuchteten die Lichter des Feindes.

Eine kosmische Faust traf Jarl und schien ihn in seinem Kokon zerschmettern zu wollen. Etwas in seinem Körper gab nach, Gewebe riss, und ein Schleier legte sich ihm vor die Augen, so dicht, dass er die Statusanzeigen nicht mehr erkennen konnte und auf die Datenübermittlung der Adapter angewiesen blieb. Der enorme Andruck beim Katapultstart wirkte sich nur für einen Sekundenbruchteil aus – mehr hätte er nicht überlebt –, dann reagierte der Absorber und stabilisierte das Gravitationsfeld. Millionen von Nanobots schwammen durch gelbes Blut und machten sich daran, die Integrität von Fleisch und Knochen wiederherzustellen.

Der Schleier wich von Jarls Augen.

Er fiel durchs All, dem wolkenverhangenen Planeten entgegen, der Kränze aus Dutzenden und Hunderten von Lichtern trug, jedes von ihnen ein Schiff, eine Gefechtsstation oder ein Abwehrsatellit. Manche Lichter wurden heller und größer, um fast sofort wieder zu verblassen und zu verschwinden: vernichtete Angreifer und Verteidiger.

Etwas huschte vorbei, ein dunkler Brocken, mehrere Meter groß. Weitere folgten, manche kleiner, andere größer. Jarl schob die Hände ein wenig nach vorn, den Navigationskontrollen entgegen, ohne sie zu berühren – die Navigationssubstrate konnten weitaus schneller reagieren als er.

»Status siebenundachtzig Prozent«, meldete eine synthetische Stimme. »Einsatzbereitschaft wird bestätigt.«

Die Stimme wies auf den aktuellen Zustand der Kapselsysteme hin, für den Fall, dass der Passagier im Kokon noch nicht klar sehen konnte. Jarls Blick strich über die Statusanzeigen und nahm alles in sich auf. Die Entfernung zum Planeten betrug noch hunderttausend Kilometer und schrumpfte schnell. Der erste Trümmergürtel von Onnizza, der äußere Ring des Planeten, lag hinter ihm, und die Navigationssubstrate passten den Kurs an, um den inneren Ringen auszuweichen. Jarl stellte fest: Von den fünfzig gestarteten Kapseln ihres Transporters flogen noch vierundvierzig – sechs waren trotz der Deflektoren von Felsbrocken des äußeren Gürtels zerschmettert oder von Mikrometeoriten zerrissen worden.

Vektordiagramme in Jarls Blickfeld zeigten die Flugbahnen der Transporter, die einen Teil ihres Zwecks bereits erfüllt hatten. Sie änderten den Kurs und schwärmten aus, über und unter die Orbitalebene des äußeren Rings, und hielten auf die Trägerschiffe des Feindes zu, auf Riesen der Kategorie Neun. Hundert Transporter, die jeweils fünfzig Soldatenkapseln in die Nähe von Onnizza gebracht hatten, verwandelten sich in Raketen. Abwehrfeuer schlug ihnen entgegen, in den Statusanzeigen als dünne Linien zu erkennen, die ein grobmaschiges Netz im Weltall schufen. Neue, kurzlebige Lichter entstanden, als erste Transporter explodierten. Der Feind erkannte die Gefahr – einige Mutterschiffe begannen mit Ausweichmanövern.

Jarl beobachtete, wie die beiden mittleren Eisringe von Onnizza unter seiner Kapsel hinwegglitten, beide aus Millionen und Milliarden faustgroßer Wassereisklumpen bestehend, den Resten eines vor Äonen auseinandergebrochenen Kometen. Mehrmaliges rotes Aufblitzen, von den Sensoren in sein Blickfeld projiziert, wies auf die Ortungsaktivität von Sonden und automatischen Wächtern hin. Weiter vorn stieg etwas aus dem Innenring, ein Jäger der Kategorie Zwei, schnell, wendig und zweifellos stark genug bewaffnet, um Soldatenkapseln zu zerstören.

»Kursänderung!«, sagte Jarl in der Kampfsprache. »Neuer

Vektor null null vier. Zielanpassung bei Entfernung zehntausend!«

Der kleine Gravitationsmotor summte, und die Kapsel fiel an dem Jäger vorbei, bevor er Gelegenheit bekam, das Feuer zu eröffnen. Aber vielleicht hatte er es gar nicht auf Jarl abgesehen gehabt, sondern auf die beiden Kapseln, die einige Tausend Kilometer entfernt flogen, mit dem Hohen Norden von Onnizza als Ziel. Sie verwandelten sich in Plasmablumen, feurig schön.

»Minen«, warnten die Navigationssubstrate, und nur einen Moment später empfing Jarl einen entsprechenden Hinweis von seinen Adaptern. Die Diagramme direkt vor ihm veränderten sich und zeigten ihm mehrere violette Markierungen in der Nähe einer Trümmerwolke, die aus den Resten eines orbitalen Zerstörers der Streitkräfte stammte. »Erfassung durch Sensoren des Feindes.«

»Geschwindigkeit erhöhen!«, entschied Jarl sofort. Er kannte die autonomen feindlichen Minen – entweder lagen sie auf der Lauer, bis ein Schiff des Pakts nahe genug an sie herankam, oder sie durchstreiften ein bestimmtes Raumgebiet, auf der Suche nach geeigneten Zielen. Aber meistens waren sie langsam, und Jarls Kapsel fiel noch immer mit hoher Geschwindigkeit.

»Bremsmanöver kritisch«, warnten die Substrate der Kapsel.

Die Sensoren sahen sie bereits: kleine, geduldige Lauerer zwischen den Trümmern und in den planetennahen Ringen, keiner von ihnen größer als drei Meter; die kleinsten durchmaßen nur einen halben Meter, doch selbst sie konnten sogar einem Interventionskreuzer gefährlich werden. Zwei oder drei von ihnen wurden aktiv, aber Jarls Kapsel war zu schnell und jagte über tausend Kilometer entfernt an ihnen vorbei.

Noch mehr Feuerblumen erblühten im All. Andere Kapseln verglühten in einem Regen des Todes.

Voraus leuchteten die »Kränze« des Planeten, bestehend aus zahlreichen Schiffen, Satelliten und Kampfstationen.

Onnizza gehörte nicht mehr dem Pakt, sondern dem Feind, und er hatte seinen Planeten – die Navigationsbake für seine Superlichtschiffe – gut geschützt. Deshalb schickten die Streitkräfte keine Angriffsflotte, sondern hundert Transporter mit insgesamt fünftausend Soldaten. Selbst Großkreuzer konnten nichts gegen eine solche Übermacht ausrichten, doch für kleine Kapseln gab es Schlupflöcher, und wenn genug von ihnen hindurchzuschlüpfen versuchten, erreichten einige von ihnen den Planeten. Es ging nicht darum, Onnizza zurückzuerobern; das war unmöglich, solange die Kernwelten des Pakts angegriffen wurden. Das Ziel des Einsatzes bestand einzig und allein in der Vernichtung der Navigationsbake im Hohen Norden – das Oberkommando war bereit, hundert Kompanien dafür zu opfern.

Jarl, einer der Fünftausend, hatte ein anderes Ziel, und die Navigationssubstrate peilten es an. Es befand sich im Mittleren Norden, oberhalb des Äquatorialkranzes aus Gefechtsstationen – in der schematischen Darstellung vor Jarl blinkte ein weißer Punkt am Rand einer der großen Staubebenen von Onnizza.

»Bremsmanöver für planetaren Anflug in fünf Sekunden, vier …«

Jarls Kampfanzug schickte den Nanobots in seinem Blut ein neues Dringlichkeitssignal – es konnte zu weiteren physischen Beeinträchtigungen kommen, die so schnell wie möglich beseitigt werden mussten.

Etwas schloss sich um Jarl und drückte zu, immer stärker, bis er glaubte, dass ihm der Andruck das Gehirn aus Ohren und Augen presste. Der Absorber reagierte, aber er war für weniger starke Bremsmanöver vorgesehen und neutralisierte nur einen Teil der Andruckkräfte. Der Gravitationsmotor heulte, die Kapsel zitterte und bebte, und eine Stimme in der Ferne rief: »Feindkontakt! Feindkontakt!«

Dunkelheit saugte an Jarl. Er kämpfte dagegen an und zwang sich, bei Bewusstsein zu bleiben. Der Druck ließ etwas nach, und die Adapter, mit den Sensoren der Kapsel verbunden, übermittelten Ortungsdaten – zwei Minen und ein kleiner Jäger, Kategorie Eins, der eine Kampfstation des Äquatorialkranzes verließ und auf Abfangkurs ging.

Jarl traf die einzige Entscheidung, die ein Soldat unter diesen Umständen treffen konnte.

»Kokon und Kapsel öffnen!«

Er wies seine Adapter an, die Navigationsdaten in den kleinen Gravitationsmotor des Kampfanzugs zu kopieren. Der Ruhekokon gab ihn frei, und einen Moment später öffnete sich die Kapsel. Es kam zu einer explosiven Dekompression – die Luft im Kapselinnern entwich mit einem Schlag und riss Jarl mit sich.

Der Anzugmotor wurde aktiv und gab ihm zusätzliches Bewegungsmoment – die Entfernung zur Kapsel wuchs. Jarl vergewisserte sich, dass er mit dem richtigen Kurs flog. »Sensoren und Motor aus«, sagte er dann, die Stimme brüchig, im Leib die Schmerzen von Quetschungen.

Die meisten Lichter im All verschwanden. Die beiden Minen, die sich der Kapsel näherten, blieben ebenso in der Finsternis des Weltraums verborgen wie die Kränze aus feindlichen Schiffen, die Onnizza trug. Nur hier und dort glühten die Plasmafahnen konventioneller Triebwerke, und kurzes, grelles Aufleuchten wies auf explodierte Transporter und zerstörte Soldatenkapseln hin.

Jarl wartete. Jede verstreichende Sekunde vergrößerte die Distanz zu seiner Kapsel und gab ihm etwas mehr Sicherheit. Sein Atem klang laut im Innern des Helms, und er erwartete einen weiteren Blitz, heller als die anderen. Doch er blieb aus, kein jähes Gleißen zerriss die Dunkelheit. Hatte die Intelligenz der beiden Minen den Trick durchschaut? Jarl wagte nicht, die Sensoren zu reaktivieren, um nach ihnen und dem Jäger zu suchen – seine Emissionen mussten so gering wie möglich sein, wenn er unentdeckt bleiben wollte.

»Systemintegrität hundert Prozent«, meldete das Diagnosesubstrat des Kampfanzugs. »Kapazität der Lebenserhaltung achtundneunzig Prozent.«

Hinter Jarl erstrahlte eine neue Sonne, als drei der hundert eingesetzten und geopferten Transporter einen Träger des Feindes trafen, einen Giganten der Kategorie Neun. Für zwei oder drei Sekunden erschienen direkt voraus Trümmerteile im grellen Licht, von einem Raumschiff oder Satelliten, geborstene Rumpfplatten und Außenhüllenelemente, von einer Explosion halb geschmolzen davongeschleudert und in der Kälte des Alls erstarrt.

»Kollisionsalarm«, warnte der Kampfanzug.

Jarl schaltete auf automatische Steuerung und fiel an den ersten orbitalen Trümmern vorbei, in einem Abstand von nur wenigen Metern. Unter ihm wölbte sich Onnizza, gelb und braun, mit einigen blauen und grünen Streifen im Bereich des Äquators.

»Kollisionsalarm«, wiederholte der Anzug, und Jarl spürte, wie der kleine Gravitationsmotor aktiv wurde und ihn zur Seite drückte. Etwas huschte vorbei, so schnell, dass Jarl mit bloßem Auge keine Einzelheiten erkennen konnte. Die Statusdiagramme zeigten ihm humanoide Gestalten, die Leichen von Menschen, zwischen ihnen ein käferartiges Gebilde, das sich bewegte, vielleicht ein Bot des Feindes, ein Schürfer, der menschliches Gewebe für Analysen erntete.

Ein Zittern erfasste Jarl, die Sensoren meldeten, dass die Temperatur stieg – er hatte die äußeren Schichten der Atmosphäre erreicht. Die Systemintegrität betrug noch immer hundert Prozent, und die Kapazität des Lebenserhaltungssystems siebenundneunzig Prozent. Genug für eine Landung.

In den Statusdiagrammen erschienen rote Punkte, und der Kampfanzug meldete: »Feindalarm.«

Die Daten waren eindeutig: Späher des Feindes, die in den oberen Schichten der Atmosphäre trieben, nicht größer als einen halben Meter und passiv, bis sie etwas entdeckten, das ihr Interesse weckte. Zwei von ihnen, nur wenige Kilometer entfernt, änderten den Kurs und näherten sich.

Die Sensoren registrierten Ortungssignale, und Jarl begriff: Er war entdeckt worden.

»Notlandung, volle Energie für Motor und Deflektor!«, wies er den Kampfanzug an.

Das Kraftfeld des Gravitationsmotors drückte ihn nach unten, dem Planeten entgegen, und richtete Jarl neu aus, damit die Füße in Flugrichtung zeigten. Ein kleiner Deflektorschirm entstand direkt unter ihnen, ein energetischer Schild, der Jarl vor der Reibungshitze schützen sollte und sich von den Füßen ausgehend nach oben wölbte.

Das Zittern wurde stärker, heftige Vibrationen schüttelten Jarl im Innern seines Kampfanzugs; er konnte die Anzeigen der Statusdiagramme nicht mehr erkennen. Der Deflektor, zunächst nur ein schwaches Flimmern, glühte erst grau und dann silberweiß, als die Atmosphäre dichter und die Reibung stärker wurde. Jarl drehte den Kopf im Helm und hielt nach den Spähern des Feindes Ausschau. Für einen Moment glaubte er, ein dunkles Objekt jenseits des Flackerns und Waberns zu erkennen, das ihn umgab.

»Feindliche Zielerfassung«, teilte ihm der Kampfanzug mit.

»Kurswechsel!«, erwiderte Jarl sofort. »Zufallsmodus!«

Etwas traf ihn am linken Oberschenkel, ein kurzer, stechender Schmerz, gefolgt von einem Brennen.

»Systemintegrität zweiundachtzig Prozent. Reparatur eingeleitet.«

Die Nanomaschinen halfen Jarl, den Schmerz auszublenden. Der Deflektor flackerte heller – Ich falle wie eine Sternschnuppe, dachte Jarl benommen –, als die Navigationssubstrate immer wieder den Kurs änderten. Vibrationen und schnelle Richtungswechsel raubten Jarl die Orientierung. Er schloss die Augen und überließ sich den Systemen des Kampfanzugs, dessen Reaktionszeit um einiges kürzer war als seine.

Ein zweites Mal kam kurzer Schmerz, schnell von den Nanobots vertrieben, diesmal im rechten Fuß. Jarl wusste nicht, was ihn getroffen hatte, vielleicht kleine kinetische Geschosse, die der Feind manchmal einsetzte, oder Blasterstrahlen. Vitale Funktionen waren nicht betroffen, Einsatz- und Kampffähigkeit des Soldaten namens Jarl nur leicht reduziert.

Doch es gab ein anderes Problem.

Das Ziehen und Zerren ließ nach, die taumelnden Bewegungen hörten fast ganz auf, und er vernahm erneut die synthetische Stimme des Kampfanzugs. »Defekt im Gravitationsmotor. Zielabweichung fünf Prozent, sieben, zehn ...«

»Landung!«, stieß Jarl hervor. »Landung!«

Er hatte die Augen wieder geöffnet, spähte durch das Glühen des Deflektors und sah wogendes Grau direkt voraus – ein Sturmgebiet. Mit mehrfacher Schallgeschwindigkeit fiel er darauf zu.

45

»Kein Feindkontakt mehr«, meldete der Kampfanzug. »Systemintegrität neunundfünfzig Prozent, Lebenserhaltung siebenundsiebzig Prozent.«

Blitze flackerten und zuckten durch graue Wolkenberge. Einer von ihnen traf den Deflektor, und für einen Moment war Jarl umgeben von einer Blase aus blendendem Licht.

»Zielabweichung fünfzehn Prozent«, meldete der Kampfanzug. »Achtzehn ...«

»Landung!«, wiederholte Jarl. »Landung! Sofort!«

Die visuellen Sensoren des Kampfanzugs fielen aus – Jarl sah nur noch das dunkler werdende Grau des Sturms, durch den er fiel. Heftiger Wind erfasste ihn.

»Gravitationsmotor für Stabilisierung.« Jarl bezweifelte, dass der Feind im Chaos des Sturms seine Signatur orten konnte. »Neuer Zielanflug.«

»Unzuverlässige Funktion des Motors durch nicht lokalisierbaren Defekt«, warnten die Substrate.

»Ich brauche Stabilisierung!« Die Abweichung vom ursprünglich geplanten Kurs durfte nicht zu groß werden, denn je größer die Strecke, die er auf Onnizza zurücklegen musste, um den Lebensturm zu erreichen, desto höher die Wahrscheinlichkeit, unterwegs vom Feind entdeckt zu werden.

»Gravitationsmotor wird aktiviert«, teilten ihm die Substrate mit.

Ein neues Kraftfeld entstand, aber es war nicht stabil – darauf wiesen die Daten, die in Jarls Helmscheibe erschienen, sofort hin. Er fühlte, wie er sich drehte, und plötzlich zeigten nicht mehr die Füße nach unten, sondern Kopf und Schultern. Das Deflektorfeld und die künstliche Gravitation des G-Motors störten sich gegenseitig.

»Unzuverlässige Funktion«, erklang erneut die warnende Stimme des Kampfanzugs. »Zielabweichung einundzwanzig Prozent. Geschwindigkeit zu hoch für weiche Landung.«

Das war eine Gefahr, an die Jarl bisher nicht gedacht hatte. Wenn seine Geschwindigkeit zu hoch blieb, beschränkte sich das Risiko nicht nur auf die Reibungshitze. Das Deflektorfeld konnte wie ein Kissen sein, das kinetische Energie absorbierte, aber dieses Kissen war nicht groß und nicht dick genug, um einen Aufprall mit Überschallgeschwindigkeit abzufedern. Damit war klar, welche Entscheidungen es zu treffen galt. Überleben und Einsatzfähigkeit hatten oberste Priorität; alles andere musste dahinter zurückstehen. Wenn er nicht am Leben blieb oder seine Einsatzfähigkeit zu stark eingeschränkt war, konnte er seinen Auftrag nicht durchführen. Und Ruk – Ruko – hätte erreicht, was er wollte.

Jarl schaltete auf manuelle Kontrolle, da verbale Anweisungen zu viel Zeit beanspruchten: Sein Blick wählte Befehlssequenzen aus den Übersichten in der Helmscheibe, und ein Klicken mit den Zähnen schickte die Instruktionen in die Systeme des Kampfanzugs.

Mehrmals aktivierte und deaktivierte er den Gravitationsmotor und brachte sich damit wieder in die richtige Fluglage, die Füße nach unten, mit dem Deflektorfeld unter ihnen. Anschließend versuchte er, seine Geschwindigkeit zu reduzieren, indem er die Justierung des G-Motors veränderte und ihn mit geringer Leistung laufen ließ, während er gleichzeitig das Deflektorfeld scheibenförmig unter sich ausdehnte. Durch die Fehlfunktion ging Energie verloren, stellte er fest. Eine weitere Neujustierung verband eine Energiezelle des Lebenserhaltungssystems direkt mit dem Gravitationsmotor. Das beeinträchtigte seine Autonomie, aber vielleicht gelang es ihm auf diese Weise, sein Bewegungsmoment im entscheidenden Augenblick auf ein überlebensnotwendiges Minimum zu reduzieren.

»Depotübersicht!«, sagte er, während Blick und Zähne weitere Anweisungen übermittelten.

Eine schematische Darstellung erschien und zeigte ihm die Orte, an denen Versorgungskapseln Depots mit Ausrüstungsmaterial einrichten sollten. Die meisten befanden sich im Hohen Norden von Onnizza. Als Jarl nach dem Depot suchte, das seinem voraussichtlichen Landeplatz am nächsten war, öffneten sich unter ihm die Wolken und zeigten ihm die weite Staubebene – sie raste auf ihn zu.

Er reaktivierte den Gravitationsmotor, diesmal mit voller Energie, gespeist aus der Zelle, die eigentlich für das Lebenserhaltungssystem bestimmt war. Außerdem rekonfigurierte er den Deflektor, damit er zu dem Kissen wurde, das er brauchte.

Sturmböen zerrten an ihm. Hagel prasselte auf ihn ein, kleine Geschosse aus Eis, nicht schnell und fest genug, um die Panzerung des Kampfanzugs zu durchdringen. Das Gravitationsfeld des defekten Motors blieb instabil. Es saugte zu viel Energie aus der überlasteten Zelle und gab Jarl mehrmals ein laterales, zu den Seiten gerichtetes Bewegungsmoment, anstatt die Geschwindigkeit des Sturzes zu verringern.

Dort war die weite Ebene, fast so grau wie das Unwetter, die Farbe von Schiefer. Vielleicht habe ich Glück und falle in einen der Staubseen oder gleich in ein ganzes Meer aus Staub, dachte Jarl. In dem Fall hätte er keinen Aufprall zu befürchten. Aber es gab auch viele steinige Bereiche in den Staubebenen und zahlreiche verstreute Felsen. Ein einziger von ihnen genügte, um ihm alle Knochen im Leib zu brechen und Muskeln und Organe zu zerfetzen.

Das Kraftfeld des defekten Gravitationsmotors wollte Jarl drehen, und ihm blieb nichts anderes übrig, als ihn auszuschalten. Eine graue Wolke hatte ihn aufgenommen oder vielleicht einer der dichten Staubschleier, die der Wind über die Ebene trieb. Der Aufprall kam überraschend, weil Jarl nichts sah und die Sensoren nicht warnten. Im einen Augenblick fiel er, und im nächsten konnte er nicht mehr atmen, weil jäher Schmerz die Lunge lähmte.

Jarl schloss die Augen. Als er sie wieder öffnete, fast eine halbe Stunde später, lag er mit aufgerissenem Kampfanzug in Staub und Sturm, den Granit des Basisgesteins im Rücken.

Ein altes Geheimnis

Prizilla 46

Der Himmel glühte, die Welt darunter stand in Flammen.

Heißer Brand verschlang Memoria, siebte der zweiundneunzig Kernwelten, mit ihren Archiven das Gedächtnis des Pakts. Schon vor Stunden hatte der Feind Memoria erreicht und einen heißen Kernbrand ausgelöst, ein atomares Feuer, das nicht nur alles Leben vom Planeten tilgen, sondern ihn in einen mehrere Tausend Grad heißen Glutball verwandeln würde – in wenigen Tagen bekam das Zedra-System eine neue Sonne.

Die *Klinge* umkreiste Memoria in einem niedrigen Orbit, nicht in ein Tarnfeld gehüllt, das das Schiff für Augen und Sensoren unsichtbar machte. Sie zeigte sich, zeigte ihre mehrere Hundert Meter durchmessende dunkle Masse aus Zylindern, den Spulen und Spindeln starker Gravitationsmotoren, bogenförmigen Kraftfeldprojektoren und zahlreichen Waffendornen. Sie musste sich zeigen, musste sich als Schiff der Streitkräfte zu erkennen geben, weil sie sonst vielleicht vom Abwehrfeuer der Verteidiger getroffen worden wäre; sieben Schiffe waren von der Vierten und Fünften Flotte übrig geblieben, und einige Satelliten und Waffenplattformen in unterschiedlich hohen Umlaufbahnen waren noch funktionstüchtig.

Prizilla und Coridian waren mit einem Orbiter gelandet, und das kleine Schiff erhob sich wie eine zarte Blume aus Synth und Neutro auf dem Platz vor der Kathedrale. Mehrere größere Orbiter und Orbitaltransporter standen auf dem großen Platz verteilt, die meisten bei den Lebenstürmen, die offenbar noch immer nicht vollständig evakuiert waren. Prizilla schloss die Säume des kühlenden Schutzmantels und schlug den Kragen hoch. Der vom Feind ausgebrachte Heiße Brand war noch tausend Kilometer entfernt, aber stärker werdender Wind brachte bereits Vorboten der Hitze. Die Temperatur lag bei über dreißig Grad, viel zu hoch für jemanden, der von Amliss stammte. Prizilla beobachtete, wie Soldaten Mütter, Fürsorgerinnen und Kinder, nicht älter als ein oder anderthalb Jahre, aus den Lebenstürmen zu den wartenden Transportern brachten.

»Sie sind zu spät«, sagte Prizilla, als sie mit Coridian zum Mausoleum eilte. »Warum hat man sich für die Evakuierung der Mütter und Kinder so viel Zeit gelassen?«

»Delegierte und wichtige Administratoren mussten in Sicherheit gebracht werden«, erklang Coridians tiefe Stimme. »Generäle und Admiräle. Und Schiffe. Der Transit eines großen Kampfschiffs beansprucht die gesamte Kapazität eines Fulkrums.«

»Kinder«, sagte Prizilla in der Allgemeinsprache L_1, »sind unsere Zukunft.«

»Die Evakuierten sollen mit Dilatationsschiffen zum drei Lichtjahre entfernten Fulkrum gebracht werden.« Coridian fügte hinzu: »Wenn es der Feind zulässt. Wenn die oberhalb der Ekliptik wartenden Evakuierungsschiffe noch existieren.«

Sie hatten eine Eskorte bei sich, eine junge Schar, die Männer nicht älter als sechzehn oder siebzehn, und eine Frau, die Prizilla auf etwa zwanzig schätzte. Ihre Flanken waren glatt, nicht gewölbt, was auf leere Fertilitätsblasen hinwies. Prizilla erinnerte sich an den M-Faktor, von dem ihr die Fürsorgerin Megra erzählt hatte. Was war im Verlauf der vergangenen einunddreißig Jahre aus dem Unfruchtbarkeit bringenden Mutationsfaktor geworden?

Sie blickte an der mehrere Kilometer weit aufragenden Kathedrale hoch und sah Soldaten auf den Terrassen, als wollten sie das Gebäude von dort aus gegen Angriffe des Feindes verteidigen. Aber was konnten sie mit Blastern, Variatoren und Nadlern gegen vom Himmel herabregnende Plasmabomben ausrichten? Oder gegen den Heißen Brand, der sich durch die Kruste des Planeten fraß? Memoria war so oder so verloren; es gab keine Rettung für den Planeten.

»Wie groß ist unser Zeitfenster?«, fragte Prizilla.

»Nicht größer als drei, maximal vier Stunden«, antwortete Coridian. »Dann ist der Brand zwar noch nicht hier, aber bis dahin erreichen die Temperaturen Werte, gegen die auch die Schutzanzüge nichts mehr ausrichten.«

Prizilla blieb stehen und spürte den Odem des fernen Atomfeuers im Gesicht. Die Soldaten der Ehreneskorte, verharrten rechts und links von ihnen.

»Sie können gehen«, wandte sich Prizilla an die jungen Männer und die eine Frau, die vielleicht unfruchtbar war. »Sie alle. Begleiten Sie die Mütter und Kinder der Lebenstürme an Bord der Transporter. Lassen Sie sich ebenfalls evakuieren. Sie können Memoria nicht mehr helfen.« Sie hob den Arm, eine Geste, die den Terrassen der Kathedrale galt. »Das gilt auch für die anderen. Sie alle sollen Memoria und das Zedra-System verlassen.«

Die Soldaten hörten die Worte, schienen ihren Sinn aber nicht zu verstehen. Verwunderte Blicke trafen Coridian, den General, dem Memorias Verteidigung oblag.

Coridian holte tief Luft. »Sie hat recht«, erwiderte er. »Die Suprema hat recht. Hiermit ergeht folgende Anweisung: Alle Soldaten und Offiziere verlassen Memoria. Wir brauchen Sie lebend für den weiteren Kampf gegen die Crul.«

»Gehört und verstanden«, erwiderten die Soldaten, doch die Worte bezogen sich auf den Befehl, den sie gerade von einem General erhalten hatten, nicht auf die Umstände und Hintergründe. Musste Memoria nicht um jeden Preis verteidigt werden, selbst wenn es aussichtslos war? Auch wenn der Heiße Brand den ganzen Planeten fraß – er durfte dem Feind nicht kampflos überlassen werden.

Aber ein General – der alte, verdienstvolle Coridian – hatte befohlen, dass sie leben sollten, damit sie sich später, wenn es Sinn hatte und eine Schlacht zu gewinnen war, für den Pakt und seine Streitkräfte opferten. Sie gehorchten, das gelbe Blut in ihren Adern ließ ihnen keine andere Wahl, doch sie nahmen Verwirrung mit, als sie zu den Transportern stapften.

Vor dem Eingang des Mausoleums, das winzig wirkte neben der gewaltigen Kathedrale, blieb Prizilla stehen, so wie vor einunddreißig Jahren. Das Mahnlicht leuchtete noch immer, wie seit Tausenden von Jahren, aber in wenigen Stunden würde es erlöschen. Die Kathedrale, das Mausoleum, die Lebenstürme, die Städte, Parks und Meditationshäuser von Memoria, vor Jahrtausenden von emsigen Menschenhänden geschaffen – das alles würde bald nicht mehr existieren. Auch die alten Archive unter den Grabkammern, gefüllt mit Daten aus den Anfängen des Pakts, würden dem nuklearen Brand zum Opfer fallen.

Prizilla taumelte, als ihr plötzlich klar wurde, was dies alles bedeutete.

Eine Hand berührte sie am Arm. »Alles in Ordnung?«, fragte Coridian halblaut.

Prizilla schüttelte den Kopf. »Nein, es ist nicht alles in Ordnung. Unserem Körper, dem Leib der Menschheit, wird ein wichtiger Teil abgeschnitten. Siehst du es nicht, Coridian?« Sie stützte sich an der Wand ab, dicht neben dem Mahnlicht. »Fühlst du es nicht? Der Feind ist mit einem scharfen Messer gekommen und schneidet damit tief in unser Fleisch. Können wir die Wunde schließen? Können wir sie jemals heilen?«

»Wir dürfen nicht schwach werden«, erwiderte Coridian.

»Niemals«, sagte Prizilla, aber zwei oder drei schreckliche Sekunden lang fühlte sie sich schwach, der Situation nicht gewachsen, wie ein Spielball von Kräften, die sie nicht verstand.

»Ich brauche neue Komponenten«, fügte sie hinzu. »Für meinen Abakus. LIS, Datenspeicher, Elaboratoren, so viele, wie wir bekommen können.«

»Das sollte kein Problem sein.« Coridian musterte sie mit neuer Sorge. »Soll ich einen Mediker rufen?«

Prizilla atmete tief durch, obwohl die ungefilterte Luft bereits zu warm für sie war, und wies Nanobots und Adapter an, ihre Emotionen zu dämpfen. Klare Gedanken, ungetrübt von Gefühlen, darauf kam es jetzt an. Die Strategin in ihr, vom violetten Blut bestimmt, erahnte einen Mechanismus wie ein überaus komplexes Uhrwerk, das sich durch Zeit und Raum erstreckte, über Jahrtausende und viele Lichtjahre hinweg, mit zahllosen Zahnrädern, die sich unablässig drehten, Ursache und Wirkung neu verketteten. Sie steckte mittendrin, sie wand sich zwischen den Zahnrädern und versuchte, nicht von ihnen zermalmt zu werden, sondern zu verstehen, warum sie sich drehten, zu welchem Zweck.

»Wir verlieren Zeit«, sagte Prizilla und betrat das Mausoleum.

Diesmal sprang ihr kein Kustode aus dem Halbdunkel entgegen. Eine alte Administratorin wandte sich von mehreren feingliedrigen Spezialisten aus dem Technischen Korps der Streitkräfte ab, die ihre Geräte und Instrumente im Verwaltungstrakt des Erdgeschosses mit den zentralen selbstlernenden Intelligenzsubstraten verbunden hatten. Prizilla begriff, was sie vorhatten – eine vernünftige Maßnahme, die jedoch noch etwas aufgeschoben werden musste.

»Sie wollen die Archive löschen«, sagte sie.

»Wir löschen sie nicht, wir zerstören sie«, erwiderte die alte Administratorin. Unter ihrem langen, bunten Kittel wölbten sich erschlaffte Fertilitätsblasen. Das schulterlange Haar war grau und hatte seinen einstigen Glanz verloren. Prizilla schätzte die Frau auf sechs- bis siebenhundert Jahre. »Bevor der Feind hier eintrifft. Bevor er Gelegenheit erhält, unsere Datenschätze zu plündern.«

»Warten Sie mit der Zerstörung der Archive«, sagte Prizilla. »Eine Stunde. Oder auch zwei.«

Die alte Administratorin musterte sie skeptisch. »Warum?«

»Weil ich Informationen benötige«, erklärte Prizilla. »Ich brauche vollen Zugriff auf alle Daten. Bitte geben Sie mir den aktuellen Zugangscode für unbeschränkten Archivzugang!«

Weitere Falten entstanden auf der Stirn der Administratorin. Sie wandte sich an Coridian.

»General?«

»Die Suprema ist zurück«, verkündete Coridian. »Prizilla, vor einunddreißig Jahren in einer Zeitstraße verschollen.«

Die alte Administratorin blieb skeptisch. »Ich habe klare Anweisungen. Die Daten des Archivs dürfen auf keinen Fall dem Feind in die Hände fallen. Falls er Hände hat.«

Ein flüchtiger Gedanke streifte Prizillas Aufmerksamkeit. Nach all den Jahren, nach all den Jahrhunderten und Jahrtausenden des fast ewigen Konflikts, wussten sie noch immer nicht, wie der Feind aussah. Er blieb geheimnisvoll, ohne Gesicht und Gestalt.

»Geben Sie uns zwei Stunden«, entschied Coridian. »Dies ist eine Anweisung, die Sie vom Kommandeur der Verteidigungsstreitkräfte des Zedra-Systems erhalten.«

Die Administratorin nickte knapp. »Gehört und verstanden«, antwortete sie in der Kampfsprache. Und in L_1 an die Spezialisten vom Technischen Korps gerichtet: »Zerstörung des Archivs in zwei Stunden.«

»Zwei Stunden, Bestätigung«, erwiderte eine der Gestalten mit den langen Armen und Beinen. Die Spezialisten legten ihre Instrumente und Geräte beiseite. »Wir warten.«

»Eine Prioritätsnische für mich!«, befahl Prizilla schnell. Sie glaubte zu spüren, wie sich die Zahnräder der großen Maschine schneller drehten. »Und den Zugangscode!«

Die Administratorin führte sie durch einen offenen Zugang in einen Raum mit mehreren Sesseln sowie einem primären und mehreren sekundären LIS-Anschlüssen. Signalbrücken erlaubten die Verbindung mit Adaptern.

»Hier ist der Code«, sagte die alte Frau, und Prizilla empfing ihn, als sie sich setzte.

Vor ihr erschien ein Holo mit einem Bereitschaftssymbol.

»Welche Informationen benötigen Sie?«, ertönte eine synthetische Stimme.

Prizilla aktivierte ihren Kommunikationsadapter. »Nimmwa, Lerper-System«, sagte sie laut. »Angriff des Feindes vor siebenunddreißig Jahren. Sieben Überlebende, Kinder im Alter von wenigen Monaten. Ich muss wissen, was aus den Kindern geworden ist und wo sie sich befinden.«

Von Datenkolonnen begleitete Bilder erschienen im Holo vor Prizilla, zeigten ihr Gesichter von Kindern, die zu Erwachsenen wurden, und Szenen von verschiedenen Planeten.

»Chel, herangewachsen im Endowar-Lebensturm auf Sotir, Rotha-System.« Das Personenbild zeigte erst einen Jungen mit sanften, mädchenhaften Zügen, gelblicher Haut und türkisfarbenen Augen, dann einen Mann mit schärfer geschnittenem Gesicht. »Ausbildung zum technischen Spezialisten, Spezialisierung Lebenserhaltungssysteme. Aufnahme ins Technische Korps im Alter von sieben Jahren. Gestorben im Alter von siebzehn Jahren auf Extremwelt Coenurn. Todesursache: Gendefekt.«

Prizilla hörte die Stimme und sah die Daten, aber ihre Datenadapter empfingen noch weitaus mehr Informationen, alle bekannten Details aus dem Leben von Chel, auf Nimmwa geboren und gestorben auf Coenurn, einer Welt mit einer Durchschnittstemperatur von zweihundertdreiundfünfzig Grad.

Das Bild wechselte.

»Ingd, herangewachsen in der Kinderkolonie Rinju auf Ardasch im Kinkin-System.« Prizilla betrachtete das wie aufgedunsen wirkende Gesicht eines Jungen, das zahlreiche Flecken aufwies. Die Augen hatten das dunkle Graubraun alter Baumrinde. »Gestorben im Alter von sechzehn Jahren auf der Sieben-Sonnen-Welt. Todesursache: Gendefekt.«

»Hören Sie das, Coridian?« Prizilla blickte kurz zur Seite. Die alte Administratorin hatte den Prioritätsraum verlassen; es befand sich niemand mehr in ihrer Nähe. »Hörst du es, alter Freund?«

»Ich höre und sehe es«, erwiderte Coridian. »Aber ich bin nicht sicher, ob ich es verstehe.«

»Syr«, fuhr die Stimme der selbstlernenden Intelligenzsubstrate fort, »herangewachsen auf Rillem im Erocha-System. Rekrut in den Streitkräften ab dem vierten Lebensjahr. Ausbildung zum Waffenspezialisten. Gestorben im Alter von dreizehn Jahren während eines Einsatzes gegen den Feind auf Turai.«

Wieder empfing Prizilla zahlreiche Details aus dem Leben des Rekruten und Soldaten namens Syr. Sie verspürte eine sonderbare Erleichterung darüber, dass er den Tod eines Soldaten gestorben war, im Kampf gegen den Feind. Für einige wenige Sekunden wich das Unbehagen aus ihr – und kehrte zurück, als die LIS-Stimme in einem Nebensatz erwähnte, dass Syrs Tod nicht auf unmittelbare Feindeinwirkung zurückging, sondern auf die Folgen eines genetischen Defekts.

Prizilla blickte erneut zur Seite. Coridians weiße Brauen waren oben.

Es folgten Dram, Krok und Skitha, das einzige Mädchen der sieben Überlebenden. Dram und Krok, mit gelbem Blut in den Adern, waren Soldaten geworden und in einem Ausbildungslager auf der Eiswelt Muntmor im Treyd-System herangewachsen. Beide hatten sich als außerordentlich mutig erwiesen und bei zahlreichen Übungen ihr großes militärisches Talent unter Beweis gestellt. Es war damals beschlossen worden, sie zu Einzelkämpfern auszubilden, vorgesehen für den Einsatz auf Welten des Feindes. Doch bevor sie im Alter von neunzehn Jahren zu ihrer ersten Mission hatten aufbrechen können, waren beide fast gleichzeitig an einem Blutfieber erkrankt, für das die zuständigen Mediker einen »genetischen Konflikt« verantwortlich machten. Sie hatten diesen Konflikt nicht lösen, das Blutfieber nicht eindämmen können. Skitha war auf der Kernwelt Endril gestorben, im Alter von einundzwanzig Jahren, als Mutter von dreizehn Kindern, jedes von ihnen deformiert und nicht überlebensfähig. Fürsorgerinnen und Mediker des Lebensturms auf Endril, in dem Skitha gewohnt, gelebt und befruchtete Eier in ihren Fertilitätsblasen getragen hatte, sprachen in ihren medizinischen Berichten von einem »versteckten genetischen Code«, der Skitha und ihren Kindern das Leben gekostet hatte.

Prizilla unterbrach den Datenstrom für einige ungestörte Gedanken.

»Das kann kein Zufall sein«, erklang Coridians tiefe Stimme.

»Fünf von sieben? Nein. Selbst der einfache Abakus, den ich an Bord der *Klinge* konstruiert habe, würde mir sofort bestätigen, dass das kein Zufall ist.«

»Ein genetischer Defekt hätte von unseren Bioingenieuren korrigiert werden können.«

Entsprechende Information tauchte aus der Menge der Daten auf, die Prizillas Adapter empfangen hatten. »Sechs Fälle von Gendefekten, auf fünf verschiedenen Welten. Ohne dass jemand einen Zusammenhang bemerkt hat. Vielleicht haben die zuständigen Mediker den Grund für die Erkrankung zu spät erkannt. Oder es befanden sich keine Bioingenieure in der Nähe. Oder sie haben an wichtigeren Projekten gearbeitet, wie etwa der Anpassung von Menschen an neue Extremwelten.«

»Die Überlebenden von Nimmwa ...«, sagte Coridian langsam. »Sie haben überlebt, um früh zu sterben.«

Trotz der emotionalen Dämpfung fühlte Prizilla Enttäuschung. Sie dachte an die Mission, die ihr das Holo im Exponatschiff gegeben, an den Auftrag, den sie sich selbst – ihr holografisches Abbild – erteilt hatte. Sie sollte den überlebenden Kindern von Nimmwa dabei helfen, die vergessene Erde zu finden und dort die große Waffe, die den Krieg beenden könnte. Eine Waffe für den Frieden und vielleicht für das Überleben der Menschheit. Die Kinder waren »vorbereitet« worden, was auch immer das bedeutete. Nur sie schienen in der Lage zu sein, Gebrauch von der Waffe zu machen. Aber bei der »Vorbereitung« der Kinder war offenbar etwas schiefgegangen, etwas, das einige Jahre später zu ihrem Tod geführt hatte.

»Was ist mit dem siebten Kind, dem siebten Überlebenden?«, fragte Coridian.

Prizilla öffnete ihre Adapter wieder für den Datenstrom der Archive von Memoria. Wieder empfing sie zahlreiche Details, während Coridian auf die Worte der synthetischen Stimme beschränkt blieb.

Das siebte Kind hieß Jarl und hatte wie Dram und Krok das gelbe Blut des Soldaten. Er war auf Grotenthal im Doppelsternsystem Kesul herangewachsen, als Rekrut der Streitkräfte mit einer Spezialisierung als Scharfschütze. In den psychologischen Berichten war von mangelnder Motivation die Rede, von der Neigung, Konflikten auszuweichen. Bei einem Übungseinsatz auf Grotenthal war Jarl schwer verletzt und von Eingeborenen gepflegt worden, den schmetterlingsartigen Inniwori. Später hatte es immer wieder disziplinarische Probleme mit Jarl gegeben, keine großen Angelegenheiten, aber viele kleine. Eine dieser Nachlässigkeiten hatte drei Jahrzehnte nach Grotenthal zum Tod mehrerer als Botschafter des Friedens getarnter Soldaten geführt, und zwar auf Risz, dem planetengroßen dreizehnten Mond des Gasriesen Bandar im Achas-System. Ein Gericht hatte Jarl zum Dienst in der Strafkompanie Radwor verurteilt. Der Angeklagte hatte um die Ehrenklinge gebeten, um seinem Leben ein Ende zu setzen, aber dieser Wunsch war ihm verweigert worden, weil Pakt und Streitkräfte jeden Soldaten brauchten.

»Er lebt noch«, sagte Prizilla. »Er ist nicht an einem Gendefekt gestorben.«

»Interessant«, kommentierte Coridian. »Die anderen sechs Kinder von Nimmwa sind nie schwer verletzt worden, oder?«

Prizillas Adapter sortierten die empfangenen Daten und fanden eine Antwort.

»Nein.«

»Was auch immer bei den Inniwori mit dem Rekruten Jarl geschah – vielleicht hat es den Gendefekt neutralisiert«, spekulierte Coridian. »Die damalige Behandlung könnte der

Grund sein, warum er noch lebt. Oder die schweren Verletzungen.«

Mit ihrem Kommunikationsadapter schickte Prizilla den Archiv-LIS eine neue Anfrage. Damit Coridian verstand, worum es ging, fügte sie laut hinzu: »Stichwort Strafkompanie Radwor. Wo befindet sich Sträfling Jarl jetzt?«

Wieder flossen, strömten Daten, die viel detaillierter Auskunft gaben als die Archivstimme.

»Die Strafkompanie Radwor nahm an einem Angriff auf den vom Feind eroberten Planeten Onnizza im Tallbart-System teil. Ziel des Einsatzes: Vernichtung einer Navigationsbake für die Superlichtschiffe des Feindes.«

Prizilla empfing noch viel mehr, Einzelheiten über die taktischen und strategischen Aspekte des Angriffs auf Onnizza, über Truppenstärke, Anzahl der Schiffe und ihren Zustand, die erwarteten Verluste und Berechnungen für die Veränderungen der lokalen und interstellaren Situation bei Erfolg oder Misserfolg der Mission.

»Wie ist der Angriff verlaufen?«, fragte Prizilla. Sie fügte hinzu: »Wann fand er statt, und wie ist der aktuelle Status des Sträflings Jarl?«

»Keine Informationen vorhanden«, antwortete die synthetische Stimme.

Stille folgte diesen Worten.

»Er könnte tot sein«, sagte Coridian. »Gefallen im Kampf gegen den Feind.«

»Der letzte Überlebende«, murmelte Prizilla. »Einer von sieben. Jemand, der mit der großen Waffe umgehen kann.«

»Falls sie existiert.«

Coridian blieb skeptisch.

Prizilla musterte ihn aus dem Augenwinkel und sah Zweifel im Gesicht des alten Soldaten erscheinen und wieder verschwinden. Er hatte das fremde Schiff in der Zeitstraße nicht gesehen, war darin nicht sich selbst begegnet.

Ein Donnern erreichte sie, zusammen mit einer Erschütterung, die die Wände des Prioritätsraums erzittern ließ. Prizillas Kommunikationsadapter registrierte militärischen Datentransfer, in einem Code, den sie nicht kannte.

»Was ist geschehen?«, fragte sie.

»Der Feind hat diesen Teil von Memoria angegriffen«, erklärte Coridian. »Vielleicht will er nicht abwarten, bis der Heiße Brand Kathedrale und Mausoleum vernichtet. Wir sollten aufbrechen.«

»Ich bin noch nicht ganz fertig.« Prizilla überlegte kurz. »Neue Datenabfrage. Stichwort Erde. Planet Erde. Mythos Ursprung der Menschheit. Gibt es einen solchen Planeten? Und wo befindet er sich?«

»Datensuche beginnt«, antworteten die selbstlernenden Intelligenzsubstrate der Archive von Memoria. Und wenige Sekunden später: »Keine Daten gefunden. Themenkomplex in geschütztes Archiv transferiert.«

»Geschütztes Archiv? Zugang öffnen!« Prizilla sendete den Code, den sie von der Administratorin bekommen hatte.

»Keine Berechtigung für Zugang«, antwortete die LIS-Stimme.

»Coridian ...«

Er verstand. »Ich bin gleich wieder da.«

Prizilla musste nicht lange warten. Kaum eine Minute später kehrte Coridian mit der Administratorin zurück.

»Es gibt ein geschütztes Archiv mit Informationen, die ich benötige«, erklärte Prizilla rasch. »Nennen Sie mir den aktuellen Zugangscode!«

»Die Daten der alten Archive sind redundant«, erwiderte die Administratorin. »Man hat ihre Daten kopiert und die Archive anschließend geschlossen. Wegen zunehmender molekularer Dekomposition wurden die Speichermodule damals als unzuverlässig eingestuft. Atalea die Größte veranlasste die Schließung der alten Archive.« Sie fügte ihren Ausführungen einen scharfen Blick hinzu und schien erstaunt darüber, dass Prizilla nicht Bescheid wusste.

Fast eine halbe Stunde war bereits vergangen. Draußen stieg die Temperatur weiter, doch im Innern des Mausoleums blieb es kühl. Noch. Prizilla hob die Hand zum Kragen ihres Schutzmantels.

»Die Daten, um die es mir geht, sind *nicht* redundant«, sagte sie scharf. »Sie wurden aus den Hauptarchiven in geschützte Bereiche verschoben und ...« Sie verstummte, weil ihr das Orakel einfiel. Atalea die Größte hatte damals offenbar Informationen über die Erde und den Mythos des Ursprungs in einen geschützten Bereich des Archivs transferiert und sich anschließend, wie andere Mütter nach ihr, dem alten Maschinenintellekt anvertraut, vermutlich in der Hoffnung, auf diese Weise Unsterblichkeit zu erlangen. Und vielleicht mit der Absicht, die transferierten Daten zu schützen? Warum? Aus welchem Grund hatte sie Transfer und Schutz der Informationen für notwendig erachtet?

»Als ich vor ein paar Tagen hier gewesen bin ...«, begann Prizilla und korrigierte sich. »Ich meine, vor einunddreißig Jahren ... Ein Kustode, ein Araknoide, hat mich zum Orakel gebracht. Bitte verständigen Sie ihn! Er soll sofort herkommen und seine Schlüssel mitbringen.« Sie erinnerte sich nicht an den Namen des Kustoden, aber der Datenspeicher der Zoomlinse in ihrem linken Auge enthielt ein Bild, das sie dem Kommunikationsadapter der Administratorin sendete.

»Sie meinen den Kustoden Sdriltzan«, entgegnete die Administratorin. »Er starb vor neunundzwanzig Jahren an den Folgen eines mentalen Schocks.«

Prizilla erinnerte sich an die Schreie des Araknoiden, die ihr dabei geholfen hatten, den Kontakt mit dem Orakel zu unterbrechen. Er hatte einen schweren Zusammenbruch erlitten, doch sie war, ohne sich groß Fragen zu stellen, davon ausgegangen, dass ihm die Mediker helfen konnten. Doch zwei Jahre später war er an den Folgen des Kontakts mit dem Orakel gestorben.

»Holen Sie mir die Schlüssel, die Sdriltzan damals verwendet hat«, sagte Prizilla. »Und holen Sie mir jemanden, der das alte Transportsystem unter den Gräbern kennt! Ich möchte keine Zeit mit all den Treppen verlieren.«

»Wenn Ihnen das nicht genügen sollte …«, fügte Coridian hinzu. »Auch dies ist eine Anweisung, die Sie vom Kommandeur der Verteidigungsstreitkräfte des Zedra-Systems erhalten.«

Die Administratorin seufzte, nickte knapp und ging.

»Was hast du vor?«, fragte Coridian leise.

»Ich werde noch einmal versuchen, mit dem Orakel zu sprechen.«

47

Sie standen dicht gedrängt im Innern der Kapsel, die durch Schächte und Tunnel eines uralten Transportsystems glitt: der greise General Coridian, dürr geworden, noch immer ein Fels, aber ein kleinerer und nicht mehr ganz so hart; die Administratorin, die sich Madira nannte und deren vollständiger Name neun Silben hatte, wie sie stolz betonte; und Prizilla, ehemalige Suprema, mit dem violetten Blut der Strategin in den Adern.

Die Tür der Kapsel öffnete sich. Madira schritt vor ihnen durch den kurzen Tunnel, öffnete die alte Tür und trat gebückt in den Raum dahinter. Die Schlüssel in der Hand der Administratorin klirrten leise, als sie sich langsam um die eigene Achse drehte.

»Sind Sie zum ersten Mal hier?«, fragte Prizilla.

»Ja«, antwortete Madira. »Ja.« Es klang fast eingeschüchtert.

Im Schein eines Orientierungslichts betrachtete Prizilla den Staub auf dem Boden. Jemand hatte Spuren darin hinterlassen, und auf der anderen Seite des Raums stand der Haupteingang offen.

»Jemand ist hier gewesen. Nach mir. Administratorin?«

Madira sah sich noch immer ehrfürchtig um und schien sie nicht zu hören.

»Hat jemand nach mir versucht, mit dem Orakel zu sprechen? Madira? Wer ist hier gewesen?«

»Ich weiß nichts von Besuchen beim Orakel«, erwiderte die Alte. »Aber die Abteilung Acht hat mehrmals Datenspezialisten in die Archive geschickt, und …« Madira überlegte und griff vielleicht auf das externe Gedächtnis ihrer Datenadapter zu. »Es hat weitere Todesfälle bei den Kustoden gegeben. Drei von ihnen sind vor ihrer Zeit gestorben.«

»Nadala«, murmelte Coridian.

Prizilla nickte. »Ja. Sie können gehen, Madira. Geben Sie mir die Schlüssel, und kehren Sie nach oben zurück. Lassen Sie sich zusammen mit den anderen evakuieren.«

Die alte Administratorin gab ihr den Schlüsselbund. »Dies ist ein gefährlicher Ort«, warnte sie. »Wie eine kleine Gespensterwelt.« Sie trat in die Kapsel im Innern einer der Säulen und schloss die Tür. Ein kurzes Summen, eine leichte Vibration, dann herrschte wieder Stille. Die Kapsel war fort.

»Uns bleibt nicht mehr viel Zeit«, sagte Coridian nach einigen Sekunden. »Und wenn du gestattest: Ich bin mir nicht sicher, ob dies eine gute Idee ist.«

»Ich brauche deine Hilfe, alter Freund.« Prizilla schritt zu dem dunklen Block, der sich in der Mitte des runden Raums erhob und der wie ein senkrecht stehender Sarkophag aussah. Staub wogte zu ihren Füßen. »Du musst mich zurückholen, wenn ich nicht allein zurückkann.«

»Wenn dich der alte Maschinenintellekt festzuhalten versucht?«

»Ich hab dir davon erzählt.«

»Ja. Auch von den achtundzwanzig Geistern darin.« Coridian deutete auf den schwarzen Block. »Damals, vor einunddreißig Jahren, kurz vor deinem Auftritt beim Kongress, hast du Glück gehabt.«

»Diesmal weiß ich, was mich erwartet.« Prizillas Finger wanderten über die Oberfläche des dunklen Blocks und fanden die kleine Öffnung zwischen den Symbolen, die Ähnlichkeit mit Aktivierungszeichen hatten. Sie wählte einen passenden Codierer am Schlüsselbund, einen kurzen, dünnen

Stift, den sie ohne Zögern in die Öffnung schob. Der Datenspeicher des Kommunikationsadapters enthielt noch immer die Aktivierungssequenz, die sie von den LIS der *Speerspitze* erhalten hatte.

»Du riskierst trotzdem deinen Verstand«, gab Coridian zu bedenken.

»Nein.« Prizilla lächelte kurz. »Weil du mir helfen wirst. Du bist mein ... Rettungsanker. Kennst du diesen Begriff?«

»Ich weiß, was er bedeutet.«

Prizilla schickte Instruktionsgedanken an ihr zerebrales Interface. »Ich gebe dir Datenhoheit, alter Freund. Verbinde dich mit meinen Adaptern. Hier ist der Prioritätscode.« Sie sendete ihn. »Unterbrich meine Verbindung mit dem Orakel, wenn die Situation kritisch wird. Bist du bereit?«

Coridian trat neben sie. Seine Hand berührte sie kurz am Arm. »Ja.«

»Also los.« Prizilla wies ihren Kommunikationsadapter an, die Aktivierungssequenz zu übertragen.

Das Orakel öffnete sich mit einem Strudel aus Wahnsinn.

48

Diesmal gab es keine Krallen aus Schmerz, die sich in Prizillas Gesicht bohrten und von dort aus in ihr Hirn und Bewusstsein. Dafür glaubte sie, den Boden unter den Füßen zu verlieren und zu fallen.

»Kannst du mich hören?«, fragte Prizilla über ihren Kommunikationsadapter.

»Ja«, antwortete Coridian. »Ich stehe neben dir und bin bereit, die Verbindung zu unterbrechen. Du hast zu zittern begonnen.«

»Ich falle. So fühlt es sich an. Aber ich habe nicht die Kontrolle verloren wie beim letzten Mal. Meine Gedanken sind klar.«

»Sei vorsichtig!«

Die Nanobots waren programmiert, ebenso die Adapter.

Hinzu kam Coridian. Doppelte Absicherung, dachte Prizilla, als sie zu spüren glaubte, dass sich der Fall verlangsamte. Ein Boden empfing sie in der Dunkelheit, sanft, ohne einen Aufprall, erst weich wie Sand und dann härter, wie Synth oder Neutro.

Die Dunkelheit wich, Licht kam, und Schreie ertönten, so schrill und laut, dass Prizilla die Hände hob und sich die Ohren zuhielt. Spiegel umgaben sie, Hunderte davon, einige groß und breit – so groß, dass sie weit oben an die Decke stießen, die ebenfalls aus zahllosen Spiegeln bestand –, andere kleiner, schmaler und unregelmäßig geformt, wie Bruchstücke zerbrochener großer Spiegel.

Prizilla sah sich selbst, das Gesicht zu einer Fratze verzerrt, die Augen weit aufgerissen, den Mund zu einem Schrei unter vielen anderen geöffnet.

»Nein«, sagte sie. »Nein.«

Das falsche Spiegelbild verschwand.

»Was ist?«, fragte Coridian besorgt. Sie hörte seine Stimme wie ein Flüstern hinter den Schreien und musste sich darauf konzentrieren, die Worte zu verstehen. »Was ist los?«

»Siehst du, was ich sehe?«, fragte Prizilla.

»Ich sehe nur den dunklen Block vor uns«, sagte Coridian. »Es leuchten weitere Symbole an ihm.«

Interessant, dachte Prizilla und veränderte die Einstellungen ihrer Zoomlinse. Einige Spiegel rückten näher, andere wichen zurück. Sie sah es nicht mit den Augen, sondern mit ihrem Geist, ihren Gedanken.

»Du zitterst stärker«, meldete Coridian.

»Eine unwillkürliche motorische Reaktion, nehme ich an«, erwiderte Prizilla. »Es geht mir gut.«

Das stimmte. Es ging ihr sogar viel besser, als sie erwartet hatte. Langsam setzte sie einen Fuß vor den anderen und trat durch die manchmal sehr engen Zwischenräume zwischen den Spiegeln. Einmal stieß sie gegen einen kleineren und beobachtete, wie er kippte, umfiel und am Boden zerbrach, der ebenfalls aus Spiegeln bestand. Die Bruchstücke blieben nicht reglos liegen, sondern rutschten wie von unsichtbarer Hand bewegt hin und her, bevor sie zu wachsen begannen und weitere kleinere Spiegel bildeten. Prizilla fragte sich, was das Zerbrechen eines Hauptspiegels und das Wachsen kleinerer für die Datenbanken dieses alten Archivs bedeuten mochte.

Nacheinander tauchten Gesichter in den Spiegeln auf, doch es handelte sich diesmal nicht um Prizillas zur Fratze verzerrtes Gesicht, sondern es schienen viele zu sein, ebenso viele wie Spiegel, Hunderte oder Tausende, und von ihnen kamen die Schreie, die sich zu einer fast betäubenden Kakofonie vermengten. Mithilfe von Nanobots und Adaptern reduzierte Prizilla die Empfindlichkeit ihrer Ohren, und tatsächlich: Die Schreie wurden leiser, obwohl es vor allem innere, geistige Ohren waren, die sie hörten.

Sie betrachtete die Gesichter. Sosehr sich die Fratzen und Grimassen auch voneinander unterschieden – Prizilla stellte fest, dass die Anzahl der Personen, denen die Gesichter gehörten, in Wirklichkeit viel geringer war als die der Spiegel. Prizilla kannte auch ihre Zahl: achtundzwanzig.

Die Schreie und Fratzen stammten von den achtundzwanzig Großen Müttern, die sich vor vielen Jahrtausenden dem alten Maschinenintellekt anvertraut hatten, in der Hoffnung auf Unsterblichkeit.

Sie blieb vor einem der Spiegel stehen und legte die Hand auf die glatte, kühle Oberfläche. Kleine Wellen gingen von den Kontaktstellen aus, und für einige Sekunden schien das Gesicht unter der Hand in Wasser zu schwimmen.

»Ich benötige Informationen«, sagte Prizilla.

»Informationen«, schrien die Stimmen.

»Die Erde«, sagte Prizilla. »Die mythische Ursprungswelt der Menschheit. Existiert sie wirklich? Und wo befindet sie sich?«

»Die Erde«, ertönte ein vielstimmiges Echo. »Wo befindet sie sich?«

Die Hand am Spiegel, verspürte Prizilla eine Veränderung.

Ein Prickeln begann, ein leichtes Stechen, und die Kühle wich Wärme – offenbar stieg die Temperatur des Spiegels. Prizilla zog die Hand nicht zurück.

»In den Hauptarchiven hat es Daten über die Erde gegeben.« Sie sprach und schickte gleichzeitig Signale mit dem Kommunikationsadapter. »Sie wurden in einen geschützten Bereich dieses Archivs transferiert.«

Das Gesicht unter der Hand veränderte sich. Die Züge lösten sich auf, wie von den kleinen Wellen des Kontakts fortgetragen, und neue entstanden, ein neues Gesicht, weiß wie Schnee. Es wich ein wenig zurück, und der Körper wurde sichtbar: eine M_1-Frau mit langen Armen und Beinen, die Fertilitätsblasen an den Leisten gefüllt. Prizilla hatte schon als Kind Bilder von ihr gesehen und erkannte sie sofort: Atalea die Größte, Mutter der Menschheit.

»Ich verneige mich«, sagte Prizilla und senkte kurz den Kopf.

Die Atalea im Spiegel – in den Datenspeichern des Orakels – öffnete den Mund.

»Wie lange bin ich hier, wie langelangelange?«, heulte sie, das weiße Gesicht nicht mehr glatt, sondern ebenfalls eine Grimasse. »Wer bin ich? Was bin ich? Wo bin ich?«

In der Ferne, irgendwo hinter den Spiegeln, regte sich etwas Großes, und eine andere Stimme erklang, noch tiefer als die von Coridian.

»Mentale Dissonanz«, grollte die Stimme. Das Etwas, das sich zu regen begann, war tiefschwarz; es wurde noch größer und näherte sich. Bewegung kam in den Wald aus Spiegeln – etwas schob sie beiseite, um sich Platz zu schaffen. »Integration unvollständig. Zersplitterung des Bewusstseins. Neuaufnahme? Reintegration?«

»Es leuchten immer mehr Symbole an dem Block auf«, meldete Coridian.

Prizilla spürte eine Berührung, nicht in diesem alten Spiegelsaal, sondern an einem anderen Ort mit einer Patina aus Staub.

»Du zitterst so heftig, dass ich dich festhalten muss.«

Ja, halt mich fest, dachte Prizilla. Lass mich nicht los!

Die dunkle Masse kroch durch die Lücken zwischen den Spiegeln, deren Gesichter noch lauter schrien. Sie ragte weit auf, bis zu den Spiegeln an der Decke, und schluckte ihr Licht. Prizilla ahnte, worum es sich handelte.

»Ich glaube, ich sehe den alten Maschinenintellekt«, sagte Prizilla. »Er kommt näher und scheint riesig zu sein.«

»Vermeide jeden Kontakt mit ihm«, riet ihr Coridian.

Wie soll ich einen Kontakt mit dem Maschinenintellekt vermeiden, wenn ich mit ihm verbunden bin, wenn ich in ihm stecke?, dachte Prizilla.

Sie beobachtete, wie die dunkle Masse einen weiteren Spiegel beiseiteschob. Er kippte und zerbrach, und auch diesmal wuchsen aus den Bruchstücken neue, kleinere Spiegel, jeder mit einem Teil des fratzenhaften Gesichts, das der größere Spiegel gezeigt hatte. Prizilla begriff, dass sie Symbole sah, Metaphern und Sinnbilder. Neue Aktivitäten des Maschinenintellekts führten dazu, dass die integrierten Selbstsphären der achtundzwanzig Mütter, unter ihnen Atalea, noch mehr zerfielen. Sie wollte einen Schritt zurückweichen, doch sie konnte die Hand nicht von dem Spiegel vor ihr lösen, der inzwischen heiß geworden war. Auch als sie stärker zog, die Finger klebten daran fest.

Prizilla beobachtete den dunklen Riesen und überlegte, wie viel Zeit ihr blieb. Einige Minuten vielleicht, mehr nicht.

»Coridian?«

»Ich höre dich.«

»Unterbrich den Kontakt, wenn du ein Notsignal von mir empfängst! Mach von der Datenhoheit Gebrauch, die ich dir gegeben habe, und leg meine Adapter still!«

»Ich bin bereit.«

Prizilla sendete Informationsanfragen, begleitet von den Zugriffscodes, die sie vor wenigen subjektiven Tagen – einunddreißig objektiven Jahren – von den Substraten der *Speerspitze* erhalten hatte. Bilder entstanden zwischen und über den Spiegeln und zeigten ihr mehrere Planeten, die doch ein und dieselbe Welt zu sein schienen. In manchen Bildern war der Planet blau mit weißen Wolkenbändern, begleitet von einem Mond, etwas mehr als eine Lichtsekunde entfernt. In anderen war diese Welt ein graubrauner Ball, von orangefarbenen Feuerstreifen durchzogen.

»Ist das die Erde?«, fragte Prizilla. Ihre Hand klebte noch immer am Spiegel, der unangenehm heiß geworden war. Die Nanobots in Fingern und Handfläche versuchten die Wärme abzuleiten.

Neue Bilder entstanden, während der dunkle Berg – der alte Maschinenintellekt – näher rückte. Prizilla beobachtete, wie etwas den Mond zerschmetterte. Eine Trümmerwolke entstand, ein breiter Ring um den graubraunen Planeten, und aus diesem Ring fielen Bruchstücke des geborstenen Mondes auf die Ruinen von Städten. Große Krater entstanden, aus denen Magma aus dem Innern des Planeten quoll.

»Ist das die Erde?«, fragte Prizilla erneut. Stimmen sprachen hinter den Schreien der achtundzwanzig Mütter, doch der Kommunikationsadapter konnte die Worte keiner bekannten L-Sprache zuordnen.

Das Feuer, das aus den Impaktkratern des geschundenen Planeten quoll, schien Prizillas Hand zu erreichen. Der Kontakt mit dem Spiegel war mittlerweile schmerzhaft, die Temperatur so hoch, dass die Haut verbrannte.

Der dunkle Berg des Maschinenintellekts war nur noch wenige Meter entfernt. Prizilla ahnte, was geschehen würde, wenn er sie erreichte: Assimilation. Der alte Intellekt kam mit der Absicht, ihr Bewusstsein aufzunehmen.

Eine blaue Welt, noch vor dem Bombardement durch Feuer graubraun geworden ... Konnte sich dort eine Waffe befinden, die imstande war, den ewigen Krieg zu beenden? Und wenn es eine solche Waffe gab – wieso hatte sie die Zivilisation des Planeten nicht vor dem Untergang bewahrt?

Die Stimmen flüsterten, sprachen und riefen noch immer, von den Schreien der dem Wahnsinn zum Opfer gefallenen

Mütter übertönt, in einer Sprache oder in Sprachen, die Prizilla nicht verstand. Keine zwei Meter trennten sie mehr von der dunklen Masse des Maschinenintellekts. Angenehme, verlockende Kühle ging von ihr aus – die heiße Hand am Spiegel sehnte sich danach.

»Atalea!«, rief Prizilla. Wer sonst konnte über die Erde Bescheid wissen? Atalea war die erste Mutter, die Mutter der ganzen Menschheit. »Die Bilder ... Zeigen sie die Erde? Was ist mit ihr geschehen? Wo befindet sie sich?«

Aber Atalea – das schneeweiße Gesicht im Spiegel, an dem Prizillas Hand klebte – schien sie nicht zu hören. Sie schrie noch immer.

»Coridian?«

»Ich höre.«

»Die Datenkorrelatoren scheinen defekt zu sein.« Sie sprach schnell, in der knappen Kampfsprache L_9, die es erlaubte, mit wenigen Silben mehr Informationen zu übermitteln als die Allgemeinsprache. »Ich bekomme Antworten auf meine Fragen, verstehe sie jedoch nicht. Die übermittelten visuellen Daten sind ohne erkennbaren Zusammenhang. Ich werde jetzt versuchen, einen direkten Kontakt mit einer der Mütter herzustellen. Dazu muss ich den Maschinenintellekt berühren.«

Was ein erhebliches Risiko war. Atalea hatte sich damals wie die anderen siebenundzwanzig Mütter vom Maschinenintellekt des Orakels aufnehmen lassen. Sie war ein Teil davon geworden, und wenn Prizilla mit ihr sprechen wollte – mit dem, was Jahrtausende und Irrsinn von ihr übrig gelassen hatten –, musste sie den Maschinenintellekt berühren, die dunkle Masse direkt vor ihr. Doch im Moment des Kontakts würde der alte Intellekt versuchen, sie aufzunehmen, wie vor ihr die achtundzwanzig Mütter.

»Das wäre nicht gut«, erwiderte der alte Soldat.

»Es ist die einzige Möglichkeit.« Der dunkle Berg näherte sich weiter, wenn auch nicht mehr so schnell. Prizilla hörte ein Knistern wie von langsam brechendem Eis. »Ich bereite ein Signal vor. Unterbrich die Verbindungen meiner Datenadapter, wenn du es empfängst!«

»Prizilla ...«

»Das ist ein Befehl, General Coridian!«

»Gehört und verstanden.«

Prizilla streckte die freie Hand aus und berührte die dunkle Masse.

Ein Sog erfasste sie, verlockend kalt. Etwas versuchte, sie in eine endlose Tiefe zu zerren, voller Stimmen und Lichter. Prizilla widersetzte sich, so gut es ging.

»Atalea!«

Die große Frau mit dem Gesicht weiß wie Schnee steckte nicht mehr im Spiegel, der die Hand versengte, sondern stand daneben, aus Dutzenden von Teilen zusammengesetzt, aber nicht genau, nicht präzise. Ein Auge saß tiefer als das andere, die Nase war schief, und der linke Arm schien ein zusätzliches Gelenk zu haben.

»Ich brauche Informationen über die Erde.« Prizilla benutzte erneut die Kampfsprache L_9. »Stammt die Menschheit wirklich von dort? Wo befindet sich der Planet? Und gibt es auf ihm eine Waffe, die den Krieg beenden kann?«

»Ira«, antwortete Atalea. »Ein Geheimnis. Ich habe es gehütet, all die Jahrhunderte und Jahrtausende. Ich habe es versteckt und bewahrt. Ich habe die Wahrheit bewahrt.« Sie sprach mit weicher Stimme und lächelte wie eine Mutter vor einer Kinderschar.

Der Sog wurde stärker, und Prizilla taumelte. Kälte zerrte an ihr, während die eine Hand am Spiegel brannte. Die andere, die das dunkle Geschöpf berührte, den Maschinenintellekt, schien wie in Eis erstarrt.

»Was ist mit der Erde?«, fragte Prizilla.

Die einzelnen Stücke, aus denen Atalea zusammengesetzt war, verrutschten immer mehr. Der Arm mit dem zusätzlichen Gelenk hing in der Luft, gehalten von zwei Sehnen und einem zerfransten Muskelstrang. Ein Auge löste sich aus der Höhle und glitt nach oben, schien auf der Stirn einen neuen Platz zu suchen. Die prall gefüllten Fertilitätsblasen an den Leisten platzten, und heraus fielen Kinder, nackt und winzig, nicht eins von ihnen größer als ein kleiner Finger.

Ataleas Mund sprach allein, ohne Hals und Wangen, noch immer sanft und ruhig, wie im Kinderhort eines Lebensturms.

»Es gab die Erde, und vielleicht gibt es sie noch immer, trotz allem.« Das Auge auf der Stirn blinzelte, der Mund presste kurz die Lippen zusammen. »Trotz allem. Und ja, von dort kam der Mensch, von der Erde. Er hat einen langen Weg beschritten. Sein Geheimnis bleibt gewahrt.«

»Welches Geheimnis? Und was bedeutet ›Ira‹?«

Der Mund öffnete sich erneut, zerfiel jedoch, und es ertönte nur ein dünnes Pfeifen, halb verloren im Zischen und Fauchen des Sogs, der plötzlich noch stärker wurde und Prizilla packte. Ihre Finger lösten sich vom heißen Spiegel, und sie fiel erneut, diesmal in die kalte Tiefe des Maschinenintellekts.

Nach der Hitze des Spiegels war die Kälte so willkommen, dass Prizilla mit dem Gedanken spielte, noch etwas zu warten, einige Sekunden, bevor sie das vereinbarte Signal sendete. Doch das wäre ein fataler Fehler gewesen.

Ihr Kommunikationsadapter schickte den Ruf.

Alles wurde dunkel – die Finsternis des alten Maschinenintellekts schien sich über sie zu stülpen.

Die Krallen des Schmerzes kehrten zurück, spitz und scharf wie beim ersten Mal. Sie erschienen vor ihr in der Dunkelheit und bohrten sich ihr ins Gesicht, bevor Prizilla Gelegenheit bekam, schützend die Hände zu heben. Sie schrie, vielleicht so laut und schrill wie die achtundzwanzig Mütter des Orakels.

Und dann waren es keine Krallen mehr, die sich ihr in Wangen und Augen bohrten, sondern raue Hände, die ihr über Stirn und Schläfen strichen.

»Prizilla«, erklang eine tiefe Stimme. »Prizilla. Hörst du mich?«

Die Dunkelheit wich, zumindest zum Teil, und im matten Schein eines Orientierungslichts sah Prizilla einen alten Soldaten, halb über sie gebeugt.

»Coridian«, wollte sie sagen, brachte jedoch nur einen gurgelnden Laut hervor. Sie fühlte etwas Klebriges an den Lippen, tastete mit der Hand danach, hob die Finger vor die Augen und sah blutigen Schaum.

»Du hast einen Schock erlitten«, erklärte Coridian. »Ich bringe dich nach oben, zu den Medikern.«

Die Holos im Navigationsraum der *Klinge* zeigten den Tod von Memoria: Orangefarbenes Glühen fraß Kathedrale und Mausoleum. Prizilla dachte kurz an Atalea und die anderen Mütter im Orakel und fragte sich, ob sie nun Frieden fanden. Schiffe des Feindes umschwärmten den Planeten, während sich die *Klinge* im Schutz ihres Tarnschirms entfernte.

»Sie sollten in Ihre Kabine zurückkehren und sich ausruhen«, sagte Coridian, als Prizilla hereinkam.

»General ...« Sie nickte den anderen Soldaten zu. »Ich bin hier, um Ihnen das Ziel unseres Fluges zu nennen.«

Coridian deutete auf die Navigationsdiagramme. »Wir steigen über die Ebene der Ekliptik auf und schließen uns den restlichen Evakuierungsschiffen an.«

»Nein«, widersprach Prizilla. »Wir fliegen zur Absorptionssphäre. Sie haben ein halb fertiggestelltes stationäres Fulkrum erwähnt, das Erkunder vor sieben Jahren dort entdeckt haben. Ich werde es benutzen, um so schnell wie möglich zum letzten Überlebenden von Nimmwa zu gelangen.«

»Aber ...«

»Das ist ein Befehl, General.«

Coridian neigte den Kopf. »Gehört und verstanden.«

Ein Ort der Schwäche

49 Jarl

Eine abgetrennte Hand lag im Staub, die Finger krumm, als hätten sie sich kurz vor dem Tod um etwas schließen wollen, vielleicht um den Griff einer Waffe. Jarl hob sie auf und beobachtete, wie ein Tropfen Blut aus einem Loch in der halb verkohlten Handfläche quoll, gelb wie Schwefel. Soldatenblut. Behutsam, als steckte noch Leben in ihr, legte er die Hand neben einen kleinen Felsen. Um ihn herum lagen Trümmer im Staub, zerrissene und zerfetzte Teile einer Kapsel. Er suchte zwischen ihnen, er stapfte mit schweren Schritten durch Staub und feinen Sand, ohne den Rest des Soldaten zu finden, dem die Hand gehört hatte. Im Windschatten des größten Trümmerstücks blieb er halb geduckt stehen. Zehn Kilometer lagen hinter ihm, und laut der Navigationsanzeige in seinem Helm trennten ihn noch vierunddreißig weitere vom nächsten Depot.

Die Substrate des Kampfanzugs schwiegen. Jarl bekam keine Statusmeldungen mehr von ihnen – vielleicht waren nur noch ihre Basisfunktionen erhalten, so wie bei den wenigen Anzeigen im Helm. Wenn das Kommunikationssystem die in Aussicht gestellten aktualisierten Daten über die Situation auf Onnizza empfangen hatte, so ließ sich nicht darauf zugreifen. Das Materialgedächtnis des Anzugs schien intakt, denn gehärtetes hermetisches Gel hatte die Risse geschlossen. Andernfalls hätte das Gift in der Atmosphäre von Onnizza Jarl spätestens nach einer halben Stunde umgebracht.

Als er hinter dem großen Trümmerstück hervortrat, griff der Wind nach ihm. Jarl bückte sich noch tiefer, setzte einen Fuß vor den anderen und ließ sich von der Navigationsanzeige den Weg weisen. Noch vierunddreißig Kilometer. Wie lange brauchte er für diese Strecke? Unter normalen Umständen hätte er sie innerhalb von fünf bis sechs Stunden zurücklegen können, aber auf Onnizza, in Sturm und Staub, würde er mindestens zehn Stunden benötigen. Wenn alles gut ging. Wenn er immer einigermaßen festen Boden unter den Füßen hatte. Wenn ihn Staubseen oder Tümpel nicht zu einem Umweg zwangen. Wenn er keinen Patrouillen des Feindes begegnete. Und wenn ihn der Kampfanzug nicht im Stich ließ.

Reichte der Sauerstoffvorrat für zehn Stunden? Und wie stand es um die Energiereserven? Wenn die thermischen Regler versagten, weil nicht genug Energie zur Verfügung stand, konnte es ziemlich kalt werden. Jarl erinnerte sich daran, dass die Temperaturen im Mittleren Norden nachts auf minus vierzig Grad und darunter fielen. Nur angepasste Menschen waren imstande, ungeschützt unter solchen Bedingungen zu überleben.

Während Jarl durch den Sturm marschierte, von Staub umwirbelt, dachte er an das Wunder, das ihn davor bewahrt hatte, so zu enden wie der Soldat, von dem nur die verbrannte Hand übrig geblieben war. Sein Kampfanzug befand sich in einem schlechteren Zustand als er selbst. In der letzten Phase des Flugs hatte ihn etwas am linken Oberschenkel und kurze Zeit später noch etwas am rechten Fuß getroffen. Was auch immer es gewesen war, die Nanobots waren offenbar imstande gewesen, den angerichteten Schaden zu reparieren, denn er fühlte keine Behinderung beim Gehen, und das Deflektorkissen hatte beim Aufprall genug kinetische Energie absorbiert, um ihn vor Knochenbrüchen und Quetschungen zu bewahren.

Fast eine Stunde lang dachte Jarl darüber nach, wie groß die Wahrscheinlichkeit dafür gewesen sein mochte, dass er die Treffer während des Anflugs und anschließend den Absturz auf den Planeten überlebt hatte. Er hielt sie für eher gering. Eine Verkettung glücklicher Umstände hatte dazu geführt, dass er noch in der Lage war, derartige Überlegungen anzustellen. Doch ein Soldat, der sich auf Verbündete wie Zufall und Glück verließ, blieb nicht lange am Leben. Jarl fragte sich, wie er weiterhin überleben konnte, um den Auftrag zu erfüllen, der eigentlich unerfüllbar war: Sotias Rettung aus dem Lebensturm. Sofern es den überhaupt noch gab – der Feind hatte ihn bestimmt angegriffen. Die Antwort lautete: Um zu überleben, musste er das Depot erreichen; alles andere kam später.

Nach einer Weile ließ der Wind nach, und die Böen verloren an Kraft – der Sturm zog nach Nordwesten ab. Die aufgewirbelten Staubwolken blieben dicht und beschränkten die Sichtweite auf wenige Meter. Zuerst wurde es ein wenig heller, vielleicht weil der Himmel über den Staubebenen aufklarte, doch dann schwand das Licht, und ein Temperatursturz bestätigte Jarls Vermutung, dass die Nacht anbrach.

Die Navigationsanzeige blendete eine Orientierungslinie ins Helmvisier, die ihm den Weg wies, doch er stellte bald fest, dass es besser war, sich ein wenig links von dieser Linie zu halten, weil dort das Basisgestein dicht unter dem Staub seinen Schritten genug Halt bot. Er schien an den Ufern eines Staubmeers unterwegs zu sein, denn weiter rechts sank er manchmal bis zu den Knien oder noch tiefer in die graue pulvrige Masse.

Im Verlauf der nächsten beiden Stunden setzte sich der vom Sturm in die Atmosphäre gerissene Staub immer mehr, und die Sichtweite wuchs. Manchmal flackerte es am dunklen Himmel – vielleicht Blitze des weitergezogenen Sturms oder das Licht von Explosionen in hohen Umlaufbahnen –, und dann sah Jarl die Silhouetten von Felsen auf der linken Seite seines Weges. Er blieb ihnen nahe genug, um festen Boden unter den Füßen zu haben, der unter dem Staub verborgen war, und ging etwas schneller.

Schließlich bekam er Durst, und er wandte den Kopf im Helm, sagte: »Trinken«, und wartete auf den Kontakt der Lippen mit dem Trinkschlauch. Doch nichts berührte den Mund.

Jarl versuchte es mit den manuellen Kontrollen, ohne Erfolg. Wie als Reaktion darauf wurde der Durst noch größer.

Bei einem Felsen, der wie ein großer granitener Zahn aus dem Staub ragte, blieb er stehen und überlegte, ob er es wagen durfte, den Helm zu öffnen, um den Schlauchmechanismus zu überprüfen. Mit den Händen bereits an den Helmsiegeln entschied er sich dagegen, obwohl das Gift in Onnizzas Atmosphäre unangepasste Menschen nicht sofort tötete. Er wollte keinen Sauerstoff verlieren und eine Kontamination des Anzuginnern vermeiden.

Eine Anweisung an seine Adapter führte nicht zum gewünschten Ergebnis. Das Durstgefühl blieb, und nach einer weiteren Stunde des Marschierens gesellte sich Müdigkeit hinzu. Noch etwa zehn Kilometer trennten ihn vom Depot, als die Beine nachzugeben drohten und ihn zu einer Rast zwangen. Er setzte sich mit der Absicht, nur einige Minuten auszuruhen, doch es wurden anderthalb Stunden daraus.

Jarl erwachte zum zweiten Mal im Staub und begriff nur einen Moment später, dass er bei der Einschätzung seiner Situation einen wichtigen Faktor übersehen hatte: die Staubwürmer von Onnizza.

50

Der Kampfanzug sprach noch immer nicht, aber ein blinkender Indikator im Helm wies auf eine Beeinträchtigung seiner Integrität hin – es gab neue undichte Stellen, und es wurden immer mehr. Benommen richtete sich Jarl halb auf und sah die Würmer: etwas dunkler als der Staub, aus dem sie krochen, bis zu zehn Zentimeter lang und einen halben Zentimeter dick. Dutzende von ihnen hatten ihre kleinen Kieferzangen in den Kampfanzug gebohrt, und einigen war es gelungen, Löcher hineinzubeißen. Jarl fühlte, wie sie ihm im Innern des Anzugs über die Beine krochen.

Von einem Augenblick zum anderen war er hellwach, sprang auf und schüttelte die Würmer von sich ab. Bei drei besonders hartnäckigen Exemplaren musste er das Vibromesser des Instrumentengürtels benutzen, um die Kieferzangen aus der äußeren Materialschicht des Kampfanzugs zu lösen.

Der Staub rechts von Jarl schien zu brodeln, als immer mehr Würmer versuchten, ihn zu erreichen. Er kletterte auf einen flachen Felsen. Die Staubwürmer waren nicht besonders schnell, aber ihre Beharrlichkeit konnte zum Problem werden – solange sich auch nur ein einziger an ihm befand, gab es für die anderen ein Ziel, und sie würden alles daransetzen, es zu erreichen.

Zu Beginn des Einsatzes hatten Jarls Adapter allgemeine Informationen über den Planeten empfangen, und einige dieser Daten präsentierten sich ihm nun in Form von Pseudoerinnerungen. Sie bewiesen, dass die Adapter noch funktionierten.

Die Staubwürmer von Onnizza waren eine parasitäre Lebensform. Wenn sie sich in einen Wirt gebohrt hatten, fraßen sie sich durch Muskelgewebe und Eingeweide. Ihre mikroskopisch kleinen Larven befielen Nervensystem und Gehirn, was mit einer Auflösung der individuellen Persönlichkeit einherging. War die Infektion einmal erfolgt, konnte sie nur mittels einer gründlichen Dekontamination rückgängig gemacht werden, die außerdem möglichst schnell stattfinden musste, höchstens einige Stunden nach dem Kontakt mit den Würmern.

Jarls Hände flogen nach oben und lösten die Siegel, wodurch Visier und Helm zurückklappten. Eiskalte Luft schlug ihm ins Gesicht – die Temperatur lag bereits bei fünfzehn Grad unter dem Gefrierpunkt von Wasser –, und er atmete die Atmosphäre von Onnizza, mit dem Gift in ihr. Die Hände griffen nach den Siegeln des Kampfanzugs und lösten auch sie. Jarl öffnete das Brustteil, zog die Arme aus den Ärmeln, schob den Rest des erschlafften Anzugs nach unten und stieg aus Stiefeln und Hosenbeinen.

Einer der Staubwürmer, die zuvor in den Kampfanzug eingedrungen waren, wand sich ihm in den Anus.

Jarl erschrak so sehr, dass er für einen Moment innehielt, und vielleicht war dies genau einen Moment zu viel. Er langte nach hinten und versuchte, den Wurm festzuhalten, doch das Geschöpf steckte schon zu tief in ihm drin. Ein Finger folgte ihm und berührte das Ende des Wurms, konnte jedoch nicht verhindern, dass er im Darm verschwand, womit er für die Hand unerreichbar war.

Weitere Würmer krochen aus dem Staub und machten sich daran, den Stein zu erklettern, auf dem Jarl stand, halb nackt, ungeschützt der Kälte ausgesetzt. Er atmete schneller, als er daran dachte, was jetzt im Innern seines Körpers geschah, als er sich vorstellte, wie der Wurm damit begann, sich erst durch den Darm und dann durch die anderen Organe zu fressen, wie er Larven bildete, die durch das Nervensystem wanderten und das Gehirn erreichten ...

Die kalte Luft mit dem Gift stach ihm in der Lunge. Jarl hustete und krümmte sich zusammen, als er ersten Schmerz im Unterleib zu spüren glaubte. Wie viel Zeit blieb ihm? Die Pseudoerinnerungen gaben Auskunft: In zwei Stunden würde der Wurm in seinem Darm die ersten winzigen Larven freisetzen, und wenn sie das Nervensystem infizierten, wurde die Dekontamination noch aufwendiger, vielleicht zu aufwendig für die medizinischen Möglichkeiten eines Depots.

Jarl griff nach dem schlaffen Kampfanzug und schüttelte mehrere fadenartige Geschöpfe heraus. Er vergewisserte sich, dass keine weiteren Staubwürmer in Stiefeln, Beinen und Ärmeln steckten, bevor er den Anzug wieder überstreifte – er brauchte ihn als Schutz vor der Kälte. Die Substrate blieben stumm, aber im Helm erschien erneut die Navigationsanzeige, und das Materialgedächtnis machte sich daran, die von den Würmern geschaffenen Löcher mit hermetischem Gel abzudichten.

Jarl orientierte sich in der Dunkelheit, sprang vom flachen Felsen und lief los, nach Nordwesten. Noch zehn Kilometer trennten ihn vom Depot, und er musste sie in weniger als zwei Stunden zurücklegen.

51

Nach einer Stunde wurden ihm die Beine weich, in der Lunge brannte ein größer werdendes Feuer, und der Durst ließ sich kaum mehr ertragen. Jarl blieb am Rand des Staubmeers stehen und hielt nach Würmern Ausschau, als er erneut den Helm öffnete und nach der Schlauchverbindung im Kragen tastete. Ihm blieb keine andere Wahl, als noch einmal Onnizzas kalte Luft mit dem Toxin darin zu atmen. In der Kälte schnell taub werdende Finger fanden schließlich das Verbindungsstück und zogen es aus der Halterung. Jarl nahm es in den Mund und saugte gierig, aber es strömte kein Wasser durch den Schlauch. Er machte sich nicht die Mühe, die Vorrats- und Recyclingfächer des Kampfanzugs zu überprüfen – nach einigen kostbaren Minuten hätte er vermutlich festgestellt, dass bei Absturz und Aufprall mehr als nur die Substrate beschädigt worden waren.

Er klappte den Helm wieder nach vorn, schloss die Siegel und lief weiter. Manchmal versank er bis zu den Waden im pulverigen Staub und wandte sich dann nach links, den Felsen zu, wo ihm das Basisgestein besseren Halt gab. Allerdings wuchsen die Abstände zwischen den wie von der Hand eines Riesen verstreuten Felsbrocken, und gleichzeitig wurde die Staubschicht auf dem Grundgestein dicker, wodurch Jarl langsamer vorankam.

Er wies seine Adapter an, mit Stimulanzien die Schwäche aus ihm zu vertreiben, und zehn Minuten lang ging es ihm tatsächlich etwas besser. Doch dann kehrte die Müdigkeit zurück und schien das Gewicht der Beine zu verdoppeln – es erforderte Konzentration und Willenskraft, sie in Bewegung zu halten.

Nicht zum ersten Mal fragte sich Jarl, ob er es wagen sollte, den Gravitationsmotor zu aktivieren, und auch diesmal entschied er sich dagegen. Er erinnerte sich daran, dass er den defekten G-Motor mit der Energiezelle verbunden hatte, die für die Lebenserhaltungssysteme des Kampfanzugs bestimmt gewesen war. Wenn er ihn aktivierte, in der Hoffnung, dass das Materialgedächtnis die Fehlfunktionen des

Gravitationsmotors behoben oder kompensiert hatte, riskierte er völligen Energieverlust, was nicht nur einen Ausfall der thermischen Regler zur Folge gehabt hätte, sondern auch ein Erlöschen der Navigationsanzeige. Zwar schwand die Dunkelheit der Nacht mit den ersten Vorboten der Morgendämmerung, doch ohne Richtungshinweise hätte Jarl riskiert, am Depot vorbeizulaufen, ohne es zu erkennen.

Zudem schuf selbst ein nur für wenige Sekunden aktiver Gravitationsmotor eine eindeutig identifizierbare energetische Signatur, die der Aufmerksamkeit des Feindes bestimmt nicht entgangen wäre. Zweifellos gab es zahlreiche Sensoren, im Orbit und auf der Oberfläche des Planeten, die ständig lauschten und beobachteten. Es grenzte an ein Wunder, dass Jarl noch nicht entdeckt worden war, obwohl er sich seit Stunden auf Onnizza befand. Ein zweites Wunder, dachte er, während er durch den Staub stapfte. Nach dem ersten, dass er Absturz und Aufprall ohne schwere Verletzungen überlebt hatte. Doch zwei Wunder genügten nicht. Er brauchte ein drittes, um den Wurm zu besiegen, der vielleicht genau in diesem Augenblick sein Nervensystem mit Mikrolarven infizierte.

Schmerz durchzuckte ihn wie von einer Faust aus Messern, die sich tief in der Magengrube drehte. Wie konnte ein kleines Wesen, nicht einmal zehn Zentimeter lang, solche Pein verursachen? Jarl taumelte, krümmte sich zusammen und schnappte im Innern des Helms nach Luft. Eins der Messer schnitt vom Magen zum Rückgrat, erreichte die Wirbelsäule und kratzte über Nervenbahnen.

Das Bild vor Jarls Augen ging in Flammen auf.

Als er zwei oder drei Minuten später wieder sehen konnte, lag er inmitten von Steinen, mit einem Sprung im Helmvisier – er war gefallen und mit dem Visier gegen einen spitzen Stein geschlagen. Beim dritten Versuch gelang es ihm, sich aufzurichten. Die Messer schienen aus seiner Magengrube verschwunden und Nadeln gewichen zu sein, die sich bei jeder Bewegung in die Eingeweide bohrten. Ihm war heiß, so heiß, dass er nach einigen unsicheren, wankenden Schritten die Siegel löste, den Helm öffnete und die kalte Luft so gierig atmete wie ein Ertrinkender. Etwas mehr Gift, und wenn schon. Er musste Onnizzas giftige Luft eine halbe Stunde atmen, um zu sterben, und vielleicht wäre ein solcher Tod besser gewesen, als darauf zu warten, dass Staubwurmlarven von Nervensystem und Gehirn Besitz ergriffen.

Als das Gefühl glühender Hitze nachgelassen hatte, schloss Jarl den Helm und setzte sich wieder in Bewegung. Er lief nicht mehr, teilte seine Kräfte ein, ignorierte die Schmerzen und ging.

Onnizzas Nacht wich einem neuen Tag. Die letzten Reste des vom Wind aufgewirbelten Staubs legten sich. Es gab nichts mehr, das die Sicht behinderte – der Blick reichte bis zum Horizont.

Sechzehn Minuten vor Ablauf der Zwei-Stunden-Frist, als die Navigationsanzeige die Entfernung zum Depot mit nur noch fünfhundert Metern angab, senkte sich ein Schiff des Feindes aus dem hell gewordenen Himmel, ein silbernes Oval, umgeben von vier roten und violetten Ringen, die langsam rotierten. Waffendorne ragten wie Stacheln aus dem zentralen Oval, was bedeutete, dass sich das Schiff im Kampfmodus befand.

Jarl blieb wie angewurzelt stehen, die nächsten Felsen mindestens fünfzig Meter entfernt, und wusste: Wenn ihn der Feind an Bord des Schiffs mit Biosensoren entdeckt hatte, war sein Schicksal besiegelt.

Doch das silberne Oval mit den vier rotierenden Ringen, deren Durchmesser Jarl auf etwa vierhundert Meter schätzte, hatte es offenbar auf etwas anderes abgesehen. Ein kleines dunkles Objekt löste sich von einem der Waffendorne und flog mit hoher Geschwindigkeit nach Westen. Jarl sah ihm nach, bis er es aus den Augen verlor – er hätte den Kopf drehen müssen, um es weiterhin zu beobachten, und selbst diese kleine Bewegung hielt er für zu riskant. Plötzlich gleißte es links von ihm, im Westen. Eine Druckwelle kam wie ein neuer Sturm, hob den Staub, der sich gerade gesetzt hatte, und formte daraus einen Schleier, so dicht, dass das Schiff des Feindes darin verschwand. Jarl wurde zu Boden geschleudert und rollte, sprang aber sofort auf, als ihn der Wind losließ, und lief in die Richtung, in der sich das Depot befinden musste, bei einer Ansammlung von Felsen, die einen kleinen Hügel bildeten.

Er erreichte den Fuß des Hügels, als sich die Schleier lichteten und das Schiff des Feindes freigaben. Es flog dicht über der Oberfläche, so nahe, dass sich das Summen der rotierenden Ringe als Vibration in Fels und Staub bemerkbar machte. In einer Höhe von nur hundert Metern schwebte es über den Hügel hinweg, stieg dann auf und glitt schneller werdend nach Westen.

Jarl sah auf die Chrono-Anzeigen – ihm blieben noch dreizehn Minuten.

Die Navigationsanzeige behauptete, dass er sein Ziel erreicht hatte: null Kilometer Entfernung. Jarl kletterte erschöpft zwischen den Felsen, mit Messern in Bauch und Rücken und mit einem Feuer in der Lunge, das vom Gift in Onnizzas Atmosphäre herrührte. Weitere Minuten vergingen, wertvolle Minuten, die über Leben und Tod entscheiden konnten. Das Schiff des Feindes war nicht mehr zu sehen – der Blick nach Westen zeigte nur eine gen Himmel wachsende Rauchsäule.

Jarl öffnete nacheinander die Taschen seines Instrumentengürtels, bis er fand, was er suchte: einen kleinen Signalgeber, eingestellt auf die Notfrequenz der Streitkräfte. Normalerweise wurden solche Signalgeber verwendet, um während eines Gefechts nicht mehr kampffähige Verwundete zu markieren, damit sie von Medodrohnen behandelt oder abgeholt werden konnten. Sie arbeiteten mit geringer Signalstärke, was die Reichweite auf einige Kilometer beschränkte. Jarl fragte sich kurz, ob das Schiff des Feindes weit genug entfernt war. Er musste das Risiko eingehen, ihm blieb nichts anderes übrig.

Er drehte den Kopf des Signalgebers, nahm ihn dann zwischen Daumen und Zeigefinger und drückte – ein Klicken wies auf die Aktivierung des kleinen Geräts hin.

Nichts geschah.

Das Glühen am Horizont, heller als das Tageslicht, flackerte ein wenig, aber das Schiff des Feindes kehrte nicht zurück. Jarl sah sich um. Hier und dort glitzerte Eis zwischen den Felsen, Überbleibsel vom Regen, Hagel und Schnee des Sturms – der Staub hatte die Feuchtigkeit aufgesogen.

An einer Stelle, im Schatten zwischen zwei runden Steinen, bemerkte er einen roten Fleck.

Jarl kletterte, während die Messer in ihm schnitten und stachen. Manchmal wurde der Schmerz so groß, dass er nichts mehr sah, innehielt und blinzelte, bis wieder ein Bild vor seinen Augen entstand.

Der rote Fleck befand sich an einem besonders großen Felsen und schien von einem flechtenartigen Organismus zu stammen, aber Jarl wusste es besser. Er legte die rechte Hand darauf, ein Scanner registrierte die Biosignatur eines Menschen, und das Materialgedächtnis des getarnten Depots reagierte. Direkt vor Jarl verschwand ein Stück des Felsens, und eine Luke mit vertrauten Kontrollen erschien. Mit zitternden Fingern gab er den Code der Streitkräfte ein, die Luke schwang nach innen, und er fiel in eine kleine Schleusenkammer.

Mehrere Sekunden lang blieb er erschöpft liegen, die Augen geschlossen, dann dachte er: Du darfst jetzt auf keinen Fall einschlafen.

Er zwang die Lider nach oben, bewegte die Arme, stemmte sich hoch und kam wieder auf Beine, die unter ihm nachzugeben drohten.

»Luke schließen«, krächzte er und erkannte kaum die eigene Stimme.

Es summte, und die Luke schloss sich. Unmittelbar darauf glitten die vier Elemente des Innenschotts auseinander.

Jarl taumelte in den Hauptraum des Depots, öffnete die

Versorgungsfächer, wühlte in Ausrüstungspaketen, fand eine autoregenerative Wasserflasche, öffnete mit stärker zitternden Fingern den Verschluss, hob die Flasche zum Mund und trank gierig.

Der Schmerz in seiner Magengrube verdoppelte und verdreifachte sich. Aus den Messern wurden Schwerter, aus den Nadeln Dolche. Die Flasche fiel ihm aus der Hand, er krümmte sich zusammen, würgte und erbrach das Wasser, das er gerade getrunken hatte.

Dekontamination. Die Zwei-Stunden-Frist musste abgelaufen sein.

Jarl drehte sich um und wankte durch den Hauptraum, vorbei an den Instrumentenschränken und der Konsole mit den Funktionskontrollen.

»Mein Körper muss dringend ... dekontaminiert werden«, brachte er hervor. »Staubwurm-Infektion und Atmosphärengift.«

Die Substrate des Depots hörten ihn und antworteten: »Dekontaminierung wird vorbereitet.«

Eine Tür öffnete sich. In einem kleinen Nebenraum mit einer Mulde im Boden, groß genug für einen M_1-Soldaten, ging das Licht an.

Von stechenden, heißen Schmerzen geplagt zerrte Jarl an den Siegeln, entledigte sich des Kampfanzugs und sank in die Mulde, die ihn weich und warm empfing.

Dünne Sensorarme streckten sich ihm entgegen.

»Beginn der Dekontamination«, verkündete die Stimme der Depotsubstrate.

Jarl hörte sie nicht mehr.

52

Die Nacht wurde kälter, der Mann rückte etwas näher ans Feuer. Flammen züngelten, Schatten kamen und gingen. Am dunklen Himmel leuchteten zahllose Sterne.

»Ich bin schon einmal hier gewesen«, sagte Jarl.

»Du bist oft hier gewesen«, erwiderte der Greis auf der anderen Seite des Lagerfeuers, sein Gesicht schmal und voller Falten, die Augen größer als die eines M_1-Menschen. Vielleicht war er ein Angepasster. »Und immer hast du mich um Geschichten über die Erde gebeten.«

Jarl blickte in die Flammen. Sie zerstörten nicht, sie wärmten nur.

»Dies ist ein Traum, nicht wahr?« Er fühlte sich seltsam: schwach und gleichzeitig stark, müde und doch voller Tatendrang. Wie konnte das sein? Kraft und Schwäche schlossen einander aus. Die Starken überlebten, die Schwachen starben; man konnte nicht gleichzeitig leben und tot sein.

»Nicht immer«, antwortete der Alte, als hätte Jarl die Worte laut ausgesprochen. »Nicht überall. Und dies ist mehr als nur ein Traum. Es ist eine Erinnerung an deine Aufgabe.«

»Ich habe eine Aufgabe?«

»Hast du sie etwa vergessen?«, entgegnete der Greis vorwurfsvoll. Er winkte, und die Flammen reagierten auf seine Geste. Sie wuchsen höher, prasselten lauter. Ihr Schein spiegelte sich in den großen Augen wider. »Du sollst den Krieg beenden.«

»Ich?«, fragte Jarl ungläubig.

»Du«, bestätigte der Greis. »Ich habe dir davon erzählt. Die Unendlichkeitsmatrix wartet auf dich.«

Das Wort klang völlig fremd. Jarl war sich sicher, es noch nie zuvor gehört zu haben.

Er stand auf. »Der Krieg wird bald zu Ende sein. Die Hauptstreitmacht des Feindes greift die Kernwelten an.«

»Hindere sie daran, den Sieg zu erringen«, sagte der Greis hinter den züngelnden Flammen. »Bewahre die Menschheit vor dem Untergang.«

Jarl trat um das Lagerfeuer herum. »Ich bin kein Kind mehr. Ich bin ein Mann, ein Soldat, und der Mann und Soldat weiß: Einer allein kann den Feind nicht besiegen.«

Der Alte sah zu ihm hoch, den Widerschein des Feuers im Gesicht.

»Nicht mit leeren Händen. Nicht allein mit seinen Fäusten. Aber mit der Waffe auf der Erde kann er Frieden bringen. Die Unendlichkeitsmatrix wartet auf dich.«

Jarl ergriff den Greis an den Schultern und zog ihn auf die Beine. »Du irrst dich! Du hast die Waffe erwähnt, aber nicht die Unendlichkeitsmatrix. Von ihr höre ich zum ersten Mal. Und ich weiß noch immer nicht, wo sich die Erde befindet!«

Der Alte mit dem schmalen, faltigen Gesicht wurde zu einer Frau, die einen lehmbraunen Mantel trug, so lang, dass der Saum den Boden berührte. Schlangenbilder schmückten ihre Wangen.

»Ich habe dir die Fünfzigtausend gezeigt«, sagte Jamelinda im Licht der Flammen. »Die letzten Menschen. Ich habe dir Atalea die Größte gezeigt, die sich aufgeopfert hat. Was ist dein Leben im Vergleich mit ihrem?«

Jarl fand die Frage ebenso seltsam wie die sonderbare Zweiheit von Schwäche und Stärke, von Müdigkeit und Eifer. Konnte das Leben einer Person mehr wert sein als das einer anderen? Wer oder was maß den Wert? Wer oder was bestimmte das Gewicht eines Lebens?

»Es ist mein Leben«, sagte er langsam, seine Worte vom Knistern des Feuers untermalt. »Ich habe nur dieses eine. In meinen Adern fließt das falsche Blut. Ich wünsche mir Frieden.«

»Finde die Erde!« Jamelinda sprach mit besonderer Eindringlichkeit. »Finde die größte aller Waffen, die Unendlichkeitsmatrix! Vernichte die Crul! Dann gibt es endlich Frieden für die Menschheit.«

Auch das war anders. Bisher hatten die verschiedenen Erzähler in seinen Träumen nie davon gesprochen, dass er jemanden vernichten solle. Ihre Worte hatten eine paradiesische Welt beschrieben und eine Vorrichtung erwähnt, eine Waffe, die nicht zerstörte und tötete, sondern den Krieg beendete und für immer Frieden brachte.

»Frieden«, sagte Jarl und beobachtete, wie sich die tätowierten Schlangen auf Jamelindas Wangen lebendigen

Wesen gleich bewegten. »Frieden für alle. Auch für die Inniwori, Aleolt und all die anderen.« Falls noch jemand von ihnen übrig war, dachte er traurig.

»Mit der größten aller Waffen brauchen wir niemanden mehr zu fürchten.« Die Worte kamen nicht nur aus Jamelindas Mund, sondern auch von anderen Sprechern, von schattenhaften Gestalten jenseits des Feuerscheins, von den anderen Erzählern, deren Geschichten Jarl im Lauf der Jahre gelauscht hatte. »Die Unendlichkeitsmatrix macht uns so stark, dass uns niemand mehr bezwingen kann. Wir zuerst. Der Mensch an erster Stelle. Das hat uns Atalea die Größte gelehrt. Nur die Starken überleben, und wir müssen stärker sein als alle anderen.«

»Frieden für alle«, sagte Jarl und stellte sich vor, wie er durch die Gärten der alten Erde wanderte, mit dem Inniwori Hihuahé, der ihm Freundschaft geschenkt hatte, auf der einen Seite und dem Aleolt-Kind namens Neugier, das sich Geschichten von den Sternen wünschte, auf der anderen. Verdienten nicht auch sie, in Frieden zu leben?

»Für uns zuerst«, antworteten Jamelinda und die Stimmen der Erzähler hinter ihr. »Finde die Erde! Setz die große Waffe gegen die Crul ein und gegen alle anderen, die uns bedrohen könnten! Bring uns Frieden!«

Nur uns?, dachte Jarl kummervoll. Wäre Frieden für alle nicht besser? Damit jeder, jedes intelligente Geschöpf in der Galaxis, sein Leben leben kann?

Vielleicht dachte er die Worte nicht nur, sondern sprach sie auch, aber es war niemand mehr da, der sie hörte. Der Greis, Jamelinda mit den Schlangen auf den Wangen und die anderen Sprecher, Silhouetten in der Dunkelheit, waren verschwunden. Jarl stand allein beim Lagerfeuer, betrachtete die Flammen und fühlte ihre Wärme. Er wäre gern noch etwas länger an diesem Ort geblieben, wo er sich von den Zwängen des gelben Soldatenbluts befreit fühlte, doch etwas rief ihn zurück in die andere Welt, in der nur die Starken überlebten.

Die warme Umarmung des Dekontaminators gab ihn frei.

Einige Sekunden lang lag er still, die Augen noch geschlossen, und fragte sich, was geschehen war.

Eine neue Stimme erreichte ihn, ein Knurren.

Jarl öffnete die Augen.

Jemand stand im Eingang der Dekontaminationskammer, ein Soldat, groß und kräftig, sein Kampfanzug halb verbrannt, vom linken Arm nicht mehr übrig als ein verkohlter Stummel. Brust und Schultern zeigten die Symbole der Infanterie und den Rang: Kompanieführer.

»Wo findet man einen Schwächling, wenn nicht an einem Ort der Schwäche?«, brummte der verletzte Mann.

Jarl richtete sich halb auf.

»Dekontamination vollständig«, teilten ihm die Substrate des Depots mit. »Regeneration achtzig Prozent.«

»Mach Platz, Schwächling!«, brummte der einarmige Mann und trat mit einem schweren Schritt in den kleinen Raum. »Mach Platz für einen Starken, der im Kampf gegen den Feind geschwächt wurde und wieder stark werden muss!«

»Ruko?«, fragte Jarl.

»So sieht man sich wieder.«

Was ich dir noch sagen wollte

53 Prizilla

Prizilla trug bereits ihren Einsatzanzug, justiert auf eine Temperatur von angenehmen acht Grad, als sie noch einmal die taktischen Anzeigen des Holos betrachtete, das an der Rückwand des Ausrüstungsraums vom Boden bis zur Decke reichte. Sie sah, was die Sensoren der *Klinge* wahrnahmen, und die nahmen mehr wahr, als sich menschlichen Augen und selbst einer Zoomlinse dargeboten hätte. Memoria, inzwischen Hunderte Millionen Kilometer entfernt, brannte. Das nukleare Feuer des heißen Kernbrands hatte den ganzen Planeten erfasst und ihn in eine glühende Kugel verwandelt. So musste Memoria vor Jahrmilliarden ausgesehen haben, bei der Entstehung des Zedra-Systems. Zahlreiche blinkende Punkte markierten die Positionen feindlicher Schiffe, und unterschiedliche Farben wiesen auf die jeweiligen Kategorien hin. Es gab nur noch einige wenige gelbe Lichter, und sie alle stiegen über die Ebene der Ekliptik auf: Verteidiger, die den aussichtslosen Kampf beendeten, sich vom Feind absetzten und bis auf knapp Lichtgeschwindigkeit beschleunigten, um im Dilatationsflug das nächste Fulkrum zu erreichen, drei Lichtjahre entfernt.

Hinter Prizilla glitt das Schott auf. Sie drehte sich nicht um.

»Eine von zweiundneunzig Säulen, die den Pakt stützen, bricht«, sagte sie.

»Es bleiben einundneunzig weitere«, erklang Coridians tiefe Stimme. »So schnell gerät der Pakt nicht ins Wanken.«

»Superlicht. Er ist schnell geworden, der Feind. Schneller als wir. Er kann uns überraschen, über unsere Verteidigungslinien hinwegspringen.« Prizilla deutete auf den Feuerball, zu dem Memoria geworden war. »Der Feind hat mehr vernichtet als nur eine unserer Welten. Er hat einen Teil unseres Gedächtnisses ausgelöscht. Die Datenbanken und Archive ...« Sie fragte sich kurz, ob die achtundzwanzig Mütter des Orakels Ruhe gefunden hatten.

»Ein großer Verlust«, pflichtete ihr Coridian bei. »Aber wir werden ihn verschmerzen. Wir bleiben stark.«

»Wir sind immer stark geblieben, über all die Jahrtausende hinweg.« Sie beobachtete die Flugbahnen der letzten fliehenden Verteidiger und der Schiffe des Feindes. Einige der zahlreichen roten, blauen, grünen und violetten Punkte folgten den gelben Lichtern; andere schwärmten aus, vielleicht auf der Suche nach versteckten Basen. Mehrere violette Markierungen, Jäger der Kategorie zwei, flogen mit hoher Geschwindigkeit zur Peripherie des Zedra-Systems; die Absorptionssphäre schien ihr Ziel zu sein. »Aber sind wir jetzt noch stark genug?«

Prizilla drehte sich zu Coridian um. »Nein«, sagte sie und meinte seinen Einsatzanzug.

»Ich komme mit«, entgegnete er überraschend sanft. »Ich lasse dich nicht allein gehen.«

»Das kann ich nicht von dir verlangen.«

»Es ist meine Entscheidung.«

»Du könntest sie bitter bereuen.«

Coridian zeigte ins große Holo. »Was haben wir noch zu verlieren?«

»Unser Leben. Du selbst hast mich auf den vor einem Jahr fehlgeschlagenen Test des stationären Fulkrums hingewiesen.«

Coridian sprach noch immer sanft. »Wenn du bereit bist, das Risiko einzugehen, bin ich es ebenfalls.«

»Du bist ein erfahrener General. Der Pakt und die Streitkräfte brauchen dich. Ich könnte dir befehlen hierzubleiben.«

»Das könntest du. Aber ich würde den Befehl verweigern. Du brauchst meine Hilfe. Ich bringe dich zum Fulkrum. Ich zeige dir, wie man es in Betrieb nimmt und das Ziel auswählt.«

Prizilla hob die Hand zum Nacken, eine Geste, die ihren Adaptern galt. »Ich habe alle notwendigen Informationen.«

»Aber du bist nicht selbst dort gewesen.« Coridian kam näher, wahrte jedoch einen respektvollen Abstand. »Ich habe mir zweimal persönlich einen Eindruck von den Arbeiten am Fulkrum verschafft.«

Das Brummen der Gravitationsmotoren veränderte sich. Die *Klinge* hatte ihr Ziel erreicht.

Prizilla seufzte leise. »Wir sind da, nicht wahr?«

»Ja.«

»Ich habe gesehen, dass einige Schiffe des Feindes zur Absorptionssphäre unterwegs sind.«

»Nicht hierher. Wir sind getarnt und unentdeckt, soweit wir wissen.«

Prizilla gab nach. »Na schön. Um dich vor einer Anklage wegen Befehlsverweigerung zu bewahren ...« Ein Lächeln huschte über ihre Lippen. »Gehen wir.«

Sie verließen den Ausrüstungsraum, erreichten kurze Zeit später die Schleuse und schritten durch einen Vakuumkorridor, der die Schleuse mit einem Hangarmodul an der Außenhülle der Absorptionssphäre verband.

Auf halbem Weg berührte Prizilla Coridians Arm.

»Danke, alter Freund«, sagte sie. »Es ist dumm, aber ... Danke!«

54

Im Hangar, vor vielen Jahren vom technischen Korps der Streitkräfte konstruiert, stapelten sich Versorgungsbehälter auf der einen Seite und Kisten mit Installationsmaterial auf der anderen.

»Alle wurden evakuiert«, sagte Coridian. »Die Techniker, Xenospezialisten, X-Experten und Logistiker – sie alle sind an Bord von Transportern, die vielleicht schon mit dem Dilatationsflug begonnen haben. Hier befindet sich niemand mehr.«

Prizilla stand am breiten Fenster des Hangarmoduls und

blickte ins All. Ohne eingeblendete Orientierungshilfe wusste sie nicht, wo sie Memoria suchen sollte. Sterne leuchteten, viel zahlreicher als die Schiffe des Feindes im Zedra-System. Für einen Moment dachte Prizilla an die Gleichgültigkeit ihres Lichts – es fiel ohne Unterschied auf Starke wie Schwache.

»Wir sind jetzt auf uns allein gestellt«, fuhr Coridian fort und überprüfte die Kontrollen eines kleinen elektromagnetischen Transporters, der aussah wie ein aufgeklapptes Projektil. »Wir könnten den Rest unseres Lebens in der Absorptionssphäre verbringen, ohne vom Feind gefunden zu werden. Dieses Konstrukt ist *enorm*. An vielen Stellen wurden Lager mit Proviant und Versorgungsmaterial eingerichtet. Es würde uns an nichts mangeln.«

»Die *Klinge* beginnt ebenfalls mit einem Dilatationsflug, nicht wahr?« Prizilla blickte noch immer ins All.

»Ich habe dem Kommandanten eine entsprechende Anweisung erteilt«, sagte Coridian. »Wir brauchen jedes Schiff.«

»Der Feind ist schneller. Er könnte vor der *Klinge* und den anderen Schiffen beim Fulkrum sein.«

»Die Evakuierten haben die Zeit als Verbündeten. Wenn sie mit annähernd Lichtgeschwindigkeit fliegen, schrumpfen Zeit und Entfernung für sie. Aus unserer Perspektive gesehen reisen sie drei Jahre in die Zukunft.«

Prizilla erinnerte sich an die Zeitstraße der Zedra-Anomalie, an den Ozean, in dem sie geschwommen war, an sein Leuchten und Schimmern. Sie hatte die Tiefe der Zeit gesehen und gefühlt.

Sie wandte sich vom Fenster ab und ging zu dem kleinen EM-Transporter. »Würdest du wirklich hierbleiben wollen? In der Absorptionssphäre? Vielleicht für den Rest deines Lebens?«

Coridian sah kurz von den Kontrollen auf. »Für mich wäre das kein großes Opfer. Mir bleiben nicht mehr viele Jahre. Für dich sähe die Sache anders aus.« Er vollführte eine vage Geste. »Ich bin sicher, dass es noch andere Gruppen von

Menschen in der Absorptionssphäre gibt. Wo könnte man sich besser verstecken?«

Lag ein Angebot in diesen Worten? Prizilla war, ließ man den Zeitsprung unberücksichtigt, nicht einmal sechzig Jahre alt und hatte noch nie über eine feste Partnerschaft nachgedacht. Für die Befruchtung ihrer Eizellen hatte sie, wie die meisten Mütter, Sperma aus Lebenstürmen verwendet. Sie versuchte, sich Coridian als jemanden vorzustellen, der mehr war als nur ein Freund, und es überraschte sie, wie leicht ihr das fiel.

»Ich habe die Explosionen gesehen«, sagte sie, um sich von den eigenen seltsamen Gedanken abzulenken. »Die Plasmafeuer. Wie lange wird es dauern, bis die ganze Absorptionssphäre verbrennt?«

Coridian überlegte. »Die Sphäre ist groß. Ich meine, sie ist *kolossal* groß. Die Brände breiten sich schnell aus, aber selbst wenn weder Menschen noch Crul eingreifen, um sie einzudämmen ... Ich schätze, es dauert mindestens hunderttausend Jahre, bis die gesamte Absorptionssphäre verbrannt ist. Vielleicht noch viel länger.« Er richtete sich auf. »Das Ziel ist programmiert. Wir können aufbrechen.«

»Wie weit ist das stationäre Fulkrum von hier entfernt?«, fragte Prizilla, als sie in den projektilförmigen Transporter stieg, vor dem sich eine Tunnelöffnung in der Innenwand des Hangarmoduls bildete.

»Etwa zweitausend Kilometer«, antwortete Coridian. »Wir werden fünf Stunden unterwegs sein.«

»Hunderttausend Jahre«, murmelte Prizilla. »Wer weiß, ob es dann noch Menschen gibt.«

»Wenn wir stark bleiben«, sagte Coridian mit fester Stimme. »Wenn wir nicht schwach werden.«

Er betätigte die Kontrollen. Der Transporter schloss sich und beschleunigte.

Prizillas Gedanken bewegten sich zwischen Schlafen und Wachen. Sie sah sich wieder auf Nimmwa stehen, zusammen mit Ewora und Nadala. Ihr Blick war auf die Ruinen gerichtet, die der Kalte Brand des Feindes übrig gelassen hatte, und schien dort nach etwas zu suchen, vielleicht nach sieben überlebenden Kindern oder einem fremden Schiff. Andere Traumbilder, ihre Farben matt und die Konturen verschwommen, zeigten ihr das bunte Wogen der Zeitstraße und ein Schiff des Feindes, das aus einer Lücke zwischen bunten Bändern erschien.

»Das sind seltsame Worte«, sagte Coridian.

»Was?«, erwiderte Prizilla.

Er saß noch immer an den Kontrollen des Transporters, der mit etwa vierhundert Kilometern pro Stunde durch die Absorptionssphäre glitt, in ein elektromagnetisches Feld gehüllt, das ihn antrieb und vor Kontakten mit den Tunnelwänden bewahrte.

»Du hast von der Zeit als einem Knäuel gesprochen.«

»Ich habe gesprochen?« Prizilla richtete sich auf. Aus der Liege unter ihr wurde wieder ein Sitz.

»Laut und deutlich. Du hast von Nimmwa erzählt und von der Zeitstraße.«

Prizilla blickte durchs Fenster und sah nur dunkle Tunnelwände. Gelegentlich erschien ein Licht und verschwand sofort wieder.

»Noch zwei Stunden«, sagte Coridian. »Die Hälfte der Strecke liegt hinter uns. Wenn du Hunger oder Durst hast ...« Er deutete auf eins der Staufächer. »Wir haben Proviant an Bord. Rationen der Streitkräfte, des technischen Korps.«

Prizilla trank Wasser, ihre Gedanken noch immer nicht klar.

»Die Zeit ist nicht statisch«, sagte sie. »Sie ist auch nicht absolut. Wäre sie es, hätten die Dilatationsflüge der Evakuierungsschiffe keinen Sinn. Die Zeit verändert sich. Man kann sie krümmen wie den Raum. Man kann sie ... verknoten und zerreißen.«

Coridian beobachtete sie und überließ die Steuerung des Transporters den Navigationssubstraten.

»Man kann sie ... kneten, ihr eine neue Form geben.« Die Worte passten nicht. Das Konzept war richtig, es fühlte sich richtig an, aber die Worte genügten nicht, waren unzureichend und klangen falsch.

»Die Zeit trägt uns durchs Leben, durch ein dicht gespanntes Netz aus Kausalität, aus Ursache und Wirkung«, sagte Coridian.

»Aber sie ist relativ«, betonte Prizilla und versuchte, die Idee festzuhalten. »Sie ist nicht unveränderbar. Wenn man die Zeit verändert, verändert sich auch das Netz der Kausalität.«

»Du hast geträumt.«

»Ich habe geträumt und mich erinnert.« Prizilla suchte nach den richtigen Worten. »Ich bin in einer Zeitstraße gewesen und mir selbst begegnet.«

»Einem Holo«, brummte Coridian.

»Einer Aufzeichnung von mir. Einer holografischen Prizilla, die von mir wusste und sich an Bord eines fremden Schiffs befand. Nach dem der Feind suchte. Ich ...« Sie schüttelte hilflos den Kopf. »Ich brauche einen größeren Abakus.« Den kleinen hatte sie an Bord der *Klinge* zurückgelassen. Er nützte ihr nichts, auch nicht mit den zusätzlichen Komponenten. Sie brauchte einen großen, vollständigen Abakus, um all die kleinen Informationssplitter zu einem sinnvollen Bild zusammenzusetzen.

Plötzlich fiel ihr etwas ein.

»Was bedeutet ›Ira‹?«

»Ira?«

»Es scheint ein Name zu sein. Atalea hat ihn mir genannt. Das, was von ihrem Bewusstsein übrig war. Sie erwähnte ein Geheimnis, das sie gehütet hat, über all die Jahrhunderte und Jahrtausende hinweg, ein Geheimnis, das sie versteckt und bewahrt hat.«

»Wenn es ein Name ist, habe ich ihn nie zuvor gehört«, sagte Coridian langsam.

Prizilla sah ihn an. »Wieso habe ich nicht daran gedacht, in Memorias Archiven nachzufragen?«

»Weil du einen Schock erlitten hattest. Weil ich dich zu den Medikern bringen musste.«

Prizilla schloss kurz die Augen. »Na schön. Eins nach dem anderen. Erst der Transfer durchs stationäre Fulkrum. Dann ein großer Abakus und Ira. Und Jarl auf Onnizza.«

»Und die Waffe auf der Erde«, fügte Coridian hinzu.

»Ja.«

»Aber zuerst das Fulkrum.« Coridians Stimme bekam mehr Gewicht. »Dort könnte unsere Reise schon zu Ende sein.«

»Wir werden sehen.«

55

Das Summen der EM-Motoren verklang, der obere Teil des Transporters öffnete sich mit einem leisen Zischen, und dann war es plötzlich so still, dass Prizilla den eigenen Herzschlag hörte.

Zweitausend Kilometer vom Hangarmodul entfernt hatte der elektromagnetische Transporter sein Ziel erreicht, einen großen Saal, durchzogen von schiefen Säulen, zwischen ihnen spindelförmige Gebilde aus X-Glas und Signalbündel aus Monofaserleinen. Einige wenige Lichter zeigten sich in dem Wald aus Aggregaten, Maschinen und Geräten, die nicht alle von den X stammten. Menschen hatten unübersehbare Spuren hinterlassen, beginnend mit einigen kleinen Lampen, deren Licht auf Konsolen fiel, auf LIS-Blöcke, Diagnosegeräte, Energiepakete und offene Schränke mit Instrumenten. Werkzeuge lagen auf dem Boden verstreut – die technischen Spezialisten, die mit ihnen gearbeitet hatten, schienen von einem Augenblick zum anderen alles stehen und liegen gelassen zu haben.

Prizilla stieg ebenfalls aus und folgte Coridian zu einer Konsole. Von der führte eine Signalbrücke zum ersten von sieben X-Aggregaten, die sich neben zwei Bögen erhoben und aus dreieckigen Komponenten in unterschiedlichen Grautönen bestanden.

»Ist das der Transitring?« Prizilla meinte die beiden Bögen.

»Ja.« Coridian aktivierte die Hauptkonsole und gab einen Code ein. Holos mit Statusanzeigen erschienen.

»Er ist nicht geschlossen.«

»Nein.«

Prizilla »erinnerte« sich mithilfe der Informationen, die ihre Adapter an Bord der *Klinge* empfangen hatten. Es handelte sich um Aufzeichnungen, die ein Jahr alt waren und den Test betrafen, von dem Coridian gesprochen hatte. Vor dem inneren Auge beobachtete sie, wie Techniker und wissenschaftliche Assistenten einen transparenten Behälter im Fokussierzentrum des Transitrings platzierten. Er enthielt Lebensformen von den Planeten und Eismonden des Zedra-Systems, von Einzellern über einfache mehrzellige Organismen bis hin zu einem roten Oktopoden aus dem subplanetaren Äquatorialmeer von Memoria. Sie beobachtete, wie der Transfer eingeleitet wurde. Der Zylinder des Katapults befand sich in diesem Fall als Teil der Aggregate unter dem Saal im Boden. Diagramme zeigten, wie er Energie von Gravitationsmotoren und einer Singularitätsmaschine aufnahm, in der ein winziges gefangenes schwarzes Loch Raum und Zeit krümmte. Die beiden Ringhälften glitten aufeinander zu, als wollten sie ihre Lücken schließen, und ein pechschwarzer Abgrund öffnete sich, tief genug, um den Transferbehälter und seinen Inhalt auf die obligatorischen zwei Prozent der Lichtgeschwindigkeit zu beschleunigen. Der Beschleuniger stieß ihn an, das Katapult schleuderte ihn in den Tunnel. Ein kurzes Flackern in tiefer Ferne, und der Behälter war verschwunden. Die Anzeigen in den Holos veränderten sich, und in Prizillas »Erinnerungen« verstrich eine Stunde innerhalb weniger Sekunden. Ein neuerliches Flackern im Transitring brachte den Behälter zurück, wie von Messern aufgeschlitzt und von Klauen aufgerissen, die Organismen in seinem Innern tot, der rote Oktopode zu einem braungrünen Klumpen erstarrt.

»Zum nächsten Fulkrum?«, fragte Coridian an den Kontrollen der Hauptkonsole. »Ein Sprung über nur drei Lichtjahre verringert das Risiko.«

Prizilla trat zu ihm. »Ich habe gerade den Test gesehen, der vor einem Jahr stattfand. Meine Adapterdaten enthalten Bilder der Aufzeichnung.«

Coridian nickte ernst. »Dann weißt du, was geschehen ist.«

»Etwas hat den Behälter auseinandergerissen und die Organismen deformiert.«

»Nicht eine Lebensform hat überlebt, nicht einmal ein Einzeller«, sagte Coridian. »Wie gesagt, es gab Probleme mit der strukturellen Integrität.«

»Ein Jahr ist vergangen ...« Prizilla blickte zum Transitring des stationären Fulkrums. »Gibt es das Problem noch immer?«

»Ich weiß es nicht. In den vergangenen Monaten bin ich mit anderen Dingen beschäftigt gewesen. Zweifellos sind regelmäßig Berichte übermittelt worden.«

»Für die Fulkrum-Verwaltung auf Memoria.«

Coridian nickte. »Ja.«

»Jetzt sind die Informationen verloren.«

»Ja.« Der alte Soldat zögerte. »Noch kannst du es dir überlegen.«

»Wir müssen Vertrauen haben«, sagte Prizilla. »Vertrauen zu den Spezialisten unseres Technischen Korps. Dies ist nicht das erste Fulkrum, das von ihnen instandgesetzt und in Betrieb genommen wurde.«

»Es ist das erste stationäre«, gab Coridian zu bedenken. »Alle anderen befinden sich im All und sind wesentlich größer.«

Prizilla dachte an Jarl und die Erde. Und sie dachte an den Feind, der mit über tausend Superlichtschiffen die Kernwelten des Pakts angriff.

»Die größte aller Waffen, alter Freund«, sagte sie. »Um den Krieg zu beenden. Was bedeutet ein einzelnes Leben – oder zwei –, wenn es um die ganze Menschheit geht.«

Einige Sekunden lang sahen sie sich schweigend an.

»Ich höre und verstehe«, brummte Coridian schließlich. »Das Ziel ...«

»Nicht das nächste Fulkrum in drei Lichtjahren Entfernung«, sagte Prizilla. »Durch die Evakuierung dürfte es völlig überlastet sein. Wir brauchen eine Verteilerstation, einen Knotenpunkt, von dem aus wir das Tallbart-System mit Onnizza erreichen können. Jarl ist der letzte Überlebende. Wir müssen ihn finden, bevor er im Kampf gegen den Feind fällt.«

Coridian betätigte die Kontrollen. Ein Navigationsdiagramm erschien, mit Sternen, Sternhaufen, Markierungen und Verbindungslinien.

»Cusord.« Er deutete auf den Rand eines Kugelsternhaufens. »Bei den Sieben Sonnen von Halkonia. Von dort aus lassen sich alle wichtigen Fulkren in der Galaxis erreichen, auch das des Tallbart-Systems.«

»Halkonia ...« Prizillas Adapter flüsterten. »Das sind mehr als zweitausend Lichtjahre.«

»Zweitausendeinhundertzwölf«, sagte Coridian.

Die Adapter gaben Prizilla weitere Informationen. »Bei diesem Fulkrum hat das technische Korps eine maximale Reichweite von zweitausend Lichtjahren errechnet.«

»Ein weiterer Risikofaktor.«

»Unsere Spezialisten hatten nach dem Test mit den Organismen ein Jahr Zeit, die Funktionen des Fulkrums zu stabilisieren.« Eine gewisse Strenge kehrte in Prizillas Stimme zurück. »Ich vertraue dem Korps.«

»Ein Jahr«, erwiderte Coridian langsam. »Nach hundert Millionen Jahren.«

»Bleib hier«, sagte Prizilla. »Versteck dich in der Absorptionssphäre. Warte ab, bis der Feind aus dem Zedra-System abgezogen ist.«

Der General betätigte erneut die Kontrollen der Hauptkonsole. Auf der linken Seite öffnete sich ein dunkelgrauer Aggregatblock, und ein filigran wirkendes Gerüst schob sich daraus hervor. Es glitt ins Fokussierzentrum und verharrte dort.

»Eine Transferkapsel wäre zu viel Masse«, erklärte Coridian. »Wir beide und das Gerüst, das uns während des Transits festhält, mehr ist nicht möglich.«

»Coridian …«

»Nein. Du hast deine Entscheidung getroffen und ich meine.«

Prizilla nickte knapp. »Also gut. Auf nach Cusord bei den Sieben Sonnen von Halkonia.«

Sie ging an der Hauptkonsole vorbei zum Transitring, wo sich das silberne Gerüst öffnete.

Coridian aktivierte das Fulkrum und folgte Prizilla mit einigen langen Schritten. Das Gerüst nahm auch ihn auf.

»Dreißig Sekunden«, sagte er.

Ein tiefes Brummen erfüllte den Saal mit den schiefen Säulen. Gelbe Lichter wanderten durch die beiden Bögen des Transitrings.

»Prizilla?«

Sie drehte den Kopf. Coridian sprach sie nur selten mit ihrem Namen an.

»Falls ich keine Gelegenheit mehr erhalten sollte, dir dies zu sagen …«

»Ja?«

Der alte Soldat zögerte. »Es ist nicht leicht …«

Das Brummen wurde lauter, ein Zittern erfasste das Gerüst. Die gelben Lichtpunkte in den Bögen gewannen an Leuchtkraft.

»Sag es mir in Cusord, alter Freund.«

»Nein. Falls etwas passieren sollte … Ich wollte dir immer sagen …«

Der Beschleuniger gab Prizilla einen so heftigen Stoß, dass er ihr fast das Rückgrat brach. Ein kurzer Schmerz durchzuckte sie, heiß und stechend, von den Zehenspitzen bis zur Kopfhaut. Die Trägheitsneutralisatoren schienen nicht präzise genug abgestimmt zu sein, weder beim Beschleuniger noch beim Katapult. Das Gerüst hielt sie fest und schien sie zerquetschen zu wollen, als es mit seinen beiden Passagieren in den dunklen Transittunnel stürzte. Ein kurzer Schmerz durchzuckte Prizilla, heiß und stechend, von den Zehenspitzen bis zur Kopfhaut. Vielleicht verdampften ihre Augen, denn sie sah plötzlich nichts mehr, nicht einmal mit der Zoomlinse. Die Hand, die sie eben noch erhoben hatte, die silbernen Streben und Stränge des Gerüsts, alles war verschwunden. Es gab nur noch knisternde Finsternis.

Ich glaube, ich weiß, was du mir sagen wolltest, Coridian, dachte Prizilla.

Leere saugte sie auf.

Sei stark, wenigstens dieses eine Mal

Jarl 56

Jarl saß neben dem Eingang des Depots, an einem der beiden kleinen Fenster mit Blick auf das nahe Staubmeer. Kleine Fontänen bildeten sich, als der Wind den Staub nahm, ihn zum Himmel hob und dichte Wolken daraus formte. Jarl wandte sich halb ab und betrachtete seinen Talisman. Manchmal entstand ein kleines Licht in der halb transparenten Kugel, die zweieinhalb Zentimeter durchmaß, doch jetzt blieb sie dunkel.

»Wie viele Geschichten enthältst du?«, murmelte Jarl. »Welche davon sind wahr und welche gelogen? Und warum lügst du manchmal?«

Ruko kam aus dem Nebenraum, der weiße Leib nackt und voller Narben, obwohl sich solche Reste von alten Wunden und Verletzungen leicht beseitigen ließen. Vielleicht trug er sie als eine Art Auszeichnung.

»Spielst du schon wieder mit deinem Talisman herum? Ich hätte ihn damals auf Grotenthal weiter werfen sollen.«

Jarl steckte die kleine Kugel ein und blickte erneut aus dem Fenster.

»Wie lange hast du dich schon hier verkrochen?«, fragte Ruko.

»Meine Kapsel wurde getroffen. Ich bin abgestürzt, der Kampfanzug war defekt. Die Staubwürmer ...«

»Du hast nicht aufgepasst«, sagte Ruko. »Weder bei der Einsatzbesprechung im Transporter noch hier auf Onnizza. Ich habe auf die Gefahren einer Staubwurm-Infektion hingewiesen. Seit wann versteckst du dich hier vor dem Feind?«

»Ich verstecke mich nicht.« Jarl drehte sich um und beobachtete, wie Ruko eine provisorische Prothese an den Stumpf drückte, der aus der linken Schulter ragte. Klammern fuhren aus, bohrten sich in Haut und Muskeln, und Verbindungen mit den Nerven wurden hergestellt.

»Weißt du, wie schmerzhaft das ist?« Ruko sprach mit lauter Stimme. »Hörst du mich schreien? Siehst du mich weinen? Bin ich zusammengezuckt? Nein!«

Warum musst du mir beweisen, wie stark du bist?, dachte Jarl.

Ruko bewegte die Finger der Prothese. Sie streckten und krümmten sich mit einem leisen Surren.

»Das genügt zunächst.« Er streifte sich dünne Thermokleidung aus dem Recycler über, dann griff er mit der mechanischen linken Hand nach dem schlaffen Stoff eines inaktiven Kampfanzugs. »Wenn wir zurück sind, kann ich mir einen neuen Arm wachsen lassen.«

»Zurück?«

»Du hast richtig gehört, Schwächling.« Ruko zog den Kampfanzug an und aktivierte sein Materialgedächtnis. »Ich war zu einem Sammelpunkt unterwegs, als mich der Feind abgeschossen hat. Hätte besser zielen sollen, hat nur einen Teil von mir erwischt.« Er lachte grimmig. »Die Navigationsbake im Hohen Norden ist zerstört! Alle ziehen sich zu den Abholpunkten zurück. Dort stehen Orbiter bereit, die uns zu unseren Schiffen bringen.«

»Wie viele haben überlebt?«, fragte Jarl.

»Einige Dutzend. Unsere Verluste waren größer als erwartet.« Ruko schloss die Siegel seines Kampfanzugs. »Worauf wartest du, Sträfling Jarl? Wir brechen sofort auf.«

Jarl deutete aus dem Fenster. »Vielleicht braut sich ein neuer Sturm zusammen.«

»Umso besser. Dann ist das Risiko geringer, vom Feind geortet zu werden. Auf die Beine mit dir! Es wird sich nicht länger verkrochen!«

»Meiner Behandlung fehlen noch zwanzig Prozent ...«, begann Jarl.

Ruko stemmte die Fäuste in die Hüften. »Bist du nicht nur schwach, sondern auch feige? Achtzig Prozent Regeneration reichen völlig aus.«

Fünftausend Mann, dachte Jarl, als er den Vorräten des Depots einen Kampfanzug entnahm. Und nur wenige Dutzend hatten überlebt. Er versuchte, sich an die Gesichter der anderen Soldaten bei der Einsatzbesprechung an Bord des Transporters zu erinnern, doch es gelang ihm nicht.

»Ich bin infiziert gewesen. Ohne eine vollständige Regeneration ...«

»Waffen und Ausrüstung. Bewegung, Sträfling Jarl, Bewegung!«

Während sie einen Assistenzbot mit Ausrüstungsmaterial und Waffenkomponenten füllten, sagte Jarl: »Ich weiß nichts von einem Abholpunkt.«

»Du bist ein Sträfling«, erwiderte Ruko. »Was wissen Sträflinge schon? Was müssen sie wissen? Nichts. Ich bin Kompanieführer.«

»Wie weit ist es bis zum Abholpunkt?«

»Hundertfünfzig Kilometer nach Norden. Kannst du gut marschieren mit deinen dekontaminierten und regenerierten Beinen? Ich habe vor, die Strecke in höchsten zwei Tagen zurückzulegen. Natürlich ohne die Gravitationsmotoren der Kampfanzüge. Ihre energetischen Signaturen würden uns verraten.«

Fünfundsiebzig Kilometer pro Tag, dachte Jarl. Durch die Felsenlandschaft am Rand des Staubmeers, vielleicht während eines neuen Sturms, auf einer noch immer vom Feind beherrschten Welt.

Ruko öffnete das Innenschott. Der fast einen Meter große Assistenzbot krabbelte auf käferartigen Beinen an ihm vorbei in die kleine Luftschleuse.

»Warum belastest du dich mit einem Schwächling?«, fragte Jarl.

»Weil die Auswahl hier nicht besonders groß ist«, antwortete Ruko. »Weil zwei Soldaten besser sind als einer, wenn es zu einer Begegnung mit dem Feind kommt. Und weil du gut schießen kannst.« Er winkte Jarl in die Schleuse. »Sei stark, wenigstens dieses eine Mal!«

57

Es kam tatsächlich zu einer Begegnung mit dem Feind, am Abend des zweiten Tages, als sie ihr Ziel erreichten und von Süden kommende dunkle Wolken mehr Wind und Staub ankündigten.

Der Abholpunkt lag in einer Talsenke, umgeben von zwei Höhenzügen auf dem schmalen Festlandsockel zwischen den beiden Staubmeeren im Westen und im Osten. Es war ein gut gewählter Ort, denn schroffe Felsen und steile Hänge boten Sichtschutz. Trotzdem hatte der Feind die gelandeten drei Orbiter entdeckt und angegriffen. Zwei der kleinen Schiffe lagen geborsten in der Mitte der Senke, wie geplatzte Blumen, die ihre Blütenblätter und Samenkörner in einem Umkreis von hundert Metern verstreut hatten. Der dritte Orbiter stand intakt am Rand der Senke, halb hinter einer Felswand, die ihn vor Druckwelle und Splittern geschützt hatte.

Das Licht schwand, während Ruko und Jarl auf der südlichen Seite zwischen Felsen lagen und das Tal mit den Zoomern in ihren Helmvisieren beobachteten.

»Drei Tote«, sagte Ruko im Innern seines Helms. Akustische Verständigung, hatte er angeordnet. Die Kommunikatoren blieben ausgeschaltet. Angesichts der geringen Entfernung wären selbst Signale mit niedriger Reichweite riskant gewesen. »Oder vier, wenn einige der Objekte, die wie Trümmerstücke aussehen, ebenfalls menschliche Körperteile sind. Meine Sensoren wissen es nicht genau.«

»Beim feindlichen Schiff regt sich etwas«, erwiderte Jarl.

Es war ein kleines Schiff, nicht einmal dreißig Meter lang, bestehend aus zwei an den Spitzen miteinander verbundenen Keilen und ausgestattet mit nur einem glühenden Kraftfeldring am flachen Ende des linken Keils. Dort bildete sich eine Öffnung im Rumpf, Licht fiel nach draußen, und zwei Gestalten erschienen, zwei Silhouetten in den grauen Kokons von Schirmfeldern.

Ruko rutschte etwas näher zu Jarl. »Es sind Ambientalblasen mit einfachen elektromagnetischen Deflektoren. Man kann sie nicht einmal mit unseren Kampfanzügen vergleichen. Die Blasen schützen nur vor Onnizzas Atmosphäre und Temperaturen.«

Jarl versuchte, Einzelheiten zu erkennen. Da waren dünne Erweiterungen an den Seiten – Arme und Beine? Wo waren Kopf und Torso?

»Es bleibt alles verschwommen, und mit den Sensordaten lässt sich nicht viel anfangen.«

Ruko schob sich zwei Meter nach hinten, öffnete den Assistenzbot und begann damit, mehrere Waffenkomponenten zusammenzusetzen.

»Was hast du vor?«, fragte Jarl.

Ruko antwortete nicht; vielleicht hatte er ihn nicht gehört.

Jarl beobachtete die beiden Silhouetten. Mit glatten, fließenden Bewegungen, als schwebten sie dicht über dem Boden, näherten sie sich den Leichenteilen bei den beiden zerstörten Orbitern und untersuchten sie mit dünnen Sensorstangen. Die erste Silhouette fing an, kleinere Körperteile einzusammeln. Die zweite wandte sich ab und ging/schwebte zum dritten, intakten Orbiter am Rand der Talsenke.

Ruko kehrte mit einem länglichen Gegenstand zurück. »Hier, nimm!«

Jarl erkannte das Objekt als kinetisches Präzisionsgewehr ohne energetische Signatur. »Was soll ich damit?«

Ruko starrte ihn an. »Meinst du die Frage ernst? Bist du nicht nur schwach und feige, sondern auch dumm?«

Der zweite Feind erreichte den Orbiter. Der erste hatte offenbar genug Teile von menschlichen Körpern gesammelt und machte sich auf den Rückweg zum Schiff.

»Schnell jetzt«, zischte Ruko. »Zeig mir, wie gut du schießen kannst, Scharfschütze Jarl. Zuerst den Burschen, der zum

Schiff will. Dann den zweiten beim Orbiter, bevor er ihn mit einer energetischen Faust zertrümmert. Und das schnell hintereinander, damit keine Gegenmaßnahmen möglich sind.«

Die haptischen Sensoren in Jarls Handschuhen ließen ihn das Gewehr fühlen, seine Ecken und Kanten, die abgerundeten Stellen an der Projektilkammer, den langen Lauf.

»Verdammt, Jarl, worauf wartest du?«, fauchte Ruko.

Jarl öffnete die Siegel am Kragen, der Helm erschlaffte und wich vom Kopf. Erneut atmete er die Luft mit dem Toxin, richtete das Gewehr auf die Talsenke und blickte durch die Zieloptik.

Der erste Feind erschien im innersten von sechs Zielerfassungsringen, zusammen mit Daten über Wind, Luftfeuchtigkeit, Neigung, Schwerkraft und Distanz. Für Jarl waren nur die Entfernungsdaten wichtig, den anderen schenkte er kaum Beachtung. Er verließ sich in erster Linie auf seinen Scharfschützeninstinkt, der ihn seit der Ausbildung auf Grotenthal begleitete.

Die Entfernung betrug fast zwei Kilometer. Sein Instinkt nahm diese Information, brachte die rechte Schulter ein wenig nach vorn, neigte den Kopf, stützte den langen Lauf auf die Hand und die Hand auf einen flachen, stabil liegenden Stein. Der Wind wehte aus Süden, böig oben am Rand der Senke, unten vermutlich kaum mehr zu spüren.

Mit der freien Hand justierte Jarl das Gewehr.

»Er hat die Schleuse erreicht«, zischte Ruko. »Gleich verschwindet er in seinem Schiff.«

Jarl atmete ruhig und gleichmäßig. Er kannte das Präzisionsgewehr nicht, er war mit der Waffe nicht vertraut. Trotzdem spürte er, wie es sich in eine Verlängerung erst seines Arms und dann, auf halbem Weg in die Senke, des Zeigefingers verwandelte. Immer länger und dünner wurde der Finger, dünn wie ein Strich, bis er schließlich den Feind im Eingang der Luftschleuse seines Schiffes erreichte.

»Verdammter Schwächling!«, stieß Ruko hervor. »Schieß endlich!«

Ein letzter, ruhiger Atemzug, bevor Jarl die Luft anhielt und den Finger krümmte. Es knallte nicht, nur ein leises *Plop!* erklang, nicht lauter als ein Seufzen, das der Wind forttrug. Die Gestalt in der Luftschleuse fiel, nicht nach draußen, sondern ins Innere des Schiffes.

»Das war gut«, sagte Ruko überrascht. »Das war sogar sehr gut. Der andere Bursche sieht ihn nicht und hat nichts gehört.«

Gibt es keine Sensoren in der Nähe?, dachte Jarl. Fühlt sich der Feind so sicher?

Er vertrieb den Gedanken und richtete das Gewehr auf die zweite Silhouette, die einen Sensorstab über den Rumpf des intakten Orbiters wandern ließ, vielleicht auf der Suche nach einem Zugang. Ein zweiter Schuss, und auch dieses Ziel fiel.

Jarl wartete, das Gewehr bereit, sein rechtes Auge noch immer an der Zieloptik.

Ruko war plötzlich sehr aufgeregt. »Siehst du das? Sie ... sie bleiben einfach so liegen. Keine Selbstzerstörung. Keine Desintegration.«

Jarl wartete noch immer, das Gewehr auf die offene Luftschleuse des Keilschiffs gerichtet.

»Begreifst du denn nicht, Dummkopf? Niemand hat jemals das Gesicht des Feindes gesehen.« Ruko stand auf. »Komm!«

Jarl wartete noch einige Sekunden länger, bevor er sich ebenfalls erhob. »Es hätte noch jemand im Schiff sein können.«

Ruko hatte bereits mit dem Abstieg begonnen. In der rechten Hand einen kleinen Variator, für alle Fälle, kletterte er zwischen den Felsen, und schon nach wenigen Metern verschmolz seine Gestalt mit den Schatten. Jarl folgte ihm, langsamer und vorsichtiger, das Gewehr geschultert. Immer wieder huschte sein Blick zur hellen, offenen Luftschleuse des Keilschiffs, doch es erschien kein dritter Feind.

Sie hatten den Hang hinter sich gebracht, als plötzlich noch mehr Licht aus der offenen Schleuse des feindlichen

Schiffes fiel. Die am Boden liegende Gestalt, noch immer in ihre Ambientalblase gehüllt, schien sich aufzublähen. Das sie umgebende Kraftfeld dehnte sich aus und füllte die ganze Schleuse.

»Er desintegriert sich!«, rief Ruko. Es klang wie ein enttäuschtes Heulen. »Damit nichts von ihm übrig bleibt! Der andere, schnell! Bevor seine Biosensoren reagieren!«

Er stürmte zum Orbiter, ohne auf die von menschlichen Soldaten stammenden Leichenteile zu achten. Jarl erkannte Arme und Beine, verbrannt und zerrissen, einen offenen Rumpf, die Eingeweide darin wie zusammengerollte Schlangen, und ein Gesicht, das bis auf einige wenige Kratzer unversehrt war, obwohl dahinter die Hälfte des Kopfes fehlte – die großen Augen darin blickten wie traurig ins Leere.

»Wir haben ihn!«, rief Ruko. »Wir haben ihn!«

Er kniete neben dem zweiten Feind, der nicht mehr in eine Ambientalblase gehüllt war – Ruko hatte mit seinem Variator aus nächster Nähe auf einen Hautbeutel geschossen, der Instrumente enthielt, unter ihnen Biosensoren, Sensorstangen und vermutlich auch den Generator für das ambientale Schirmfeld.

Jarl näherte sich und sah einen glatten Körper mit zahlreichen dünnen Gliedmaßen, vielleicht sowohl Arme als auch Beine. Der zentrale Rumpf, graubraun wie auch die Gliedmaßen, wies mehrere Einschnürungen mit etwas dunkleren Knoten und kleineren Hautbeuteln auf. Weiter oben bildeten Knochen zwei bügelartige Vorwölbungen, und zwischen ihnen zogen sich Falten durch die ansonsten völlig glatte Haut. Streifen aus dünnem Stoff bedeckten bestimmte Stellen an Rumpf und Gliedern. Sie veränderten die Farbe, je nachdem, aus welchem Winkel das Licht von Rukos kleiner Lampe sie traf.

»Hier hast du ihn getroffen, siehst du?« Ruko deutete auf eine Stelle an der Seite, auf eine Wunde im Bereich der mittleren Einschnürung. Schwarze Flüssigkeit quoll daraus hervor, zäh wie Schleim.

Eine der Falten zwischen den beiden Knochenbügeln öffnete sich, dann noch eine, und Augen erschienen, so verblüffend menschlich, dass Jarl, immer noch ohne Helm, nach Luft schnappte. Mehrere Gliedmaßen gerieten in Bewegung.

»Der verdammte Kerl lebt noch!« Ruko veränderte die Einstellung seines Variators und schoss. Eine Nadel schlug zwischen den beiden Augen in den Körper des Wesens, das klickende Geräusche von sich gab, mehrmals zuckte und dann still liegen blieb. Die Augen schlossen sich.

»Ist er jetzt tot?«, fragte Jarl und schloss seinen Helm.

»Nur betäubt, hoffe ich.« Ruko erhob sich. »Falls unsere Nervennadeln nicht tödlich auf sie wirken.« Er stieß das Geschöpf mit dem Stiefel an. »Hilf mir, ihn an Bord zu bringen.«

»Was?« Jarl sah kurz zum fremden Schiff. Noch immer drang Licht aus der offenen Schleuse. Der Zoomer in Jarls Helmvisier zeigte ihm, dass von dem anderen Feind nicht mehr übrig geblieben war als graubrauner Staub in der Schleusenkammer.

Ruko schaltete seinen Kommunikator ein und sendete einen Code der Streitkräfte, der den Orbiter öffnete – eine Luke klappte auf, und eine kurze Rampe senkte sich zum Boden.

»Wir nehmen den Burschen mit.« Ruko ergriff einige Gliedmaßen. »Du sollst mir helfen, verdammt!«

Jarl fasste mit an, obwohl seine Hände vor einem Kontakt zurückschreckten, und gemeinsam trugen sie das Wesen an Bord.

Ruko war so aufgeregt, dass er die ganze Zeit über redete. »Der erste Feind, der uns intakt in die Hände fällt. Der erste, der keine Gelegenheit bekam, sich selbst zu zerstören oder zu desintegrieren. Der erste nach all den Jahrtausenden des Krieges. Hast du gehört, Schwächling? Der allererste! Und vielleicht lebt er sogar noch. Endlich haben wir Gelegenheit, den Feind zu untersuchen und herauszufinden, wie er lebt und wie er stirbt. Wir werden ihm all seine Geheimnisse entreißen. Wir werden seine Schwächen finden und Möglichkeiten entdecken, sie für unsere Zwecke zu nutzen. Das bringt die Streitkräfte einen großen Schritt weiter! Es könnte der größte Schritt seit der Entwicklung des Destruktors sein!«

Ruko hatte seine Helmsiegel gelöst, kaum dass sie an Bord des Orbiters waren. Seine Stimme hallte von den Wänden wider. »Schluss mit der Strafkompanie Radwor! Man wird mich befördern. Ich werde eine weitere Silbe für meinen Namen erhalten, vielleicht sogar zwei oder drei!«

Auch Jarl öffnete wieder den Helm. Sie legten den betäubten – oder toten – Feind in einen Hibernationsbehälter, der auch als Stasistank fungieren konnte. Mit einem triumphierenden Lächeln blickte Ruko auf ihn hinab, durch den geschlossenen transparenten Deckel. »Dies wird in die Geschichte der Streitkräfte eingehen. Es ist ein historischer Moment!«

Jarl war einfach nur müde. Zwei anstrengende Tagesmärsche lagen hinter ihnen, und seine Lunge brannte vom Gift, das er erneut eingeatmet hatte.

»Ich bereite den Start vor«, sagte er und ging zur Tür.

»Nein.«

Jarl drehte sich um. Ruko hielt wieder den kleinen Variator in der rechten Hand, und diesmal zielte die Waffe auf Jarl.

»Wir haben unseren Auftrag erfüllt«, sagte Ruko. »Die Navigationsbake ist zerstört. Aber du bist noch nicht fertig. Du solltest Mutter Sotia retten. Bist du beim Lebensturm gewesen, Sträfling Jarl? Hast du Sotia gesucht und gefunden?«

Jarl verstand. »Du willst den Ruhm für dich.«

»Raus mit dir!«, rief Ruko. »Zum Lebensturm. Rette Sotia! Das ist deine Mission. Kehr erst zurück, wenn du sie erfüllt hast!«

»Der Turm ist sicher längst zerstört«, erwiderte Jarl.

»Und wenn schon. Vielleicht gibt es Überlebende in den Bunkern.«

»Warum hasst du mich so sehr, Ruk? Seit damals, seit wir Kinder waren ...«

»Ich bin Ruko!«, donnerte dieser. »Und bald werde ich noch mehr sein. Raus mit dir, Schwächling! Oder willst du, dass ich dich als Verräter erschieße?«

Es wäre vielleicht die beste Lösung für uns beide, dachte Jarl, doch seine Beine waren anderer Meinung und trugen ihn zurück zur Luke. Ruko folgte ihm; sein Variator blieb auf Jarl gerichtet.

Am Ende der Rampe angekommen, hob Jarl die Hände zu den Helmsiegeln. Doch bevor er sie aktivierte, sagte er: »Ich glaube, ich weiß, warum du mich so sehr hasst, Ruk. Du hasst mich, weil du tief in deinem Innern befürchtest, schwach zu sein.«

Ruko betätigte Kontrollen. Die Rampe hob sich von Onnizzas Boden.

»Du hältst mich für schwach, aber ich bin stärker als du, Ruk! Etwas in dir weiß das, und deshalb hasst du mich!«

Die Luke schloss sich. Jarl wich zurück, berührte die Siegel, und ein Helm entstand aus erschlafftem Stoff.

Ein Gravitationsmotor wurde aktiv. Der Orbiter stieg auf, langsam erst, dann, als er eine Höhe von einigen Dutzend Metern erreicht hatte, sprang er dem Himmel entgegen und verschwand.

Jarl kletterte den Hang hinauf. Als er den Rand der Talsenke erreicht hatte, empfing ihn der Beginn eines neuen Sturms. Er stemmte sich den Böen entgegen und stapfte los. Ein weiter Weg lag vor ihm – der Lebensturm am Rand des westlichen Staubmeers war mehr als fünfhundert Kilometer entfernt.

Die Hartnäckigkeit des Lebens

58 Prizilla

»Können Sie mich sehen?«, fragte die Stimme. Sie gehörte einem kleinen Mann mit kurzen Armen, gekleidet in einen Instrumentenkittel, der fast bis zum Boden reichte. Das sah Prizilla, weil ihr Kopf zur Seite gedreht war. Ein Mediker, nahm sie an. Vermutlich M_6 oder M_7. »Blinzeln Sie, wenn Sie mich sehen können.«

Ja, ich sehe Sie, sagte Prizilla, ohne die eigenen Worte zu hören. Sie blinzelte, war aber nicht sicher, ob sich ihre Lider bewegten.

»Können Sie mich hören?«

Ich höre Sie klar und deutlich, sagte Prizilla.

»Haben Sie Schmerzen?«

Nein, antwortete Prizilla. Sie fühlte sich gut, entspannt, losgelöst von allen Dingen, die sie belastet hatten.

»Gehirn und Zentralnervensystem sind aktiv und reagieren.« Diese Stimme gehörte einer zweiten Person, die kurz darauf in Prizillas Blickfeld trat: eine Frau mit zerfurchtem Gesicht, etwa siebenhundert Jahre alt und größer als der Mediker im Instrumentenkittel, Rumpf und Gliedmaßen lang. Die Hände wiesen sieben dünne Finger auf. M_{10} oder M_{11}, dachte Prizilla. »Ich vermute, sie würde vor Schmerz schreien, wenn sie schreien könnte. Ist sie bereits identifiziert?«

Prizilla schickte einen Instruktionsgedanken an ihr zerebrales Interface, damit der Kommunikationsadapter den Identifizierungscode sendete.

»Nein, wir wissen nicht, wer sie ist. Aber wir haben mit der Analyse von Gewebeproben begonnen.«

»Was ist mit den Adaptern?« Die Frau kam näher und

blickte auf Prizilla hinab. »Können wir sie nutzen, um uns mit ihr in Verbindung zu setzen?«

»Sie sind nicht mehr mit dem Zentralnervensystem verbunden.«

Die Frau, die Medikerin, überlegte. Vielleicht traf sie hier die Entscheidungen. »Wir müssen operieren.«

»Ja.«

Nein, sagte Prizilla. Ich muss weiter, nach Onnizza im Tallbart-System. Ich muss verhindern, dass der letzte Überlebende stirbt.

»Am besten sofort.«

»Ja.«

»Bereiten Sie alles vor«, sagte die siebenhundert Jahre alte Frau. Oder vielleicht war sie gar nicht so alt. Vielleicht hatte der M-Faktor sie vorzeitig dahinwelken lassen.

»Die LIS und die Assistenzbots sind bereit. Wir können beginnen.«

»Also gut. Versuchen wir, der armen Frau zu helfen.«

Das klang seltsam, fand Prizilla.

Was ist mit Coridian?, fragte sie.

Niemand antwortete ihr.

59

Sieben Sonnen, so gelb wie Soldatenblut, leuchteten Fanalen gleich im All, und aus dem Blickwinkel des alten Habitats betrachtet bildeten sie ein perfektes Heptagon. Insgesamt zweiunddreißig Planeten, unter ihnen mehrere Gasriesen, bewegten sich auf verschlungenen Bahnen im System des Siebengestirns. Auf vierzehn von ihnen und auf einigen Monden der Gasriesen hatte sich »zyklisches Leben« entwickelt, wie es die Xenobiologen nannten: Es verbrachte viele Jahre, manchmal Jahrhunderte und Jahrtausende, in einem der Hibernation ähnelnden Tiefschlaf und erwachte erst, wenn die Umweltbedingungen auf dem betreffenden Planeten günstig wurden.

»Es ist erstaunlich, wie hartnäckig das Leben sein kann«, sagte Issem, der kleine Mediker mit den kurzen Armen, den Prizilla kurz nach ihrem Erwachen gesehen hatte. Er deutete hinaus ins All, zu den Planeten zwischen den sieben Sonnen von Halkonia. »Es gedeiht selbst unter den widrigsten Bedingungen.«

Sie saßen in einer der Loungen des Weltenschiffs, das fast so alt war wie die ursprünglichen Anlagen und Aggregate des Cusord-Fulkrums, das zu den größten seiner Art zählte – es bestand aus sechsundzwanzig Fokussierdornen, jeder von ihnen länger als tausend Kilometer. Durch dieses Fulkrum konnte man von einem Ende der Galaxis zum anderen springen. Derzeit befand es sich auf der anderen Seite der langsam rotierenden Lounge, die eigentlich ein eigenständiges kleines Habitat war, ein Garten mit Pflanzen aus den unterschiedlichen Biotopen mehrerer Dutzend Welten.

»Ich will zu ihm«, sagte Prizilla in einem fordernden Ton.

Issem ging nicht darauf ein und blickte noch immer durch die Flexkristall-Kuppel hinaus ins All. »Die erstaunliche Hartnäckigkeit des Lebens«, fuhr er fort. »Es entsteht überall dort, wo es entstehen kann. Es versucht, jeden Platz zu besetzen, jede noch so kleine Nische. Es bemüht sich, selbst in den schmalsten Fugen und Ritzen des Universums zu wachsen und zu gedeihen. Sosehr sich die Soldaten des Pakts auch anstrengen, es auf angeblich gefährlichen Welten auszulöschen – irgendwann, meistens früher als später, erhebt es sich aus der Asche.«

Die Worte klangen seltsam. Der Mediker sprach von »den Soldaten des Pakts«, nicht von »unseren Soldaten«. Prizilla sah ihn an und bemerkte das hedonische Abzeichen an seinem Kragen.

Issem registrierte ihren Blick und lächelte schief. »O ja, ich bin Hedonier. Mit den Streitkräften habe ich nichts zu tun.«

»Warum sind Sie dann hier?«, fragte Prizilla kühl. Sie hatte nie viel von den Hedoniern gehalten, die keinen Beitrag für die Verteidigung des Pakts leisteten.

»Wir Hedonier lieben das Leben«, sagte Issem. »Und ich bin Mediker. Was liegt näher, als sich dafür einzusetzen, Leben zu bewahren?« Er ließ einige Sekunden verstreichen, ohne Prizillas Blick auszuweichen. »Soldaten erschienen auf meiner Heimatwelt Rakkna. Sie erzählten vom Krieg, von den Verlusten, von der Pflicht aller Menschen, stark zu sein.«

Prizilla beobachtete, wie Issem den Kopf schüttelte. »Sie wollten Rekruten, aber sie bekamen mich. Weil die Streitkräfte nicht nur Soldaten brauchen, sondern auch Mediker, die verletzten Soldaten helfen. Ich sorge dafür, dass das Leben hartnäckig bleibt.«

Das Fulkrum geriet in Sicht, die langen Fokussierdorne, ihre Spitzen auf den Transitring gerichtet, in dem es immer wieder flackerte, bei jeder Aktivität von Beschleuniger und Katapult. Mehrere große Kampfkreuzer der Streitkräfte verschwanden im Ring, gefolgt von Transportern und Nachrichtenkurieren. Vor dem Fulkrum schwebten Dutzende von Schiffen in Wartekorridoren – die ersten beiden taktischen Verbände der Vierten Flotte wurden in den Kernbereich verlegt, wo sie die Kernwelten vor dem Feind schützen sollten.

Fünfzehn Lichtsekunden – viereinhalb Millionen Kilometer – vom Fulkrum entfernt glühten die sichtbaren Bereiche der Halkonia-Anomalie, aus der das Fulkrum seine Energie bezog. Es erinnerte Prizilla an die Zeitstraße, in der sie einer Aufzeichnung von sich selbst begegnet war.

»Ich will zu ihm, jetzt sofort«, sagte Prizilla noch einmal.

»Die Hartnäckigkeit des Lebens.« Der hedonische Mediker seufzte. »Halten Sie es für möglich, dass hartnäckiges, erfolgreiches Leben an sich selbst scheitern kann?«

»Sind Sie Philosoph oder Mediker?« Prizilla stand auf. »Sie vergeuden meine Zeit.«

Issem erhob sich ebenfalls. Er reichte Prizilla kaum bis zur flachen Brust und sah zu ihr hoch.

»Die Ydora«, sagte er. »Die Erbauer dieses Weltenschiffs. Sie brachten sich selbst um. Sie begingen kollektiven Selbstmord, soweit wir wissen. Jene von ihnen, die nach all den Jahrmillionen übrig waren, und das scheinen nicht recht viele gewesen zu sein.«

Prizilla konnte wieder auf ihre Adapter zugreifen, fand darin aber keine Informationen über die Ydora. Sie vermutete, dass es sich um eine lokale Angelegenheit handelte, ohne Bedeutung für die Streitkräfte und den Pakt.

»Vor vierhunderttausend Jahren kamen sie hierher«, sagte Issem. »Nach kosmischen Maßstäben weniger als ein Wimpernschlag. Die Xenohistoriker vermuten, dass die Ydora etwa zur Zeit der X dreizehn Habitatzylinder bauten, jeder von ihnen zehntausend Kilometer lang und hundert Kilometer dick. Sie fassten die Habitate zu einem großen Schiff zusammen, mit dem sie sich auf den Weg durch die Galaxis machten. Fast hundert Millionen Jahre waren sie mit einem kleinen Bruchteil der Lichtgeschwindigkeit unterwegs, bis sie schließlich, vor vierhundert Jahrtausenden, die Sieben Sonnen von Halkonia erreichten. Hier begingen sie Selbstmord, die letzten hundertneunzehn von ihnen, und ließen sich von Bots im Grabsaal des Wüstenhabitats bestatten.«

»Warum erzählen Sie mir das alles?«, fragte Prizilla mit wachsender Ungeduld.

»Dreizehn Habitate, dreizehn verschiedene Welten, unter ihnen eine Wüste und zwei Ozeane. Genug Platz für Millionen oder Milliarden von Individuen. Doch am Schluss blieben nur hundertneunzehn übrig und begingen Selbstmord. Warum? Wir wissen es nicht. Der Kosmos ist voller Fragen, und wir suchen noch immer nach Antworten.«

»Ich verstehe nicht, was Sie mir sagen wollen.«

»Ich will Ihnen dies sagen: Normalerweise haben wir Lebende allen Grund, uns über die Hartnäckigkeit des Lebens zu freuen. Aber vielleicht wäre es manchmal besser, wenn das Leben seinen Griff lockert, wenn es loslässt, anstatt sich festzuklammern.«

Prizilla holte tief Luft. »Sie meinen Coridian.«

»Ja.«

»Wie schlecht geht es ihm?«

»Er bietet keinen angenehmen Anblick.«

»Glauben Sie, darauf käme es mir an?«, entgegnete Prizilla scharf. »Bringen Sie mich zu ihm, jetzt sofort!«

60

Coridian lag in einem Behandlungstank, in trüber Regenerationsflüssigkeit und umschlungen von den Armen eines Assistenzbots. Datenkolonnen wanderten endlos durch Holos.

Der dort im Tank liegende Mann war nicht mehr wie ein Fels, sondern fragil und krumm, die Beine von dickem Schorf wie Baumrinde bedeckt, die Arme dünn und gebogen, die Schultern tief, der Hals wie eine Ansammlung von Knorpeln und Gelenken. Die Falten waren aus dem Gesicht verschwunden; Dutzende von kleinen Kratern nahmen ihren Platz ein. Die Augen saßen höher, die Stirn zog sich flacher nach hinten. Der Mund stand offen, und eine blaue Zunge ragte daraus hervor. Von den weißen Brauen waren nur einige wenige Haare übrig. An der linken Seite des Kopfes setzte sich der borkenartige Schorf fort, bis hinab zum Nacken.

»Wir haben ihn bereits zweimal operiert«, erklärte Issem. »Aber um ganz ehrlich zu sein: Ich bezweifle, ob uns eine komplette Wiederherstellung gelingt.«

Prizilla trat etwas näher. »Was hat es mit dem ... Schorf auf sich?« Sie deutete auf Beine und Kopf. »Was ist geschehen?«

»Auch der Rücken ist voll davon, bis hinein in die Wirbelsäule.« Der Mediker veränderte die Einstellungen einiger Diagnosegeräte. Ein leises Plätschern kam aus dem Tank, als sich die Arme der medizinischen Assistenzbots bewegten. »Habe ich Ihnen noch nicht gesagt, was geschehen ist?«

»Nein.«

»Sie haben ein instabiles Fulkrum benutzt.«

Prizilla stützte sich auf das linke Bein, das nach den Operationen kräftiger war als das rechte. Sie ermüdete schnell, stellte sie fest, und hoffte, dass dies nicht zum Dauerzustand werden würde. »Das weiß ich.«

»Sie sind während des instabilen, nicht abgesicherten Transfers mit etwas kollidiert. General Coridian hat gewissermaßen die Hauptlast der Kollision getragen. Sie sind von dem fremden Objekt nur gestreift worden.«

Trotz allem war Prizilla erleichtert. »Sie haben endlich seine Identität bestätigt.«

»Ja«, stimmte der kleine Mediker zu. Er streckte die kleinen Arme in ein Holo und betätigte virtuelle Kontrollen.

»Was ist mit mir?«

»Sie haben behauptet, Suprema zu sein.«

»Ich bin Suprema Prizilla.« Sie sprach mit fester Stimme. »Ich ...«

»Nein«, unterbrach Issem. »Sie sind einmal Suprema gewesen. Nadala trat vor einunddreißig Jahren Ihre Nachfolge an, als Sie verschwanden.«

»Jetzt bin ich wieder da. Meine Autorität ...«

»Sie haben keine. Unter den gegebenen Umständen könnte selbst ich Ihnen Anweisungen erteilen, und wer bin ich schon?« Issem zuckte mit den Schultern. »Nur ein einfacher Hedonier, der beschlossen hat, Menschen zu helfen, auch denen, die in einer Uniform stecken und Leben auslöschen.«

Prizilla deutete auf den Tank. »General Coridian hat mehr Autorität als Sie, Mediker Issem. Sorgen Sie dafür, dass er sprechen kann. Er wird Ihnen bestätigen, wie wichtig es ist, dass wir einen Prioritätstransfer durchs Halkonia-Fulkrum bekommen. Ich muss so schnell wie möglich zum Tallbart-System.« Wir haben schon zu viel Zeit verloren, dachte sie.

»Ich bin kein Fulkrum-Administrator«, sagte Issem. »Ich entscheide nicht über die Transferreihenfolge. Während unseres Aufenthaltes in der Lounge haben Sie selbst einen Eindruck vom derzeitigen Transferverkehr gewinnen können. Fünfundneunzig Prozent davon sind militärischer Natur. Flotten werden verlegt, umgruppiert, neu ausgerüstet. Es wird schwer sein, eine Lücke für Sie zu finden, selbst wenn es sich um eine dringende Angelegenheit handelt.«

Ist ein Ende des Krieges dringend genug?, dachte Prizilla.

»Geben Sie mir Gelegenheit, mit den verantwortlichen Personen zu sprechen.«

»Zuerst muss General Coridian sprechen«, sagte Issem. »Und bis dahin wird es noch eine Weile dauern. Übrigens: Sektorgeneral Tanosan hat seinen Besuch angekündigt. Er wird in einigen Stunden hier sein.«

»Ich nehme an, Tanosan hat genug Autorität, um über Transferpriorität zu entscheiden, oder?«

»Ja.«

»Ich will mit ihm reden, wenn er hier ist.«

»Wenn ich es richtig verstanden habe, kommt er hierher, weil er mit eigenen Augen sehen möchte, wie es seinem alten Freund Coridian geht. Von Ihnen war nicht die Rede.«

»Richten Sie ihm aus, dass ich hier bin und mit ihm sprechen muss!«

Prizilla blickte erneut auf den Tank hinab. Ein starker Mann, schwach geworden, dachte sie und fühlte Trauer. Sie reaktivierte die emotionale Dämpfung ihrer Adapter; sie durfte sich nicht von Gefühlen ablenken lassen.

»Was ist mit seinem Kommunikationsadapter?«, fragte Prizilla.

»Wir benutzen ihn für die Projektion einer virtuellen Realität«, erwiderte Issem. »Er glaubt sich in einer anderen, sanfteren Welt. Das erleichtert Behandlung und Heilung.«

»Er weiß gar nicht, was mit ihm passiert ist?«

»Oh, ich nehme an, dass er es weiß. Aber die virtuelle Welt macht es weniger schlimm für ihn. Dort kann sein Geist leben und sich vom Schock erholen, während wir ihn behandeln. Sieben weitere Operationen sind geplant. Vielleicht gelingt es uns, ihn wie Sie vom größten Teil der fremden Entität zu befreien.«

»Das Objekt, mit dem wir kollidiert sind ... Es war ein lebendes Geschöpf?«

»Davon gehen wir aus.«

»Welche Spezies? Konnten Sie das Wesen identifizieren?«

»Nein.« Eine Tür öffnete sich, und zwei Mediker kamen in Begleitung einer ganzen Schar kleiner Assistenzbots herein. »Sie sollten jetzt besser gehen. Die nächste Operation beginnt in wenigen Minuten, und ich nehme an, Sie möchten nicht dabei stören.«

Prizilla ging.

61

In ihrem Gästequartier, nicht weit von der Lounge entfernt, in der sie mit Mediker Issem gesprochen hatte, stand Prizilla vor dem Aussichtsfenster, das Gewicht wieder auf dem linken Bein. Die Rotation des Weltenschiffs der Ydora ließ die Sieben Sonnen von Halkonia verschwinden und brachte erneut das Fulkrum in Sicht, die sechsundzwanzig langen Dorne und den Transitring, auf den ihre Spitzen wiesen. Zoombereiche zeigten ihr Schiffe, Transporter, Wartungskapseln und Kuriere. Gerade kam ein Großkreuzer aus dem Ring, als vollständiges Schiff, nicht für den Transfer in einzelne Konfigurationskomponenten zerlegt. Ein Flackern spie ihn aus, und der Dezelerator fraß sein Bewegungsmoment, machte aus zwei Prozent der Lichtgeschwindigkeit ein langsames Dahingleiten. Kleine Schiffe folgten dem Großkreuzer, der Nadalas *Speerspitze* ähnelte, eine Eskorte aus Schaluppen, Barkassen, Jägern und mehreren mit Destruktoren ausgestatteten Zerstörern.

Zu beiden Seiten und über den Fulkrum-Dornen erstreckte sich Cusord, ein Komplex aus Raumstationen, Werften, Produktionsanlagen, Waffenplattformen und Raketenbatterien. Mindestens hundert Schiffe aller Größenklassen schwebten dort in Bereitschaftsposition und warteten auf den nächsten Phasenwechsel des Fulkrums – die Sieben Sonnen von Halkonia waren nur eine Zwischenstation für sie.

Prizilla betätigte die Kontrollen, und das Fenster verwandelte sich in eine spiegelnde Fläche. Sie betrachtete sich, beobachtete ihre Bewegungen, drehte den Kopf von einer Seite zur anderen. Die Operationen hatten deutlich sichtbare Spuren hinterlassen, die erst in einigen Wochen oder Monaten verschwinden würden. Das Haar war noch immer schwarz, hatte aber etwas von seinem Glanz verloren. Die Augen lagen tiefer in den Höhlen, die Wangen wirkten eingefallen, das Kinn schien ein wenig spitzer. Was den Rest des Körpers betraf ... Prizilla trug ein langes, weites Gewand, ohne Wölbungen an Brust, Hüften und Leisten. Sie streifte es ab und betrachtete sich erneut, nackt bis auf die beiden Assistenzbots, die aus After und Scheide ragten und hinten und vorn nach oben führten, bis etwa zur Mitte des Torsos. Sie waren weich und elastisch, fast so hell wie die Haut; Prizilla hatte sich schnell an sie gewöhnt.

Dem rechten Bein fehlte die Hälfte der Muskeln des linken, und das Schienbein bestand nur zum Teil aus menschlicher Haut. Silberne Schuppen, wie bei einem Fisch, glänzten vom Knie bis fast ganz hinunter zum Fuß und bedeckten auch einen Teil der Wade. Prizilla bückte sich und strich mit den Fingerspitzen darüber hinweg. Sie fühlte die Berührung, die Schuppen waren eindeutig Teil von ihr, ihres Körpers. Und doch stammten sie von einem fremden Wesen, auf das Coridian und sie beim Fulkrum-Transfer getroffen waren. Schorf oder Borke gab es nicht an ihr, nur diese Schuppen, mit Wurzelfäden, die durch das Nervensystem reichten, was ihre Entfernung problematisch machte.

Prizilla hob den Blick zu den schlaffen, farblosen Fertilitätsblasen an ihren Leisten und spürte so etwas wie einen inneren Stich. Issem hatte sie darauf hingewiesen, dass sie mit Unfruchtbarkeit rechnen musste, viel zu früh nach erst dreihundertsechsundsechzig Kindern. Ihr Körper produzierte keine Eizellen mehr, vielleicht eine Folge des Schocks. Wenn dies zutraf, konnte sie hoffen, dass sich ihre Blasen in einigen Monaten oder Jahren wieder füllten. Aber vielleicht lag es an den Wurzelfäden der Schuppen, an den Veränderungen im

Nervensystem. Möglicherweise hatten sie irreparablen Schaden angerichtet. Oder Schock und Schuppen hatten den M-Faktor in ihr geweckt, trotz des physischen Alters von nur fünfundfünfzig Jahren.

Erneut betrachtete sie ihr Spiegelbild und versuchte sich an Einzelheiten der holografischen Prizilla zu erinnern. War sie so hohlwangig gewesen? Wie hatte sie sich bewegt? Wie jemand mit einem schwachen rechten Bein?

Ein Signalton erklang, gefolgt von einer Stimme.

»Sektorgeneral Tanosan ist zu einem Gespräch bereit«, verkündete ein Kommunikationsassistent.

Prizilla griff nach ihrem Gewand. »Wann? Wo?«

»Jetzt«, lautete die Antwort. »In der Behandlungsstation.«

Sektorgeneral Tanosan war ein unscheinbarer Mann und trug eine schlichte militärische Kombination, grau und blau. Prizillas Kommunikationsadapter empfing sein Identifizierungssignal, als sie den Behandlungsraum mit Coridians Tank betrat. In den vergangenen einunddreißig Jahren hatte Tanosan, früher Admiral der Fünften Flotte, drei zusätzliche Silben für seinen Namen bekommen, was auf große Verdienste hinwies. Sein voller Name lautete Tanosantanbarol, doch als er sich Prizilla zuwandte, sagte er: »Ich bin Tanosan, Ehrenwerte.« Er neigte respektvoll den Kopf, sah dann wieder auf. »Sie kommen von Memoria. Wie steht es um das Zedra-System?«

»Memoria ist gefallen. Die Hauptstreitmacht des Feindes hat angegriffen.«

Tanosan nickte ernst. Seine Augen, violett wie Prizillas Blut, blickten durchdringend. »Davon hat das Oberkommando bereits erfahren. Aber wir hatten gehofft, dass die Absorptionssphäre den Feind länger aufhalten würde, lange genug, um eine Verteidigungsflotte zu entsenden.«

»Die Sphäre brennt«, sagte Prizilla. »Der Feind hat Breschen in sie geschlagen.«

»Es heißt ...« Tanosan zögerte und musterte sie. »Es heißt, Sie hätten den Feind nach Memoria gebracht.«

»Das behauptet Nadala, die aus dem Zedra-System geflohen ist, als noch Zeit war, es zu verteidigen. Nadala, die um ihren Rang fürchtet, weil ich die rechtmäßige Suprema bin.«

»Bei allem Respekt, Ehrenwerte«, sagte Tanosan. »Sie sind nicht die rechtmäßige Suprema. Sie sind es nicht mehr. Der Kongress hat Nadala gewählt, als Sie in der Anomalie des Zedra-Systems verschwanden.«

»Ich bin in eine Zeitstraße geraten. Sie hat mich hierher gebracht, einunddreißig Jahre in meine Zukunft.«

Der Sektorgeneral blickte zum Behandlungstank. »Ich kenne ihn seit meiner Rekrutenzeit. Wir haben Seite an Seite gegen den Feind gekämpft. Es schmerzt, ihn so zu sehen.«

»Wir sind auf einer wichtigen Mission, um den Krieg zu beenden«, sagte Prizilla.

Das brachte Tanosans Blick zu ihr zurück.

»Wir müssen zum Tallbart-System, nach Onnizza, so schnell wie möglich«, sagte sie. »Weil meine Autorität hier nicht anerkannt wird, bekomme ich keine Transferpriorität. Vielleicht können Sie uns helfen.«

»Es stehen noch sechs Operationen aus.« Der hedonische Mediker Issem stand in der offenen Tür des Nebenraums und hatte die letzten Worte gehört. »In seinem gegenwärtigen Zustand ist General Coridian nicht transportfähig.«

»Lassen Sie uns allein«, bat Prizilla. »Dies ist ein vertrauliches Gespräch.«

Issem seufzte schwer. »Ich glaube, ich habe schon einmal erwähnt, dass Sie hier keine Anweisungen erteilen können. Ich bin für das Wohlergehen von General Coridian verantwortlich und ...«

»Lassen Sie uns allein, Mediker«, sagte Sektorgeneral Tanosan.

Issem neigte kurz den Kopf. »Wie Sie wünschen.« Er schloss die Tür.

Tanosan trat näher zum Behandlungstank und betrachtete die Gestalt darin. »Dass es so enden muss ...«

Prizilla folgte ihm zum Tank. »Es ist noch nicht vorbei.«

»Das Wesen, mit dem Sie während des Transfers kollidiert sind, Coridian offenbar mehr als Sie ... Ist die Spezies identifiziert?«

»Bisher noch nicht, soweit ich weiß.«

»Wie konnte es dazu kommen?«

Prizilla schilderte die Hintergründe.

»Ein instabiles stationäres Fulkrum?« Tanosan musterte sie erneut und schien in ihrem Gesicht nach Hinweisen zu suchen. »Sie sind ein großes Risiko eingegangen.«

»Uns blieb keine Wahl.«

»Wegen der Mission, die den Krieg beenden soll?«, fragte Tanosan.

»Ja.«

Der Sektorgeneral wartete einige Sekunden. »Ich nehme an, Sie sind nicht bereit, mir Einzelheiten der Mission zu nennen.«

Sie würden mir wahrscheinlich nicht glauben, dachte Prizilla. »Sie ist streng geheim.«

»Verstehe. Und Coridian hat Sie unterstützt.«

»Sonst läge er nicht dort in diesem Behandlungstank. Es ist sehr, sehr wichtig«, betonte Prizilla. »Wir könnten den Krieg beenden. Wir könnten den Feind endgültig besiegen.«

»Seine Hauptstreitmacht ist da, Ehrenwerte. Der Feind greift den Kern des Pakts an, mit Superlichtschiffen. Er ist viel schneller als wir, er kann überall zuschlagen, jederzeit. Der Realist in mir spricht: Nur ein Wunder könnte uns jetzt noch den Sieg schenken, und Wunder sind sehr selten, erst recht, wenn man sie sich wünscht.«

»So lauten die Worte des Realisten. Was sagt der Sektorgeneral?«

»Der Sektorgeneral«, antwortete Tanosan, »ist ein Soldat mit gelbem Blut in den Adern. Er kämpft und gehorcht. Er kämpft und gehorcht selbst dann, wenn er nicht versteht. Coridian war und ist ein guter Freund. Wenn er Ihnen vertraut und auf der Grundlage dieses Vertrauens sein Leben riskiert hat, vertraue ich Ihnen ebenfalls. Sie bekommen Ihren Prioritätstransfer.«

62

Sechs Stunden später trug Prizilla die Uniform einer Angehörigen des Sonderkorps – Sektorgeneral Tanosan hatte sie offiziell unter sein Kommando gestellt – und betrat den Behandlungsraum, um Abschied zu nehmen.

Sie begegnete erneut dem kleinen Issem. Reglos stand der hedonische Mediker neben Coridians Tank, mit dem Saum des Instrumentenkittels dicht über dem Boden. Er rührte sich nicht.

Prizilla näherte sich dem Tank. »Schlafen Sie?«

Issem blinzelte. »Oh, Sie wieder.«

»Ein letzter Besuch. In zwei Stunden verlasse ich Cusord.«

»Es war eine weitere Operation für Sie geplant. Wir wollten uns das rechte Bein mit dem fremden Gewebe vornehmen und versuchen, die Wurzelfäden aus Ihrem Nervensystem zu entfernen.«

»Ich habe einen Prioritätstransfer bekommen.«

»Wenn Sie uns jetzt verlassen, ist die Wahrscheinlichkeit dafür, dass Sie weiterhin Mutter sein können, sehr gering.«

»Das ist mir klar.«

»Gehört und verstanden, wie?«, sagte er. »Sie tragen die Uniform eines Soldaten, aber in Ihren Adern fließt violettes Blut. Das könnte zu einem Konflikt führen. *Könnte* es nicht nur, *wird* es auch.«

»Lassen Sie das meine Sorge sein.«

»Was Ihre Frage betrifft ... Ich habe tatsächlich geschlafen ... oder auch nicht. Es ist ein kleiner Trick, den wir auf Rakkna lernen.« Issem streckte sich. »Wir schlafen immer nur mit einer Gehirnhälfte, die andere bleibt wach, etwa wie bei einem Meeressäuger. Warum kostbares Leben mit Schlafen vergeuden? Immerhin sind wir Hedonier. Wir wollen unser Leben genießen. Ich denke gern nach, und es ist immer wieder interessant zu beobachten, wie unterschiedlich meine beiden Gehirnhälften denken. Es sind gewissermaßen zwei Seiten meiner Persönlichkeit, jede mit eigenen Ansichten und Perspektiven.«

Prizilla vermutete, dass eine Botschaft in diesen Worten steckte, doch sie machte sich nicht die Mühe, danach zu suchen. Ihre Gedanken galten anderen Dingen.

»Bitte gehen Sie«, sagte sie. »Ich möchte mich allein von General Coridian verabschieden.«

»Wie Sie wünschen.«

Der Mediker schritt zur Tür des Nebenraums. »Ich wünsche Ihnen viel Glück, wobei auch immer. Glück kann nie schaden im Leben.«

Nachdem Issem den Behandlungsraum verlassen hatte, stand Prizilla einige Sekunden lang still am Tank. Die letzten Worte des Hedoniers hatten ein seltsames Echo in ihrem Kopf hinterlassen.

Schließlich gab sie sich einen Ruck, trat zu den Konsolen und Holos, suchte nach den Kontrollen, fand sie und deaktivierte die Substrate, die eine Scheinwelt für Coridians Bewusstsein schufen.

Die Gestalt im Behandlungstank, inzwischen nicht mehr von den Armen eines Assistenzbots umschlungen, bewegte Arme und Beine, die noch immer von baumrindenartigem Schorf bedeckt waren. Für Prizillas Augen zeigte sich nach der letzten Operation kaum ein Unterschied.

Sie kehrte zum Tank zurück und aktivierte ihren Kommunikationsadapter. »Kannst du mich hören, Coridian?«

Der Mann im Behandlungstank öffnete die Augen und versuchte, den Blick auf Prizilla zu richten.

Sie beugte sich vor. »Kannst du mich hören und sehen?« Sie sendete die Worte nicht nur, sondern sprach sie auch laut aus.

Warnsymbole erschienen in den Holos. Akustische Signale

erklangen. Die Tür zum Nebenraum öffnete sich, und Issem erschien.

»Was machen Sie da?«, fragte er scharf.

»Hinaus mit Ihnen!«, fauchte Prizilla. »Dies ist eine Sache der Streitkräfte und geht Hedonier nichts an!«

Der Mediker wich zurück. »Ich werde dies melden«, kündigte er an und schloss die Tür.

Bist du das?, fragte Coridian über die Kommunikationsverbindung. Seine Bewegungen wurden heftiger. Vielleicht versuchte er aufzustehen.

»Ja, ich bin's, alter Freund. Bleib liegen. Steh nicht auf.«

Ich bin stark gewesen, sendete Coridian. Jetzt bin ich ...

»Du bist krank«, sagte Prizilla schnell. »Du bist verletzt. Aber du lebst, und das ist die Hauptsache. Die Mediker behandeln und operieren dich. Es wird dir bald besser gehen.«

Was ist mit dir?

»Kannst du mich nicht sehen?«, erwiderte Prizilla.

Sind meine Augen geöffnet?

»Ja.«

Es bedeutet, dass ich blind bin.

»Die Mediker oder Bioingenieure werden dir neue Augen geben«, sagte Prizilla. »Oder Linsen, die besser sehen als biologische Augen.«

Sie sollten mir auch einen neuen Körper geben, sendete Coridian. Dieser fühlt sich viel zu schwach an. Und fremd. Es scheint nicht mehr mein Körper zu sein.

Sie ging nicht darauf ein. »Ich bin gekommen, um mich zu verabschieden, alter Freund. Das Fulkrum von Cusord bringt mich zum Tallbart-System.«

Nimm mich mit! Die Gestalt im Behandlungstank bewegte sich wieder.

»Es warten noch sechs Operationen auf dich. Die lassen sich in weniger als zwei Stunden nicht durchführen. Hab Geduld!«

Coridians rechte Hand zuckte. Vielleicht wollte er sie zum Gruß heben.

Ich wünsche dir Kraft und Erfolg.

Das ist besser als Glück, dachte Prizilla. »Danke, alter Freund! Wir sehen uns wieder.«

Ja.

Prizilla winkte, obwohl Coridian sie nicht sehen konnte. Dann drehte sie sich um und ging.

Der Zylinder des Katapults war fast einen Kilometer lang und ragte wie der Lauf einer Kanone aus der Ansammlung von X-Aggregaten, die das Technische Korps der Streitkräfte im Lauf der Jahrhunderte mit zahlreichen neuen Installationen erweitert hatte. Er endete bei den Gravitationsmotoren des Beschleunigers, der aus Dutzenden von Spulen und Spindeln bestand, jede von ihnen über fünfzig Meter lang. Jenseits davon wartete der große Transitring des Fulkrums.

Prizilla trug einen Einsatzanzug über ihrer Uniform und fühlte ein beharrliches Jucken am dünnen rechten Bein, dort, wo silberne Schuppen die Haut ersetzten und Wurzelfäden in ihr Nervensystem schickten. Sie achtete nicht darauf und trat in den Transporter, den sie ganz für sich allein hatte, obwohl er mehreren Personen Platz bot.

»Transfer in drei Minuten«, hörte sie die Stimme eines Kommunikationsassistenten.

Die Luke des Kapselraums begann sich zu schließen, verharrte und schwang wieder auf. Zwei Soldaten wichen respektvoll beiseite, als sich ein großer Assistenzbot durch den Zugang duckte, in seinem Innern, von Armen aus Synth und Neutro gehalten, eine Gestalt in der Uniform eines Generals der Streitkräfte. Der Bot stapfte zum Transporter.

»Coridian?«, brachte Prizilla ungläubig hervor.

»Hiermit bin ich wieder stark«, lautete die Antwort. Der Assistenzbot duckte sich erneut, noch etwas tiefer, und kletterte an Bord. »Vielleicht bin ich sogar noch stärker als vorher.« Coridian lächelte grimmig.

»Das wird Mediker Issem, Hedonier von Rakkna, nicht gefallen.«

»Ich habe ihn nicht nach seiner Meinung gefragt. Ich bin General Coridian von den Streitkräften. Ein Hedonier hat mir keine Anweisungen zu erteilen.«

Prizilla nickte anerkennend.

»Wir haben dies gemeinsam begonnen«, fügte Coridian hinzu. »Wir bringen es auch gemeinsam zu Ende.«

Der Transporter stieg auf und nahm seine Position im Katapult ein. Eine Minute später warf der Beschleuniger ihn in den Transitring des Fulkrums, und von dort sprang er über eine Hunderte von Lichtjahren breite Kluft.

Toter Turm

63 Jarl

Die Tage waren grau und staubig, die Nächte dunkel und kalt. Jarl stapfte im Schutz von Felsen, wo es Felsen gab, blieb bei den seichten Stellen des Staubmeers und hielt mithilfe der Biosensoren nach Staubwürmern Ausschau. Manchmal brannte die Lunge vom Gift, das er eingeatmet hatte. Bei anderen Gelegenheiten hatte er plötzlich ein Stechen im After und fragte sich erschrocken, ob er einen Staubwurm übersehen hatte, ob die Dekontamination im ersten Depot nicht gründlich genug gewesen war. Er versuchte, nicht an Ruk zu denken – oder an Ruko –, der inzwischen vielleicht eine dritte Silbe für seinen Namen erhalten hatte, sollte es ihm gelungen sein, mit dem Orbiter und dem lebenden Feind an Bord zu den Basisschiffen der Streitkräfte am Rand des Tallbart-Systems zurückzukehren. Solche Gedanken machten ihn wütend, sie legten ihm einen Schleier des Zorns vor die Augen und bedrohten damit seine Sicherheit. Er musste ständig wachsam sein, wenn er überleben wollte.

Das nächste Depot fand er am Ende eines Tages, als das Grau der Abenddämmerung Boden und Himmel miteinander verschmolz. Die Maske funktionierte nicht richtig – der obere Teil ragte wie eine kleine Insel aus dem Staubmeer. Jarl brauchte neue Sauerstoff- und Energiepakete – es blieb ihm nichts anderes übrig, als zu tauchen und in einer Tiefe von vier Metern die Luftschleuse zu öffnen. Ungeduldig wartete er darauf, dass die Pumpen den Staub nach draußen beförderten, was ungewöhnlich lange dauerte, fast vier Minuten. Eine dünne graue Schicht blieb auf dem Boden und an den Wänden zurück. Und ein einzelner Staubwurm, lang wie eine Hand, der nach einem Versteck suchte und keins fand. Jarl zertrat ihn.

Im Hauptraum des Depots fand er einen Toten mit einem großen Wurmnest.

Der nackte Mann lag in der Ecke, mit Larven in Augen und Mund, der Unterleib offen und darin Hunderte von Staubwürmern. Jarl wahrte einen sicheren Abstand, untersuchte das Depot und stellte fest, dass es beschädigt war. Die Recycler funktionierten ebenso wenig wie die Dekontaminationskammer, die vermutlich das Ziel des Toten gewesen war.

Jarl hatte gehofft, in sicherer Umgebung übernachten zu können, doch die Präsenz der Würmer machte das Depot zu einem äußerst gefährlichen Ort. Er öffnete Versorgungsfächer, fand die Nahrungs- und Energiepakete, die er brauchte, und überprüfte beim Austausch der Pakete die Integrität seines Kampfanzugs.

Der Waffenschrank befand sich direkt neben der Leiche. Jarl näherte sich ihm vorsichtig, den Blick auf das Wurmnest im Bauch des Toten gerichtet. Einige Würmer lösten sich daraus und krochen über staubgraue Haut – vielleicht spürten sie die von Jarls Schritten verursachten Vibrationen.

Ruko hatte ihm keine Gelegenheit gegeben, sich zu bewaffnen, und wie sollte er Sotia mit leeren Händen retten?

Zwei schnelle Schritte brachten ihn zum Schrank, und aus dem Augenwinkel beobachtete er, wie weitere Würmer ihr Nest verließen. Er riss die Tür des Schranks auf, ergriff die erste Waffe, die er sah, einen kleinen Variator, und wich hastig zurück.

Die Würmer krochen in seine Richtung.

Jarl trat wieder in die Luftschleuse. Sie füllte sich schnell mit Staub, doch die Außenluke klemmte plötzlich. Mit dem Rücken an die Wand gestützt und mit beiden Beinen an der Luke drückte er sie auf. Kurze Zeit später stand er wieder auf felsigem Grund und beobachtete im letzten schwindenden Licht, wie es vor dem Depot zu brodeln begann – die Aktivität hatte Hunderte von Staubwürmern angelockt. Er vergewisserte sich, dass keine an ihm klebten, und setzte dann seinen Weg fort. Bis zum Lebensturm lagen noch mehr als dreihundert Kilometer vor ihm.

Einige Stunden später, umhüllt von kalter Finsternis, schlief er in einer Felsnische und träumte von der Erde.

Es war ein angenehmer Traum, denn er zeigte ihm eine Welt des Friedens, in der kein Mensch um sein Leben fürchten musste. Es gab kein gelbes, grünes, blaues oder violettes Blut, nur rotes, das Blut von Menschen.

»Gefällt es dir hier?«, fragte die Frau neben ihm und ergriff seine Hand. Sie ähnelte Sotia so sehr, dass er sich fragte, ob sie tatsächlich Sotia war. Ihren Namen hatte sie ihm noch nicht genannt. Sie trug weder Uniform noch Kampfanzug – so etwas gab es hier nicht –, sondern den Overall, den Sotia als Kind getragen hatte, geschmückt mit bunten Bildern von Planeten, Sternen und Galaxien.

»Ja«, antwortete Jarl und fühlte, wie er sich entspannte. Hier konnte er ein neues, anderes Leben führen.

Sie schritten durch Parks und Gärten, an Bächen und Flüssen entlang, in denen Fische schwammen, die ihn an geschlüpfte Inniwori erinnerten und an den einzigen Freund in seinem Leben. Menschen begegneten sie kaum.

»Wo sind all die anderen?«, fragte er, als sie eine Wiese im Sonnenschein erreichten. Sotia – wenn es Sotia war – drehte sich dort mit ausgebreiteten Armen um die eigene Achse.

»Wir sind nur wenige«, antwortete die junge Frau. Mit geschlossenen Augen genoss sie den Sonnenschein. »Die Erde ist ein geheimer Ort.«

»Warum?«

»Weil sie eine Welt des Friedens ist, umgeben von Krieg. Niemand darf erfahren, wo sie sich befindet. Sonst kommt der Krieg auch hierher.«

Jarl beobachtete die junge Frau. Sie schien seinen Blick zu spüren, blieb stehen, öffnete die Augen und sah ihn an. Etwas erschien ihm seltsam. Zweifel störte die Harmonie.

»Sagst du die Wahrheit, oder lügst du?«

Sie trat auf ihn zu und legte ihm warme Hände auf die Brust. »Es ist gelogen«, sagte sie. »Es ist alles gelogen. Willst du sehen, wie die Erde wirklich aussieht?«

»Ja.«

Die Lichtung mit der Wiese verschwand. Plötzlich stand Jarl inmitten von Ruinen. Diesmal war er es, der sich um die eigene Achse drehte. Wind wirbelte Staub auf, was ihn an eine andere Welt erinnerte.

»Nein«, ächzte er und fühlte ein Brennen in der Lunge, das ebenfalls Erinnerungen weckte.

»Es war alles Lüge, von Anfang an«, sagte die junge Frau gnadenlos. Ihre Hände auf Jarls Brust wurden kalt wie Eis.

»Wo ist die Waffe?«, brachte er hervor. »Der große Friedensbringer?«

»Es gibt ihn nicht«, sagte die Frau, die gar nicht mehr so jung wirkte. Vielleicht zeigten sich Andeutungen von Schlangen auf ihren Wangen. »Es hat ihn nie gegeben. Es gibt nur den Krieg.«

Jarl erwachte mit dem Talisman in seinen Händen – offenbar hatte er ihn im Schlaf aus einer der Taschen des Kampfanzugs geholt. Er drehte die kleine Kugel und beobachtete das winzige Licht in ihr, wie der Funke eines Feuers. »Warum lügst du?«, flüsterte er im Innern des Helms. »Wann sagst du die Wahrheit?«

Er steckte den Talisman wieder ein.

Weit über ihm flackerte es. Lichter glühten am schwarzen Himmel auf und verblassten wieder. Wurde noch immer gekämpft? Selbst Tage nach der Zerstörung der Navigationsbake? Wie viele Tage waren inzwischen vergangen? Fünf? Sechs? Es fiel ihm schwer, den Überblick zu behalten.

Jarl trank Wasser und Nährsaft aus der Schlauchverbindung, verließ sein Versteck und setzte den langen Weg fort.

64

Jarls Befürchtungen bewahrheiteten sich: Der Lebensturm von Onnizza existierte nicht mehr.

Wo er kilometerweit hätte aufragen müssen, mit hellen Lichtern und vertikalen Gärten, gab es nur noch einen wenige Dutzend Meter hohen Stumpf, die Bauelemente aus Synth, Neutro und Flexmetall von großer Hitze zu Schlacke vereint. Jarl wollte zunächst glauben, dass er sich irrte und es sich vielleicht um das Wrack eines abgestürzten Schiffs der Streitkräfte handelte, doch die Navigationsanzeige des Helms zerstörte seine Hoffnungen.

Die Kontrollsubstrate des Kampfanzugs wiesen ihn darauf hin, dass die Energiepakete bald erneuert werden mussten, als Jarl die ersten Trümmer fand: große Blöcke aus geschmolzenem und dann wieder erstarrtem Synth, manche von ihnen halb im nahen Staubmeer versunken, andere zwischen zerschmetterten Felsen liegend. Jarl nahm sich nicht die Zeit, sie zu untersuchen – hier konnte es unmöglich Überlebende geben.

Er folgte dem Verlauf des aus dem Staub ragenden Felsenriffs und kletterte manchmal, um zu vermeiden, durchs Staubmeer zu waten. Nur noch wenige Kilometer von den Resten des Turms entfernt mischte sich schwarze Asche in den Staub, und die Trümmerstücke, große und kleine, wurden zahlreicher. Hier und dort fand Jarls Blick verkohlte Objekte, von denen die Sensoren des Kampfanzugs behaupteten, dass sie organischer Natur seien: Körperteile. Er dachte an die Kinder und Mütter, die sich beim Angriff des Feindes im Lebensturm aufgehalten hatten – war zumindest einigen von ihnen Zeit genug geblieben, sich in die subplanetaren Bunker zurückzuziehen? Nur dort konnten sie eine Überlebenschance haben.

Die Sonne stand fast im Zenit, als Jarl das Felsenriff verließ und einige Meter durch hüfthohen Staub watete, bevor er den Sockel des Lebensturms erreichte, ein mit gehärtetem Neutro erweitertes Felsplateau. Zerfetzte Rumpfteile von Orbitern und Schiffen des Feindes lagen zwischen den Trümmern des Turms verstreut.

Einige Hundert Meter vor Jarl ragte der Rest des Turms auf, ein Stumpf, schief und glatt, halb geschmolzen und wieder erstarrt. An einigen Stellen waren kleine Mulden auszumachen, vielleicht Überbleibsel von Fenstern und Türen. Risse durchzogen den Sockel, und zuerst wich Jarl ihnen aus oder sprang darüber hinweg. Doch dann dachte er daran, dass sie vielleicht bis ins Fundament und noch tiefer reichten, bis zu den Sicherheitsanlagen und Bunkern.

An einem der breiteren Risse blieb er stehen, entnahm der Instrumententasche an seinem Gürtel einen Sensorbot, nicht einmal halb so groß wie seine Hand, aktivierte ihn und gab ihm einen schlichten Auftrag: »Stell fest, wie tief der Riss ist und wohin er führt!« Er ließ den kleinen Bot über der Bodenspalte fallen, und er verschwand in dunkler Tiefe.

Jarl blieb stehen, wartete und beobachtete die vom Bot übermittelten visuellen Daten im Helmvisier. Während der ersten Minuten sah er nur bröckelndes Neutro, das offenbar großer Hitze ausgesetzt gewesen war, und geborstene Stützelemente aus Synth. Schließlich, in einer Tiefe von mehr als hundert Metern, endete der Riss in der Decke eines Korridors. Der Sensorbot flog weiter, bis er ein geschlossenes Schott erreichte.

Ein Schatten fiel auf Jarl. Er blickte nach oben.

Mehrere Schiffe des Feindes zogen über den Himmel, von rotierenden Ringen umgebene Ovale und Keile. Eins von ihnen hatte kurz das Licht der Sonne verdeckt.

Jarl wartete nicht länger, kletterte in den Riss und machte sich an den Abstieg.

Er brauchte eine Stunde, um den Sensorbot zu erreichen, der nicht mehr schwebte oder flog, sondern vor dem geschlossenen Schott lag, um die Energiezelle seines winzigen Gravitationsmotors zu schonen. Jarl hob den Bot auf, deaktivierte ihn und verstaute ihn wieder in der Instrumententasche seines Gürtels – ein Soldat ging sparsam mit seinen Ressourcen um, wenn sich das bewerkstelligen ließ.

Ohne Jarls Kragenlampe wäre es im Korridor völlig dunkel gewesen – die Notbeleuchtung funktionierte nicht. Er betätigte den Öffnungsmechanismus, doch das Schott rührte sich nicht. Stumm und unbewegt versperrte es den Weg. Die Schotten von Sicherheitsanlagen des Pakts empfingen ihre Energie natürlich vom lokalen energetischen Verteilersystem, aber jedes einzelne von ihnen, die kleinen wie die großen, verfügte über Energiezellen wie der Sensorbot, damit das betreffende Schott auch im Notfall geöffnet oder geschlossen werden konnte. Wie Tage zuvor beim Orbiter aktivierte Jarl seinen Kommunikator und sendete einen Code der Streitkräfte.

Durch den immer noch geschlossenen Helm hörte er ein Summen und fühlte eine Vibration im Boden unter seinen Stiefeln, als sich das Schott vor ihm öffnete.

Das Licht der Lampe am Kragen fiel auf eine tote Frau.

Ihr Identer funktionierte noch immer, reagierte auf die Nähe von Jarls Kommunikator und sendete den vollständigen, aus elf verdienstvollen Silben bestehenden Namen: Agedratamarabelanarilla, Mutter von zweitausendneun Kindern.

Jarl blickte auf die Frau hinab, die vor einigen Tagen gestorben zu sein schien, drehte sich dann um und trat tiefer in den Sicherheitsbereich des zerstörten Lebensturms.

Zwei Stunden später, nachdem er die Sauerstoff- und Energiereserven des Kampfanzugs in einem unversehrten, voll ausgestatteten Lagerraum erneuert hatte, wusste er: Es gab keine Lebenden unter dem Turm, weder in den Sicherheitsanlagen noch in den Bunkern. Bei seiner Suche in den Räumen, Kammern und Korridoren fand er auch keine weiteren Toten. Nichts war beschädigt, aber überall lagen Dinge verstreut. Die Menschen, die sich hier unten aufgehalten hatten, schienen den Sicherheitsbereich in aller Eile verlassen zu haben, vielleicht in der Annahme, dass der Feind unterwegs war. Doch nichts deutete darauf hin, dass der Feind in die Räume unter dem Lebensturm vorgedrungen war.

Im kleinen, runden Kontrollraum der Sicherheitsanlagen schien jemand versucht zu haben, alle Systeme stillzulegen und unbrauchbar zu machen. Mehrere Konsolen waren geöffnet, Module mit LIS herausgezogen und einige von ihnen zerbrochen.

Jarl fragte sich, was geschehen war. Panik, dachte er. Die Fürsorgerinnen und Mütter schienen in Panik geraten zu sein. Aber wenn sie sich hier, tief unter ihrem Turm, nicht sicher genug gefühlt hatten, wohin waren sie dann geflohen?

Er installierte die Substratmodule wieder in die Konsolen. Anschließend startete er das Basissystem.

Einige Anzeigen erwachten und brachten etwas mehr Licht in den Raum. Über der Hauptkonsole bildete sich ein Statusholo.

Jarl hatte den Helm geöffnet. »Was ist passiert?«, fragte er. »Wo sind die Mütter und Kinder?«

»Unbekannt«, antwortete eine synthetische Stimme. »Alle Aufzeichnungen wurden gelöscht. Freie Kapazität des Datenbanksystems: hundert Prozent.«

»Ist der Feind hier gewesen?«

»Unbekannt.«

Jarl verließ den Kontrollraum und suchte in den Gemeinschaftsquartieren und Unterkünften nach Hinweisen. Er fand offene Schränke, Schubladen und Staufächer, Kleidungsstücke und andere persönliche Dinge auf dem Boden, sogar die kleine Kugel eines Talismans, den eins der Kinder aus dem Lebensturm verloren hatte. So vorsichtig wie ein zerbrechliches Kleinod hielt Jarl ihn zwischen Daumen und Zeigefinger des Handschuhs, legte ihn dann behutsam zur Seite und ließ das Licht seiner Kragenlampe durch ein dunkles Quartier wandern. Wie viele Überlebende hatten sich beim Angriff des Feindes auf den Lebensturm hierher zurückgezogen? Und warum war einer von ihnen, eine Mutter, zurückgeblieben?

Vielleicht eine alte Ehrenwerte, dachte Jarl. Eine Kranke oder Verletzte, die die Strapazen der Flucht nicht überstanden hätte. Die zurückgeblieben war, um eventuellen Rettern den Weg zu weisen?

Die Beine bewegten sich bereits, noch bevor Jarl eine bewusste Entscheidung getroffen hatte. Er verließ das Quartier, schloss sicherheitshalber den Helm und eilte mit langen Schritten durch den Korridor. Das Licht der Lampe strich über glatte Wände, die unbeeindruckt schienen von den Zerstörungen auf Onnizzas Oberfläche. Schließlich erreichte er die tote Frau, bückte sich und durchsuchte die Taschen des weiten, bunten Gewands. Nichts. Unter dem Gewand fand er einen Gürtel mit einem externen Gedächtnis und einem Kommunikationsbot. Er nahm beides, richtete sich auf und wich einen Schritt von der Toten zurück.

Die Ladung der Energiezelle des Kommunikationsbots betrug nur noch neun Prozent. Jarl schaltete den kleinen Bot ein.

Ein Holo entstand, nicht größer als einen halben Meter, darin das Gesicht einer alten Frau. Es fehlte eine Zeitangabe.

»Ich bin Agedra«, sprach die holografische Mutter. »Mein vollständiger Name hat elf Silben, und es wird keine zwölfte hinzukommen.«

Die Alte im Holo wirkte traurig. Der Hintergrund zeigte ein Quartier mit Bildern von Menschen, unter ihnen offenbar einige Extremangepasste, vielleicht Kinder von Agedra.

»Ich bin krank«, teilte die Mutter der Nachwelt mit. »Der M-Faktor, wie man ihn nennt, hat mein Leben verkürzt – mir bleiben nur wenige Tage. Deshalb habe ich beschlossen, im Sicherheitsbereich unter dem zerstörten Turm zu bleiben. Die anderen verlassen ihn. Sie haben nur dreißig Minuten, bis das Boot aufbricht. Es heißt, der Feind sei hierher unterwegs. Ich werde mich in einem der maskierten Schutzräume verstecken.«

Ein kurzes Flackern wies darauf hin, dass eine neue Aufzeichnung begann, wieder ohne Zeitangabe. Agedra schien um einige weitere Jahre gealtert.

»Die Energieversorgung funktioniert nicht mehr, aber das

ist kein Problem für mich, denn die Lagerräume enthalten genug Batterieren und Energiezellen. Viele Jahre käme ich damit aus, doch so viel Zeit bleibt mir nicht. Die autonomen Medobots geben mir nur noch einige Stunden – es geht schneller mit mir zu Ende, als wir dachten.«

Das Bild wechselte und zeigte Agedra im halbdunklen Kontrollraum des Sicherheitsbereichs. Nur wenige Anzeigen leuchteten.

Mit ruhiger, gefasster Stimme fuhr die kranke Mutter fort: »In den Sensordaten deutet nichts darauf hin, dass der Feind in den Sicherheitsbereich eingedrungen ist. Vielleicht weiß er nichts von diesen Anlagen und den Bunkern. Oder sie interessieren ihn nicht. Oder er ist mit wichtigeren Dingen beschäftigt. Möglicherweise sind unsere Streitkräfte eingetroffen und verlangen seine ganze Aufmerksamkeit. Wenn das der Fall ist, werde ich versuchen, mich mit unseren Soldaten in Verbindung zu setzen.«

Jarl stellte fest, dass die Ladungsanzeige der Energiezelle eine Autonomie von nur noch sechs Prozent anzeigte.

Das nächste Bild präsentierte Agedra wieder in dem Quartier mit den Bildern. Das Licht stammte von einer kleinen Lampe und ließ Teile des großen Zimmers im Dunkeln.

»Das Ende steht unmittelbar bevor. Falls ich wider Erwarten gerettet werden sollte, bevor mich der M-Faktor aus dem Leben reißt, werde ich diese Nachricht löschen. Wenn Sie sie hören, bin ich tot.«

Agedra zögerte kurz.

»Ich hoffe, dass ein Mensch diese Worte vernimmt, vielleicht ein Offizier der Streitkräfte. Wenn dem so ist: Retten Sie die Geflohenen! Sie haben sich auf den Weg zur Forschungsstation tief unten am Grund des Arkeron-Staubmeers gemacht. Die Koordinaten lauten …«

Jarl empfing ein Datensignal, verschlüsselt mit einem Code der Streitkräfte.

»Wie viele sind es?«, fragte er im Innern seines Helms. »Ist Sotia unter ihnen?«

Agedra reagierte nicht auf die Fragen – es war keine interaktive Aufzeichnung.

»Ich hoffe, dass die Flüchtlinge noch leben und Sie ihnen helfen können.« Die alte Mutter seufzte schwer. »Hier spricht Agedra, deren vollständiger Name elf verdienstvolle Silben hat.« Agedra zögerte erneut und schien zu überlegen ob sie noch einige Worte hinzufügen sollte. Offenbar entschied sie sich dagegen, denn ihr Bild verschwand und mit ihm das Holo.

Jarl blickte auf die Anzeige des Kommunikationsbots. Noch vier Prozent Energie – er hatte also tatsächlich das Ende der Aufzeichnung gesehen.

Er löschte den Speicher, legte den Kommunikationsbot auf den Boden, warf einen letzten Blick auf die tote Mutter und ließ sich dann von der Navigationshilfe in seinem Helm den Weg zum Hangar zeigen.

Der Hangar der Sicherheitsanlagen unter dem Lebensturm von Onnizza bestand aus mehreren unterschiedlich großen Räumen mit Luftschleusen. Drei der vier Startkammern enthielten Bots, für die Erforschung des Staubmeers Arkeron bestimmt, die vierte eine ovale Kapsel, die mit einem rotierenden Ring wie ein kleines Schiff des Feindes ausgesehen hätte. Die Vorstellung, mit ihr zur mehr als tausend Kilometer entfernten Forschungsstation zu tauchen, gefiel Jarl nicht sonderlich, denn sie war weder mit offensiven noch mit defensiven Systemen ausgestattet. Das größere Boot im Hauptraum, ein multiambientaler Erforscher des Wissenschaftlichen Korps, schien für seine Zwecke wesentlich besser geeignet. Der Nachteil: Um ihn zu benutzen, musste der gesamte Hangar geflutet werden, und ohne Energieversorgung blieben anschließend die Tanks des Druckluftsystems leer. Das wiederum bedeutete: Wer auch immer versuchte, nach Jarl in den Hangar zu gelangen, würde es mit unter hohem Druck stehenden Staub und zahlreichen Würmern darin zu tun bekommen. Er hoffte, dass die unangenehme

Überraschung dem Feind drohte und nicht etwa von den Streitkräften entsandten menschlichen Rettern.

Jarl verriegelte die Hangartür, ging an Bord des Erforschers und stellte erleichtert fest, dass alle Systeme einsatzbereit waren. Die Kapazität der energetischen Ressourcen lag bei nur einundfünfzig Prozent – nach dem automatischen Log, das Jarl in der Navigationskanzel konsultierte, waren sie nach der letzten Tiefenfahrt nicht erneuert worden –, aber das sollte genügen, um die Forschungsstation zu erreichen.

Er kletterte noch einmal nach draußen, betätigte die manuellen Kontrollen, wählte eine Verzögerung von einer Minute und kehrte an Bord des Erforschers zurück. Kurz darauf öffnete sich das große Außenschott des Hangars, vom Druckluftsystem bewegt. Grauer Staub wogte herein, mit Hunderten von Würmern darin. Der Erforscher zitterte auf seinen Halteschienen, als die trockene Flutwelle an ihm zerrte.

Jarl wartete, bis sich der ganze Hangar gefüllt hatte, bevor er den Antrieb aktivierte und das Boot hinaussteuerte, ins viele Kilometer tiefe Staubmeer.

Ein Held

65 Prizilla

»Dies ist der dritte Angriff in den vergangenen Wochen«, sagte Admiral Nuvesos, Kommandeur des Vierzehnten Strategischen Einsatzverbandes der Streitkräfte. Er war hochgewachsen und schlank, ein Mann in mittleren Jahren, hundertachtzig oder hundertneunzig Jahre alt, mit nur einigen wenigen Falten im Gesicht. Die Hände auf den Rücken gelegt stand er in seinem persönlichen Besprechungszimmer vor der Holowand – die zeigte, was draußen im All geschah, einige Lichtminuten vom Fulkrum hoch über der Ekliptik des Tallbart-Systems entfernt. Lichter leuchteten auf und erloschen wieder, jedes einzelne von ihnen ein zerstörtes Schiff oder eine vernichtete Waffenplattform. »Aber es sind halbherzige Angriffe, die uns beschäftigt halten sollen.«

»Damit Sie keinen weiteren Vorstoß nach Onnizza unternehmen.«

Nuvesos nickte. »Davon gehen wir aus. Unsere Kräfte sollen hier gebunden werden. Ich muss gestehen, dass der Feind mit dieser Taktik erfolgreich ist. Mehr noch: Wenn er sie fortsetzt, werden wir aufgrund unserer Verluste das Tallbart-Fulkrum nicht länger verteidigen können und uns zurückziehen müssen.«

»Der Vorstoß nach Onnizza muss unternommen werden, bevor diese kritische Phase erreicht ist«, sagte Prizilla und beobachtete das Aufblitzen im All. »Jetzt sofort.«

»Ich kann und werde keine Anweisungen von Ihnen entgegennehmen, Ehrenwerte«, erwiderte Admiral Nuvesos ruhig.

Neben Prizilla summte der Assistenzbot, als sich Coridian bewegte.

»Ihr Auftrag bestand daran, die Navigationsbake der Crul auf Onnizza zu vernichten.« Nicht nur dem Körper fehlte die Kraft von früher, auch der Stimme. Ein leises Pfeifen begleitete sie, wie von entweichender Luft.

Nuvesos nickte erneut, eine kurze Bewegung des Kopfes. Wenn es ihn überraschte, dass Coridian den Feind beim Namen nannte, so ließ er sich nichts anmerken. Hinter ihm, direkt über seinem Kopf, blitzte es erneut, und die eingeblendeten Daten wiesen auf die Zerstörung eines Großkreuzers hin.

»Wie ich den Berichten entnehmen konnte, konstruieren die Crul eine neue Bake«, sagte Coridian.

»Ja.«

»Sie sollte ebenfalls zerstört werden, solange noch die Möglichkeit dazu besteht.«

»Es gibt keine entsprechenden Einsatzbefehle des Oberkommandos, General.«

»Eigeninitiative und Verantwortung, Admiral«, sagte Coridian. Er versuchte, die Worte scharf klingen zu lassen. »Sie wissen, worauf es ankommt. Die Bake weist den Crul den Weg zu unseren Kernwelten. Schlagen Sie zu, kraftvoll und entschlossen! Seien Sie nicht schwach!«

»Bei allem Respekt, General Coridian: Bitte belehren Sie mich nicht! Ein neuer Angriff würde meinen Einsatzverband so sehr schwächen, dass mir anschließend nur der Rückzug bliebe.«

Coridian schnaufte. »Wenn es so weitergeht wie bisher, bleibt Ihnen ohnehin nur der Rückzug. Darauf haben Sie gerade hingewiesen. Ich sage: Angriff.«

Nuvesos sah ihn an. »Sie haben hier keine Autorität.«

Der Assistenzbot summte und richtete sich ganz auf. Coridian war vor dem Transferunfall groß gewesen; der Bot machte ihn noch größer. »Ich bekleide einen höheren Rang. Ich bin älter und habe mehr Erfahrung. Ich ...«

»Sie sind krank.«

Coridian trat einen Schritt vor.

Prizilla stand auf. »Meine Herren, ich bitte Sie. Admiral Nuvesos ... Wir sind in einer wichtigen Mission unterwegs und müssen unbedingt nach Onnizza. Bitte geben Sie uns ein Schiff!«

»Ein einzelnes Schiff würde Ihnen nicht genügen«, entgegnete Nuvesos. »Damit kämen Sie nicht einmal in die Nähe des Planeten.«

»Deshalb ist ein Angriff notwendig«, sagte Prizilla.

Der Admiral drehte den Kopf und blickte ins Fensterholo. »Der Feind bekommt Nachschub. Die Bake zeigt ihm den Weg zu unserem Kern und auch hierher. Sie hat eine doppelte Funktion: Sie markiert den Angriffs- und auch den Versorgungsweg.«

»Ein Grund mehr, sie zu zerstören«, warf Coridian ein.

»Der Feind kommt mit Superlichtschiffen, die viel schneller sind als unsere Flotten«, fuhr Nuvesos fort. »Offenbar braucht er keine Fulkren mehr, und das ist vermutlich der Grund, warum er keinen ernsthaften Versuch unternommen hat, das Tallbart-Fulkrum zu übernehmen. Er hat bisher auch nicht versucht, es zu zerstören, denn er weiß, dass wir keine Verstärkung erhalten – die Verteidigung wird auf die Kernwelten konzentriert. Wir sind nur aus einem Grund hier.«

»Und der wäre?«, fragte Prizilla, als der Admiral nachdenklich schwieg.

»Wir versuchen festzustellen, woher der Feind seinen Nachschub heranführt. Offenbar kommen seine Superlichtschiffe aus zwei verschiedenen Richtungen: vom Ende des Perseusarms, mehr als dreißigtausend Lichtjahre entfernt, und vom Beginn des Sagittariusarms, in der Nähe des galaktischen Zentrums. Wir bleiben hier und verteidigen uns und das Fulkrum, weil wir Daten sammeln und sie mit Nachrichtensonden in den Kern schicken. Wenn es uns gelingt, die genauen Ursprungsorte der feindlichen Flotten festzustellen, wäre vielleicht ein gezielter Schlag möglich, der den Nachschub nicht nur für kurze Zeit unterbricht, sondern seine Quellen zerstört.«

»Unsere Mission …«, setzte Prizilla noch einmal an.

»Ein geheimer Auftrag, bei dem es angeblich darum geht, den Krieg zu beenden«, unterbrach der Admiral. »Nicht nur den Kampf um einen Planeten wie Onnizza oder um ein Sonnensystem, sondern den ganzen Krieg, nach all den Jahrtausenden. Zwei Personen. Eine von ihnen eine ehemalige Suprema, die einunddreißig Jahre in einer Zeitstraße verbrachte und von der es heißt, dass sie den Feind zum Kern führte, nach Memoria. Und – ich bitte um Verzeihung, General – jemand, der einen schweren Transferunfall erlitten hat, Teile eines fremden Wesens in sich trägt und von einem medizinischen Assistenzbot getragen werden muss.«

»Nicht zwei Personen, sondern drei«, korrigierte Prizilla. »Die dritte befindet sich auf Onnizza.«

»O ja, ein Soldat namens Jarl. Ein Sträfling, von Bandar im Achas-System abkommandiert zur Strafkompanie Radwor. Er hat an dem Angriff auf Onnizza teilgenommen, bei dem es uns gelang, die erste Navigationsbake zu zerstören. Hundert Kompanien, insgesamt fünftausend Soldaten. Die Verluste waren weitaus größer, als wir vorausberechnet hatten. Von sechzig Prozent bis zum Erreichen des Planeten sind wir ausgegangen, dann noch einmal zwanzig bis dreißig bei den Kämpfen auf Onnizza. Doch es kehrten nur vierzehn Soldaten zurück, unter ihnen der Held von Onnizza.«

»Ich habe bereits von ihm gehört«, sagte Prizilla. »Man preist ihn überall in den Fulkrum-Anlagen und auch hier in der Raumstation. Rukorio, der Kompanieführer, dem es gelang, einen Feind lebend zu fangen und hierher zu bringen.«

»Als Ruko flog er nach Onnizza. Als Rukorio wird er Kommandant dieser Raumstation und untersteht damit direkt meinem Befehl. Ein tapferer, starker Mann, der es zum General oder Admiral bringen könnte, wenn er lange genug überlebt. Übrigens: Dieser Jarl, den Sie suchen, gehörte zu seiner Kompanie. Er kehrte nicht zurück.«

»Was nicht heißen muss, dass er auf Onnizza gefallen ist«,

erwiderte Prizilla. »Er könnte zu Versprengten gehören, die sich irgendwo versteckt halten.«

»Seit Wochen? Auf einer vom Feind beherrschten Welt?«

Prizilla sah keinen Sinn mehr darin, das Gespräch mit Admiral Nuvesos fortzusetzen. Sie ging zur Tür.

»Ich möchte den gefangenen Feind sehen, wenn Sie gestatten«, sagte sie. »Und anschließend möchte ich mit Rukorio reden.«

Der Admiral neigte kurz den Kopf. »Wie Sie wünschen, Ehrenwerte.«

66

Der Crul, grau und braun, hockte in einem etwa fünf Meter durchmessenden Tank, die Gliedmaßen angezogen und krumm, der zentrale Leib zur Seite geneigt. Die Knoten und Hautbeutel hatten einen helleren Ton als in den holografischen Bildern vor den Wänden. Prizillas Blick huschte zwischen ihnen und dem Original im Tank hin und her.

»Lebt er noch?«, fragte sie.

»Ja«, bestätigte ein junger Xenobiologe namens Durdeld. Er benutzte die allgemeine wissenschaftliche Sprache L_{31}. »Wir haben ihn mit Biosensoren ausgestattet.« Er deutete auf ein nahes Holo, dessen Datenkolonnen Auskunft gaben über metabolische Prozesse und zerebrale Aktivität.

»Er rührt sich nicht«, sagte Prizilla fasziniert. »Vielleicht schläft er.«

»Er ist hellwach. Und ich bin sicher, dass er uns wahrnimmt.«

»Was haben Sie vor?« Coridian hob einen Arm und deutete auf die anderen Wissenschaftler und Techniker, die an Konsolen arbeiteten, LIS-Module austauschten und Programme modifizierten. Multifunktionsbots schwebten und rollten zum Tank.

Prizilla sah den rindenartigen Schorf auf Coridians Handrücken, und Durdeld bemerkte ihn ebenfalls.

»Wir wollen versuchen, mit ihm zu kommunizieren«, erklärte der Xenobiologe. »Bisher hat er nicht auf unsere Signale reagiert. Den Linguator-Substraten fehlen Daten. Deshalb gehen wir jetzt einen Schritt weiter und strafen das Geschöpf mit Schmerz, wenn es nicht antwortet. Zwei Neurosensoren werden programmiert und gleich in den Tank geschickt. Oh, es ist bereits so weit.«

Prizilla beobachtete, wie einer der Bots eine kleine Schleusenkammer des transparenten Tanks öffnete und zwei Objekte hineinlegte. Die kleine Außenluke schloss sich, die Innenluke schwang auf, und die beiden Neurosensoren flogen zu dem Crul, der sich noch immer nicht rührte. Seine Augen, die in einigen der Holobilder so frappierend menschlich wirkten, waren geschlossen – vielleicht sah er die Sensoren nicht. Der erste erreichte das obere Segment des zentralen Rumpfs und bohrte Nanowurzeln hinein. Der zweite verharrte am mittleren Teil.

»Wir haben Reste der Ambientalblasen analysiert und das Geschöpf einer entsprechenden Atmosphäre ausgesetzt«, fuhr Durdeld fort. »Allerdings deuten Körperstruktur, Zellaufbau und Metabolismus auf hohe Anpassungsfähigkeit hin. Wir nehmen an, dass die Verwendung von Ambientalblasen nicht unbedingt erforderlich ist. Wahrscheinlich kann sich das Geschöpf unterschiedlichen Umweltbedingungen anpassen, woraus sich ein hoher Überlebensfaktor ergibt. Was unsere Bioingenieure mit genetischen Anpassungen für zukünftige Generationen erreichen, zum Beispiel bei den menschlichen Subspezies der Extremangepassten, ist hier gewissermaßen eingebaut.«

»Jeder Crul ist auf jeder beliebigen Welt überlebensfähig?«, fragte Coridian.

»Innerhalb gewisser Grenzen«, bestätigte der Xenobiologe. »Wir haben in dem Tank die Atmosphäre geschaffen, die das Geschöpf zu bevorzugen scheint. Um das Risiko des Todes zu minimieren.«

Geschöpf, dachte Prizilla. Durdeld sprach immer nur von

»Geschöpf«, nannte es weder »Crul« wie Coridian noch »Feind«. Er war Wissenschaftler, kein Soldat.

»Test von Einsatzbereitschaft und Effizienz«, verkündete eine junge Frau mit gefüllten Fertilitätsblasen, die sich deutlich unter ihrem bunten Gewand abzeichneten. Die Anzeigen der Holos veränderten sich, ein akustisches Signal erklang, und das Wesen im Tank zuckte zusammen. Die Gliedmaßen krümmten sich noch etwas mehr, und Prizilla fühlte sich an ein Kind erinnert, das wie schützend die Arme um sich schlang.

»Die Neurosensoren funktionieren«, stellte die junge Wissenschaftlerin fest. »Wir können mit den Kommunikationsversuchen beginnen.«

»Was ist mit der Spezieskategorisierung?«, fragte Prizilla. »Handelt es sich um einen Insektoiden?«

Ein Erinnerungsbild stieg in ihr auf und zeigte ihr den Araknoiden, den Kustoden Sdriltzan, der sie vor einunddreißig Jahren zum Orakel geführt hatte und zwei Jahre später an den Folgen eines mentalen Schocks gestorben war.

»Das Geschöpf vereint mehrere Speziescharakteristika in sich«, antwortete Durdeld. »Es weist sogar pflanzliche Merkmale wie die Fähigkeit zur Fotosynthese auf. Es könnte ein Hinweis darauf sein, dass es optimiert wurde. Ich meine keine speziellen Optimierungen wie bei unseren Extremangepassten, sondern allgemeine.«

Prizilla glaubte zu verstehen. »Maximale Überlebensfähigkeit und minimale Verletzbarkeit?«

Durdeld verzog andeutungsweise das Gesicht. »So könnte man es nennen«, sagte er, obwohl er ganz offensichtlich mit Prizillas unwissenschaftlicher Ausdrucksweise nicht zufrieden war.

»Wo liegen die Stärken des Crul, wo seine Schwächen?«, fragte Coridian. »Welche seiner Besonderheiten können wir für unseren Vorteil nutzen?«

»Die Liste der Stärken wäre ziemlich lang, und ganz oben stünden zwei Punkte: die bereits erwähnte ambientale Unempfindlichkeit und eine ausgeprägte Regenerationsfähigkeit, die wir auf der Zellebene des Geschöpfs beobachtet haben.« Die Erregung des Wissenschaftlers in ihm ließ Durdeld schneller sprechen. Prizilla bedauerte, dass er nicht die knappe Kampfsprache L_9 benutzte. »Der individuelle physische Tod scheint für solche Wesen nur bedingt eine Rolle zu spielen. Offenbar gibt es eine Art Wiedergeburtsmechanismus auf molekularer Ebene, durch den aus dem toten Geschöpf ein neues entsteht, das sich zunächst von der alten Biomasse ernährt und vielleicht die Erinnerungen des Toten übernimmt.«

»Wir haben sie getötet«, brummte Coridian. »Ich selbst habe sie getötet. Im Eis von Talon, wo die Dritte Kompanie die Crul am Vorstoß nach Nebbek gehindert hat. Auf Currucca, wo es meiner Gruppe fast gelungen wäre, einen lebenden Crul zu fangen. Auf der Gespensterwelt Quim, wo ich beinahe ein ganzes Jahr lang dem Wahnsinn widerstand. Auf Anbar, Ptolo, Senaide, Athuret, Taut und vielen anderen Welten. Hundert Schlachten, tausend Gefechte. Ich habe gesehen, wie Menschen starben und auch die Crul, und niemand erhob sich aus Asche und Blut.«

»Die Feinde, die in Gefangenschaft zu geraten drohen, töten und desintegrieren sich«, fügte Prizilla hinzu.

Der Xenobiologe nickte ernst. »Sie wählten den endgültigen Tod, um nicht ihre Geheimnisse preiszugeben. Bei diesem Geschöpf scheint das nicht funktioniert zu haben.«

Prizilla fiel etwas ein. »Oder es steckt Absicht dahinter. Ich nehme an, der Tank ist gut abgesichert.«

»Ich verstehe, was Sie meinen. Nein, das Geschöpf trägt keinen Initiator für Kalten oder Heißen Brand in sich. Und nein, es hat auch keine mikrobiologischen oder Nanowaffen mitgebracht.« Durdeld betrachtete den Crul im Tank, der erneut zusammenzuckte, wenn auch nicht so heftig wie beim ersten Mal. Arme und Beine blieben krumm, wie als Schutz um den zentralen Leib gelegt. »Eine erstaunliche Spezies. Sie ist für das Überleben geschaffen.«

»Und wir Menschen?«, fragte Prizilla.

Der Xenobiologe sah sie an. »Wir Menschen müssen sehr stark sein, um gegen einen solchen Feind zu bestehen. Wir dürfen nicht schwach werden.«

»Niemals«, erwiderte Prizilla automatisch.

»Niemals«, sagte auch Coridian. Wieder lag ein leises Pfeifen in seiner Stimme. »Niemals.«

Prizillas Kommunikationsadapter wurde aktiv.

»Ich bin mit Rukorio im Konferenzraum, Ehrenwerte«, teilte ihr Admiral Nuvesos mit. »Wir erwarten Sie.«

67

Zwei Männer saßen am Tisch, mit dem Panoramafenster im Rücken, und standen auf, als Prizilla und Coridians Assistenzbot eintraten: Admiral Nuvesos und ein junger Mann, der fast so groß und breit war wie Coridian zu seinen besten Zeiten. Auszeichnungen schmückten seine dunkelgraue Uniform. Er schien ein Soldat zu sein, wie ihn sich die Streitkräfte wünschten: ernst, aufmerksam, entschlossen und stark. Doch in seinen Augen gab es etwas, das Prizilla nicht gefiel, etwas zu viel Stolz, vielleicht sogar Selbstgefälligkeit. Der linke Arm schien etwas dünner zu sein als der rechte.

»Hier ist er.« Admiral Nuvesos deutete auf den jüngeren Mann an seiner Seite. »Der Held von Onnizza.«

Prizilla nahm auf der anderen Seite des Tisches Platz. Coridians Assistenzbot blieb stehen. Das Fenster hinter Nuvesos und Rukorio bot Ausblick auf die zwölf Fokussierdornen und den Transitring des Tallbart-Fulkrums. Kleine Datenholos lieferten Informationen über den aktuellen Status – die feindlichen Schiffe des letzten Angriffs zogen sich ins Innere des Sonnensystems zurück, die meisten von ihnen in Richtung Onnizza.

»Ich beglückwünsche Sie zu Ihrem Erfolg«, sagte Prizilla.

Rukorio neigte den Kopf. Sein Haar war kurz, kaum mehr als ein dunkler Schatten auf seinem Schädel.

»Danke, Ehrenwerte!«

»Sie haben bereits einen ausführlichen Bericht für die Logs der Streitkräfte erstellt, und ich bin damit vertraut. Trotzdem würde ich es begrüßen, wenn Sie für mich noch einmal berichten könnten, was auf Onnizza geschehen ist.«

»Selbstverständlich, Ehrenwerte.« Rukorio begann damit, die Ereignisse auf dem Planeten zu schildern, von der Landung bis zur Rückkehr mit dem Orbiter und seiner ganz besonderen Trophäe, einem lebenden Feind. Während er von der Zerstörung der Navigationsbake und vom Überlebenskampf auf Onnizza sprach, beobachtete ihn Prizilla aufmerksam, auch mit der Zoomlinse in ihrem linken Auge und den Adaptern. Sie war selbst noch jung, physisch nicht einmal zwanzig Jahre älter als Rukorio, doch sie hatte das violette Blut der Strategin in sich, und selbst ohne einen Abakus wusste sie gewisse Anzeichen zu deuten. Manche Worte klangen einstudiert, und hinter dem Stolz in den Augen gab es Argwohn und Unsicherheit.

»Zu Ihrer Kompanie – zu Ihrer Strafkompanie – gehörte auch ein Soldat und Sträfling namens Jarl. Wie ist es ihm ergangen?«

»Er ist tot.«

»Sind Sie sicher?«, fragte Prizilla und versuchte, nicht enttäuscht zu sein.

»Er gehört nicht zu den Zurückgekehrten.«

»Es könnte noch Überlebende auf dem Planeten geben«, sagte Prizilla. »Soldaten, denen es gelang, sich irgendwo zu verstecken.«

»Die Ressourcen ihrer Kampfanzüge ...«

»Sie könnten erneuert worden sein, mit den Vorräten von Depots«, sagte Prizilla. »Sie selbst haben mithilfe eines Depots überlebt, nicht wahr?«

»Ja.«

»Haben Sie Jarls Leiche gesehen?«

Rukorio zögerte. »Nein.«

»Warum haben Sie gezögert?«, fragte Prizilla und legte ein wenig Schärfe in ihre Stimme.

»Weil ich nachgedacht habe und ganz sicher sein wollte. Und weil mich die Frage überrascht.«

»Warum sind Sie überrascht?«

»Jarl ist ein Sträfling, ein Niemand. Unter anderen Umständen wäre er im Achas-System zum Tode verurteilt worden. Er kam nur hierher, weil wir jeden Soldaten im Kampf gegen den Feind brauchen. Auf Onnizza hat er bekommen, was er verdiente.«

»Das haben nicht Sie zu entscheiden«, warf Coridian ein. »Sie sind Kompanieführer, kein Richter.«

Rukorio hob den Kopf. »Ich bin der Mann, der einen lebenden Feind zurückbrachte.«

»Der Held von Onnizza«, sagte Prizilla.

»Ja!«

»Admiral ...« Sie wandte sich an Nuvesos. »Der General und ich möchten mit Ihnen allein sprechen.«

»Wie Sie wünschen. Wenn Sie so freundlich wären, Rukorio ...«

Der Held von Onnizza wirkte fast ein wenig beleidigt, als er aufstand und den Konferenzraum verließ. Nuvesos richtete einen erstaunten Blick auf Prizilla. »Ihr Verhalten erstaunt mich ein wenig. Wir haben Rukorio viel zu verdanken. Er ...«

»Er lügt«, sagte Prizilla.

»Warum sollte er lügen?«, fragte der Admiral verblüfft. »Sie haben den Feind gesehen, den lebenden Feind im Tank. Rukorio kehrte mit ihm zurück. Er *ist* der Held von Onnizza.«

»Ich weiß nicht, warum er lügt, aber ich weiß inzwischen, dass es während der Rekrutenzeit auf Grotenthal einen Konflikt zwischen Rukorio, damals noch Ruk, und Jarl gegeben hat. Es könnte etwas damit zu tun haben.«

»Vielleicht sehen und hören Sie, was Sie sehen und hören wollen«, sagte Nuvesos langsam.

»Vielleicht sehe und höre ich, was Ihrer Aufmerksamkeit entgeht, Admiral«, erwiderte Prizilla mit einem Messer in der Stimme. »Ich war Suprema und habe noch immer das violette Blut der Strategin in mir. Ich weiß die Zeichen zu deuten – Rukorio lügt. Geben Sie mir ein Schiff, Admiral! Ein schnelles Schiff. Damit ich auf Onnizza die Wahrheit herausfinden kann.«

Nuvesos stand auf. »Jarl ist tot, Sie haben es gehört. Damit dürfte Ihre Mission, bei der Jarl eine zentrale Rolle spielen sollte, sinnlos geworden sein.«

Die Statusanzeigen in den Datenholos am Panoramafenster veränderten sich plötzlich. Viele der Markierungen, die Position und Geschwindigkeit von feindlichen Schiffen verdeutlichten, verschwanden; andere änderten die Richtung und entfernten sich von Onnizza.

Über dem Tisch bildete sich ein Holo und zeigte den Navigationsraum.

»Der Feind verlässt das Tallbart-System, Admiral«, meldete ein Kommunikationsoffizier. »Die ersten Schiffe haben vor sieben Stunden auf Superlicht beschleunigt – wir empfangen gerade entsprechende Ortungsdaten von unseren Kundschaftern im System.«

»Kurs?«

»Kernbereich, Admiral«, antwortete der Kommunikationsoffizier. »Vermutlich sollen die Schiffe an einem Angriff auf unsere Kernwelten teilnehmen.«

Nuvesos hatte sich umgedreht und betrachtete die Statusanzeigen.

Prizilla erkannte ihre Chance. »Der Feind rückt ab. Vielleicht ist seine Flotte hier im Tallbart-System Teil eines größeren Plans, der einen massiven Angriff auf unsere Kernwelten vorsieht. Die Navigationsbake weist ihm den Weg. Nur wir wissen davon, Admiral. Es bleibt nicht genug Zeit, einen Kurier durch das Fulkrum zu schicken, das Oberkommando zu benachrichtigen und auf Anweisungen zu warten. Sie müssen *jetzt* handeln, *sofort*.«

»Fliegen Sie nach Onnizza, mit allem, was Sie haben«, brummte Coridian. »Zerstören Sie die neue Navigationsbake! Vielleicht können wir verhindern, dass diese Schiffe der Crul unsere Kernwelten finden.«

»Und geben Sie mir ein Schiff, mit dem ich nach Jarl suchen kann«, fügte Prizilla hinzu. »Es ist noch nicht alles verloren.«

»Es hängt von Ihnen ab, Admiral«, betonte Coridian. »Seien Sie stark!«

Der Kommunikationsoffizier im Holo wartete.

Nuvesos wandte sich vom Fenster und den Statusanzeigen ab. »An alle Einheiten des Vierzehnten Strategischen Einsatzverbands. Treffen Sie unverzüglich Vorbereitungen für den Flug nach Onnizza. Angriffsformation einnehmen. In zwanzig Minuten erhalten Sie Ihre Gefechtsorder.«

»Gehört und verstanden«, bestätigte der Kommunikationsoffizier.

»Ein Schiff«, sagte Prizilla.

Nuvesos ging mit langen Schritten zur Tür. »Einverstanden.«

»Und geben Sie mir Rukorio mit! Er kennt Onnizza und kann uns bei der Suche helfen.«

Der Admiral nickte. »Dann kann er Ihnen beweisen, dass er die Wahrheit sagt.«

Splitternde Träume

Jarl 68

Je tiefer das Meer, desto dichter wurde der Staub. In den oberen Schichten wäre das Boot, der Erforscher, relativ schnell vorangekommen, mit bis zu hundert Kilometern in der Stunde, aber Jarl hätte riskiert, vom Feind geortet zu werden. Deshalb ging er tiefer, als der Kontinentalsockel steil abfiel, wodurch die Geschwindigkeit auf weniger als dreißig Kilometer pro Stunde sank. Nachdem er sich vergewissert hatte, dass alle Systeme einwandfrei funktionierten und der Rumpf mithilfe eines Integritätsfelds dem enormen Druck standhielt, vertraute er sich mehrere Stunden lang der Dekontaminationskammer an. Zeit hatte er genug; die Fahrt zur Forschungsstation würde fast vierzig Stunden dauern. Er schlief, während sein Körper gründlich entgiftet wurde, und vielleicht träumte er; zumindest erwachte er mit einigen vagen Erinnerungsbildern, die sich jedoch schnell auflösten. Was auch immer sie gezeigt hatten, den Alten am Lagerfeuer oder eine der Erzählerinnen, sie gaben ihm zumindest eine Idee, die er jedoch auf später verschob. Zunächst brauchte er Informationen anderer Art.

Er aß und trank von den Rationen an Bord, suchte dann den Navigationsraum auf, nahm Platz und machte sich mit den Kontrollen vertraut. Das Ziel war programmiert, das Boot wusste, wohin es zu steuern und zu fahren galt. Die schematischen Darstellungen im Navigationsholo zeigten, dass es dem Verlauf von Riffen und Bergrücken folgte. Anschließend ging es in eins der Ozeanbecken hinab, die bis zu zwanzig Kilometer tief sein konnten. Ab einer Tiefe von etwa fünfzehn Kilometern begannen die elektrischen Felder, wie Jarl aus den in seinen Adaptern abgelegten allgemeinen Instruktionen wusste, und die konnten selbst gut geschützten Tauchbooten gefährlich werden. Sie entstanden durch Wechselwirkungen zwischen Druck, chemischer Beschaffenheit des Staubs, Strömungsbewegungen und Hitzequellen aufgrund von seismischer Aktivität.

Beim Empfang der Instruktionsdaten hatte sich Jarl an die Elektrobäume auf Grotenthal erinnert, und er war davon überzeugt gewesen, dass die entsprechenden Informationen für seine Mission nicht weiter wichtig waren. Inzwischen hatte sich die Situation geändert, und er hoffte, dass ihm ähnliche Erlebnisse wie damals erspart blieben.

Die Forschungsstation namens Arkeron Sieben, über die er nicht viel mehr wusste, als aus Agedras Aufzeichnungen hervorgegangen war, befand sich auf dem flachen Gipfel eines maritimen Bergs, mehrere Kilometer über dem Bereich mit den elektrischen Feldern.

Jarl aktivierte die Interfacesysteme der Substrate. »Pilot an Schiff. Ich benötige Informationen über die Forschungsstation Arkeron Sieben.«

»Bitte identifizieren Sie sich, Pilot!«

Jarls Identer sendete seinen militärischen Identifikationscode.

»Sie sind nicht befugt, das Kommando über dieses Boot zu führen, Soldat Jarl«, stellten die LIS fest.

»Es handelt sich um einen Notfall.« Jarl fügte seinem persönlichen Code eine kurze Zusammenfassung der jüngsten Ereignisse hinzu, belegt von Adapterdaten.

»Befugnis wird als vorübergehende Autorisierung erteilt«, antworteten die Substrate des Tauchboots.

Jarl beobachtete die Anzeigen. Mit knapp dreißig Kilometern pro Stunde pflügte das Boot durchs Arkeron-Staubmeer, in einer Tiefe von zweieinhalbtausend Metern. Mehrere Holos gaben Auskunft über chemische Zusammensetzung, Temperatur und Dichte des Staubs, außerdem über biologische Aktivität, die nicht nur Staubwürmer betraf, sondern auch andere Organismen. Das Boot weckte natürlich die Aufmerksamkeit der Würmer, und immer wieder bildeten sich große Ansammlungen, die versuchten, dem Besucher aus einer anderen Welt zu folgen. Doch die Staubwürmer waren langsam und fielen bald zurück.

»Wie groß ist die Forschungsstation Arkeron Sieben?«, fragte er. »Und welchem Zweck dient sie?«

Das Bild in einem Holo wechselte und zeigte ihm mehrere Kuppeln auf dem flachen Gipfel des Berges, der vom Meeresgrund aufragte. Dicke Röhren verbanden die Kuppeln, und unter ihnen erstreckte sich ein System aus bunkerartig gesicherten Räumen, Tunneln und Schächten, von geduldigen Bots ins Felsenherz des Berges gegraben. Sensorschläuche reichten an den Hängen hinab bis in die elektrische Zone und zum Grund.

»Arkeron Sieben wurde vor achtzig Jahren gebaut«, begannen die Substrate. Die Worte der synthetischen Stimme dienten der memorialen Fixierung. Jarls militärische Adapter empfingen wissenschaftliche Daten, mit denen er nur bedingt etwas anfangen konnte. »Der primäre Zweck der Station besteht in der Erforschung des Lebens in den Staubmeeren von Onnizza, insbesondere der dominanten Lebensform, der Staubwürmer. Langfristiges Ziel ist eine menschliche Symbiose mit ihnen beziehungsweise eine genetische Rekombination.«

»Menschliche Extremangepasste mit dem Erbgut von Staubwürmern?«, fragte Jarl.

»Ja«, bestätigten die Substrate.

Es entsprach der Kolonisierungsstrategie, die der Pakt seit Jahrtausenden verfolgte. Wo immer es geeignete ökologische Nischen und Biotope gab, musste das menschliche Leben erweitert, verändert und angepasst werden, damit es überleben und gedeihen konnte. Nichts sollte fremden Lebensformen überlassen bleiben, aus denen sich irgendwann bedrohliche Intelligenz entwickeln konnte.

»Ja«, bestätigten die Substrate.

»Sind Kinder aus dem Lebensturm an den Experimenten beteiligt gewesen?« Jarl gestand sich ein, dass diese Frage auf reiner Neugier basierte. Er stellte sich Sotias Kind als eine Mischung aus Mensch und Staubwurm vor, als eine neue Lebensform, die in den Staubmeeren von Onnizza schwamm und vielleicht über organische Akkumulatoren verfügte, die in den elektrischen Zonen aufgeladen werden konnten.

»Insgesamt vierhundertsieben Kinder waren in den vergangenen acht Jahrzehnten an entsprechenden Experimenten beteiligt«, antworteten die Substrate.

»Leben sie noch?«

»Nein.«

Jarl lenkte seine Gedanken in eine neue Richtung. »Wie groß ist die Autonomie der Forschungsstation Arkeron Sieben?«

Die Substrate übermittelten noch mehr wissenschaftliche Daten, und Jarls militärische Adapter filterten die heraus, die er verstand und die für ihn am wichtigsten waren.

»Ein Jahr für eine Besatzung von zehn Personen«, sagte er und beobachtete, wie sich die Anzeigen der Holos veränderten, als das Boot an der Flanke eines Riffs in die Tiefe glitt. Der Antrieb, ein speziell angepasster Gravitationsmotor, brummte etwas lauter. Wieder bildeten sich einzelne Gruppen von Staubwürmern, kleine Schwärme, die versuchten, dem Erforscher zu folgen, aber nach wenigen Hundert Metern aufgeben mussten, weil sie nicht schnell genug waren. Jarl überlegte kurz, was in größerer Tiefe geschehen mochte, wenn das Boot wegen der zunehmenden Dichte des Staubs und des hohen Drucks langsamer vorankam.

»Wie viele Personen sind aus dem Lebensturm zur Forschungsstation geflohen?«, fragte er. »Und wann genau?«

»Unbekannt.«

»Können von der Station aus neue Ressourcen erschlossen werden, ohne dass Kontakte mit Installationen und Einrichtungen auf der Oberfläche des Planeten erfolgen?«

»Unbekannt.«

Nahrungsmittel, dachte Jarl. Für Dutzende, vielleicht sogar Hunderte von Personen. Essen und Trinken, Luft zum Atmen. Energie. Arkeron Sieben war kein militärischer Stützpunkt, dazu konzipiert, über lange Zeiträume hinweg ohne Nachschub auszukommen, sondern eine wissenschaftliche Station, die mit dem Lebensturm in Verbindung gestanden hatte.

»Die Sensorschläuche, die bis in die elektrischen Zonen hinabreichen ...«, sagte er nachdenklich. »Verfügen sie über Zapfer, mit denen die Elektrizität für die Versorgung der Station genutzt werden kann?«

»Unbekannt.«

Jarl begriff, dass er konkrete Antworten erst bekommen würde, wenn er Arkeron Sieben erreichte, und bis dahin blieben ihm noch über dreißig Stunden. Mehr als genug Zeit, sich der Idee zu widmen, die er zunächst beiseitegeschoben hatte.

Er stand auf und machte sich auf den Weg zum Untersuchungsraum des Erforschers.

69

Jarl betrachtete die halb transparente kleine Kugel, die ihn sein ganzes Leben lang begleitet hatte. Er drehte sie hin und her, wie auf der Suche nach den Gesichtern, die ihm in seinen Träumen erschienen, fand aber nur das kleine Licht in der Mitte, wie der Funke eines Feuers. Vorsichtig, wie etwas, das leicht zerbrechen konnte, legte er die Kugel ins Objektfach des Analysators, der zur Ausstattung des Untersuchungsraums gehörte, und schaltete das Gerät ein.

Jedes menschliche Kind, von M_1 bis zu M_{EA}, bekam bei seiner Geburt einen Talisman von seiner Mutter – so verlangte es die Tradition. Jarl wusste nicht, wer seine Mutter war, aber der Umstand, dass auch er einen Talisman besaß, bewies – falls ein solcher Beweis überhaupt nötig war –, dass er ebenfalls eine Mutter hatte.

»Bereitschaft«, meldete das Substrat des Analysators. Kleine bunte Holos gaben Auskunft über die Beschaffenheit des Gegenstands im Objektfach, über seine Zusammensetzung und die Festigkeit des Materials. Auf den ersten Blick entsprach alles der Norm: ein Speicherkristall, ausgestattet mit einem Mikrosubstrat und einem neuromentalen Konnektor, programmiert auf den implantierten Identer und den Kortex. Das Substrat, so wusste Jarl, seit die Kindheit hinter ihm lag, erfüllte die Funktion eines Lehrers, und die insgesamt sieben Datenknoten in der molekularen Struktur des Talismans enthielten die Lektionen: kleine Geschichten, die Wissen vermittelten, Stimmen, die Trost spendeten, wenn das Kind Trost brauchte, und die von Kraft und Stärke erzählten. Bis sie ein oder zwei Jahre alt waren, lernten Jungen und Mädchen die grundsätzlichsten Dinge im Schlaf – ihr Talisman flüsterte sie ihnen zu.

Jarls Geschichten waren nicht klein gewesen, sondern groß, größer als alle anderen. Und bei ihm flüsterten die Stimmen nicht nur, sondern riefen und schrien manchmal sogar. Sie ließen ihn träumen, ob er wollte oder nicht. Es waren Träume von der Erde und von Frieden, von Atalea der Größten, Mutter aller Menschen, und von einer Waffe, größer und stärker als alle anderen, einer Waffe, die den Krieg beenden konnte. Allein das machte seinen Talisman einzigartig. Hinzu kam, dass sich die Stimmen widersprachen, sich gegenseitig der Lüge bezichtigten.

»Mit der Analyse beginnen!«, sagte Jarl.

Er hatte diese zweieinhalb Zentimeter durchmessende Kugel kurz nach seiner Geburt bekommen, mit einem winzigen Licht in ihrem Innern. Andere Talismane konnten kleine Figuren mit symbolischer Bedeutung sein, die vielleicht darauf hinwiesen, was einmal aus dem Jungen oder Mädchen werden sollte. Aber die Basisprogrammierung war immer gleich und berichtete dem erwachenden, wachsenden Selbst von grundsätzlichen Dingen, die es dem Kind erleichtern sollten, einen Platz zu finden in Struktur und Hierarchie der Gesellschaft und eigene Beiträge für die Stärkung des Pakts zu leisten.

Woher kamen, allein bei ihm, die Geschichten über die Erde?

»Inkonsistenzen bei den Datenknoten«, teilte der Analysator mit.

Jarl beugte sich vor und betrachtete die Kugel. Das kleine Licht in ihrem Innern schien ein wenig größer geworden zu sein.

»Was bedeutet das?«, fragte er.

»Die Daten wurden nachträglich verändert«, antwortete das Substrat.

»Die Programmierung wurde manipuliert? Wann? Wo? Und wie?«

»Um entsprechende Hinweise zu finden, muss eine Tiefenanalyse durchgeführt werden.«

»Mit Tiefenanalyse beginnen!«, sagte Jarl sofort.

»Warnung. Der Gegenstand im Objektfach könnte beschädigt werden.«

Jarl zögerte. »Können die Inhalte der Datenknoten kopiert werden?«

»Risiko. Externer Datenzugriff könnte die Inkonsistenzen vergrößern.«

»Die Daten sind fehlerhaft, und es wäre möglich, dass ihre Fehlerquote zunimmt?«

»Korrekt«, bestätigte das Substrat.

Der Analysator summte leise, während Jarl nachdachte. Vom Gravitationsmotor kam ein gleichmäßiges Brummen.

Jarl traf eine Entscheidung. Er musste versuchen, mehr herauszufinden. »Tiefenanalyse durchführen!«

»Analyse beginnt.«

Ein dünner Strahl aus grünem Licht traf die kleine kristallene Kugel und wanderte langsam darüber hinweg. Jarls Ohren vernahmen einen seltsamen Ton, ein Sirren wie von einer Lasersäge in einer Ecke des Raums.

»Energetische Anomalie«, verkündete die synthetische

Stimme des Substrats. »Der Talisman könnte den Emissionen einer Zeitstraße ausgesetzt gewesen sein. Wahrscheinlichkeit dafür: siebenundachtzig Prozent.«

»Was?«, fragte Jarl verblüfft.

»Energetische Anomalie«, wiederholte das Analysatorsubstrat. »Der Talisman könnte ...«

»Ich habe verstanden«, unterbrach Jarl die Stimme. »Aber ... Wie konnte mein Talisman in eine Zeitstraße gelangen? Und erklärt das die Inkonsistenzen bei den Datenknoten?«

»Erste Frage: unbekannt«, antwortete das Substrat. »Zweite Frage: nein. Für die Inkonsistenzen ist ein bewusster Eingriff verantwortlich. Daten wurden gelöscht und geändert.«

Die Geschichten über die alte Erde, dachte Jarl. Jemand hatte sie der Grundprogrammierung des Talismans hinzugefügt, vielleicht in einer Zeitstraße. Warum? Damit er, Jarl, sich auf die Suche nach der Erde machte? Weshalb ausgerechnet er, ein einfacher Soldat?

»Wie viele Datenmanipulationen haben stattgefunden?«, fragte Jarl und beobachtete, wie der dünne grüne Strahl ins Innere der Kugel vordrang und das kleine Licht erreichte. Es blitzte auf, und das Sirren, das aus einer Ecke des Raums zu kommen schien, wurde lauter.

»Das lässt sich nicht feststellen. Warnung, Instabilität in der Kristallstruktur. Soll die Tiefenanalyse fortgesetzt werden?«

»Ja«, murmelte Jarl geistesabwesend. Er starrte noch immer auf den Talisman, ohne ihn wirklich zu sehen. Bilder vor dem inneren Auge zeigten ihm den alten Mann am Feuer, der von einem verlorenen Paradies namens Erde erzählte und von einer Waffe, die den Frieden bringen konnte. Er sah, wie der Alte zu einer Frau mit Schlangenmustern auf den Wangen wurde. Es folgten andere Gesichter, mache vom flackernden Schein des Lagerfeuers erhellt, andere vor Ruinen und alten Gräbern als Hintergrund. Lippen bewegten sich,

Blicke trafen ihn, er hörte die Worte von Geschichten, die seinem Talisman hinzugefügt worden waren. Doch es gab Widersprüche, was auf die Präsenz von Lügen hindeutete. Wo lag die Wahrheit?

Das Sirren wurde laut und unangenehm schrill.

»Instabilität kritisch«, warnte das Analysatorsubstrat.

Risse bildeten sich im Kristall.

»Tiefenanalyse beenden!«, sagte Jarl schnell, doch es war bereits zu spät.

Die zweieinhalb Zentimeter große halb transparente Kugel, die ihn sein ganzes Leben lang begleitet hatte, zerbarst mit einem Knall. Splitter flogen. Mehrere trafen Jarls Gesicht und hinterließen blutige Kratzer. Einer bohrte sich in die linke Braue. Mit Daumen und Zeigefinger zog Jarl ihn vorsichtig heraus.

Eine andere Stimme erklang, die der Navigationssubstrate, die das Boot steuerten und überwachten.

»Späher des Feindes in Ortungsreichweite.«

»Gravitationsmotor aus!«, sagte Jarl sofort. »Bordsysteme herunterfahren!«

An Bord des Erforschers wurde es still und dunkel.

70

Im Navigationsraum glühte nur ein Statusholo. Jarl betrachtete die Darstellung des Bootsrumpfs und die mit einem Gefahrensymbol gekennzeichnete Stelle in der Nähe des Gravitationsmotors.

»Was macht er?«, fragte er und sprach leise, als könnte ihn der Späher hören.

»Er hat damit begonnen, Lokalisierungssignale auf einer vom Feind benutzten Frequenz zu senden«, erwiderten die Navigationssubstrate. »Und er frisst sich langsam durch die Schutzschicht des Rumpfs.«

»Was ist mit dem Integritätsfeld? Ist es stark genug, den Späher aufzuhalten?«

»Nein.«

»Situationsbewertung«, sagte Jarl, obwohl er bereits ahnte, worauf es hinauslief.

»Wahrscheinlichkeit für Orbitalempfang der Lokalisierungssignale: vierzehn Prozent«, antworteten die LIS des Erforschers. »Wahrscheinlichkeit für Oberflächenempfang der Signale: sechsundfünfzig Prozent. Bei der Präsenz von Patrouilleneinheiten direkt über dem Staubmeer Arkeron steigt die Wahrscheinlichkeit auf siebenundachtzig Prozent.«

»Zeitangabe«, sagte Jarl. »Wie lange wird es dauern, bis der Feind die Signale entdeckt und uns ortet?«

»Vermutung: nicht länger als sechzig Minuten.«

Jarls Blick blieb auf das Gefahrensymbol gerichtet. »Rumpfintegrität. Wie lange, bis sich der Späher ganz durch die Außenschichten gefressen hat?«

»Eine halbe Stunde«, lautete die Antwort. »Wir sind hohem Druck ausgesetzt. Es besteht die Gefahr einer Implosion.«

Der Späher fraß sich durch die äußere Schutzschicht, weil er nach einem Zugang zu den Bordsystemen suchte. Oder vielleicht wollte er die Implosion, vor der die LIS gewarnt hatte, herbeiführen – es kam auf seinen Auftrag an: Übernahme, Neutralisierung oder Zerstörung.

»Befinden sich Staubwürmer in der Nähe?«

»Nur vereinzelte Exemplare, kein Schwarm.«

Jarl stand auf. »Gravitationsmotor reaktivieren, Bordsysteme hochfahren!« Es hatte keinen Sinn mehr, die energetische Signatur des Boots so gering wie möglich zu halten – der Späher hatte ihn entdeckt. Und Jarl brauchte Energie für das Integritätsfeld. »Ich nehme an, es befinden sich keine militärischen Bots an Bord.«

»Nein.«

»Also gut. Ich gehe nach draußen, eliminiere den Späher und repariere die beschädigte Rumpfstelle.«

Dunkler Staub erwartete ihn, fast so dicht wie Stein, und darin verborgen Würmer, auf der Suche nach geeigneten Wirtsorganismen.

Ein Schirmfeld, stark genug, um Blasterstrahlen zu absorbieren und die kinetische Energie von Projektilen zu neutralisieren, schützte ihn vor dem gewaltigen Druck, den die Staubmassen in einer Tiefe von mehr als zwei Kilometern ausübten. Es erlaubte ihm auch, mithilfe des in den Kampfanzug integrierten Gravitationsmotors einem Schwimmer gleich durch den Staub zu gleiten.

Eine normale visuelle Wahrnehmung war in dieser Tiefe nicht möglich, und so musste sich Jarl anhand der im Helmvisier eingeblendeten Diagramme orientieren. Sie zeigten das Integritätsfeld des Rumpfs als einen goldenen Film, der eine hauchdünne Schicht auf der Außenhülle bildete und nicht nur vor dem Druck schützte, sondern auch den Reibungswiderstand reduzierte. Jarl bediente die Kontrollen seines G-Motors und schwamm nach hinten, zum Antrieb im Heck des Erforschers. Dort wies ein blinkendes Symbol in der Zielangabe auf den Späher des Feindes hin.

Ein rotes Glühen umgab den Zylinder und markierte die Gefahrenzone beim Antrieb.

»Er frisst sich ganz in der Nähe des Motors in den Rumpf«, sprach Jarl in den Kommunikator. Wenn er in den Erfassungsbereich der manipulierten Schwerkraftfelder geriet, konnte sein Kampfanzug kollabieren, und dann würden ihn die Staubmassen innerhalb eines Sekundenbruchteils zerquetschen. »Wie lange können wir den Gravitationsmotor deaktiviert lassen?«

»Warnung: Ohne Energieversorgung wird das Integritätsfeld nach siebzehn Minuten plus/minus zehn Sekunden instabil«, erwiderten die Navigationssubstrate des Erforschers.

»Gehört und verstanden. Motor deaktivieren!«

Das rote Glühen verschwand aus Jarls Orientierungsdiagramm.

»Gravitationsmotor ist deaktiviert.«

Jarl schwamm weiter. Der Späher brauchte maximal eine halbe Stunde, um sich durch den Rumpf zu fressen, und es ging noch schneller, wenn ihm das Integritätsfeld keinen Widerstand mehr entgegensetzte.

»Was ist mit Staubwürmern?«, fragte Jarl, als ihn nur noch wenige Meter vom Heck trennten.

»Die Sensoren registrieren mehrere Exemplare im Umkreis von hundert Metern«, teilten ihm die Substrate mit. »Sie bleiben stationär.«

Das erleichterte Jarl mehr als alles andere; er wollte es nicht noch einmal mit Staubwürmern zu tun bekommen.

Dort war der Rumpf, nur noch einen halben Meter entfernt. Er glitt daran entlang, bis sich das blinkende Symbol direkt vor ihm befand. Nach der Umschaltung auf pseudovisuelle Darstellung sah er ein käferartiges Wesen mit einem Durchmesser von etwa fünfundzwanzig Zentimetern und ausgestattet mit zahlreichen dünnen Gliedmaßen, wie der Feind, den Rukorio als Beute mitgenommen hatte.

»Ich bin da«, meldete Jarl dem Boot.

»Veränderte Aktivität beim Späher«, hörte er die Stimme der Substrate. »Er hat Sie bemerkt, Soldat Jarl.«

Zwei kleine Beine – oder Arme – lösten sich aus dem Loch, das beißkieferartige Werkzeuge durch das Integritätsfeld in den Rumpf des Erforschers gegraben hatten, und richteten sich auf Jarl. Die Spitzen wurden zu Projektilen, die trotz des dichten Staubs eine Geschwindigkeit von mehreren Metern pro Sekunde erreichten. Jarl konnte nicht rechtzeitig ausweichen, aber sein Schutzfeld fing die beiden Geschosse ab.

Die beiden verkürzten Gliedmaßen des Spähers zerfielen in jeweils fünf Fragmente, ausgestattet mit kleinen Treibsätzen. Zehn winzige Feuer glühten in Jarls Statusdiagrammen, als ebenso viele Mikroraketen heranglitten.

»Ein wehrhafter Bursche«, brummte Jarl. Er zog den Impulsgeber vom Instrumentengürtel, zielte und betätigte den Auslöser. Eine energetische Entladung traf den Späher und flackerte an ihm. Seine Arme und Beine krümmten sich.

»Die Staubwürmer geben ihre stationäre Position auf und nähern sich«, teilten die LIS des Erforschers mit.

»Wie viele sind es?« Die Diagramme in Jarls Helmscheibe zeigten noch nichts an.

»Einundzwanzig«, antworteten die Substrate. »Die Biosensoren registrieren eine wachsende Anzahl von Organismen am Rand der Ortungsreichweite.«

»Noch mehr Würmer?« Jarl schickte dem Späher eine zweite Neutralisierungsentladung. Der feindliche Bot rührte sich nicht mehr.

»Unbekannt. Es wird eine rasche Rückkehr ins Innere des Boots empfohlen, Soldat Jarl.«

Das Schutzfeld hatte die kinetische Energie der zehn Mikroraketen absorbiert und meldete eine Kapazität von neunundsiebzig Prozent, was genügen sollte. Jarl schwamm zum Späher, der von zwei neutralisierenden Entladungen außer Gefecht gesetzt worden war, orientierte sich an den pseudovisuellen Bildern in der Helmscheibe, setzte sein Vibromesser an und begann damit, den feindlichen Apparat aus dem Rumpf zu lösen.

Eine dünne Gliedmaße, kürzer als die anderen, streckte sich plötzlich.

»Warnung ...«, begannen die Navigationssubstrate.

Ein Alarmsignal des Kampfanzugs übertönte die restlichen Worte.

Jarl versuchte auszuweichen, doch Überraschung und dichter Staub machten ihn langsam. Angesichts der geringen kinetischen Energie erkannte das Schutzfeld die dünne Gliedmaße nicht als Bedrohung; vielleicht hielt es sie für ein Werkzeug, dem erlaubt werden musste, die Barriere zu durchdringen. Wenn sich die Spitze, einmal im Innern, in ein Projektil verwandelte, bestand akute Lebensgefahr.

Instinktiv wandte sich Jarl zur Seite, fort von dem fingerdicken Waffenarm, stieß das Vibromesser in den Späher und riss mit der frei gewordenen Hand den Variator aus dem Halfter. Für Vorsicht blieb nicht genug Zeit – die Gliedmaße hatte das Schutzfeld durchdrungen und versuchte, ihre Spitze auf ihn zu richten.

Jarl schoss und gab gleichzeitig Schub mit seinem Gravitationsmotor. Ein explosives Geschoss traf den Späher und zerriss ihn. Druckwelle und plötzlicher Schub warfen Jarl zurück, fort vom Heck des Erforschers. Der Waffenarm verschwand aus dem Innern des Schutzfelds, bevor er Projektile auf eine kurze, tödliche Reise schicken konnte.

»Warnung«, ertönte es. »Die Organismen am Rand der Ortungsreichweite sind als Staubwürmer identifiziert. Ein Schwarm nähert sich.«

Jarl betätigte die Kontrollen seines Gravitationsmotors und brachte sich zum Boot zurück. Reste von Gliedmaßen und Teile von Beißkiefern steckten in einem überraschend tiefen Loch im Rumpf. Der goldene Glanz des Integritätsfelds war an dieser Stelle dünn und flackerte.

»Warnung, Schwarm erreicht kritische Distanz. Rückkehr an Bord wird dringend empfohlen.«

Jarl vergewisserte sich, dass er unverletzt war. Die Kapazität seines Schutzfelds lag bei nur noch neununddreißig Prozent, nicht genug, um mit einem ganzen Schwarm Staubwürmer fertig zu werden. Aber er konnte nicht an Bord zurück, ohne die beschädigte Stelle des Rumpfs zu reparieren – später, wenn sie sich der Forschungsstation näherten, würde der Druck weiter zunehmen, und dann drohte ein Hüllenbruch.

Rasch öffnete Jarl die Ausrüstungstasche am Gürtel, entnahm ihr zwei faustgroße Brocken Basismasse, schob beide ins Loch und aktivierte das adaptive Materialgedächtnis, ohne die Reste des Spähers zu entfernen. Mikrosensoren würden der Basismasse mitteilen, welche Materialstrukturen es nachzubilden galt, und es sollte nicht länger als einige Minuten dauern, das Loch zu schließen. Jarl wartete nicht ab und schwamm zur Schleuse zurück.

»Gravitationsmotor ein!«, wies er die Navigationssubstrate an. »Alle Systeme auf Bereitschaft!«

Erste Staubwürmer erreichten ihn, dünner als die Projektilarme des feindlichen Spähers und nicht länger als sechs oder sieben Zentimeter. Die pseudovisuellen Bilder im Helmvisier zeigten Jarl winzige Saugnäpfe und Stacheln, hier und dort auch kleine Augenstiele, die an Schnecken erinnerten. Offenbar witterten sie ihn durch das einfache Schutzfeld, denn sie ließen nicht von dem Versuch ab, die Barriere zu durchdringen. Das Statusdiagramm zeigte den Schwarm als gestaltlose dunkle Wolke, die sich Jarl näherte, groß genug, um ihn zusammen mit dem Tauchboot aufzunehmen. Es mussten Abertausende von Staubwürmern sein, zu viel für ein Schutzfeld mit nur noch etwas mehr als einem Drittel seiner Nennkapazität.

Die Luftschleuse öffnete sich, nahm ihn auf und schloss sich wieder. Pumpen begannen damit, den Staub abzusaugen.

»Ausweichmanöver!«, befahl Jarl, kaum dass sich die Außenluke geschlossen hatte. »Tiefe halten, bis die Basismasse das Loch im Rumpf geschlossen hat, anschließend auf dreitausend Meter gehen!«

»Ausführung«, bestätigten die Navigationssubstrate.

Jarl spürte, wie sich der Erforscher ein wenig zur Seite neigte, als er Fahrt aufnahm. Der Gravitationsmotor im Heck brummte lauter.

Die Helmscheibe wurde durchsichtig und gab den Blick in die hell erleuchtete Luftschleuse frei. Der Staub reichte ihm noch bis zur Brust, sank aber schnell. Jarl ließ das Schutzfeld eingeschaltet und entdeckte den ersten Wurm, der mit seinen Saugnäpfen daran klebte wie an Glas. Er versuchte nicht, ihn von der energetischen Barriere zu lösen, sondern wartete, bis die Pumpen auch den restlichen Staub abgesaugt hatten. Dann nahm er seinen Variator, wählte die Blaster-Einstellung auf niedrigster Stufe, trat in die Mitte der Schleuse und deaktivierte das Schutzfeld.

Mehrere Staubwürmer fielen von ihm ab.

Jarl drehte sich im Kreis, schoss auf die über den Boden

kriechenden kleinen Geschöpfe und verbrannte sie. Übel riechender Dampf stieg auf.

»Was ist mit den Lokalisierungssignalen?«, fragte er, als er den Kampfanzug ablegte; zuvor hatte er sich vergewissert, dass er frei von Staubwürmern war.

»Keine Signale mehr feststellbar«, antworteten die Navigationssubstrate. »Wir haben eine Resonanz bei der beschädigten Stelle des Rumpfs, ausgelöst von den Emissionen des nahen Gravitationsmotors.«

Jarl verließ die Schleuse. »Könnte uns die Resonanz in Gefahr bringen?«

»Nur bei größerer Belastung des Motors.«

Eine Minute später betrat Jarl den Navigationsraum und nahm im Sessel des Piloten Platz. Holos leuchteten.

»Der Schwarm folgt uns?«, fragte er und betrachtete die Statusanzeigen.

»Er folgt den Verwirbelungen, die das Boot im Staub hinterlässt«, entgegnete die Stimme der Substrate. »Aber er ist langsamer als wir.«

»Wann erreichen wir die Forschungsstation?«

»Bei voller Fahrt in einunddreißig Stunden und siebzehn Minuten.«

Jarl überlegte. Er hätte die Forschungsstation Arkeron Sieben gern so schnell wie möglich erreicht, doch die jüngsten Ereignisse zeigten, dass Vorsicht geboten war.

»Halbe Fahrt!«, entschied er. »Wir sollten vermeiden, Schwärme anzulocken oder die Aufmerksamkeit weiterer Späher zu wecken.«

»Geringe energetische Signatur«, bestätigten die Substrate. »Kleines Kielwasser.«

Jarl lehnte sich zurück und schloss die Augen.

Mehr als sechzig Stunden. Viel Zeit, den Verlust des Talismans zu bedauern.

Schlafen und sterben

Jarl 71

Trotz des Integritätsfelds, das den Rumpf verstärkte, knackte es gelegentlich in der Außenhülle des Erforschers, der in einer Tiefe von zwölfeinhalb Kilometern durch ein Meer aus Staub glitt. Gekleidet in einen leichten Einsatzanzug, der aus den Vorräten des Boots stammte, saß Jarl wieder vor den Kontrollen im Navigationsraum, den Blick auf die Anzeigen der Holos gerichtet. Vor dem Boot ragte der maritime Berg empor, auf dessen flachem Gipfel sich die Forschungsstation befand. Der dichte Staub reduzierte die Ortungsreichweite. Inzwischen betrug die Entfernung nur noch neunhundert Meter, doch die Diagramme zeigten nur vage Umrisse der Station.

Tiefer unten stieg die Temperatur, und am Rand des Bereichs mit den elektrischen Feldern kam es zu häufigen Entladungen – Jarl erinnerten sie an die Blitze eines Gewitters. Die elektrostatischen Wechselwirkungen trugen dazu bei, dass der Staub in diesen Tiefen durch den enormen Druck nicht die Konsistenz von Felsgestein gewann.

»Würmer?«, fragte Jarl. Seine Hände steckten in Interface-Holos und betätigten virtuelle Kontrollen.

»Keine Schwärme in Reichweite der Sensoren.«

»Späher?«

»Negativ.«

»Irgendwelche Hinweise auf den Feind?«

Die Anzeigen waren bereits Antwort genug – nirgends leuchteten warnende Symbole.

»Keine.«

Jarl beobachtete, wie die Forschungsstation auf dem flachen Berggipfel deutlichere Konturen gewann. Nach und nach konnte er die Kuppeln und dicken Röhren und die Sensorschläuche an den Hängen erkennen.

Die Entfernung sank auf fünfhundert Meter. Jarl überprüfte noch einmal die Kommunikationssysteme. »Wir empfangen nichts?«

»Keine Signalaktivität.«

»Auch keine automatische Identifizierung? Keine Identer-Kennungen?«

»Nichts«, antworteten die LIS des Erforschers.

Jarl dachte laut: »Das hat nicht viel zu bedeuten. Die Flüchtlinge haben die Identer der Station vermutlich abgeschaltet, damit der Feind sie nicht ortet.«

»Keine energetische Aktivität, weder bei den Sensorschläuchen noch bei den externen Gebäuden«, stellten die Substrate fest.

»Schick der Station eine Anfrage!«, sagte Jarl. »Code des Wissenschaftlichen Korps und der Streitkräfte. Erbitte einen Statusbericht! Signal mit geringer Reichweite, nicht mehr als einen Kilometer.«

»Bestätigung.«

Das Boot vibrierte und schlingerte ein wenig, als es in die vertikalen Strömungen am steilen Hang des Bergs geriet. Die Navigationssubstrate kompensierten, und das Brummen des Gravitationsgenerators veränderte sich.

Eine Minute verstrich.

»Keine Antwort«, stellten die Substrate fest.

Als die Entfernung auf nur noch zweihundert Meter sank, zeigten die Diagramme erste Schäden. Eine Kuppel war aufgerissen, die Röhre daneben implodiert. Trümmerstücke lagen zwischen den anderen Druckkuppeln und Verbindungstunneln verstreut.

»Synth, Neutro und Flexmetall«, ertönte die Stimme der Substrate. »Die Reste eines wissenschaftlichen Fahrzeugs oder vielleicht eines Orbiters der Streitkräfte.«

»Der Feind ist hier gewesen«, sagte Jarl langsam.

»Ja.«

»Hangar reagiert nicht«, meldeten die Substrate. »Aktivierungssignal bleibt unbeantwortet.«

»Vielleicht kann sich der Hangar nicht öffnen, weil es keine Energie gibt.« Jarl betrachtete das Diagramm. »Docken wir bei der Notschleuse an!«

»Andockmanöver in zehn Sekunden, neun ...«

Jarl beobachtete das Manöver in den Holos. Ein kaum merklicher Ruck ging durch das Boot, als es neben der Hangarsektion anlegte, zwischen zwei Sensorschläuchen, die über den nahen Rand des Gipfels in die Tiefe führten, hinab zu den elektrischen Feldern über dem Grund des Staubmeers.

»Schleusenverbindung hergestellt«, meldeten die Substrate. »Siegel aktiv und stabil.«

Jarl stand auf. »Ich sehe mir die Station an. Boot in Bereitschaft!«

»Bereitschaftsmodus.« Mehrere Holos verschwanden. Nur die Hauptanzeigen direkt vor dem Sitz des Piloten blieben aktiv.

Jarl verließ den Navigationsraum und machte sich auf den Weg zur Schleuse. Dort angekommen, tauschte er den leichten Einsatzanzug gegen den Kampfanzug, der inzwischen gereinigt war und über neue Energiezellen verfügte, ebenso wie der Variator, den er kurz überprüfte, bevor er ihn ins Halfter steckte.

Er schloss den Helm des Kampfanzugs und schaltete das Schirmfeld ein. »Druckausgleich herstellen!«

»Druckausgleich ist hergestellt.«

Mit einem leisen Zischen öffnete sich die Luke.

Jarl betrat die dunkle Forschungsstation.

72 Eine halbe Stunde lang wanderte Jarl durch die nicht zerstörten Kuppeln und Verbindungsröhren der Station und fand die Leiche eines M_1-Mannes, vielleicht eines Wissenschaftlers, halb von Staubwürmern zerfressen, aber ohne ein Larvennest im Bauch.

»Ein Toter«, meldete Jarl. »In Sektion ...« Er leuchtete mit der Lampe über die Wände, bis er die Markierung fand. »In Sektion Vierzehn. Staubreste auf dem Boden, keine Hinweise auf Einsatz von Waffen. Der Mann ist Würmern zum Opfer gefallen. Sonst befindet sich niemand in diesen Bereichen der Station. Agedra hat in ihren Aufzeichnungen von ›anderen‹ und den ›Geflohenen‹ gesprochen. Der Mann kann also nicht der einzige Überlebende gewesen sein. Was ist mit den anderen geschehen?«

»Unbekannt«, tönte es im Innern des Helms aus dem Kommunikator.

»Das war eine rhetorische Frage. Es gibt drei Möglichkeiten. Nummer eins: Die anderen Überlebenden bekamen Gelegenheit, Arkeron Sieben zu verlassen; vielleicht wurden sie mit einem Orbiter evakuiert. Nummer zwei: Sie fielen dem Angriff des Feindes zum Opfer. In dem Fall haben sie sich alle in dem zerstörten Bereich aufgehalten. Kannst du mit deinen Biosensoren feststellen, ob es dort organische Substanzen gibt?«

»Das ist derzeit nicht möglich«, antworteten die LIS des angedockten Erforschers. »Die Störungen durch zunehmende Aktivität in den elektrischen Feldern sind zu stark.« Nach einer kurzen Pause fügten die Substrate hinzu: »Es gibt neue Resonanzen am Rumpf. Sie betreffen die Stelle, die von Ihnen repariert wurde, Soldat Jarl.«

Einige Schritte von dem Toten entfernt blieb Jarl stehen. »Resonanzen von welcher Art?«

»Etwas scheint Energie von den elektrischen Feldern aufzunehmen. Hypothese: Die beiden nahen Sensorschläuche fungieren dabei als Leiterbahnen.«

»Der Späher existiert nicht mehr«, sagte Jarl. »Ich habe ihn mit einem Explosivgeschoss zerstört.« Aber nicht ganz, erinnerte er sich. Reste waren übrig geblieben, und er hatte sich nicht die Zeit genommen, sie zu beseitigen. »Ich kümmere mich sofort nach meiner Rückkehr darum.« Er ging weiter, durch einen dunklen Tunnel. »Möglichkeit Nummer drei: Die Überlebenden haben sich in die gesicherten Anlagen unter den Kuppeln zurückgezogen. Ich sehe dort nach. Bleib in Bereitschaft!«

»Bestätigung.«

Die Kennzeichnungen an den Wänden wiesen darauf hin, dass sich der nächste Schachtzugang auf der anderen Seite eines biophysischen Laboratoriums befand. Jarl stapfte vorbei an Konsolen, Untersuchungsbehältern, Nährstofftanks und Wachstumsbänken. Nirgends leuchteten Holos oder Statusanzeigen; die Geräte und Instrumente schliefen, warteten auf Energie. Jarl ließ das Licht seiner Lampe über die Werkbänke gleiten, und es fand einen Tank mit mehreren Föten in unterschiedlichen Entwicklungsstadien. Vielleicht, überlegte er, trugen jene Menschen genetisches Material von Staubwürmern in sich. Er stellte sich vor, wie sie in Uteri heranwuchsen und nach ihrer Geburt im Staubmeer lebten. Wie mochte ein solches Leben als Extremangepasster von Onnizza sein? Welche Farbe hatte das Blut in ihren Adern?

Ohne Energie funktionierten die Transportkapseln nicht mehr, aber es gab auch eine schmale Treppe. Jarl ging die Stufen hinunter.

Drei Etagen tiefer stieß er auf ein Schott. Es war geschlossen und ließ sich auch mit den manuellen Kontrollen nicht öffnen, was bedeutete: Der Zugang war von der anderen Seite gesperrt worden.

Jarl schöpfte Hoffnung.

»Ich stehe vor einem gesperrten Schott«, sprach er in den Kommunikator. »Es muss sich jemand in die Räume unter der Station zurückgezogen und den Zugang blockiert haben.« Er entnahm der Instrumententasche eine Energiezelle, öffnete das Wartungsfach neben dem Schott und drückte die

E-Zelle in die dafür vorgesehene Einfassung. Ein Indikator leuchtete auf.

»Die Resonanz im Rumpf hat sich verstärkt«, teilten ihm die Navigationssubstrate des Erforschers mit. »Ein Objekt löst sich aus der beschädigten Stelle und steigt auf.«

»Was für ein Objekt?«, fragte Jarl sofort.

»Offenbar handelt es sich um eine Nachrichtenkapsel des Feindes.«

»Ist sie intakt?«

»Unbekannt.«

Konnten die Reste des zerstörten Spähers genug Rekonstruktionskapazität – vergleichbar mit einem Materialgedächtnis – bewahrt haben, um eine intakte Nachrichtenkapsel zu erschaffen und zur Oberfläche des Staubmeers zu schicken, damit sie dort ein Rufsignal sendete und den Feind alarmierte?

»Wie schnell steigt die Kapsel auf?«, fragte Jarl, während seine Finger die manuellen Kontrollen des Wartungsfachs betätigten; dass sie in den Handschuhen eines Kampfanzugs steckten, machte es nicht leichter für ihn. »Wann kann sie den Feind alarmieren, und wie viel Zeit bleibt uns, bis er eintrifft?«

Ein Knacken und Rauschen kam aus dem Kommunikator. Die Entladungen in den elektrischen Feldern tiefer unten am Hang des maritimen Bergs störten die Verbindung.

»Die Kapsel bewegt sich mit einer Geschwindigkeit von fünfzig Kilometern pro Stunde.« Die synthetische Stimme der Substrate war leiser als zuvor. »Wenn sie die Geschwindigkeit beibehält, erreicht sie die Oberfläche des Arkeron-Staubmeers in fünfzehn Minuten. Davon ausgehend, dass sie sofort ein Signal sendet und der Feind unverzüglich reagiert, wird er in spätestens einer halben Stunde hier sein.«

»Boot? Ich verstehe dich kaum noch.«

Das Knacken und Rauschen wurde lauter – das Staubmeer schien seine Stimme zu erheben und alles andere zu übertönen.

»Die Störungen durch die elektrischen Felder nehmen zu ... Anweisungen ...?«

»Bleib weiter in Bereitschaft!«, entschied Jarl. »Ich versuche, Überlebende zu finden.«

Seine Finger drückten kleine Tasten. Jedes Schott, jede Tür und jede Luke im Pakt ließ sich mit dem Notfallcode der Streitkräfte öffnen – so wollten es Gesetz und Vernunft. Die Menschen, die sich in die bunkerartigen Räume unter der Forschungsstation zurückgezogen hatten, waren bestimmt nicht so dumm gewesen, einen anderen Blockadecode zu verwenden, denn Rettung konnte nur von den Streitkräften kommen.

Jarl drückte die letzte Taste und vervollständigte damit den Code. Der Indikator veränderte die Farbe, es summte, und mit der Energie aus der E-Zelle glitt das Schott beiseite. Dahinter setzte sich die Treppe in die Tiefe fort.

Jarl zögerte. Wie lange war er bereits unterwegs? Wie viel Zeit brauchte er, wenn er sofort zum Tauchboot zurückkehrte, auf direktem Weg, ohne sich in den Kuppeln umzusehen? Etwa zwanzig Minuten, schätzte er. Wenn auch nur wenige Minuten länger, würde die Lage kritisch werden. Er begriff, dass er zwischen zwei Möglichkeiten wählen musste. Entweder setzte er die Suche nach Überlebenden fort und versteckte sich in den unteren Räumen der Station, falls der Feind kam, oder er kehrte sofort zum Erforscher zurück und brachte sich in Sicherheit.

Sotia, dachte er und erinnerte sich an das Mädchen im Overall mit den bunten Bildern von Planeten, Sonnen und galaktischen Feuerrädern. Sie *konnte* unter den Überlebenden sein.

»Neue Anweisung«, sprach er in den Kommunikator. »Verlass die Station und verringere deine energetische Signatur, bis die Gefahr vorbei ist! Ausführung sofort.«

Es rauschte wie von einer nahen Brandung. Jarl wartete, empfing jedoch keine Antwort.

Rasch nahm er die Energiezelle wieder an sich, trat durchs

Schott, öffnete das Wartungsfach auf der anderen Seite und machte dort noch einmal von der E-Zelle Gebrauch, um das Schott zu schließen und manuell zu blockieren. Dann eilte er die Treppe hinab.

Zehn Minuten später, nach zwei weiteren Schotten, betrat er ein Uterus-Labor und sah, was mit den Überlebenden geschehen war.

73

Das große Laboratorium schien von einem Sturm oder der Druckwelle einer Explosion heimgesucht worden zu sein – das war der erste Eindruck. Überall lagen Gegenstände auf dem Boden: Werkzeuge, kleine Geräte, Signalbrücken oder Teile von ihnen, Instrumente und Komponenten. Einige der größeren Aggregate, die der Analyse und Modifikation von genetischen Strukturen dienten, waren demontiert und ihre Bestandteile sechs großen Wachstumstanks hinzugefügt worden. Vielleicht hatten sie vor Monaten oder Jahren dazu gedient, erste Versionen von extremangepasstem Gewebe gedeihen zu lassen, vergleichbar mit den Behältern in den biophysischen Laboratorien der Kuppeln. Was auch immer der genaue Zweck der sechs großen Uteri gewesen sein mochte: Die Menschen, die aus dem Lebensturm hierher geflohen waren, hatten sie zu Hibernationstanks umgebaut.

Jarl blieb vor dem ersten großen Behälter stehen, der keine Nährflüssigkeit mehr enthielt, sondern ein aus Stangen und Streben improvisiertes Gerüst mit mehr als einem Dutzend schmalen Liegen dicht neben- und übereinander. Auf diesen Liegen ruhten Mütter aus dem Lebensturm, zusammen mit Fürsorgerinnen, ein- und zweijährigen Kindern und einigen Männern, vielleicht Soldaten sowie Angehörige des Technischen und Wissenschaftlichen Korps. Insgesamt siebenundachtzig Menschen hatten sich hierher zurückgezogen, alle Zugänge blockiert, die Tanks umgebaut und sich dann dem Tiefschlaf anvertraut. Jarl brauchte nicht lange über den

Grund dafür nachzudenken. Er hieß: mangelnde Ressourcen, nicht genug Proviant und Trinkwasser für siebenundachtzig wache Menschen. Synthos, die Speisen und Getränke aus bestimmten Grundmaterialien herstellen konnten, hatte Jarl keine entdeckt, weder in den Räumen und Tunneln innerhalb des maritimen Bergs, noch in den Kuppeln auf seinem Gipfel. Vielleicht waren sie Teil der Installationen im zerstörten Stationsbereich gewesen. Die Überlebenden aus dem Turm hatten Arkeron Sieben nicht mehr verlassen können, und selbst wenn das möglich gewesen wäre – sie befanden sich auf einer vom Feind übernommenen Welt. Ihnen blieb nur die Hoffnung, dass früher oder später die Streitkräfte kamen und Onnizza zurückeroberten. Um diesen Tag zu erleben, um nicht vorher zu verdursten oder zu verhungern, hatten sie sich nach dem Umbau der Anlagen in die Hibernation begeben.

Jarl ging langsam um die Tanks herum, betrachtete Gesichter und Anzeigen. Die Energie stammte aus E-Zellen, in Akkumulatoren zu Bündeln zusammengefasst – das hätte die Energieversorgung für einige Jahre gewährleisten sollen. Doch vielleicht waren einige der Zellen defekt, oder durch all die Improvisationen beim schnellen Umbau hatten sich hier und dort Fehler eingeschlichen. Nicht alle vitalen Anzeigen wiesen auf funktionierenden Tiefschlaf hin; in einigen Fällen gab es nicht mehr die geringste biologische Aktivität. Die betreffenden Personen, vor allem Kinder und Mütter, waren im Schlaf gestorben.

Jarl hielt nach einem bestimmten Gesicht Ausschau, fragte sich, ob er es wiedererkennen würde, und fürchtete, es zu finden. Die Todesfälle häuften sich beim zweiten und dritten Tank. Beim vierten war die Hälfte der Hibernanten tot.

Ein lautes Knacken drang aus dem Kommunikator des immer noch geschlossenen Helms, gefolgt von einem Knistern. Der Boden unter Jarls Füßen schien sich kurz zu heben und zu senken, nur um einige Millimeter, genug, um ihn wanken zu lassen.

»Boot?«, fragte er. »Hörst du mich?«

Keine Antwort. Wie viel Zeit war vergangen? Nach der Helmanzeige dreiundzwanzig Minuten. War der Feind bereits da?

Jarl eilte zum fünften Tank, dessen Gerüst sechzehn Personen enthielt, davon elf tot, die Gesichter der Leichen ebenso weiß wie die der Lebenden. Er suchte nach Frauen zwischen den Kindern und Männern, nach schwarzem Haar und vertrauten Zügen.

Ein dumpfes Knirschen kam von den Wänden, gläserne Gegenstände in Regalen klirrten, Vitrinen erzitterten. Jarl blieb stehen und glaubte, ein Grollen zu hören. Eine Explosion?

Er lauschte, vernahm aber nur noch das Flüstern der Tanks, eine leise Stimme, die von Leben und Tod erzählte. Die Überlebenden, die sich an diesem Ort schlafen gelegt hatten, in der Hoffnung, von Rettern aus dem Pakt geweckt zu werden, waren davon ausgegangen, dass der Feind nicht hierherkam. Sie hatten die Zugänge blockiert, aber für hochenergetische Blaster oder Desintegratoren stellten gesperrte Schotten kein nennenswertes Hindernis dar, von Plasmabomben ganz zu schweigen. Doch der Feind hatte sich damit begnügt, ihr Fahrzeug und eine der Kuppeln zu zerstören, womit die Station offenbar unbrauchbar war. Sie diente zudem keinem militärischen Zweck, und ob sich noch Menschen darin befanden, spielte für den Feind keine Rolle, denn ohne Tauchboot und ohne Hilfe von außen saßen sie fest und würden verdursten, verhungern, ersticken oder beim Versuch, die Reste der Station zu verlassen, Staub und Würmern zum Opfer fallen. Die Stille dauerte an. Es gab keine Vibrationen mehr, die Glas klirren und Vitrinen erzittern ließen. Sechs zu Hibernationstanks umgebaute Uteri flüsterten von der Hoffnung, den Tod zu besiegen.

Jarl setzte sich wieder in Bewegung. Der sechste Tank. Vielleicht hatte es etwas mit der Länge der Signalbrücken zu tun, die vom ersten Behälter ausgingen, oder die Umbauten waren zum Schluss weniger sorgfältig gewesen – der sechste Tank enthielt fünfzehn Schläfer, vierzehn von ihnen tot. Jarl betrachtete die jungen, glatten Gesichter der Kinder, die nie wieder erwachen würden, die faltigen Mienen mehrerer Fürsorgerinnen und eines Mannes, der die Uniform eines Turmoffiziers trug. Dahinter zeigte sich schwarzes Haar, zu einem Zopf geflochten.

Mit plötzlich langsam gewordenen Schritten trat Jarl zur anderen Seite des letzten Tanks, um die Frau besser betrachten zu können. Eine junge Mutter, ihre Fertilitätsblasen halb gefüllt, das Gesicht bleich, die Augen geschlossen. Sie konnte nicht älter als vierzig sein, und ihre Züge … Jarl rief ein Erinnerungsbild aus dem Gedächtnis: Sotia an seinem Krankenbett, ihre sanfte Hand an seiner Wange, ihr aufmunterndes Lächeln. Ein Kind, ein Mädchen, zwei Jahre älter als er, klein und drahtig. Das kindliche Gesicht mit den großen Augen und dem Lächeln für ihn veränderte sich, wurde zum Gesicht einer Soldatin und einer Mutter. Es wurde zum Gesicht der Frau im sechsten Tank, der einzigen Überlebenden darin.

»Sotia«, murmelte Jarl, streckte die Hand nach den Kontrollen aus – und zögerte. Durfte er Sotia wecken, ohne sicher zu sein, dass es eine Möglichkeit gab, Arkeron Sieben zu verlassen? Er überprüfte die Anzeigen und stellte fest, dass der Zustand der einzigen Überlebenden im sechsten Hibernationstank derzeit stabil war.

Der Tote in Sektion Vierzehn fiel ihm ein, als er sich umdrehte und zum Ausgang des großen Laboratoriums eilte. Einer der Überlebenden war wach geblieben, vielleicht mit der Aufgabe, die sechs umgebauten Tanks zu kontrollieren und die Schläfer bei einer Fehlfunktion zu wecken. Doch der M_1-Mann war gestorben, von Staubwürmern umgebracht, und sein Tod hatte das Ende für zahlreiche Schläfer bedeutet.

Auf dem Weg zu den Treppen versuchte Jarl noch einmal, einen Kontakt mit dem Tauchboot herzustellen, dem Erforscher, doch auch diesmal erhielt er keine Antwort. Entweder waren die Störungen durch die elektrischen Felder zu stark geworden, oder das Boot hatte seine letzte Anweisung empfangen und sich an einen sicheren Ort zurückgezogen.

Eine dritte Möglichkeit fiel ihm ein. War der Erforscher zerstört worden? Dann saß Jarl in Arkeron Sieben fest.

Er erreichte das erste Schott, machte erneut Gebrauch von einer Energiezelle und gab den Code der Streitkräfte ein. Das Schott öffnete sich, und Jarl stieg die Treppe dahinter hoch.

Das zweite Schott bestätigte zwar mit seinen Indikatoren, dass es Energie von der eingefügten E-Zelle empfing, aber es blieb geschlossen. Entweder war es beschädigt, oder die Sicherheitssensoren registrierten einen zu großen Druckunterschied.

Jarl kehrte nachdenklich zum großen Laboratorium zurück und betrachtete erneut die Lebenden und Toten in den Hibernationstanks. Ob das Tauchboot noch existierte oder nicht – alles deutete darauf hin, dass er Arkeron Sieben nicht mehr verlassen konnte. Er war ebenso auf Retter angewiesen wie die noch lebenden Schläfer in den Tanks.

Die Überprüfung der Ressourcen seines Kampfanzugs ergab, dass ihm noch eine Autonomie von zwanzig Stunden blieb, woraufhin er beschloss, den Helm zu öffnen, um Sauerstoff zu sparen.

Ein seltsamer Geruch lag in der Luft des Laboratoriums, scharf und faulig, vielleicht der Geruch von Leben und Sterben. Die Temperatur, nur wenige Grad über dem Gefrierpunkt, wäre für Menschen von kalten Welten wie Amliss im Perseusarm angenehm gewesen, aber Jarl hatte seine Kindheit, die Zeit der Ausbildung, auf Grotenthal verbracht, einem wesentlich wärmeren Planeten. Er entschied sich dagegen, den Anzug abzulegen, obwohl es bedeutete, weitere Ressourcen zu verbrauchen.

Die nächsten Stunden verbrachte er damit, die übrigen ihm zugänglichen Räume zu erforschen. Wasser, Proviant oder Konzentrate fand er nicht, was erklärte, warum sich die

Überlebenden den umgebauten Tanks anvertraut hatten: weil ihnen keine andere Wahl geblieben war. Andernfalls wären sie verhungert oder verdurstet.

Jarl würde innerhalb der nächsten zwei bis drei Tage, wenn die Ressourcen seines Kampfanzugs verbraucht waren und nicht erneuert werden konnten, eine wichtige Entscheidung treffen müssen. Er verbrachte einen großen Teil dieser Zeit mit dem Versuch, die Substrate der Station zu reaktivieren, um mit ihrer Hilfe den Zustand der übrigen Systeme zu kontrollieren und sie wieder in Betrieb zu nehmen. Doch die LIS von Arkeron blieben inaktiv. Er überlegte, ob die Energie der E-Zellen vielleicht nicht ausreichte. Sollte er einige der Zellen, aus denen die Hibernationstanks ihre Betriebsenergie bezogen, für die Substrate verwenden? Nein, besser nicht. Damit hätte er seine letzte Option und damit auch sein Überleben infrage gestellt.

Drei Tage später hatte Jarl seit zwei Tagen keine Nahrung mehr zu sich genommen und seit einem Tag nichts mehr getrunken. Die Temperatur war weiter gesunken – sein Atem kondensierte in der kalten Luft –, und inzwischen fror er sogar im Kampfanzug.

Er verließ den kleinen, dunklen Raum, den er als persönliches Quartier benutzt hatte, suchte das große Laboratorium mit den Hibernationsbehältern auf und blieb vor dem letzten Tank stehen. Der Zeitpunkt für die Entscheidung war gekommen. Aber eigentlich gab es gar nichts zu entscheiden, es galt höchstens, zwischen Leben und Tod zu wählen. Wenn er nichts unternahm, wenn er beschloss, weiterhin einfach nur zu warten, würde er in wenigen Tagen verdursten oder erfrieren. Es blieb ihm also gar nichts anderes übrig, als sich wie die Flüchtlinge aus dem Lebensturm der Hibernation anzuvertrauen, in der Hoffnung, dass es ihm nicht so erging wie den vielen Frauen, Kindern und Männern, bei denen der Tiefschlaf in den Tod übergegangen war.

Jarl unternahm einen letzten Versuch, sich mit dem Tauchboot in Verbindung zu setzen. Er schickte seine Rufsignale nicht nur vom Laboratorium aus, sondern auch von den Räumen und Tunneln, die sich näher an der Flanke des maritimen Bergs befanden, näher am Hang. Das Risiko, dass der Feind sie ortete, hielt er für gering – es sei denn, er lag drei Tage nach seinem letzten Angriff noch immer in der Nähe von Arkeron Sieben auf der Lauer.

Er erhielt keine Antwort und empfing nur das Rauschen und Knistern, das von den elektrischen Feldern weiter unten am Hang des Berges stammte.

Zurück im Laboratorium stellte er fest, dass eine der beiden Lampen, die er aus einem Lagerraum tiefer unten geholt hatte, nicht mehr funktionierte. Er untersuchte sie, konnte die Ursache des Defekts aber nicht finden. Das Licht der anderen Lampe schien sich ein wenig getrübt zu haben. In ihrem matten Schein trat Jarl erneut vor den letzten Hibernationsbehälter. Mit der Luke und den Kontrollen hatte er sich bereits vertraut gemacht, aber er überprüfte noch einmal alles, um sicher zu sein, dass ihm kein Fehler unterlief.

Zehn Minuten lang stand er da, lauschte der Stille, fror und betrachtete vierzehn Tote und eine Lebende. Den Platz eines Lebenden einzunehmen, kam natürlich nicht infrage, auch wenn das eine gewisse Garantie für die korrekte Funktion der betreffenden Hibernationskomponenten gewesen wäre. Ein Lebender für einen Toten, dachte Jarl und blickte auf den Mann neben Sotia: das Gesicht farblos, mit ersten Falten. Sechzig oder siebzig Jahre alt, schätzte er.

Jarl zog den Kampfanzug aus und öffnete den Hibernationstank.

Er musste in den bereits vollen Behälter hineinkriechen, um den Toten neben Sotia von allen Verbindungen mit dem Gerüst und den Hibernationsgeräten zu lösen, und dabei vermied er es, Sotia zu berühren – auf keinen Fall wollte er riskieren, ihre Anschlüsse zu lösen oder sonst einen Schaden anzurichten.

Fast zwanzig Minuten brauchte er, um den Mann aus dem

Gerüst zu ziehen und ihn durch die Luke nach draußen zu bugsieren. Er blieb die ganze Zeit in Bewegung, was ihn vor der Kälte schützte.

Schließlich hatte er Platz für sich geschaffen, direkt neben Sotia, legte sich ins Gerüst und schloss sich an die improvisierten Systeme an. Intravenöse Verbindungen mussten hergestellt und Sensoren auf die Haut geklebt werden. Der Geruch innerhalb des Tanks war alles andere als angenehm, denn er erzählte von Tod und Verwesung. Es gab keinen Bot, der ihm mit den Anschlüssen half, und es gab auch keine lernenden Intelligenzsubstrate, die persönliche Anpassungen vornehmen konnten. Jarl musste darauf vertrauen, dass er die richtigen Verbindungen herstellte und alles wie vorgesehen funktionierte, obwohl sich sein Metabolismus von dem des Mannes unterschied, der nun vor dem Tank lag, tot und mit ersten Leichenflecken.

Die Kälte kroch ihm in Fleisch und Knochen. Vielleicht war es bereits der Frost des Tiefschlafs. Oder des Todes. Jarl dachte erneut daran, dass er den Platz eines Toten einnahm. Die Anschlüsse, die er jetzt trug, hatten bereits einmal versagt – würden sie bei ihm funktionieren, ihn am Leben erhalten?

Er griff nach Sotias Hand und hielt sie fest.

Das Gefühl der Kälte wich der Schwere von Müdigkeit. Jarl wandte den Kopf, damit er nur die schlafende Sotia sah, nicht aber die anderen Toten im Gerüst. Warum waren so viele gestorben, schon nach kurzer Zeit, obwohl Menschen Jahrhunderte oder Jahrtausende in der Hibernation verbringen konnten?

Eine mögliche Antwort stieg in ihm auf. Vielleicht störten die nahen elektrischen Felder nicht nur die Kommunikation mit dem Tauchboot. Möglicherweise hatten sie sich auch auf die Systeme der Forschungsstation ausgewirkt, auf jene von ihnen, die nicht genügend abgeschirmt waren, zum Beispiel auf Uteri, aus denen man, der Not gehorchend, Hibernationstanks improvisiert hatte. Je aktiver und stärker die elektrischen Felder wurden, desto größer die Gefahr für die Hibernationssysteme. Und die Substrate des Erforschers, erinnerte sich Jarl, hatten zunehmende Aktivität in den elektrischen Zonen am Berghang erwähnt.

Mit diesem Gedanken schlief er ein.

Es bröckelt und bricht

Prizilla 74

Regen fiel aus dunklen Wolken, mit großen Tropfen und ohne Wind. Das Staubmeer saugte ihn auf und brodelte – Abertausende von Würmern wetteiferten um das Wasser.

Prizilla stand mit Coridian hinter dem Energieschild der kleinen Waffenplattform, die über Trümmer hinwegschwebte und sich den Resten des zerstörten Lebensturms von Onnizza näherte. Zwei junge Kanoniere saßen an den Kontrollen der leichten Geschütze, doch es gab keine Ziele für sie – der Feind hatte Onnizza verlassen, ungeschlagen, unbesiegt. Er war gekommen und gegangen, nachdem das Tallbart-System seinen Zweck für ihn erfüllt hatte. Prizilla verfolgte die Statusberichte des Vierzehnten Strategischen Einsatzverbands unter dem Kommando von Admiral Nuvesos mithilfe ihres Kommunikationsadapters. Alle Schiffe und Truppenteile meldeten Erfolge, aber von einem Sieg konnte nicht die Rede sein, denn weit und breit gab es keinen Feind mehr, der besiegt werden konnte. Seine Superlichtschiffe flogen längst durch den interstellaren Raum, auf dem Weg zu den Kernwelten des Pakts. Er brauchte Onnizza nicht mehr, auch nicht die neue Navigationsbake – seine Schiffe waren auf Kurs.

»Es gibt keine Überlebenden im Turm«, sagte die Verbindungsoffizierin Tairea, eine junge Frau, die vor wenigen Wochen Mutter ihrer ersten acht Kinder geworden war. Trotzdem hatte sie beschlossen, ihre militärische Laufbahn fortzusetzen. Weil die Streitkräfte sie brauchten. Weil die Streitkräfte jeden kampfbereiten Menschen benötigten.

»Haben Sie Jarl hier zum letzten Mal gesehen?«, fragte Prizilla, ohne sich umzudrehen. »Ist er hier gestorben, beim Versuch, den Lebensturm zu verteidigen?«

»Ja«, antwortete der Held von Onnizza hinter ihr. Rukorio stand neben den Kanonieren, drei Schritte hinter Prizilla und Coridian. »Ich meine, nein. Er war hier, ich habe ihn hergeschickt, aber ...«

»Aber was?«

»Er starb einige Hundert Kilometer weiter südöstlich. Seine letzten Signale kamen von dort.«

Die Strategin in Prizilla, im Umgang mit dem Abakus geübt, hörte einen falschen Ton in den Worten. Diesmal drehte sie sich um.

»Sie lügen.«

Der große, breite Rukorio mit dem neuen linken Arm, der erst noch so dick und muskulös werden musste wie der rechte, schnappte empört nach Luft. »Wie können Sie es wagen ...?«

»Vergessen Sie nicht, wen Sie vor sich haben!«, blaffte Prizilla. »Ich war Strategin der Großen Ewora und habe ihre Nachfolge angetreten, bevor ich in eine Zeitstraße geriet und Nadala meinen Platz einnahm.«

Rukorio setzte zu einer Erwiderung an, überlegte es sich dann aber und schwieg. Ganz dumm war er nicht, dieser junge Soldat.

»Ich kenne die Aufzeichnungen der Strafkompanie Radwor«, brummte Coridian. Das Pfeifen war inzwischen fast vollständig aus seiner Stimme verschwunden. Es ließ sich nur noch vernehmen, wenn man genau hinhörte. »Ich kenne die Einsatzbefehle für Ihre Soldaten. Warum haben Sie Jarl hierher zum Lebensturm geschickt und alle anderen in den Hohen Norden? Ihre Mission bestand darin, die ursprüngliche Navigationsbake zu zerstören.«

Rukorio hob den regennassen Kopf. »Beim Angriff auf die Bake haben wir mit hohen Verlusten gerechnet, und tatsächlich waren sie sogar noch größer als zunächst angenommen. Ich kannte Jarl von früher und wollte, dass er überlebt. Deshalb bekam er von mir den Auftrag, die Mütter und Kinder des Lebensturms zu retten.«

»Sie hätten wissen sollen, dass der Lebensturm bereits zerstört war«, sagte Prizilla.

»Ich habe auch an die Schutzräume unter dem Turm gedacht«, erwiderte Rukorio.

»Nur Jarl?« Prizilla beobachtete die Soldaten, die zwischen den Trümmern und beim Stumpf des Turms suchten. »Ohne Unterstützung?«

»Die anderen wurden für den Angriff auf die Navigationsbake gebraucht.«

»Ein einzelner Soldat für einen ganzen Lebensturm beziehungsweise für seine Bunkeranlagen ...« Ein Donnern kam aus der Ferne, wurde lauter, und wenige Sekunden später flogen zwei Jäger der Streitkräfte in einer Höhe von wenigen Hundert Metern über das von Regen und Würmern aufgewühlte Staubmeer. Prizilla sah ihnen nach. »Es gab früher einen Konflikt zwischen Ihnen und Jarl.«

»Das ist lange her«, sagte Rukorio. »Ich möchte zurück. Es warten wichtige Aufgaben auf mich.«

»Sie kehren zurück, wenn wir es Ihnen gestatten«, stellte Coridian klar.

Prizilla richtete den Blick wieder auf die Reste des Lebensturms. Es bröckelt und bricht, dachte sie. Der Pakt und die Streitkräfte, all das, was wir in vielen Jahrtausenden aufgebaut haben. Der Feind ist schneller, und die Baken haben ihm den Weg gewiesen. Memoria existiert nicht mehr, andere Kernwelten werden ebenfalls fallen.

Ihr schwindelte plötzlich, und für einen Moment schloss sie die Augen, um hinter dunklen Lidern ihre Gedanken zu sammeln.

»Wo haben Sie den Feind gefunden und überwältigt?«, fragte sie.

Rukorio zögerte kurz. »Im Südosten.«

»Von dort kamen auch Jarls letzte Signale. Einige Hundert Kilometer südöstlich von hier.«

Es war keine Frage, und deshalb schwieg der Held von Onnizza.

»Pilot ...«, sagte Prizilla. »Wir fliegen nach Südosten. Rukorio wird uns zeigen, wo er auf den Feind getroffen ist, der ihn zum Helden machte.«

Die Verbindungsoffizierin Tairea nickte dem Piloten zu.

»Gehört und verstanden, Ehrenwerte.«

Die beiden Kanoniere blieben wachsam, während die Waffenplattform in einer Höhe von etwa zwanzig Metern über dem Staubmeer flog. Der Energieschild schützte Prizilla und Coridian vor Wind und Regen, nicht aber Rukorio, der den Kopf ein wenig senkte und die Augen zusammenkniff.

Weit und breit war nichts anderes zu sehen als graues Brodeln, als Prizilla nach etwa zehn Minuten fragte: »Wo ist Jarl?«

»Er ist tot«, antwortete Rukorio fast trotzig. »Er kann unmöglich überlebt haben.«

»Aber Sie haben nicht gesehen, wie er starb.«

»Nein.« Zumindest das klang wahr.

»Was ist geschehen?«, brummte Coridian. »Wie konnten Sie ganz allein den Crul überwältigen und ihn daran hindern, sich zu desintegrieren? Wie haben Sie ihn fortgebracht, ganz ohne Hilfe?«

»Es ist mir gelungen, weil ich stark bin«, sagte Rukorio stolz.

»Erzählen Sie uns, was geschehen ist«, forderte Prizilla erneut.

»Ich habe es Ihnen bereits erzählt.«

»Schildern Sie die Ereignisse noch einmal!«

Während Rukorio sprach, hörte Prizilla nicht die Worte, sondern konzentrierte sich auf ihren Ton und die Untertöne dahinter. Sie erkannte Wahrheit und Lüge, miteinander verwoben zu einer Geschichte, die einigermaßen plausibel klang und erklärte, warum die Streitkräfte und das Wissenschaftliche Korps über einen lebenden Feind verfügten.

Coridian – der schwach gewordene Coridian, der sich von einem Assistenzbot tragen ließ – stellte einige Zwischenfragen, die Rukorio mit wachsender Ungeduld beantwortete. Prizilla hörte nur den ersten Teil ihres Wortwechsels, denn ihr Kommunikationsadapter empfing ein Dringlichkeitssignal, dem ein Bericht folgte.

»Pilot, Kursänderung!«, befahl sie und nannte Koordinaten. »Energieschild erweitern, Höchstgeschwindigkeit! Ich möchte so schnell wie möglich dort sein.«

Tairea nickte erneut und bestätigte damit Prizillas Anweisung.

»Gehört und verstanden«, sagte der Pilot in der Kampfsprache der Streitkräfte.

Die Waffenplattform änderte den Kurs und wurde schneller. Für einen Sekundenbruchteil zeigte sich Erleichterung in Rukorios Gesicht, und Prizilla war sich sicher, dass es nicht an der Schilderweiterung lag, die nun auch ihn vor Wind und Regen schützte.

»Admiral Nuvesos' Patrouillenschiffe haben ein Notsignal empfangen«, sagte Prizilla. »Von einem multiambientalen Erforscher. Dem Notruf folgte die Übermittlung der letzten Aufzeichnungen. Aus ihnen geht hervor, dass sich ein Soldat namens Jarl an Bord befand.«

75

»Sie haben gesagt, dass Jarl einige Hundert Kilometer südöstlich des Lebensturms starb«, brummte Coridian.

»Ich habe nicht gesagt, dass er dort starb«, erwiderte Rukorio. »Ich habe gesagt, dass seine letzten Signale von dort kamen.«

Prizilla hatte das anders in Erinnerung, aber sie ging nicht weiter darauf ein. Stattdessen sagte sie:

»Offenbar ist es ihm gelungen, von dort aus den zerstörten Lebensturm zu erreichen. Vermutlich mithilfe der Depots, die kurz vor der ersten Angriffswelle auf Onnizza abgesetzt wurden. Anschließend hat er sich auf den Weg zu einer tausend Kilometer entfernten Forschungsstation namens Arkeron

Sieben gemacht, wo offenbar einige Überlebende aus dem Turm Zuflucht fanden.« Sie sah Rukorio an. »Er hat seinen Auftrag sehr ernst genommen.«

Der Held von Onnizza schwieg, wich ihrem Blick aus und beobachtete den Erforscher, der im wieder ruhig gewordenen Staubmeer schwamm, fernab aller Felsenriffe und Inseln. Der Rumpf des ovalen Tauchboots wies mehrere Dellen auf, eine besonders tiefe im Heckbereich, dicht beim Gravitationsmotor. Zwei Soldaten von dem Jäger, der dicht neben dem Erforscher schwebte, hatten die Luke geöffnet, und einer war hineingeklettert. Prizillas Kommunikationsadapter empfing die Berichte, während Tairea mit dem Kommandanten des Jägers sprach. Die Waffenplattform war ebenfalls stationär und stabil; ein Schritt genügte, um an Bord des Jägers zu gelangen. Pilot und Kanoniere warteten.

»Ein Späher des Feindes hat das Boot erreicht.« Prizilla deutete auf die tiefe Delle beim Gravitationsmotor. »Jarl hat ihn zerstört und die beschädigte Stelle repariert, aber offenbar ging er dabei nicht gründlich genug zu Werke, denn die Reste des Spähers schickten eine Signalkapsel an die Oberfläche und benachrichtigten den Feind. Als er eintraf und angriff, befand sich Jarl in der Station Arkeron Sieben. Die Kommunikation mit ihm war gestört. Der Erforscher empfing die Anweisung, den Gefahrenbereich zu verlassen und einen sicheren Ort aufzusuchen. Als er später zurückkehrte, waren die Oberflächenstrukturen der Station – die Kuppeln auf dem flachen Gipfel eines Berges tief unten im Staubmeer – zerstört. Alle Versuche, Jarl zu kontaktieren, scheiterten. Nach einigen Tagen verließ er die Station, stieg auf und wartete bis zum Eintreffen der Streitkräfte.«

»Also ist er tot«, kommentierte Rukorio.

»Vielleicht«, entgegnete Prizilla. »Vielleicht auch nicht. Wir wissen, was außerhalb der Forschungsstation geschehen ist. Von den Ereignissen in ihr haben wir keine Kenntnis.« Sie hob die Stimme. »Wir sehen uns die Station an. Wir fliegen und tauchen nach Arkeron Sieben.«

Die junge Tairea drehte sich zu ihr um.

»Wie sind die Spezifikationen des Jägers?«, fragte Prizilla. »Können wir mit ihm ins Staubmeer hinab?«

»Das wäre nicht ratsam, Ehrenwerte. Dafür benötigen wir ein Multiambientales Vehikel wie diesen Erforscher.«

»Bitte lassen Sie eins kommen. Unverzüglich.«

»Wie Sie wünschen, Ehrenwerte.«

Der Soldat, der ins Innere des Erforschers geklettert war, kehrte nach draußen zurück und schloss die Luke.

»Da Sie mich nicht mehr brauchen ...« Rukorio trat von der Waffenplattform auf die Rampe des Jägers.

Prizilla schenkte ihm ein kühles Lächeln. »Sie bleiben hier und kommen mit.«

»Ich habe Sie nach Onnizza begleitet, wie es Ihrem Wunsch entsprach«, sagte Rukorio. »Wir sind beim Lebensturm gewesen und haben seine Trümmer gesehen. Wir wissen, dass dort niemand überlebt hat, und inzwischen dürfte auch kein Zweifel mehr daran bestehen, dass Sträfling Jarl tot ist. Es hat keinen Sinn, noch mehr Zeit und Ressourcen zu vergeuden. Die Streitkräfte brauchen mich. Deshalb werde ich Onnizza mit diesem Jäger verlassen und zur Raumstation beim Tallbart-Fulkrum zurückkehren.«

»Ehrenwerte Tairea ...«, wandte sich Prizilla an die Verbindungsoffizierin und benutzte ebenfalls den Ehrentitel.

Tairea sah Rukorio an. »Admiral Nuvesos hat Sie für die Dauer dieser Mission hierher abkommandiert.«

»Und die Mission ist noch nicht zu Ende«, fügte Coridian hinzu.

»Ich bin zum Kommandanten der Raumstation befördert«, sagte Rukorio. »Ich ...«

»Hier unterstehen Sie dem Vierzehnten Strategischen Einsatzverband«, unterbrach ihn Tairea. »Sie begleiten uns.«

Zehn Minuten später waren sie mit einem MAV, einem Multiambientalen Vehikel der Streitkräfte, zur Forschungsstation Arkeron Sieben unterwegs.

76

»Dort kann niemand überlebt haben.« Rukorio deutete auf das große Holo im Navigationsraum des Erforschers *Sporn*, das ein Diagramm der Forschungsstation auf dem flachen Berggipfel zeigte, zwölfeinhalb Kilometer tief in einem Meer aus Staub. »Alle Kuppeln und Verbindungsröhren sind zerstört. Sehen Sie nur, selbst das Felsgestein des Gipfelplateaus und das an den Hängen ist zerschmettert. Ich schlage vor, wir kehren um.«

Niemand achtete auf ihn. Der Pilot von der Waffenplattform saß an den Navigationskontrollen und steuerte die *Sporn* näher zum Berg. Der Gravitationsmotor brummte, die Bordsysteme flüsterten, und manchmal knackte es im Rumpf.

»Kein kalter oder heißer Brand«, stellte Tairea fest. »Auch keine schweren Waffen.« Sie warf einen kurzen Blick auf die Anzeigen der Sensoren. »Nur einige kleine Bomben, gerade genug, um die Station und die erste Ebene der Installationen darunter zu zerstören.«

Es knackte erneut, diesmal besonders laut.

»Alle Systeme normal«, meldete der Pilot. »Rumpf und Integritätsfeld stabil.«

Die Servomotoren von Coridians Assistenzbot summten, als er sich bewegte und zum Holo trat. »Gibt es Hinweise darauf, dass die Crul versucht haben, in die Station einzudringen?«

Die LIS der *Sporn* schickten mehrere hellgrüne Sondierungsstrahlen zu den Ruinen auf dem Gipfelplateau, sichtbar nur im Holodiagramm. »Keine Hinweise auf Aktivitäten des Feindes direkt vor Ort«, antworteten die Substrate nach wenigen Sekunden.

»Kommunikationssignale?«

»Negativ«, sagte der Pilot.

»Energetische Signaturen?«

»Lebenserhaltungssysteme null, Gravitationsmotoren null.« Der Pilot betätigte die Ortungskontrollen. »Keine Telemetrie.«

»Die Station ist tot«, sagte Rukorio. »Und mit ihr alles, was sich darin befand.«

»Wo können wir hinein?«, fragte Prizilla.

»Das ist Unsinn, reine Zeitverschwendung«, behauptete Rukorio.

»Auf der westlichen Seite, am Rand des Plateaus, zieht sich ein Spalt durchs Felsgestein.« Taireas Hände strichen durch virtuelle Kontrollen, und das Holo zeigte Trümmer mit einer schmalen Lücke zwischen ihnen. Ein Kuppelfragment ragte weit über den Rand des flachen Berggipfels; wahrscheinlich genügte ein kleiner Stoß, um ihn zu kippen, dann würde er bis zum Grund des Staubmeers sinken. »Vielleicht ist er tief genug, um Zugang zu den Räumen und Schächten im Berg zu gestatten.«

»Wenn er nicht tief genug ist, graben wir uns den Rest des Weges.« Prizilla stand auf und sah Coridian an. Dies wird dir nicht gefallen, alter Freund. »Sie bleiben hier, General. Tairea, Rukorio, wir sehen uns die Station aus der Nähe an. Pilot, bereiten Sie zwei Bots vor!«

Der Mann an den Navigationskontrollen nickte knapp. Rukorio wirkte alles andere als glücklich. Coridian erwiderte Prizillas Blick mit einer stummen Botschaft in den Augen: *Gib gut auf dich acht!*

Tairea ging bereits zur Tür. »Holen wir unsere Ausrüstung.«

Prizilla sah nichts, nicht einmal die eigene Hand dicht vor den Augen – eine normale visuelle Orientierung war unmöglich. Manchmal glaubte sie, hinter den Orientierungsdiagrammen in der Helmscheibe ein kurzes Flackern auszumachen, wenn es zu Wechselwirkungen zwischen dem Schirm und elektrischen Ladungen des dicht gepackten Staubs kam. Ihre Anzeigen wiesen darauf hin, dass sich die Elektrozonen tiefer unten an den Hängen des Berges wieder ausdehnten.

»Keine Wurmschwärme in der Nähe«, drang Taireas

Stimme aus dem Helmkommunikator. »Aber die elektrische Aktivität könnte zu einem Problem werden.«

»Wenn sie weiter zunimmt wie bisher«, sagte Prizilla. »Und dann frühestens in zwei bis drei Stunden. Bis dahin sind wir zurück. Ihr Status, Rukorio?«

»Ich halte dies für einen Fehler«, lautete die missmutige Antwort. »Hier kann es keine Überlebenden geben. Wir bringen uns unnötig in Gefahr.«

»Ich habe Sie nach Ihrem Status gefragt, nicht nach Ihrer Meinung!«

»Alle Systeme einwandfrei.«

Sie trugen leichte Kampfanzüge, aus Sicherheitsgründen vorbereitet für einen Einsatz von achtundvierzig Stunden. Von den beiden Bots begleitet erreichte Tairea als Erste den Spalt und tauchte hinein.

»Fast drei Meter breit«, meldete sie. »Genug Platz für die Bots.«

Prizilla gewöhnte sich schnell an die Orientierungshilfen und Diagramme. Diese Art der Wahrnehmung ähnelte dem symbolischen Erkennen von Mustern und Bedeutung, das sie vom Umgang mit einem Abakus kannte. Auf der linken Seite erhob sich das auf dem Rand des Gipfelplateaus balancierende, von einer Kuppel stammende Trümmerstück, wie eine dunkle Mauer, die Einzelheiten offenbarte, wenn sie den Blick darauf richtete.

In der Felsspalte schwammen mehrere Staubwürmer. Einer der beiden Bots verscheuchte sie.

Prizilla sah ihnen nach und lauschte dem Flüstern ihrer Adapter, die Informationen über Onnizza enthielten. Sie stammten aus den Substrat-Datenbanken der *Taurus*, des Schnellen Kreuzers, den Admiral Nuvesos ihr und Coridian zur Verfügung gestellt hatte.

»Es könnten Sucher sein, ausgeschickt von einem Schwarm«, sagte sie.

»Keine Wurmschwärme in Ortungsreichweite«, betonte Tairea noch einmal. Sie schwamm bereits tiefer.

Das vom kleinen Gravitationsmotor geschaffene Kraftfeld ließ Prizilla nach unten gleiten. Rechts und links strichen Felswände an ihr vorbei, mit Markierungen, die auf ihre Beschaffenheit sowie chemische und elektrische Aktivität hinwiesen.

»Hier endet der Spalt«, sagte Tairea fast zweihundert Meter im Innern des Berges. »Es gibt nur einen kleinen Durchlass, zu schmal für uns. Ich lasse ihn von den Bots erweitern.«

Mit einem Instruktionsgedanken für das zerebrale Interface ließ sich Prizilla eine schematische Darstellung der Forschungsstation zeigen.

»Vierzehn Meter südwestlich von uns befindet sich einer der Schächte«, sprach sie in den Helmkommunikator. »Wie lange brauchen die Bots, um einen Weg dorthin zu graben?«

»Eine halbe Stunde«, antwortete Tairea. »Vielleicht gibt es unterhalb dieser Öffnung einen leichteren Zugang.«

»Vielleicht auch nicht.« Prizilla fühlte die Unruhe der Strategin und Abakus-Anwenderin in sich wachsen. »Lassen Sie die Bots graben!«

»Gehört und verstanden, Ehrenwerte«, bestätigte Tairea in der Kampfsprache.

Die junge Mutter beaufsichtigte die beiden Bots, wie sie sich mit ihren energetischen Bohrern durch festen Fels fraßen. Prizilla wartete und behielt Rukorio im Auge, als fürchtete sie, dass er plötzlich verschwinden könnte. Einmal machte sie Gebrauch von ihrem Kommunikationsadapter und sprach kurz mit Coridian an Bord des Erforschers *Sporn*. Mit der ruhigen Stimme des alten, erfahrenen Soldaten wies er darauf hin, dass die Aktivität bei den elektrischen Feldern in größerer Tiefe des Staubmeers weiter zunahm. Er blieb beim förmlichen Sie, selbst während des Kommunikationskontakts, der nur sie beide einbezog. In der gegenwärtigen Situation hatten persönliche Dinge zurückzustehen.

»Wir haben eine kleine Ansammlung von Staubwürmern an der Peripherie unserer Sensorreichweite«, meldete der

Pilot der *Sporn*. »Einige Dutzend Exemplare. Es könnten Vorboten eines Schwarms sein.«

»Wenn das der Fall ist …«, sagte Prizilla. »Wie lange würde es dauern, bis der Schwarm hier ist?«

Die Antwort gab nicht der Pilot, sondern Tairea. »Mindestens eine Stunde.« Sie fügte hinzu: »Der Schacht ist erreicht, Ehrenwerte.«

»Durchbruch«, sagte Prizilla sofort. »Druckabsicherung mit lokalem Integritätsfeld. Die Bots sollen eine provisorische Schleuse anbringen und sichern.«

Tairea bestätigte. Zehn Minuten später war die Außenwand des Schachts durchstoßen, und monofunktionale Basismasse bildete vor dem Loch eine Blase, die sich wie eine Luftschleuse verwenden ließ. Allerdings war sie zu klein für die beiden Bots – sie blieben in dem von ihnen gegrabenen Tunnel und sollten als Kommunikationsbrücke zur *Sporn* dienen.

Tairea schickte eine Sensorsonde in den Schacht, nicht einmal so groß wie eine geballte Faust, und teilte die übermittelten Daten mit ihren beiden Begleitern.

»Alles dunkel und tot«, sagte Rukorio.

Prizilla beobachtete die grafischen Darstellungen in ihrer Helmscheibe. »In diesem Bereich der Station gibt es kaum strukturelle Veränderungen. Die Treppe scheint stabil zu sein.«

»So hat es den Anschein«, murmelte Rukorio.

»Wir brauchen sie nicht einmal«, sagte Prizilla. »Die Gravitationsmotoren bringen uns nach unten.«

Nacheinander passierten sie die Luftschleuse, zuerst Tairea, dann Rukorio und schließlich Prizilla. Sie ließen den dichten Staub hinter sich, und Dunkelheit nahm sie in Empfang. Das Licht ihrer Helmlampen strich über Schachtwände, die hier und dort von dünnen Rissen durchzogen waren.

»Es sieht schlimmer aus, als es ist«, kommentierte Tairea. »Nach den Sondierungsdaten ist hier unten alles stabil.«

Am Ende des Schachts stießen sie auf ein blockiertes

Schott, das sich jedoch mit einer Energiezelle und dem Notfallcode der Streitkräfte öffnen ließ.

»Jemand hat das Schott von der anderen Seite gesperrt«, stellte Prizilla fest. »Was bedeutet, dass es hier Überlebende gab.«

Die kleine Sensorsonde flog wieder los und verschwand in einem dunklen Raum. Drei Menschen folgten ihr. Lichtfinger gingen von ihnen aus, tasteten über Regale, Schrankwände und Behälter mit Ausrüstungsmaterial.

Kurz darauf übermittelte die Sonde neue Daten. Eine Anzeige in Prizillas Helmscheibe veränderte sich.

»Restenergie«, sagte Tairea. »In einem Laboratorium.«

77

Sie standen vor sechs großen Tanks, betrachteten schlafende, sterbende und tote Menschen. Rukorio blieb ein wenig zurück, als befürchtete er eine Ansteckung mit einer unheilbaren Krankheit.

»Etwas ist schiefgegangen.« Der Kommunikator übertrug Taireas Stimme. Ihre Helme waren noch immer geschlossen. »Diese Menschen konnten die Forschungsstation nicht verlassen und haben Uteri für die Hibernation umgerüstet, aber irgendetwas hat nicht funktioniert. Viele sind gestorben, nur wenige haben überlebt.«

Prizilla ging langsam an den Tanks vorbei. Neben dem letzten lag die Leiche eines Mannes, von Kälte und Trockenheit konserviert. Vor ihm bemerkte sie einen abgelegten staubigen Kampfanzug der Streitkräfte.

Plötzlich schwand ihre Hoffnung. »Dieser Mann hier ... Ist das Jarl?«

Als sie keine Antwort erhielt, drehte sie sich halb um. Rukorio stand einige Schritte entfernt. Prizilla richtete das Licht ihrer Helmlampe auf ihn.

»Ich habe Sie etwas gefragt. Kommen Sie her, und sehen Sie sich den Mann an!«

Rukorio näherte sich langsam und starrte auf den Toten. »Nein.«

Prizilla betrachtete die Leiche noch einmal und verglich das weiße, ausdruckslose Gesicht mit dem Bild des Soldaten und Sträflings Jarl in ihren Datenadaptern. Die Ähnlichkeit, die sie zuerst zu erkennen geglaubt hatte, verschwand. Und das Gesicht war nicht glatt, sondern faltig. Jarl war zwanzig oder dreißig Jahre jünger als dieser Mann.

Die Hoffnung kehrte zurück.

»Wo ist er?«, fragte sie leise. »Wir wissen, dass er hierherkam. Wo ist er?«

Dann begriff sie, dass die Antwort direkt zu ihren Füßen lag.

»Dieser Mann ist kein Soldat«, sagte sie. »Er hat den Kampfanzug dort nicht getragen. Jemand anders kam hierher, hat sich ein Bild von der Lage gemacht, diesen Toten aus dem Tank geholt – und seinen Platz eingenommen.«

Ihre Schritte führten sie zur anderen Seite des umgebauten Uterus.

»Kommen Sie her, Rukorio!«, sagte Prizilla scharf. »Kommen Sie zu mir! Sehen Sie sich die Männer und Frauen an! Erkennen Sie jemanden?«

»Sie sind alle tot.« Rukorio deutete auf die Anzeigen des Hibernationstanks. »Sehen Sie denn nicht, dass alle tot sind?«

Tairea blieb bei den Kontrollen stehen und überprüfte sie. »Zwei von fünfzehn leben. Die Frau dort und der Mann neben ihr.«

Die Frau war jung, nur wenig älter als Tairea, und ihre Fertilitätsblasen schienen halb gefüllt zu sein. Eine Mutter aus dem Lebensturm, das schwarze Haar zu einem Zopf geflochten.

»Wer ist das?«, fragte Prizilla. »Wer ist diese Frau?«

»Sotia«, murmelte Rukorio. »So hieß sie früher, während unserer Ausbildung auf Grotenthal. Ich weiß nicht, wie viele Silben ihr Name inzwischen hat.«

»Und der Mann neben ihr?«

Rukorio starrte in das reglose Gesicht.

Prizilla kannte die Antwort bereits, wollte sie aber bestätigt hören. »Er ist es, nicht wahr? Jarl.«

»Ja«, sagte Rukorio leise.

»Er stirbt.« Tairea betätigte die Kontrollen. »Mit den Anschlüssen ist etwas nicht in Ordnung.« Die Luke schwang auf. »Ich hole ihn heraus.«

Prizilla wählte volle Signalstärke für den Helmkommunikator und auch ihren Kommunikationsadapter. »Pilot? Coridian? Hören Sie mich?«

»Ja, ich höre Sie, aber die Verbindung ist sehr schlecht«, meldete sich der Pilot der *Sporn*.

»Verständigen Sie unverzüglich die *Taurus* und Admiral Nuvesos! Wir brauchen Mediker, so schnell wie möglich. Es gibt Überlebende, die dringend Hilfe benötigen.«

»Verstanden.«

Prizilla winkte Rukorio zur Luke. »Fassen Sie mit an! Retten wir Jarl.«

Ich habe die Erde gesehen

78 Prizilla

Die *Taurus* fiel durch den interplanetaren Raum des Tallbart-Systems, begleitet von drei anderen Schiffen des Vierzehnten Strategischen Einsatzverbandes. Nach der letzten Kurskorrektur stiegen der Schnelle Kreuzer und seine Eskorte über die Ebene der Ekliptik auf. Ihr Ziel war das Fulkrum hoch über dem System. Noch zwanzig Flugstunden – Zeit genug, um Kraft zu schöpfen, nachzudenken und zu planen.

Prizilla blickte ins Holofenster und beobachtete die Sterne mit den eingeblendeten Markierungen, die Auskunft gaben über Entfernung, bewohnte Welten und Stützpunkte der Streitkräfte. Ihre strategischen Augen erkannten ein Muster, das einst Stärke gezeigt hatte, Bereitschaft zur Verteidigung und zum Angriff, jetzt aber Lücken aufwies, vom Feind gerissene Löcher. Bei größerem Maßstab, mit mehr Sternen im Blickfeld, sogar ganzen Spiralarmen, zeigte sich, dass die Löcher Schneisen bildeten, und wie Fulkren, deren Fokussierdorne auf den Transitring wiesen, zeigten die Schneisen auf den Kern des Pakts. Wie lange konnten die Streitkräfte noch Widerstand leisten? Wie lange konnten sie den viel zu schnell gewordenen Feind daran hindern, nach Memoria auch die anderen Kernwelten zu erreichen und sie zu vernichten, eine nach der anderen?

Der Abakus, den ihre Finger während der vergangenen vier Stunden zusammengesetzt hatten, gab erste Antworten, obwohl er noch längst nicht vollständig war.

Ihr Kommunikationsadapter empfing ein Signal, und fast im gleichen Moment summte der Türmelder.

Prizilla öffnete die Tür mit einem Wink für das Gesteninterface. Coridian kam herein, getragen von seinem Assistenzbot. Sie schenkte ihm ein kurzes Lächeln.

»Geht es dir gut?«, fragte er, nachdem sich die Tür wieder geschlossen hatte.

»Nein«, antwortete sie ehrlich. »Und dir ebenfalls nicht. Man sieht es dir an.« Sie gestattete sich ein Seufzen. »Wir müssen uns der Wahrheit stellen. Alles andere wäre dumm.«

Servomotoren summten und surrten, als der Assistenzbot Coridian zum Abakus in der Mitte des privaten Quartiers brachte. Er betrachtete das dreidimensionale Mosaik aus lernenden Intelligenzsubstraten, Datenspeichern und Elaboratoren, die nicht größer waren als ein Fingernagel.

»Du bist gut vorangekommen«, sagte er anerkennend.

»Es sind etwas mehr als dreitausendachthundert Teile. Fast so viele wie beim anderen großen Abakus, über den die Suprema namens Prizilla verfügte, vor einunddreißig Jahren. Und ich bin noch nicht fertig.« Prizilla deutete auf einen offenen Behälter, der noch mehr LIS, Datenspeicher und Elaboratoren enthielt, außerdem auch Werkzeuge für die Programmierung.

»Was zeigt dir der Abakus?« Coridian blieb stehen. Im Innern des Assistenzbots musste er sich nicht setzen.

»Er zeigt mir eine düstere Gegenwart und eine dunkle Zukunft.«

»Wie schlimm ist es?«

Prizilla blickte auf ihren neuen Abakus, sah die Verbindungen und ihre Bedeutung.

»Ohne ein Wunder verlieren wir den Krieg.«

»Und du willst dafür sorgen, dass ein Wunder geschieht«, brummte Coridian. Es war keine Frage.

Prizillas Blick blieb auf den Abakus gerichtet. »Die Grundkonstruktion ist fertig. Hier und dort muss sie noch verfeinert werden, aber was hauptsächlich fehlt, sind Daten. Ich werde die nächsten Stunden damit verbringen, die Datenspeicher zu füllen und LIS und Elaboratoren zu programmieren.«

»Du solltest dich ausruhen«, sagte Coridian. »Du solltest die Augen schließen und an nichts denken.«

»Dazu habe ich Gelegenheit, wenn ich tot bin. Dann bleiben meine Augen für immer geschlossen, und kein Gedanke stört meine ewige Ruhe.«

Coridian schnitt eine Grimasse. »Was jetzt?«, fragte er. »Wie soll es weitergehen?«

»Ich könnte eine Strategie entwickeln«, antwortete Prizilla, die Strategin. »Ich erkenne bereits ihre Anfänge, ich spüre ihr Netz, das sich durch die Galaxis legt.« Ihre Finger bewegten sich, als wollten sie das Netz knüpfen. »Nadala hat viele Fehler gemacht, die bestimmt noch deutlicher sichtbar werden, wenn ich dem Abakus weitere Daten hinzufüge. Mit einer besseren, effizienteren Strategie, die das volle Potenzial unserer Streitkräfte ausschöpft, könnten wir zumindest den Kern des Pakts besser schützen.«

»Aber?«, fragte Coridian.

»Auch mit einer besseren Strategie lässt sich der Krieg wahrscheinlich nicht mehr gewinnen.« Prizilla sprach etwas aus, das sie bisher kaum zu denken gewagt hatte. »Eine verantwortungsbewusste Strategin müsste die militärischen Aspekte der Situation beiseiteschieben und sich auf etwas anderes besinnen.«

»Das Überleben unserer Spezies.«

»Ja. Wenn der Feind unsere zweiundneunzig Kernwelten zerstört, wenn er das Herz unserer Zivilisation erobert und verbrannt hat, wird er sich auch die anderen Welten vornehmen, eine nach der anderen. Er wird uns jagen und nicht eher ruhen, bis er die letzten Menschen gefunden und getötet hat. Uns droht die Auslöschung.« Prizilla unterbrach sich und betrachtete erneut die Muster. »Vielleicht brauchen wir eine neue Atalea.«

»Kannst du eine sein?«, fragte der alte Soldat, der ein fremdes Wesen in sich trug und schwach geworden war.

»Nein«, antwortete Prizilla sofort. »Aber wenn mir die Umstände genug Zeit ließen, könnte ich eine entsprechende

Strategie entwickeln, und wenn die konsequent genug umgesetzt wird, wäre es vielleicht möglich, dass Menschen in dem einen oder anderen Schlupfwinkel überleben. Die Suprema müsste eine solche Strategie vorbehaltlos akzeptieren und sie sofort zur Grundlage aller ihrer Entscheidungen machen.«

»Du sprichst von Nadala.«

»Ja.«

»Sie gibt dir die Schuld an unserer gegenwärtigen Situation. Sie wäre nicht bereit, einen von dir stammenden Überlebensplan in die Tat umzusetzen.«

»Ich fürchte, da hast du recht.«

Coridian schnaufte leise. »Ist es wirklich so schlimm?«

»Ja, alter Freund.«

»Dann bleibt uns nichts anderes als dein Wunder.«

»Ira«, sagte Prizilla.«

Coridian wartete.

»Als ich mich auf Memoria mit dem Orakel verbunden habe, mit dem alten Maschinenintellekt ...«, begann Prizilla. »Als ich mit Atalea gesprochen habe, den Resten ihres Bewusstseins ... Sie erzählte von einem Geheimnis, das sie über all die Jahrhunderte und Jahrtausende hinweg gehütet hat. Ein Geheimnis, das sie gut versteckt und bewahrt hat. In diesem Zusammenhang hat sie ›Ira‹ erwähnt. Die LIS der *Taurus* und der drei Schiffe unserer Eskorte verfügen über umfangreiche Datenbanken. Ich weiß inzwischen, was es mit ›Ira‹ auf sich hat. Es ist der Name einer Gespensterwelt, angeblich die schlimmste von allen.«

»Ich verstehe«, sagte Coridian langsam. »Und du glaubst, dass sich dein Wunder dort befindet? Die Waffe für den Frieden?«

»Nein«, widersprach Prizilla. Erneut betrachtete sie die Muster des Abakus und seines Präsentationshologramms, das einige ihrer letzten Berechnungen enthielt. »Nein, ich glaube, dass wir die Waffe auf der Erde finden. Aber Ataleas Geheimnis steht mit Furon in Zusammenhang. Es könnte uns den Weg weisen und einen Schlüssel in die Hand geben.«

»Du willst nach Ira«, sagte Coridian. Erneut war es keine Frage.

»Ja.«

»Du willst dich auf einer Gespensterwelt nach einem Geheimnis umsehen, von dem dir die Reste eines Bewusstseins erzählt haben, das sich in einem alten Maschinenintellekt aufgelöst hat.«

»So formuliert klingt es nicht sonderlich vernünftig«, räumte Prizilla ein.

»Es klingt verrückt«, sagte Coridian offen.

»Wir haben Jarl gefunden. Jetzt müssen wir die Erde und die Waffe auf ihr finden.«

»Mit einem kleinen Umweg über eine Gespensterwelt.«

»Wo wir vielleicht einen Hinweis auf das Wunder entdecken, das wir brauchen, um den Krieg zu beenden.«

Ein leiser Pfeifton drang aus dem Kommunikator in Prizillas Quartier, gefolgt von einer Stimme aus der Medostation der *Taurus*. »Soldat Jarl ist erwacht.«

Prizilla stand auf. »Ich bin gleich bei Ihnen.«

79

Jarl, blass und schwach, ruhte nach mehreren Stunden Heilbad in einem Liegesessel, angeschlossen an einen Medobot, der seine Körperfunktionen überwachte und stabilisierte. Er wirkte ausgemergelt: das schmale Gesicht hohlwangig, die Augen tief in den Höhlen, die Lippen spröde. Medikerin Laurenzia stand auf der einen Seite des Liegesessels, Admiral Nuvesos' Verbindungsoffizierin Tairea auf der anderen. Kommandant Gelson, der den Befehl über die *Taurus* führte, wartete mit verschränkten Armen vor der Tür. Seine Miene machte deutlich, dass ihm nicht gefiel, was hier geschah.

»Er lügt«, zischte Rukorio, der ebenfalls anwesend war. »Der verdammte Kerl lügt!«

Jarl schwieg. Er war erschöpft, nachdem er lange gesprochen und die Ereignisse auf Onnizza geschildert hatte.

»Warum sollte er lügen?«, fragte Prizilla.

»Weil er ein Schwächling ist!«, rief Rukorio. »Weil er als Sträfling zu meiner Kompanie kam und eine Chance für die Annullierung seiner Strafe sieht. Weil er fremden Ruhm für sich will – meinen! Weil man ihm nicht trauen kann. Damals, auf Grotenthal, hat er sich mit den Eingeborenen verbrüdert, mit den Rebellen, gegen die unsere Soldaten gekämpft haben. Auf Risz im Achas-System ließ er sich von einem Aleolt-Kind von seinen Befehlen ablenken, wodurch zwei unserer Soldaten starben und unsere Mission in Gefahr geriet. Ein solcher Mann verdient kein Vertrauen!«

»Ich weiß, in welchem Depot Rukorio eine provisorische Prothese für den linken Arm bekam«, sagte Jarl müde. »Ich kenne den Ort, wo er mich aufgefordert hat, auf zwei Feinde zu schießen. Einer von ihnen hat sich desintegriert, der andere hat überlebt. Wir haben ihn an Bord des intakten Orbiters gebracht, und dann hat mich Rukorio gezwungen, auf dem Planeten zurückzubleiben.«

»Lüge!«, schrie Rukorio. »Alles gelogen!« Er ballte die Hände zu Fäusten und trat einen Schritt vor, aber Coridian versperrte ihm den Weg zum Liegesessel.

»Es war in einer von zwei Höhenzügen gesäumten Talsenke, auf dem schmalen Festlandsockel zwischen dem westlichen und östlichen Staubmeer auf Onnizzas Nordhalbkugel«, sagte Jarl. »Die genauen Koordinaten kenne ich nicht, aber sie müssten sich leicht ermitteln lassen, denn es handelte sich um einen Abholpunkt der Streitkräfte.«

Prizilla drehte den Kopf. »Tairea ...«

»Ich habe bereits Anweisungen erteilt«, entgegnete die Verbindungsoffizierin des Admirals. »Eine Einsatzgruppe ist zum Abholpunkt unterwegs, wird dort Spuren sichern und das Depot untersuchen, in dem Jarl Rukorio begegnet sein will. Mit Ihrer Erlaubnis, Kommandant.« Sie sah Gelson an, dessen Blick zwischen Jarl und Rukorio hin und her pendelte.

»Wir werden die Wahrheit bald erfahren«, fügte sie hinzu. »In zwei, spätestens drei Tagen. So lange dauert es, bis der Bericht der Einsatzgruppe das Fulkrum erreicht. Bis dahin …«

»Sträfling Jarl gehört zu meiner Kompanie!«, stieß Rukorio hervor. »Er untersteht noch immer meinem Kommando!«

»Sie sind nicht mehr Kompanieführer, sondern Kommandant der Raumstation des Tallbart-Fulkrums«, brummte Coridian.

»Mit dem gebührenden Respekt, General … Mischen Sie sich nicht in Dinge ein, die Sie nichts angehen! Ich bin nach wie vor direkter Vorgesetzter des Sträflings Jarl.«

»Ich brauche Jarl für meine Mission«, ließ sich Prizilla vernehmen. »Ab sofort steht er unter *meinem* Kommando.«

Rukorio starrte sie verblüfft an. »Sie sind ohne Rang. Sie stehen außerhalb der hiesigen Befehlskette. Sie …«

»Bin ich noch weisungsbefugt, Tairea?«

»An dem Sonderstatus, den Admiral Nuvesos Ihnen gewährte, hat sich nichts geändert, Ehrenwerte.«

Prizilla lächelte dünn. »Dann wäre dieser Punkt geklärt.«

»Kommandant Gelson, ich erwarte von Ihnen, dass Sie einschreiten«, fauchte Rukorio.

»Sie sind Kommandant der Raumstation beim Fulkrum«, erwiderte Gelson. »Ich bin Kommandant dieses Raumschiffs. Was auch immer Sie von mir erwarten, Sie haben mir hier nichts zu befehlen. Mein direkter Vorgesetzter ist Admiral Nuvesos, und die Ehrenwerte Tairea befindet sich als seine Verbindungsoffizierin an Bord. Ich fühle mich an ihre Entscheidungen gebunden.«

»Ich werde mich an den Admiral wenden«, kündigte Rukorio an und stapfte zur Tür. »Und wenn das nichts nützt, setze ich das Oberkommando in Kenntnis. Ich gehe bis ganz nach oben, wenn es nötig ist, bis zu Suprema Nadala. Sträfling Jarl lügt und gehört wegen seiner Lügen erneut vor ein Strafgericht gestellt. Ich werde nicht zulassen, dass er meinen Namen beschmutzt.«

Damit verließ Rukorio, der Held von Onnizza, die Medostation.

»Wo ist Sotia?«, fragte Jarl. »Wie geht es ihr?«

80

Vier Stunden später, nachdem Jarl erneut geschlafen und neue Nanobots erhalten hatte, fragte er wieder nach Sotia. »Wie geht es ihr? Sie hat überlebt, nicht wahr? Wo ist sie?«

Prizilla hörte die Anteilnahme und Sorge in seiner Stimme. »Ja, sie lebt, und es geht ihr gut. Sie und die anderen Überlebenden befinden sich an Bord der drei Schiffe unserer Eskorte. In der *Taurus* gab es nicht genug Platz.«

»Das ist gut.« Jarl lächelte erleichtert. »Das ist gut.« Er deutete zur Seite. »Ein Abakus, nicht wahr? Ich habe davon gehört. Was sehen Sie in ihm?«

Er saß in einem rekonfigurierten Sessel in Prizillas Quartier. Coridian war ebenfalls anwesend. Sein Assistenzbot stand still; nur gelegentlich kam ein leises Summen von den Servomotoren.

»Ja, es ist ein Abakus«, bestätigte Prizilla. »Wissen Sie, wer ich bin?«

»Sie müssen eine Strategin sein«, antwortete Jarl, der etwas kräftiger wirkte als bei ihrer letzten Begegnung. Die neuen Nanobots reparierten in ihm, was repariert werden musste. »Nur Strategen verwenden Abakusse.«

»Als Sie noch ein junger Rekrut waren, ein Kind, war ich Suprema des Pakts. Dann geriet ich in eine Zeitstraße, die mich einunddreißig Jahre weit in die Zukunft brachte.« Sie berichtete von den Ereignissen und hielt dabei ihren aufmerksamen Blick auf Jarl gerichtet. Was machte diesen Soldaten, der offenbar mehrmals seine Pflichten vernachlässigt hatte, zu etwas Besonderem? Warum sollte er in der Lage sein, mit der Waffe des Friedens auf der Erde umzugehen?

Jarl hörte geduldig zu.

»Sie fragen nicht, ob ich gelogen habe«, sagte er schließlich, ohne auf Prizillas Schilderungen einzugehen.

»Haben Sie gelogen?«

»Nein. Ruk beziehungsweise Rukorio hat mich zurückgelassen, damit ich auf Onnizza sterbe.«

»Ich weiß, dass es damals einen Konflikt zwischen ihnen gab«, sagte Prizilla.

»Er hatte es immer auf mich abgesehen, schon auf Grotenthal, als wir noch Kinder waren. Heute kenne ich den Grund. Ich habe ihn auf Onnizza erkannt. Ruk hasst mich, weil er tief in seinem Innern fürchtet, so zu sein wie ich: schwach.«

»Sie sind nicht schwach«, stellte Coridian klar. »Sie haben überlebt. Nur die Starken überleben.«

»Ich habe Staubwürmer, den Kampf auf Onnizza und eine defekte Hibernation überlebt.« Jarl klang wieder müde. »Aber es ist fraglich, ob ich auch den Flug zum Fulkrum überlebe oder überhaupt die nächsten Tage. Was kann ein Sträfling gegen den Helden von Onnizza ausrichten? Wem wird man glauben, wenn es keine konkreten Beweise gibt.«

»Die von Tairea beauftragte Einsatzgruppe wird welche finden«, sagte Prizilla.

»Die Resultate erreichen das Fulkrum frühestens in einigen Tagen«, fuhr Jarl fort. »Bis dahin wird Ruk alles versuchen, mich in seine Gewalt und zum Schweigen zu bringen.«

»Nein«, sagte Prizilla. »Das werde ich verhindern. In einigen Tagen haben wir das Tallbart-System verlassen.«

»Wir?«

»Wir sind in einer geheimen Mission unterwegs. Sie werden daran teilnehmen.«

»Ja, ich erinnere mich, Sie haben eine Mission erwähnt. Worum geht es dabei?« Es klang nicht sonderlich interessiert, eher resigniert.

Prizilla wählte ihre Worte mit Bedacht. »Es geht um Frieden. Es geht darum, den Krieg zu beenden.«

»Frieden«, wiederholte Jarl langsam. Er schien das Wort hin und her zu drehen, wie ein exotisches Objekt, das er noch nie zuvor gesehen hatte. »Frieden.«

»Haben Sie jemals von einer Welt namens Erde gehört?«

Das Gesicht des Mannes im Sessel vor Prizilla veränderte sich plötzlich. Der Ausdruck ungläubiger Verblüffung erschien darin, und die tief in den Höhlen liegenden Augen bekamen einen neuen Glanz.

»Von der Erde?«, brachte er hervor.

»Ein Planet, von dem es in Legenden heißt, er sei der Ursprung der Menschheit.«

»Die Erde.« Jarl begann zu zittern und atmete schwer. »Mein ganzes Leben lang habe ich von der Erde geträumt! Ich bin dort gewesen, in meinen Träumen. Ich habe sie als Paradies gesehen, als einen Ort des Friedens.« Wieder veränderte sich sein Gesicht, ein Schatten schien darauf zu fallen. »Und auch als tote Welt, voller Ruinen.«

Er sah Prizilla an, und sie glaubte, in seinen Augen eine Mischung aus Verzweiflung und Sehnsucht auszumachen. »Mein Leben lang haben mich die Stimmen in meinen Träumen aufgefordert, die Erde zu suchen. Sie versprachen mir ihren Frieden.« Die Worte kamen schneller, sie sprangen aus Jarls Mund. »In meinen Adern fließt das gelbe Blut eines Soldaten, aber es ist falsches Blut. Ich bin kein guter Soldat, ich wollte nie einer sein, doch ich bin als Rekrut aufgewachsen, mir blieb keine Wahl. Die Träume haben mir Trost gespendet. Der Greis, der mir von der Erde erzählt hat, der alte Mann auf der anderen Seite des Lagerfeuers ... Er hat gesagt, auf der Erde sei ich sicher, dort könne mir niemand befehlen, Soldat zu sein. Und wenn doch, müsse ich nicht gehorchen, weil es auf der Erde etwas gebe, das mich schützt. Die größte aller Waffen, den Friedensbringer.«

Prizilla fühlte, wie ihr Herz schneller schlug. Sie hatte Jarl von der Zeitstraße erzählt, doch nicht von der Begegnung mit sich selbst, mit der holografischen Aufzeichnung. Jarl wusste nur von einer »geheimen Mission«; er konnte nicht einmal ahnen, dass es einen Zusammenhang mit der Erde gab und mit einer Waffe, die den Frieden bringen sollte.

Sie wechselte einen Blick mit Coridian. Die kleinen Krater auf seinen Wangen und der flach gewordenen Stirn schienen größer geworden zu sein, und einige von ihnen eiterten, trotz der Nanobots. Biomechanische Linsen ersetzten die Augen, und der hochgeschlagene Kragen bedeckte die Ansammlung von Knorpeln und Gelenken in seinem Hals. Unter dem linken Ohr war ein wenig von dem baumrindenartigen Schorf zu sehen.

Prizilla dachte an ihr immer noch dünnes rechtes Bein, an die silbernen Schuppen, die vom Knie bis hinunter zum Fuß reichten und auch einen Teil der Wade bedeckten. Die Muskeln wuchsen, bald würde das rechte Bein die alte Kraft zurückgewonnen haben, aber die Schuppen wurden nicht weniger. In wem von uns steckt mehr von dem fremden Wesen, mit dem wir während des Transfers durchs instabile Fulkrum kollidiert sind?, fragte sie sich, und das nicht zum ersten Mal.

»Träume«, sagte sie und richtete den Blick wieder auf Jarl. »Woher kommen die Träume?«

»Sie kamen aus meinem Talisman.« Jarl zitterte heftiger.

Ein Dringlichkeitssignal erklang, und die Stimme von Medikerin Laurenzia drang aus dem Quartierkommunikator. »Bitte entschuldigen Sie, Ehrenwerte, aber die Sensoren zeigen ungewöhnliche biometrische Werte bei Jarl.«

»Seien Sie unbesorgt, Medikerin«, erwiderte Prizilla. »Wir geben gut auf ihn acht.« Sie unterbrach die Verbindung. »Wo ist Ihr Talisman, Jarl? Bitte geben Sie ihn mir!«

»Er existiert nicht mehr«, antwortete der Soldat kummervoll. »Während der Fahrt mit dem Erforscher nach Arkeron Sieben habe ich ihn untersucht, in der Hoffnung, mehr über die Träume und ihre Bedeutung herauszufinden. Dabei ist er zersprungen.«

»In Ihren Träumen ... Haben Sie die Waffe gesehen? Wissen Sie, wie der ›Friedensbringer‹ beschaffen ist?«

»Nein.«

»Wissen Sie, wo sich die Erde befindet? Haben Ihnen die Träume den Weg gezeigt?«

»Nein!«

Wieder ertönte ein Dringlichkeitssignal, diesmal an der Tür. Prizilla winkte für das Gesteninterface, und die Tür öffnete sich. Medikerin Laurenzia kam herein. »Die biometrischen Werte sind alarmierend. Ich muss darauf bestehen, den Patienten zur Medostation zurückzubringen.« Sie wartete keine Erwiderung ab, trat zu Jarl und half ihm aus dem Sessel.

»Na schön«, sagte Prizilla. Jarl schien unter Atemnot zu leiden. Er schnappte immer wieder nach Luft, als ihm Laurenzia aus dem Sessel half. »Sie begleiten uns, Jarl. Wir fliegen gemeinsam zur Erde.«

Die Medikerin wollte den Soldaten in den Korridor führen, doch Jarl hielt sich mit einer Hand an der Tür fest. »Ich begleite Sie unter *einer* Bedingung.«

»Sie stellen *Bedingungen*?«, entfuhr es Coridian. Prizilla hörte wieder das Pfeifen in seiner Stimme.

»Ich möchte, dass Sotia mitkommt.« Jarl hob den Kopf und straffte die Schultern. Er versuchte, stark zu sein.

»Wir nehmen sie mit«, sagte Prizilla. »Ich bitte Admiral Nuvesos um eine Sondergenehmigung.«

»Versprechen Sie es mir!«

»Vergessen Sie nicht, mit wem Sie reden!«, schnarrte General Coridian.

»Ich verspreche es, Jarl«, sagte Prizilla nachsichtig.

81

Prizilla hätte schlafen sollen. Stattdessen saß sie vor ihrem großen Abakus, der inzwischen aus viertausendsiebenhundertdreizehn Komponenten bestand und damit noch größer war als jener, den sie als Strategin in Diensten Eworas und später als Suprema verwendet hatte. Nicht alle Einzelteile waren auf angemessene Weise kalibriert. Es gab kleine Dissonanzen, zu erkennen im Präsentationshologramm, das sich wie eine gläserne Glocke über Prizilla gestülpt hatte, und an mangelnder Übereinstimmung bestimmter Konvergenzsymbole. Prizilla hoffte, später Zeit und Gelegenheit zu finden, diese kleinen Fehler in der Gesamtstruktur zu korrigieren und die notwendige Feinjustierung für noch präzisere Berechnungen vorzunehmen.

Schon in seinem gegenwärtigen Zustand gab ihr der große Abakus mehr als nur einen groben Überblick. Er offenbarte Details von Entwicklungen, die sich in den letzten Berichten, übermittelt mit Nachrichtenkapseln aus dem Fulkrum, erst andeuteten. Die bunten Muster auf der linken Seite zeigten die Zerstörung aller zweiundneunzig Kernwelten; sie zeigten das Herz des Pakts, wie es brannte und starb. Im Präsentationshologramm erschienen die Formeln und statistischen Bewertungen der entsprechenden Berechnungen – ihre kalte strategische Logik ließ keinen anderen Schluss zu. Rechts wiesen Tausende von harmonierenden Konvergenzsymbolen, zweihundertzwölf pro Komponente, auf Möglichkeiten hin, Zeit zu gewinnen und das Unvermeidliche hinauszuzögern, in der Hoffnung, dass ein Wunder geschah.

Aber Wunder geschahen nicht einfach so. Sie quetschten sich nicht zwischen dicht gedrängte Ereignisse, um Unmögliches möglich zu machen. Sie brauchten Freiraum, um sich zu entfalten. Sie brauchten Vorbereitung, Mühe und Anstrengung.

Prizillas Finger strichen durchs Holo, veränderten die Formeln, entfernten einige Variablen und fügten andere hinzu. Es war das violette Blut in ihren Adern, das die Finger lenkte, die Gabe der Strategin. Die Augen der Beobachterin namens Prizilla sahen, wie sich die Muster veränderten.

»Die Erde«, murmelte sie. »Eine Waffe für den Frieden.«

Wenn sie dem Abakus diese beiden Elemente hinzufügte, geriet alles in Bewegung, und es entstanden völlig neue Muster.

»Geben wir der Waffe einen Namen«, sagte sie leise. »Nennen wir sie ...« Ein Wort kam wie eine Erinnerung. »Nennen wir sie ... Unendlichkeitsmatrix, was auch immer das bedeutet ...«

Damit konnten die Formeln nichts anfangen, und deshalb blieben die Berechnungen unzuverlässig.

»Kennst du den Weg zur Erde?«, fragte Prizilla den Abakus. Mit einer Hand tastete sie unter ihren leichten Umhang, nach den juckenden Schuppen am rechten Schienbein.

Hier und dort bildeten sich einige neue Muster an der Peripherie, klein und begrenzt, ohne Auswirkungen auf die zentralen Strukturen.

»Nein, du kennst ihn nicht, das war zu erwarten.« Prizilla überlegte, beide Hände wieder im Holo. »Also Ira, fast siebentausend Lichtjahre entfernt. Eine Gespensterwelt, auf der Atalea die Größte ein Geheimnis bewahrte. Führt unser Weg dorthin? Bleibt uns keine Wahl?«

Es waren rhetorische Fragen. Prizilla zweifelte nicht daran, dass sie diesen Pfad beschreiten mussten, und die Bewegungen im Abakus, als sich seine Komponenten neu anordneten, spiegelten das wider. Dennoch kam es zu einer auffallenden Veränderung, dargestellt von den lernenden Intelligenzsubstraten, die ständig neue Daten sammelten, verarbeiteten und die Ergebnisse von Berechnungen als Grundlage für neue Analysen nahmen.

Prizilla beobachtete, wie die langen Stränge der Gleichungen noch etwas länger wurden. Ira, eine Etappe auf dem Weg zur Erde. Und nach Ira kam die Erde, obgleich der Weg dorthin unklar blieb.

Sie beugte sich vor, gelockt von einem kleinen Detail. Einige Sekunden lang betrachtete sie es, überprüfte dann noch einmal die Gleichungen und wies mehreren Variablen neue Werte zu. Am Ergebnis änderte sich nichts.

Die Gespensterwelt Ira verlangte ein Opfer – einer von ihnen würde dort sterben.

Prizilla konnte nicht schlafen. Wenn sie es versuchte, drifteten ihre Gedanken in eine graue Welt zwischen Realität und Traum, ohne dass sie richtig einschlief, und wenn sie »erwachte«, fiel es ihre schwer, das Wirkliche von Illusion und Halluzination zu unterscheiden. Die meisten langen Stunden des Flugs von Onnizza zurück zum Fulkrum des Tallbart-Systems verbrachte sie mit ihrem Abakus, fügte ihm noch mehr Daten hinzu und suchte nach einer Möglichkeit, zu vermeiden, dass es auf Ira einen Toten geben würde. Doch ganz gleich, wie sie Voraussetzungen und Umstände änderte, einer von ihnen würde sterben.

Schließlich suchte sie das Observatorium der *Taurus* auf und rekonfigurierte es mithilfe des lokalen Materialgedächtnisses, damit eine transparente Blase entstand und ihr das Gefühl gab, sich direkt im All zu befinden. Sie regulierte die Blase auf Nullschwerkraft, schwebte langsam von einer Seite zur anderen, stieß sich behutsam ab und drehte sich um die eigene Achse.

Nach einer halben Stunde merkte sie, wie sie innerlich allmählich zur Ruhe kam. Sie beobachtete die Sterne, die so weit entfernt waren, dass ein Schiff des Pakts Jahre, Jahrzehnte oder gar Jahrhunderte gebraucht hätte, um sie zu erreichen. Darin bestand derzeit der größte Vorteil des Feindes: Seine Schiffe waren schneller, viel schneller.

Die nächste Drehung brachte das Band der Galaxis in Sicht, von der Seite gesehen ein gewaltiges Feuerrad, eine riesige kosmische Bühne. So viele Dramen und Tragödien sich auch auf ihr abspielten, die Bühne blieb gleichgültig und ewig, selbst wenn ganze Welten starben. Manchmal war es diese kosmische Gleichgültigkeit, über die Prizilla staunte, mehr noch als über die Abgründe von Raum und Zeit. Sosehr man sich auch bemühte, und ganz gleich, wie viel Blut und Tränen man vergoss – das Universum scherte sich nicht darum.

Sie drehte sich erneut, und ein Zoomeffekt der Blase zeigte ihr die zwölf Fokussierdornen des Tallbart-Fulkrums mit der

Raumstation, zu deren Kommandant Rukorio ernannt worden war, wahrscheinlich ein Lügner und Aufschneider. Ein erstes Flackern im Transitring kündigte die Ankunft eines Schiffs an. Mit einem Wink für das Gesteninterface vergrößerte Prizilla den Zoom und beobachtete, wie sich der Bug eines Kreuzers aus dem Transferfeld schob, das aussah wie eine dünne Schicht aus kochendem Wasser. Es war kein besonders großes Schiff und konnte den Transitring deshalb komplett passieren – etwas größer, und es hätte in einzelne Segmente zerlegt werden müssen.

Während der nächsten zehn Minuten beobachtete Prizilla, wie der Kreuzer vom Fulkrum fortglitt, das daraufhin zwei kleine Schiffe des Vierzehnten Strategischen Einsatzverbandes aufnahm, und wie sich der Kreuzer der Raumstation näherte und dort in Warteposition ging. Noch eine Lichtstunde trennte die *Taurus* vom Fulkrum, erinnerte sich Prizilla. Was sie gerade gesehen hatte, war also vor einer Stunde geschehen.

Sie schloss die Augen und ließ sich treiben. Vielleicht schlief sie sogar ein, denn sie erschrak, als plötzlich eine Stimme erklang.

»Hier bist du.«

Coridian stand in der offenen Tür.

»Komm herein, alter Freund«, sagte Prizilla sanft.

Er schwebte in die Blase. Ein Greifarm des Assistenzbots verband sich mit einem Haltepunkt.

Prizilla musterte ihn. »Du siehst schlecht aus.«

»Es geht mir gut«, behauptete Coridian.

Arme und Beine wirkten noch dünner, die Schultern schienen noch etwas tiefer gesunken, der Hals ragte schief zur Seite. Eine dünne Schicht Heilhaut bedeckte die vielen kleinen Krater in seinem Gesicht.

»Wie soll ich einen Lügner fragen, ob jemand gelogen hat?« Als Coridian nicht darauf reagierte, fügte Prizilla hinzu: »Wer von ihnen hat gelogen? Jarl oder Rukorio?«

»Rukorio ist nicht der Held von Onnizza«, brummte Coridian. Da war es wieder, das Pfeifen in seiner Stimme, wie von entweichender Luft.

»Das denke ich auch. Aber letztendliche Gewissheit haben wir nicht, und wenn man die Ergebnisse der von Tairea beauftragten Einsatzgruppe übermittelt, sind wir bereits auf dem Weg nach Ira.«

»Es könnte ein Problem geben, und deshalb bin ich hier«, sagte Coridian. »Ein Schiff ist eingetroffen.«

Prizilla deutete nach draußen, zum Fulkrum. »Ich habe es gesehen. Ein Kreuzer.«

»Es ist ein Schiff der Abteilung Acht«, sagte Coridian. »Nadala hat es geschickt. Sie weiß, dass wir hier sind.«

Schrei nicht!

Jarl 82

Zu beobachten, wie sie atmete und sich bewegte, wie sie aus dem Zustand erwachte, der dem Tod näher war als dem Leben, wie sie die Augen öffnete und ihn sah, wie das Erkennen allmählich in ihr dämmerte ... Es gab Jarl ein seltsames Gefühl, eine Freude, wie er sie nie zuvor in seinem Leben gekannt hatte. Eine Freude, der es irgendwie gelang, die Perspektiven zu verschieben – plötzlich wirkte alles weniger düster.

»Bist du das, Jarl?«, fragte Sotia mit brüchiger Stimme. Die Mediker bereiteten sie für das Heilbad vor. Nackt lag sie da, ihre Fertilitätsblasen halb gefüllt, die weiße, blutleere Haut fleckig, und das zu einem Zopf geflochtene Haar ruhte wie eine schwarze Schlange auf dem flachen Kopfkissen. »Bist du es wirklich?«

Er tastete behutsam nach ihrer Hand, wie im Uterus, den verzweifelte Flüchtlinge zu einem Hibernationstank umgebaut hatten. Sie griff überraschend fest zu, als sie die Berührung spürte.

»Ja, ich bin es«, sagte er und hörte, wie sanft seine Stimme klang.

Sotia lächelte und schloss die Augen, ihre Finger verließen seine Hand. Für einen schrecklichen und völlig irrationalen Moment glaubte er, dass sie starb, hier, direkt vor ihm, nachdem sie die defekte Hibernation überlebt hatte. Aber es schien alles in Ordnung zu sein, denn die Mediker hoben die reglos gewordene Frau an und legten sie ins Heilbad.

»Sie wird leben«, versprach Medikerin Laurenzia und richtete die Sensoren eines Diagnosebots auf ihn. »Legen Sie sich jetzt wieder hin, Soldat Jarl. Sie sind noch immer geschwächt.«

Jarl fühlte es in den Beinen und Knochen, ein Zittern, das aus einer neuen Tiefe in ihm zu kommen schien. Mit der Hand, die Sotias Finger berührt hatte, hielt er sich am Rand des Beckens fest und beobachtete, wie sich zwei Assistenzbots mit After und Scheide verbanden. Wir leben, dachte er und staunte. Wir leben beide.

Später, als es ihnen besser ging, erzählten sie sich ihre Geschichten. Sie saßen in einem Nebenraum der Medostation an Bord der *Taurus*, angeschlossen an medizinische Sensoren und Assistenten. Es war warm, fast so warm wie damals auf Grotenthal. Sotia trug einen leichten cremefarbenen Umhang. Der dünne Stoff wölbte sich kaum über den Fertilitätsblasen, woraus Jarl schloss, dass ihre Inhalte verloren gegangen waren.

Er erfuhr vom Angriff des Feindes auf Onnizza, von der Zerstörung des Lebensturms, von der Flucht der Mütter, Kinder und Fürsorgerinnen nach Arkeron Sieben.

»Wir konnten dort nicht überleben«, sagte Sotia. »Wir konnten dort nicht lange genug überleben.«

»Ja, ich weiß«, erwiderte Jarl voller Anteilnahme und stellte sich die Situation vor: Dutzende von Flüchtlingen eingeschlossen in einer Forschungsstation, deren Ressourcen nicht für so viele Personen bestimmt waren, mehr als zwölf Kilometer unter der Oberfläche eines Staubmeers, auf einer vom Feind eroberten Welt.

»Schließlich entschieden wir, die Uteri für eine Hibernation umzubauen, in der Hoffnung, dass die Streitkräfte kommen und den Feind von Onnizza vertreiben.« Ihre Hände setzten sich in Bewegung, strichen über das dünne Gewand und erreichten die Fertilitätsblasen. »Ich habe meine Kinder verloren.«

»Du wirst andere bekommen«, sagte Jarl, doch etwas erschien ihm seltsam an diesen Worten. Verwundert dachte er darüber nach und stellte fest, dass er nicht daran glaubte. Die neue Tiefe in seinem Innern enthielt die Gewissheit, dass Sotia keine Kinder mehr bekommen würde. »Wichtig ist, dass du lebst. Die umgebauten Uteri haben nicht richtig funktioniert. In deinem Tank sind alle außer dir gestorben.«

Einige Sekunden lang blieb Sotias blasses Gesicht leer, und ihr Blick ging ins Nichts. Vielleicht, überlegte Jarl, dachte sie an die toten Mütter und Fürsorgerinnen, die sie gekannt hatte.

Dann fiel ihm noch etwas ein.

»Sind einige der Kinder in den Uteri von dir gewesen?«, fragte er vorsichtig.

»Drei«, antwortete sie leise. »Irk, Tosa und Wati. Ein Junge mit gelbem Soldatenblut und zwei Mädchen, die vielleicht einmal Mütter geworden wären.«

»Es tut mir leid.«

Sotia hob kurz die Hand und ließ sie wieder sinken. »Und du? Wie ist es dir ergangen?«

Jarl erzählte von seinen Jahren als Soldat, von Welten des Krieges, von Kämpfern, die neben ihm gestorben waren, von Blastern verbrannt, von Intervallkanonen zerrissen, von Gravitationsbomben zerfetzt oder zerquetscht. Er berichtete von Bandar und Risz im Achas-System, von einem Aleolt-Kind, das ihn um Geschichten über die Sterne gebeten hatte, von dem Strafgericht und der Versetzung zur Strafkompanie Radwor. Er schilderte den Angriff auf Onnizza und seinen besonderen Auftrag, den er vom Kompanieführer Ruk beziehungsweise Ruko erhalten hatte.

»Ruk«, murmelte Sotia. »Immer wieder Ruk.«

»Der Held von Onnizza«, sagte Jarl, »als Rukorio zum Kommandanten der Raumstation beim Tallbart-Fulkrum befördert.«

»Aber er ist kein Held.«

»Nein, das ist er nicht.« Jarl staunte ein weiteres Mal, diesmal darüber, dass in seiner Stimme jede Bitterkeit fehlte. »Er hat gelogen. Und er wollte meinen Tod. Er hat mich auf Onnizza zurückgelassen.«

»Ohne dich hätte ich nicht überlebt.«

»Damals habe ich Ruk nicht verstanden«, erklärte Jarl. »Ich habe nicht verstanden, warum er es immer auf mich abgesehen hatte, warum er mich hasst. Heute verstehe ich ihn. Er hasst mich, weil ich schwach bin und weil er fürchtet, ebenso schwach zu sein wie ich.«

»Er wollte dich töten, aber du hast überlebt. Du bist stark, Jarl, das habe ich immer gewusst.«

Er schüttelte den Kopf. »Nein, Ruk hat recht. Ich bin schwach. In meinen Adern fließt das gelbe Blut eines Soldaten, aber es ist das falsche Blut. Ich wollte nie ein Soldat sein.«

Sotias Gewand raschelte, als sie sich ein wenig vorbeugte. »Ob du Soldat sein wolltest oder nicht, spielt keine Rolle. Wir sind, was wir sind. Du hast Grotenthal und all die anderen Welten überlebt, auch Onnizza. Du bist stark, Jarl. Vielleicht bist du sogar stärker als alle anderen.«

Für einen seltsamen, einzigartigen, kostbaren Moment sah Jarl in Sotias Gesicht ein Leben, wie es hätte sein können.

»Deine toten Kinder ... Dies alles muss aufhören. Der Krieg muss aufhören. Das Leben muss leben dürfen.«

Ein leises Zischen kam von Sotia, vielleicht ein Seufzen. »Wir müssen das Universum nehmen, wie es ist. Wir können es nicht ändern.«

»Doch, das können wir. Indem wir zur Erde fliegen, dort die Waffe des Friedens finden und Gebrauch von ihr machen. Indem wir den Krieg beenden.«

»Ach, Jarl, dein alter Traum. Ich erinnere mich daran, du hast mir damals davon erzählt. Ein Ende des Krieges. Frieden. Aber ... es ist nur ein Traum.«

»An Bord dieses Schiffes befindet sich auch Prizilla, Strategin von Ewora der Großen und selbst Suprema, bevor sie in einer Zeitstraße verschwand. Sie ist zurückgekehrt, einunddreißig Jahre in ihrer Zukunft, in unserer Gegenwart, mit dem Wissen um die Waffe des Friedens. Es ist mehr als ein Traum. Wir können den Krieg beenden. Das Sterben kann ein Ende haben.«

Als Sotia schwieg, fügte Jarl hinzu: »Ruk wollte, dass ich wieder seinem Kommando unterstellt werde. Ich bin eine Gefahr für ihn, ich kenne die Wahrheit und bedrohe seinen Status als Held von Onnizza. Und ich erinnere ihn an seine Schwäche. Wahrscheinlich würde er mich auf einen Einsatz ohne Wiederkehr schicken. Aber Prizilla hat darauf bestanden, dass ich sie auf ihrer geheimen Mission begleite, bei der es um die Erde und die Waffe des Friedens geht. Ich habe gesagt, dass ich einverstanden bin, unter einer Bedingung.«

»Du hast einer früheren Suprema eine *Bedingung* gestellt?«

»Ich habe gesagt, dass ich sie nur begleite, wenn auch du mitkommst.«

Sotia sah ihn an. »Ich bin Mutter, Jarl. Ich gehöre in einen Lebensturm, nicht auf die Erde, von der wir nicht einmal wissen, ob sie existiert.«

»Aber …« Mit einer solchen Antwort hatte er nicht gerechnet. »Du könntest dabei helfen, allem ein Ende zu setzen! All dem Sterben, der Zerstörung und dem Leid!«

Die Tür öffnete sich, und Medikerin Laurenzia kam herein. »Zurück ins Heilbad, Mutter Sotia. Und Ihnen verordne ich Ausruhen, Soldat Jarl.«

Sotia stand auf. »Lass mich überlegen, Jarl«, sagte sie leise, als sie an ihm vorbeiging. Ihre Finger strichen ihm kurz über die Wange. »Lass mich nachdenken.«

»Denk nicht zu lange nach«, erwiderte er traurig. »Prizilla hat gesagt, dass wir sofort aufbrechen, wenn wir das Fulkrum erreichen.«

83

Jarl träumte von Gesichtern und Welten, manche grün, andere grau, voller Staub und Ruinen. Es waren wirre Träume, ohne eine klare Linie, ohne Worte und Botschaft. Sie blieben verworren, weil der Talisman und seine Geschichten fehlten. Jarl träumte von Erinnerungen an Träume.

Er erwachte, als ihm der Soldateninstinkt mitteilte, dass er nicht mehr allein war.

»Licht«, sagte er, doch es blieb bis auf eine kleine Bereitschaftsanzeige neben der Tür dunkel. Die Indikatoren über dem schmalen Bett leuchteten nicht – die medizinischen Assistenten des Krankenquartiers waren ausgeschaltet.

Jemand stand vor dem Bett, eine große Gestalt mit breiten Schultern.

»Ruk.«

»Es nützt nichts, wenn du schreist. Niemand wird dich hören. Ein Akustikschild sorgt dafür, dass alles unter uns bleibt. Auch die medizinischen Assistenten hören nichts.«

»Willst du mich umbringen?«

»Nein, das wäre dumm. Wenn du stirbst, würde der Verdacht sofort auf mich fallen, selbst wenn nichts auf Gewalteinwirkung hindeutet. Ich will, dass du deine Aussage zurücknimmst, Schwächling. Ich will, dass du zugibst, gelogen zu haben.«

»*Das* wäre eine Lüge«, sagte Jarl.

»Wenn nicht, wenn du dich weigerst ...« Ruk stand da, dunkel und groß, sein Gesicht nur ein schemenhaftes Oval. »Admiral Nuvesos wird bald die Anweisung erhalten, mit seinem Vierzehnten Strategischen Einsatzverband zum Kernbereich zu fliegen und die dortigen Verteidigungsflotten zu verstärken. Sotia ist keine Soldatin mehr, sondern Mutter. Die Administration des Tallbart-Systems wird sie dem neuen Lebensturm zuweisen, der zurzeit auf Onnizza gebaut wird. Ranghöchster Systemoffizier werde ich sein, sobald sich Admiral Nuvesos auf den Weg gemacht hat.«

Ruk bückte sich. Sein Kopf kam näher, bekam eine Nase und Augen.

»Weißt du, was das bedeutet, Schwächling? Es bedeutet, dass ich zu Anweisungen befugt sein werde, die auch den Lebensturm betreffen. Ich kann Sotia das Leben schwer machen. Ich kann ihr das Leben so schwer machen, dass sie sich wünschen wird, im Hibernationstank gestorben zu sein.

Und ich werde ihr zu verstehen geben, dass du daran schuld bist, und sie wird dich verfluchen.«

»Sie ist eine Mutter!«, entfuhr es Jarl erschrocken.

»Und ich bin der Held von Onnizza.« Ruk richtete sich wieder auf. »Du hast die Wahl, Schwächling. Es liegt ganz bei dir.«

Rukorio drehte sich um und ging. Als er das Krankenquartier verlassen hatte, schien die Dunkelheit dunkler zu werden und die Stille noch etwas stiller.

84

»Erzählen Sie mir von Ihren Träumen«, sagte die Ehrenwerte namens Prizilla. »Erzählen Sie mir von der Erde und der Waffe für den Frieden!«

»Ich habe Ihnen bereits alles davon erzählt«, erwiderte Jarl und dachte an Sotia. Er hatte ihr gesagt, dass er die Ehrenwerte und den General nur begleiten würde, wenn sie mitkam, aber das stimmte nicht. Er hatte gelogen, ohne von der Lüge zu wissen. Wie auch immer sich Sotia entschiede, er würde an dem Flug zur Erde teilnehmen, denn dabei ging es um mehr als zwei kleine Leben. Die Pflicht rief, und das gelbe Blut in seinen Adern verlangte, dass er dem Ruf folgte.

»Ich möchte es noch einmal hören«, sagte Prizilla geduldig. Sie saßen im Besprechungszimmer direkt neben dem Navigationsraum der *Taurus*, die sich dem Fulkrum über dem Tallbart-System näherte. Der Assistenzbot des Generals stand in der Nähe, und die Gestalt darin – ein einst starker Mann, den ein Transferunfall krank und schwach gemacht hatte – beobachtete alles mit biomechanischen Linsen. »Beschreiben Sie mir die Erde und die Waffe!«

Es steckte mehr in Prizillas Worten, als allein die Silben zum Ausdruck brachten, eine fast verzweifelte Hoffnung.

Jarl sprach und schilderte erneut seine Träume, die verschiedenen Versionen von Geschichten, die die Erde und Atalea die Größte betrafen.

»Wenn ich Sie richtig verstanden habe, gab es verschiedene Erzähler, die sich einander widersprachen«, brummte General Coridian, als Jarl geendet hatte. Ein seltsames Pfeifen lag in seiner Stimme.

»Das stimmt«, bestätigte Jarl und fragte sich, wie sich Sotia entscheiden würde. »Es kann nicht alles wahr gewesen sein, was mir der Talisman erzählt hat. Es gab auch Lügen.«

Der General wandte sich an die Ehrenwerte. »Der Talisman muss manipuliert worden sein, vielleicht sogar mehrmals.«

»Manipuliert mit Wahrheit und Lüge«, murmelte die Ehrenwerte Prizilla, ohne den Blick von Jarl zu wenden. »Verändert wie der Träger des Talismans, wie die anderen sechs Kinder von Nimmwa.«

»Wir könnten ihn genau untersuchen lassen«, schlug General Coridian vor.

»Er ist bereits untersucht worden, bei der Behandlung und als er im Heilbad lag.«

»Wir könnten noch genauere Untersuchungen vornehmen.«

Prizilla wölbte eine Braue. »Und dabei riskieren, ihn zu beschädigen?«

Zu beschädigen, dachte Jarl. So sprechen sie von Soldaten. Wir werden nicht verletzt, sondern beschädigt. Der Gedanke stimmte ihn traurig.

»Was wissen Sie über die Erde und die Waffe?«, hörte er sich fragen.

Prizilla schwieg einige Sekunden, und Jarl dachte schon, dass sie nicht antworten würde, doch dann sagte sie: »Ich weiß, dass es auf der Erde eine Waffe gibt, die den Krieg beenden kann. Eine Waffe, die auf uns wartet. Auf Sie und mich.«

»Wieso auf uns beide? Wieso auf mich?«

»Das finden wir heraus, wenn wir auf der Erde sind.«

»Sie wissen mehr«, erkannte Jarl. »Sie sagen mir nicht alles.«

»Vergessen Sie nicht, wen Sie vor sich haben!«, sagte der General scharf.

Prizilla hob eine Hand. »Schon gut, Coridian, schon gut. Jarl …« Ihr Blick bohrte sich noch etwas tiefer in ihn. »Vielleicht weiß ich tatsächlich etwas mehr als Sie, und vielleicht wissen Sie mehr als ich. Was auch immer der Fall sein mag, ich fürchte, wir wissen beide nicht *genug*. Denken Sie nach! Versuchen Sie, sich an alle Einzelheiten der Träume zu erinnern! Geben Sie mir Bescheid, wenn Sie etwas für wichtig halten.«

Sie stand auf.

»Bevor wir die Raumstation erreichen und Vorbereitungen für den Transit durchs Fulkrum treffen, möchte ich noch einmal mit Sotia sprechen«, sagte Jarl.

Die Ehrenwerte nickte knapp. »Natürlich.«

Jarl fand Sotia in der Medostation der *Taurus*, nicht in einem Heilbad, sondern auf einer Diagnoseliege. Medikerin Laurenzia löste gerade Untersuchungssensoren von ihr.

»Darf ich mit ihr sprechen?«, fragte Jarl.

Laurenzia nickte, bediente die Kontrollen der medizinischen Assistenten und betrachtete die Anzeigen.

»Allein«, fügte Jarl hinzu.

»Oh.« Die Medikerin wandte sich von den Assistenten ab und ging zur Tür. »Aber bitte nehmen Sie ein wenig Rücksicht. Sie hat gerade eine schlechte Nachricht erhalten, die sie noch verarbeiten muss.«

Jarl wartete, bis sich die Tür hinter der Medikerin geschlossen hatte.

»Ruk war bei mir.« Er trat an die Liege. Sotia war aufgestanden und streifte rasch ihr Gewand über. Sie schien es eilig zu haben, ihre Fertilitätsblasen zu bedecken. »Er wollte, dass ich meine Aussage zurückziehe. Wenn nicht, will er sich an *dir* rächen. Er hat gedroht, dir das Leben im neuen Lebensturm von Onnizza so schwer zu machen, dass du dir den Tod wünschst. Bitte, Sotia, komm mit mir! Ich …« Jarl unterbrach sich, als er den Kummer in Sotias Gesicht bemerkte. »Eine schlechte Nachricht?«

»Ich bin unfruchtbar«, sagte Sotia. »Die defekte Hibernation hat mich unfruchtbar gemacht. Meine Fertilitätsblasen können keine Eizellen mehr produzieren.«

Jarl verstand, und fast hätte er Freude gezeigt, begriff aber rechtzeitig, wie dumm das gewesen wäre.

»Dann wird man dich nicht im neuen Lebensturm von Onnizza unterbringen«, stellte er fest. »Dann kannst du mit mir kommen, fort von hier und fort von Ruks Drohungen.« Leise fügte er hinzu: »Es tut mir leid, Sotia.«

»Unsere Bioingenieure könnten vielleicht helfen, aber hier gibt es keine mehr.« Sotia sprach so, als müsste sie die Worte selbst hören, um zu begreifen, was sie bedeuteten. »Wir müssten sie aus dem Kern hierher rufen, von Topia oder Ennunt, und es würde lange dauern, Monate oder Jahre. So viel Zeit bleibt vielleicht nicht.«

»Komm mit mir!«

Sotia sah an sich herab. Das schwarze Haar war gelöst und fiel ihr über die Schultern. Nach einigen Sekunden hob sie den Blick und hielt ihm die Hand hin.

»Was soll aus uns werden, wenn wir nicht mehr die sind, als die wir geboren wurden?«

»Ich weiß es nicht.« Jarl ergriff ihre Hand. »Vielleicht freie Menschen.«

Glück ist ein unsicherer Verbündeter

Prizilla 85

»Ich freue mich, dass Sie wohlbehalten zurück sind«, sagte Admiral Nuvesos. »Leider habe ich keine guten Nachrichten für Sie.«

Der Admiral empfing sie im Hangar der Raumstation, inmitten einer Schar Abfangjäger. Der Orbiter von der *Taurus* stand an einem Gravitationsanker beim Atmosphärenschild, durch den man, nur zwanzigtausend Kilometer entfernt, das Fulkrum sehen konnte.

Zwei Personen hatten neben dem Admiral auf das Eintreffen des Orbiters gewartet: Rukorio, Kommandant der Raumstation, und ein hochgewachsener, schlanker Mann, der eine anthrazitfarbene Uniform trug: Sersker, Sonderbeauftragter der Abteilung Acht.

»Sie stehen hiermit unter Arrest«, sagte Sersker ruhig. Eine stille, zurückhaltende Autorität lag in seiner Stimme. Dieser Mann, etwa neunzig Jahre alt, war daran gewöhnt, dass man seine Anweisungen befolgte. »Sie und auch General Coridian.«

»Ich nehme an, Nadala hat Ihnen entsprechende Befugnisse erteilt«, sagte Prizilla und überlegte schnell.

»Ja, ich komme im Auftrag der Suprema«, erklärte Sersker. »Ich bin angewiesen, Sie unverzüglich nach Ator zu bringen. Suprema Nadala erwartet uns dort.« Er wandte sich an Admiral Nuvesos. »Hiermit beanspruche ich Transferpriorität. Wir brechen sofort wieder auf.«

»Dorthin hat sich Nadala also zurückgezogen, zu unserer dritten Kernwelt«, sagte Prizilla und erinnerte sich an die Muster. »Falls sie glaubt, dort sicher zu sein, wird sie eine unangenehme Überraschung erleben. Der Feind ist zum Kern unterwegs. Ator, Barandar, Lorakin und Ruschmoor sind seine nächsten Angriffsziele.«

Sersker hob eine Braue. »Hat Ihnen der Feind seine Kriegspläne verraten?«

»Nein, Sonderbeauftragter. Der Abakus hat sie mir gezeigt. Ich war Strategin in Diensten von Ewora der Großen, bevor ich ihre Nachfolge antrat und zur Suprema das Pakts wurde. Ich kenne die Entwicklung, ich weiß, was geschehen wird.«

Serskers Blick bohrte sich ihr in die Augen. »Sie haben nicht gewusst, dass Sie mir begegnen würden, hier an diesem Ort.«

»Wenn Sie mich unter Arrest stellen wollen ... Was wirft man mir vor? Was legt man mir zur Last?«

»Kollaboration mit dem Feind«, antwortete Sersker ungerührt. Er blieb ruhig, alles schien an ihm abzuprallen. »Sie haben ihn nach Memoria gebracht.«

»Das ist Unsinn.«

»Sie werden Gelegenheit erhalten, sich vor einem Strafgericht zu verteidigen.«

»Damit wäre Ihre ›geheime Mission‹ hinfällig.« Rukorio grinste zufrieden. »Was bedeutet, dass Sträfling Jarl, der Lügner von Onnizza, wieder unter meinem Kommando steht.«

Prizilla achtete nicht auf ihn und wandte sich an den Admiral, der über die jüngsten Entwicklungen nicht sehr glücklich zu sein schien.

»Von meiner Mission hängt die Zukunft des Pakts und der Menschheit ab, Admiral. Es geht darum, den Krieg zu beenden, bevor er all das zerstört, was wir in den vergangenen Jahrtausenden aufgebaut haben. Das ist wichtiger als alles andere.«

»Ich habe Sie bereits unter Arrest gestellt«, sagte Sersker. »Kommandant Rukorio, bitte sorgen Sie dafür, dass die Ehrenwerte Prizilla und General Coridian an Bord meines Schiffs gebracht werden!«

»Das Tallbart-System ist Kriegszone«, betonte Prizilla. »Uneingeschränkte Kommandohoheit hat der ranghöchste Offizier vor Ort, und das ist Admiral Nuvesos. Er entscheidet, was hier zu geschehen hat, so will es das Gesetz.«

Sersker setzte zu einer scharfen Erwiderung an, aber Prizilla kam ihm zuvor. »Seien Sie stark, Admiral Nuvesos! Dies ist unsere einzige Chance, den Krieg zu beenden. Wenn wir sie ungenutzt lassen, droht die Vernichtung der Kernwelten und vielleicht das Ende unserer Spezies.«

Admiral Nuvesos, fast ebenso groß und schlank wie Sersker, holte tief Luft. »Wir dürfen nicht schwach werden.«

»Niemals«, antworteten Prizilla, Coridian, Sersker und auch Rukorio automatisch.

»Als ranghöchster Offizier im Kriegsgebiet Tallbart ordne ich hiermit an ...«

Er zögerte. Prizilla fragte sich, welche Muster in diesem Moment im Abakus entstanden wären und was das Präsentationsholo gezeigt hätte – alles hing von einigen wenigen Worten ab. Konnten sie so viel Gewicht tragen? Wie schwer war die Zukunft der Menschheit?

»Ich ordne an, dass die Ehrenwerte Prizilla ihre Mission fortsetzen kann«, sagte Nuvesos.

Nadalas Sonderbeauftragter richtete den Zeigefinger auf Nuvesos. »Sie machen einen großen Fehler, Admiral.«

Mit diesen Worten drehte er sich um und verließ, gefolgt von Rukorio, den Hangar.

86

Der Zylinder des Katapults hatte eine Länge von knapp vierhundert Metern und führte zu den Gravitationsmotoren des Beschleunigers, zu einer klobig, wenig elegant wirkenden Anordnung von Spulen und Spindeln, die kleinsten von ihnen kaum größer als einige Meter. Hinter ihnen öffnete sich der Transitring des Tallbart-Fulkrums im energetischen Zentrum von zwölf Fokussierdornen. Ein Schneller Kurier des

Pakts namens *Trax* ruhte im Gravitationsanker des offenen Zylinders.

»Wissen Sersker und Rukorio hiervon?«, fragte Prizilla, als sie das Katapult erreichten. Sie trug einen leichten Einsatzanzug, ebenso wie Jarl und Sotia. Alles andere wäre während des Transfers durchs Fulkrum sehr unbequem gewesen – dieser Kurier war für zwei, höchstens drei Personen bestimmt und bot selbst ihnen wenig Platz. Mit Coridian in seinem Assistenzbot würde es richtig eng werden.

»Nein«, antwortete Admiral Nuvesos. Er blieb neben der Öffnung des Katapultzylinders stehen. »Aber ich vermute, dass Sersker spätestens davon erfahren wird, wenn der Beschleuniger Ihr kleines Schiff durch den Ring schickt. Wichtig ist: Er und Rukorio können Sie nicht aufhalten, wenn Sie sich beeilen.«

Prizilla winkte Coridian, Jarl und Sotia an Bord.

»Danke, Admiral«, sagte sie. »Ich weiß Ihre Hilfe sehr zu schätzen. Ich nehme an, Ihnen ist klar, dass Sie Schwierigkeiten bekommen werden.«

»Wir alle stecken in Schwierigkeiten«, entgegnete der Admiral. »Manche von uns mehr, andere weniger. Ich wünsche Ihnen viel Glück, und das ist nicht nur eine Floskel.«

»Wünschen Sie mir kein Glück«, sagte Prizilla ernst. »Das Glück ist ein unsicherer Verbündeter. Wünschen Sie mir Erfolg.«

Admiral Nuvesos nahm Haltung an. »Ich wünsche Ihnen Erfolg. Für uns alle.«

Prizilla nickte knapp, kletterte an Bord des Schnellen Kuriers, schloss die Luke und zwängte sich in die kleine Pilotenkanzel. Coridian war so weit wie möglich zur Seite gerückt und hatte seinen Assistenzbot mit der Wand verbunden. Jarl und Sotia – sie schienen sich beide gut erholt zu haben – saßen in einem Notsitz, der sich ihnen beiden anpasste und sie bereits mit dem Kokon eines Sicherheitsharnischs umgab. Prizilla schlüpfte in den Sessel des Piloten und rief Kenntnisse im Umgang mit den Kontrollen aus ihren

Datenadaptern. Vor ihr entstand ein Holo mit Startparametern und Flugkoordinaten.

»Sliwwerat?« Prizilla las die Spezifikationen. »Achthundert Lichtjahre. Beim alten Neunzehn-Welten-Bund. Es sind hedonische Welten, nicht wahr?«

Sie erwartete die Antwort eines Fulkrum-Navigators. Stattdessen erschien Admiral Nuvesos' Gesicht in der linken unteren Ecke des Holos.

»Bei den großen Fulkren, die derzeit von den Streitkräften genutzt werden, bekämen Sie keine Transferpriorität. Sliwwerat ist das größte hedonische Fulkrum in Reichweite. Von dort aus kommen Sie nach Ira. Ich lege eine Requirierungsbefugnis der Admiralität in den Substraten Ihres Kuriers ab. Sie gibt Ihnen das Recht, bei den Neunzehn Welten all das zu beschlagnahmen, was Sie brauchen.«

»Ira?«, erklang Jarls Stimme aus dem Sicherheitsharnisch. »Fliegen wir nicht zur Erde?«

»Wir machen einen kleinen Umweg«, erwiderte Prizilla, die Hände in den holografischen Kontrollen. Sie merkte, wie sich das energetische Gespinst eines Harnischs um sie legte.

»Start in minus dreißig«, meldeten die LIS der *Trax*.

»Coridian?«, fragte Prizilla.

»Alles bereit.«

»Jarl? Sotia?«

»Ira«, sagte die Frau mit dem schwarzen Haar, das wieder zu einem Zopf geflochten war. »Vor einigen Jahren habe ich mit einer Mutter von Iskaja gesprochen. Sie erwähnte, vor mehr als zweihundert Jahren mehrere Söhne auf einer Gespensterwelt namens Ira verloren zu haben.«

»Eine Gespensterwelt?«, wiederholte Jarl.

»Wie ist Ihr Status?«, fragte Prizilla scharf.

»Bereitschaft«, meldeten Jarl und Sotia wie aus einem Mund.

»Wir bekommen eine Anfrage der Raumstation«, sagte Admiral Nuvesos im Holo. »Der außerplanmäßige Transit wurde bemerkt.«

»Jetzt hält uns niemand mehr auf.« Prizilla zog die Hände aus den Kontrollen. Die Substrate kümmerten sich um alles. »Noch einmal danke, Admiral!«

Nuvesos nickte, und sein Bild verschwand.

Wenige Sekunden später löste sich der Gravitationsanker, und das Katapult warf den Schnellen Kurier in die wartende Energieblase des Beschleunigers. Prizilla sah ein helles Glühen, ein gleißendes Flackern, und dann fiel die *Trax* mit zwei Prozent der Lichtgeschwindigkeit ins Wogen des Transitrings. Die Kompensatoren und Trägheitsabsorber funktionierten perfekt – Prizilla fühlte nur ein kurzes Ziehen und Zerren, mehr nicht.

Perlweißes Transferlicht füllte die Pilotenkanzel, und Prizilla schloss die Augen. Mit Bedauern dachte sie an ihren neuen Abakus an Bord der *Taurus*. Vor der Begegnung mit Sersker war sie davon ausgegangen, dass der Transfer durchs Fulkrum des Tallbart-Systems mit dem Schnellen Kreuzer stattfinden würde, aber die *Taurus* blieb bei der Raumstation zurück.

Sie erinnerte sich an die letzten Muster des Abakus. Die Gespensterwelt würde ein Opfer verlangen, lautete ihre Botschaft. Einer von ihnen würde auf Ira sterben, doch wer?

87

Das achthundert Lichtjahre entfernte Sliwwerat-Fulkrum war größer als das im Tallbart-System. Es bestand nicht aus zwölf Fokussierdornen, sondern aus sechzehn, und der Transitring hätte einem Kampfkreuzer genug Platz geboten. Doch nach dem viele Jahrtausende alten Vertrag zwischen Neunzehn-Welten-Bund und Pakt stand dieses Fulkrum, wenn nicht einzig und allein, so doch vor allem den hedonischen Welten zur Verfügung, und zusammen mit anderen Hedonier-Fulkren bildete es ein Netzwerk im Innern eines Netzwerks.

Der plötzliche Phasenwechsel von Senden auf Empfang

führte fast zu einer Katastrophe, denn der Schnelle Kurier erschien, vom Dezelerator abgebremst, direkt vor einem Habitatsegler, der sich gerade auf die Reise begeben wollte. Die Substrate des Kuriers reagierten sofort und leiteten ein Ausweichmanöver ein, noch bevor Prizilla ganz begriffen hatte, was überhaupt geschah. In einem Abstand von nicht einmal einem Kilometer fiel die *Trax* an Solarsegeln und Rotationszylindern vorbei.

Eine wütende Stimme drang aus dem Kommunikationssystem und fluchte in der Allgemeinsprache L_1.

»Haben Sie völlig den Verstand verloren?«, donnerte es. »Hirnlose Vollidioten! Schwachköpfe! Wenn es zu einer Kollision gekommen wäre ...!«

»Ist es aber nicht«, murmelte Prizilla. Ihre Finger tanzten in den holografischen Kontrollen. »Soldat Jarl, hinaus mit den vorbereiteten Sensoren und Sprengkapseln. Ich bin ziemlich sicher, dass bald ein zweiter Phasenwechsel stattfindet.«

Die energetischen Kokons der Sicherheitsharnische verschwanden. Jarl war sofort auf den Beinen und bediente die sekundären Kontrollen in der nahen Ausrüstungskammer.

»Coridian?«

»Alles in Ordnung.«

Statusdaten erschienen vor Prizilla im Holo. Symbole veränderten sich, als sie die manuelle Kontrolle übernahm, den Kurs änderte und das kleine Schiff am viel größeren Habitatsegler vorbei in Richtung Fulkrum zurückbrachte.

»Unbekanntes Schiff, identifizieren Sie sich!«, drang wieder die Stimme aus dem Kommunikationssystem. »Ich möchte wissen, wem ich zu seiner völligen Verblödung gratulieren kann!« Dem Klang nach war es ein Mann, und er benutzte noch immer die umständliche, viel zu langsame Allgemeinsprache.

Prizilla sendete die Identer-Kennung des Schnellen Kuriers und fügte den Code der Streitkräfte und die Requirierungsbefugnis hinzu. Dann gab sie Coridian ein Zeichen.

»Hier spricht General Coridian«, sagte der Mann im Assistenzbot, der nur noch ein Schatten seiner selbst war. »Dies ist ein Notfall, ich wiederhole, ein Notfall. Wir benötigen absolute Transferpriorität …«

»Lassen Sie uns mit Ihrem verdammten Krieg in Ruhe, General Wieauchimmer! Wir wollen hier keine Schiffe der Streitkräfte, jetzt noch weniger als vorher! Sie locken den Feind zu uns!«

Die holografischen Anzeigen vor Prizilla wiesen darauf hin, dass Sensoren und Kapseln unterwegs waren. Jarl verließ die Ausrüstungskammer, setzte sich neben Sotia und wartete auf Anweisungen.

Prizillas Hände bewegten sich erneut in den holografischen Kontrollen und schickten den Notfallcode zum Sliwwerat-Fulkrum.

»Was machen Sie da, verdammt?«, kam die Stimme aus dem Kommunikationssystem. »Das ist unser Fulkrum, und es dient allein zivilen Zwecken!«

»Wir übernehmen die Kontrolle für einen weiteren Prioritätstransfer«, erwiderte Coridian. Sein Assistenzbot stand noch immer an der Wand, mit ihr verbunden. »Zum dritten Mal: Dies ist ein Notfall! Ich berufe mich auf die vierzehnte Erweiterung des Vertrags von Lorxgar, auch KBU genannt, die ›Klausel für besondere Umstände‹.«

»Hören Sie auf mit diesem hirnverbrannten Quatsch! Die Klausel können Sie sich dorthin stecken, wo die Sterne niemals leuchten. Wir wollen mit Ihrem Krieg nichts zu tun haben!«

»Sagen Sie den Crul, dass Sie mit dem Krieg nichts zu tun haben wollen, wenn Superlichtschiffe über Ihren Welten erscheinen«, grollte Coridian. Seine Stimme war fast so tief und voll wie früher. Es kostete ihn Kraft und Mühe, stellte Prizilla fest. »Sagen Sie es dem Feind, wenn Ihre Häuser brennen und Ihr bequemes Leben in Leid, Schmerz und Tod endet!«

»Sparen Sie sich Ihre militärische Propaganda! Hiermit befehlen wir Ihnen …«

»Sie haben mir nichts zu befehlen! Aber ich kann *Ihnen* Befehle erteilen, und das werde ich tun, wenn Sie mir keine Wahl lassen! Die Klausel gibt den Streitkräften das Recht, im Notfall – unter ›besonderen Umständen‹ – die Kommandohoheit über das Fulkrum zu übernehmen. Auf diese Vertragsbestimmung beziehe ich mich hiermit. Ich bin Coridian, General der Streitkräfte. Hier ist mein Identifizierungscode.«

Das Kommunikationssystem empfing ihn von Coridians Identer, und Prizilla schickte das Signal der Raumstation, bei der mehrere zivile Schiffe auf Transitfreigabe warteten.

Vor der *Trax* waberte es im Transitring des Fulkrums – offenbar hatte tatsächlich ein neuer Phasenwechsel stattgefunden –, doch es erschien kein Schiff. Wenige Sekunden später zeigte der visuelle Bereich des Holos ein Blitzen. Prizilla unterbrach die Kommunikationsverbindung mitten in einem langen Fluch des Hedoniers.

»Eine Nachrichtenkapsel, klein genug, den Transfer selbst bei einer instabilen Phase zu schaffen«, sagte Prizilla in Lingua Neun. »Die Sprengkapseln haben sie gefunden und eliminiert.«

»Vermutlich wollte man die Verantwortlichen der Neunzehn Welten dazu auffordern, uns unter Arrest zu stellen«, entgegnete Coridian. »Sie hätten das Fulkrum blockieren und uns daran hindern können, die Kontrolle zu übernehmen.«

»Haben wir Kontrolle?« Prizilla betrachtete die Anzeigen. Ein Hangar der Raumstation öffnete sich, zwei Schiffe kamen heraus und beschleunigten mit ihren Gravitationsmotoren.

»Patrouillenboote?«, fragte Coridian.

»Nur leicht bewaffnet, kein Problem für uns.« Prizillas Finger berührten leuchtende und blinkende Symbole. »Das Fulkrum bestätigt unseren Code. Wir haben Kommandohoheit. Ich übermittle die Koordinaten von Ira. Auf Transfer vorbereiten!«

Die energetischen Kokons der Sicherheitsharnische kehrten zurück.

Katapult und Beschleuniger bestanden nicht aus einem langen Zylinder und einer Ansammlung von Spulen und Spindeln, sondern aus einer langen Rampe, die wie ein weiterer, dünnerer Dorn auf den Transitring zeigte und sich auch für größere Schiffe eignete. Alle Komponenten der langen Rampe meldeten Bereitschaft.

Der Habitatsegler blieb hinter ihnen zurück – sie fielen der Rampe entgegen.

Prizilla überprüfte wieder die Anzeigen. »Koordinaten sind programmiert, Katapult und Beschleuniger erwarten uns, Transitring in Senden-Phase. Keine weitere Phasenumkehr, alles stabil. Von der Raumstation aus wird versucht, unsere Anweisungen zu neutralisieren.«

Sie warf einen Blick auf die schematischen Darstellungen des Sonnensystems. Neunzehn Welten, Planeten und Monde, von Menschen bewohnt, die sich nicht den Streitkräften verpflichtet glaubten, die einfach nur ihr Leben genossen, ohne einen Gedanken an das Überleben der eigenen Spezies zu vergeuden. Prizilla hatte die Hedonier nie verstanden, und das würde sie vermutlich auch dann nicht, wenn sie tausend Jahre alt wurde. Selbst in dieser Lage lehnten sie es ab, über den begrenzten Horizont ihrer Welt und ihrer Welten hinauszublicken. Aber der Feind würde auch hierherkommen. Erst die zweiundneunzig Kernwelten und dann, wenn das Herz des Pakts zu Asche zerfiel und die Flotten der Verteidiger besiegt waren, auch der Rest.

»Wir müssen stark sein«, murmelte Prizilla, als ihre Finger in den Kontrollen die *Trax* zur Rampe von Katapult und Beschleuniger steuerten. »Wir dürfen nicht schwach werden.«

Coridian hörte sie. »Niemals«, brummte er.

»Niemals«, sagten auch Jarl und Sotia.

Sie klangen plötzlich seltsam, diese alten, vertrauten Worte, als passten ihre Silben nicht mehr richtig zusammen, als hätten sie zu viele Ecken und Kanten bekommen.

Über dem Katapultsegment der Rampe bildete sich ein Gravitationsfeld. Die *Trax* glitt darauf zu.

»Transfer wird eingeleitet«, sagte Prizilla, zog die Hände aus den holografischen Kontrollen und überließ die Navigation den Substraten. »Coridian?«

»Alles in Ordnung«, behauptete der Mann im Assistenzbot, aber ein Blick zur Seite verriet Prizilla, dass er log. Das Gesicht war grau und schien noch schmaler geworden zu sein, Speichel rann aus dem linken Mundwinkel, und die Lippen zitterten. Die Kraft verließ den einst starken Mann, doch er versuchte trotzig, Widerstand zu leisten. Der erste Transfer, über nur achthundert Lichtjahre, musste eine erhebliche Belastung für ihn gewesen sein, und es stand einer über mehr als sechstausend Lichtjahre bevor. Wenn sie sich zwischen den Fulkren befanden, im Hyperraum der X, was geschah dann mit dem fremden Wesen, das in ihnen beiden steckte, in Coridian mehr als in ihr?

Fast hätte Prizilla nach den Schuppen auf ihrem rechten Schienbein getastet. Sie juckten wieder.

Sie lehnte sich zurück, wie Jarl und Sotia in einen energetischen Harnisch gehüllt. Das Gravitationsfeld des Katapults schloss sich wie eine zum Wurf gestreckte Hand um die *Trax*.

»Transfer in fünf ... vier ...«

Die Hand warf, der Beschleuniger gab dem kleinen Schiff eine Geschwindigkeit von sechstausend Kilometern in der Sekunde, und der Transitring nahm es auf.

Wer ist Gott?

88 Prizilla

Ira umkreiste einen neun Milliarden Jahre alten roten Zwergstern namens Dasuc in einer engen Umlaufbahn, nicht mehr als vierzig Millionen Kilometer entfernt. Die Rotation von Zentralgestirn und Planet war synchronisiert, was bedeutete: Ira wandte seiner Sonne immer dieselbe Seite zu – auf der einen herrschte ewiger Tag, auf der anderen immerwährende Nacht. In der Zwielichtzone, wo sich Tag und Nacht trafen, gab es starke Winde, die heiße Luftmassen von der Tag- zur Nachtseite trugen.

Ira war allein, es gab keine anderen Planeten, was an einem gefräßigen Monstrum in einer Entfernung von nur einem halben Lichtjahr lag. Dort zog ein schwarzes Loch, tausend stellare Normmassen schwer, seine Bahn und nahm das Dasuc-System auf seine Reise durch den Spiralarm der Galaxis mit.

Der rote Zwergstern und sein einziger Trabant umkreisten die superschwere Singularität, die alles verschlang, was sie mit ihren Schwerkraftarmen packen konnte. Aber es war keine stabile Umlaufbahn, sondern eine lang gezogene Spirale, an deren Ende, in einigen Millionen Jahren, der Sturz in den Gravitationsrachen des Monstrums folgen würde, das bereits die äußeren Planeten aus dem Sonnensystem gerissen und in den interstellaren Raum geschleudert hatte.

Das Fulkrum, einige Lichtminuten von Ira entfernt, hatte nur drei Fokussierdorne und einen nicht ganz geschlossenen Transitring. Das Technische Korps der Streitkräfte hatte lange darüber gerätselt, ob die X vor hundert Millionen Jahren das

Dasuc-Fulkrum nicht fertiggestellt oder aber auf diese Weise geplant hatten: klein, von begrenzter Leistungsfähigkeit, für den Transfer großer Schiffe völlig ungeeignet – ein Schneller Kurier stellte die Obergrenze an Masse und Volumen dar. Hinzu kam, bedingt durch die geringe Anzahl von Fokussierdornen, eine sehr begrenzte Reichweite. Das kleine Fulkrum konnte zwar auch von weit entfernten Fulkren empfangen, wenn das transferierte Objekt nicht zu groß und zu schwer war, aber das Senden beschränkte sich auf eine maximale Entfernung von hundert Lichtjahren.

Zehntausend Kilometer über dem Fulkrum, auf die Ebene der Ekliptik bezogen, schwebte eine alte Raumstation im All, ihre Systeme allein von Substraten überwacht. Seit Hunderten von Jahren, seit Ira zur Gespensterwelt geworden war, hielten sich dort keine Menschen mehr auf, nicht einmal Extremangepasste, die über eine besondere Widerstandskraft verfügten. Der Einfluss von Iras Gespenstern, so ging aus der von den Substraten gesendeten automatischen Warnung hervor, beschränkte sich nicht nur auf den Planeten, sondern reichte, wenn auch abgeschwächt, bis zum Fulkrum und zur Raumstation.

Prizilla hatte Coridian untersucht und traf eine Entscheidung. »Wir lassen dich hier zurück, alter Freund.« Sie benutzte das vertrauliche Du, trotz der Anwesenheit von zwei anderen Personen. »Damit du uns den Rücken freihältst.«

»Geht es mir so schlecht?«, krächzte Coridian. Er stand nicht mehr in seinem Assistenzbot, er hing darin. Mehrere Indikatoren des Bots wiesen auf kritische biometrische Werte hin.

»Es wird dir bald besser gehen«, versprach Prizilla. »In der Raumstation gibt es eine medizinische Abteilung. Die Substrate und ihre Bots haben alles einsatzbereit gehalten. Sie werden dir helfen.«

»Du möchtest dich auf Ira nicht mit einem Sterbenden belasten«, brachte Coridian hervor, als Prizilla seinen Assistenten zur Luftschleuse bugsierte.

»Du stirbst nicht«, widersprach Prizilla mit mehr Gewissheit, als sie verspürte. »Du wirst dich behandeln lassen, und anschließend passt du gut auf, mit den Augen und Ohren der Station, mit ihren Sensoren.«

Seine Stirn war noch flacher geworden, die dünne Schicht Heilhaut im Gesicht hatte sich gelöst, und darunter kamen Dutzende von eiternden Kratern zum Vorschein. Der borkenartige Schorf an der linken Seite des Kopfs wirkte dunkler und dicker. Mit Blut vermischter Speichel rann aus Coridians Mundwinkel.

Prizilla erreichte die Schleuse, als das rechte Bein plötzlich unter ihr nachgab, und fast wäre sie gestürzt. Im letzten Moment fing sie sich und tat, als wäre sie gestolpert.

»Soldat Jarl, bringen Sie den General in die medizinische Abteilung der Raumstation, und übergeben Sie ihn dort der Obhut der Medosubstrate! Kehren Sie anschließend hierher zurück!«

»Gehört und verstanden.«

Die *Trax* lag vor einem Andockpunkt der Raumstation.

Prizilla sank wieder in den Sessel des Piloten und hörte, wie sich das Innenschott der Luftschleuse hinter ihr schloss. Wenige Sekunden später empfing ihr Kommunikationsadapter die Bestätigung dafür, dass Jarl und Coridian die Station erreicht hatten und auf dem Weg zur medizinischen Abteilung waren.

»Was hat Ira mit der Erde zu tun?«, fragte Sotia, als Prizilla eine Verbindung mit den Substraten der Station herstellte und Daten abrief.

»Das werden wir auf dem Planeten herausfinden.«

»Sie wollen wirklich auf die Oberfläche?«

»Wenn es sein muss.«

Sotia zögerte. »Dem General geht es sehr schlecht.«

Prizilla sah sie an und erinnerte sich daran, dass sie mit einer Mutter sprach. »Ja.«

»Es ist vernünftig, dass Sie ihn zurücklassen, um sein Leben zu schonen. Aber um die Erde zu erreichen, ist mindestens ein weiterer Transfer erforderlich, und den wird er nicht überleben.«

»Ich fürchte, das stimmt.«

»Was haben Sie vor?«

»Ich habe vor, den Krieg zu beenden, bevor es dem Feind gelingt, unsere Kernwelten zu vernichten und die ganze Menschheit auszulöschen. Das ist wichtiger als jeder von uns. Es ist wichtiger als alles andere.«

»Sie sind bereit, Opfer zu bringen«, stellte Sotia im sanften, ruhigen Ton einer Mutter fest. Sie benutzte nicht die Kampfsprache L_9, die sie natürlich beherrschte, sondern die Allgemeinsprache.

»Ich bin bereit, mich selbst zu opfern«, erwiderte Prizilla.

»Und uns.«

»Wäre es nicht ein kleiner Preis für das Ende des Krieges?«

Die Luftschleuse öffnete sich, und Jarl betrat die *Trax*.

»Die Ausstattung der medizinischen Abteilung ist alt«, sagte er. »Aber sie funktioniert und erfüllt ihren Zweck. Der General liegt in einem Heilbad.«

»Gut.« Prizillas Hände bewegten sich in den holografischen Kontrollen. »Fliegen wir nach Ira.«

89

Eine öde Welt lag unter dem Schnellen Kurier, heiß auf der einen Seite und kalt auf der anderen. Tiefe Schluchten durchzogen rostrotes Felsgestein, wie Narben und Furchen im Antlitz des Planeten.

Das Kommunikationssystem der *Trax* empfing die Signale von Satelliten.

»Warnung«, erklang die synthetische Stimme der Navigationssubstrate. »Für diese Welt besteht Gefahrenstufe Fünf. Warnung ...«

Prizilla deaktivierte die Stimme.

»Was ist hier geschehen?«, fragte Jarl. »Was macht Ira zu einer Gespensterwelt?«

Prizilla steuerte den Kurier tiefer. Iras Tagseite glitt unter dem kleinen Schiff dahin, eine felsige Landschaft, in der nichts lebte außer den in zwei Jahrhunderten nachgewachsenen Lichtwurzeln eines Wesens namens Jeva – wenn man in diesem Fall von Leben sprechen konnte.

Daten wanderten durch das Holo vor dem Platz des Piloten.

»Angeblich gehörte Ira zu den ersten von Menschen besiedelten Welten«, sagte Prizilla. »Die Kolonisten kamen trotz des nahen schwarzen Lochs hierher und obwohl der Planet alles andere als günstige Lebensbedingungen bot. Sie kamen hierher, weil sie glaubten, Gott gefunden zu haben.«

»Die alten Gläubigen«, warf Sotia ein. »Ich habe in einem Lebensturm von ihnen erfahren.«

»Gott?«, fragte Jarl. »Was ist das?«

»Eine allmächtige Entität«, erklärte Prizilla, »ohne Grenzen in Zeit und Raum, vielleicht auch Schöpfer von Welten und des ganzen Universums. Vor vielen Jahrtausenden, zu Beginn des Pakts, gab es noch Menschen, die an so etwas glaubten. Einige von ihnen ließen sich auf Ira nieder, weil sie davon überzeugt waren, auf dieser Welt mit Gott sprechen zu können. Die ersten Siedlungen entstanden in der Zwielichtzone; später gab es auch welche auf der Nacht- und der Tagseite. Zwar wurde Ira Mitglied des Pakts, doch kein Bewohner dieser Welt hat je in den Streitkräften gedient. Der Kongress stufte die Iraer als Hedonier ein. Doch obwohl niemand von ihnen gegen den Feind kämpfte, kam er vor gut zweihundert Jahren hierher. Ewora die Große schickte den Iraern Kriegsschiffe, und es kam zu heftigen Kämpfen, bei denen alle Städte auf dem Planeten zerstört wurden. Nur die Zitadelle, zu Ehren des ›gefundenen Gottes‹ errichtet, blieb nahezu unversehrt. Seit damals ist Ira eine Gespensterwelt, die gefährlichste von allen, denn Jeva hat gelernt, sich zu wehren.«

»Jeva«, wiederholte Jarl. Sein Blick galt dem Holo vor Prizilla, den Daten über die Historie des Planeten und seinen aktuellen Status.

»Der Name von Iras globaler nichtorganischer Intelligenz«, sagte Sotia. Prizilla vermutete, dass sie als Mutter über ein zusätzliches Gedächtnis in Form eines Datenadapters verfügte.

»Die alten Gläubigen waren überzeugt, dass sie Gottes Stimme hörten, aber in Wirklichkeit vernahmen sie die Stimme eines völlig fremdartigen Bewusstseins«, setzte Prizilla ihre Erklärungen fort. »Iras Steine sprachen zu ihnen, die Felsen des Planeten, seine Kruste, sein Kern. Was sie für Blumen und Gewächse aus Quarz hielten, waren in Wirklichkeit Jevas Lichtwurzeln, die Sonnenenergie und kosmische Strahlung absorbieren. Eine Intelligenz vergleichbar mit der unserer LIS, aber auf natürliche Weise entstanden.«

»Ein intelligenter Planet?«, staunte Jarl.

»Eine Welt mit einer geologischen Intelligenz. Als vor zweihundert Jahren der Krieg hierherkam, fühlte sie sich bedroht und setzte sich zur Wehr. Dadurch verwandelte sich Ira in eine Gespensterwelt. Jeva verwendete Erkenntnisse über die menschliche Psyche, die sie bei der Kommunikation mit den alten Gläubigen gewonnen hatte, um Schreckensbilder zu projizieren, die die Menschen in den Wahnsinn trieben und töteten. Der Feind war davon offenbar ebenfalls betroffen und unternahm nie einen Versuch, einen Stützpunkt auf Ira zu errichten. Er zog sich zurück, nachdem alle menschlichen Siedlungen auf dem Planeten vernichtet waren.«

Prizilla steuerte die *Trax* noch tiefer. Vor ihnen verblasste die Helligkeit der Tagseite an den Grenzen der Zwielichtzone.

Jarl hob die Hand zur Stirn. »Ich habe Kopfschmerzen.«

Prizilla fühlte es ebenfalls, einen zunehmenden Druck an den Schläfen.

»Es ist das erste Stadium«, sagte sie. »Kopfschmerzen, die immer heftiger werden, gefolgt von Halluzinationen und schließlich von Wahnsinn und Tod. Uns bleiben etwa drei Stunden, bis wir das letzte Stadium erreichen. Drei Stunden, um zu finden, was wir suchen.«

»Was suchen wir, Ehrenwerte?«, fragte Sotia. »Und wo suchen wir es?«

»Wir suchen ein Geheimnis, das einst Atalea die Größte hierher gebracht hat«, antwortete Prizilla. »Und wir suchen den Weg zur Erde.«

»Und wo?«, fragte Sotia erneut. »Wo sollen wir danach suchen? Ira ist groß – ein ganzer Planet!«

Die *Trax* war langsamer geworden und erreichte das schmale Band ewiger Dämmerung zwischen Tag- und Nachtseite. In einer Höhe von nur noch wenigen Hundert Metern flog der Schnelle Kurier über zweihundert Jahre alte Ruinen hinweg, getaucht ins rote Licht einer halb hinter dem Horizont stehenden Sonne.

Prizilla fühlte, wie die Kopfschmerzen stärker wurden. »Es existiert nur noch ein intaktes Gebäude auf Ira. Gibt es einen besseren Ort als die alte Zitadelle, um mit der Suche zu beginnen?«

90

Mehrere Meter dicke Mauern, schwarz und grau, trotzten dem Wind, der abgelenkt von Schilden aus Synth und Neutro über die nahen Felshänge pfiff. Neben ihnen erstreckte sich die zehn Quadratkilometer große Zitadelle mit ihren Türmen, hohen Zinnengängen, geschützten Brücken, Kuppeln und Sälen, wie eine kleine Stadt am Rand einer größeren, von der nur Ruinen übrig waren.

»Wieso ist die Zitadelle unversehrt geblieben?«, fragte Sotia. »Wie alt ist sie?«

Der Schnelle Kurier stand einige Dutzend Meter hinter ihnen, wie geduckt in einer kleinen Mulde. Vor ihnen erhoben sich die Mauern der alten Festungsanlage, darin ein offenes Tor, in dem sich Schatten zu sammeln schienen.

»Sie muss viele Jahrtausende alt sein«, erwiderte Prizilla. Sie ging voraus, näherte sich mit zielstrebigen Schritten dem Tor. Es war kühl genug, dass sie auf die Klimafunktion ihrer

Einsatzanzüge verzichten konnten. »Die Zitadelle gehörte zu den ersten Bauwerken, die die alten Gläubigen damals auf Ira errichtet haben. Wieso sie beim Krieg nicht zerstört wurde? Vielleicht ein göttliches Wunder.«

Sie erreichten das Tor, und Prizilla blieb stehen. Sie hatte plötzlich das sonderbare Gefühl, schon einmal hier gestanden zu haben, vor diesem Tor, im roten Licht einer Sonne, die nie ganz über den Horizont stieg. Aus dem Augenwinkel bemerkte sie, wie Sotia auf die nahe Mauer deutete. »Kaum Erosion. Wie ist das möglich?«

Prizilla rief Informationen aus ihren Datenadaptern. »Es regnet hier nie. Wasser gibt es nur in kleinen Seen tief unter der Oberfläche.«

»Wind ist eine starke erosive Kraft, selbst ohne Staub und Sand«, erwiderte Sotia. »Wenn die Zitadelle wirklich viele Jahrtausende alt ist und die ganze Zeit dem Wind ausgesetzt war, der von der heißen zur kalten Zone weht, müssten ihre Mauern längst abgetragen sein. Sehen Sie sich an, was aus den anderen Gebäuden geworden ist.«

Prizilla blickte zurück zu den Ruinen, keine von ihnen höher als einige wenige Meter. Wie bleiche Gerippe lagen sie im roten Zwielicht.

»Eine günstige Konstellation der alten Windschilde könnte der Grund sein«, spekulierte Jarl.

Prizilla fühlte ein Stechen hinter der Stirn. »Iras Jeva steckt auch in den Mauern der Zitadelle. Vielleicht hat sie sich selbst geschützt. Dies ist der Ort, an dem die alten Gläubigen damals mit ihrem Gott sprachen. Als er noch ein freundlicher Gott war.«

Sie ging weiter, gefolgt von Sotia und Jarl. Das ständige Fauchen und Zischen des Winds wurde etwas leiser, als sie die erste dunkle Mauer passierten, und die Temperatur stieg um zwei Grad, wie die Sensoren von Prizillas Einsatzanzug feststellten.

Der Torgang führte auf einen runden Platz, in dessen Mitte ein Felsblock aufragte, ein etwa zehn Meter hoher Monolith, grau und glatt, durchzogen von bläulichen und grünlichen Mineralienadern. Unten breit, verjüngte er sich nach oben und endete in einer Spitze, die ein Symbol trug, eine kleine Figur mit ausgestreckten Armen, vielleicht eine Darstellung des Gottes, den die alten Gläubigen hier verehrt hatten. Tiefe vertikale Furchen zogen sich durch den breiten Mittelteil, parallel zueinander angeordnet.

Wieder flüsterten Daten aus Prizillas Adaptern, empfangen von den Substraten der Raumstation beim Dasuc-Fulkrum.

»Die Orgel«, sagte sie.

Sotia und Jarl traten näher. Prizilla zeigte erst auf den Monolithen und dann auf die Windkanäle in den Mauern, die geöffnet und geschlossen werden konnten.

»Eine Orgel. Göttliche Musik, geschaffen von Wind, Stein und Öffnungen an den richtigen Stellen. Durch die Kanäle erreicht der Wind den Monolithen und die ausgehöhlten Pfeifen in ihm. Das Ergebnis sind Töne, wahrscheinlich laut genug, um selbst aus großer Entfernung gehört zu werden.«

»Musik«, sagte Sotia. »Zu Ehren eines Gottes, der gar kein Gott ist.«

»Das zeigt, wie leicht man an die falschen Dinge glauben kann«, meinte Jarl.

Prizilla dachte darüber nach, als sie den Weg fortsetzten, den Platz mit der Monolithenorgel verließen und durch lange, dunkle Gänge schritten. Die alten Gläubigen waren, als sie sich auf Ira niedergelassen hatten, davon überzeugt gewesen, Gott gefunden zu haben, und hatten dies für eine unumstößliche Wahrheit gehalten. Mit plötzlichem Unbehagen fragte sich Prizilla, ob es nach all den Jahrtausenden weitere »unumstößliche Wahrheiten« gab, die auf falschen Annahmen beruhten. Die Seligen von Ira hatten ihr ganzes Leben nach dem gefundenen Gott ausgerichtet. Seine heilige Präsenz war die Grundlage ihrer Gesellschaft gewesen, ihres Denkens und Fühlens. Aber sie hatten sich geirrt. Auf Ira hatte es nie einen Gott gegeben, wohl aber eine fremdartige nichtorganische Intelligenz, die in Stein wohnte, in Mineralien und in dem Metall von Erzen. Basis des Lebens der alten Gläubigen war die Lüge des ersten Menschen gewesen, der Ira betreten, vielleicht eine fremde Stimme in seinem Kopf vernommen und gerufen hatte: »Ich höre Gott!«

Dies ist ein Ort von Wahrheit und Lüge, dachte Prizilla. Hat Atalea deshalb beschlossen, ihr Geheimnis auf Ira zu verstecken?

»Wir könnten besser suchen, wenn Sie uns erklären, wonach wir Ausschau halten sollen, Ehrenwerte«, sagte Sotia. »Woraus besteht das Geheimnis?«

»Wenn ich das wüsste, wäre es kein Geheimnis«, entgegnete Prizilla schärfer als beabsichtigt. Vielleicht lag es an den stärker werdenden Kopfschmerzen, gegen die ihre Nanobots nichts ausrichten konnten, oder daran, dass sie sich nicht mit Coridian beraten konnte, dem einzigen Menschen, dem sie ganz und gar vertraute und vom dem sie hoffte, dass er in der Raumstation sicher war vor dem Todesurteil des Abakus.

Sie öffnete eine der Ausrüstungstaschen ihres Einsatzanzugs, entnahm ihr einige autonome Sensoren und schickte sie auf die Reise, nachdem sie ihnen per Kommunikationsadapter Anweisungen übermittelt hatte. Die kleinen silbernen Kugeln flogen los und verschwanden in der Düsternis, die sich zwischen den Säulen eines langen Bogengangs zu Dunkelheit verdichtete.

Jarl schwieg. Er war Soldat, und Soldaten gehorchten, ohne zu fragen. Doch Sotia, die Mutter, ließ nicht locker.

»Wonach suchen die Sonden?«

»Nach allem, was ungewöhnlich ist.«

»Wir befinden uns an einem ungewöhnlichen Ort«, sagte Sotia. »Was kann hier *nicht* ungewöhnlich sein?«

Der Bogengang öffnete sich zu einer Kuppel, in der, von Andachtsbänken umgeben, einige Dutzend Lichtwurzeln wuchsen und sich dem rötlichen Zwielicht entgegenreckten, das durch hohe Fenster fiel. Prizilla beugte sich vor und betrachtete die Wurzeln aus der Nähe, hütete sich aber davor, sie zu berühren. Sie wirkten zart und zerbrechlich, wie exotische Blumen aus Glas oder Kristall.

Schließlich richtete sie sich wieder auf, schaltete die Lampen ihres Einsatzanzugs ein und ließ das Licht über die Wände streichen. Bilder erschienen, gemalt von geschickter Menschenhand, ihre Farben verblasst: friedliche Szenen, Männer, Frauen und Kinder verschiedener M-Kategorien im Gebet vereint, oft sich verbeugend vor einer Lichtgestalt mit vagen humanoiden Konturen. Einige Personen erschienen mehrmals, in verschiedenen Bildern, wegen ihrer markanten Gesichter oder der besonderen Kleidung leicht zu identifizieren, vielleicht Priester, die die Worte des vermeintlichen Gottes klarer empfingen und besser verstanden als andere.

Prizilla sah genauer hin. Die Zoomlinse im linken Auge zeigte ihr zu Füßen der Priester kleine Geschöpfe, die sie an die Staubwürmer von Onnizza denken ließen. Aber sie waren länger, in manchen Fällen auch dicker, und hatten dreieckige Köpfe.

»Schlangen«, sagte sie.

»Diese Frau ...« Jarl war auf der linken Seite an der Wand entlanggegangen und blieb dort stehen, wo sich auf der gegenüberliegenden Seite ein neuer Bogengang öffnete. »Ich habe sie gesehen, in meinen Träumen.«

Sotia war sofort an seiner Seite, und für einen Moment konnte Prizilla, die noch bei den zarten Lichtwurzeln stand, für die es hier nicht viel Nahrung gab, etwas zwischen den beiden erkennen, eine Verbindung, ähnlich dem Band zwischen Coridian und ihr selbst, eine Brücke über Rang und Status hinweg. Sie trat zu ihnen und achtete darauf, ihr rechtes Bein nicht zu sehr zu belasten; neue Schwäche breitete sich darin aus.

Rechts und links neben dem zweiten Bogengang, der aus der Kuppel führte, veränderten sich die Malereien. Dort gab es keine Lichtgestalten mehr und auch keine Menschen, die auf die Knie gesunken waren und beteten. Jemand hatte dunkle Farben auf die alten Bilder gestrichen und mit ihnen monströse Wesen dargestellt, die vom Himmel fielen, aus dem Boden kletterten und Menschen verschlangen, die zu fliehen versuchten. Gebäude standen in Flammen, Menschen verbrannten zu Asche, Leichenteile lagen zwischen ersten Ruinen. Und in diesem Chaos stand eine Frau mit hoch erhobenen Armen und Schlangensymbolen auf den Wangen.

Jarl deutete darauf. »Sie hat die anderen Erzähler in meinen Träumen Lügner genannt.«

»Diese Bilder sind vor zweihundert Jahren hinzugefügt worden, als der Feind nach Ira kam«, sagte Prizilla. »Als sich die globale nichtorganische Intelligenz zu wehren begann. Als sich Ira in eine Gespensterwelt verwandelt hat.«

Jarl drehte sich zu ihr um. »Wie kann diese Frau aus dem Talisman zu mir gesprochen haben?«

Prizilla schwieg, dachte nach und betrachtete die Bilder der Ungeheuer. Sie existierten noch immer. Sie lauerten im Verborgenen und warteten darauf, dass die Anpassungsphase endete.

»Uns bleiben nur noch zweieinhalb Stunden, bis es uns so ergeht wie diesen Menschen.« Sotia zeigte auf die Schreckensbilder. »Bis die Gespenster dieser Welt über uns herfallen. Wir müssen wissen, wonach wir suchen.«

Prizilla hörte ein Knistern und wandte sich halb um. Die zarten Gewächse der Lichtwurzeln gerieten in Bewegung – einige von ihnen neigten sich ihnen entgegen.

Ein stechender Schmerz kroch durch ihr rechtes Bein. Sie verlagerte das Gewicht aufs linke und stützte sich an der Wand ab. Die Stimme des Winds jenseits der Kuppel schien lauter zu werden und sie zu verspotten. Fängt es bereits an?, dachte sie besorgt. Höre ich Spott, wo es keinen geben kann, weil die Halluzinationen beginnen?

Vielleicht war die Intelligenz im Gestein von Ira in den vergangenen zweihundert Jahren stärker geworden. Vielleicht reagierte sie schneller auf die Anwesenheit von Menschen.

»Ich habe auf Memoria mit dem Orakel gesprochen«, erklärte sie. »Und in dem Orakel mit Atalea der Größten, mit den wirren Resten ihres Bewusstseins. Ich hatte mir Auskunft über die Erde und über die Waffe des Friedens erhofft, die es dort geben soll, eine Waffe, die den Krieg beenden kann, bevor er zu einer Katastrophe für die Menschheit führt.«

»Diese Auskunft haben Sie nicht bekommen«, sagte Sotia, hob die Hände zu den Schläfen und verzog leicht das Gesicht.

»Nein«, bestätigte Prizilla. »Aber Atalea erwähnte ein Geheimnis, das sie auf Ira versteckt hat und das mit der Erde in Zusammenhang steht.«

»Seit Atalea der Größten ist viel, viel Zeit vergangen.« Jarl betrachtete wieder die Bilder, insbesondere die Darstellung der Frau mit den Schlangen auf den Wangen. »Sie hat ihr Geheimnis hierher gebracht, als die Intelligenz dieser Welt noch nicht feindselig war.«

»Was kann es so Wichtiges gewesen sein?«, fragte Sotia. »Warum vermuten Sie einen Zusammenhang mit der Erde und der Waffe des Friedens?« Sie zögerte kurz und fügte hinzu: »Und warum soll von allen Menschen auf allen Welten des Pakts ausgerechnet Jarl sie bedienen können?«

Prizilla schwankte, obwohl sie sich an der Wand abstützte. Das rechte Bein fühlte sich an, als verlöre es seine Knochen; es schien sich in eine weiche Masse ohne inneren Halt zu verwandeln. Hatte sie erwähnt, dass es Jarl war, der die Friedenswaffe einsetzen sollte? Sie erinnerte sich nicht daran.

Hinter ihr knisterte es erneut, untermalt vom Rauschen des Winds, der von den alten Windschilden abgelenkt über die Zitadelle hinwegstrich. Die Düsternis wurde noch etwas düsterer, erfüllt von einem dunklen Rot, und Prizilla dachte an eine Faust, die sich langsam um sie schloss.

»Ehrenwerte?«, fragte Sotia besorgt.

»Ich fürchte, uns bleibt weniger Zeit, als wir dachten.« Jarls und Sotias Worte hatten etwas in ihr angestoßen. Den Blick auf die monströsen Gestalten an der Wand gerichtet, fuhr sie fort: »Sie haben recht, Jarl. Damals, als Atalea herkam, war Ira noch keine Gespensterwelt. Sie kam hierher, weil sie Ira für einen sicheren Ort hielt, weil sie glaubte, dass ihr Geheimnis hier gut aufgehoben ist, für eine Zukunft, von der sie nicht wusste, wie lang sie andauern würde. Ich glaube kaum, dass sie sich an die alten Gläubigen gewandt hat, mit der Bitte, etwas für sie aufzubewahren. Sie wollte nicht, dass andere Menschen von ihrem Geheimnis erfuhren. Im Orakel auf Memoria sagte sie: ›Ein Geheimnis. Ich habe es gehütet, all die Jahrhunderte und Jahrtausende. Ich habe es versteckt und bewahrt. Ich habe die Wahrheit bewahrt.‹«

»Bewahrt«, sagte Sotia. »Gehütet und bewahrt. Nicht *auf*bewahrt.«

Prizilla nickte. »Hier geht es um eine aktive Rolle. Das Geheimnis ist keine Aufzeichnung, die an einem sicheren Ort versteckt wurde. Gehütet und bewahrt. Wo ist ein Geheimnis besser aufgehoben als bei einem Gott?«

Sotia verstand sofort. Sie verstand bereits vor dem letzten Satz. Ihre wache, intelligente Aufmerksamkeit beeindruckte Prizilla; unter anderen Umständen wäre eine ausgezeichnete Große Mutter aus ihr geworden.

»Der Geist dieser Welt«, sagte sie.

»Atalea die Größte übergab ihr Geheimnis der damals noch freundlichen geologischen Intelligenz von Ira. Natürlich entstandenen Substraten, die so lange existieren werden, wie dieser Planet existiert. Ein sicherer Ort, eine sichere Zukunft.«

»Solange die planetare Intelligenz freundlich blieb«, gab Jarl zu bedenken, der ebenfalls verstand. »Seit der Krieg hierherkam, ist sie das nicht mehr.«

»Was Atalea damals nicht wissen konnte.« Prizilla erinnerte sich an ihre Erfahrungen mit dem Orakel auf Memoria. »Wenn wir ihr Geheimnis erfahren wollen, müssen wir mit den Gespenstern dieser Welt sprechen.«

Wir sind Menschen

91 Prizilla

Die autonomen Sensoren zeigten ihnen den Weg. Während Prizilla, Jarl und Sotia durch den langen Bogengang zur Kuppel mit den Malereien und den zarten Lichtwurzeln gewandert waren, hatten sie eiligst die übrigen Gänge, Flure und Räume der Zitadelle erforscht und dabei Daten gesammelt, die Prizillas Adapter empfingen und zu einem dreidimensionalen Modell zusammenfügten. Vor dem dunklen Hintergrund des zweiten Bogengangs projizierte Prizilla es als holografische Karte, damit auch ihre beiden Begleiter einen Überblick bekamen. Sie fügte der Karte die Informationen hinzu, die sie bei ihrer Anfrage mit dem Code der Streitkräfte von den Substraten der Raumstation bekommen hatte. Das Holo zeigte Hunderte von kleinen Räumen, die eine wabenartige Struktur unter Iras Oberfläche bildeten: Höhlen, von den alten Gläubigen erweitert und miteinander verbunden.

»Dort haben die Sprecher gewohnt«, erklärte Prizilla. »Die alten Gläubigen, die den ›Gott‹ verstehen und sich ihm mitteilen konnten.« Zwei oder drei Sekunden lang lauschte sie dem Datenflüstern ihrer Adapter, das Informationen in Pseudoerinnerungen verwandelte. »Davon gehen zumindest die Archäologen des Wissenschaftlichen Korps aus. Das religiöse Zentrum der Zitadelle befindet sich offenbar hier.« Sie zeigte auf etwas, das ein Saal zu sein schien, umgeben von den Waben der Wohnhöhlen. Von dort führte ein Schacht fast zehn Kilometer senkrecht in die Tiefe.

»Der Schacht stammt von einer alten Bohrung«, fügte Prizilla hinzu. »Damals sollte ein geothermischer Zapfer installiert werden, aber der Bohrer fand nicht nur die innere Wärme des Planeten, sondern auch einen Hauptstrang der Lichtwurzeln und damit ...«

»Gott«, sagte Sotia.

»Ja.«

Kleine Lichter erschienen in dem dunklen Bogengang vor ihnen. Die autonomen Sensoren kehrten zurück.

»Wie weit ist es?«, fragte Jarl. Er blickte ins Holo und versuchte die Entfernung abzuschätzen.

»Zu weit, um zu Fuß zu gehen. Wir würden zu viel Zeit verlieren.« Prizilla betätigte die Gürtelkontrollen und aktivierte den kleinen Gravitationsmotor des Kurier-Einsatzanzugs, der eigentlich nur für Notfälle bestimmt war. »Wir fliegen.«

Wände glitten an ihnen vorbei, kaum berührt vom Licht ihrer Lampen und unerreicht vom roten Glühen der ewigen Dämmerung. Bilder tauchten aus dem Dunkel auf und verschwanden wieder, Szenen von Erleuchtung und Schrecken. Einige Male bemerkte Prizilla Flecken auf dem Boden, die vielleicht von Blut stammten. Sie versuchte sich vorzustellen, was hier vor zweihundert Jahren geschehen war, als sich der gutmütige Gott in einen unheilvollen verwandelt hatte, der Dämonen schickte. Und sie fragte sich, was sie erwartete. Die Parallelen zum Orakel von Memoria drängten sich ihr auf. Beim ersten Kontakt mit der alten Maschinenintelligenz hatten sie die Schreie des Kustoden Sdriltzan aus dem Reich des Wahnsinns zurückgeholt, und den zweiten Kontakt hatte sie nur deshalb mit intaktem Bewusstsein überstanden, weil Coridian bei ihr gewesen war.

Was erwartete sie hier, im alten sakralen Herzen der Zitadelle? Ein fremder Intellekt auf der Basis natürlicher Substrate, groß wie ein Planet und wahrscheinlich noch viel fremdartiger als eine entartete Maschinenintelligenz. Wenn sie mit diesem Intellekt zu kommunizieren versuchte, riskierte sie, dass ihr Selbst einfach aufgesaugt wurde. Ein mentaler Kontakt schuf eine direkte Verbindung zu Iras Feindseligkeit, zu den Gespenstern dieser Welt. Vielleicht genügte ein Gedanke des Intellekts, um ihr Ich zu zerreißen.

Andererseits ... Konnte sie sterben, hier auf Ira? Konnte sie, vom Schrecken der Gespenster heimgesucht, den Verstand verlieren? Wenn das geschah, bekam sie keine Gelegenheit, irgendwann in der Zukunft eine Aufzeichnung anzufertigen, mit einer holografischen Botschaft, die sich an sie selbst richtete. Ließ sich daraus der Schluss ziehen, dass sie alles überstehen und auf jeden Fall überleben würde, mit intaktem Bewusstsein?

Nicht zum ersten Mal ertappte sich Prizilla bei solchen Überlegungen, und auch diesmal glaubte sie, dass sie in eine gefährliche Richtung führten, denn sie gingen von ungetrübter, unbeeinträchtigter und unbeeinflusster Kausalität aus, von Ursache und Wirkung, die auf gewöhnliche Weise miteinander verknüpft waren.

Etwas sagte ihr, dass es besser war, nicht auf diese Weise zu denken, nicht den Verlockungen gewöhnlicher Logik zu erliegen. Wenn sie einen Blaster nahm, auf ihren Kopf richtete und schoss, würde sie sterben, trotz der Begegnung an Bord des fremden Schiffs in der Zeitstraße. Dass sie dann keine Gelegenheit mehr zur Anfertigung einer holografischen Aufzeichnung fand, änderte nichts an ihrem Tod.

Alternativen, dachte sie, während sie mit hoher Geschwindigkeit durch dunkle Gänge und Räume flogen, hinter den Sensoren, die ihnen wie Orientierungslichter den Weg wiesen. Vielleicht gab es, wenn sie starb, eine andere Prizilla, die den Weg zur Erde fortsetzte. Eine Prizilla, die sich nur dadurch von ihr unterschied, dass sie *nicht* gestorben war. Sie erinnerte sich daran, wie sie vor dem Tor der Zitadelle stehen geblieben war, erfasst von dem Gefühl, schon einmal an diesem Ort gewesen zu sein.

Sie drehte den Kopf, sah durch einen saalartigen Raum in die Richtung zurück, aus der sie kamen, und glaubte für einen Sekundenbruchteil, in der Ferne die Lichter von Sensoren auszumachen, denen drei Silhouetten folgten – Jarl, Sotia und sie selbst.

Halluzinationen, fuhr es Prizilla durch den Sinn. Es hat begonnen.

»Jarl? Sotia? Wie geht es Ihnen?«

»Ich habe Kopfschmerzen, und die Nanobots können nicht helfen«, antwortete Sotia.

Der neben Sotia fliegende Soldat blieb stumm.

»Jarl?«

»Ich sehe Bilder«, sagte er widerstrebend. »Wie bei einem wachen Traum.«

Wenige Minuten später erreichten sie einen breiten Tunnel, der in die Tiefe führte. Die holografische Karte von der Zitadelle leuchtete während des Flugs zwischen ihnen und zeigte ihre Position an – der Tunnel führte an den Waben der vielen Wohnhöhlen vorbei zum Saal mit dem Schacht. Nach einigen Dutzend Metern spürte Prizilla, dass es wärmer wurde. Sie aktivierte die Klimafunktion ihres Einsatzanzugs.

Am Ende des Tunnels erwartete sie der bisher größte Raum, mit einem Durchmesser von mehreren Hundert Metern und einer hohen, gewölbten Decke. Dort erfasste das Licht der Lampen die Darstellungen von Gläubigen, die vor einer hellen Gestalt mit Armen und Beinen wie ein Mensch knieten. Im Hintergrund zeigten sich nicht die öden Felslandschaften von Ira, sondern Wiesen, Wälder und Seen mit Booten, die Segel weiß wie Schnee.

Prizillas Adapter schickten weitere Informationen.

»Freundliche, paradiesische Welten.« Sie deutete nach oben. »Das Wort ›Paradies‹ stammt vielleicht von hier, obwohl Ira eine öde Welt ist. Nach den archäologischen Aufzeichnungen haben die alten Gläubigen oft vom ›Paradies‹ gesprochen und davon geschrieben. Das erhofften sie sich von ihrem Gott: eine bessere Welt.«

Der zehn Kilometer tiefe Schacht, einst angelegt für einen Zapfer, um die Energieversorgung der Kolonie auf Ira zu gewährleisten, befand sich in der Mitte des Saals: eine dreißig

Meter durchmessende Öffnung, nur zum Teil gefüllt von Lichtwurzeln, die wie ineinander verschlungene Blumen aus Glas oder Kristall aus dem Schacht wuchsen. Warme Luft stieg aus den Tiefen auf.

Sie landeten am Rand des Schachts und deaktivierten ihre Gravitationsmotoren. Lampenschein wanderte umher, erfasste die Lichtwurzeln und ließ sie glitzern.

Sotia rieb sich die Schläfen und schnitt eine Grimasse. »Die Kopfschmerzen sind kaum noch zu ertragen.«

»Jarl?«, fragte Prizilla. Sein Blick ging ins Leere. »Jarl?«

»Die Bilder werden intensiver und deutlicher«, brachte er hervor. »So intensiv und deutlich, dass ich sie kaum von der Wirklichkeit unterscheiden kann. Wo hört die Realität auf, wo beginnt der Traum?«

»*Dies* ist die Realität«, sagte Prizilla mit fester Stimme, obwohl sie sich nicht ganz sicher war. Sie blickte zurück, zum Tunnel, der sie hergebracht hatte, und glaubte erneut, sich selbst zu sehen, wie in einem fernen Spiegel. Und hinter ihrem anderen Ich standen oder flogen weitere Gestalten, Dutzende oder noch mehr, kleine Silhouetten, Schatten inmitten von Schatten.

»Ich frage mich ...«, begann Sotia und zögerte.

»Ja?«

»Warum ist dies nie untersucht worden? Eine Intelligenz groß wie ein Planet, ein in Stein, Mineral und Erz wohnender Intellekt ... Warum haben sich die Xenohistoriker und Xenobiologen nie damit befasst? Warum hat der Pakt Ira den alten Gläubigen überlassen? Warum ist der Planet seit zweihundert Jahren, seit der Zerstörung aller Siedlungen durch den Feind, isoliert? Warum kam der Feind überhaupt hierher? Warum hat er sich die Mühe gemacht, Schiffe zu entsenden und Ira anzugreifen? Diese Welt hatte doch überhaupt keine strategische Bedeutung.«

»Vielleicht hat Atalea die Größte damals dafür gesorgt, dass Ira sich selbst und den alten Gläubigen überlassen blieb«, vermutete Prizilla. »Möglicherweise hat sie Anweisungen hinterlassen, die es dem Wissenschaftlichen Korps verboten, auf Ira Untersuchungen anzustellen. Als Sicherheitsmaßnahme, die zusätzlichen Schutz für ihr Geheimnis bieten sollte.«

»Wissen Sie es nicht?«, setzte Sotia nach. »Sie sind doch Suprema gewesen.«

»Haben Sie eine Vorstellung davon, wie groß die Archive von Memoria waren?«, entgegnete Prizilla. »Nur ein winziger Bruchteil davon passt in ein menschliches Gedächtnis oder in einen Datenadapter.«

Sie ließ den Blick durch den Saal schweifen, über die Sitzbänke, bemalten Säulen, Balkone und Emporen. Direkt am Schacht zeigten sich Tische und Vorrichtungen, die sie an Rednerpulte erinnerten.

»Von hier aus haben die alten Gläubigen zu ihrem Gott gesprochen«, sagte Prizilla langsam und meinte, in der Ferne ein Echo der eigenen Worte zu hören, wie von ihren Spiegelbildern.

»Wie wollen Sie zu ihm sprechen?«, fragte Sotia. »Und wie wollen Sie ihn verstehen?«

Prizilla wandte sich von ihren beiden Begleitern ab und trat zum Rand des Schachts. Das rechte Bein war noch immer schwach, und sie hinkte mehr, als dass sie ging. Die Schuppen an Schienbein und Wade juckten.

Die große Lichtwurzel – bestehend aus zahlreichen zarten kristallenen Gewächsen, zu einem dicken Strang vereint – schimmerte heller, als das Licht der Lampe sie aus der Nähe erreichte. Der Druck auf Prizillas Kopf nahm zu, und sie fühlte etwas, eine gewaltige Präsenz, schwer wie ein Planet.

»Was haben Sie vor?«, fragte Sotia. Neugierig war sie, die junge Mutter, und manchmal so forsch, dass es an Respektlosigkeit grenzte.

Prizilla konsultierte ihr Chronometer. Seit der Landung des Schnellen Kuriers *Trax* war noch keine Stunde vergangen, aber die Zeit wurde bereits knapp. Sie musste handeln, jetzt, sofort.

»Die Daten, die ich von den Substraten der Raumstation bekommen habe, enthalten keinen Hinweis darauf, wie die alten Gläubigen mit ihrem Gott kommuniziert haben«, sagte sie. »Und für die Installation von Kommunikationssubstraten und Linguatoren bleibt uns nicht genug Zeit.«

Sie streckte die Hand aus, die nicht in einem Handschuh steckte, und berührte den dicken Lichtwurzelstrang.

Prizilla hielt die Augen geöffnet, aber plötzlich sah sie nichts mehr. Das Licht verschwand. Dunkelheit wogte heran.

92

Etwas regte sich, langsam und wie träge, etwas, für das andere zeitliche Maßstäbe galten. Ein Planet lebte, wenn man für das Auge des Betrachters die Zeit schneller ablaufen ließ. Seine Kontinente näherten und vereinten sich, oder sie zerbrachen und drifteten auseinander, auf riesigen Meeren aus flüssigem Gestein schwimmend. Diese Massen, mehrere Tausend Grad heiß, stiegen auf, kühlten ein wenig ab und sanken wieder. An der Oberfläche, an den Bruchlinien, entstanden Vulkane, spien Feuer und Asche und erloschen. Es herrschte eine permanente, ununterbrochene Dynamik.

Die Präsenz, die Prizilla spürte, erfüllte ganz Ira, ein Intellekt wie eine Wolke, die alles durchdrang, festes Gestein ebenso wie flüssiges, und die bis zum Eisenkern des Planeten reichte, zum Ursprung seines Magnetfelds. Es war ein kleiner Kern, und Prizilla sah ohne Licht und ohne Augen, dass die Meere aus glutflüssigem Gestein im Lauf der Jahrmillionen und Jahrmilliarden geschrumpft waren. Doch es gab noch immer genug Hitze tief im Innern, Energie für den Intellekt, die globale nichtorganische Intelligenz, und hinzu kamen die Lichtwurzeln, entstanden aus Quarzadern, die hauptsächlich auf Iras Tagseite wuchsen und das Licht des roten Zwergsterns empfingen, der trotz seines hohen Alters noch viele weitere Jahrmilliarden leuchten würde, wenn ihn das dunkle

Monstrum, das nur ein halbes Lichtjahr entfernte schwarze Loch, nicht verschlang.

Ein Leib aus Stein, dachte Prizilla. Heiß und weich tief unten, kalt und fest in den oberen Schichten. Magmaströme wie Blut in diesem Körper, Quarzadern und Lichtwurzeln wie Nervenbahnen. Und das Metall der Erze, auch das Eisen im Kern, wie Substrate, die irgendwann zu denken gelernt hatten. Ein altes Geschöpf, fast so alt wie Ira.

Prizilla erinnerte sich an den Maschinenintellekt des Orakels auf Memoria. Wie vielen Substraten hatte er seine Existenz verdankt? Wie groß ihre Anzahl auch gewesen sein mochte, sie war verschwindend gering im Vergleich mit denen in Ira. Welche Schlüsse ließen sich daraus ziehen? Dass Iras Intellekt viel, viel intelligenter war als der alte Maschinenintellekt auf Memoria, von gewöhnlichen LIS und Menschen ganz zu schweigen? Und bedeutete mehr Intelligenz auch ein Mehr an Vernunft?

Nein, nicht unbedingt, überlegte Prizilla. Es sei denn, die Feindseligkeit, die der Intellekt vor zweihundert Jahren entwickelt hatte, als der Krieg nach Ira gekommen war, ließ sich unter der Kategorie »Vernunft« einordnen. Andererseits: Sie durfte keine menschlichen Maßstäbe anlegen – die reichten nicht aus, um eine Intelligenz von dieser Größe zu erfassen, nicht annähernd.

Prizilla blinzelte in dem Versuch, die Dunkelheit zu vertreiben. Vielleicht bewegten sich ihre Lider, sie wusste es nicht, denn die Finsternis blieb, ohne das Gefühl für den Rest des Körpers zu beeinträchtigen. Sie merkte, wie sie atmete, sie spürte die Schwäche im rechten Bein und verlagerte das Gewicht noch etwas mehr aufs linke. Die Schuppen juckten so stark, dass sie kaum der Versuchung widerstehen konnte, sich zu bücken und zu kratzen. Sie hörte ihr Herz schlagen und das Rauschen des Bluts in den Ohren, laut wie eine Brandung. Dahinter gab es noch etwas anderes, eine seltsame Art von Geräusch, das ihr Gehirn ohne den Umweg über die Ohren erreichte, wie ein primordiales Donnern, das sie, gedämpft von Abermillionen Tonnen Gestein, als dumpfes Flüstern erreichte.

Wie sprach man mit einem Gott?

Sie sagte: »Können Sie mich hören? Können Sie mich verstehen?«

Das Flüstern veränderte sich und bekam so etwas wie eine Textur. Es bildeten sich Worte, wie geformt von zusätzlichen Gedanken in ihrem Kopf.

Was bist du?

»Ich bin ein Mensch«, antwortete Prizilla. Jarl und Sotia fielen mit ein. »Wir sind Menschen.«

Nein, das seid ihr nicht. Jemand hat mir gezeigt, was ihr seid.

Die Dunkelheit direkt vor Prizilla – dort, wo sich der Lichtwurzelstrang befinden musste – teilte sich, und eine Gestalt erschien, eine Frau mit langen Armen und Beinen, sofort als M_1 zu erkennen. Große Augen dominierten ein weißes Gesicht. Stickereien bedeckten das bunte Gewand und bildeten die vierundsechzig Silben des längsten aller Namen.

»Das ist Atalea die Größte«, sagte Prizilla. Die Frau hielt etwas in der Hand, das ein Datenspeicher zu sein schien, und ihre Lippen bewegten sich – sie sprach, ohne dass Prizilla etwas hörte. »Sie war hier und hat Ihnen etwas gegeben. Sie hat Ihnen etwas anvertraut, ein Geheimnis.«

Ein Geheimnis?

Was ihr antwortete, war riesig, das fühlte Prizilla in aller Deutlichkeit, und doch blieb es winzig im Vergleich zu dem Intellekt, der hinter dem Flüstern seine ruhigen, zeitlosen Überlegungen fortsetzte.

»Daten, Informationen«, sagte Prizilla erleichtert. Sie hatte sich alles viel schwieriger vorgestellt. »Atalea hat Ihnen Informationen gegeben, die Sie aufbewahren und hüten sollten.«

Sie hat mir etwas gebracht, das sie Wahrheit nannte.

»Zeigen Sie mir die Wahrheit«, sagte Prizilla. »Ich bin Ataleas Nachfolgerin«, fügte sie hinzu und sendete ihren Suprema-Code, in der Hoffnung, dass der Intellekt nach der

Begegnung mit Atalea etwas damit anfangen konnte. »Ich bin befugt, das Geheimnis in Empfang zu nehmen.«

Du möchtest die Wahrheit sehen?

»Ja.«

Hier ist sie.

Ein Gigant stand auf, zitterte, bebte ... und schmetterte auf Prizilla herab.

Die Wahrheit

93 Jarl

Die Frau, die vor einunddreißig Jahren Suprema gewesen war und zuvor Strategin von Ewora der Großen, stand völlig still am Rand des Schachts, die eine Hand an der großen, dicken Lichtwurzel. Oder an den Lichtwurzeln, denn es schienen mehrere zu sein, ineinander verschlungen. Jarl beobachtete sie und fragte sich, was mit ihr geschah.

»Ehrenwerte?«, fragte Sotia zaghaft.

Prizilla antwortete nicht. Sie stand wie erstarrt und ohne zu blinzeln. Als weitere zehn Minuten vergingen, ohne dass sich die Ehrenwerte bewegte oder einen Ton von sich gab, trat Sotia zu ihr, berührte sie vorsichtig am Arm – und zuckte zusammen, als wäre es zu einer energetischen Entladung gekommen. Sie taumelte benommen, kam dem Rand des Schachts gefährlich nahe ...

Jarl sprang zu ihr, ergriff ihren Arm und zog sie zurück, bevor sie das Gleichgewicht verlieren und in die Tiefe stürzen konnte. Sie schnitt eine Grimasse.

»Ich frage mich, wie sie das aushält«, ächzte Sotia.

Prizilla hielt es *nicht* aus. Was auch immer sie erlebte, es wurde ihr zu viel. Jarl beobachtete und hörte, wie sie nach Luft schnappte, und dann schrie sie, wie Jarl noch nie zuvor jemanden schreien gehört hatte. Es lag kein Schmerz in diesem Schrei, sondern eine Mischung aus Wut, Verzweiflung, Enttäuschung und entsetzter Fassungslosigkeit. Die Starre verließ Prizilla ganz, sie taumelte wie zuvor Sotia, sie schwankte am Rand des Schachts, direkt vor ihr eine dunkle Tiefe von zehn Kilometern, aus der warme, fast heiße Luft emporstieg ...

Jarl ließ Sotia los, war mit einigen schnellen Schritten bei Prizilla, fasste sie an den Schultern und riss sie zur Seite. Für den Bruchteil einer Sekunde spürte er heißen Schmerz und fühlte sich wie vom Blitz eines Unwetters getroffen; das heiße Prickeln weckte Erinnerungen an die elektrischen Bäume auf Grotenthal. Etwas schnitt ihm durch den Kopf, eine Stimme scharf wie ein Messer und spitz wie ein Dolch. Plötzlich lag er auf dem Boden, neben der keuchenden Prizilla, die Hände an die Seiten des Kopfes gepresst.

»Wir müssen zurück!«, rief Sotia. Sie zog an ihm und versuchte, ihn wieder auf die Beine zu bringen. »Wir müssen zurück!«

Die Stimme verschwand nicht aus Jarls Kopf. Sie zischte und fauchte, sie knurrte und grollte und sprach mit fremden Worten, jede Silbe ein scharfer Schnitt. Er versuchte gar nicht, etwas zu verstehen – was er hörte, waren Iras Gespenster. Irgendwie, vielleicht mit Sotias Hilfe, gelang es ihm, aufzustehen und Prizilla hochzuziehen. Er aktivierte ihren Gravitationsmotor und dann den eigenen. Zu dritt flogen sie durch den Saal, fort vom Schacht mit dem dicken Lichtwurzelstrang. An der Intensität der Stimme in Jarls Kopf änderte sich dadurch nichts. Sie wurde sogar noch lauter, ihr Messer noch schärfer, ihr Dolch noch spitzer.

Sotia öffnete Prizillas Ausrüstungstasche, holte die autonomen Sensoren daraus hervor und ließ sie vorausfliegen, als Orientierungslichter, die ihnen den Weg zeigten.

»Was haben Sie gesehen, Ehrenwerte?«, fragte sie Prizilla, als sie durch den langen Tunnel flogen, der nach oben führte, ins Erdgeschoss der Zitadelle. »Was haben Sie gehört?«

»Ich habe ... Koordinaten gefunden«, brachte sie hervor. »Ich weiß, wo sich die Erde befindet. Zur *Trax*, wir müssen zur *Trax*!«

»Wir sind auf dem Weg dorthin«, erwiderte Jarl. Die Energiereserven der nur für den Notfall vorgesehenen Gravitationsmotoren gingen zur Neige. Er gab Sotia ein Zeichen und reduzierte die Geschwindigkeit. Die Stimmen in seinem Kopf schrien und kreischten so laut, dass er kaum noch etwas anderes hörte. Die Fratzen und Ungeheuer an den Wänden schienen lebendig zu werden, traten aus dem Stein. Die Bogengänge füllten sich mit Menschen, die zu fliehen versuchten. Einige von ihnen stachen mit Messern aufeinander ein oder erschlugen sich gegenseitig.

»Das ist nicht alles!« Sotia rief die Worte, vielleicht deshalb, weil sie ebenfalls die Stimmen hörte. »Sie haben noch mehr erfahren! Worin besteht das Geheimnis, das Atalea die Größte damals hierher gebracht hat?«

Sie erreichten das Erdgeschoss der Zitadelle und mussten den Flug unterbrechen, um die Energiezellen der Gravitationsmotoren zu wechseln. Die Dunkelheit um sie herum schien lebendig. Monströse Gestalten bewegten sich in der Finsternis, bohrten Zähne in Kopf und Brust hilfloser Menschen oder zerfetzten sie mit langen Krallen. Jarl wich zurück, als eine dieser Kreaturen direkt vor ihm erschien.

»Jarl, ich bin's«, sagte Sotia, ihr Gesicht eine Grimasse. »Hilf mir mit der Ehrenwerten!«

Sie hoben Prizilla hoch; sie konnte nicht aus eigener Kraft stehen, ihr rechtes Bein knickte ein. Jarl und Sotia nahmen sie zwischen sich, und die Gravitationsmotoren hüllten sie in ein gemeinsames Schwerefeld, das sie durch den langen, von Säulen und Bögen gesäumten Gang trug.

Es half nichts, die Augen zu schließen, stellte Jarl fest. Er sah die Bilder trotzdem, auch hinter geschlossenen Lidern. Eins von ihnen zeigte ihm steinerne Fliesen, die sich in grauen Staub verwandelten, aus dem Würmer krochen, auf der Suche nach ihm.

Sotia versuchte noch immer, Antworten von Prizilla zu bekommen. Die ging nicht auf ihre Fragen ein und hörte sie vielleicht gar nicht. Sie wiederholte nur immer wieder, dass sie die Koordinaten der Erde kennen würde und dass es kein weiter Weg sei.

Rotes Zwielicht empfing sie in den offenen Bereichen der Zitadelle. Der ewige Wind, von den alten Windschilden abgelenkt, zischte über die Mauern und Dächer und vermischte sich mit den Schreien von Menschen, die vor zwei Jahrhunderten gestorben waren.

Der Schnelle Kurier erwartete sie in der Mulde, in der sie ihn zurückgelassen hatten. Sein Anblick erfüllte Jarl mit tiefer Erleichterung – etwas in ihm hatte befürchtet, dass die *Trax* fort war. Sotia schien es ähnlich zu ergehen, denn ein Teil der Anspannung wich aus ihrem Gesicht. Die Luke öffnete sich vor ihnen, helles Licht fiel aus dem Innern des kleinen Schiffs. Zusammen mit Sotia half Jarl Prizilla an Bord. Die Ehrenwerte erholte sich allmählich von dem Schock, den sie beim Kontakt mit Iras Intellekt erlitten hatte. Ihr Blick ging nicht mehr ins Leere, sie reagierte auf ihre Umgebung und beanspruchte den Sitz des Piloten für sich.

»Vielleicht sollte einer von uns die *Trax* fliegen ...«, begann Sotia.

»Nein.« Prizilla bediente die Kontrollen. Ein Holo entstand vor ihr und zeigte den Status des Schnellen Kuriers. Er hob ab; Ruinen und Zitadelle fielen unter ihm fort. »Weg von hier. So schnell wie möglich. Zum Fulkrum.« Sie drehte den Kopf. »Coridian?«

»Er ist nicht hier«, erwiderte Jarl. »Wir haben ihn an Bord der Raumstation zurückgelassen.«

Prizilla blinzelte. »Lebt er?«

»Das werden wir feststellen, wenn wir die Raumstation erreichen«, sagte Sotia. »Ehrenwerte, Ihr Kontakt mit der globalen nichtorganischen Intelligenz ...«

Prizilla hob die Hand. »Alles zu seiner Zeit.« Sie atmete schwer, wie nach einem langen Lauf. Jarl spürte, wie der Druck, der auf ihnen allen lastete, allmählich nachließ. Die Bilder verblassten, die Schreie verklangen, als Ira zu einer Kugel schrumpfte. »Ich weiß, wo sich die Erde befindet, und nur das ist derzeit wichtig. Nicht mehr als einundachtzig Lichtjahre trennen uns von ihr. Wir können sie mit dem Dasuc-Fulkrum erreichen.«

Sotia wiederholte die Worte, die sie in der Zitadelle gerufen hatte. »Das ist nicht alles. Etwas hat Sie schwer getroffen. Der Schock, den Sie erlitten haben, betrifft nicht in erster Linie den Kontakt mit der Intelligenz des Planeten, sondern etwas anderes. Worin besteht Ataleas Geheimnis?«

Prizilla seufzte schwer. »Bitte haben Sie etwas Geduld, Mutter Sotia. Zuerst muss ich mit Coridian reden.«

Wenn er noch lebt, dachte Jarl und erinnerte sich daran, wie schlecht es dem General gegangen war, als sie ihn in der Raumstation zurückgelassen hatten.

Die *Trax* beschleunigte und flog durch den interplanetaren Raum des Dasuc-Systems. Zwei Stunden später erreichte der Schnelle Kurier die Station beim kleinen Fulkrum.

94 Prizilla

»Du lebst, alter Freund«, sagte Prizilla in der Raumstation. Der Assistenzbot hatte Coridian aufgenommen. Eine schlichte dunkelgraue Uniform, von einem Syntho angefertigt, bedeckte den krummen, an vielen Stellen eckig gewordenen Leib. Die Rangabzeichen des Generals fehlten.

»Ich klammere mich ans Leben «, krächzte der schwache Coridian. »Aber meine Kraft lässt nach.«

»Du beweist, dass man die Zukunft ändern kann, dass wir ihr nicht hilflos ausgeliefert sind.«

Er musterte sie mit seinen biomechanischen Linsen. »Hätte ich tot sein sollen?«

Sie befanden sich in der medizinischen Abteilung, deren Ausstattung tatsächlich so alt war, wie Jarl gesagt hatte. Nicht alle Indikatoren leuchteten, und einige Statusholos wiesen auf Fehlfunktionen hin. Coridians Bot stand an der Wand, noch angeschlossen an mehrere medizinische Dienstsysteme. Prizilla saß in einem Sessel, dessen zu weiche Polster sie halb umschlangen. Ihr dünnes rechtes Bein zitterte. Sie legte die Hand aufs Knie und drückte vorsichtig zu.

»Der Abakus, den ich in der *Taurus* zurückgelassen habe ...« Prizilla sprach langsam, wie um sicher zu sein, dass die richtigen Worte aus ihrem Mund kamen. »Er hat mir gezeigt, dass einer von uns auf Ira sterben würde.«

Coridian zögerte. Er wand sich in seinem Bot wie auf der Suche nach einer komfortableren Position. »Ich verstehe. Deshalb hast du mich hier zurückgelassen.«

»Auch deshalb, ja. Der Abakus hat mir ein Muster gezeigt, ich habe darauf reagiert, und das Ergebnis besteht aus etwas, das der Abakus nicht vorhergesehen hat.« Prizilla fügte der einen Hand auf dem Knie die zweite hinzu und spürte das Zittern im rechten Bein, ein Zittern von Schwäche. Gleichzeitig fühlte sie, wie sich die alte Raumstation drehte, zehntausend Kilometer über dem Fulkrum, mit dem Schnellen Kurier *Trax* an einem Andockpunkt. Sie wies ihre Adapter und Nanobots mit einem Instruktionsgedanken an, die Empfindungen ein wenig zu dämpfen. Gegen den mentalen Druck, den die globale nichtorganische Intelligenz von Ira selbst hier auf sie ausübte, einige Lichtminuten vom Planeten entfernt, ließ sich damit nichts ausrichten, wohl aber gegen die störende Hypersensibilität ihrer Sinne.

»Ich bin froh, dass sich dein Abakus geirrt hat«, sagte Coridian, doch es klang nicht froh, sondern müde.

»Er hat sich nicht geirrt«, widersprach Prizilla. »Das ist es ja gerade. Er hatte recht. Du wärst gestorben, wenn ich dich mit nach Ira genommen hätte.«

»Du kannst nicht sicher sein, dass dein Abakus mich gemeint hat. Ich bin schwach geworden, ich weiß, und ich werde mit jeder verstreichenden Sekunde schwächer, das ist die bittere Wahrheit. Aber es steht keineswegs fest, dass mich Iras Gespenster umgebracht hätten.«

Prizilla überlegte. »Du hast recht. Die Abakus-Muster haben nicht auf dich gezeigt. Ich habe dich nur für den wahrscheinlichsten Kandidaten gehalten. Es wäre durchaus denkbar, dass durch deine Anwesenheit auf Ira eine Ereigniskonstellation entstanden wäre, die jemand anders das Leben gekostet hätte. Wie dem auch sei, es beweist uns, dass die Zukunft nicht unveränderlich ist.«

Einige Sekunden lang herrschte Stille, kaum gestört vom leisen Summen der medizinischen Systeme.

»Ich habe die Zukunft nie für unveränderlich gehalten.« Coridians Stimme war fast ein Schnaufen. »Wie könnte die Zukunft unveränderlich sein, wenn sie noch gar nicht existiert? Wir erschaffen sie, mit unserem Handeln, mit unseren Entscheidungen.«

»Ich bin in einer Zeitstraße gewesen, alter Freund«, sagte Prizilla. Das Zittern in ihrem rechten Bein ließ endlich etwas nach. »Ich habe den Ozean der Zeit gesehen, ohne Anfang und Ende. Ich bin in ihm geschwommen, mitten in ihm, umgeben von Vergangenheit, Gegenwart und Zukunft.« Ihr Mund blieb offen, doch es kamen keine Worte mehr. Welche Lingua-Variationen sie auch benutzte, die knappe, präzise Kampfsprache oder eine der wissenschaftlichen Versionen: Vielleicht gab es gar keine geeigneten Ausdrücke, um zu benennen und zu beschreiben, was sie meinte. Vielleicht mussten neue Worte erfunden werden, um die Bedeutung der nonstatischen Natur der Zeit zu vermitteln.

»Zeit ist relativ«, sagte sie schließlich. »Dies ist deine Gegenwart, Coridian, aber ich befinde mich einunddreißig Jahre in meiner Zukunft.«

»Ich verstehe«, brummte der alte Soldat im Assistenzbot.

Prizilla wusste nicht, ob er verstand oder überhaupt verstehen konnte. Vielleicht brauchte man violettes Strategenblut, um diesen Überlegungen zu folgen.

»Wenn die Zeit relativ ist«, sagte Coridian, »wenn wir uns in der Mitte des Zeitstroms befinden, mit der Zukunft vor uns ...«

»Nicht mit *der* Zukunft vor uns«, warf Prizilla ein. »Mit vielen verschiedenen. Der Ozean der Zeit ist voller Zukünfte, Gegenwarten und Vergangenheiten. Es gibt Alternativen. Jede unserer Entscheidungen könnten wir auch anders treffen.«

»Sprichst du von Parallelwelten?«

»Da bin ich mir nicht sicher«, gestand Prizilla. »Der Abakus hat mir gezeigt, was geschehen wird, wenn die Ereignisse ihren ›normalen‹ Verlauf nehmen. Aber wenn man auf der Grundlage dieses Wissens Einfluss nimmt auf den ›normalen Ereignisverlauf‹, wenn man ihn ändert, dann ändert sich das Ergebnis der Ereignisberechnungen. Wenn mir ein Abakus zeigen würde, dass der Feind alle unsere Kernwelten zerstört und den Krieg gewinnt, wenn er mir ein Ende der Menschheit prophezeit …« Bei diesen Worten hielt Prizilla kurz inne. »Es müsste nicht endgültig sein. Die Kenntnis von dem, was sein könnte, gäbe mir die Möglichkeit, etwas dagegen zu unternehmen.«

»Sollte das nicht dein Vertrauen in den Abakus schmälern?«, fragte Coridian. »Wenn er dir etwas zeigt, das vielleicht gar nicht eintrifft?«

»Aber dies bedeutet Freiheit. Wir können etwas bewirken, mit den richtigen Werkzeugen.«

»Mit der Waffe des Friedens auf der Erde.«

»Ja«, bestätigte Prizilla.

»Wir wissen noch immer nicht, ob sie wirklich existiert«, sagte Coridian behutsam. Wieder lag ein Pfeifen in seiner rauen Stimme, und Prizilla fühlte sich davon an den Wind in Iras Zwielichtzone erinnert. »Wir wissen nicht, wie sie beschaffen ist und was sie bewirkt.«

»Sie wird den Krieg beenden.«

»Wie?«

»Sie wird es uns zeigen.«

»Bist du wie die alten Gläubigen geworden?«, krächzte Coridian. »Glaubst auch du an eine Art Gott?«

»Du hast nicht erlebt, was ich erlebt habe«, hielt ihm Prizilla entgegen. Diesmal regte sich kein Zweifel in ihr. Sie war sich sicher, fühlte sich von Jarl bestätigt. Etwas leiser fügte sie hinzu: »Und du hast die Spiegelbilder nicht gesehen.«

»Die Spiegelbilder?«

»Ich habe mich selbst gesehen«, erklärte Prizilla, und es fiel ihr erneut schwer, die richtigen Worte zu finden. Im Kopf war alles in Ordnung mit ihnen, aber ausgesprochen klangen sie unzureichend und ließen zu viele Lücken. »Aus den Augenwinkeln, am Rand des Blickfelds. Als hätte ich zwischen zwei Spiegeln gestanden. Und manchmal schien es mir, als wäre ich schon einmal auf Ira gewesen.«

»Es könnten Halluzinationen gewesen sein, wie der Rest«, vermutete Coridian. »Gespenster.«

»Nein«, widersprach Prizilla. »Nein, so hat es sich nicht angefühlt.«

Gespenster und Halluzinationen, dachte sie. Und um andere Gedanken zu meiden, fragte sie: »Du bist auf Quim gewesen. Mit den Soldaten der *Lanze* hast du den Feind dorthin verfolgt und fast ein Jahr lang dem Wahnsinn widerstanden. Auf Ira gibt es Jeva, eine globale nichtorganische Intelligenz, die den Planeten zu einer Gespensterwelt gemacht hat, als der Krieg dorthin gekommen ist. Wie war es auf Quim? Was hat Quim zu einer Gespensterwelt gemacht?«

Zwei biomechanische Linsen – dunkle Ovale in einem Gesicht, das zu einer Kraterlandschaft geworden war – sahen Prizilla an. »Weißt du das nicht?«

»Es gibt viele Dinge, die ich nicht weiß. Ich habe mich immer auf unsere Datenbanken verlassen, auf die Archive von Memoria. Der Pakt hat sein Gedächtnis verloren.«

Das waren gefährliche Worte, denn sie erinnerten Prizilla an die Gedanken, die sie nicht denken wollte.

»Etwas hat die Geister der Toten festgehalten«, antwortete Coridian nachdenklich. »Etwas hat das Bewusstsein der sterbenden Soldaten daran gehindert, sich ganz aufzulösen. Sie fielen, ihre Körper zerrissen und verbrannt, aber ihr Geist blieb bestehen, in Schmerz gefangen, und diesen Schmerz bekamen die Lebenden zu spüren. Je mehr von uns starben, desto schlimmer wurde es.« Coridian holt Luft; es klang fast wie ein Röcheln. »Jede Gespensterwelt ist anders, habe ich gehört. Vielleicht lag es an einer Waffe der Crul.«

»Glaubst du, der Feind könnte etwas mit der globalen nichtorganischen Intelligenz auf Ira zu tun haben?«, fragte

Prizilla schnell, um die anderen Gedanken zurückzuhalten. Ihr rechtes Bein zitterte wieder. »Könnte es sein, dass geologische Intellekte auch auf den anderen Gespensterwelten existieren?«

Servomotoren summten, als sich Coridian in seinem Assistenzbot bewegte. »Ist das wichtig? Bringt uns die Antwort zur Erde? Zeigt sie uns die Waffe des Friedens?«

Das Kommunikationssystem wurde aktiv.

»Wir sind mit den Vorbereitungen nahezu fertig, Ehrenwerte«, erklang Jarls Stimme. »Das Fulkrum ist mit den Koordinaten programmiert, die Sie uns gegeben haben. Katapult und Beschleuniger warten auf uns. Wir sollten schnell handeln, denn im Transitring gibt es Anzeichen von Instabilität. Vielleicht versucht jemand, einen Phasenwechsel für einen Transfer hierher einzuleiten.«

»Blockieren Sie das Fulkrum!«, erwiderte Prizilla sofort. »Und begeben Sie sich an Bord des Kuriers! Wir sind gleich bei Ihnen.« Sie dachte: Ich habe *wir* gesagt. Damit ist die Entscheidung gefallen.

»Es könnte Nadala sein«, sagte Coridian. »Oder eine von ihr beauftragte Einsatztruppe. Vielleicht sollte ich hierbleiben und sie in Empfang nehmen. Ich könnte das Fulkrum beschädigen oder stilllegen, damit sie euch nicht zur Erde folgt.«

»Hier bist du den Gespenstern von Ira ausgesetzt«, hielt ihm Prizilla sanft entgegen. »Früher oder später würden sie dich hier erreichen. Auf Quim warst du stark, aber jetzt ...«

»Jetzt bin ich schwach«, ächzte Coridian.

»Du kommst mit. Wenn dies alles vorbei ist, machen wir dich wieder stark.« Prizilla stand auf.

»Nein«, sagte Coridian. »Bleib sitzen!«

Sie sah ihn fragend an.

»Du weichst aus. Du hast viel gesprochen und doch nicht das gesagt, was du eigentlich sagen solltest.«

Prizilla begriff, dass sie die grässlichen Gedanken nicht länger beiseiteschieben konnte. Sie sank zurück in den

Sessel, dessen zu weiche Polster sich wieder an sie schmiegten.

Einige Sekunden verstrichen.

»Welches Geheimnis hat Atalea damals nach Ira gebracht?«, fragte Coridian. »Du hast es erfahren, nicht wahr?«

Prizilla nickte.

»Hier ist die Wahrheit«, sagte sie und fing an zu erzählen.

95

»Unsere Geschichte begann mit einer Katastrophe«, wiederholte Prizilla die Worte, die jedes Kind von Lehrern und Instruktoren hörte. »Die ursprünglichen Menschen von der Erde unterschätzten die Gromka, den ersten Feind, und gaben ihm dadurch Gelegenheit, sie fast ganz auszulöschen. Die Letzten von ihnen, fünfzigtausend, starben in ihrer Hibernationszuflucht auf einem fernen Planeten. Nur Atalea entkam. Wir alle stammen von ihr ab. Sie lehrte uns das Überleben.«

»Ich kenne die Geschichte«, sagte Coridian. »Sie ist kein Geheimnis.«

»Seit damals wissen wir, wie wichtig es ist, immer stark zu sein und nie schwach zu werden.«

»Niemals«, stieß Coridian hervor.

»Aber es ist falsch, alles falsch.« Prizilla glaubte, an den Worten ersticken zu müssen. »Atalea war es, die die Gromka zu den Fünfzigtausend brachte, damit sie starben, die letzten Menschen von der Erde. Die letzten ursprünglichen Menschen. Weil sie selbst sterben sollte.«

Coridian hörte stumm zu, reglos in seinem Assistenzbot.

»Die Gromka waren fast ausgelöscht, besiegt von Atalea und ihren Kriegern, von den ursprünglichen Menschen für den Kampf gezüchteten Soldaten. Das sind wir, Coridian, keine Menschen, sondern Werkzeuge, Instrumente, lebende, denkende Waffen für einen Krieg, der gewonnen war.«

Der alte General gab keinen Ton von sich.

»Als die Krieger ihren Zweck erfüllt hatten, sollten sie eliminiert werden, mit einer Art genetischen Bombe, die jeder von ihnen in sich trug. Ein Überbleibsel davon existiert vielleicht heute noch in Form des M-Faktors.« Prizilla holte tief Luft. Daraufhin fiel ihr das Sprechen etwas leichter. »Viele von ihnen starben, und die Überlebenden, unter ihnen Atalea, wandten sich gegen ihre Schöpfer. Sie nutzten ihre biologische Anpassungsfähigkeit für einen Überlebenskampf, der immer mehr ursprüngliche Menschen tötete. Die Gromka wurden zu Verbündeten. Die letzten Menschen, fünfzigtausend an der Zahl, flohen von der Erde, um sich auf einer fernen Welt zu verstecken und abzuwarten, bis die von ihnen geschaffenen Krieger starben. Die genetische Bombe raffte viele von ihnen dahin, aber Atalea überlebte mit gefüllten Fertilitätsblasen. Sie fand heraus, wo die Fünfzigtausend Zuflucht gesucht hatten, wo sie in der Hibernation schliefen. Die Gromka, von ihr ausgeschickt, brachten die Schläfer um, und womöglich stellte Atalea ihnen eine Falle, um sicherzugehen, dass die Gromka für ihre Kinder keine Gefahr darstellten.«

Das rechte Bein zitterte so heftig, dass Prizilla es mit beiden Händen festhalten musste.

»So begann alles«, fügte sie hinzu, als Coridian noch immer schwieg; wie erstarrt hing er in seinem Assistenzbot. »Indem wir jene umbrachten, die uns schufen. Indem wir die letzten Menschen im Schlaf ermordet haben.«

Coridian gab einen gurgelnden Laut von sich. »Vielleicht ist das alles nicht wahr.«

»Warum sollte Atalea eine Lüge nach Ira bringen und sie dort der Obhut einer globalen nichtorganischen Intelligenz anvertrauen? Wo läge der Sinn darin?«

»Wir mussten stark sein«, ächzte Coridian. »Damals wie heute. So lautet das Gesetz des Universums: Nur der Starke überlebt, und der Stärkere dominiert. An dieser Wahrheit hat sich nichts geändert. Unser Blut macht uns zu dem, was wir sind. Wir müssen kämpfen, um zu leben.«

»Unser Blut wurde geplant und konstruiert!«, platzte es aus Prizilla heraus. »Wir sind nicht die Menschen, für die wir uns immer gehalten haben. Wir sind künstliche Wesen!«

»Wir haben uns weiterentwickelt«, sagte Coridian. »Wir haben unser Schicksal selbst in die Hand genommen. Aus Dienern sind Herren geworden.«

»Wir sind Mörder.«

»Das ist dumm, Prizilla«, krächzte Coridian und nannte zum ersten Mal seit langer Zeit ihren Namen. »Wir sprechen hier von etwas, das Jahrzehntausende zurückliegt. Vielleicht war Atalea die Größte eine Mörderin, aber wenn sie wirklich gemordet hat, dann nur um des eigenen Überlebens willen. Sie erkannte das kosmische Gesetz und handelte danach.«

»Sie hat die letzten Menschen getötet. Du hast gesagt, dass uns unser Blut zu dem macht, was wir sind, Coridian. Wir alle tragen etwas vom Blut der Mörderin in uns.«

»Es schwimmt keine Schuld in Blut, und es steckt auch keine Schuld in Genen. Atalea traf damals eine Entscheidung, der wir alle unsere Existenz verdanken. Wie können wir einen anklagenden Finger auf sie richten?«

Prizilla blickte auf ihre Hände, die das zitternde rechte Knie hielten. Sie hatte sie immer für menschliche Hände gehalten.

»Hast du dir überlegt, warum Atalea ihr Geheimnis damals nach Ira gebracht hat, anstatt es zu vernichten?«, fragte Coridian. »Warum wollte sie es aufbewahren, als Gefahr für die Lüge, die ins Fundament des Pakts einging?«

Ja, Prizilla hatte darüber nachgedacht. »Vielleicht wollte sie eines Tages darauf zurückgreifen – sie vertraute sich dem alten Maschinenintellekt des Orakels auf Memoria an, in der Hoffnung, die nächsten Jahrtausende zu überleben. Oder sie versteckte das Geheimnis an einem vermeintlich sicheren Ort, damit eine zukünftige Suprema darüber entscheiden kann, was damit geschehen soll.«

Prizilla versuchte sich vorzustellen, was passieren würde, wenn Ataleas Geheimnis an die Öffentlichkeit kam. Ein

Beben wäre die Folge, mit heftigen Erschütterungen, die das stolze Gebäude des Pakts einstürzen ließen.

Ein Signal erklang, ein kleiner Glockenton.

»Wir sind in der *Trax*, Ehrenwerte«, meldete Jarl. »Die Instabilitäten des Transitrings nehmen trotz der Phasenblockade zu. Wir sollten nicht länger mit dem Transfer warten.«

Prizilla stand auf. »Wir sind gleich bei Ihnen.« Und zu Coridian: »Komm, alter Freund!«

»Ein weiterer Transfer könnte mein Ende bedeuten.«

»Nein.« Prizilla atmete tief durch und schöpfte neue Kraft. »Ich lasse nicht zu, dass du stirbst. Wir werden stark sein, wir beide.«

Hier trennen sich unsere Wege

96 Jarl

»Die Erde«, sagte Jarl langsam. »Ich habe immer nur von ihr geträumt, aber es gibt sie wirklich.« Er saß an den Navigationskontrollen der *Trax* und nahm damit Prizillas Platz ein, die sich in der kleinen medizinischen Abteilung des Schnellen Kuriers, kaum mehr als eine winzige Kammer oder Nische, um den alten, kranken General kümmerte.

Sotia stand neben ihm, eine Hand auf seiner Schulter, und blickte wie er ins Holo. Angenehme Wärme ging von der Hand aus. »Wir kommen von hier? Sie ist unsere Ursprungswelt?« Sie deutete auf den wolkenverhangenen Planeten. Hier und dort, in Lücken zwischen den ausgedehnten Wolkenbänken, zeigten sich Küstenlinien und Meere grau wie Schiefer.

»Davon haben die Erzähler in meinem Talisman gesprochen.«

»Die Erde scheint einst einen Mond gehabt zu haben.«

Sotia meinte den ausgedehnten Trümmergürtel, der den Planeten umgab, bestehend aus unzähligen großen und kleinen Gesteinsbrocken. In sicherem Abstand und in ihre Schirmfelder gehüllt flog die *Trax* darüber hinweg.

Sotia wandte sich den Sensorkontrollen zu, und Jarl bedauerte, dass ihn die Hand verließ.

»Keine energetischen Signaturen«, stellte sie fest. »Wir sind allein hier.«

Jarl hörte ein akustisches Signal und beobachtete aus dem Augenwinkel, wie sich Sotia über die Anzeigen beugte.

»Ungewöhnliche Aktivität bei der Anomalie des Fulkrums.« Sotia betätigte die Kontrollen, und das Holo vor Jarl teilte sich. Die linke Hälfte zeigte nach wie vor die Erde mit ihren Ringen aus geborstenem, zertrümmertem Felsgestein. In der rechten, von den Fernsensoren erfasst, erschien die Raumstation beim Fulkrum, ein einfacher Rotationszylinder, nicht länger als vierhundert Meter und ausgestattet mit zwei Gravitationsmotoren, die vor allem der Positionsstabilisierung dienten. Das Fulkrum war noch etwas kleiner als jenes im Dasuc-System mit Ira, befand sich sieben Lichtminuten oberhalb der Ekliptik und umkreiste das Zentralgestirn auf einer stark elliptischen Bahn – derzeit befand es sich etwa in Höhe des rötlichen vierten Planeten. Die Anomalie des Fulkrums präsentierte sich als ein Strudel aus brodelnder, für das bloße Auge unsichtbarer Energie. Eingeblendete Daten wiesen darauf hin, dass sie größer wurde.

»Instabilität beim Transitring.« Sotias Hand, die eben noch auf Jarls Schulter gelegen hatte, strich durch holografische Kontrollen. »Offenbar reagiert das Fulkrum auf die zunehmende Aktivität der Anomalie.«

»Steht ein Transfer bevor?«, fragte Jarl. »Kommt jemand her?«

»Vielleicht ist schon jemand eingetroffen. Was wir jetzt sehen, geschah vor etwa zehn Minuten.«

Prizilla kam herein, und Jarl stand auf, überließ ihr den Platz an den Navigationskontrollen.

»Wir könnten Besuch bekommen, Ehrenwerte«, teilte ihr Sotia mit. »Es gibt zunehmende Aktivität beim Fulkrum. Sie betrifft sowohl die Anomalie als auch den Transitring.«

Der Assistenzbot des Generals wankte in die Pilotenkanzel und verankerte sich an der Wand. Die krumme, schmächtige Gestalt darin wirkte wie geschrumpft. Dicker Schorf, wie Baumrinde, bedeckte den größten Teil des Gesichts. Kleinere medizinische Assistenten klebten an Armen, Beinen und den Knorpeln und Gelenken, aus denen der größte Teil des Halses bestand. Einer steckte halb in der Brust.

»Er wird nicht lange überleben«, sagte Sotia offen. »Er braucht dringend angemessene medizinische Behandlung.«

»Er wird sie bekommen, sobald wir hier fertig sind«, erwiderte Prizilla knapp. Sie wirkte noch blasser als sonst, und tiefer Ernst lag in ihren Zügen.

»Ihm bleibt nicht viel Zeit.«

Prizilla drehte sich zu Sotia um. »Was schlagen Sie vor?«, erwiderte sie ungewöhnlich scharf. »Dass wir zum Fulkrum zurückkehren und versuchen, eine unserer Kernwelten zu erreichen oder eine Welt unserer Bioingenieure? In seinem gegenwärtigen Zustand würde General Coridian einen weiteren Transfer nicht überleben.«

»Ich werde stark sein, wenn ich stark sein muss«, krächzte die Gestalt im Bot, die vielleicht nur von den medizinischen Assistenten am Leben gehalten wurde.

Jarl beobachtete, wie Sotia den Mund öffnete und wieder schloss.

Prizilla gab mehr Energie in die Gravitationsmotoren. Die *Trax* wurde schneller.

Einige periphere Gesteinsbrocken des Trümmergürtels jagten an ihnen vorbei. Kleinere Bruchstücke flammten auf und verglühten in den Schirmfeldern.

Die Erde füllte das ganze Holo aus.

»Sensoren?«, fragte Prizilla knapp.

»Nichts«, antwortete Sotia sofort. »Bis auf die Aktivität beim Fulkrum. Die Anomalie ist auf doppelte Größe angewachsen und dehnt sich weiter aus, wenn auch nicht so schnell wie vorher.«

»Die Erde schweigt?«

»Stille auf allen Frequenzen.

Der Schnelle Kurier erreichte die obersten Ausläufer der Atmosphäre. Prizilla steuerte ihn tiefer. Wolken huschten vorbei.

»Biologische Signaturen?«

Sotia beugte sich wieder über die Anzeigen der Sensoren. »Einfache Lebensformen, vor allem in den Ozeanen. Sonst nichts.«

Mit vielfacher Schallgeschwindigkeit durchbrach der Kurier

die dichte Wolkendecke und raste über ein graues Meer hinweg.

Prizilla wandte den Kopf. »Wir sind da, Jarl. Dies ist die Erde. Bringen Sie uns zur Waffe!«

»Was?«, erwiderte Jarl hilflos. »Ich weiß nicht, wo sie sich befindet.«

»Wie sieht sie aus?«, fragte Prizilla. »Wie ist sie beschaffen?«

»Die Erzähler des Talismans haben sie mir nie beschrieben!«

Die *Trax* ließ das Meer hinter sich zurück und flog über einen wüstenartigen Kontinent. Wälder gab es nicht, nur große und kleine Ansammlungen von Büschen und Sträuchern. Und Schlacke: in weiten Senken und Tälern, an den Hängen von Bergen und den Ufern von Binnenmeeren.

»Strahlung«, meldete Sotia. »Reststrahlung von nuklearen Explosionen.«

»Kalter oder heißer Brand?«, fragte Prizilla, den Blick ins Holo gerichtet.

»Nichts dergleichen.«

»Der Feind war nicht hier«, sagte Prizilla.

»Nein.«

»Was ist geschehen?«, fragte Jarl. »Wer hat diese Welt zerstört?« Enttäuschung machte sich in ihm breit. Er hatte gehofft, dass ihn ein Paradies erwartete, eine Welt der Harmonie, auf der es keinen Krieg gab, er frei war von den Fesseln und dem Schicksal des Soldaten. Stattdessen sah er eine tote Welt, mit Asche dort, wo sich Städte befunden hatten. Es hörte nicht auf: Wohin er ging, wohin er sich wandte, überall erwarteten ihn Kampf, Zerstörung und Tod.

»Ein Signal«, sagte Sotia plötzlich und veränderte ein wenig die Justierung der Sensoren. »Ein schwaches Signal. Aus dem Norden. Entfernung etwa dreitausend Kilometer.«

»Ich brauche die genauen Koordinaten«, drängte Prizilla.

»Werden ermittelt.« Ein Holo entstand vor Sotia und zeigte eine schematische Darstellung der Erde. »Und hier haben wir noch etwas. Eine Strahlungsquelle in einem hohen Orbit. Eine energetische Signatur ...«

Plötzlich erschienen rote und gelbe Gefahrensymbole im Sensorholo. »Ein Superlichtschiff des Feindes, direkt über uns!«

Die Energiefäden der Sicherheitsharnische schlossen sich um Prizilla, Sotia und Jarl. Der Assistenzbot hüllte General Coridian in ein Schutzfeld.

»Wo bleiben die Koordinaten?«, zischte Prizilla.

Sotias Hände, von leuchtenden Energiefäden umschlungen, bewegten sich in den holografischen Kontrollen. »Hier sind sie.«

Die Gravitationsmotoren brummten lauter, als der Schnelle Kurier beschleunigte und nach Norden flog, zum Ursprung des Signals.

97

»Sensoren?«, fragte Prizilla in der knappen Kampfsprache der Streitkräfte.

»Negativ«, antwortete Sotia. »Keine Ortungsimpulse. Vielleicht hat uns der Feind aus dem Auge verloren. Die Strahlung wird stärker. Sie könnte der Grund sein.«

»Nein.« Prizilla flog die *Trax* manuell. Dicht über dem von langen Rissen durchzogenen Boden jagte der Kurier Richtung Norden. Am Horizont erschien ein zerklüfteter Höhenzug und kam schnell näher. »Ich fürchte, der Feind weiß, wo wir sind, und wahrscheinlich auch, *wer* wir sind. Er hat uns nicht unter Beschuss genommen, weil er uns lebend will.«

»Und die Waffe«, vermutete Jarl.

Prizilla warf ihm einen kurzen Blick zu. »Ja. Wir müssen schneller sein als er. Sensoren, Identifizierung des Feindes.«

Daten erschienen in dem kleinen Holo vor Sotia. »Das Superlichtschiff ist etwas größer als ein Schneller Verfolger, ausgestattet mit Quantenkanonen und vielleicht sogar Antimaterie-Torpedos.«

»Mehr als genug für uns.«

Jarl hörte, wie der alte General im Assistenzbot etwas krächzte. Die Ehrenwerte hörte es ebenfalls.

»Sprich lauter, alter Freund«, sagte Prizilla schnell. »Benutz das Kommunikationssystem!« Sie lenkte die *Trax* über die ersten Berghänge. Es war nicht mehr weit, entnahm Jarl den Statusanzeigen. Ihr Ziel, der Ursprung des schwachen Signals, musste sich direkt hinter dem Höhenzug oder vielleicht in einem Tal befinden.

General Coridian krächzte erneut, und gleichzeitig klang eine kräftigere, deutlichere Stimme aus dem Kommunikationssystem.

»Wir weisen den Crul den Weg, tragen den Verräter in uns.«

Für einen Moment schien die Ehrenwerte an den Navigationskontrollen zu erstarren.

»Du hast gesagt, dass die Crul nach dir suchen, dass sie Kundschafter in die Zeitstraßen geschickt haben«, erklärte Coridian. »Sie sind deiner Spur gefolgt. Vielleicht hast du den Feind tatsächlich ins Zedra-System gebracht, nach Memoria. Er hat dich dort beobachtet, und wahrscheinlich sind wir nur deshalb mit dem Leben davongekommen, weil wir am Leben bleiben sollten. Die Crul, ihre Kundschafter ...« Er hustete und schien kaum Luft zu bekommen. »Sie lagen auf der Lauer. Und als wir das instabile stationäre Fulkrum in der Absorptionssphäre benutzt haben, sind wir während des Transfers nicht mit irgendeinem fremden Geschöpf kollidiert, sondern mit einem Spion der Crul. Der Feind steckt in uns. Er steckt vor allem in mir!«

»Wir sind da«, sagte Sotia an den Sensorkontrollen.

Das Navigationsholo zeigte ein schmales Tal mit kahlen Geröllhängen. An einigen Stellen bildeten Eis und alter Schnee Krusten auf dem Felsgestein. Unten wand sich ein halb zugefrorener Fluss durchs Tal, und an seinen Ufern standen unversehrte rechteckige Gebäude. Fast am Ende des Tals wölbte sich eine wie Perlmutt glänzende Halbkugel auf einem Kranz aus Zylindern.

»Das fremde Schiff«, murmelte Prizilla.

Es klaffte kein Loch in der rechten Hälfte der Halbkugel, und die Zylinder wiesen weder Dellen noch Risse auf.

Das Brummen der Gravitationsmotoren veränderte sich, als Prizilla die *Trax* ins Tal lenkte und sie neben dem Fluss landete. »Sensoren?«

»Noch immer nichts«, antwortete Sotia. »Aber ...«

Ein schriller Ton kam aus dem Kommunikationssystem, und Jarl fühlte einen kurzen Schmerz tief in seinem Innern.

»Das Signal ist weg«, erklärte Sotia. »Es kam von der Halbkugel dort drüben, aber jetzt wird es nicht mehr gesendet.«

»Als Reaktion auf unsere Präsenz?«, fragte Prizilla.

»Unbekannt.«

In Jarl rührte sich etwas. Alte Gedanken schienen zu erwachen. Die Stimmen der Erzähler flüsterten, und er versuchte zu verstehen, was sie sagten.

Offenbar sah man ihm etwas an, denn die Ehrenwerte fragte: »Jarl?«

»Ich habe den Talisman verloren, er ist zerbrochen, aber mir scheint, seine Erzähler sprechen wieder zu mir.«

»Wo ist die Waffe?«, fragte Prizilla. Sie benutzte noch immer die Kampfsprache L_9. »Befindet sie sich in der Nähe, hier in diesem Tal?«

»Ich weiß es nicht.«

Prizilla stand auf. »Strengen Sie sich an, Soldat! Versuchen Sie, sich an die Einzelheiten der Träume zu erinnern!«

Sotia bediente noch immer die Sensorkontrollen. »Etwas nähert sich.«

»Der Feind?«

»Die Sensoren registrieren keine energetische Signatur, aber eine lokal begrenzte Störung im planetaren Magnetfeld, eine kleine elektromagnetische Anomalie.«

»Entfernung?«

Sotia sah auf die Anzeigen. »Hundertvier Kilometer. Die EM-Anomalie bewegt sich mit hoher Geschwindigkeit und wird in fünf Minuten hier sein.«

»Jarl, wir müssen wissen, wo sich die Waffe befindet!«, zischte Prizilla. »Konzentrieren Sie sich! Überlegen Sie! Vielleicht hat Ihnen der Talisman einen Hinweis gegeben.«

Sotias Finger berührten holografische Symbole. »Was auch immer es ist, es wird schneller.« In dem Holo vor ihr erschien eine Linie und führte in der Darstellung des Höhenzugs zu dem kleinen Tal, in dem die *Trax* gelandet war. »Und es ist hierher unterwegs.«

Prizilla wandte sich von den Navigationskontrollen ab. »Nach draußen. Zum fremden Schiff.«

Der Assistenzbot löste sich aus seiner Wandverankerung. Servomotoren summten, als der alte General mit mechanischer Hilfe zum Pilotensitz trat. »Ich bleibe hier«, tönte eine kräftige Stimme aus dem Kommunikationssystem.

Prizilla stand wortlos vor ihm. Jarl hörte ihre leisen Worte. »Alter Freund ...«

»Hier trennen sich unsere Wege.« Coridians Stimme war nur ein Krächzen, doch das Kommunikationssystem verlieh den Worten Nachdruck. »Ich lenke die Crul von euch ab, indem ich den Spion in mir forttrage. Das sollte euch ein wenig Zeit geben.«

»Versteck dich irgendwo«, sagte Prizilla. »Wenn alles vorbei ist, holen wir dich.«

»Einverstanden. Geh jetzt! Verlier keine Zeit!«

Prizilla hob die Hand und legte sie auf die schorfige Wange des Generals. Ein langer Blick folgte, und dann war sie an ihm vorbei, stand in der kleinen Luftschleuse und öffnete das Außenschott. Kalte Luft strömte in den kleinen Kurier.

Sotia folgte Prizilla sofort nach draußen. Jarl zögerte einen Moment und beobachtete, wie der General die Arme des Assistenzbots nach den Navigationskontrollen ausstreckte.

»Hinaus mit dir, Soldat!«, knurrte Coridian. »Du musst noch etwas länger leben. Lange genug, um die Waffe des Friedens zu finden und den Krieg mit ihr zu beenden.«

Jarl hatte die *Trax* kaum verlassen, als der Schnelle Kurier aufstieg, das Außenschott noch nicht ganz geschlossen, in den Himmel sprang und in den Wolken verschwand. Ein Windstoß fegte durchs Tal und ließ das Eis auf dem nahen Fluss knacken. Dann wurde es wieder still.

»Er wird sich nicht verstecken«, sagte Sotia, als sie zu dem fremden Schiff eilten, zu der auf einem Zylinderkranz ruhenden Halbkugel.

»Nein«, bestätigte Prizilla.

»Er wird sterben.«

»Ja.« Prizilla sah kurz zum Himmel hoch und blickte dann wieder zum Schiff. »Er verschafft uns Zeit. Nutzen wir sie.«

98 Coridian

In den letzten Stunden waren die Schmerzen immer heftiger geworden, ohne dass Assistent und Medobots etwas dagegen unternehmen konnten. In den drei Jahrhunderten seines Lebens hatte er auf zahlreichen Schlachtfeldern gekämpft und war oft verwundet worden. Er kannte den Schmerz wie einen engen Vertrauten, und er hatte gelernt, damit fertig zu werden. Doch dies war eine andere Art von Schmerz, ein Stechen und Brennen, das nicht nur den Körper betraf, sondern auch den Geist, jeden einzelnen Gedanken. Etwas wuchs in und an ihm, ein fremdes Wesen, mit dem er beim Transit durch das instabile stationäre Fulkrum kollidiert war, ein Geschöpf, das auf Prizilla und ihn gewartet hatte, hauptsächlich auf Prizilla. Es nagte und kratzte in ihm, es fraß und höhlte ihn aus, um den Hohlraum dann mit sich selbst zu füllen. Zu Anfang hatte Coridian versucht, Widerstand zu leisten, doch Gegenwehr war zwecklos. Er musste sich der bitteren Erkenntnis stellen, dass er diesen Kampf nicht gewinnen konnte.

Die Gravitationsmotoren dröhnten, als er die *Trax* in einer Höhe von fünfzehn Kilometern auf einen neuen Kurs zwang und sie über den Nordpol hinweg nach Süden fallen ließ. Um die Sensoren und ihre Daten kümmerte er sich nicht. Er wusste, dass ihm die elektromagnetische Anomalie, verursacht vom Superlichtschiff der Crul, folgte. Er musste so weit wie möglich fort vom Tal, in dem der Schnelle Kurier zuvor gelandet war, so weit wie möglich weg von Prizilla, Sotia und Jarl.

Der Gedanke an Prizilla brachte tiefes Bedauern, eine schwere Trauer, die zu sehr Schwäche ähnelte, als dass er sie akzeptieren konnte. Die Nanobots, die nichts gegen den Schmerz ausrichten konnten, wies er an, seine Emotionen zu dämpfen.

Das fremde Wesen in ihm wusste sich der Erfüllung seiner Aufgabe nahe und bohrte ihm erneut Krallen in Fleisch und Geist. Coridian versuchte, sich ganz auf die Navigationskontrollen zu konzentrieren. Die *Trax* stürzte durch dichte Wolken, und eine weite Senke erschien unter ihr, halb gefüllt mit Schlacke. Er bewegte die Arme und damit auch die des Assistenzbots, strich mit Fingern aus Synth und Neutro durch holografische Symbole, brachte den Schnellen Kurier in der Senke zu Boden und verließ ihn, ohne die Bordsysteme zu deaktivieren – sollte die *Trax* ruhig eine deutliche und weithin sichtbare energetische Signatur behalten.

Der Bot trug ihn fort von dem kleinen Schiff, über die von Furchen, Rillen und Rissen durchzogene Schlacke, die Reste einer zerstörten Stadt. Vielleicht haben *wir* sie zerstört, dachte Coridian. Unsere Vorfahren, Ataleas Krieger.

Prizillas Schilderungen gingen ihm noch einmal durch den Kopf, dann schob er sie endgültig beiseite. Ob es stimmte oder nicht, ob sie Menschen waren oder Mörder der Menschen – für ihn spielte es keine Rolle. Hier und jetzt ging es um Leben und Tod, um Stärke und Schwäche.

Coridian fand einen Spalt, der ihm genug Platz bot, etwa hundert Meter von der *Trax* entfernt, und duckte sich hinein, überprüfte den Variator, den er mitgenommen hatte, und stellte ihn auf explosive Projektile ein. Anschließend wartete er.

Er musste sich nicht lange gedulden.

Die niedrig hängenden Wolken teilten sich, ein Flimmern

senkte sich herab, und ein Objekt erschien über der *Trax*, ein silbernes Oval, wie von Dornen besetzt und von zwei rotierenden Ringen umgeben. Ein Blitz gleißte, und die Druckwelle einer Explosion zwang Coridian, sich tiefer zu ducken. Als er es wenige Sekunden später wagte, einen Blick über den Rand des Spalts zu werfen, stellte er fest, dass die Gravitationsmotoren der *Trax* zerstört waren.

Das Schiff der Crul, größer als ein Schneller Verfolger, aber ähnlich konfiguriert, landete direkt neben dem Kurier des Pakts, von dessen Heck Rauch aufstieg, gerade, unbewegt von Wind.

Im silbernen Oval bildete sich eine Öffnung. Mehrere Gestalten erschienen, in halb transparente Schirmfelder gehüllt, die nur Silhouetten erkennen ließen. Die Crul traten und schwebten eine kurze Rampe herunter und näherten sich der *Trax*.

Das fremde Wesen in Coridian fühlte ihre Nähe. Es dehnte sich aus, es zappelte im fremden Fleisch, es bohrte Zähne in Muskeln und Knochen – es wollte seinen Triumph vervollständigen, indem es den Wirtskörper ganz übernahm. Coridians Wille stemmte sich ihm entgegen. Er bot seine ganze innere Kraft dafür auf, denn dies waren die letzten wichtigen Sekunden. Sie entschieden darüber, wie er das Leben verließ, stark und unerschrocken oder schwach, zerbrochen und besiegt.

Er schaltete die Servomotoren des Assistenzbots auf maximale Leistung, ging in die Knie und stieß sich ab. Die Crul sahen ihn sofort, als er aus der Spalte sprang und auf mechanischen Beinen landete, den Variator in der rechten Synth-Hand. Sie hörten ihn rufen: »Wir müssen stark sein, wir dürfen nicht schwach werden, niemals!« Sie sahen, wie er schoss, und einer von ihnen starb – mehrere explosive Projektile zerrissen ihn in seiner Ambientalblase.

Die Überlebenden glitten mit fließenden Bewegungen auseinander. Zwei setzten den Weg zur *Trax* fort, die anderen beiden wandten sich dem Angreifer zu.

Coridian lief, jede Bewegung wie ein Bad in Schmerz und Pein. »Ich bin stark!«, rief er. »Seht ihr? Ich bin immer noch stark!«

Er schoss erneut, und zwei kleine Explosivgeschosse trafen den Crul auf der rechten Seite, zerfetzten den Oberkörper und mehrere Gliedmaßen. Die Ambientalblase blieb intakt, von innen beschmiert mit Körperflüssigkeit und Knochensplittern.

Der Crul auf der linken Seite fand Gelegenheit, einen Blaster auf Coridian zu richten. Der alte General konnte nicht ausweichen, und er wollte es auch nicht. Dies war der richtige Moment und vielleicht auch der richtige Ort.

Heißes, gleißendes Licht beendete seine Existenz.

Endlich bist du da

99 Prizilla

Erste Schneeflocken fielen aus einem farblosen Himmel, der dunkler zu werden begann. Eine der Flocken traf Prizilla mitten auf der Stirn, als sie nach oben blickte.

Rechts und links erhoben sich unversehrte Gebäude. Bei einigen von ihnen standen Fenster und Türen offen.

»Sie haben uns noch immer nicht alles gesagt, Ehrenwerte«, stellte Sotia fest.

Prizilla dachte an Coridian, den sie nie wiedersehen würde. Oder vielleicht ... Sie blieb stehen, einige Dutzend Meter vor dem fremden Schiff, das hier ebenso unversehrt war wie die Gebäude, obwohl sie es in der Zeitstraße beschädigt gesehen hatte, mit einem Loch in der rechten Hälfte und Dellen und Rissen in den Zylindern des Kranzes, auf dem die Halbkugel ruhte. Sie drehte den Kopf von einer Seite zur anderen, und wieder hatte sie für einen Sekundenbruchteil den Eindruck, eine Art Spiegel zu sehen, der ihr Bild reflektierte, nicht nur einmal, sondern viele Male.

»Jarl ...« Prizilla ging weiter, denn jede Sekunde zählte. Coridian opferte sich, er starb vielleicht genau in diesem Moment. Ein Schmerz stach tief in ihrem Innern.

Jarl hatte einen Blick in eins der Gebäude geworfen und schloss zu ihnen auf.

»Sie waren eins von sieben Kindern, das vor siebenunddreißig Jahren einen Angriff des Feindes auf Nimmwa im Lerper-System überlebt hat«, sagte Prizilla. »Fünf dieser Kinder starben später an einem Blutfieber, für das die zuständigen Mediker einen ›genetischen Konflikt‹ verantwortlich machten. Das sechste Kind namens Syr fiel auf Turai beim

Kampf gegen den Feind. Andernfalls wäre es vielleicht ebenfalls am Blutfieber erkrankt. Sie sind der einzige Überlebende, Jarl. Dieses Schiff«, sie deutete auf die vor ihnen emporragende Halbkugel, »befand sich damals in der Nähe von Nimmwa. Ich habe es später gesehen, als ich in die Zeitstraße geriet.«

»Was bedeutet das?«, fragte Jarl.

Sie erreichten einen der Zylinder. Prizilla berührte ihn, strich mit der Hand darüber hinweg und fühlte eine Glätte wie von Öl. Nirgends zeigte sich eine Öffnung oder auch nur eine Fuge, die auf eine Öffnung hindeutete.

»Sie sind der einzige Überlebende von Nimmwa«, fuhr Prizilla fort. »Sie sind nie am Blutfieber erkrankt, aus welchen Gründen auch immer. Etwas hat Sie verändert, Ihre genetische Struktur, auf eine Weise, die selbst für unsere Mediker und Bioingenieure rätselhaft blieb. Bei den anderen führte diese Veränderung zu einer tödlichen Krankheit.«

»Wer hat mich verändert?«, fragte Jarl.

Prizilla beobachtete, wie Schneeflocken auf den Zylinder fielen und verschwanden, kaum dass sie ihn berührten. Es blieben keine feuchten Flecken zurück.

»Nicht nur Sie selbst wurden verändert, sondern auch Ihr Talisman. Sie haben die Stimmen von Erzählern gehört, die von der Erde und einer Waffe des Friedens berichtet haben. Sie wurden vorbereitet, Jarl, für den Einsatz der Waffe.«

»Von wem?«

Die Zeit verstreicht, dachte Prizilla. Kostbare Zeit. Sie hatte die Zeit gesehen, ihre bunten Bänder, ihren schimmernden Glanz. Sie war in ihr geschwommen, im Ozean der Zeit, sie hatte ihre Tiefe gesehen und gefühlt.

»Ich weiß es nicht«, sagte sie und ging am Zylinder entlang zur Halbkugel, die etwas dunkler zu sein schien. Oder vielleicht lag es am schwächer werdenden Licht. Die Nacht kündigte sich an.

Mehr Schneeflocken fielen, jede von ihnen einzigartig.

»Worin besteht Ataleas Geheimnis?«, fragte Sotia.

Sie ließ nicht locker, die junge Mutter. Sie wollte die Wahrheit wissen, die ganze bittere, niederschmetternde Wahrheit.

»Hat es etwas hiermit zu tun?« Sotia deutete auf das fremde Schiff. »Und mit der Waffe?«

»Die anderen Überlebenden von Nimmwa ...«, fuhr Prizilla fort. »Vielleicht hatten auch sie Talismane, die ihnen von der Erde und dem Ende des Kriegs erzählt haben. Und vielleicht gab es noch mehr Kinder, die verändert wurden in Körper und Geist. Hunderte von ihnen, auf Hunderten von Welten. Vielleicht sind Sie kein Auserwählter, sondern einer von vielen, Soldat Jarl.«

»Wer steckt dahinter?«

Ja, wer hatte die Gene verändert?, fragte sich Prizilla, als sie an der Halbkugel entlangschritt. Wer hatte die Geschichten von der Erde in den Talisman oder die Talismane gesetzt? Es gab einen Zusammenhang mit diesem Schiff, davon ging sie aus. Sie blickte daran empor.

»Die X?« Prizilla hörte die eigene Stimme und begriff, dass sie einen Gedanken laut ausgesprochen hatte, wie als Antwort auf Jarls Frage.

»Dies ist ein Schiff der X?«, fragte Sotia skeptisch. »Es sieht nicht alt genug aus.« Sie sah Prizilla an. »Warum weichen Sie mir aus, Ehrenwerte? Warum sagen Sie uns nicht die volle Wahrheit?«

Weil ich sie nicht kenne, dachte Prizilla und setzte einen Fuß vor den anderen. Schmelzende Schneeflocken kitzelten in ihrem Gesicht, die silbernen Schuppen am rechten Schienbein juckten, und die Gedanken an Coridian stießen ihr wie Dolche ins Herz. Nach einigen Sekunden merkte sie, dass sie sich einer ganz bestimmten Stelle am Rumpf des fremden Schiffes näherte, kurz vor Beginn des nächsten Zylinders. Sie erinnerte sich daran, obwohl sie die Stelle zum ersten Mal sah. Sie erinnerte sich an ...

»Ich empfange ein weiteres Signal.« Jarl löste einen kleinen mobilen Scanner von seinem Instrumentengürtel und richtete ihn auf das Schiff. »Sehr schwach, Reichweite nur wenige Meter.«

»Eine Tür«, sagte Prizilla. »Hier befindet sich eine Tür.« Sie strich über das glatte, wie ölige Material. Auch dort zeigte sich nicht die geringste Fuge.

»Glauben Sie, die Waffe des Friedens befindet sich an Bord?« Ungeduld erklang in Sotias Stimme. »Deshalb sind wir doch hier, nicht wahr? Wegen der Waffe.«

Wie viel Zeit und wie viele Ereignisse passten in die schmale Lücke zwischen zwei Momenten? Prizillas Hand verharrte mit den Fingern an der Außenhülle des Schiffs, als sie plötzlich *alles* wusste, als sich der ganze große Plan vor ihr ausbreitete, mit all seinen Einzelheiten.

Sie erinnerte sich, aber es waren nicht die Erinnerungen einer Prizilla, sondern vieler. Manche waren wie durchsichtige Bilder aufeinandergestapelt: Tausende von Szenen, die sich überlappten und ein wirres Durcheinander bildeten, da sie sich nicht voneinander trennen ließen. Andere verschwammen miteinander, vereinten ihre Konturen zu einem größeren Bild, dem es an Klarheit und Kohärenz mangelte.

Prizilla schwankte unter der Wucht des auf sie einströmenden Wissens, und dann, nicht einmal einen Atemzug später, war die Welle über sie hinweggeschwappt und verschwunden.

»Ehrenwerte?«, fragte Sotia besorgt. »Was ist mit Ihnen?«

Die Zeit. Ihr Ozean, glatt wie Glas, war grenzenlos gewesen, unendlich weit und vielleicht auch unendlich tief. Unendlich viel Zeit ... Doch hier gab es zu wenig.

»Ich bin schon einmal hier gewesen.« Ein Abakus, dachte Prizilla und hörte den eigenen Gedanken wie ein Echo in einem Saal voller Echos. Mit einem großen, sorgfältig konstruierten Abakus wäre sie vielleicht in der Lage gewesen, dies alles zu verstehen und zu erkennen, wohin es führte.

Und dann schwankte sie erneut, als aus all den Gedankenechos und Erinnerungsbildern eine Erkenntnis wuchs, die mindestens ebenso überraschend war wie die Wahrheit über Atalea und die Menschen. Und vielleicht ebenso bitter. Sie selbst, Prizilla, Strategin von Ewora der Großen und ihre Nachfolgerin, war Teil eines Abakus, des größten, der jemals konstruiert worden war. Eines Abakus, der nicht aus drei- oder viertausend Komponenten bestand, jeder von ihnen mit mehr als zweihundert Konvergenzsymbolen, sondern aus Millionen oder Milliarden. Sie kannte sogar den Namen des Erbauers, sie erinnerte sich an ihn: Konstantin.

»Ich kenne die Tür«, sagte Prizilla. »Und ich weiß, wie man sie öffnet.«

Ein Instruktionsgedanke wies ihren Kommunikationsadapter an, einen bestimmten Code zu senden. Das neue, schwache Signal, das Jarl empfangen hatte, war eine Frage, und Prizilla gab die richtige Antwort. Ein Teil des glatten Rumpfs schien sich aufzulösen, und Schneeflocken fielen durch die plötzlich entstandene Öffnung.

»Wenn Sie schon einmal hier gewesen sind, Ehrenwerte ...«, sagte Sotia. »Wo ist die Waffe, die den Krieg beenden soll?«

Prizilla deutete in die Öffnung. »Das Schiff ist die Waffe.«

100

Es war warm im Innern des fremden Schiffs. Schon nach wenigen Metern durch einen halbdunklen Gang geriet Prizilla ins Schwitzen und aktivierte das Kühlsystem ihres Einsatzanzugs. Beim ersten Mal an Bord dieses Schiffs war es kalt gewesen, zu kalt selbst für jemanden von Amliss. Hier ist es nicht tot, dachte Prizilla. Hier lebt es und ist aktiv.

»Wie können Sie schon einmal hier gewesen sein?«, fragte Sotia. Sie und Jarl sondierten mit ihren Scannern die Umgebung. »Ich dachte, Sie sind zum ersten Mal auf der Erde. Oder meinen Sie das Schiff?«

»Ich erinnere mich an Dinge, von denen ich gar nichts wissen sollte«, erwiderte Prizilla. »Wie aus einem anderen Leben.«

Die Worte klangen seltsam angemessen, fand Prizilla. *Wie aus einem anderen Leben.* Aber aus welchem Leben?

»Wir sind nicht allein hier«, sagte Jarl plötzlich. »Es befindet sich eine Lebensform in der Nähe.« Er deutete nach vorn. »Dort.«

»Konstantin«, murmelte Prizilla.

Es befanden sich noch mehr Lebensformen an Bord, Hunderte, doch die Scanner erfassten sie nicht, weil sie tot waren, sie alle. Die Exponate, vom Schiff auf fernen Welten gesammelt, ruhten in ihren Waben, für die Ewigkeit konserviert. Prizilla, Sotia und Jarl betrachteten sie im Schein der Lichter, die in Säulen, manche von ihnen schief, auf gegenüberliegenden Seiten nach oben und nach unten wanderten.

»Solche Geschöpfe habe ich nie zuvor gesehen.« Jarl ging langsam an den Waben entlang. »Auch nicht in den Holos der Streitkräfte. Sind es Tiere? Befinden sich als gefährlich eingestufte intelligente Wesen darunter?«

Sotia sondierte erneut mit ihrem Scanner. »Nicht eins von ihnen lebt. Warum sind sie alle tot?«

»Weil jemand das Exponatschiff abgefangen und zweckentfremdet hat.« Die Worte kamen aus Prizillas Mund, aber jemand anders schien sie zu sprechen.

Jarl drehte sich zu ihr um. »Weil jemand es in eine Waffe verwandelt hat?«

»Ja.«

»Wer?«

»Konstantin«, sagte Prizilla. Der Boden unter ihr vibrierte, ein Zittern lief wie eine kleine Welle durch die Wände, und die Konturen der Umgebung veränderten sich. Mehr Lichter wanderten durch die Säulen, die Schatten wichen zurück – es wurde heller.

Sotia blickte auf die Anzeigen ihres Scanners. »Das energetische Niveau steigt.«

»Als Reaktion auf uns?« Jarl sah sich um.

»Nein«, sagte Prizilla und fragte sich, woher sie die Gewissheit nahm. »Als Reaktion auf den Feind. Er kommt hierher. Das Schiff ändert seine Konfiguration. Es geht in den Verteidigungsmodus.«

»Sie haben davon gesprochen, dass das fremde Schiff in der Zeitstraße beschädigt und ›tot‹ war«, sagte Sotia. »Könnte es sein, dass es *jetzt* beschädigt wird, dass es *jetzt* stirbt?«

Prizilla wusste keine Antwort darauf. Sie wusste nur, dass sie dem Ziel nahe war. Wenn es tatsächlich ein Ziel gab und nicht nur einen Kreis, auf dem sie sich bewegte, ohne Anfang und Ende.

Schnellere Schritte trugen sie an den Waben mit den fremden Wesen vorbei, die vielleicht nicht nur von fernen Welten stammten, sondern auch aus anderen Zeiten und alternativen Universen.

»Die Waffe, Soldat Jarl. Haben die Erzähler ihren Namen genannt?«

»Ja. Sie nannten sie ›Unendlichkeitsmatrix‹.«

Eine weitere Übereinstimmung, die kein Zufall sein konnte.

»Was bedeutet das?«, fragte die immer neugierige Sotia.

»Es bedeutet, dass dieses Schiff wirklich ein *Schiff* ist, bestimmt auch für den Ozean der Zeit. Und vielleicht auch für Reisen durch alternative Universen.« Das war noch nicht alles, fühlte Prizilla, und wieder stiegen Erinnerungen in ihr auf, die gar keine Erinnerungen sein konnten, weil sie dies alles zum ersten Mal erlebte. »Vielleicht kann es nicht nur unbegrenzt durch Raum und Zeit reisen, sondern auch beides verändern.«

»Wenn dies ein Schiff der X ist ...«, sagte Sotia, als sie an den Waben mit konservierten Geschöpfen und Säulen mit Lichtern vorbeieilten. »Wenn sie es vor hundert Millionen Jahren gebaut haben ... Gegen wen sollte die Unendlichkeitsmatrix eingesetzt werden?«

Tausend Stimmen flüsterten in Prizilla, ein jäher Sturm, der ihr die Orientierung raubte. Sie stützte sich an einer der Säulen ab, und die Lichter darin reagierten auf ihre Hand, versuchten sie zu erreichen.

»Ehrenwerte?«

Prizilla kniff die Augen zu, aber auf diese Weise ließen sich die vielen Bilder nicht verscheuchen. »Wie gesagt, das Schiff war ursprünglich nie als Waffe gedacht. Es sollte Tür und Tor zur Unendlichkeit von Raum und Zeit öffnen. Zu einer Waffe wurde es erst später. Viel, viel später.« Wenn man in diesem Zusammenhang überhaupt von später reden kann, fuhr es Prizilla durch den Sinn. Ihr war noch immer warm, trotz der Kühlfunktion des Einsatzanzugs. Vielleicht, dachte sie, gibt es in den Tiefen der Zeit kein Früher und Später. Vielleicht geschieht alles gleichzeitig. »Jemand hat sie dazu *gemacht*.«

»Wer?«

»Konstantin«, sagte Prizilla.

Eine zweite Vibration, stärker als die erste, vermittelte den Eindruck von Bewegung. Prizilla ging noch schneller, mit langen Schritten vorbei an den letzten Waben, und erreichte einen Raum mit weiteren Säulen und Installationen, die nach Konsolen aussahen. Zahlreiche Lichter tanzten, und Prizilla wusste plötzlich, dass sie auf Instruktionen warteten.

Sie blickte sich um, von eigenen Erinnerungen heimgesucht. Dies konnte der Ort sein, wo sie die drei mumifizierten Toten gefunden hatte. Vor dem inneren Auge sah sie einen ausgestreckten rechten Arm, mit der Hand dicht vor einer geöffneten Klappe.

»Die Lebensform muss sich ganz in der Nähe befinden.« Jarl trat in die Lücke zwischen zwei weit gespannten Bögen voller Lichter.

»Nein!«, sagte Prizilla scharf.

Jarl blieb stehen. Prizilla war mit einigen Schritten bei ihm und hörte ihre eigene Stimme. *Die Waffe ... hüte dich vor Konstantin ...*

Hinten zwischen den Bögen, in einer Nische, die zu einem Refugium der von den Lichtern vertriebenen Schatten geworden war, befand sich eine weitere Wabe, höher und schmaler als die anderen. Eine humanoide Gestalt stand darin, gehalten von einem Gerüst und über mehrere Anschlüsse damit verbunden.

Fasziniert trat Prizilla näher, nahm die kleine Lampe vom Instrumentengürtel und ließ ihren Schein über die Gestalt wandern. In der Wabe stand ein Mann mittleren Alters, hundertfünfzig oder hundertsechzig Jahre nach den üblichen M_1-Maßstäben. Dunkles, kurzes Haar bedeckte den Kopf, der ungewöhnlich klein wirkte, während die Arme und Beine zu kurz erschienen – mit den Proportionen stimmte etwas nicht. Prizilla überragte den Mann um mindestens dreißig Zentimeter, und ihre Arme waren fast doppelt so lang. Sie betrachtete ein schmales Gesicht mit knochigem, vorspringendem Kinn, einer langen Nase und Augen, die zwar geschlossen waren, deren Farbe sie aber trotzdem kannte: blau wie der kalte Himmel von Amliss. Der Mann trug weder Uniform noch Gewand, sondern eine hellbraune Hose mit mehreren großen und kleinen Taschen sowie ein weites Hemd mit Mustern, deren Bedeutung Prizilla nicht kannte. Am Gürtel der Hose, einer Kordel aus mehreren gedrehten Fasersträngen, steckten kleine Instrumente.

»Ich nehme an, das ist Konstantin«, sagte Sotia.

»Ja.«

»Sie kennen ihn.«

»Ich bin ihm nie zuvor begegnet. Aber ich kenne ihn trotzdem. Und ich weiß, dass wir ihn besser nicht wecken sollten.«

»Ist er gefährlich?«, fragte Jarl.

Wie auch immer die Antwort lautete, es war bereits zu spät. Vielleicht war es der Schein von Prizillas Lampe, oder Sensoren registrierten ihre Präsenz. Der Mann in der Wabe öffnete plötzlich die Augen.

Prizilla wich unwillkürlich einen Schritt zurück.

»Vielleicht kann er mit diesem Schiff umgehen«, sagte Sotia. »Und mit der Waffe, zu der es geworden ist.«

Nein, dachte Prizilla. Jarl ist der Lenker dieses Schiffs.

Neue Erinnerungen erwachten in ihr, Bilder eines anderen Lebens. Oder vieler anderer Leben. In manchen von ihnen sah sie sich selbst, zusammen mit dem Mann in der Wabe, der die Augen geöffnet hatte, langsam den Kopf hob und tief durchatmete, wie nach langem Schlaf. Die Wabe knisterte, sie öffnete sich, und der Mann verließ sie mit einem Schritt nach vorn.

Konstantin bedachte Sotia und Jarl nur mit einem kurzen Blick, dann wandte er sich Prizilla zu.

»Endlich bist du da«, sagte er mit einem Lächeln, kam näher und küsste sie.

Jarl 101

Jarl beobachtete, wie Prizilla zurückwich, wie das Lächeln des Mannes, den sie Konstantin genannt hatte, in die Breite wuchs und zu einem Grinsen wurde. Vier Worte hatte er gesprochen, in L_{10} oder vielleicht L_{11}, mit starkem Akzent.

»Ich bin sicher, du erinnerst dich an mich«, sagte der Mann. Jarl musste genau hinhören, um ihn zu verstehen. »Wie könntest du mich und uns vergessen?«

Bewegung kam in das fremde Schiff. Der Boden zitterte erneut, Bögen und Stangen wuchsen aus den Wänden, Objekte, die Konsolen ähnelten, formten sich an mehreren Stellen. Die Lichter in den Säulen sanken und stiegen schneller, wie in einem Tanz mit sich beschleunigendem Rhythmus. Es wurde mal heller, mal dunkler. Schatten sprangen durch den Raum und verschwanden wieder. Glockenartige Töne vereinten sich zu einer fast schrillen Melodie.

Der Mann namens Konstantin neigte den Kopf ein wenig zur Seite und lauschte ihr. »Wir fliegen.« Er sprach etwas deutlicher. Oder vielleicht gewöhnte sich Jarl an seinen Akzent. »Wir werden verfolgt. Das Schiff ist bedroht.«

»Ich habe es beschädigt gesehen«, sagte Prizilla. Sie schwankte, und es lag nicht an den Vibrationen, die den Boden unter ihnen allen erzittern ließen. Die Ehrenwerte wirkte benommen und desorientiert, sogar schwach. Sie schien sich kaum noch auf den Beinen halten zu können. »In einer Zeitstraße.«

»Du hast eine Möglichkeit gesehen«, erwiderte Konstantin. »Eine von vielen. Wir sind hier, um die richtige zu wählen.«

»Nein.«

Der Mann schüttelte den Kopf. »Immer wieder sagst du Nein, und immer wieder staune ich darüber. Inzwischen solltest du wissen, dass uns gar keine Wahl bleibt. Und dass ich dir keine Wahl lasse.«

In den letzten Worten hörte Jarl einen drohenden Ton, der ihn verblüffte. Ein Mann, der so zu einer ehrenwerten Mutter sprach, die sogar einmal Suprema gewesen war? Und die Ehrenwerte Prizilla reagierte nicht empört, sondern mit einer Furcht, die sie noch etwas weiter zurückweichen ließ.

»Was geht hier vor?«, fragte Sotia scharf. »Ich will endlich Bescheid wissen!«

So klang eine junge Mutter, die Respekt verlangte. Jarl trat näher zu ihr, wie um sie zu schützen.

»Hast du es ihnen nicht gesagt?« Konstantin hob die Brauen. »Ist die Wahrheit zu schrecklich für dich?«

Das Schiff erbebte so heftig, dass Prizilla taumelte und sich an einem aus der Wand ragenden Bogen festhielt. Lichter verließen die Säulen, schwebten durch den Raum und schienen auf etwas zu warten. Konstantin berührte einige von ihnen, woraufhin sie heller und größer wurden, sich in ein Netz aus Holos verwandelten. Eins wölbte sich nach vorn, zeigte den Planeten Erde mit dem Trümmergürtel, der von einem früheren Mond übrig geblieben war, und davor ein silbernes Oval, dornenbesetzt und von zwei rotierenden Ringen umgeben – das Schiff des Feindes im Kampfmodus. Bei einem der Ringe blitzte es, und wenige Sekunden später fühlte Jarl eine neue starke Vibration im Boden.

»Wir haben die Erde verlassen«, ächzte Prizilla.

»Wir fliegen zum Fulkrum, zur Anomalie«, erklärte Konstantin. »Dort wird Jarl die Steuerung übernehmen und seine Aufgabe erfüllen.«

»Nein«, sagte Prizilla.

»Wieder ein Nein, Priz?«

Das war unerhört, fand Jarl. Die kürzeste Form des Namens, nur eine Silbe, brachte die Ehrenwerte auf eine Stufe mit ihm.

»Die Wahrheit!«, rief Sotia. Sie hielt plötzlich eine Waffe in der Hand, einen kleinen Nadler, und für einen Moment fragte sich Jarl, woher sie ihn hatte. »Jetzt!«

Konstantin lächelte wieder. »Ihr seid die falschen Menschen. Atalea, die ihr die Größte nennt, hat meine Vorfahren umgebracht. Sie hat die Gromka zu den fünfzigtausend Überlebenden geschickt, zu den letzten Menschen von der Erde. Alle starben.«

»Fast alle«, sagte Prizilla leise.

»Ja, fast alle. Zwei überlebten. Meine Eltern.«

Eltern, dachte Jarl und erinnerte sich daran, dieses Wort von Hihuahé gehört zu haben, dem Inniwori auf Grotenthal, seinem ersten und einzigen Freund, sah man von Sotia ab.

»Meine Eltern starben vor dreiundvierzig Jahren meiner Zeit.« Konstantin löste eins der Instrumente von seiner Gürtelkordel und berührte es an mehreren Stellen. Kleine Indikatoren leuchteten auf. »Nach eurer Zeit sind ... wie viele Jahre vergangen, Priz? Sechzigtausend? Siebzigtausend? Oder vielleicht noch viel mehr? Du bist die vierhundertneunundsiebzigste Suprema gewesen. Wie lange haben deine Vorgängerinnen regiert? Jeweils drei- oder vierhundert Jahre? Vielleicht noch länger? Etwas mehr als vier Jahrzehnte meiner Zeit sind vergangen und vielleicht hundert- oder zweihunderttausend Jahre für euch. Aber was sind schon ein paar Jahrtausende mehr oder weniger für uns, Priz? Wir schwimmen beide im Ozean der Zeit. Wir haben seine Tiefen gesehen, die Tiefe der Zeit. Aber im Gegensatz zu dir erinnere ich mich an alles. Dies ist unsere zweihundertneunundneunzigste Begegnung. Sollte es nicht unsere letzte sein, Priz? Wäre es nicht angemessen, dass sich der Kreis über so viele Jahrtausende hinweg endlich schließt?«

»Nicht auf diese Weise.«

»Oh, *daran* erinnerst du dich.«

Der Feind kam näher und zog Jarls Blick auf sich. Bei beiden rotierenden Ringen blitzte es auf, dann auch am silbernen Rumpf. Ein Gleißen füllte das Holo, vertrieb die letzten Schatten aus dem Raum und schien ein Feuer in die Augen des Mannes zu legen. Wände und Boden des Schiffs vibrierten wieder, und Jarl gewann den Eindruck, dass es schneller wurde.

»Es besteht keine Gefahr«, sagte Konstantin. »Ich bin der Pilot bis zum Fulkrum, und dann übernimmt Jarl. Solange jemand das Schiff steuert, kann nichts geschehen. Solange bleibt es stark.« Wieder lächelte der Mann, aber nur kurz. »Und es ist wichtig, stark zu sein, nicht wahr?« Sehr ernst fügte er hinzu: »Ich bin der letzte Mensch, und vielleicht muss ich stärker sein als alle anderen Menschen vor mir. Sag es ihnen, Priz! Ataleas Geheimnis. Einen Teil kennen sie bereits. Erzähl ihnen den Rest!«

Prizilla schwieg.

»Wir haben euch geschaffen.« Konstantin sprach direkt zu Jarl und Sotia. »Als Soldaten im Krieg gegen die Gromka. Aber Atalea erhob sich gegen uns, und sie und die Ihren dezimierten uns, zerstörten die Erde, die tatsächlich ein Paradies war, mit Wäldern grün wie Jade und Meeren blau wie Lapislazuli. Sie gaben den Zufluchtsort der Fünfzigtausend preis, und fast wäre ihr Sieg vollständig gewesen. Aber dass ich hier stehe und zu euch spreche, ist der Beweis, dass ein fast vollständiger Sieg schließlich eine Niederlage zur Folge haben kann.«

Sotia sah Prizilla an. »Ehrenwerte? Stimmt das? Bestand darin das Geheimnis von Atalea der Größten?«

Prizilla nickte knapp, ohne Konstantin aus den Augen zu lassen.

Jarl versuchte zu verstehen, was er gerade gehört hatte. Sein ganzes Leben lang war er ein Werkzeug gewesen, das nicht über sich selbst hatte bestimmen können. Was änderte sich für ihn?

Etwas anderes wog schwerer.

»Die Erde«, sagte er langsam. »Ihr Paradies, eine Lüge. Die Waffe für den Frieden, eine Lüge. Die Geschichten der Erzähler in meinem Talisman, gelogen.«

Trauer erfasste Jarl, eine tiefe Resignation, in die seine Hoffnung fiel wie in ein schwarzes Loch. Sein ganzes Leben lang hatte er sich eine paradiesische Welt vorgestellt, auf der es Frieden gab, und eine Waffe, mit der man Kriege beenden konnte. Die Geschichten, die er in seinen Träumen gehört hatte, waren etwas gewesen, an dem er sich hatte festhalten können. Der Talisman war zerbrochen, und jetzt zerbrachen seine Geschichten. Dass auch eine andere Wahrheit in Scherben lag, vergrößerte den Trümmerhaufen.

»Nein, nicht alle.« Konstantin hob die Hand zu weiteren wartenden Lichtern.

Es flimmerte kurz, und Gestalten erschienen, die ersten beiden nah und groß. Jarl erkannte den Greis, der in seinen Träumen am Lagerfeuer gesessen hatte. Er schien nicht ganz so alt zu sein, weniger Falten durchzogen sein schmales Gesicht. Neben ihm stand eine Frau, die einen lehmbraunen Mantel trug, der bis zum Boden reichte. Ihr Alter ließ sich schwer schätzen; im flackernden Licht wirkte sie mal sehr jung, mal in mittleren Jahren. Die Schlangenbilder auf ihren Wangen bewegten sich, als steckte eigenes Leben in ihnen. Jamelinda, die ihm die Zuflucht der Fünfzigtausend gezeigt hatte. Hinter dem alten Mann und der Frau mit den Schlangen auf ihren Wangen standen weitere Gestalten, und Jarl glaubte, einige von ihnen als Geschichtenerzähler zu erkennen. Die Körperproportionen waren anders, aber sie wirkten dennoch vertraut.

»Meine Eltern, Cirius und Jamelinda, die beiden einzigen Überlebenden der Fünfzigtausend, die Atalea, von uns erschaffen, niedermetzeln ließ.« Es wurde immer heller, den Schatten blieb keine Chance mehr. Mehr Lichter stiegen in den Säulen auf und sanken in ihnen oder verließen sie und schwebten durch den Raum, der das Navigationszentrum des Schiffes war, manche allein, andere in kleinen Schwärmen. Konstantins Hände bewegten sich, während er sprach, und berührten die Lichter. Jarl spürte, wie das Schiff darauf reagierte. Es erschien ihm fast wie ein lebendes Geschöpf, das die Muskeln spannte und durch den interplanetaren Raum sprang. »Cirius und Jamelinda waren Temporaltechniker. Reisende auf den Zeitstraßen der X, wo sie dieses Schiff entdeckten. Sie waren die letzte Hoffnung der Menschheit. Alle anderen waren tot, umgebracht von der Verräterin Atalea. Aber die Toten müssen nicht für immer gestorben sein. Wir können sie ins Leben zurückholen.«

»Nein«, sagte Prizilla mit etwas mehr Nachdruck.

»Ach, Priz, immer dieses Nein. Als ob deine Worte noch etwas bewirken könnten. Du hast deine Aufgabe erfüllt, gleich in zweifacher Hinsicht. Es waren deine zweiunddreißig Eizellen, aus denen die veränderten Kinder hervorgingen, gestohlen aus dem Lebensturm von Amliss, gestohlen aus Schnee und Eis; sieben dieser Kinder wurden als Säuglinge nach Nimmwa gebracht, zum zerstörten Lebensturm, anscheinend Überlebende eines Angriffs der Crul. Und du hast Jarl hierher gebracht, damit er seine Aufgabe wahrnehmen kann. Es passt alles zusammen.«

Es waren schwere Worte, mit scharfen Kanten und spitzen Ecken. Jarl starrte Prizilla an, aus deren Gesicht jede Farbe gewichen war, und erinnerte sich mit plötzlicher Klarheit an einen Traum, in dem er durch ein stilles Felsental gewandert war, in Begleitung von Jamelinda. *Bist du meine Mutter?*, hatte er in jenem Traum hoffnungsvoll gefragt, und die Antwort hatte gelautet: *Nein, das bin ich nicht. Aber ich kenne sie, ich bin ihr einmal begegnet, vor vielen Jahren.* Er hatte gesagt: *Ich würde sie gern kennenlernen.* Woraufhin die Frau mit den Schlangenbildern auf den Wangen erwidert hatte: *Vielleicht bekommst du irgendwann einmal Gelegenheit dazu.*

»Mutter?«, brachte Jarl hervor.

Konstantins Hände blieben in Bewegung. Er steuerte das

Schiff und kontrollierte seine Funktionen. In einem der kleineren Holos erschienen das Fulkrum und die Anomalie.

»Wir sind fast da«, verkündete der Mann. »Gleich ist es für dich so weit, Jarl.«

»*Mutter?*«

»Cirius und Jamelinda hielten Prizillas Gene für geeignet«, erklärte Konstantin. »Wir haben es vorher mit anderen Exemplaren versucht, aber leider stellte sich heraus, dass die Ergebnisse nicht lange genug überlebensfähig waren.«

Exemplare, dachte Jarl. So sprach der Mann von Müttern. Und ihre Kinder nannte er Ergebnisse.

»Fällt es dir wieder ein, Priz?«, fragte Konstantin, mit beiden Händen in Lichtern, die zu den Melodien der glockenartigen Töne tanzten. »Erinnerst du dich an unsere Begegnung auf Amliss? Erinnerst du dich daran, was uns verbunden hat?«

Sein Blick richtete sich auf Jarl. »Halt dich nicht für etwas Einzigartiges, denn das bist du nicht. Wir haben es immer und immer wieder versucht, sobald uns Zeit und Raum Gelegenheit dazu gaben. Hunderte oder sogar Tausende von mehr oder weniger aussichtsreichen Exemplaren sind auf diese Weise entstanden. Viele erlagen einem Blutfieber, hervorgerufen von inkompatiblen Genen oder vielleicht von winzigen Fehlern in der Kausalität, von Knotenpunkten, die wir nicht genau genug berechnet haben. Manchmal waren die Talismane defekt, die wir euch mitgaben ...«

»Wahrheit und Lüge«, murmelte Jarl und starrte noch immer Prizilla an. »Geschichten, die sich widersprachen ...«

»Die Geschichten sind unwichtig«, entgegnete Konstantin. »Es kam in erster Linie auf die Daten an, auf die psychische Konditionierung. Die Geschichten öffneten nur Fenster zu deinem Bewusstsein, darin bestand ihr einziger Zweck.« Konstantin seufzte. »Es ist schwer genug, dieses Schiff zu fliegen. Ich habe viele Jahre gebraucht, um es zu lernen. Aber um es in die Waffe zu verwandeln, die wir brauchen, um die Menschheit zu retten, müssen Pilot und Schiff eins sein.«

»Er meint nicht uns«, sagte Prizilla. »Er meint die ursprünglichen Menschen. Wir interessieren ihn nicht.«

Cirius und Jamelinda verschwanden und mit ihnen die anderen Geschichtenerzähler hinter ihnen. Es erschienen Schriftzeichen und Symbole, mit denen Jarl zunächst nichts anfangen konnte. Aber sie ordneten sich neu an, während er sie betrachtete, und es entstanden Muster, die plötzlich einen Sinn ergaben.

Konstantin lächelte erneut. »Du fühlst es, nicht wahr? Du hörst den Ruf des Schiffes.« Er deutete auf die offene Wabe. »Werde zum Lenker! Erfülle deine Mission!« Nach einer kurzen Pause fügte er hinzu: »Sei stark, wie es bei euch heißt.«

Es zuckte in Jarls Beinen – sie wollten ihn zur Wabe tragen, in der Konstantin geschlafen hatte. Er hörte ihn tatsächlich, den Ruf des Schiffs, ein Flüstern, das ihm zwar keinen Frieden versprach, aber warme Geborgenheit. Konnte sich ein Soldat mehr wünschen?

»Was wird geschehen?«, fragte er. Aus dem Augenwinkel sah er, wie die Ehrenwerte – seine Mutter! – einen Schritt zur Seite machte.

»Sie sollen das Schiff in die Zeitstraße der Anomalie steuern.« Das weiße Gesicht der Ehrenwerten wurde zu einer Grimasse. »Es geht nicht um Frieden oder darum, den Krieg zu beenden. Sie sollen verhindern, dass Atalea die Gromka zur Zuflucht der Fünfzigtausend schickt. Sie sollen den richtigen Weg durch die Zeit finden, um zu ihr zu gelangen und das Ende der ursprünglichen Menschen zu verhindern. Sie sollen *uns* ausmerzen, uns alle. Damit wäre tatsächlich der Krieg beendet, denn er hätte nie stattgefunden. Ohne Atalea wäre niemand von uns geboren worden.«

Jarl hatte plötzlich Bilder vor Augen. Sie stammten nicht aus den Geschichten, die ihm der Talisman erzählt hatte, auch nicht aus den Holos, die sich wie kleine und große Fenster um ihn scharten, sondern aus den traurigen Tagen seiner Kindheit. Er sah ein Gesicht mit großen, glänzenden Facetten und einem dünnen Saugrüssel, ein zartes Geschöpf mit auf dem Rücken gefalteten, fleckenlosen Schwingen. Ein fremdes Wesen, ein Inniwori von Grotenthal, der zum Freund wurde und seine Freundschaft mit dem Leben bezahlte: Das letzte Erinnerungsbild zeigte Hihuahé als halb verkohlte Leiche. Er sah einen Teich mit kleineren Geschöpfen, nur zwanzig Zentimeter lang, mit durchsichtigen Flossen, aus denen später, in einem anderen Entwicklungszyklus, Flügel werden sollten. Junge Inniwori, in der ersten Phase ihres Lebens. Er sah, wie Soldaten milchige Flüssigkeit in den Teich schütten: tödliches Gift für die jungen Inniwori.

Auf einer anderen Welt, auf dem Mond eines riesigen Planeten, begegnete er einem jungen Aleolt, den er Neugier nannte und der Geschichten von Sternen und Planeten hören wollte. Neugier lebte vielleicht noch, aber in einer Gesellschaft, die ohne Wahrheitsgewebe ihren inneren Zusammenhalt verlor. Er, Jarl, hatte mitgeholfen, die Lüge auf eine Welt der Wahrheit zu bringen und damit eine ganze Zivilisation zu zerstören.

Was würde geschehen, wenn nie Soldaten nach Grotenthal, Risz und all den anderen Welten gekommen wären? *Die Toten müssen nicht gestorben sein*, hatte der Mann namens Konstantin gesagt. *Wir können sie ins Leben zurückholen*. Ohne Menschen auf Grotenthal wäre Hihuahé nicht von Blasterstrahlen verbrannt worden. Ohne Menschen auf Risz hätte das Aleolt-Kind namens Neugier in einer funktionierenden Gemeinschaft heranwachsen können. All das Leid, all die Schmerzen, Tod und Zerstörung überall in der Galaxis, über viele, viele Jahrtausende hinweg. Ließ sich das rückgängig machen, auf einen Schlag?

Vielleicht, dachte Jarl, war das fremde Schiff, die Waffe, doch eine Waffe des Friedens. Vielleicht funktionierte sie sogar besser, als er jemals gehofft hatte, denn sie beendete den Krieg nicht nur, sondern ließ ihn niemals stattfinden.

Er merkte plötzlich, dass er direkt vor der Pilotenwabe stand. Nur noch ein Schritt trennte ihn von ihr – seine Beine hatten die Entscheidung bereits getroffen.

»Wir sind da.« Konstantin deutete auf die Holos. »Es ist so weit, Jarl.«

In einem der kleinen Holos blitzte es – der Feind war wieder herangekommen und eröffnete erneut das Feuer. Eine Erschütterung erfasste das Schiff, nicht sehr heftig, aber doch stark genug, um der Ehrenwerten das Gleichgewicht zu nehmen. Sie taumelte, erreichte Sotia, hielt plötzlich ihren Nadler in der Hand, richtete ihn auf Konstantin und schoss.

Es zischte, und Dutzende von Mikroprojektilen erreichten den Mann. Ein Schirmfeld flackerte, ein dünner Film aus Energie, der Konstantin umgab und in dem die winzigen Geschosse verglühten. Einen Moment später stand der Mann direkt vor der Ehrenwerten, nahm ihr den Nadler aus der Hand und schüttelte den Kopf.

»Das ist dein fünfundfünfzigster Versuch, Priz, und auch diesmal bleibt er ohne Erfolg. Allerdings gibt es einen Unterschied: Diese kleine Waffe befindet sich nun in meiner Hand, und nach den Berechnungen könnte sie den Ausschlag geben. Wie? Ich nehme an, das werden wir gleich sehen.« Konstantin zögerte und schien einer Stimme zu lauschen, die nur er hören konnte. Dann sagte er: »Aber zuerst ...« Er hob die freie Hand, wie um sie sanft auf die Wange der Ehrenwerten zu legen, doch aus der freundlichen Geste wurde plötzlich ein Schlag, der Prizilla von den Beinen riss und zwischen zwei Konsolen zu Boden schickte. Benommen blieb sie liegen

Konstantin deutete auf die offene Wabe. »Das ist deine Bestimmung, Jarl. Werde zum Lenker dieses Schiffs. Lenke es in die Zeitstraße der Anomalie und bring uns zu Atalea!«

Der Drang in den Beinen hatte nachgelassen. Jarl blieb stehen, einen Schritt vor der Wabe, und blickte zu der Frau, die seine Mutter war. Er dachte an seine Träume, an die Hoffnungen des Knaben tief in der Nacht. Er dachte an das Blut in seinen Adern, das ihn von Geburt an gezwungen hatte, etwas zu sein, das er nicht sein wollte.

»Nein«, sagte er und fragte sich verblüfft, woher er die

Kraft nahm. »Es hört auf, hier und jetzt. Ich will kein Werkzeug mehr sein.« Er ergriff Sotias Hand.

Konstantin war nicht überrascht. Ganz im Gegenteil: Was er hörte, schien seinen Erwartungen zu entsprechen.

»Du bist, was du bist«, sagte er. »Wir haben dich dazu gemacht.«

Der Mann richtete den Nadler auf Sotia und betätigte den Auslöser.

Explosive Mikroprojektile rissen ein Loch in ihre Brust. Sie schnappte noch einmal nach Luft und riss die Augen auf, bevor die Beine unter ihr nachgaben und sie zu Boden sank. Blut strömte aus der klaffenden Wunde, nicht gelb wie das eines Soldaten, sondern rotblau wie das einer jungen Mutter.

»Sotia ...«, ächzte Jarl.

Konstantin ließ den Nadler sinken und nickte zufrieden.

»Ja«, sagte er leise. »Ja.« Und lauter: »Sie ist tot. Ihren Körper kannst du nicht ins Leben zurückholen, aber du bist imstande, ihren Geist vor der Auflösung zu bewahren.«

»Was?«, brachte Jarl hervor.

»Ihre Seele«, fuhr Konstantin fort. »Weißt du, was eine Seele ist? Ihr Bewusstsein. Ihre Erinnerungen. Die Gehirnzellen sind noch nicht tot. Sie enthalten noch alle Daten. Sie enthalten all das, was – wie hieß sie noch? – Sotia zu Sotia gemacht hat. Das Bewusstsein kann überleben, wenn das Schiff es rechtzeitig erfasst und in sich aufnimmt. Es liegt bei dir, Jarl. Als Lenker kannst du Sotia retten.« Er deutete erneut auf die offene Wabe.

Mehr Blut floss. Jarl beobachtete, wie es eine große dunkle Lache auf dem Boden bildete. Sotias Augen starrten ins Leere.

»Jede verstreichende Sekunde bedeutet mehr Tod für sie«, sagte Konstantin. »Du musst dich entscheiden, jetzt sofort.«

Jarls Beine entschieden für ihn. Ein Schritt nach vorn ...

Er betrat die Pilotenwabe und starb.

Körper und Geist, von uns geformt

102 Prizilla

»Erinnerst du dich daran, was uns verbunden hat?« Konstantins Worte berührten etwas in Prizilla. Bilder stiegen in ihr auf, wie vergessen geglaubte Erinnerungen, manche blass und verschwommen, andere voller Farben und Kontraste. Sie sah das Gesicht des Mannes, so nahe, dass sie seinen Atem spürte, und fühlte die Wärme seiner Hände auf kalter Haut. Konnte es sein, dass eine andere Prizilla mit Herz und Intellekt Konstantins Manipulationen erlegen war? Sie verschloss die inneren Augen vor den Bildern und beobachtete stattdessen, wie ihr Sohn – einer von vielen, aber der erste, dem sie als Erwachsenen begegnete – in die Wabe trat, die Konstantin zuvor verlassen hatte. Er wusste nicht, was ihn erwartete. Vielleicht glaubte er, dass es ihm erging wie dem Mann, der das fremde Schiff zuvor gesteuert hatte, dass er in einen Schlaf fiel, der ihn mit den Lenk- und Denksystemen der X verband. Stattdessen empfing ihn der Tod. Ein Leuchten erfasste ihn, gelb wie das Soldatenblut in seinen Adern, und saugte das Leben aus seinem Körper. Er begriff, was geschah. Prizilla sah es in den weit aufgerissenen Augen. In den letzten Momenten verstand er, dass er seinen Körper, seine physische Existenz, aufgeben musste, um Lenker zu werden, zur Seele des Schiffs, seinem Hirn. Er öffnete den Mund zu einem Schrei, doch kein Laut erklang, es blieb alles still.

So hielt ihn die konservierende, zeitlose Energie fest: die Augen groß, der Mund zu einem letzten Schrei geöffnet, der nie erklang. So hatte ihn Prizilla einige Male gesehen, sie erinnerte sich in diesem Moment daran und ebenso an Traumbilder, die, anstatt zu verblassen, an Deutlichkeit gewannen.

Es gab Unterschiede, mal stand Konstantin auf der einen Seite, mal auf der anderen. Und die Holos des Netzes, das Konstantins Hände mithilfe der Lichter gesponnen hatten, waren anders angeordnet und zeigten unterschiedliche Szenen. Eins von ihnen, klein und in einer Ecke des Raums, wirkte vertraut.

Prizilla betrachtete die tote Sotia. Das lange schwarze Haar, zu einem Zopf geflochten, lag mitten in der dunklen Blutlache. Wässrige Flüssigkeit rann aus den schlaffen Fertilitätsblasen, die keine Eizellen enthielten, und vermengten sich mit dem Blut.

Konstantins Finger berührten weitere Lichter. Eine Mulde bildete sich unter der Leiche – der Boden des Navigationsraums veränderte Konsistenz und Konfiguration, nahm die Tote auf. Über Sotia schloss er sich wieder. Schon nach wenigen Sekunden deutete nichts mehr darauf hin, dass dort ein Mensch gestorben war.

Ein Mensch, dachte Prizilla. Was auch immer Konstantin behauptet, wir sind Menschen, von Menschenhand geschaffen.

»Was geschieht mit ihr?«, fragte sie, obgleich sie es wusste.

»Das Schiff nimmt ihr Bewusstsein auf«, antwortete Konstantin. Er ließ die Hände sinken. »Was davon übrig ist. Jarl bekommt Gesellschaft. Ich habe es ihm versprochen, und manchmal halte ich meine Versprechen.«

Er kam näher und lächelte wieder.

»Wir sind erfolgreich, Priz«, sagte er. »Endlich. Nach so vielen Versuchen.«

»Erfolgreich? Erfolg bedeutet die Auslöschung von uns Menschen.«

»Ihr seid keine Menschen«, widersprach Konstantin. »Ihr seid unsere Diener gewesen. Ihr habt eure Aufgabe erfüllt, so wie Jarl jetzt die seine erfüllt.«

Ein Knoten bildete sich in Prizilla, schmerzhaft und fest. »Bleibt ihm eine Wahl?«

»Das ist eine seltsame Frage.« Konstantin schüttelte verwundert den Kopf. »Natürlich nicht. Er hatte nie eine. Die anderen Kinder, wären sie noch am Leben, hätten ebenfalls keine. Ihr Leben war vorherbestimmt, konditioniert von ihren Genen und den Botschaften der Talismane. Körper und Geist, von uns geformt, für nur einen Zweck.«

»Diese Kinder ... sie sind früh gestorben«, wandte Prizilla ein. »Sie erlagen dem Blutfieber und starben im Kampf gegen den Feind. *Das* war nicht vorherbestimmt.«

»Variablen in einer Gleichung, deren Lösung wir kennen«, sagte Konstantin tonlos.

»Das ist dumm«, entgegnete Prizilla. »Wenn sich die Variablen einer Gleichung verändern, verändert sich auch das Ergebnis.« Konvergenzsymbole fielen ihr ein, jeweils zweihundertzwölf auf jeder einzelnen Komponente des Abakus. Sie bildeten einzelne Aspekte der Realität ab, Szenen eines großen Bildes. Konnten sie das Reale auch bestimmen, indem sie Details veränderten und damit auch das große Bild? Konnte ein Abakus nicht nur die Zukunft vorhersagen, sondern die vorgesagte Zukunft Wirklichkeit werden lassen?

Konstantin kam näher. Prizilla sah sein Lächeln und erinnerte sich daran, wie wichtig es einmal für sie gewesen war – jetzt fand sie es abstoßend. Sie verlor sich nicht, als sie ihm in die Augen blickte, sie bekam nicht das Gefühl, sich in ihnen aufzulösen. Aber Desorientierung und Benommenheit tasteten nach ihr, und das durfte nicht geschehen. Sie musste klar denken, klarer als jemals zuvor, wenn sie der Gleichung, die Konstantin erwähnt hatte, eine andere Lösung geben wollte.

»Wie kann es keine Wahl geben, wenn so viele Möglichkeiten existieren, wenn wir dies alles schon einmal erlebt haben, immer ein bisschen anders?«, fragte Prizilla und dachte: Immer ein bisschen anders. Es gab Spielraum, winzige Lücken zwischen den erlebten und vielleicht noch zu erlebenden Alternativen, schmale Risse, durch die Erinnerungen und Gedanken schlüpften. Sie hatte die Zeit gesehen. Sie war nicht monolithisch, nicht unveränderbar, sondern einem ständigen Wandel unterworfen. Prizilla hielt diesen Gedanken fest und fügte ihm einen anderen hinzu. In der Welt des Allerkleinsten, so wussten die Wissenschaftler des Pakts und der Streitkräfte seit Langem, übte das Beobachten maßgeblichen Einfluss auf das Beobachtete aus. Manche Teilchen, Grundbausteine der greifbaren Wirklichkeit, erlangten ihre konkrete Realität erst durch die Präsenz eines Beobachters, der den Blick auf sie richtete. Vielleicht verhielt es sich mit der Zeit ähnlich. Vielleicht gab es bei ihr ebenfalls Quanteneffekte, die sie durch Betrachtung und Erleben Realität werden ließen. Vielleicht kam es darauf an, wohin man den Blick richtete, was man berührte. Alternativen, zwischen denen man wählen konnte. Möglichkeiten. Das winzigste aller Teilchen konnte hier sein oder auch dort. Die Zeit konnte diese Richtung nehmen oder jene. Prizilla hatte es gesehen, mit eigenen Augen.

Die Wabe mit Jarl verlor ihre Transparenz. Das Gesicht mit den aufgerissenen Augen und dem zu einem tonlosen Schrei geöffneten Mund verschwand hinter einem trägen, farblosen Wogen, das Prizilla an die farblosen Nebelschwaden des Ozeans der Zeit erinnerte. Das Schiff empfing seinen lenkenden, steuernden Geist. Die Wand nahm die Wabe auf wie zuvor der Boden Sotias Leichnam, und es entstanden mehrere Bögen, die zu einer Konsole wie aus Glas führten. Hunderte von Lichtern funkelten darin und warteten vielleicht auf eine Hand, die sie berührte.

»Wird er wissen, was zu tun ist?«, fragte Prizilla.

»Er wird Atalea finden, und wenn es tausend oder zehntausend seiner Jahre dauert«, sagte Konstantin. »Selbst eine Million, zehn Millionen und mehr Jahre wären nicht zu viel für ihn und dieses Schiff. Er wird so lange leben, wie das Schiff existiert, und die X haben es für die Ewigkeit geschaffen.«

»Was ist mit uns?« Das große Holo zeigte, wie die Anomalie, aus der das Fulkrum seine Energie bezog, weiter anschwoll. Sie füllte den ganzen Darstellungsbereich aus, und

Prizilla bemerkte einen kreisrunden dunklen Bereich, eine energetisch stabile Zone, die Zugang zu einer Zeitstraße erlaubte. »*Wir* werden nicht ewig leben.«

»Nicht ohne Hilfe. Nicht ohne Stasis und Hibernation. Wir können wachen und schlafen, ganz nach Belieben. Auf diese Weise können wir durch die Jahrhunderte reisen. Und wenn Atalea gefunden ist, töten wir sie.«

»Wir?«

Konstantin trat näher und hob die Hand. Prizilla wich unwillkürlich zurück.

»Priz ...« Es klang vorwurfsvoll. »Hast du vergessen, was zwischen uns gewesen ist? In einer anderen Welt hast du mich geliebt.«

»Geliebt?«

Die Antwort bestand aus einem neuerlichen Lächeln. Prizilla bemerkte, dass Konstantin noch immer den Nadler in der Hand hielt, mit dem er Sotia erschossen hatte.

»Du hast mich manipuliert«, fuhr Prizilla fort. Wieder regte sich etwas in ihr, eine vage Erinnerung, wie ein Ruf aus der Ferne. Was ist das, Liebe?, dachte sie und richtete die Frage an sich selbst, als erwartete sie eine Antwort von der leisen Erinnerungsstimme. Und vielleicht bekam sie eine, in Form eines Namens, der Coridian lautete. Liebe war ... Affinität, eine Verwandtschaft im Geiste, die Fähigkeit, ohne telepathischen Kontakt mühelos die Gedanken einer anderen Person zu erraten, sie immer nahe zu fühlen, selbst wenn sie Lichtjahre entfernt war. Liebe war ... gemeinsames Denken und Fühlen. Aber Abhängigkeit und Auflösung des eigenen Willens konnten keine Liebe sein. Wie fern die Epochen und Welten im Ozean der Zeit auch sein mochten, wie anders die anderen Prizillas – sie konnte diesen Mann, der das Ende ihres Volkes wollte, unmöglich »geliebt« haben. »Du hast mir deinen Willen eingeflüstert.«

Konstantins Augen schienen größer zu werden. »Wir haben dich damals nicht ohne Grund ausgesucht, und Worte können mächtige Instrumente sein, zur richtigen Zeit, mit dem richtigen Klang. Zum Beispiel ...« Die Stimme veränderte sich. »Bringen wir zu Ende, was wir gemeinsam begonnen haben.«

Prizilla spürte, wie ihr Widerstandswille schmolz, und für einen Moment fragte sie sich, ob auch in ihr veränderte Gene steckten, ob Cirius, Jamelinda und Konstantin, die letzten drei ursprünglichen Menschen, sie auf eine ähnliche Weise konditioniert hatten wie Jarl und all die anderen Kinder. Es ließ sich nicht ausschließen bei einem Plan, der Jahrtausende umfasste. Oder handelte es sich um eine besondere mentale Resonanz, eine Art telepathische Suggestion? Einige Menschen von M_{51} und M_{52} waren zu so etwas imstande, wenn sich Prizilla richtig erinnerte. Wie auch immer die Erklärung lautete: Die Bereitschaft, Konstantin recht zu geben und ihm zu gehorchen, existierte tatsächlich in ihr, entfaltete jedoch nicht genug Kraft, um ihren Willen zu lähmen. Sie war gewarnt – vielleicht hatte eine andere Prizilla ihre Gedanken durch Ritzen zwischen den Möglichkeiten geschickt. Ihr blieb ein Rest von Freiheit, vielleicht genug, um eine andere Möglichkeit zu wählen.

Wie oft hatte sie dies schon erlebt? Wie oft hatte sie zu wählen versucht, obwohl es eigentlich gar keine Wahl gab, wie Konstantin behauptete? Wirklich zweihundertneunundneunzigmal? Prizilla überlegte. Was hatte sie *noch nie* versucht? Woran erinnerte sie sich *nicht*?

Sie spürte, wie sich das Schiff bewegte, wie es in die Ausläufer der Anomalie geriet. War Jarl bereits zu seinem Lenker geworden? Schickte er sich an, das Schiff in die Vergangenheit zu bringen, zu Atalea, um mit ihrem Tod die Zukunft zu ändern? *Ihm* blieb keine Wahl. Die Veränderung seiner Gene und mentale Konditionierung hatten ihm Fesseln angelegt, die er seit seiner Geburt trug.

Sie deutete ins große Holo, ins Herz der Anomalie. »Der Feind wird dort auf uns warten. Er weiß, wo wir sind.«

»Der Feind wird mit Atalea verschwinden. Es waren ihre Kinder, ihre Soldaten, die die Crul angegriffen und zum Feind gemacht haben. *Alles* wird verschwinden«, betonte Konstantin. »Aber wir Menschen kehren zurück. Wir werden wieder leben, ebenso wie die Erde, mit grünen Wäldern und blauen Meeren.«

»Und wenn der Feind die Waffe bekommt, dieses Schiff?«, hielt Prizilla dagegen. »Er hat davon erfahren und nach mir gesucht.« Plötzlich war es wieder da, das Jucken im rechten Bein. Sie erinnerte sich nicht daran, bei einer ihrer anderen Begegnungen etwas Fremdes in sich getragen zu haben, den Teil eines anderen Wesens, aber ihre Erinnerungen waren alles andere als vollständig, bestanden größtenteils aus Streiflichtern.

»Er wird sie nicht bekommen«, sagte Konstantin mit fester Stimme. »Wir werden es verhindern. Jarl wird es verhindern.« In seiner Stimme lag noch immer der neue Ton, wie ein Finger auf einer Saite in Prizillas Gehirn. Sie wollte sich ihm fügen und alles hinnehmen, wollte sich mit dem abfinden, was Konstantin für unvermeidlich hielt. Doch sie wollte es nicht mit ihrer ganzen Kraft. Etwas hielt sie zurück, ein kleiner Teil freier Eigenständigkeit.

Das Jucken wurde stärker.

Ein Schlag traf das Schiff, und Prizilla glaubte, ihn im Rücken zu spüren, zwischen den Schulterblättern. Der Verfolger war noch immer da, er hatte die Jagd nicht aufgegeben. Doch das Schiff wusste um ihn und blieb geschützt. Es schüttelte den Schlag ab und fiel in die Anomalie, der dunklen Öffnung einer Zeitstraße entgegen.

Die Holos bewegten sich wie die Lichter in den Säulen. Manche von ihnen stiegen auf, begleitet von leisem Summen oder einem zarten Klimpern. Andere sanken und verschwanden im Boden, der an manchen Stellen halb transparent wurde wie trübes Glas.

Ein kleines Holo in der Ecke flackerte wie ein Feuer kurz vor dem Erlöschen. Es war Prizilla zuvor vertraut erschienen, und plötzlich begriff sie den Grund für die Vertrautheit – das Hologramm, kaum größer als eine Hand, zeigte ihr einige mit Konvergenzsymbolen bedeckte Abakus-Komponenten. Sie richtete die Zoomlinse in ihrem linken Auge darauf, woraufhin das Holo größer zu werden schien. Die Frage, um was genau es sich handelte, fand sofort eine Antwort: Das kleine Holo, von ihrer Zoomlinse vergrößert, präsentierte einen winzigen Ausschnitt des großen Abakus, den Konstantin konstruiert hatte, vielleicht mithilfe seiner Eltern, jenes Abakus, der aus Millionen oder gar Milliarden von Komponenten bestand. Dieser Abakus – diese gewaltige Rechenmaschine für Wahrscheinlichkeiten, Entwicklungstendenzen und Kausalitätsknoten, wo selbst kleinste Veränderungen große Wirkungen erzielen konnten – hatte den Plan geschaffen, der in Ataleas Tod gipfeln sollte. Sie, Prizilla, Strategin von Ewora der Großen und später selbst Suprema, war Teil des Abakus, eine Komponente, die ihren Zweck erfüllt hatte. Aus ihren Eizellen, gestohlen auf Amliss, waren einige der Kinder hervorgegangen, die als Kandidaten für die Steuerung des Schiffs durch die Zeit und seine Verwandlung in eine Waffe infrage kamen. Es war einer ihrer Söhne, der es nun lenkte.

Aber trotz der erfüllten Aufgabe steckte Prizilla noch immer in Konstantins riesigem Abakus. Sie konnte sich darin bewegen, und jede ihrer Bewegungen berührte andere Komponenten und veränderte ihre Anordnung in den großen Mustern, wenn auch so geringfügig, dass sich die Veränderungen kaum messen ließen. Darin lag ihre Chance, erkannte Prizilla, die mit dem violetten Blut der Strategin geboren war. Sie konnte sich bewegen und neue Muster schaffen. Sie konnte kleine Veränderungen bewirken, aus denen sich große ergaben.

Das Holo in der Ecke flackerte noch einmal und verschwand. Prizillas Erinnerung hielt das Bild von den Konvergenzsymbolen der anderen Komponenten fest. Die Strategin in ihr tastete sich über die Verbindungen, die sie gesehen hatte, und gewann einen deutlicheren Eindruck von der gewaltigen Komplexität des Abakus.

Plötzlich wusste sie, was geschehen würde. Und was geschehen *konnte*.

Die Gegenwart fand *jetzt* statt, hier. Die Zukunft war ein Meer der Möglichkeiten. Nichts stand fest.

Das große Holo zeigte, wie sich die Zeitstraße vor dem Schiff öffnete. Prizilla schloss für einen Moment die Augen und beobachtete den Ozean der Zeit, glatt wie Glas und unendlich. Als sie die Lider wieder hob, sah sie Konstantins Lächeln.

»Du hast aufgegeben«, sagte er. »So ist es gut.«

Das Jucken wurde unerträglich. Als sich Prizilla bückte und am rechten Schienbein kratzte, sprang der Feind aus der Zeitstraße.

103

Zwei silberne Ovale, jeweils von einem rotierenden Ring umgeben, erschienen direkt vor ihnen. Der Feind hatte gewartet, er hatte auf der Lauer gelegen, auch das wusste Prizilla, und er griff sofort an. Funken lösten sich von Waffendornen, ein Gleißen überstrahlte die Farben der bunten Bänder, die sich am Rand der Zeitstraße erstreckten, brannte sich einen Weg durch den Schild des Schiffs und riss ein Loch in die Seite der Halbkugel. Trümmer flogen, Flammenzungen leckten durch entweichende Luft. Das Schiff wehrte sich, es schlug zurück, mit Waffen, für die die Schirmfelder des Feindes gar nicht zu existieren schienen.

Halb gebückt, die Hand noch am rechten Schienbein, sah Prizilla im großen Holo, wie der Ring des ersten Angreifers zu Staub zerfiel und wie etwas, eine unsichtbare Kraft, das silberne Oval zerquetschte. Nur einen Sekundenbruchteil später brach der zweite Feind auseinander. Ein Windstoß schien die silbrig glänzenden Trümmer von Rumpf und Ring zu erfassen und fortzuschleudern – sie verglühten in einem rubinroten Band am Rand der Zeitstraße.

Prizilla fiel, aber Konstantin fiel ebenfalls, und sie griff nach dem Nadler in seiner Hand. Wie gut kannte er seinen eigenen Abakus? Wie gut konnte man einen ins Riesenhafte gewachsenen Abakus kennen? War es möglich, mit jedem noch so kleinen Detail vertraut zu sein? Und wenn sich ein kleines Detail, vielleicht das kleinste von allen, veränderte, war dann selbst der beste aller Strategen imstande, alle sich daraus ergebenden Veränderungen sofort zu erfassen?

Prizilla kannte die Ereignisse der nächsten Sekunden. Sie erwartete Schmerz, und er fand den Weg zu ihr, in Hüfte und Bein, als Konstantins Finger den Auslöser betätigte und Mikrogeschosse auf eine kurze Reise schickte. Winzige Explosionen zerrissen Fleisch und Knochen. Unter anderen Umständen wäre Prizilla der Pein vielleicht erlegen und hätte das Bewusstsein verloren, für einige fatale Sekunden, aber sie hatte ihrem zerebralen Interface einen Instruktionsgedanken geschickt – die Adapter dämpften den Schmerz, und die Nanobots machten sich sofort daran, den angerichteten Schaden zu reparieren.

Konstantin bekam keine Gelegenheit, noch einmal zu schießen. Prizilla entwand ihm die Waffe, riss ihm den Nadler aus der Hand, als ihn eine plötzliche Verlagerung des Gravitationsfelds zur Seite kippen ließ. Dies war der Moment der maximalen Veränderung, und Prizilla nutzte ihn, indem sie den Nadler auf ihn richtete, auf den Kopf, und schoss. Das Lächeln war schon vorher verschwunden. Jetzt verschwand das Gesicht in einer Wolke aus Blut, Schleim und Knochensplittern.

Von einem Gewicht befreit sank Prizilla zu Boden, obwohl sie das Gefühl hatte, aufsteigen zu müssen, leicht wie eine Feder. Sie blieb liegen, schnappte nach Luft und hörte, wie das Zischen und Fauchen der entweichenden Atmosphäre leiser wurde, wie das Donnern nachließ und die Stille zurückkehrte. Vor dem inneren Auge sah sie die Schäden des Schiffs: Dellen und Risse in einigen Zylindern, ein Loch in einer Hälfte der Halbkugel.

Prizilla wartete noch etwas länger, einige Minuten, dann hatte sie neue Kraft gesammelt und stand auf. Die Verletzung betraf die linke Hüfte und das linke Bein. Sie musste das schwache rechte mit ihrem Gewicht belasten, als sie an Säulen vorbei zu einer Konsole wankte, über der einige Lichter schwebten, blau wie Kobalt und weiß wie Schnee. Offenbar spürten sie, dass sich Prizilla näherte, denn sie begannen mit einem langsamen, erwartungsvollen Tanz.

Das große Holo leuchtete in der Nähe und zeigte die Zeitstraße als einen Tunnel mit Wänden aus bunten Bändern, wie endlos lange Schlangen. An manchen Stellen strahlten die Farben heller, an anderen verblassten sie. Während das Schiff durch den Tunnel fiel, erschienen gelegentlich Öffnungen in den Wänden, schmale Spalten, die Zugang zu Nebenströmen ermöglichten. Es gab nicht nur einen Fluss der Zeit, es gab viele, das wusste Prizilla bereits, und sie alle mündeten im endlosen Ozean.

Die Konsole mit den menschlichen Lingua-Symbolen, die Konstantin ihr hinzugefügt hatte. Prizilla stand nicht das erste Mal vor ihr, vielleicht hatte sie zweihundertneunundneunzigmal dort gestanden, auf die Lichter gestarrt und sich gefragt, welche berührt werden mussten und in welcher Reihenfolge, um mit der Aufzeichnung zu beginnen. Vielleicht, vielleicht, dachte sie, der Schmerz in Hüfte und Bein halb betäubt. Es war kein gutes Wort, dieses *vielleicht*, zu unpräzise, es ließ zu viel Platz für Unwägbarkeiten, sie mochte es nicht. Und doch, da es keine Gewissheiten gab, musste sie sich damit begnügen. Sie betrachtete die Lichter, ihren langsamen Tanz, streckte eine Hand danach aus und überließ dieser Hand die Entscheidung. Die Finger bewegten sich, allen voran der Zeigefinger. Er zögerte nicht, er schien genau zu wissen, welche Lichter es zu berühren galt.

Der obere Teil der Konsole wurde durchsichtig, und auf ihr erschien eine kleine Gestalt, gekleidet in einen Einsatzanzug, die linke Hüfte und das linke Bein verletzt. Prizilla sah sich selbst, mit bleichem, schmutzigem Gesicht, in den Augen mehr Kraft als in der Gestalt selbst.

»Dies ist eine Aufzeichnung«, murmelte sie und versuchte sich daran zu erinnern, welche Worte sie gewählt hatte, doch ihr Gedächtnis ließ sie im Stich. Es war auch besser so. Es war besser, neue Worte zu sprechen, um den Unterschied größer zu machen und damit weiteren Veränderungen den Weg zu bahnen.

Fast eine halbe Stunde lang erzählte sie ihre Geschichte und achtete darauf, jedes wichtige Detail zu erwähnen und zu erklären. »Hüte dich vor Konstantin!«, betonte sie mehrmals, und damit schloss sie auch ihren Bericht. »Du musst eine schwere Entscheidung treffen«, sagte sie und betrachtete ihr kleines Abbild auf der Konsole, das die Worte wiederholte. Hatte sie sich auf diese Weise gesehen, verletzt, erschöpft und schwach? Sie wusste es nicht mehr, ihre Erinnerungen verschwammen. »Wie auch immer du dich entscheidest, hüte dich vor Konstantin!«

Die Hand strich durch den Lichterreigen und beendete die Aufzeichnung.

Prizilla drehte sich langsam um und stellte fest, dass der Mann, der letzte ursprüngliche Mensch, verschwunden war. Das Schiff hatte ihn aufgenommen wie zuvor Sotia, aber von seinem Geist blieb nichts übrig, dafür hatte Prizilla mit dem Schuss auf seinen Kopf gesorgt.

Jetzt kam der schwere Teil.

Prizilla überlegte noch einmal. Sie dachte an Konstantins Abakus, an die Myriaden Verknüpfungen in ihm, an die veränderten, manipulierten Kinder, auf vielen Welten und in verschiedenen Zeiten, an all die Versuche, die stattgefunden hatten und gescheitert waren, fast dreihundert. Sie dachte an Jarls Rolle und ihre eigene. Sie suchte nach Fehlern in ihren Überlegungen, bis ihr schließlich klar wurde, dass sie das Unvermeidliche nur hinauszögerte.

Prizilla berührte die Lichter ein letztes Mal, um dem Schiff Bescheid zu geben, richtete den Nadler auf sich selbst – auf ihre Brust, in Höhe des Herzens; der Kopf durfte nicht verletzt werden – und drückte ab.

Das Tröpfeln und Strömen der Zeit

104 Prizilla

Prizilla saß im Schatten des Baums und beobachtete, wie das Blatt fiel, wie es im Wind tanzte. Mit ausgestreckter Hand fing sie es, bevor es eine Laune des Winds forttragen konnte, fühlte glatte Kühle und betrachtete die Muster, die immer kleiner werdenden Verästelungen der Kapillaren und die Anordnung der Flecken, die den Herbst ankündigten. Wie einfach es war, dieses Blatt, wie schlicht strukturiert, wenn man es mit dem großen Abakus verglich. Und doch verkörperte es in sich die ganze Komplexität des Lebens und den Zeitpfeil von der Geburt bis zum Tod. Darüber dachte Prizilla immer häufiger nach, über Geburt und Tod und das Leben dazwischen, diesen kleinen Bruchteil der viel, viel größeren Ewigkeit. Sie dachte daran, wie man lebte und wofür und wie sehr man sich irren konnte.

Schließlich stand sie auf, trat zum nahen See, ging am Ufer in die Hocke und setzte das Blatt vorsichtig ins Wasser. Es schaukelte auf kleinen, vom Wind geschaffenen Wellen und glitt wie ein Boot hinfort. Prizilla sah ihm eine Weile nach, bevor sie sich aufrichtete und zum Haus des Lenkers ging.

Das Gebäude stand auf einer Lichtung im Wald, nur einige Dutzend Schritte vom See entfernt, mit Wänden aus ockerfarbenem Stein und einer großen Terrasse, auf der Sotia stand und winkte, ihr schwarzes Haar zu einem Zopf geflochten, der bis zur Hüfte reichte.

»Er hat sie gefunden«, sagte sie, als Prizilla das Haus erreichte.

»Atalea.«

»Ja.«

Sie betraten das Haus, den Salon. Jarl stand am runden Holztisch, der zwanzig Personen Platz geboten hätte und dessen Oberfläche sich in etwas wie Glas verwandeln konnte, so wie jetzt. Bilder stiegen aus den Tiefen des Tisches auf und formten ein Holo darüber, das eine wolkenverhangene Welt zeigte. Als sich Prizilla dem Tisch näherte, teilten sich die Wolken und gaben den Blick frei auf ein Raumschiff, das in einem Tal gelandet war. Es entsprach keiner bekannten Konfiguration, aber Prizilla wusste, dass es ein von Menschen gebautes Schiff war – ihre Gedanken empfingen Sensordaten. Bots errichteten einen Turm, einen Lebensturm, und zwischen ihnen schritt eine hochgewachsene Gestalt, mit den für M_1 typischen langen Armen und Beinen, die Haut weiß wie Schnee. Sie trug ein buntes Gewand, unter dem sich prall gefüllte Fertilitätsblasen abzeichneten.

»Wie weit sind wir entfernt?«, fragte Prizilla.

»Wir sind nah genug«, erwiderte Jarl der Lenker. »Die Waffen unseres Schiffes können sie erreichen.«

Prizilla hatte diesen Moment gefürchtet, aber jetzt, da er gekommen war, fühlte sie nicht die geringste Anspannung. Wenn es eine Entscheidung zu treffen galt, so war sie bereits gefallen.

Das Holo zeigte, wie Atalea die Größte, von Bots begleitet, den Lebensturm betrat.

»Dort werden wir geboren, wir alle, unser Volk«, murmelte Prizilla.

»Ich werde sie nicht töten«, sagte Jarl mit fester Stimme. »Ich werde das Schiff nicht in eine Waffe gegen sie verwandeln.«

»Aber du könntest es, mein Sohn«, erwiderte Prizilla.

Sotia ging zu Jarl und nahm seine Hand. Vielleicht glaubte sie, ihm Mut machen zu müssen.

»Ja, Mutter.« Er sah sie an, hielt ihrem Blick stand, ohne das geringste Zeichen von Unsicherheit. Dies war ein anderer Jarl als jener, dessen toter Körper in der Pilotenwabe ruhte.

»Damit scheitert Konstantins Plan, jetzt, hier.« Prizilla seufzte. »Wir leben. Unser Volk existiert.«

Jarls Finger tasteten über einige Lichter dicht unter der gläsernen Oberfläche. Die Bilder schrumpften, wichen in den Tisch zurück. Aus Glas wurde wieder altes, gemasertes Holz.

Draußen flüsterte der Wind in hohen Baumwipfeln.

»Was ist mit dem Krieg?«, fragte Jarl. »Was ist mit all den Soldaten, die Soldaten sein müssen? Ich bin der Lenker des Schiffs. Wohin soll ich es lenken, um den Krieg zu beenden?«

Prizilla hörte die Hoffnung in seinen Worten und bedauerte, ihn enttäuschen zu müssen. »Wir sind, was wir sind«, antwortete sie und dachte an das Blatt, dessen Muster sie betrachtet und das sie in den See gesetzt hatte. Wohin schwamm es? Wohin trieb es der Wind? »Was geschehen ist, ist geschehen.«

»Der Krieg gegen den Feind geht weiter?«, fragte Jarl traurig.

»Wir dürfen nicht auf ein Wunder hoffen.«

»Wir wären imstande, eins zu vollbringen. Ich könnte uns in die Vergangenheit lenken, an eine Stelle, wo dieses Schiff eine Waffe des Friedens sein kann.«

»Nein«, sagte Prizilla. Nicht nur Jarl hatte seine Entscheidung getroffen, auch sie. »Dieses Schiff wurde nicht als Waffe geschaffen. Es war nie dazu bestimmt, eine Waffe zu sein. Wenn wir die Vergangenheit verändern, zerreißen wir Gegenwart und Zukunft. Nein, wir müssen unsere Probleme aus eigener Kraft lösen, in unserer Zeit, in der Gegenwart. Wir müssen entscheiden, den Weg des Krieges zu verlassen und den des Friedens zu beschreiten.«

»Wer könnte darüber entscheiden?«, fragte Sotia und rückte noch etwas näher zu Jarl.

»Nicht ich«, sagte Prizilla. »Ich bin wie ihr Teil dieses Schiffs geworden.« Sie lauschte und glaubte, ein Echo zu hören, vielleicht aus der Zukunft. »Eine andere Prizilla wird sich darum kümmern.«

»Wird sie Erfolg haben?«

»Sie muss stark sein. Wenn sie stark genug ist, kann sie es schaffen.«

»Was ist mit uns?«, fragte Jarl. »Was ist mit unserem Leben?«

Prizilla blickte zum offenen Fenster. Der See glänzte im Sonnenschein.

»Wir leben, solange das Schiff existiert«, antwortete sie. »Lange genug, um die Wunder des Universums zu sehen. Dazu wurde es geschaffen. Nicht, um Leben zu zerstören, wo und wann auch immer, sondern um es zu bewundern und zu bewahren.« Prizilla lächelte. »Und wer weiß! Vielleicht finden wir die X, irgendwo und irgendwann in der Tiefe der Zeit.«

Epilog

Prizilla blieb zusammen mit Coridian vor den Konsolen und Statushologrammen stehen, die Auskunft gaben über den Zustand der Zedra-Anomalie und der offenen Zeitstraße in ihr. »Wie groß ist die Entfernung? Das Schiff scheint recht nahe zu sein.«

»Die Entfernung beträgt zwei Relativkilometer«, erwiderte Kalep, der Leiter der Forschungsstation. Er gehörte zu den extremangepassten Menschen, M_{EA3} oder M_{EA4}, vermutete Prizilla: klein, nicht einmal halb so groß wie sie, und dürr, kaum mehr als Haut und Knochen. Er steckte in einem zweieinhalb Meter großen Multifunktionsbot, den er über seine äußeren Adapter steuerte. Die Augen hatte er irgendwann entfernen lassen und durch Sensoren und Linsen ersetzt, mit denen er mehr und besser sah. Der mit zahlreichen Werkzeugen ausgestattete Bot aus Neutro, Synth und flexiblem Metall war sein eigentlicher Körper, der ihm auch als Panzerung oder Überlebenskokon im All dienen konnte. Sein Anblick erinnerte Prizilla an etwas. »Und ja«, fuhr er fort, »bei dem Objekt, dessen Umrisse Sie sehen, handelt es sich um das nicht identifizierte Schiff.«

Prizilla trat zum Barrierefeld des Verbindungsstutzens. Auf der rechten Seite, hinter den Konsolen und Holos, bereiteten sich vier Soldaten – spezialisierte Erkunder – und ein extremangepasster Techniker auf einen Einsatz in der offenen Zeitstraße vor.

Wieder erschienen vage Umrisse im langsam wogenden Grau. »Wie sieht das Objekt aus?«, fragte Prizilla. »Wie groß ist es?«

Der Leitende Ingenieur Kalep schickte ein Signal, und eins

der Hologramme zeigte eine Halbkugel, die auf einem Kranz aus waagerecht angeordneten Zylindern ruhte. »Das fremde Schiff durchmisst vierhundert Meter. Die ersten Erkunder hatten es fast erreicht, als sie auf eine Gravitationsbarriere stießen. Bevor sie umkehren mussten, konnten sie nur feststellen, dass das Schiff beschädigt ist.«

»Befindet es sich deshalb hier?«, erklang Coridians tiefe Stimme. »Weil es beschädigt ist? War es ein Zufall, der es in unsere Zeit gebracht hat und ausgerechnet hierher, in eine Zeitstraße des Zedra-Fulkrums?«

Prizilla dachte an ihren Abakus. Konnte ein Zufall so viel bewirken? Einen kausalen Stillstand? Eine Alles-ist-möglich-Situation? Ein fremdes, beschädigtes Schiff, das vor sechs Jahren bei Nimmwa gewesen war, als dort der Feind angegriffen hatte?

»Das wissen wir nicht«, antwortete Kalep. »Vielleicht erhalten wir Antworten auf diese Fragen, wenn es dem zweiten Erkundungstrupp gelingt, die Gravitationsbarriere zu durchdringen und in das Schiff vorzustoßen.«

Prizilla blickte nach rechts, zu den vier Soldaten und dem extremangepassten Techniker.

Erneut dachte sie an ihren Abakus. Und an einen anderen, viel größeren. Sie wollte schon einen Schutzanzug verlangen, um sich das Objekt, das fremde Schiff, aus der Nähe anzusehen, aber stattdessen sagte sie plötzlich: »Schließen Sie den Verbindungsstutzen. Ziehen Sie die Forschungsstation von Zeitstraße und Anomalie zurück.«

Kalep richtete seine Sensoren und Linsen auf sie. »Suprema?«

»Das ist ein Befehl!« Prizilla drehte sich um. »General Coridian, wir fliegen nach Memoria.«

Der große Mann, ein Mann wie ein Fels, neigte den Kopf. »Gehört und verstanden.«

Prizilla deutete auf die vier Soldaten und den Techniker. »Sie bleiben hier. Niemand betritt die Zeitstraße.« Und zu Kalep: »Unterbrechen Sie alle Verbindungen, Ingenieur! Sofort!«

»Wie Sie wünschen, Suprema.«

Die Entscheidung, von der strategischen Intuition getroffen – und auch noch von etwas anderem, das Prizilla nicht zu deuten wusste –, fühlte sich richtig an. Der Stein, den sie ganz oben am Berghang gesehen hatte, ein Stein, der eine fatale Geröllawine auslösen könnte, rollte tatsächlich, fiel aber schon nach wenigen Zentimetern in eine Felsspalte und blieb darin liegen.

Prizilla schritt erst durch weiches Gras und dann über schneeweißen Kies. Direkt vor ihr ragte einer der Lebenstürme auf. Glas und Kristall glitzerten im Schein der untergehenden weißgelben Sonne. Vertikale Gärten durchzogen den Turm wie mit grünen Adern. Im Abenddunst zeigten sich blaugrau die Umrisse der Kathedrale, wie die Konturen eines mehrere Kilometer weit aufragenden Bergs.

»Memoria ist gerettet«, sagte sie.

Coridian hob erstaunt die Brauen. »War Memoria in Gefahr?«

Prizilla ging nicht auf die Frage ein. »Du lebst, alter Freund.« Auf einmal lächelte sie. Hier gab es neue Möglichkeiten.

Sie blieb im Wind stehen, in respektvollem Abstand umringt von den Soldaten der Eskorte, breitete die Arme aus und schloss für einen Moment die Augen. Als sie die Lider wieder hob, begegnete sie Coridians Blick.

»Alles in Ordnung?«, fragte er besorgt. Sie benutzten einen Akustikschild; niemand konnte sie hören. Dennoch blieb Coridian bei der förmlichen Anrede. »Fühlen Sie sich nicht gut, Suprema?«

Sie atmete tief durch und beobachtete, wie Lichter am Berg der Kathedrale erschienen. Sie tanzten nicht, sie stiegen nicht auf und ab, sondern leuchteten ruhig in der beginnenden Nacht. »Von jetzt an bin ich Prizilla für dich, immer und überall.« Sie hob den Kopf. Erste Sterne funkelten am Himmel. »So viele Welten dort draußen. Mehr, als wir jemals zählen könnten.«

»Was ist geschehen?«, fragte Coridian vorsichtig, als sie zum Lebensturm gingen. »Du klingst anders.«

»Sind wir stark, alter Freund?«, fragte Prizilla.

»Wir sind stärker als jemals zuvor«, antwortete der alte General. »Die Crul werden uns nicht bezwingen, niemals.«

»Wir sind stark für den Krieg.«

»Ja!«

»Sind wir auch stark genug für den Frieden? Vielleicht muss man für den Frieden noch stärker sein als für den Krieg, Coridian.«

Später am Abend stand Prizilla am großen Fenster ihres Quartiers im Lebensturm, mit einem Vibromesser in der Hand. Sie betrachtete die leise summende Klinge und legte sie ohne einen kleinen Schnitt in die andere Hand beiseite. Es floss violettes Blut in ihren Adern, daran gab es keinen Zweifel. Sie wusste, wer sie war und was sie war: Strategin und Suprema des Pakts. Sie fühlte das Gewicht der Zukunft auf ihren schmalen Schultern, schwer und unbestimmt.

Ein Signal erklang, ein kleiner Glockenton, und Prizilla winkte für das Gesteninterface. Die Tür öffnete sich, und Coridian kam herein. Er trug wie immer seine Uniform. Das wird sich ändern, dachte sie. Viele Dinge würden sich ändern, und dies gehörte dazu.

»Ich habe mir die letzten Meldungen angesehen, wie es deinem Wunsch entsprach«, sagte er etwas steif. »Nichts deutet auf einen unmittelbaren Angriff der Crul auf das Zedra-System hin. Es liegen keine Meldungen über Superlichtschiffe oder größere Flottenverbände des Feindes vor.«

»Das ist gut.«

Coridian trat näher. »Wie kommst du darauf, dass Memoria in Gefahr sein könnte?«

»Ich habe es gefühlt«, sagte sie, was stimmte. »Ich habe die Möglichkeit im Abakus gesehen.« Das stimmte nicht. Aber auf diese kleine Lüge kam es nicht an; hinter ihr verbarg sich eine viel größere Wahrheit.

»Was die anderen Nachforschungen betrifft ...«

»Nadala«, sagte Prizilla.

»Ja. Sie ist dabei, die Abteilung Acht in ein Instrument für ihre Ambitionen zu verwandeln. Sie versucht, ein Gegengewicht zu dir zu schaffen. Das könnte sie zu einer gefährlichen Rivalin machen.«

»Ich werde Suprema bleiben.« Gewissheit lag in diesen Worten. »Wir werden sie im Auge behalten und ihr die Kontrolle über die Abteilung Acht nehmen, sollte es erforderlich sein. Du wirst mir dabei helfen.« Sie fragte nicht, sie richtete weder eine Bitte noch einen Befehl an den General. Sie stellte fest. Die Zukunft sprach zu ihr.

Aber die Zukunft sprach nicht immer deutlich genug.

»Wir müssen einen anderen Weg einschlagen, Coridian.«

Er sah sie an und wartete.

»Ich baue einen neuen Abakus, hier auf Memoria«, eröffnete Prizilla. »Den größten, der je gebaut wurde. Ich werde ihm alle Daten aus den Archiven geben. Alle, Coridian, auch die ältesten. Mit seiner Hilfe werde ich meinen Blick schärfen, für das, was gewesen ist, und für das, was sein wird.« Sie unterbrach sich, als sie glaubte, ein seltsames Jucken im rechten Bein zu spüren. Es verschwand sofort wieder. »Er wird mir den anderen Weg zeigen, den Weg zum Frieden. Es könnte die größte Herausforderung für uns alle sein, seit Bestehen des Pakts.«

Prizilla näherte sich Coridian, der einen kurzen Blick auf das Vibromesser geworfen hatte. Er war größer als sie, er ragte vor ihr auf, unerschütterlich, ein Fels in der Brandung.

»Meine Kinder«, sagte sie. »Es sind insgesamt dreihundertsechsundsechzig. Ich möchte wissen, was aus ihnen geworden ist. Eins von ihnen heißt vielleicht ...« Ein Name, der nur aus einer Silbe bestand. »Jarl.«

»Das ist ... ungewöhnlich.«

»Dass sich eine Mutter für ihre Kinder interessiert?«, fragte Prizilla sanft.

Coridian überlegte. »Es gibt Aufzeichnungen. In den Archiven von Memoria und bei den Streitkräften. Es lässt sich bestimmt feststellen, was aus den Kindern geworden ist.«

»Hilfst du mir auch dabei?«

»Natürlich.«

Nur ein Schritt trennte sie voneinander.

»Beginnen wir mit den Veränderungen«, sagte Prizilla. »Beginnen wir gleich hier.«

Der erste Schritt auf dem langen anderen Weg.

Sie trat zu Coridian und gab ihm einen Kuss.

Glossar

Abakus: Rechen- und Bewertungsinstrument für *Strategen* des *Pakts*. Damit lassen sich Entwicklungstendenzen für die Zukunft berechnen.

Absorptionssphäre: Eine Dyson-Sphäre, die ein ganzes Sonnensystem umgibt.

Achas-System: Sonnensystem mit dem Gasriesen *Bandar*.

Adapter: Erweiterungen, die Menschen zusätzliche Fähigkeiten geben.

Agedra: Eine Mutter des *Lebensturms* auf *Onnizza*.

Aleolt: Intelligente Spezies auf *Risz*.

Allgemeinsprache: *Lingua* Eins bzw. L_1.

AMAs: Autonome Maschinen.

Amliss: Heimatplanet von *Prizilla*, im Perseusarm der Milchstraße.

Anbar: Bei einem Angriff des *Feindes* auf das *Fulkrum* von Anbar verlor *Nadala*, Taktikerin in Diensten der Großen *Ewora*, ihre drei Kinder.

Angepasste: Menschen, die an die Umweltbedingungen anderer Welten angepasst sind. Siehe auch: *Extremangepasste*.

Antimaterie-Torpedos: Waffe des *Feindes*.

Araknoide: Ein Spinnenmensch und damit Angehöriger einer der wenigen hybriden Spezies im *Pakt*.

Ardasch: Welt im *Kinkin-System*. Dort gibt es eine Kinderkolonie, in der *Ingd* aufwuchs, eins der der sieben überlebenden Kinder von *Nimmwa*.

Arkeron: Name eines Staubmeers auf *Onnizza*.

Armierer: Menschliche Spezialisten, die neue Waffen entwickeln.

Aschta: Soldatin der *Streitkräfte* auf *Risz*.

Asrine die Weise: *Große Mutter* vor fast fünftausend Jahren. Zu ihrer Amtszeit sprach das *Orakel* zum letzten Mal.

Assistenzbot: Ein spezialisierter *Medobot*, oft eine Art mobiles Ektoskelett, das einen geschwächten Körper stützt.

Atalea: Die legendäre erste *Große Mutter*.

Atmosphärenschild: Eine energetische Barriere, die verhindert, dass die Luft in einem Hangar ins All entweicht.

Ator: Dritte der zweiundneunzig *Kernwelten* des *Pakts*, im *Osaru-System*.

Autoregenerative Flasche: Eine Flasche, die ihren Inhalt selbst erneuert.
Bandar: Gasriese im *Achas-System*, von zweiundsiebzig Monden umkreist, darunter *Risz*, Heimatwelt der *Aleolt*.
Barandar: Vierzehnte der zweiundneunzig *Kernwelten* des *Pakts*.
Befriedung: Bei den Streitkräften des *Pakts* gebräuchliche Bezeichnung für die Beseitigung von Gefahren, die von anderen Spezies ausgehen.
Biomechanische Klone: Übungsziele für Rekruten und Soldaten des *Pakts*, zum Beispiel *Zyla*.
Blaster: Waffe.
Blutdorn: Ockerbraune Büsche auf *Grotenthal*.
Chel: Eins der sieben Kinder, die den Angriff der *Crul* auf *Nimmwa* überlebten.
Chrypta: Welt mit besonders großen und kräftigen Menschen.
Cluster: Bezeichnung für alle bewohnten Planeten und Monde mehrerer Sonnensysteme.
Coenurn: Eine Extremwelt.
Coridian: Ehemaliger Soldat und Berater der *Suprema*.
Crul: Fremde intelligente Spezies, gegen die der von Menschen gegründete *Pakt* seit Jahrtausenden Krieg führt. Über die Crul ist kaum etwas bekannt. Niemand weiß, wie sie aussehen.
Cusord: Eine *Fulkrum*-Verteilerstation, bei den Sieben Sonnen von *Halkonia*.
Dasuc-System: Sonnensystem mit der *Gespensterwelt Ira*.
Deflektorfeld: Minimaler Schutzschirm.
Destruktor: Waffe des *Pakts*.
Donntwar: Planet mit Moosbäumen.
Dotas: Erfahrener Offizier der *Streitkräfte* des *Pakts* und Ausbilder auf *Grotenthal*.
Dram: Eins der sieben Kinder, die den Angriff der *Crul* auf *Nimmwa* überlebten.
Durdeld: Ein junger Xenobiologe.
Ehrenwerte/r: Anrede für verdienstvolle Frauen und Männer.
Elektrowald: Wald aus elektrischen Bäumen auf *Grotenthal*.
Endowar-Lebensturm: Lebensturm auf dem Planeten *Sotir* im *Rotha-System*. *Chel* ist darin herangewachsen.
Endril: Eine Kernwelt. *Skitha* ist dort gestorben.
Ennunt: Einundsiebzigste der zweiundneunzig *Kernwelten* des *Pakts*.
Erde: Legendäre Ursprungswelt der Menschheit.
Erforscher, Multiambientale: Fahrzeuge, Boote und Orbiter, die hauptsächlich der Erforschung fremder Planeten dienen.
Erocha-System: Sonnensystem mit dem Planeten *Rillem*.

Erste Reife: Die erste Reifephase von Menschen, oft zu Beginn des zweiten Lebensjahrs.
Esch: Ein Soldat, Besatzungsmitglied des *Schnellen Kuriers Etas*.
Etas: Ein *Schneller Kurier* des *Pakts*.
Ewora: Vierhundertachtundsiebzigste *Suprema* des *Pakts*, genannt »die Große Ewora«.
Ewora: Name eines Erkundungsschiffes des *Pakts*.
Exponatschiff: Raumschiff der *X* mit Proben fremder Lebensformen.
Extremangepasste: Menschen, die sich extremen Lebensräumen angepasst haben, zum Beispiel den besonderen Umweltbedingungen in den dichten Atmosphären von Gasriesen.
Feind: Siehe *Crul*.
Fertilitätsblase: Beutel für Eizellen, von Frauen oft an den Leisten oder Hüften getragen.
Flexmetall: Flexibles Metall.
Fokussierdorne: Komponenten von *Fulkren*.
Fulkrum: Von den *X* geschaffene Vorrichtung, die es den Menschen gestattet, interstellare Entfernungen innerhalb kurzer Zeit zurückzulegen. Ein Fulkrum erzeugt einen Tunnel durch Raum und Zeit, durch den sich viele Lichtjahre in wenigen Stunden oder Tagen zurücklegen lassen.
Fürsorgerinnen: Frauen des *Pakts*, die sich um Kinder kümmern.
Gallimon: Planet mit Prismabüschen.
Gefahrenklasse Drei: Diese Gefahreneinstufung einer fremden Spezies erfordert indirektes Eingreifen der *Streitkräfte* des *Pakts*.
Gelson: Kommandant der *Taurus*.
Gemeinsame Stimme: Bezeichnung für die Beratungen des *Kongresses* auf *Memoria*.
Generation: Bei Menschen etwa hundertfünfzig Jahre.
Gespensterwelten: Vom Krieg zerstörte Welten, auf denen es angeblich spukt.
Gesteninterface: Interface, das auf Handbewegungen u. Ä. reagiert.
Gravitationskatapulte: Vorrichtungen, die mit Gravitationsfeldern Objekte beschleunigen.
Gravitationslift: Auch G-Lift. Ein Aufzug, in dem Menschen oder Material mit Schwerkraft bewegt werden.
Gravitationsschild: Schützt ein Raumschiff bei hoher Geschwindigkeit vor Mikrometeoriten und ähnlichen Objekten im All.
Gravitationssenke: Schwerkraftfeld zum Beispiel eines Planeten.
Gremium: Rat der *Großen Mütter*.
Gromka: Erster Feind der ins All vorstoßenden Menschheit. Der Konflikt mit ihnen hätte fast zur Auslöschung der Spezies Mensch geführt und verursachte ein schweres Trauma.

Große Mütter: Bei den Menschen *Mütter* mit besonders vielen Kindern.

Größenklasse Drei: Bei Raumschiffen des *Pakts*, Länge bis zu zwei Kilometern und maximaler Durchmesser sechshundert Meter.

Großkreuzer: Schiffstyp der Streitkräfte des *Pakts*. Die *Speerspitze* ist ein Großkreuzer.

Grotenthal: Welt im Doppelsternsystem *Kesul*.

Halkonia: Ein System aus Sieben Sonnen mit der Fulkrum-Verteilerstation *Cusord*.

Hauptstreitmacht: Legendäre große Flotte des *Feindes*, angeblich seit Jahrhunderten irgendwo im interstellaren Raum unterwegs.

Hedonier: Etwa vierzig Prozent der menschlichen Gesamtbevölkerung. Sind nicht im *Kongress* vertreten, weil sie keinen direkten Beitrag zur Stärke des *Pakts* leisten und einfach nur ihr Leben leben.

Heilbad: Ein Bad mit *Regenerationsöl*, das Verletzungen heilt.

Heilkapsel: Maschine für Heilung von Wunden und Verletzungen.

Hihuahé: Ein *Inniwori*, der *Jarl* aus dem *Elektrowald* auf *Grotenthal* rettet.

Holospiegel: Holografischer, dreidimensionaler Spiegel.

Identer: Gehört zu den *Adaptern*, die jeder Mensch in sich trägt. Enthält einen individuellen Identifizierungscode.

Induktor: Gerät für die Aufladung von *Nanozellen*.

Ingd: Eins der sieben Kinder, die den Angriff der *Crul* auf *Nimmwa* überlebten.

Inniwori: Schmetterlingsartige intelligente Wesen auf *Grotenthal*.

Instruktionsgedanke: Ein Anweisungen übermittelnder Gedanke für das *zerebrale Interface*.

Intelligenzsubstrate: Auch einfach nur Substrate genannt. Mit Paketen aus Mikroprozessoren vergleichbar und mit Künstlicher Intelligenz ausgestattet.

Ira: Eine *Gespensterwelt* im *Dasuc-System*.

Iring: Truppführer der *Streitkräfte* auf *Risz*.

Irskel: Eine *Kernwelt* des *Pakts*.

Issarrak: Warmer Gasriese im *Jefil-System*.

Issem: Ein *Mediker* und *Hedonier*.

Jamelinda: Erzählerin in *Jarls Talisman*.

Jefil-System: Sonnensystem mit dem warmen Gasriesen *Issarrak*. Auf dem siebten Mond *Quecha* existierte eine versteckte Basis des *Feindes*.

Jeva: Name der globalen nichtorganischen Intelligenz von *Ira*.

Kalep: Leitender Ingenieur der Forschungsstation beim *Fulkrum* des *Zedra-Systems*.

Kampfdrohnen: Von den *Streitkräften* in Gefechten verwendete Drohnen.

Kampfsprache: *Lingua* Neun bzw. L_9.

Kategorie Eins bis Neun: Kampfschiffe des *Feindes*, nach Größe und Kampfkraft kategorisiert: Eins = klein, Neun = besonders groß.

Kathedrale: Auf *Memoria* Versammlungsort für den *Kongress*.

Kernwelten: Die wichtigsten, zentralen Welten des *Pakts*, insgesamt zweiundneunzig.

Kesul-System: Doppelsternsystem mit dem Planeten *Grotenthal*.

Kinira: Eine Kernwelt des *Pakts*.

Klinge: Prototyp eines Raumschiffs der *Streitkräfte* des *Pakts*.

Kompanie: Militärische Einheit der *Streitkräfte* des *Pakts*. Eine Kompanie besteht aus fünfzig Soldaten.

Kongress: Eine alle fünf Jahre auf *Memoria* stattfindende Versammlung von Delegierten aller Menschenwelten, bei der wichtige Entscheidungen getroffen werden.

Krok: Eins der sieben Kinder, die den Angriff der *Crul* auf *Nimmwa* überlebten.

Kundschafter: Erkundungsschiffe, die durch neu eingerichtete *Fulkren* in unbekannte Raumgebiete geschickt werden, um Gegenstationen zu errichten.

Kurandar, Staubschlund: Unweit davon befindet sich der Planet *Rel*, auf dem es eine versteckte Basis des Feindes gab.

Kuro: Soldat der *Streitkräfte* auf *Risz*.

Laurenzia: *Medikerin* an Bord der *Taurus*.

Leandra: Kommandantin des Erkundungsschiffes *Ewora*.

Leichter Interventionskreuzer: Raumschiff der *Streitkräfte* des *Pakts*, vorgesehen für Einsätze bei Welten mit fremden intelligenten Spezies.

Lerper-System: Sonnensystem mit dem Planeten *Nimmwa*.

Lichtschiffe: Raumschiffe der *Crul*, nur lichtschnell.

Lingua: Bei den Menschen gebräuchliche Sprachen und Dialekte, von Lingua Eins bis Neunundneunzig, $L_1 - L_{99}$. Außerdem gibt es die Sprachen der extremangepassten Menschen, L_{EA1-10}.

Linguator-Substrate: Für Übersetzungen bestimmte *Substrate*.

Linguator: Übersetzungsgerät, oft in Form einer schwarzen Nadel.

LIS: Lernende Intelligenzsubstrate, siehe *Intelligenzsubstrate*.

Lorakin: Elfte der zweiundneunzig *Kernwelten* des *Pakts*.

Lorxgar, Vertrag von: Vereinbarung, die den *hedonischen Neunzehn-Welten-Bund* zum Mitglied des *Pakts* erklärt.

Lorxgar: Planet, auf dem vor Jahrtausenden der *Vertrag von Lorxgar* zwischen dem *Neunzehn-Welten-Bund* und dem *Pakt* unterzeichnet wurde.

Madira: Eine Administratorin auf *Memoria*.

Mausoleum: Auf *Memoria* Grabstätte für *Große Mütter*, neben der *Kathedrale*.

MAV: Multiambientales Vehikel, ein Fahrzeug oder Boot, das bei verschiedenen, auch extremen Umweltbedingungen eingesetzt werden kann.

Mediker: Ärzte.

Meditationszimmer: Zimmer an Bord von Raumschiffen, für Mütter bestimmt.

Medobot: Medizinischer Roboter.

Medodrohnen: Von den *Streitkräften* verwendete Drohnen für die Behandlung von Verwundeten.

Medosubstrate: Spezialisierte *Substrate*, vorgesehen für medizinische Aufgaben.

Megra: *Fürsorgerin* auf *Memoria*.

Memoria: Siebte der zweiundneunzig *Kernwelten*, im *Zedra-System*.

Memostimmen: Stimmen eines *Talismans*, die im Schlaf Wissen vermitteln.

Motto des Pakts: Vereint sind wir stark, geteilt sind wir schwach, und die Schwachen sterben.

Multiambientale: Siehe *Erforscher*.

Multifunktionsbot: Roboter mit zahlreichen Werkzeugen, gesteuert oft von einem extremangepassten Menschen, Techniker oder Ingenieur.

Muntmor: Eiswelt im *Treyd-System*.

Mütter: Bei den Menschen fruchtbare Frauen mit Kindern.

Nadala: Taktikerin in Diensten der Großen *Ewora*.

Nadler: Waffe.

Nanobots: Mikromaschinen im menschlichen Blutkreislauf. Reparieren organische Schäden.

Nanozellen: Kleine Energiezellen, oft in der Haut.

Navigationsraum: Kommandozentrale eines Raumschiffs.

Navigator: Auf die Navigation von Raumschiffen spezialisierter Mensch.

Neunzehn-Welten-Bund: Etwa achthundert Lichtjahre vom *Tallbart-System* mit *Onnizza* entfernt. Ein Sonnensystem mit neunzehn von *Hedoniern* bewohnten Planeten und Monden.

Neutro: Neutrales Material, wie Kunststoff.

Nimmwa: Planet im *Lerper-System*, vom *Feind* angegriffen.

Nuvesos, Admiral: Kommandeur des Vierzehnten Strategischen Einsatzerverbandes der *Streitkräfte*.

Onnizza: Planet im *Tallbart-System*. Vom Feind erobert und als Navigationsbake für seine *Superlichtschiffe* benutzt.

Orakel: Eine alte KI, das Herz der Archive von *Memoria*.

Oraya: Eine *Kernwelt* des *Pakts*.

Orbiter: Kleines Raumschiff für die Verbindung zwischen Planet und Orbit. Auch für interplanetare Flüge geeignet.

Osaru-System: Sonnensystem mit Ator, dritter von zweiundneunzig *Kernwelten*.

Pakt: Bündnis der überall in der Galaxis verteilten Menschenwelten.

Panzerkäfer: Lebensform auf *Grotenthal*.

Peripherie: Randwelten des *Pakts*.

Phasenschild: Ein Schutzschirm.

Planetenfresser: Eine Waffe der *Streitkräfte* des *Pakts*. Löst nukleare Brände aus, die einen ganzen Planeten zerstören können.

Plasmabombe: Waffe der *Streitkräfte* des *Pakts*.

Poseide: Welt mit besonders großen und kräftigen Menschen.

Prizilla: Strategin in Diensten *Eworas der Großen*. Tritt ihre Nachfolge an und wird vierhundertneunundsiebzigste *Suprema* des *Pakts*.

Quantenkanonen: Waffe des *Feindes*.

Quecha: Zweiter Mond des warmen Gasriesen *Issarrak* im *Jefil-System*. Dort gab es eine versteckte Basis des *Feindes*.

Quim: Eine *Gespensterwelt*.

Radwor: Strafkompanie der *Streitkräfte* des *Pakts*.

Rakkna: Heimatwelt des *Medikers Issem*.

Rednersäule: Hunderte von Metern hohe Säule im Saal des *Kongresses* auf *Memoria*.

Regenerationsöl: Flüssigkeit in einem *Heilbad*.

Rel: Planet beim *Staubschlund Kurandar*.

Reyda: Rekrutin auf *Grotenthal*.

Rillem: Welt im *Erocha-System*.

Rinju: Kinderkolonie auf *Ardasch*.

Risz: Dreizehnter Mond des Gasriesen *Bandar*.

Rodale: Kommandant des *Schnellen Kuriers Etas*.

Rotha-System: Sonnensystem mit dem Planeten *Sotir* und darauf dem *Endowar-Lebensturm*.

Ruk: Menschlicher Rekrut. Widersacher von *Jarl*.

Ruschmoor: Dreizehnte der zweiundneunzig *Kernwelten* des *Pakts*.

Säle der Erinnerung: Dem Gedenken an *Große Mütter* dienende Säle auf *Memoria*.

Schiffshoheit: Vollständige Befehlsgewalt über ein Raumschiff.

Schleichfahrt: Antriebsloser Flug eines Raumschiffs mit minimierter energetischer *Signatur*.

Schneller Kreuzer: Schiffstyp der *Streitkräfte* des *Pakts*.

Schneller Kurier: Schiffstyp der *Streitkräfte* des *Pakts*.

Schneller Verfolger: Kleines, schnelles Schiff des *Feindes*.

Sdriltzan: Ein *Araknoide*. Kustode im *Mausoleum* von *Memoria*.
Sektorgeneral: Rang in den *Streitkräften* des *Pakts*. Zuständig für einen Verteidigungssektor, der bis zu hundert Sonnensysteme umfasst.
Sensorband: Wird von Soldaten des *Pakts* am linken Handgelenk getragen.
Seris-System: Dort fand ein Angriff des *Feindes* statt.
Sersker: Sonderbeauftragter der *Abteilung Acht*.
Sibiliana die Große: *Suprema* vor tausend Jahren.
Sieben-Sonnen-System: Ein Sonnensystem des *Pakts* mit den *Kernwelten Tarakleon*, *Oraya* und *Smaragd*.
Sieben-Sonnen-Welt: Auf dieser Welt ist *Ingd* gestorben.
Signatur, energetische: Energieniveau eines Raumschiffs, je nach Aktivität von Bordsystemen, Waffen und Antrieb. Niedrige energetische Signaturen werden für *Schleichfahrten* verwendet.
Singularitätsmaschine: Ein Aggregat, das ein winziges schwarzes Loch enthält und damit Energie erzeugt.
Skitha: Eins der sieben Kinder, die den Angriff der *Crul* auf *Nimmwa* überlebten.
Sliwwerat: Ein *Fulkrum* in der Nähe des alten *Neunzehn-Welten-Bunds*.
Smaragd: Eine *Kernwelt* des *Pakts*.
Sotia: Menschliche Rekrutin, mit *Jarl* befreundet.
Sotir: Planet im *Rotha-System*, darauf der *Endowar-Lebensturm*.
Speerspitze: Flaggschiff der *Großen Ewora*. Ein *Großkreuzer*.
Sporn: Ein Multiambientales Vehikel, *MAV*.
Sprachen: Siehe *Lingua*.
Stachler: Vogelart auf *Grotenthal*, die in den Bergen lebt.
Ständige Versammlung: Besteht aus neunundachtzig Delegierten der *Pakt*-Welten, die sich permanent auf *Memoria* befinden.
Staubwürmer: Lebensform auf *Onnizza*.
Steinbeißer: Geschöpf auf *Grotenthal*.
Strafstab: Elektrisch geladener Stab.
Strategin: Auf die Entwicklung strategischer Pläne spezialisiert. Alter Titel von *Prizilla*.
Streitkräfte: Das Militär des *Pakts*.
Strudel: Eine Raum-Zeit-Anomalie, mit der ein *Fulkrum* Verbindungen über viele Lichtjahre hinweg schafft.
Substrate: Siehe *Intelligenzsubstrate*.
Superlicht: Überlichtschnelle Geschwindigkeit.
Superlichtschiffe: Überlichtschnelle Schiffe der *Crul*.
Suprema: Oberste Autorität des *Pakts*.
Synth: Künstliches Material, vergleichbar mit Plastik oder Graphen.
Syntho: Synthetisiert beliebige Mahlzeiten.

Syr: Eins der sieben Kinder, die den Angriff der *Crul* auf *Nimmwa* überlebten.

Talisman: Jedes menschliche Kind erhält einen Talisman mit *Memostimmen*, die im Schlaf Wissen vermitteln.

Tallbart-System: Sonnensystem des *Pakts* mit dem Planeten *Onnizza*.

Tammritt: Ureinwohner von *Memoria*.

Tanosan: Admiral der Fünften Flotte des *Pakts*. Später *Sektorgeneral*.

Tarakleon: Eine *Kernwelt* des *Pakts*.

Taurus: *Schneller Kreuzer* der *Streitkräfte* des *Pakts*.

Technisches Korps: Einheit der *Streitkräfte* des *Pakts*, bestehend aus Technikern und Ingenieuren.

Terr: Ein Soldat, Besatzungsmitglied des *Schnellen Kuriers Etas*.

Thaim: Rekrut auf *Grotenthal*.

Topia: Vierundsechzigste der zweiundneunzig *Kernwelten* des *Pakts*.

Torold: Lehrer auf *Grotenthal*.

Trax: Ein *Schneller Kurier* des *Pakts*.

Treyd-System: Sonnensystem mit der Eiswelt *Muntmor*.

Turai: Planet, auf dem *Syr* gestorben ist.

Umtah: Eine *Kernwelt* des *Pakts*.

Unendlichkeitsmatrix: Die »größte aller Waffen« auf der Erde.

Uniformen: Sind beim *Pakt* meistens grau und weisen manchmal holografische Dekorationen auf.

Unterweiser: Hologramme in der Bibliothek der Garnison auf *Grotenthal*.

Variator: Waffe.

Verque: Vierter und äußerster Planet des *Zedra-Systems*. In seiner Umlaufbahn gibt es ein kleines *Fulkrum*.

Vibromesser: Waffe.

Wahrheitknüpfer: Bilden eine Art Knotenpunkt bei der kollektiven Intelligenz der *Aleolt*, Ureinwohner von *Risz*.

X: Intelligente Spezies, die vor hundert Millionen Jahren *Absorptionssphären* und *Fulkren* schuf. Die Menschen nutzen ihre Hinterlassenschaften.

Xenobiologe: Auf fremde Spezies spezialisierter Biologe.

Xenohistoriker: Historiker, die sich mit der Geschichte fremder Völker befassen.

Yone: *Wahrheitknüpfer* der *Aleolt* auf *Risz*.

Zedra-System: Sonnensystem mit vier Planeten, unter ihnen *Memoria*.

Zejala: Erste *Medikerin* des Lazaretts auf *Grotenthal*.

Zerebrales Interface: Ein im Gehirn verankertes Interface für die

Übermittlung von Anweisungen an und den Datenempfang von *Adaptern*.

Zhaut: Außerirdische Spezies.

Zoomer: Zoomlinsen in Helmvisieren von Kampfanzügen.

Zyla: Krötenartige Geschöpfe und Übungsgegner für *Jarl* und die anderen Rekruten auf *Grotenthal*.

Kontakt mit dem Autor

Sie haben drei Möglichkeiten, Kontakt mit mir aufzunehmen:

- Schreiben Sie eine E-Mail an autor@andreasbrandhorst.de
- Besuchen Sie meine Website www.andreasbrandhorst.de
- Besuchen Sie mich bei Facebook. Meine Autorenseite bei Facebook ist auch für diejenigen unter Ihnen zugänglich, die keinen eigenen FB-Account haben: https://www.facebook.com/andreas.brandhorst.autor/

Ich würde mich freuen, von Ihnen zu hören.

Er kommt. Und nichts kann ihn aufhalten.

*Cover- und Preisänderungen vorbehalten

Luke Smitherd

Stone Man. Die Ankunft

Aus dem Englischen von
Andreas Decker
Piper, 400 Seiten
€ 17,00 [D], € 17,50 [A]*
ISBN 978-3-492-70611-7

Aus dem Nichts erscheint ein riesiger Mann aus Stein in der Einkaufspassage einer englischen Großstadt. Passanten vermuten einen PR-Gag, bis das steinerne Wesen anfängt, sich zu bewegen. Unaufhaltsam bricht der Stone Man durch Gebäude, reißt Wände ein und zerstört alles, was ihm in die Quere kommt. Niemand kann die Kreatur stoppen. Nur der hartgesottene Reporter Andy Pointer scheint das Ziel des Geschöpfs zu kennen. Und Pointer geht bis zum Äußersten, um das Geheimnis des Stone Man zu ergründen.

Leseproben, E-Books und mehr unter www.piper.de

PIPER
BESUCHE
FREMDE
WELTEN
Piper Science-Fiction.de